CANÇÃO DOS OSSOS

GIU DOMINGUES

CANÇÃO DOS OSSOS

1ª edição

Galera

RIO DE JANEIRO

2024

REVISÃO
Camila Cerdeira
Laís Curvão
Angélica Andrade

LEITURA SENSÍVEL
Karine Ribeiro

DIAGRAMAÇÃO
Abreu's System

ILUSTRAÇÃO DE CAPA
James Fenner

LETTERING DE CAPA
Caio Maia

CIP-BRASIL. CATALOGAÇÃO NA PUBLICAÇÃO
SINDICATO NACIONAL DOS EDITORES DE LIVROS, RJ

D718c

    Domingues, Giu
       Canção dos ossos / Giu Domingues. – 1. ed. – Rio de Janeiro :
Galera Record, 2024.

       ISBN 978-65-5981-493-0

       1. Ficção brasileira. I. Título.

                       CDD: 869.3
24-88297   CDU: 82-3(81)

Meri Gleice Rodrigues de Souza – Bibliotecária – CRB-7/6439

Copyright © 2024 by Giulianna Domingues

Texto revisado segundo o Acordo Ortográfico da Língua Portuguesa de 1990.

Direitos exclusivos de publicação em língua portuguesa somente para o Brasil
adquiridos pela
EDITORA GALERA RECORD LTDA.
Rua Argentina, 120 – Rio de Janeiro, RJ – 20921-380 – Tel.: (21) 2585-2000,
que se reserva a propriedade literária desta tradução.

Impresso no Brasil

ISBN 978-65-5981-493-0

Seja um leitor preferencial Record.
Cadastre-se e receba informações sobre nossos
lançamentos e nossas promoções.

Atendimento e venda direta ao leitor:
sac@record.com.br

Para todos que foram comigo até as Catacumbas;
Para Mateus, que esteve ao meu lado lá embaixo;
E para mim, que escapei delas.

O Conservatório de Vermília é a maior instituição de magia do Império, a joia do imperador, sua força e seus olhos. A instituição se dedica à excelência em magia praticada por seus compositores, maestros, magos imperiais e Prodígios, com o fim soberano de assegurar a perpetuação da força imperial e de suas Orquestras.

O Conservatório é focado na prática e maestria das cinco principais ressonâncias mágicas, em sua determinação clássica:

A ressonância de Potência, identificada pela insígnia marsala e pelo elemento fogo.

As cordas (violinos, violas, violoncelos, contrabaixos, harpas).

Criam e removem energia da matéria. Responsáveis por tudo que necessita de combustível e explosão.

A ressonância de Matéria, identificada pela insígnia castanha e pelos elementos terra e água.

As percussões (tímpanos, triângulos, pratos).

Manipulam o que é sólido — dividem, unem, separam, agregam e transformam materiais básicos. Essenciais para a infraestrutura do império, e sempre presentes em qualquer tipo de feitiço de construção.

A ressonância Motriz, identificada pela insígnia calêndula e pelo elemento ar.

Os metais (trompetes, trombones, trompas e tubas).

Mexem com a física dos corpos — aceleram e desaceleram, fazem mover. São o braço militar do imperador.

A ressonância Natural, identificada pela insígnia verde e pelo elemento vegetal.

As madeiras (flautas, flautins, oboés, clarinetes).

Interagem com a flora, afetando sementes, raízes e outros elementos naturais. Essenciais na construção das estações do ano.

A ressonância Sanguínea, identificada pela insígnia branca e pelo elemento osso.

Manipulam a mente e o corpo humano. Responsáveis pelo braço de saúde do Império, bem como aplicações mais sombrias.

Abaixo de todas as ressonâncias, há a Intenção — as vozes de Prodígios em todos os tons, identificadas pela insígnia azul-marinho e responsáveis por dar caminho à magia e definir seus efeitos. Impossível de ser aprendida: uma Prodígio verdadeira ou nasce com o talento…

Ou morre tentando alcançá-lo.

Abertura

ARREDORES DE VERMÍLIA, 1886

Quando sua mãe foi enfim enforcada, Elena Bordula se preparou para sentir todo tipo de coisas.

Sabia que deveria sentir pesar, como o que havia nos olhos do homem gentil que lhe entregara a urna cheia de cinzas após o rito de cremação. Fora tão curto e tão vazio que sua amiga, Cecília Avis-Corsica, que também havia pago pela pequena cerimônia, lhe perguntou se a família sabia do julgamento e da sentença. Elena não quis responder que *família* não era bem a palavra para os parasitas que haviam abandonado sua mãe assim que seu nome caiu em desgraça, e *tragédia* não era exatamente como descreveriam o fato de enfim se verem livres de Loralie Bordula.

Talvez devesse sentir uma tristeza profunda, como a que lhe sugeria o toque gentil de Margot Mirza, sua melhor amiga — mas mesmo enquanto se demorava no abraço tenro e cheio de significado, Elena só conseguia se deixar envolver pelo perfume de gardênias que Meg sempre usava, e que para ela era sinônimo de uma amizade muito mais profunda do que qualquer tristeza.

Ela quase sentiu o baque ribombante do luto enquanto segurava a urna de cerâmica polida e se demorava frente à expansão escura e revolta do mar que banhava a costa de Vermília. O último desejo de sua mãe havia sido perder-se nas águas salgadas que haviam levado seu marido, e Elena o seguiria à risca — jamais havia contrariado a mãe em vida, e não começaria na morte.

Não foi o pesar, nem a tristeza e nem mesmo o luto que preencheram seu peito quando enfim abriu a tampa redonda da urna e encheu o punho das cinzas ásperas que um dia haviam sido a carne e os ossos de sua mãe. A única coisa que herdara de Loralie — um anel branco feito do fêmur do marido morto, cuja existência só servia para avivar rumores — brilhava contra o borralho, e refletia o luar de uma foice prateada pendurada no céu.

O que Elena sentia — a canção que reverberava em seu peito — era alívio.

Esticou o punho por cima do abismo que se abria abaixo de seus pés, tão perigosamente perto do penhasco que um passo em falso faria com que se juntasse às ondas. Respirou fundo, e o cheiro de água marinha misturou-se a outro — um almíscar queimado que emanava da urna, e pinicou seus olhos com lágrimas que Elena não sabia interpretar.

Naquele momento, queria ser mais forte — queria ser outra pessoa, como quando era jovem e tola, e imaginava uma amiga que não existia. Alguém que a ajudava a aguentar os abusos da mãe, uma companhia na vida solitária e árida de Elena. A chamava de Selena, e era como se fosse a irmã gêmea que jamais tivera. Alguém mais forte, mais capaz, mais inteligente.

Alguém que saberia o que fazer, agora que Elena segurava os restos mortais da mãe, e o ódio que sentira por Loralie em vida. Que a ajudaria a encontrar sentido para a incongruência do sentimento com o pesar que se espalhava em seu peito.

A vida, disse uma voz, que poderia ter sido de Selena, *tem dois lados. Um feio, um bonito. Um grotesco, outro angelical. São feitos da mesma coisa, e é inútil fingir o contrário.*

— Quer ajuda? — perguntou Margot, aproximando-se para se postar ao seu lado, e sua voz foi como uma âncora que segurou o coração perigosamente à deriva de Elena. Cecília, por sua vez, pegou seu braço livre e aninhou a cabeça em seus ombros, derramando os cabelos loiros junto com as lágrimas de quem certamente imaginava que a amiga estava sofrendo.

Loralie Bordula jamais fora fonte de acalento ou amor. Sua mãe tivera outros planos para a filha e moldara Elena desde cedo para ser uma soprano excepcional. Não apenas isso: havia sido criada para ser a soprano mais poderosa do Império.

Era estranho, portanto, que nos momentos finais de sua mãe, lhe faltasse justamente a voz. Ela se agarrou nas duas únicas amigas que havia conseguido fazer — no único lugar seguro que encontrara em toda Vermília — e assentiu, sem querer admitir que precisava de ajuda.

Que, sem elas, Elena não sabia exatamente quem era.

Começaram a cantar timidamente, uma liturgia fúnebre e silenciosa que se misturava à cadência ritmada das ondas. Preenchiam os sons com magia, envolvendo-os com a ressonância Motriz, e o feitiço começou a se formar aos poucos. Preencheu a urna de cinzas, erguendo o punhado do que um dia havia sido Loralie e fazendo-o verter no ar.

As cinzas se afastaram, brilhando como purpurina na noite sem estrelas e misturando-se ao céu escuro e cintilante. Margot, Elena e Cecília sopraram em uníssono — e as cinzas seguiram o comando de suas vozes, espalhando-se no mar revolto e desfazendo-se até não sobrar mais nada.

O alívio cresceu, preenchendo cada canto de sua alma, estalando como um nó que enfim se desfazia. Lágrimas molharam o rosto de Elena, e ela as deixou caírem, silenciosa e enfim livre, torcendo para que as amigas interpretassem seu pranto como sinal do luto de uma filha que acabara de se tornar órfã.

Ela se escondeu em seus abraços, sem jamais notar a figura mascarada e sombria que a observava ao longe.

ATO I

"Ninguém jamais vê o Anjo; mas ele é ouvido por aqueles que devem ouvi-lo. Ele muitas vezes vem quando eles menos esperam, quando estão tristes e desanimados."

Gaston Leroux, O Fantasma da Ópera

Bordeaux e Brioches

Elena subia até a torre do relógio com a mesma precisão com que tocava piano — evitando degraus ímpares e assobiando um solo que precisava decorar. O exercício não era só um jeito de ganhar tempo, recurso escasso na vida de uma soprano reserva da Segunda Orquestra, mas também uma excelente maneira de tentar ignorar o frio mordaz e penetrante que parecia encontrar qualquer reentrância do colete que vestia.

A escada em espiral tinha cento e dezoito degraus, o caminho já familiar para Elena. Mesmo que perdesse o fôlego lá pelo quinquagésimo, saber que Ciça e Meg a esperavam — a primeira, com pães e vinho que havia ganhado da cozinha; a segunda, com fofoca surrupiada da Primeira Orquestra, fazia valer a pena. Ela limpava as mãos no saiote castanho enquanto subia, tentando fazer o possível para diminuir as manchas escuras e insistentes de terra sob as unhas, ao mesmo tempo em que sabia que embora Cecília fosse fazer algum comentário ácido, Meg não iria se importar. Meg a conhecia bem demais para isso: as duas eram feitas do mesmo pano, e na tapeçaria rica e sombria do Conservatório, aquilo valia ouro.

Passou por duas gárgulas que conversavam animadamente enquanto jogavam carteado, e trocou um sorriso tímido com Garina, a mais velha, que parecia uma mistura de leão com chifres de cabra. A gárgula sabia das expedições diárias do trio de amigas à torre do relógio, e mesmo que seu semblante de pedra parecesse austero debaixo dos chifres, um sorriso traiu sua complacência com a pequena transgressão.

— Garina. — Elena fez uma mesura para ela e para o outro, que tinha o formato de um cavalo carrancudo. — Guido.

— Suas amigas já estão lá — disse Guido, rosnando enquanto analisava as cartas na mão. — Vida muito fácil, a da Primeira Orquestra, se estão podendo tirar a siesta assim…

— Meg estava ensaiando desde a manhã, Guido, e já são cinco — respondeu Elena, desacelerando o passo para responder. — Uma hora a gente cansa de cantar.

— Quatro e cinquenta e oito, menina. E acha que eu não canso também?

— Cansa de perder pra mim, só se for — retrucou Garina.

— Pois dessa vez você está lascada, filha. De maneira figurativa e literal, já deu uma olhada nessas asas?

Elena revirou os olhos, mas riu — desejar que gárgulas não fossem rabugentas era como querer que Marco Aurélio abdicasse de seu Império. Ao invés de responder, ela espiou o jogo e as cartas dispostas no parapeito e cochichou para Guido.

— Acho que você deveria desistir da rodada.

Ela ainda ouvia seus resmungos quando virou uma curva da escada e deixou as gárgulas para trás.

Enfim chegou ao pequeno pátio quadrado com aberturas nos quatro pontos cardeais. A nevasca da noite anterior ainda se fazia sentir no ar, gelada e úmida como os banhos que Elena tomava na infância, e nos pequenos morros brancos que derretiam aos poucos sobre o parapeito de pedra.

Meg estava sentada com os pés balançando para fora da torre, enrolada em um xale de caxemira cujo bordô era da cor de seus olhos. Sim, eram feitas do mesmo pano, mas Meg recentemente se tornara soprano reserva da Primeira Orquestra — e escondia seu forro de retalhos debaixo de seda e tafetá.

A seu lado, Cecília — ou Ciça, apelido que combinava muito mais com a constituição delicada que mais a fazia parecer com uma boneca de porcelana — estava recostada em uma pilastra, trançando os cabelos loiros com o mesmo cuidado com que arrumava as roupas caríssimas enviadas por seu pai.

Suas duas melhores amigas. O coração de Elena bateu mais forte ao olhá-las, ainda sem ouvir sobre o que conversavam. As coisas haviam mudado depois da promoção de Meg, há um mês — e mesmo que isso fosse inevitável, ela ainda gostava de imaginar que havia algo intacto da antiga camaradagem e do laço entre as três.

Ela precisava que isso fosse verdade.

O sino começou a vibrar, obedecendo a uma gárgula que estava puxando uma corda muitos metros abaixo das três, e o gosto adocicado das badaladas encheu a boca de Elena, o ritmo familiar anunciando as cinco da tarde.

— *Um dia de sol sob a graça dourada* — cantou Elena, e Meg e Ciça se juntaram a ela sem precisar virar para encará-la, oferecendo a melodia para a harmonia de Elena. — *O mar, o sal, a vela dobrada.*

Sinos eram instrumentos Motrizes, o que não os tornava excepcionalmente efetivos para aquecer mesmo o pequeno pátio — o melhor para isso seriam as cordas, cuja ressonância era Potência. Ainda assim, a magia contida na música acelerou as partículas de ar, e uma onda de calor se espalhou ao redor delas. Elena sentou-se ao lado de Meg, ansiosa por agradá-la; sempre tivera essa urgência, de atrair o amor de Margot para si.

— Bordeaux e brioches — disse Meg, abrindo uma trouxa de pano que trazia aninhada a seu lado. — Depois não diga que eu não te amo, Lena.

— Eu jamais diria isso. — O cheiro doce e amanteigado dos brioches veio antes de vê-las, e Elena pegou um dos pãezinhos para si, sentindo a massa quente desfazer-se sob seus dedos. — A não ser que você tenha trazido dois brioches. Nesse caso talvez eu tenha que te empurrar da torre.

— Dizem que quem morre no Conservatório é fadado a atormentar as Catacumbas para sempre. Não seria algo tão ruim assim pra você, Meg. — Ciça riu, mordiscando o canto do brioche que pegara para si. Comia que nem um passarinho, e Elena sabia que terminaria por deixar mais da metade do pãozinho.

Talvez por isso fosse tão magra.

— Alec me viu carregando os pães e perguntou se eu tinha desistido de vez de cantar. — Meg revirou os olhos escuros, balançando a cabeça com afetação para imitar a voz aguda e desconfortável de seu rival. O cabelo curto e liso sacudiu quando ela o fez, descortinando o rosto marrom. — *Margot, é bom ver que você enfim caiu na real uma vez na vida! O trabalho na cozinha é muito mais o seu estilo.*

— Olha só, temos um recorde! — Elena riu com a previsibilidade da amiga. — Doze segundos até você falar do Alec. Até que demorou.

Meg bufou, mastigando um brioche e puxando a rolha da garrafa de vinho com a outra mão.

— A culpa não é minha se vocês são plateia cativa e única. Grigori é apaixonado por ele, só falta pedir para fazer melodia e harmonia sozinho. Daqui a pouco vai entregar o piano e Alec será a primeira Soprano de Ouro a tocar com os pés.

A visão evocada por Margot era cômica; Alec era uma figura elegante demais para que fosse possível imaginá-lo equilibrando seu infame violino enquanto dedilhava sinfonias bélicas com o dedão do pé.

— Pelo que você me conta, o "apaixonado" não é nenhum eufemismo — retrucou Ciça, muito mais ávida por fofocas do que pelo brioche abandonado pela metade.

— Você não imagina. Hoje eu o peguei desfilando com um robe bordado com o monograma de Grigori! A pobre da esposa nem vai se dar conta.

— Benefícios de ser o maestro, suponho

Elena queria reprimir a vontade de pegar o resto do brioche de Cecília, mas o desejo foi mais forte e ela alcançou o pãozinho.

— Maestro, mas estúpido. — Meg bufou. — Sou boa demais para ser reserva, essa é a verdade. Grigori só não me dá uma chance porque está com o violino de Alec enfiado até o talo.

Elena poderia tranquilizar a amiga, dizer que sua hora um dia chegaria, mas gostava demais de Meg para mentir. Alec havia galgado os degraus até Soprano de Ouro da Primeira Orquestra, a posição mais prestigiosa e destacada do Império, e só sairia dali dentro de um caixão.

De certa forma, Elena entendia bem. Se estivesse no lugar dele, também se agarraria à posição com unhas, dentes, e arco de violino.

— Você sempre pode torcer para que a maldição o pegue — disse ela, enfiando um pedaço de brioche na boca.

— O que há com vocês hoje? Fantasmas, maldições... Essas coisas não existem.

Meg sempre fora a mais prática das três, e revirou os olhos para Elena, dando um gole do vinho. O líquido manchou sua boca com o mesmo marsala que cobria seus ombros, e não pela primeira vez Elena se perguntou qual gosto o Bordeaux teria nos lábios de Meg.

Ela tentava não pensar muito nos lábios de Meg.

— A única coisa que há nas Catacumbas são ossos de gente morta que magos desesperados tentam transformar em magia — continuou ela. A frase doeu como uma agulha no coração de Elena, mas ela ficou em silêncio. Sua mãe havia sido julgada culpada, afinal. Não era culpa de Meg que os Bordula tivessem a mácula da magia de ossos em sua reputação.

— Eu não sei. — Cecília interrompeu os pensamentos pouco simpáticos de Elena com um suspiro afetado. — Raphaella passou boa parte do ensaio da Segunda Orquestra listando todas as mortes horríveis das últimas doze Sopranos Douradas, Meg. Você sabia que uma delas foi envenenada no meio do Soneto do Outono? Colocaram cianeto na boca da flauta dela.

— Primeiro que uma soprano tocar flauta é bem ridículo. Como ela cantava?

— Não vem ao caso — foi a vez de Elena responder. Tomou a garrafa de vinho da mão de Meg e deu um gole, sentindo o líquido fresco aquecer a garganta. O entardecer de Vermília tinha a mesma cor da bebida, e os efeitos do feitiço de calor estavam começando a minguar, o que fez com que a chama produzida pelo álcool fosse mais do que bem-vinda. Elena aproveitou para se aproximar de Meg, encostando os ombros e apreciando o calor que emanava da amiga. — Raphaella estava tentando falar das armadilhas da ambição.

Meg riu, e o som era tão bonito quanto o badalar do sino.

— Ah, por favor. Vocês duas acreditaram até na história sobre o fantasma das Catacumbas que Garina contou naquele dia em que estava bêbada. A soprano morreu por causa do cianeto na flauta, isso não tem nada a ver com ambição. E é ridículo que a maestra da Segunda Orquestra fique falando essas baboseiras ao invés de ensinar direito os solos para que vocês saiam logo das trincheiras.

Elena sentiu mais uma agulhada de mágoa, e respondeu com mais um engolir em seco silencioso. A Segunda Orquestra do Conservatório mais prestigioso do Império não era exatamente o equivalente a uma trincheira, mas sabia que o desagrado que sentia era mais por concordar com Meg do que por qualquer lealdade que tivesse à sua posição. Ela era soprano reserva da Segunda Orquestra fazia cinco anos; Cecília, três. Sabia que não falava apenas por si quando dizia que estava cansada de construir pontes e irrigar campos. Elena queria fazer mais, e sabia que só conseguiria conquistar isso caso subisse para a Primeira Orquestra.

Mais do que isso. A Primeira Orquestra era um lugar seguro — um lugar onde Elena seria alguém, e não precisaria mais estar sozinha. Após a morte da mãe, ela se vira perdida em uma Vermília onde seu nome era sinônimo de decadência. Nem Margot, vinda de uma família humilde, mas com reputação imaculada, nem Cecília, herdeira de um boticário famoso do Império, conheciam o medo daquela solidão.

— Ela me deu um minueto que é parte da Sinfonia do Outono, mas não estou conseguindo alcançar a nota do refrão — disse Elena, meio a contragosto, sem querer admitir suas fraquezas para as amigas. As três podiam ser próximas, mas acima de tudo eram magas do Conservatório, e não havia espaço para vulnerabilidade nas linhas de uma partitura.

— É só um si bemol. — Meg franziu a testa, um olhar condescendente no rosto, que Elena tinha quase certeza ser também compartilhado por Ciça. — Deve ser apenas uma questão de fazer o aquecimento certinho.

Elena sentiu que o rosto pálido assumia um rubor irritado à sugestão da amiga. Deu mais um gole do vinho, e desviou o olhar.

— Ou — continuou Meg, alheia ao desconforto de Elena, e entrelaçou um acorde de provocação às suas palavras — você pode pedir ajuda para Theodora. Não foi o tataravô dela que escreveu a Sinfonia do Outono?

— Ahhh, eu gosto dessa ideia. — Ciça sempre gostava de ser a harmonia para a melodia de Meg, e torturar Elena por causa de sua vida romântica estagnada era um dos refrões preferidos delas. — Peça para Theo te ensinar, Lena. Ela é uma dama, jamais diria não para nada que você pedisse.

O rubor de Elena se intensificou, e ela agradeceu ao gole de vinho que podia culpar pela súbita vermelhidão, engolindo um comentário ácido que queria lançar para Cecília. A amiga não costumava irritá-la tanto, mas a verdade é que as coisas andavam estranhas entre elas desde a ascensão de Margot no Conservatório, o que deixava as duas em competição direta pela posição principal da Segunda Orquestra. Mesmo que Ciça jurasse de pés juntos que não tinha interesse em se tornar Soprano de Prata, Elena ainda mantinha uma desconfiança.

Havia, porém, uma nota de verdade no que dizia sobre Theodora. Depois de Ciça e Meg, Theo era a amiga mais próxima de Elena no Conservatório — se é que podia se chamar apenas de amiga alguém que havia arranjado sua vaga na academia, e apresentado Elena para a maestra da Segunda Orquestra. Elena devia muito mais do que amizade a Theo, especialmente considerando que o sonho de sua mãe, quando viva, era que as duas se casassem e restaurassem a honra ao nome dos Bordula.

Não que Elena devesse levar em conta os sonhos da mãe, visto que estavam, como ela, espalhados no mar.

Ainda assim, era impossível não gostar de Theo — ainda mais por conta de sua doçura e elegância, que faziam com que fosse incapaz de mencionar os inúmeros favores que havia feito para Elena. Também era difícil não admirar a carreira meteórica que a transformara em uma das compositoras mais jovens de sua geração. Escrever músicas entrelaçadas com magia não era algo fácil, e mesmo que sua ascensão tivesse sido ajudada pelo fato de Theo ser filha do reitor do Conservatório… Assim que terminasse seu magistrado, Theodora Garnier seria Grã--Compositora do Império, e sua patente rivalizaria com a de Soprano de Ouro. Era só mais uma coisa na lista de motivos pelo qual ela seria um par excelente para Elena.

— Alguém está sem graça. — Riu Meg, lendo-a como uma partitura e apontando para o rosto de Elena. — Theo poderia te mostrar muito além do que há no soneto, Lena.

— Eu acho que gastei todos os favores que podia pedir quando ela me conseguiu a audição com Raphaella, que dirá pedindo ajuda com um feitiço. — Elena suspirou e apoiou a garrafa de vinho no espaço entre as duas. — E, falando em feitiço, preciso praticar antes que caia de sono. Passei o dia ensaiando, e esse vinho não está exatamente me enchendo de energia.

— Ah, Lena, não vá embora justo na parte mais divertida — disse Cecília com uma risada, já levemente embriagada. Meg segurou a mão de Elena com delicadeza.

— Ei — falou a soprano, e havia certo arrependimento no franzir de sua testa quando as duas cruzaram o olhar.

Meg era uma Prodígio, como ela, mas desempenhava seu papel com uma facilidade que Elena jamais sentira; de um jeito ou de outro, ela sempre se sentia como uma forasteira no Conservatório, alguém que estava fantasiada de outra pessoa para estar ali.

— Me desculpe, eu não quis ser chata — disse Meg, parecendo genuinamente arrependida. — Posso te ajudar com o solo, se quiser. O Sopranato de Prata vai ser seu, Lena, eu garanto.

— E você sabe que não precisa se preocupar comigo — afirmou Cecília. — Ano que vem nessa época já pretendo estar casada com ao menos um dos pretendentes que papai arranjar para mim. A vida do Conservatório é exaustiva demais.

Elena encarou o rosto com traços quadrados e elegantes de Meg, seu nariz reto e levemente arrebitado, os lábios cheios e tão expressivos quando ela cantava. Desviou o olhar para Cecília: como Margot havia mudado o tom, a outra amiga fizera o mesmo: seu rosto em formato de coração estava enrubescido pelo álcool, que tingia a pele pálida de um vermelho profundo e lhe evidenciava os olhos lilases.

De certa forma, era quase melhor que Elena não estivesse na Primeira Orquestra; pelo menos não ainda. Não precisar competir com Meg permitia que ela recebesse aquele gesto pelo que realmente era: uma oferta genuína de ajuda e carinho. Não estava muito acostumada com aquele tipo de coisa, e se permitiu retribuir o toque de Meg, apertando seus dedos gelados.

Não era, porém, o suficiente para que Elena aceitasse ajuda: as três eram sopranos, afinal, e aquele ainda era o Conservatório.

— Vejo vocês amanhã?

Meg sustentou o olhar de Elena por um segundo antes de assentir, apertando os lábios e dando um sorriso fino.

— Cinco da tarde. Vou ver se arranjo uns *pains au chocolat*.

— Você já é minha pessoa preferida do Império, Meg. — Elena ergueu o corpo e limpou as migalhas de brioche que se alojaram em sua barriga. — Não precisa forçar a barra.

— Ei, e eu?

— A segunda preferida. — Lena inclinou-se e deixou um beijo suave no rosto de Cecília. Ela sempre se sentia responsável pelo bem-estar da outra, seja por sua postura infantil perpétua ou pelos olhos de gatinho pidão.

— O importante é ser a melhor — respondeu Meg com uma piscadela, acompanhando com o olhar enquanto Elena fazia o caminho até a entrada da escada em espiral.

Durante toda a descida, Elena ficou pensando em como aquela frase era verdadeira.

As Prodígios do Conservatório

O silêncio era uma raridade no Conservatório, e Elena saboreou a última mordida da sensação antes de desbravar o interior do castelo, sentindo os olhos das gárgulas que ladeavam o portão em suas costas. O brasão do instituto — um melro junto a uma clave de sol, entrelaçados em tons de dourado e bronze — ficaram para trás, bem como o poente que derramava-se no céu.

Atravessou os arcos de pedra que uniam os pátios externos à ala dos músicos, e o som de instrumentos e vozes encheu o ar tanto quanto o calor. Todo o calor do prédio vinha de aquecedores de água escondidos por trás das paredes, em túneis antigos construídos para abrigar os canos revestidos de magia, para que nem o menor pio de água ou vapor atrapalhasse as delicadas melodias ensaiadas no Conservatório. Isso — e as magias de Potência — garantiam a sobrevivência no inverno para as centenas de alunos, professores e outros habitantes da academia.

Fazia sentido que o Império não poupasse despesas para garantir que um dos maiores instrumentos de sua soberania se mantivesse afinado. O Conservatório não era somente uma academia de música e magia — além de aceitar Prodígios e músicos iniciantes, formando uma linhagem contínua de magos, era o quartel-general das Primeira e Segunda Orquestras. Dentre as dez Orquestras oficiais, eram as mais importantes do Império: os braços esquerdo e direito do Imperador. À Segunda eram reservados os projetos de infraestrutura, as construções magníficas que Marco Aurélio mandava erguer de costa a costa. À Primeira, porém, eram reservados o suprassumo da magia: os Sonetos que traziam as estações do ano, os cânticos de riqueza... E, naturalmente, toda a força bélica do Império.

Elena caminhava pelos corredores do átrio leste, com os olhos baixos focados no caminho que percorria todos os dias. Depois de passar por cada uma das dez principais Orquestras do Conservatório, ela enfim havia se tornado a soprano reserva da Segunda Orquestra — mesmo que já tivesse ouvido que conseguira o cargo apenas por causa da influência de Theo. Ela não era tola, e imaginava que isso pudesse ser verdade. Ainda assim — ou talvez por isso — se ressentia de cada um dos rostos familiares que cruzava seu caminho e a ignorava solenemente.

Ela gostaria de não se importar, mas o desdém alheio doía como se fosse feito de fogo. O jeito que encontrara de driblar a solidão tinha sido a companhia sempre presente de Cecília, que conhecera em seu primeiro dia no Conservatório, e Margot, cuja inteligência mordaz a havia atraído como uma mariposa para um lampião. Mas o último mês havia trazido de volta a sensação vazia e paranoica — de que mesmo que se esforçasse, não havia espaço para ela em meio aos magos e Prodígios.

Você não pertence a esse lugar, Elena.

Em vez de olhar os cardumes coloridos que a mediam de cima a baixo — as jaquetas marsala e a elegância dos violinistas e harpistas, ou as capas marrom-dourado e o tom chamativo dos percussionistas — Elena deixava os olhos percorrerem a padronagem dos azulejos, feitos de cerâmica vidrada que refletia o âmbar dourado das luminárias e dos lustres. Ela já tinha quase memorizado os arabescos das paredes do Conservatório, seus contornos que, à sombra bruxuleante, pareciam olhos que a acompanhavam por onde caminhava. Até mesmo o teto os tinha, figuras pintadas em afrescos sombrios e silenciosos, tocando instrumentos antigos e produzindo melodias que nunca mais poderiam ser escutadas.

Uma pessoa normal poderia sentir arrepios — mas o Conservatório de Vermília era o único lugar onde Elena se sentira em casa. Muito mais do que o casebre em que vivera com sua mãe, para o qual esperava nunca ter que voltar. O castelo podia ser sombrio, mas era em suas sombras que Elena vivia.

Ela se lembrava da primeira vez que caminhara pelos átrios, a primeira vez que havia pisado em um das dezenas de palcos ali dentro — e sentido que estava em casa. Bastava pensar nisso para sentir uma pontada do amor profundo e intenso que o lugar lhe inspirava — mesmo cheio de pessoas que a olhavam como se fosse uma mácula na história da instituição. Por mais que ela soubesse que as acusações à mãe — nas quais Elena não gostava de pensar — fossem mentira, ela não conseguia se livrar do desdém que a acompanhava quando descobriam que seu sobrenome era Bordula.

Por sorte, os corredores foram ficando mais e mais vazios à medida que ela fazia sua rota até a Ala das Vozes. A decoração ali era mais esparsa, longe das salas do corpo discente e dos maestros, do escritório do reitor e de todo o corpo administrativo do Conservatório.

Elena dividia seu dormitório com mais quinze Prodígios, todas da Segunda Orquestra, e depois de tanto tempo dormindo e acordando com as mesmas garotas, Elena as conhecia como às partituras de suas músicas preferidas: Lisandra com sua voz anasalada e cabelos cacheados; Helga, que sussurrava para falar mas cantava feito um canhão; Teresa, que se parecia com uma gárgula e também soava como uma; Anita e seus comentários mordazes e rosto angelical. Mas, naquela semana, que traria o momento em que Raphaella Roy escolheria a sucessora de Meg, até mesmo os rostos familiares hoje pareciam hostis.

— Já de volta, Elena? — Anita chamou quando ela passou, um lampejo maldoso perpassando sua expressão. — Achei que fosse jantar de novo.

— Achei melhor deixar para você — respondeu Elena, sem nem piscar — para ter o que vomitar mais tarde.

A garota ficou de cara fechada e se limitou a voltar a esconder o rosto por trás de um tratado sobre magia que estivera lendo. Algumas Prodígios riram, mas a maioria nem notou: a Segunda Orquestra era hostil, e Elena também precisava sê-lo para sobreviver.

Caminhou por entre as beliches e foi até a que dividia com Cecília, subindo até sua cama e ignorando os cochichos e olhares que a acompanhavam. Sabia o que diziam por suas costas: era gorda demais para ser a Soprano de Prata, não tinha técnica o suficiente, sua linhagem era suja. Independentemente de tudo isso, Elena sabia que tinha uma coisa a seu favor: era a reserva mais antiga da Segunda Orquestra, e a preferida de Raphaella.

A posição de Soprano de Prata era sua por direito — mesmo que fosse apenas um degrau na direção do que era o seu sonho desde que conseguia se lembrar. Um sonho que começara sendo de sua mãe, mas que herdara de Loralie tanto quanto os cabelos ondulados e ruivos, o nariz arrebitado, as bochechas cheias. Elena não estaria satisfeita até se tornar Soprano de Ouro da Primeira Orquestra, até ver o Imperador batendo palmas para ela.

Por enquanto, porém, o Sopranato de Prata estava de bom tamanho.

— Você está com cara de quem comeu e não gostou. — A chegada repentina de Ciça interrompeu seus pensamentos, e a amiga lhe deu um sorriso travesso. Ela escalou os degraus até o beliche de Elena, deitando em seu colo como de costume, e resmungou: — Faz carinho? Estou exausta.

Incapaz de dizer não à amiga, Elena correu os dedos pelas madeixas loiras e macias. Cecília não lhe instigava o desejo proibido que sentia quando olhava para Meg, e sim um sentimento de proteção feroz que provavelmente se devia ao fato da amiga ser bem menor do que ela, e sempre procurar Elena quando precisava de atenção.

— Você está quieta demais — disse Ciça, carinhosa em sua preocupação. Nas raras vezes em que não estava pensando em si mesma, a amiga tinha um faro para os humores de Elena. — O que foi?

— Estou preocupada com amanhã — declarou Elena, pacientemente desfazendo os nós que Cecília havia trançado.

— Ah, não precisa ficar assim. — Ciça bocejou, revirando os olhos. — Você é excelente. Está na posição de soprano reserva há mais tempo do que qualquer uma.

Sempre era assim entre as duas: qualquer preocupação de Elena era um relevo para Cecília, que via montanhas em qualquer desafio que cruzasse o próprio caminho. Por um lado, Elena sabia que isso a tinha a ver com a amiga achar que ela era muito mais forte e inabalável do que de fato era; por outro, se ressentia de jamais poder mostrar nenhuma vulnerabilidade, de sempre ter que ser a fortaleza para a princesa em seu colo.

Eram os papéis desempenhados por elas, e Elena não tinha ideia de como reescrevê-los.

— Você também está na orquestra há bastante tempo — disse ela casualmente, sem deixar que seus gestos traíssem a desconfiança que ainda sentia. — Se Raphaella resolver que prefere alguém de uma família mais limpa...

— Por favor, Lena, os Avis-Corsica só são "limpos" porque ninguém conhece o segundo emprego do meu tio. Todo mundo na alta sociedade de Vermília é podre. A diferença é que os Bordula foram pegos.

— E ainda assim...

— Não faz diferença — interrompeu-a Cecília, erguendo o corpo para encarar a amiga. — Eu já te disse que não quero o Sopranato de Prata. Não acredita em mim?

Não, Elena quis dizer, mas a verdade magoaria a amiga, e ela preferia mentir a ter que lidar com as lágrimas de Ciça. Nenhuma sinceridade valia aquilo. Sufocou a mentira e a desconfiança em um gole amargo, e revirou os olhos, como se a sugestão fosse absurda.

— É claro que acredito — respondeu, defensiva. — Eu só estou dizendo que...

— Dizendo baboseiras. — Cecília parecia prestes a falar mais alguma coisa, mas seu olhar se estreitou em duas fendas, com um lampejo brincalhão, quando algo na entrada do dormitório chamou sua atenção. — Olha, acho que tem alguém te procurando...

Elena sabia quem era antes mesmo de encarar a figura à porta, mas isso não a impediu de sorrir com a surpresa que era ver Theodora Garnier, uma visão em um vestido de tafetá preto, parada na soleira do dormitório como se fosse dona do lugar. Estava tão bonita que Elena quase perdeu o fôlego. Não que isso fosse difícil: Theodora era bela como só alguém nascida na aristocracia poderia ser, o rosto negro e oval uma ode à perfeição geométrica que Elena estudara na escola.

Ela desceu da beliche às pressas e ajeitou a roupa amarrotada, subitamente sem graça de estar tão displicente perto de Theo. Mas o jeito com que a prima lhe encarou não era o de alguém que reparava nas dobras malfeitas do tecido, e isso além de tudo foi o que fez Elena engolir em seco ao se aproximar.

— Você. Que bela surpresa, Srta. Bordula.

Havia uma doçura evidente em seus traços e seu tom, desenhada nas linhas de seus lábios cheios e do nariz, que parecia desmentir a arrogância que poderia se esperar da filha do reitor do Conservatório. O rosto dela se iluminou ao ver Elena, e Theodora apertou os lábios e sorriu, como se estivesse prestes a começar uma refeição.

— Eu — disse Elena, incapaz de resistir ao sorriso luminoso de Theo e sentindo o próprio desabrochar. — E não é uma grande surpresa, considerando que este é meu quarto.

— Ah, é. — Theo franziu a testa em um gesto inocente e fez um bico com a boca. — Mas você anda tão ocupada que quase não a encontro mais.

— Olha só quem fala! — Elena se apoiou no batente da porta, sentindo o rosto ruborizar com a atenção de Theo e rezando para que a pouca luz do corredor não a traísse. Estava ciente dos olhares das outras Prodígios repousando em suas costas, e quase conseguia sentir o escrutínio de Cecília, mas a ignorou solenemente. — Mal te vi no Conservatório neste inverno.

Theo passara o último mês mergulhada na última etapa de seu magistrado para enfim se tornar Grã-Compositora Imperial, e Elena sentira sua ausência mais do que gostaria de admitir.

— A vida de uma compositora é difícil, de fato — aquiesceu Theo, sem nunca desviar o olhar. — Mas nunca tão difícil que não dê para encaixar uma apresentação de balé com uma amiga de longa data. Hoje, às oito, na minha cabine. Podemos assistir à dança, jantar perto do rio, gastar algumas horas. O que acha?

As palavras "amiga de longa data" nunca soaram tão dolorosas, e Elena se perguntou se era isso o que Theo pensava dela. Uma parente que, por afeição de seu pai ao próprio primo, precisava ser tolerada? A criança com quem ela brincara quando eram mais novas, em festas de família das quais Elena nem ao menos se lembrava? A garota para quem havia feito inúmeros favores, e que agora nem ao menos conseguia chegar à Primeira Orquestra sozinha? Talvez as duas fossem mesmo amigas de longa data, mas olhando para Theo à meia-luz — a silhueta desenhada pelo tafetá, os cachos que ela arrumava em um coque elegante, a coluna imponente de seu pescoço — havia muitas outras coisas que Elena considerava antes da amizade.

— Eu... — Ela pensou como seria poder aceitar o pedido de Theo; arranjar um vestido tão bonito quanto o que ela usava (emprestado de Meg, pois nada que Cecília tinha em seu baú de maravilhas caberia em seu corpo), arrumar os cabelos — e ir ao balé muito bem-acompanhada.

Mas as Prodígios estavam ao seu redor, e ela ainda não conseguia cantar o Soneto dos Caminhos, e Elena soube que não tinha escolha.

— Hoje não posso, Theo. Amanhã é a escolha da Soprano de Prata, sabe como é...

O sorriso de Theo perdeu um pouco da luminosidade, dando lugar a uma quase melancolia que suavizou seu olhar e provocou em Elena o desejo urgente de beijá-la. Em seus olhos, porém, veio o efeito contrário: se fixaram nos de Elena, como se Theo estivesse vendo algo dentro da garota.

— Eu poderia dizer que seus sonhos são sua parte mais bonita, mas estaria mentindo — respondeu ela, enfim. — Tudo bem, sem balé hoje à noite. Mas você não vai conseguir escapar de mim por muito mais tempo, Elena Bordula.

As palavras eram levemente sinistras, mas o tom de Theo, leve e dedilhado, fez com que soassem tão bonitas quanto o badalar do sino. Ela se inclinou na direção de Elena, trazendo consigo o cheiro de tinta que a soprano se acostumara a associar a ela, e depositou um beijo suave em seu rosto. Os lábios eram quentes, mesmo contra suas bochechas rosadas, e o coração de Elena deu um leve salto ao gesto.

Ela só soltou a respiração quando Theo já tinha dobrado o corredor, e ela estava novamente sozinha.

Caminhou de volta ao beliche como quem caminha em meio às nuvens, e nem mesmo os olhares de Anita e Lisandra foram capazes de descompassar a melodia suave que embalava seu coração no ritmo de um tambor. Cecília não disse nada: estava de volta à sua cama, na parte de baixo, e retirava os brincos de diamante com cuidado enquanto observava a amiga.

— Um dia desses vai ter que aceitar um convite dela — disse Ciça, quase displicentemente.

— Fique à vontade, se acha ela isso tudo. — Elena riu, sem querer dar o braço a torcer.

— Eu não gosto de mulheres.

— Se bem me lembro, ano passado você beijou Serafina Anjou no baile da Primavera.

— Só por ter perdido uma aposta! — Ciça mostrou a língua, rindo. — Mas poderia abrir outra exceção para Theodora Garnier. Ela parece um anjo. E é filha do reitor! Meu pai jamais arranjaria um pretendente melhor do que esse.

Uma flâmula suave de ciúmes instalou-se em seu peito quando ouviu a amiga falando de Theodora daquele jeito, e Elena a escondeu com um meio sorriso. Era sempre assim com Cecília: quando achava que podia baixar a guarda, surgia um motivo para desconfiar. Ainda mais agora que Meg, que durante anos dormira no beliche ao lado, não estava mais ali. Meg sempre havia sido como um respiro entre as duas, mas agora ela passava as suas noites em um dormitório privado reservado aos membros da Primeira Orquestra.

Mas não fazia sentido pensar em Meg, ou Theo, ou nem mesmo em Cecília. Quando enfim se deitou para dormir, Elena só tinha uma coisa na cabeça: quando fosse se deitar para dormir na noite seguinte, seria como Soprano de Prata.

A ambição embalou seus sonhos e a carregou para a escuridão.

Em seus sonhos, Elena viu um piano.

Ela sabia tocar piano desde os cinco anos — aprendera com os pianos que sua mãe consertava em seu pequeno ateliê na periferia de Vermília, mesmo lugar onde dormiam e faziam suas refeições. O objeto em si não era estranho, e nem a cena — estava acostumada a sonhar com música em noites que antecediam grandes apresentações ou audições decisivas, usando parte de seu sono precioso para ensaiar mesmo que mentalmente.

Mas não estava acostumada a ter companhia.

Uma figura coberta de preto a esperava na frente do piano. Estavam na sala de dança — um retângulo amplo e vazio, ladeado por espelhos que cobriam a superfície das paredes e serviam para que as bailarinas comparassem seus corpos umas com as outras. Naquele momento, porém, refletiam apenas uma luz difusa e prateada, como a da lua, que entrava por uma claraboia — e o piano de cauda preto no meio da sala.

A figura encapuzada não tinha reflexo.

Ao avistá-la, o corpo de Elena foi tomado por calafrios e um formigamento intenso. Era como a sensação vertiginosa de um déjà-vu — ela já vira aquela pessoa antes, embora não soubesse seu nome e nem conhecesse seu rosto. A penumbra não deixava à mostra nenhum trecho de sua pele, embora um vislumbre de algo branco como osso se anunciasse por baixo do capuz.

Ela estendeu a mão na direção de Elena, em um gesto inconfundível. Elena atendeu ao chamado, sem saber por que se sentia tão compelida a obedecer, e sentou-se ao lado da figura no piano.

Começaram a tocar uma peça a quatro mãos.

O som preencheu a câmara e o coração de Elena na mesma medida. Tinha peso, cheiro, gosto — sempre fora assim, desde que Elena não sabia mais do que apenas dedilhar minuetos infantis nas teclas pretas e brancas. A música era como um gato, ronronando em seu colo; era uma brisa que beijava seu rosto. Ela quase se esqueceu da figura encapuzada que encorpava sua melodia e deixou-se cantar, acompanhando o som e aquecendo a garganta para encontrar o âmago da magia que havia em si.

De súbito, as teclas do piano ficaram mais ásperas ao toque, seu relevo arredondado como se ao invés de paralelepípedos fossem cilindros. Elena encarou as teclas, e então viu que não eram mais teclas — eram pedaços de ossos, falanges e metacarpos alinhados e pintados de preto e branco. A música soava da mesma forma, porém mais esguia, como se fosse feita de sombra.

O coração de Elena martelou de medo, e ela parou de tocar — mas a mão da figura encapuzada envolveu seu pulso, os dedos macios cobertos por uma luva branca. Não era o toque de alguém cuidadoso, e sim de uma pessoa (se é que era uma pessoa) que tinha autoridade sobre o corpo, os dedos, as vontades de Elena.

Ela parecia dizer: *toque.*

A garota hesitou. Não sabia por qual motivo seus dedos pareciam flexionar de desejo, mas era o que acontecia... E então, ela tocou.

Parecia dizer: *cante...*

E a voz de Elena soou a noite toda, ecoando na sala de dança como uma liturgia fúnebre e amaldiçoada.

3

A Soprano de Prata

Elena foi a primeira a chegar à sala de ensaios da Segunda Orquestra na manhã seguinte.

Fizera uma tentativa de esconder as olheiras — frutos de uma noite repleta de sonhos estranhos — com maquiagens que Cecília lhe dera, mas a amiga tinha a compleição muito mais clara, e o resultado final deixara Elena com a aparência fantasmagórica. Ela esperava que a meia-luz agradável da sala de ensaios fosse ser o suficiente para ocultar sua exaustão, mas a primeira coisa que Lisandra disse ao entrar na sala foi:

— Noite maldormida?

Ela ignorou o comentário ácido da colega e se colocou na cadeira de reserva, ao lado do assento vazio de Cecília. A ausência de Margot ainda era triste, mas a de Ciça parecia estranha. Ela não estava na beliche quando Elena acordou, o que fez com que precisasse tomar o café da manhã sozinha — mas Ciça detestava o café da manhã. Embora isso fosse uma blasfêmia inconcebível para Elena, foi o suficiente para apaziguar qualquer desconfiança que tivesse.

Ver que ela ainda não havia chegado, porém, as reavivou.

Você não tem que se preocupar. Ela disse que não quer o Sopranato. Não teria mentido pra você. Cecília é sua amiga. Elena repetiu silenciosamente para si mesma enquanto observava a sala se encher gradativamente com as Prodígios que compunham o coral. O ensaio matinal era só das vozes, e por isso apenas trinta jovens disputavam o espaço na pequena arquibancada elevada.

Faltando dois minutos para a hora cheia, a sala estava repleta das Prodígios. Representavam apenas uma fração da orquestra, que, quando cheia, contava com oitenta magos, mas as Prodígios tinham um ensaio específico e separado, dada a importância de seu papel na execução de feitiços. Sem uma Prodígio, o feitiço não era capaz de cumprir o desígnio elencado pelo compositor. Como um trem descarrilado, a magia era apenas uma força sem direção, incapaz de construir estradas ou prédios ou o que quer que a partitura mandasse.

Quando o relógio bateu oito horas da manhã, enfim todas as cadeiras estavam ocupadas — menos a que estava atrás da mesa da maestra, e a ao lado de Elena.

Podia haver todo tipo de explicações para o sumiço de Cecília: a jovem tinha saúde frágil e vivia na enfermaria do Conservatório. Às vezes era algo que havia comido (ou, mais comumente, não comido), ou por um mal súbito que a deixava de cama por dias e significava que Elena e Meg precisavam se dividir para cuidar dela. Mas algo dizia a Elena que não era isso que a mantinha longe da sala de ensaios no dia mais importante do semestre, e, como se seu coração já soubesse o motivo, ele começou a martelar insistentemente à medida que cada minuto passava das oito.

E então, sete minutos após o início do ensaio, Cecília Avis-Corsica entrou na sala acompanhada de Raphaella Roy, de braços dados com a maestra e o rosto pálido enrubescido de orgulho — e Elena soube que suas desconfianças não haviam sido em vão.

Por um momento, congelou em sua cadeira — e então, quando a maestra a encarou, lembrou-se de estampar um sorriso no rosto. Raphaella era absolutamente maleável a qualquer tipo de bajulação, e tinha um ponto fraco em relação a Elena — algo que a soprano negava veementemente se mencionado por Meg, mas que sabia manipular quando preciso.

— Bom dia, meninas — disse Raphaella, e Cecília saiu de perto da maestra para ir em direção à sua cadeira. — Bom dia, Elena.

Elena ignorou os cochichos, e se concentrou em Raphaella.

Ela não precisava de uma Melodia dos Segredos para imaginar o que estavam dizendo: em mais de uma ocasião entreouvira as palavras que Anita Satine e suas amigas usavam para descrevê-la: baleia desmamada, sem uma gota de talento, ganso que acha que é cisne...

A traição iminente de Cecília seria apenas mais um combustível nas chamas daquelas fofocas.

Raphaella ajustou os botões do colete de lapelas duplas, preto e dourado como era costumeiro para uma maestra, e começou a alinhar sua partitura em um latril de madeira castanha.

— Excelente. Já explicarei o motivo de meu atraso e... Por que as partituras não estão na página certa? — Seu tom era severo ao se dirigir a Anita e Lisandra, que imediatamente pararam com as risadinhas e engoliram em seco.

Nem assim Elena conseguiu sorrir. Em geral ela interpretaria aquela defesa de Raphaella como sendo uma vitória, mas naquele dia sabia que era apenas um prêmio de consolação pela maestra ter escolhido Cecília. De rabo de olho, notou que a amiga não ousava encará-la, tendo perdido o viço de orgulho ao se aproximar de Elena.

Raphaella, porém, parecia alheia a qualquer desconforto vindo de Cecília. A sombra de um sorriso surgiu em suas feições, e atenuou sua aparência severa, com seus cabelos lisos e pretos sempre puxados num rabo de cavalo baixo e os olhos escurecidos com sombra preta. Contra sua tez quase translúcida, tanto preto fazia com que parecesse um morcego.

Às vezes Elena se perguntava como uma mulher tão austera e de temperamento tão azedo conseguira subir à posição de maestra da Segunda Orquestra do Império, mas qualquer dúvida sumia quando via Raphaella conduzir. Mesmo sua energia caótica e seus gestos exagerados empalideciam perto do talento puro que a mulher tinha para dominar a magia.

Além disso, havia as doações constantes de Ferdinando Roy ao Conservatório, o que certamente não atrapalhava.

— Levantem-se — mandou a maestra, e todas obedeceram em uníssono, as mãos para trás em postura de descanso e a coluna ereta.

Pareciam uma prateleira de soldadinhos, esperando por seu comandante. Estavam vestidas do azul-marinho que era a cor de sua disciplina governante, com o uniforme da Segunda Orquestra, jaquetas com botões em fileiras duplas, o metal cobre reluzindo pelo polimento, uma gola alta que protegia suas gargantas.

Raphaella as observava no único momento de silêncio que teriam durante a manhã inteira, procurando qualquer coisa que não fosse a perfeição. Cabelos em desordem, uniformes amarrotados, instrumentos com a afinação malfeita: qualquer coisa era motivo para que um mago fosse mandado embora do ensaio. Quando enfim deu-se por satisfeita, encheu o pulmão de ar e voltou a falar.

O coração de Elena batia no ritmo de sua voz.

— Sabem que passei as últimas semanas deliberando sobre a escolha da nova Soprano de Prata. Não é uma simples questão de aptidão técnica ou mágica; se fosse por isso certamente diversas de vocês teriam a disposição necessária. A Soprano de Prata representa a Segunda Orquestra, é seu rosto e sua voz.

Elena já imaginara aquela ladainha centenas de vezes. Sabia o que estava por vir. Mesmo assim, quando veio, foi como um lancete profundo em seu coração.

— Mais do que qualquer coisa, é preciso ter a postura de uma verdadeira maga do Império. — *E um nome respeitável*, pensou Elena, sentindo o amargor da inveja na boca e ardendo em seu peito. — E, por isso, estou satisfeitíssima em anunciar que o Sopranato será de Cecília Avis-Corsica.

O silêncio foi como uma mordaça que asfixiava todo o ar, roubando-o da sala e debruçando-se sobre as Prodígios. E então aplausos, como um tiro na sala.

Elena encarou Cecília, que a evitava com tanto afinco que por um momento se perguntou se realmente havia algo de tão interessante no teto. Mas os aplausos derreteram a indiferença gélida, e o rubor prazeroso voltou a cobrir as bochechas magras, acendendo seus olhos como gotas de aquarela lilás e límpida.

— Eu nem consigo dizer o quanto estou honrada — disse ela, e alguém que não a conhecesse tanto não seria capaz de ouvir a afetação calculada daquelas palavras, ou a forma teatral que colocava a mão no coração. — Maestra, você sabe que eu sempre... Eu sempre...

Ela vai chorar? Elena conhecia a amiga o suficiente para identificar de imediato o aperto na voz que antecedia as lágrimas de Ciça, que costumavam vir com tanta frequência que muitas vezes ela e Margot haviam se perguntado se não vivia constantemente desidratada.

E como se fossem ensaiadas, o que não surpreenderia Elena, duas pérolas cintilantes escorreram pelo rosto de Cecília, iluminando sua expressão com a mais angelical das gratidões.

A visão fez rugir o monstro da inveja dentro de Elena, e a ele juntou-se a raiva — pela mentira de Cecília, pela traição tão calculada, e, mais do que tudo, por causa daquelas duas lágrimas estúpidas.

Ela travou o maxilar como se os sentimentos ruins fossem escorrer por seus lábios, pelo seu queixo; engoliu-os junto com bile como se fossem feitos de caco de vidro. *Precisa ter uma explicação. Somos amigas. Ela não faria isso comigo.*

Pior que a dúvida, na verdade, foi a voz — amarga e ácida, como a voz de sua mãe — que dizia que era *óbvio* que Cecília era uma candidata melhor para a posição de Soprano de Prata. *Cecília tem uma reputação familiar. Ela é magra. Ela é linda. É como uma soprano devia ser. Ela é tudo o que você não é, Elena, tudo o que você jamais será. Francamente, é ridículo que tenha nutrido qualquer esperança de que Raphaella fosse fazer uma escolha diferente...*

As palavras vieram com uma facilidade que quase provocou alívio na soprano: tudo ao seu redor podia mudar, mas o ódio por si mesma estava ali, esperando-a baixar a guarda para atacar. Era a única coisa que restava da mãe, e mesmo que fizesse um ano desde a execução de Loralie, sua voz ainda soava exatamente como Elena se lembrava: grave e severa, carregada de decepção.

— Sim, sim, é um momento excelente — Raphaella interrompeu o discurso choroso de Cecília e a litania interna brutal de Elena com uma batida de sua batuta. — Mas receio que já sejam atrasos o suficiente por hoje. O maestro Yasov irá nos fazer uma visita amanhã e não queremos fazer feio na frente do representante da Primeira Orquestra, certo?

Nem mesmo a expectativa de cantar para Grigori Yasov foi suficiente para distrair Elena.

— Sim, maestra — responderam as Prodígios em uníssono.

— Então... Ao trabalho.

Raphaella ergueu a mão , e nenhuma delas precisou perguntar o que significava. Elena tentou deixar para trás a inveja, a raiva, e se concentrar na única coisa que sabia — e que amava — fazer.

Magia.

Não era hora de sentir pena de si mesma. Claro que a voz insistente não a deixaria em paz — estava sempre ali, no fundo da sua cabeça — mas Elena sabia fazê-la calar-se, especialmente quando era hora de cantar.

Ela respirou fundo e procurou o lugar oculto e seguro dentro de si onde costumava se esconder. Mesmo o som abafado das sopranos e contraltos aquecendo diminuiu à medida que Elena submergiu, tateando o caminho familiar até o espaço íntimo quieto e arejado que sempre estava aberto quando precisava se concentrar.

E, então, a magia — o poder que se escondia em um reservatório oculto no âmago de seu ser, o único poder que fora seu desde que Elena se entendia por gente — preencheu qualquer vazio, expulsou qualquer inveja, extirpou qualquer mágoa. A magia era sua amiga, sua amante, sua mãe — e pelo tempo em que cantava, conseguiu se esquecer de todo o restante.

O som da melodia de aquecimento encheu a ampla sala oval, cada tom de voz encaixando no outro como uma engrenagem bem azeitada. Ainda eram só as Prodígios, mas o som de suas vozes unidas criava uma magia que permeava o ar, fazendo com que pequenos pontos — vagalumes erráticos — brilhassem no firmamento da sala de ensaios. Na rara ocasião em que uma delas desafinava, os olhares imediatamente iam na direção da vocalista, e a vergonha era suficiente para corrigi-la.

Cantar foi a única coisa que impediu Elena de cair no choro, toda vez que sentia o olhar furtivo e arrependido de Cecília sobre si.

A coisa que Elena mais queria era retirar-se para um banho longo e cheio de lágrimas, mas claro que Cecília também precisava estragar aquilo.

— Lena — chamou ela logo depois do ensaio, no encalço de Elena com o mesmo afinco com o qual a ignorara a manhã inteira. — Lena, por favor, fala comigo.

Ela esperou o corredor esvaziar para enfim encarar a amiga. Sabia que nunca havia sido boa em esconder seus sentimentos, mas desejou que o rosto não queimasse de tanta raiva.

— O quê? — disse ela, apertando os lábios para evitar vomitar tudo que havia passado o ensaio tentando reprimir.

— A culpa não foi minha. — As lágrimas voltaram a cintilar nos olhos de Cecília, dessa vez de tristeza, e o coração traidor de Elena fraquejou. — Raphaella me chamou essa manhã. Ela insistiu, Lena, eu juro. Não tive como dizer não.

Era impressionante como, para pessoas como Cecília, as coisas simplesmente aconteciam. Elena supunha que aquilo era mais uma evidência de que privilégio era nunca precisar ter que se responsabilizar por nenhuma das próprias ações. Quando coisas boas aconteciam a gente rica, eram apenas acidentes da sorte, que por acaso atingiam sempre o mesmo lugar. Quando coisas ruins aconteciam…

A quem ela queria enganar? Coisas ruins jamais aconteciam a pessoas como Cecília Avis-Corsica.

E ainda assim… Ver Cecília chorar, alcançando as mãos de Elena e apertando-as com ternura, balançou o seu coração mole e apegado. Ela não resistia àquele par de olhos marejados. Era como se fossem um atalho direto para suas fraquezas.

— Que merda, Ciça — soltou ela, exasperada, sabendo que estava sendo manipulada pelas lágrimas da amiga e incapaz de não sentir dó dela. — Você podia ter me dito…

— Eu não sabia, Lena, juro que não! — Daquele jeito, Elena quase conseguia acreditar nela, não fosse o discurso ensaiado… — Não tinha de verdade a menor intenção em concorrer. Queria sair da Segunda Orquestra. Você sabe que estou falando sério! Por que eu mentiria para você?

Porque falar a verdade exigiria uma coragem que você não saberia reconhecer nem se seu pai comprasse para você.

Elena não disse isso. Mordeu o lábio inferior e tentou desvencilhar as mãos das de Cecília, mas a garota enterrou os dedos ao redor de seu punho com uma força que parecia alheia aos seus braços finos.

— Eu juro que não sabia que Raphaella faria isso comigo. É uma tragédia, Lena, eu nunca quis isso e agora... Agora não posso negar. Não tinha saída.

Se Cecília tinha a intenção de acalmá-la, suas súplicas avivaram o fogo da raiva: ela nem ao menos queria o Sopranato! Mas as lágrimas da amiga vinham aos borbotões, e a culpa era como água gelada nas chamas do ódio. Elena não queria sentir inveja de uma de suas únicas amigas. Talvez Ciça estivesse falando a verdade, ou talvez fosse melhor acreditar nisso para não sucumbir àquele sentimento oco e profundo.

— Eu sabia! — A voz de Margot partiu o momento como uma pedra na superfície de um lago. Ela lançou os braços ao redor de Cecília, sem perceber que a garota estava chorando. — Eu sabia, eu sabia, eu sabia. Você merece!

— As notícias voam — Elena conseguiu dizer, engolindo em seco e tentando não pensar em como, na sua opinião, merecimento não tinha nada a ver com aquilo. Intencional ou não, a escolha de palavras de Margot a incomodava bastante.

— Eu tenho meus contatos. — Meg mostrou a língua para Elena, brincalhona, mas havia uma atenção fria em seus olhos ao encará-la. Cecília limpou as lágrimas às pressas, engoliu o choro e o mascarou com um sorriso.

— Raphaella foi gentil o suficiente para me oferecer a posição essa manhã — revelou ela, como se pedisse desculpas. — Não tive como dispensar a oportunidade.

— Por que raios você passaria? — Meg riu, incrédula, e depositou um beijo na bochecha de Cecília. — Você é uma Prodígio do Conservatório. Não dizemos não para nenhum chamado da magia.

Ela estava certa, e Elena sabia. Não se podia dizer não a Raphaella e esperar que não houvessem consequências. Entrar no Conservatório era um comprometimento que poucas pessoas conseguiam entender, e menos ainda de fato seguiam.

— Preciso falar com Raphaella — disse Cecília, uma mentira tão deslavada para escapar de Elena que se surpreendeu por Margot não reconhecer de imediato. — Encontro vocês mais tarde?

— Na torre, com champanhe. Nada daquela sidra de cereja que Elena insiste em empurrar pra gente — retrucou Margot, e Elena fez o que podia para ignorar a acidez do comentário. Quando Meg fora promovida para Soprano de Prata, anos atrás, ela trouxera uma sidra barata em comemoração, e Ciça havia passado mal imediatamente com o gosto ácido e enjoativo.

Era só o que conseguira comprar.

Cecília depositou um beijo no rosto de Margot e apertou o braço de Elena antes de sumir pelos corredores, deixando para trás o perfume de rosas.

Assim que estavam só ela e Margot, Elena percebeu que a amiga havia notado a tensão que estivera no ar antes de chegar. Meg a encarava com os olhos apertados, cintilando como os de um gato que observa um rato.

— Eu sei que é difícil, mas você precisa ficar feliz por ela — disse de supetão; sem rodeios, sem perguntas. Era mais um comando do que qualquer outra coisa.

— Por que acha que não estou feliz? — Elena envolveu o próprio corpo com os braços, com vergonha da inveja e da raiva e ao mesmo tempo querendo proteger esses sentimentos. Proteger a si mesma. — Se tem alguma coisa estranha é a felicidade da Ciça, já que ela sempre falou que não queria ser Soprano de Prata...

— Lena — disse Meg, um alerta na voz. — Não seja tola. Ela falou isso por sua causa. Para que a amizade de vocês não ficasse perdida entre uma rivalidade estranha.

— Então preferiu mentir? E você sabia disso desde o começo? Puxa, realmente me sinto melhor em saber que minhas duas melhores amigas estavam me deixando no escuro. — Elena riu de forma irônica, e Meg respondeu com um bufar exasperado.

— Você sempre acha que todo mundo está contra você, Elena. Nem tudo é sobre os seus sentimentos, sabia? De vez em quando a gente ganha, e de vez em quando perde. A vida no Conservatório é assim, e você mais do que ninguém deveria saber disso. Afinal, virou reserva da Segunda Orquestra antes da Cecília, e ela comemorou com você.

A vergonha espalhou-se pelo rosto de Elena como uma nota de carmim. Ela odiava o jeito que Margot tinha de fazê-la se sentir como uma criança mimada, como se a maturidade estivesse apenas a um passo de distância, se apenas ela conseguisse deixar seus sentimentos tolos e exagerados para trás.

— Não é isso — tentou ela, querendo explicar que doía mais que Cecília tivesse mentido para ela do que a garota ter ganhado o Sopranato. Que perdê-lo significava a confirmação de que, não importava o quão boa Elena fosse, ela jamais superaria certas barreiras. Que seu nome jamais abriria as portas para as quais o nome Avis-Corsica tinha a chave. Não era somente inveja, ou mágoa: era o medo de que, a cada oportunidade que perdia, Elena também perdia a capacidade de pertencer.

Mas não falou nada disso. Sob o olhar julgador e severo de Meg, não havia espaço para revelar aquele tipo de coisa. Elena suspirou fundo, enterrando tudo que não era maduro e aceitável.

— Claro que estou decepcionada. — Escolheu com cuidado as palavras, como quem compõe uma música particularmente complexa. Queria dizer algo que fosse verdade. — Mas… Sei que Cecília será uma Soprano de Prata fantástica.

Meg continuou encarando-a, e Elena sabia que teria que fazer mais se quisesse convencê-la.

— Eu estou feliz por ela, Meg…

— Não parece.

— Me dá um tempo, está bem? — Elena suplicou, apertando os lábios. — Um tempo apenas para lidar com a minha decepção. Eu prometo que é algo passageiro. Não significa nada.

A mentira ficou suspensa no ar pelo que pareceu uma eternidade. Então Meg suspirou fundo, assentindo devagar como se estivesse fazendo uso de toda sua benevolência para aceitar a oferta de paz que Elena fazia.

— Você tem até mais tarde — disse ela, segurando a mão de Elena com carinho, e por mais irritada que estivesse, o gesto foi como um prêmio, um alívio. Ela sempre sentia que estava prestes a perder Margot, procurando obsessivamente pelos acordes dissonantes na melodia de sua amizade e se agarrando a qualquer evidência de que o laço entre as duas continuava intacto. — Quero ver um sorriso genuíno na torre, pela sua amiga, que merece sua felicidade mesmo que não seja por você mesma. Amiga essa que, aliás, pagou pela cremação de sua mãe, caso você tenha se esquecido.

Elena não se esquecera, e a lembrança provocou um rubor violento em seu rosto. Ela apenas assentiu.

— Ah, e nem pense em levar sidra de cereja. Vou arranjar algo digno de comemorações.

Ela suspirou fundo, tentando navegar a situação e enterrar o que não era aceitável. Preferia viver uma mentira do que perdê-las: Cecília e Margot eram o único lugar a qual ela pertencia. Não poderia abrir mão daquilo — especialmente não por causa da mesquinharia de seus sentimentos.

Ainda que eles rugissem dentro da jaula em que Elena os colocara, ansiando para sair.

Um rouxinol atrevido

Elena não foi à torre do relógio naquela tarde.

Sabia que precisaria ser perfeita se o fizesse, mas a inveja que tentara esconder queimava em seu coração, e a soprano sentia que entraria em combustão espontânea se fosse obrigada a cantar o refrão da forma que Meg e Cecília esperavam. As badaladas das cinco da tarde começaram e terminaram, e Elena continuou com o nariz enfiado na *Teoria Clássica da Magia de Potência*, escondida em seu canto preferido da imensa biblioteca do Conservatório. Gastava as horas até que fosse aceitável ir dormir, de preferência depois que Cecília o tivesse feito.

Não queria encará-la. Não agora.

Talvez nunca.

Quando a gárgula Georgina enfim veio dizer que estava fechando até o dia seguinte, Elena se surpreendeu com a noite avançada do lado de fora.

— Que horas são?

— Onze e meia, filha — disse a bibliotecária, com um suspiro cansado.

— Não posso ficar nem mais um pouquinho? — pediu ela, apertando os lábios para estátua meio cabra, meio grifo que a encarava com pena.

— Na verdade, fechamos há uma hora e meia, mas achei que você precisava de mais um tempinho. Mas, se quer um conselho… Nada fica mais fácil na madrugada, meu bem.

Elena não pôde evitar sorrir à gentileza, e agradeceu a gárgula. Georgina tinha razão, é claro, mas ela ainda não estava pronta para voltar, então saiu pelos corredores sem um rumo definido. Em dias normais, naquele horário Cecília já estaria no sétimo sono — mas aquele não era um dia normal, e Elena não queria arriscar mais uma conversa cheia de lágrimas na qual os próprios sentimentos não tinham espaço. Voltaria ao dormitório quando já passasse da meia-noite, e nem um minuto mais cedo.

À noite, o Conservatório parecia abandonado. Claro, havia movimento constante — gárgulas responsáveis pela limpeza escalando as paredes e o teto, estudantes atrasados debruçados sobre rolos de pergaminho e livros da grossura de colunas. Mas a atmosfera noturna dava uma cadência especial ao espaço, como se fosse um contrato não dito entre as estrelas e as paredes: o som tinha domínio do dia, mas o silêncio reinava à noite.

Ainda assim, a respiração do Conservatório era musical, e sua cadência melódica não deixava de tocar em nenhum momento. Era intensa e potente, e fazia pulsar algo no âmago de qualquer um que se dispusesse a acordar sua própria força mágica.

Qualquer um poderia fazer magia, é claro. Mas a magia tinha um preço, e não era todo mundo que estava disposto a pagá-lo — nem com o tempo necessário para se tornar um mago, estudando teoria até os olhos ficarem turvos, nem com a dedicação que obliterava qualquer outra ambição.

Elena deixou-se vagar pelos corredores, evitando os poucos magos que via pelo caminho, murmurando uma música silenciosa para si mesma e procurando um lugar — qualquer lugar — onde pudesse esperar e lamber suas feridas.

Uma porta entreaberta chamou sua atenção. Estava na ala das bailarinas, que nada mais eram do que decoração — opinião esta que Elena guardava para si, pois o Imperador adorava balé. Não fazia diferença que a dança não fosse capaz de gerar nenhum feitiço: qualquer apresentação de suas Orquestras incluía ao menos uma dúzia de meninas diáfanas e tolas que rodopiavam ao ritmo que as Prodígios cantavam.

Adentrou a sala de dança pé ante pé, mas não se surpreendeu ao encontrá-la vazia — não conhecia nenhuma dançarina que estaria ensaiando durante a madrugada. Mas havia algo lá: o arrepio de um déjà-vu desceu por seu pescoço ao encarar o piano de cauda branco que a esperava nos fundos da sala. Elena hesitou ao se aproximar, mas não havia nenhuma figura encapuzada.

Em vez disso, havia espelhos. Muitos, espalhados pela sala inteira, refletindo Elena por todos os ângulos possíveis. Ela não gostava muito de encarar o próprio reflexo: era o início do refrão já conhecido das críticas que fazia a si mesma, e que não conseguia cortar. *Endireite as costas, encolha a barriga,* ela ouviu a voz da mãe soando em seu inconsciente e obedeceu, inflando o peito levemente e encaixando o quadril para estabilizar a postura. Era difícil interromper a ladainha que acompanhava a visão da sua aparência, ainda mais quando encarava a si mesma diretamente — o rosto redondo demais, os braços gordos, as costas largas, a cintura pouco evidente, o pescoço curto.

Você é horrorosa. Jamais será Soprano de Prata. Jamais será alguém que não Elena Bordula, não importa o quanto deseje algo diferente. Nasceu invisível, e morrerá invisível.

Elena apertou as mãos e demorou-se na agulhada das unhas curtas contra a palma. Não se lembrava de quando começara a fazer aquilo, mas desde sempre tinha pequenas cicatrizes em forma de meia-lua nos relevos da mão. A dor era desagradável, mas provocava um alívio que mais nada era capaz de oferecer.

Em alguns momentos, era o único bálsamo que tinha.

Ali não havia o olhar de Margot nem as lágrimas de Cecília. Não havia a pena de Raphaella, os insultos de Anita — a dor conseguia silenciar até mesmo a voz da mãe. Sozinha com suas dezenas de reflexos e seu sangue, Elena conseguia abrir as portas da inveja, da tristeza... Da raiva.

Raiva era um sentimento que Elena odiava reconhecer em si. Não era polido, maduro, ou gentil: era feio e egoísta, um monstro vermelho que berrava a plenos pulmões, não importava o quanto incomodasse os outros. Brandia suas garras sem medo de machucar — estava a serviço dela, e de mais ninguém.

E, em sua raiva, Elena se viu pensando uma coisa: queria que Cecília perdesse a voz. Permitiu-se um pequeno delírio maldoso, em que Ciça ficava com uma dor de garganta súbita, que sua predisposição para aumentar as próprias maledicências transformava em faringite. Imaginou a decepção estampada no rosto de Raphaella — sua Soprano de Prata, em seu primeiro dia, incapaz de cantar por conta da garganta.

Se fosse Elena, cantaria mesmo com a garganta em chamas, com a laringe coberta de pus.

O arrependimento veio tão súbito quanto a imagem da vingança, amargo como cerejas podres, severo como a voz de Margot. Cecília era sua amiga. Ela jamais desejaria algo assim, mesmo que... Mesmo que, de certa forma, sua raiva desejasse.

Minha raiva não faz parte de mim, ralhou consigo mesma. *Ela é só uma coisa feia e desagradável que preciso enterrar. Eu não posso ser um monstro. Eu não quero ser um monstro...*

Quero?

Respirou fundo, tentando encontrar o equilíbrio de suas emoções, tentando ignorar o prazer de imaginar Cecília sem voz. Encarou-se no espelho, e...

Por um momento a figura encapuzada estava ali — atrás dela, com a mão enluvada apoiada no ombro de Elena. A sombra que cobria seu rosto não permitia ver suas feições, mas havia um brilho branco de osso — algo que ela vislumbrava por baixo do capuz, entre as sombras escuras e ameaçadoras.

Elena virou-se. Seu coração era um tambor desenfreado, o susto estampado no rosto, os cabelos ruivos desalinhados pelos ombros. Mas não havia mais ninguém ali — estava sozinha com sua raiva, e seu ódio, e sua tristeza.

Ergueu as mãos, e nas marcas feitas por suas unhas, cintilavam gotas de sangue escarlate.

O Conservatório amanheceu com chuva.

Não significava que o inverno tivesse se despedido, muito pelo contrário — e, por isso, quando Elena acordou enrolada no edredom, não se surpreendeu ao ouvir as tosses e os xingamentos de outras Prodígios que estavam sentindo o mesmo que ela ao colocar os pés no piso frio do dormitório.

Ela desceu da beliche levando o cobertor como um xale, amaldiçoando a si mesma por não ter o hábito de dormir de meias. Deu uma olhada de soslaio para Cecília, que ainda estava encasulada na própria cama e se remexia com desconforto. Um assomo de carinho surgiu no peito de Elena: a amiga odiava acordar cedo, e era notoriamente rabugenta pela manhã.

Vê-la daquele jeito, dormindo com uma carranca, lembrava Elena de quando haviam se conhecido — quando Cecília era só uma menina, cuja pouca idade se fazia ver no rosto angelical. Tinha sido natural protegê-la, cuidar de cada dor de cabeça e enjoo, vê-la crescer e desabrochar em uma jovem adulta que ainda parecia recém-saída da adolescência, mas que tinha uma voz feita de mel e uma inocência cativante.

Além de, evidente, os melhores vestidos de Vermília.

Elena encarou as próprias mãos, onde após ter lavado o sangue restou apenas pequenas cicatrizes. Tinha sido bom permitir que os sentimentos ruins extravasassem, nem que fosse por um momento, e agora ela se sentia mais pronta para ser a amiga que precisava ser.

Mesmo que imaginar Cecília cantando para Grigori e Raphaella ainda lhe provocasse um acorde díssono de tristeza.

Sentou-se na beirada da cama da amiga, fazendo carinho suavemente em seus ombros, e depois seus cabelos. Ciça gostava de acordar com calma, e Elena sabia que amava seu cafuné — poderia ser uma boa maneira de se desculpar após ter faltado ao brinde da tarde anterior.

— Ciça — murmurou ela suavemente, um meio sorriso nos lábios. — Ei, são sete e meia. É seu grande dia. Hora de acordar.

Cecília revirou-se na cama e puxou o cobertor por cima da cabeça, resmungando com mais afetação, e Elena riu; parecia um gatinho fazendo manha, e a comparação ficou ainda mais intensa quando a amiga emitiu algo entre um grunhido e um miado de protesto.

— Sim, eu sei — disse Elena, como se conseguisse decifrar o som em palavras — mas, você não quer se atrasar para seu primeiro ensaio como Soprano de Prata, não é?

— Eu... — A resposta de Cecília não foi o que Elena esperava. Veio em meio a um sussurro rouco, dolorido, como se houvesse cacos de vidro misturados à sua voz. — Eu não consigo...

A soprano ergueu o corpo da cama em um acesso súbito de tosse. O carinho de Elena desfez-se em preocupação: Cecília tossia com convulsões intensas, tentando expulsar algo que parecia profundamente alojado em seu peito, e o pânico ao vê-la daquela forma a fez se sentir do mesmo jeito que a tosse da amiga.

— Ciça. — Elena agarrou os ombros de Cecília, sacudindo-a com urgência — Vou chamar um Sanguíneo...

— Não — Cecília conseguiu dizer em meio a tosse, e ergueu o lençol para tapar a boca. Quando o afastou, havia salpicos de sangue no tecido branco.

— Sim — afirmou Elena, resoluta. — Sem discussão. Você não pode cantar desse jeito.

Dois olhos lilases e marejados a encararam, e um nó se formou na garganta de Elena. Era exatamente o que desejara na noite anterior, mas o fato provocava repulsa em seu âmago. Não estava certo. Ela não queria Cecília tossindo até sair sangue e sem conseguir se apresentar, não de verdade...

Se fosse você, você cantaria, passarinho. Mesmo com sangue e com dor.

Não foi um pensamento — foi um sussurro, que fez os pequenos pelos na nuca de Elena se arrepiarem. Ela virou o pescoço como um chicote, certa de que veria alguma coisa — alguém, uma figura encapuzada de luvas brancas e voz sedutora.

Mas estavam só elas duas ali — as outras Prodígios estavam terminando de se arrumar, alheias a conversa entre as duas.

Sentiu o suor gelado no corpo, e Elena ficou momentaneamente atordoada. Estaria ouvindo coisas?

— O que houve? — Cecília agarrou seu braço, e Elena voltou ao presente. A amiga a observava com um olhar atento, e ela sabia que sua compleição provavelmente estava branca com o susto que acabara de levar.

Mesmo aquelas três palavras pareciam custar toda a energia de Cecília, e Elena apenas negou com a cabeça, sem querer admitir que ouvira alguma coisa.

Ouvir vozes não era um bom sinal. Não eram poucas as histórias de magos que haviam enlouquecido, tanto por não aguentarem a pressão constante do Conservatório quanto por viverem sob o efeito constante da magia. Uma das histórias mais conhecidas era a de um médico pianista que, após passar doze horas tocando um soneto de cirurgia, havia cortado todos os dedos. Ele sangrou até morrer na enfermaria do Conservatório, soluçando enquanto tentava alcançar as notas do feitiço de cura com os cotocos arruinados das próprias mãos.

Toda magia tinha um preço, afinal de contas.

E, por isso mesmo, Elena disfarçou a verdade atrás de um sorriso preocupado.

— Vou falar para Raphaella que você não está se sentindo bem. E, depois do ensaio, eu te levo até a enfermaria, tá?

— Mas...

— Sem mas. — Ela deu um beijo suave na testa de Cecília. Não havia febre, o que era bom: provavelmente o frio e a chuva eram os responsáveis pela infecção temporária. Ela havia ouvido outras Prodígios tossindo, não é mesmo? — Vou procurar uma gárgula e pedir que fique de olho em você.

Assim o fez. Gracco, a gárgula que patrulhava os corredores da ala das Prodígios da Segunda Orquestra, concordou em observar Cecília durante a manhã, e Elena saiu em disparada para o ensaio, cinco minutos atrasada e cheia de preocupações.

A sala já estava cheia quando ela entrou, esbaforida. Grigori esperava com a postura impecável, prostrado ao lado de Raphaella.

— Elena. — A maestra a encarou com expressão severa. As sobrancelhas grossas acima de seus olhos possuíam o mesmo tom da tinta com o qual se escreviam partituras. Ao lado de Grigori, a comparação com morcegos se tornava ainda mais evidente. — Espero que haja um bom motivo para o seu atraso. E onde está Cecília, pelos Deuses?

— Estou ansioso para conhecer sua Soprano de Prata — disse Grigori, e algo em sua voz sugeria uma afetação insincera.

Grigori era um homem imponente, mesmo que o tempo houvesse esvanecido um pouco o seu antigo charme. Ele vestia os trajes pretos de maestro com muito mais elegância do que Raphaella, preenchendo o tecido de seu colete de maneira a acentuar os ombros largos, mas a principal diferença estava na medalha dourada em sua lapela, que indicava sua posição na hierarquia do Império.

Elena teve que se segurar para não revirar os olhos ao perceber a mudança de postura de algumas Prodígios, que achavam estarem sendo sutis, porém mais pareciam cachorrinhos entusiasmados. De canto de olho, podia ver o decote atrevido de Anita, que havia aberto o botão superior da jaqueta azul-marinho. Elena apertou os lábios para não rir, se lembrando do que Meg costumava dizer sobre Grigori e Alec.

Não perca seu tempo... Fiquei sabendo que ele gosta de outra coisa.

— Posso responder as duas perguntas de uma vez, maestra. — Elena voltou o olhar para Raphaella, e fez uma pequena mesura, baixando a cabeça o suficiente para demonstrar arrependimento. Explicou o que acontecera com Cecília em um tom sussurrado, virando o corpo para que nenhuma das outras Prodígios pudesse entender.

Não estava prestes a jogar a própria amiga para a cova dos leões.

— Justo hoje? — retrucou Raphaella, exasperada. Passou as mãos pelo rabo de cavalo e logo depois as enfiou no bolso do casaco, como se arrependida de estar demonstrando fraqueza na frente de seu superior. — Bom, Comandante Yasov, receio que você terá que assistir a um outro ensaio para conhecer nossa nova Soprano de Prata. Cecília Avis-Corsica está enferma, ao que parece...

— Muito conveniente — disse Grigori, franzindo os lábios de maneira irônica. — Excelente escolha para a posição, maestra. Em seu primeiro dia, a garota já conseguiu perder o tempo do oficial mais importante do Império! Só podemos esperar que a Soprano de Prata não caia febril no dia da coroação do jovem príncipe.

— Eu realmente sinto muito. — O rosto de Raphaella ganhou um tom quase púrpura, e as entranhas de Elena se reviraram de vergonha alheia. Ter um ensaio assistido pelo maestro da Primeira Orquestra não era uma honra facilmente concedida, e Elena sabia que a ausência de Cecília envergonhava não somente a maestra, ou Cecília, como também todas as Prodígios que sonhavam que o maestro as escutassem cantar.

Então Elena teve uma ideia.

— Eu posso cantar, maestra — sugeriu, timidamente, com uma voz que quase não era sua.

Raphaella não respondeu. Encarou Elena como se a visse pela primeira vez, a testa franzida com uma expressão entre a curiosidade e o "como se atreve" que certamente estava prestes a escapar de seus lábios. Elena pensou rápido, tentando explicar.

— Sou a soprano reserva, não é? Se uma situação como a que o maestro Yasov mencionou acontecer, de Cecília ficar doente justo no dia da coroação do jovem Lúcio... — A boca de Elena ficou seca e sua pele foi tocada por um arrepio quando todos os olhares se voltaram para ela, sua insolência destacando-a com tanta eficiência quanto um holofote. — Eu seria a pessoa a cantar em seu lugar. Então é justo que sigamos o mesmo protocolo, não acha?

Era uma aposta arriscada. Mencionar protocolo era algo que seduziria Raphaella, que sempre havia seguia as regras à risca e gostava de se gabar de jamais ter saído da linha. Mas o atrevimento, bom...

... esse, Elena usava como isca para Grigori.

— Bom — disse Raphaella, quebrando o silêncio com cuidado. — Você está certa, é claro. Comandante Yasov, Elena Bordula é uma soprano excelente. Não irá se arrepender de ouvi-la cantar.

— Bordula? — Uma sobrancelha prateada ergueu-se no rosto de Grigori. — Como a Idólatra dos ossos?

Elena tentou não esboçar qualquer reação ao apelido maldoso que se tornara a alcunha de sua mãe.

— Posso garantir que, neste caso, a expressão "filha de peixe" não se aplica. Elena está sob minha tutela há anos; tenho acompanhado sua evolução e posso garantir o quanto trabalha duro.

Ela endireitou os ombros, encarando o maestro sem sorrir, e deixou que ele a observasse. A sensação não era necessariamente boa, ao contrário da evidente inveja que era capaz de sentir, mais do que ver, estampada nos rostos de Anita Satine e das outras Prodígios. O olhar de Yasov era como dedos, apalpando cada dobra e centímetro de seu ser; explorando seu passado e sobrepondo-o com a reputação que o nome sugeria.

— Um tanto gorda, não é? Para uma soprano? Mesmo que seja reserva. — Grigori franziu a testa, e Elena sentiu o rosto aquecendo. Era melhor que falasse de seu corpo do que de seu sobrenome, e mesmo assim doía. Algumas risadinhas soaram ao redor do coral, e ela travou o maxilar para evitar que seu rosto revelasse qualquer emoção. Era imperativo que não hesitasse: Grigori estava testando suas fraquezas. Meg dissera ser do feitio do maestro tecer comentários aparentemente casuais, mas cruéis, para ver se os magos mordiam a isca — e então destruir os que o faziam.

— Como disse, Elena é excelente, comandante. — Raphaella cruzou os braços, evidentemente na defensiva. — A voz perfeita, de rouxinol. Nem se nota que é maior do que a média.

Elena apertou os lábios, mantendo os olhos fixos em algum ponto na parede acima da cabeça de Grigori, tentando não se lembrar dos comentários que a mãe adorava fazer sobre seu peso, o formato de seu corpo, seu tamanho. *Uma soprano é como um pássaro, Elena. Leve, frágil. Um pardal, não um avestruz.* Havia várias coisas que Elena gostaria de dizer, tanto para a mãe morta quanto para os maestros que discutiam seu corpo como se ela não estivesse lá, mas, como sempre, sufocou as palavras e a raiva, tentando desconectar sua cabeça do restante de si.

— E de onde você veio, *rouxinol*?

Ela umedeceu os lábios antes de responder.

— Cresci em Sarandi-ao-mar, senhor. Antes de... de tudo. — Ela pigarreou. — Minha mãe era luthier. Consertava violinos.

— Sei o que faz uma luthier, Srta. Bordula — respondeu Grigori, revirando os olhos. Um punho gelado pareceu enrolar-se ao redor do esôfago de Elena, e ela se castigou pelo erro. — E não tenho interesse em saber da vida e obra de uma criminosa. Me fale de você. Como chegou até a Segunda Orquestra?

— Trabalhou aqui durante alguns anos nos corais de serviço, e depois nas Orquestras Menores, Comandante Yasov — respondeu Raphaella, sem dúvida em uma tentativa de desviar o assunto da história dos Bordula. — E então Theodora Garnier me pediu para ouvir sua prima em uma audição. Foi assim que conheci Elena.

— Ah. O bom e velho nepotismo. — Mais risadinhas na sala, e Elena interveio antes que Raphaella pudesse responder por ela.

— Primas de terceiro grau, maestro.

Grigori assentiu lentamente, a expressão neutra.

— Bom — disse ele, batendo as mãos como um gongo. — O que está esperando? Eu vim para ouvi-las cantar, e até agora só fiquei entediado.

Sua concordância foi como a quebra de um feitiço: Raphaella bateu palmas e mandou as Prodígios se posicionarem — menos Elena, que ficou à frente do latril ao qual Margot geralmente se sentava, e que Cecília ainda não tivera chance de ocupar.

— Vamos, vamos, já perdemos tempo demais — ordenou Raphaella, segurando sua batuta com impaciência e folheando um caderno de partituras. — Que tal... O minueto de Kell, sim?

Elena agradeceu silenciosamente pela escolha de uma peça fácil — um minueto que cantara centenas de vezes e que compunha uma das sinfonias de construção mais usadas pelo Império. Sozinho, ele não provocava nenhum efeito dramático: apenas produzia uma sensação leve de inebriar, que no contexto da sinfonia era usada para fazer os materiais — pedra e madeira, vidro e metal — se encaixarem mais rápido.

Mas não importava o que iriam cantar. O que importava era que Grigori Yasov era, acima de tudo, um colecionador de vozes, e a Primeira Orquestra, o baú onde guardava seus tesouros. Mesmo que encarasse Elena com um semblante entediado, desprovido de interesse, ela conseguia vislumbrar os pequenos espasmos dos dedos tamborilando contra seu antebraço, o foco presente nos olhos escuros.

Ele queria uma nova voz, desesperadamente. E talvez, só talvez...

Elena fosse aquela voz.

Como todas as pessoas no Conservatório, Grigori era apenas mais um homem faminto. E era isso, acima de tudo, que fazia com que fosse tão fácil para Elena concentrar-se em sua respiração, encontrar dentro de si a calma que a permitia acessar os acordes afinados do minueto: ela sabia que Grigori não conhecia a fome de verdade, não como ela.

Diferente de Elena, ele não sabia o que era morrer à míngua.

Elena começou a cantar, e, como sempre, quando seu canto encheu a sala de ensaio, os sussurros desdenhosos e as risadinhas cessaram.

Podiam falar de seu peso, insinuar que usara de golpes baixos para galgar os degraus do Conservatório, mas tudo silenciava diante do som retumbante e inegável de sua voz.

Um diamante bruto, passarinho.

Lá estava ela de novo — a voz, que soava como se fosse feita de mel e desejo, que escorria pelas costas de Elena como um beijo. Daquela vez, porém, ela não levou um susto; não teve medo de que haveria uma figura encapuzada à espreita. Aceitou o elogio pelo que ele era, e deixou que o orgulho por sua voz saísse de seu peito e a fizesse cantar mais alto.

Finalizando a música, Elena enfim voltou a atenção para Grigori. Ele flexionava os dedos distraidamente, como se estivesse tentando afastar de si o comichão das palmas.

— Eu falei. — Raphaella se virou para o maestro, uma expressão presunçosa nas sobrancelhas erguidas e no sorriso assimétrico. — O timbre dela é particularmente único.

Grigori apenas assentiu, estudando Elena como se não houvesse mais ninguém na sala exceto ela. Era estranho que um homem — pois era isso que ele era, apenas um homem, mesmo que se portasse como um bastião da excelência em magia — fosse capaz de segurar os sonhos de uma vida inteira nas mãos, mas era assim que Elena se sentia. Ela prendeu a respiração, o coração acelerado, e se perguntou se todos ali podiam ouvi-lo bater.

Depois do que pareceu uma eternidade, Grigori uniu as mãos uma contra a outra. Não era bem uma ovação...

Mas, vinda do homem mais crítico do Conservatório, bem que poderia ser.

Segredos e mentiras

Cecília não estava mais no dormitório após o ensaio.

Também não estava na enfermaria, e quando Elena encontrou Gracco, a gárgula informou que a garota tivera uma melhora súbita no meio da manhã e sumira para algum lugar.

— Não é meu papel ficar cuidando de sopranos mimadas, sabe?

— Eu sei, Gracco, me desculpe — disse ela, analisando os lençóis ainda desarrumados de Cecília. A amiga não poderia ter ido longe. Ainda assim, uma melhora súbita provocava todo tipo de suspeitas em Elena: Ciça não costumava ignorar doenças; na verdade, era justamente o contrário: gostava de esticá-las ao máximo, aproveitando a atenção que lhe garantiam. Ao mesmo tempo, como é que alguém começava o dia tossindo sangue e estava bem o suficiente para algumas horas depois já estar perambulando pelo Conservatório?

Algo não estava certo.

Se alguém saberia dizer, seria Margot — Cecília sempre ia correndo para o colo de Meg quando alguma coisa dava problema, especialmente se Elena estivesse indisponível.

Durante toda a manhã e a tarde, Elena as procurou — foi até a torre do relógio, até a mesa no refeitório onde as três comiam, até o canto da biblioteca onde costumavam estudar juntas. Nenhum sinal das amigas e, quando o sino tocou, Elena teve que abandonar a busca para voltar a seu posto.

Ciça também não foi aos ensaios da tarde.

Quando encerraram, Raphaella a chamou. A maestra esperou pacientemente a sala se esvaziar, e Elena não pôde deixar de temer a bronca que tinha certeza estar prestes a levar por sua insolência durante a manhã. Raphaella não tivera tempo de ralhar com ela — escoltara Grigori para fora da sala, e Elena havia aproveitado o ensejo para escapulir — mas duvidava que conseguisse escapar mais uma vez.

Exceto que aquele dia parecia feito para coisas impossíveis.

— Grigori ficou impressionado com você — afirmou Raphaella assim que ficaram sozinhas na sala. Embora a frase provocasse um arrepio prazeroso que ecoava no peito de Elena, a maestra não falara de forma elogiosa: havia algo à espreita daquelas palavras, algo tenso escondido no tom de Raphaella.

— Fico feliz por ter tido a oportunidade de honrar nossa orquestra — respondeu Elena, tentando entender a expressão severa da maestra.

— O Comandante Yasov é um homem de muitos desejos e poucos escrúpulos, Elena. — Raphaella baixou a voz para dizê-lo. Qualquer pessoa que fosse pega falando mal de Grigori estaria em perigo: a influência do homem no Conservatório era notória, especialmente por sua amizade próxima com André Garnier, o reitor. — Confio que irá caminhar com cuidado em seu domínio.

— Tenho escrúpulos o suficiente por nós dois, maestra.

— Me preocupam mais os desejos. — Raphaella suspirou fundo, e havia algo de maternal no jeito com que encarava Elena. — Quando Grigori quer alguma coisa, bem… Essa coisa geralmente o encontra, entende? Mesmo que não tenha escolha.

Elena entendia o que ela estava dizendo, e talvez uma parte de si se ressentisse por ser comparada com um objeto. Mas muito mais intenso era o prazer de entender que Grigori a queria.

— Faz sentido… — concordou, deixando escapar sua ânsia. — Ele é o Comandante da Primeira Orquestra. Uma palavra sua, e qualquer Prodígio vira Soprano de Ouro.

— Por enquanto, Alec Cézanne é o Soprano de Ouro, e não creio que isso irá mudar tão cedo. Caso ocorra, devo lembrá-la que a hierarquia dita que Nadine Chahoud ou Margot Mirza tomarão seu lugar — retrucou Raphaella, uma nota de desaprovação em sua voz.

Não surpreendia que ela se assustasse com a ambição de Elena: Raphaella tinha galgado os degraus até o posto de maestra com a paciência de quem espera até que todos que vêm antes terem morrido para ocupar o seu lugar. Para ela, a longa fila até o topo era o único caminho.

Elena não precisava concordar para saber que era importante manter a maestra a seu lado.

— Não foi isso que quis dizer — acrescentou depressa, o olhar cabisbaixo. — É só que a influência dele é algo evidente.

— Somente magos fracos são feitos de influência, Elena. O único caminho até o poder, o poder verdadeiro... É trabalho duro e esforço. Simples assim.

É fácil para você dizer, pensou ela. *Os Roy são, o que, os segundos maiores doadores do Conservatório? O caminho parece pavimentado para quem nunca viu uma estrada de terra.*

Mas ficou em silêncio. Simplesmente assentiu, ostentando sua melhor expressão de subserviência.

— Obrigada pelo conselho, maestra.

Se Raphaella notou o leve resquício de ironia naquela frase, seu sorriso não o disse. Ela analisou Elena por mais um instante, e então assumiu a sua habitual postura distante.

— Acredito que Cecília esteja se sentindo melhor? Fui procurá-la na enfermaria, mas não a encontrei.

— Acho que sim — respondeu Elena, surpresa por Raphaella ter feito o mesmo caminho que ela. — Provavelmente era só uma indisposição.

Elena arrependeu-se das palavras assim que saíram de sua boca. Se tossir sangue quase não era desculpa para perder seu primeiro ensaio como Soprano de Prata, uma pequena indisposição seria quase um insulto.

— Quer dizer, ela estava realmente mal de manhã. Tossindo sangue e tudo — completou, mas o estrago estava pronto: o olhar de Raphaella estava estreitado, e o desagrado era evidente no franzir do nariz adunco e na linha seca de sua boca.

— Sei que o Sopranato de Cecília não era bem o que você espera-va — afirmou Raphaella, subitamente. — Também não era a minha primeira escolha, acredite. Saiba que lutei muito por você, Elena. Mas a reputação dos Bordula... Bem, ela precede qualquer talento mágico, que você tem de sobra.

Por mais que suspeitasse de que aquele havia sido o motivo da rejei-ção, sua boca pendeu em choque. Uma coisa era especular sobre como a desgraça que sua mãe trouxera para o nome da família tivera parte em prejudicar a vida de Elena. Outra coisa era ouvir da própria maestra que, não fosse isso, ela teria sido a Soprano de Prata.

Elena não pôde evitar se perguntar quem do alto conselho do Con-servatório teria ficado contra ela, embora desconfiasse que tivesse sido o reitor: havia sido somente por influência de Theo que ela conseguira entrar na academia, afinal de contas, e ela sempre soube que havia um desagrado latente da parte do pai da amiga com o desenrolar das coisas.

— Elena? — A voz de Raphaella a trouxe de volta à sala de ensaios.

— Sim, maestra?

— Confio que nada do que discutimos sairá daqui. — Embora soas-se como uma ordem, havia uma súplica silenciosa por baixo daquelas palavras, e Elena saboreou o leve poder que isso lhe trazia.

— Não sei do que está falando — disse Elena, dando em seguida uma piscadela em confidência. — Pode confiar na minha lealdade, maestra.

Ela agora era cuidadora de um segredo de Raphaella Roy...

Com sorte, seria útil em algum momento.

Talvez fosse o peso da culpa, ou dos segredos que agora carregava — mas Elena estava atrasada quando enfim galgou os degraus para juntar-se a Meg e Ciça em seu encontro diário.

Não que cinco minutos fossem propriamente um atraso — mas quando passou por Guido e Guinevere (Garina havia caído num tanque de vinagre na cozinha e agora estava tendo que lidar com as manchas ácidas que danificaram seu mármore), o gárgula atarracado riu dela.

— Vai perder toda festa, menina!

Festa? Elena não entendeu as palavras, mas não foi preciso esperar muito: assim que sua cabeça despontou no vão que dava para o pátio da torre, viu as duas amigas conversando em meio a algumas garrafas de vinho — uma das quais já estava vazia.

— Eu já te falei milhares de vezes que Elena é assim, Ciça. — A voz de Meg ecoou perfeitamente pelo pátio, e Elena retrocedeu alguns degraus, encostando as costas contra a parede de pedra para não ser vista. Estavam falando dela. Um formigamento desagradável desceu pela sua nuca, e seu coração martelou tão alto que abafava até mesmo a voz de Margot.

Pé ante pé, ela subiu o suficiente para continuar oculta, mas conseguiu ver as silhuetas das costas de Margot e Cecília, que estavam sentadas lado a lado por cima de um cobertor e dividiam uma garrafa de Merlot.

O frio estava ainda mais mordaz naquele fim de tarde, e Elena puxou o casaco ao redor do corpo, tentando manter qualquer resma de calor que havia em si. As vozes das amigas estavam difusas e distantes, e o vento roubava qualquer entendimento do que podiam estar conversando.

Por um momento, Elena quis simplesmente ir embora. Não era da sua conta o que as duas estavam falando dela: de mais a mais, ela estava em dívida com Cecília, e a amiga tinha o direito de estar magoada. A própria Elena já gastara horas chorando as pitangas sobre Ciça com Margot, reclamando de sua dependência emocional e das lágrimas que sufocavam, então era justo que, de vez em quando, as amigas precisassem desabafar sobre Elena, também.

Mas... *Eu já te falei milhares de vezes?*

Quantas vezes Margot e Cecília tinham falado mal dela?

Você é uma maga ou uma covarde?, ralhou consigo mesma, e o mais silenciosamente que conseguia, assoviou a melodia simples da Melodia dos Segredos — que amplificava sons baixos em um raio curto. Foi imediato: as palavras de Margot soaram perfeitamente em seu ouvido, como se a amiga estivesse encarapitada em seu ombro esquerdo — e Ciça, no direito.

— ... Não precisava de todo esse drama, é isso que eu quero dizer. Fiquei chateada, sabe? Era o meu momento, e ela estragou tudo.

Elena sentiu vontade de revirar os olhos; Cecília reclamando de drama era como o sujo falar do mal lavado.

— Mas drama é o que ela faz! Você lembra como Elena ficou depois do velório? Loralie era uma criminosa, Ciça. E ela nem foi ao julgamento da mãe! Se quer saber a minha opinião, Elena sabia alguma coisa sobre a magia dos ossos e não quis se comprometer. Mas ficamos meses nessa história, consolando ela.

Foi como uma faca perfurando seu coração, sangrando-o deliberadamente.

— Meg — disse Ciça em um tom tenso, ainda rouca por conta da tosse —, isso é cruel.

— Não deixa de ser verdade. O drama é um jeito conveniente de não parar de pensar em si mesma…

Era quase impossível conciliar a Margot doce e gentil que havia lhe emprestado o ombro para chorar e a voz para espalhar as cinzas de sua mãe com a pessoa que dizia aquelas coisas. Doía como picadas de vespa, mas Elena não conseguia parar de ouvir.

— Elena faz tudo ser sobre ela: quando eu entrei para a Primeira Orquestra, sabe o que ela falou? Que não queria ficar só com você no dormitório!

— Ela falou isso?

Falei, pensou Elena, o rosto queimando. *Mas achei que ficaria entre nós.*

— Sim. Antes mesmo de me parabenizar por ter conseguido meu próprio quarto, ou um lugar na Primeira Orquestra.

— Bom, mas você faz falta mesmo. — A voz de Cecília anunciava um biquinho.

— Ah, Cicinha, você também. — Meg enlaçou os ombros da amiga com o braço. — Mesmo quando está doente e insuportável.

— Só um pouquinho.

— O que eu quero dizer é que você teve a decência de ficar feliz antes de reclamar, em vez de ser mesquinha. E está sempre convidada para o meu camarim, sabe disso. Se quiser dar um tempo da Elena de vez em quando.

— Ah, Meg… Você era o tempero perfeito para nós três. Pelo menos vamos poder fofocar mais hoje à noite. Eu só espero que essa distância entre nós duas seja temporária.

— E será: agora que você é a Soprano de Prata, é apenas uma questão de tempo até que Grigori te chame para a Primeira Orquestra. Vamos ficar juntas de novo.

— Sem Elena, eu receio. — A pena ecoou nas três palavrinhas de Cecília, e doía tanto quanto a crueldade que viera antes.

— Vamos ser sinceras, Elena canta como um rouxinol, mas...

— É.

— A não ser que ela apele para os mesmos métodos que Loralie, então talvez teremos uma surpresa. Já viu aquele anel que ela sempre usa? Acho que é feito da tíbia do pai dela.

— É uma escolha esquisita de acessório.

As duas riram, e o som ecoou como uma saraivada de flechas.

— Aliás — disse Ciça, a sombra do riso ainda em sua voz —, falando em acessórios. O que você vai vestir hoje?

Elena sentiu as lágrimas arderem em seus olhos e desfez o feitiço de espionagem com um estalar de dedos. Não queria ouvir mais nada. A culpa que sentia por tê-las ouvido só não era maior do que a mágoa, que Elena achava ter sido extirpada na noite anterior — mas que, agora, queimava como brasa em seu peito.

Ela conseguia imaginar as expressões de pena e riso misturadas no rosto das amigas, e sua imaginação as tornou ainda mais cruéis do que seu lado racional sabia que seriam. De certa forma, Elena sabia que era dramática, que tinha um lado egocêntrico e que deixava os sentimentos tomarem conta das situações. Mas uma coisa era ter ciência disso...

Outra bem diferente era ouvir suas duas pessoas preferidas no mundo falando daquele jeito e insinuando que ela tivera conhecimento sobre o que levara sua mãe à ruína. Pior: que consideraria sequer tocar em magia de ossos, quando Loralie fora enforcada por fazê-lo.

A ironia é que Margot e Cecília só eram amigas por sua causa. Elena já era amiga das duas quando Ciça entrou para a Segunda Orquestra, e no começo Meg a chamava de princesinha mimada com delírios de imperatriz.

Ciça chamava Meg de vaca.

Foi somente por insistência de Elena, as reuniões na torre do relógio, as palavras elogiosas que tecia de uma para a outra e da outra para uma, que haviam costurado aquela amizade. Se as três hoje eram amigas, haviam construído a amizade nos alicerces instituídos por Elena.

Não era justo que, agora, tivessem se esquecido disso.

Ela quis subir e confrontá-las. Quis quebrar as garrafas de vinho e gritar até que sua voz ficasse rouca. Mas, dentro de si, havia um medo maior do que a raiva e a mágoa: o medo de que, se fizesse isso, a amizade das três iria se desfazer como castelos de areia ao vento. Que, ao invés de pedirem desculpas, Margot e Ciça simplesmente falassem na sua cara tudo que estavam dizendo às escondidas.

Aquela possibilidade doía mais do que qualquer outra coisa. *Eu também não sou nenhuma santa*, pensou Elena, ralhando consigo mesma — era mais fácil fazer isso do que brigar com as amigas. *Falei mal de Ciça, e de Meg, várias vezes. Ontem mesmo desejei que Ciça perdesse a voz! Não posso reclamar. Não devo reclamar. E talvez seja melhor parar de usar o anel da minha mãe.*

Elena tomou sua decisão. Voltou pelo mesmo caminho por onde subira, ignorando a sobrancelha erguida de Guido, o frio que parecia fazer morada em seu coração, a dor de cabeça que ameaçava se instalar por trás de seus olhos.

Ignorou tudo que não fosse o caminho até seu dormitório, marchando continuamente pelos corredores sem se importar com os olhares alheios, os arabescos e os sussurros que a acompanhavam. Seu plano era simples: iria arrancar o anel de ossos, se enfiar debaixo das cobertas e afogar sua tristeza na garrafa de sidra de cereja que ainda guardava depois do fiasco com Cecília.

Ela só não esperava encontrar Theodora Garnier à sua espera.

— Fiquei sabendo que alguém está na boca de Grigori Yasov — disse Theo assim que a viu, um sorriso travesso nos lábios tenros. — Quer dizer, não literalmente, eca. Você entendeu.

A visão angelical de Theo — com um vestido amarelo que iluminava suas feições e lembrava Elena de um campo de girassóis — foi o suficiente para lhe provocar uma pontada de alegria, mesmo em meio ao desânimo que sentia.

— Não sabia que ele estava falando de mim por aí — retrucou ela, escondendo qualquer traço de tristeza e trocando-o por seu melhor sorriso. Theodora o merecia.

— Não exatamente por aí, mas meu pai comentou comigo hoje à tarde. Aparentemente você causou uma ótima impressão. — Theo segurou suas mãos com delicadeza, e a pele da garota era macia como pétalas de flor. — O que me leva ao convite que trago para você hoje, e ele não admite ser contrariado.

— Nunca vou entender como você tem paciência de ir ao balé tantas vezes por semana, Theo.

— Pois fique você sabendo, espertinha, que não é um convite para o balé. — Theodora fitava Elena como se o mundo se iniciasse e se encerrasse nela, e estar sob o foco de seu olhar era como deitar em areia ensolarada banhada pelo mar. Elena havia ido à praia apenas uma vez, já que o cronograma de ensaios de uma Prodígio não era exatamente convidativo àquele tipo de passeio, mas ainda se lembrava da sensação quente e macia do sol em sua pele, o som das ondas quebrando ao fundo.

Era assim que Theodora a fazia se sentir.

— Agora você tem a minha atenção — disse ela, pensando que gostaria de saber o que Theo sentia quando olhava para ela.

— Hoje é aniversário do meu pai, e faremos um jantar apenas para convidados, na Maison Garnier. Ele me deixou trazer alguém, e gostaria que fosse você.

— Não sou exatamente a pessoa preferida do seu pai, pelo que me consta.

— Mas é a minha — retrucou, tão rápido que o flerte, que soaria ensaiado se viesse de qualquer outro par de lábios, derreteu Elena. — E, aparentemente, a de Grigori Yasov, o que faz com que seu convite esteja mais do que assegurado. Ademais, tenho certeza de que não haveria presente melhor para meu velho pai do que a felicidade de sua única filha.

— Um piano de cauda novo, talvez?

— Vamos, Lena. Não pode dizer não para mim para sempre, sabe.

E nem quero, ela pensou, demorando-se no rosto oval e nos cílios longos que emolduravam as duas hematitas que eram os olhos de Theodora.

A verdade é que, não fosse sua ambição singular, Elena provavelmente já teria aceitado os cortejos de Theodora muito antes. Mas ela sabia que, no minuto em que se tornasse esposa de uma Garnier, sua carreira como soprano ficaria em segundo plano — assim como todos os sonhos e desejos que tinha apenas para si mesma. Talvez, como Meg dissera, ela fosse mesmo mesquinha. Mas mesmo seu egoísmo não era páreo perante a tentadora proposta de Theo.

No fundo, Elena estava desesperadamente precisando de uma festa — para dançar, para beber algo bem mais caro do que sidra de cereja...

E, quem sabe, até mesmo ficar a sós com Grigori Yasov.

— Está bem — concordou ela, e, se tinha alguma dúvida que era a escolha certa, o sorriso que se espalhou no rosto de Theodora foi o prêmio perfeito. Ela diria qualquer coisa para vê-la sorrir daquela maneira.

Antes de sair, porém, Elena tirou o anel de osso — e o guardou no fundo de sua caixinha de joias.

A Maison Garnier

A Maison Garnier se mantinha preservada exatamente como na memória de Elena. Ela suspeitava que esse era outro privilégio da riqueza: a passagem dos anos não trazia o fim, e sim permanência.

Dinheiro, afinal, era capaz de comprar até mesmo o tempo.

Ainda assim, uma coisa era entrar na mansão meio escondida nas saias de sua mãe. Isso requeria certo grau de decoro que, para uma menininha de seis anos, significava não encostar em nada. Na verdade, Loralie a instruíra a nem mesmo demorar o olhar nos detalhes, incluindo os vasos e as decorações ricas que abrilhantavam o corredor de entrada.

Foi uma experiência muito diferente caminhar de braços dados com a herdeira da Maison. Theodora e Elena foram recepcionadas com taças de espumante dourado e cintilante, enquanto dois valetes removiam o casaco gasto de Elena como se fosse feito de pelo de arminho. Quando colocado no armário que servia de chapelaria, contrastava como uma folha seca contra as peças bonitas que já estavam lá, roupas que Elena não conseguiria comprar nem com um ano de seu ordenado.

— Perdoe a simplicidade — disse Theodora, enquanto conduzia Elena pelo foyer principal. — Meu pai não é muito dado a exageros, e o aniversário dele realmente é só para poucos amigos.

Se aquilo não era exagero, Elena não conseguia pensar no que poderia ser. O hall estava imaculadamente limpo, e, mesmo no frio do inverno, os Garnier haviam conseguido enchê-lo de flores brancas — lírios e rosas e gipsófilas, que preenchiam o ar do perfume doce de uma tarde de primavera. Os buquês estavam dispostos em vasos de cristal que completavam o espaço, e sua exuberância de cores combinava com os tecidos em tons de rosa pálido e verde sálvia que decoravam as paredes e janelas.

Havia também a música — uma melodia suave que ecoava por trás de uma porta dupla que conduzia para dentro da Maison. Elena sentia seu gosto — algo doce e refinado, como as pâtisseries que ela nunca tinha dinheiro para comprar.

Não era só a decoração, porém, e a música refinada, que chamava a atenção de Elena. Dispostos pelas paredes havia quadros de todos os tipos — afrescos de lugares famosos do Império ou cenas icônicas da história de Vermília, retratos de homens e mulheres imponentes que tinham feições parecidas com Theodora e André. A linhagem dos Garnier — sua importância para o Império — estava evidente ali.

Elena refletiu sobre como seria pertencer àquele mundo — um mundo em que você era tão parte do tecido que compunha a história que ninguém nem questionava o seu pertencimento. Os Bordula já haviam sido assim — mesmo que a conexão com os Garnier fosse longínqua, ainda assim existia.

Mas Loralie tivera que estragar tudo.

Não era exatamente inveja que sentia, mas o desejo profundo e intenso de ter algo como aquilo não era raro a ela.

— O que foi? — Theo certamente havia notado sua expressão de deslumbre.

Elena se virou para estudá-la, incapaz de não notar como a compositora se encaixava perfeitamente em meio às flores e ao cristal. Havia trocado de roupa e estava com um vestido violeta que acentuava a pele negra, um capelete de organza cobrindo os ombros com a mesma cor que derramava-se em sua cintura e na saia plissada, nas luvas semitransparentes que deixavam à mostra seus antebraços. Os cachos presos revelavam duas grandes pérolas de rio, cintilando em suas orelhas. *Devem custar seis meses de aluguel em Sarandi-ao-mar.*

Ela não conseguia evitar tudo o que passou em sua cabeça.

— É só que… — começou Elena, um meio sorriso nos lábios, muito consciente de que seu vestido de algodão verde-musgo e corte imperial simples não pertencia àquilo tudo. Já não costumava ser muito feliz com a própria aparência, mas ao lado de uma fada como Theodora, sentia-se ainda mais desconfortável, como se seu corpo fosse grande demais para um lugar como aquele. — Você está linda.

Mesmo o rubor de Theo pareceu um detalhe que a garota escolhera a dedo, espalhando-se suavemente por sua compleição escura e acentuando os olhos.

— Você também — respondeu Theo, estreitando os lábios e, mesmo que Elena soubesse que a compositora era quase incapaz de mentir, mesmo que tivesse notado o olhar pouco discreto que Theo dera para ela quando entraram na carruagem que as levara até lá, não conseguiu acreditar nas palavras. Certas inseguranças jamais seriam desfeitas por um elogio, não importa qual fosse ele.

— Pronta? — Theo ofereceu uma mão enluvada, e Elena a segurou. Podia não fazer parte daquele lugar, mas, ao lado de Theodora, poderia fingir por algumas horas.

Dois garçons abriram as portas de madeira dupla, na direção de um pátio interno, e se Elena achara que o foyer estava bem decorado, o que havia ali fez com que perdesse o fôlego.

Era a primavera em um dia de inverno.

No centro do pátio, havia uma buganvília enorme, seus cachos frondosos pesados de flores cor-de-rosa pálido como o que decorava as paredes. Ao menos cinquenta pessoas estavam espalhadas ao redor da árvore, com vestidos e ternos em tons primaveris que complementavam a decoração. Eram todo tipo de gente: magos da Primeira Orquestra, membros do Conselho do Conservatório, homens e mulheres pertencentes à nobreza de Vermília.

Alguns seguravam taças do mesmo champanhe que fora oferecido a Elena e que ela já tinha bebido; outros, entradas com frutos do mar que certamente haviam sido pescados em terras mais quentes, porém que pareciam frescos e convidativos. Lagostins, camarões, patas de caranguejo — até mesmo ostras, que enfeitavam duas mesas de comida em ambos os lados do recinto.

Se antes Elena pensara que seu vestido escuro e invernal estava um tanto fora de tom, agora percebia o quanto era inapropriado. Todos os presentes estavam na mesma paleta de cores pastel, inclusive Theodora, e o rosto da soprano queimou ao perceber que parecia muito mais um dos garçons — que zanzavam pelo pátio como borboletas cinzentas, jamais deixando nenhuma taça ficar vazia — do que uma convidada.

— Você não me falou do traje.

— Imagina, é só uma bobagem do meu pai. — Theo riu, alheia ao seu desconforto. — Como o convite foi de última hora, não quis te dar trabalho. Mas fica tranquila, é só um jantar!

Preocupar-se era tudo o que Elena fazia. Desejou que um buraco se abrisse abaixo de seus pés, ou até a mesma dor de garganta que tinha acometido Cecília, qualquer coisa que a tirasse daquele momento. Mas Theo apertou sua mão, conduzindo-a enquanto cumprimentava algumas pessoas, e sua luz solar era tão intensa que Elena deixou-se levar.

Isso é, até ver Cecília e Margot lado a lado, conversando animadamente com Grigori Yasov e André Garnier.

— Ah, o aniversariante!

Elena não conseguiu impedir Theo de levá-las diretamente para o grupo, e quando viu já estava fazendo uma mesura para André, que a observava com um olhar curioso.

— Reitor, muito obrigada pelo convite. — Elena conseguiu dizer, tentando ignorar o olhar que Margot e Cecília trocaram quando a viram, em uma conversa silenciosa. O reitor estava trajado com túnicas amarelo pintassilgo que faziam reluzir sua pele negra, e trazia o brasão do Conservatório bordado no peito. Suas tranças pretas emolduravam o rosto como uma coroa, e ele deu um sorriso, que não chegou a seus olhos, para Elena.

— Meg! Ciça — cumprimentou ela em seguida, tentando imprimir em duas palavras e um sorriso tudo que não era capaz de dizer, a confirmação de um laço que precisava desesperadamente acreditar que ainda estava lá. — Que coisa boa vê-las aqui.

A lembrança do que ouvira as amigas dizendo naquela mesma tarde provocou um nó em seu estômago, mas não houve tempo de demorar-se na sensação, pois André voltou sua atenção para ela após falar com a filha.

— Não tem de que, Elena — respondeu André. — Eu que devo agradecer sua presença. Grigori estava dizendo agora mesmo o quanto ficou impressionado com a sua performance hoje de manhã.

— Na verdade, estava aliviado com a melhora súbita de Cecília. — Grigori encarou a Soprano de Prata com o olhar de um tubarão. — Todos ficamos imensamente preocupados com sua... inconveniência.

— Espero que não tenha interrompido seu repouso só por minha causa, minha querida — o reitor retrucou. — Este não é meu primeiro aniversário e espero que não seja o último.

"Minha querida", reparou Elena. *Deve ser fácil conquistar esse amor todo quando seus pais fazem doações nababescas à Academia...*

— Não sabia que estava doente — comentou Theo, uma preocupação tão genuína em seu rosto que Elena quis beijá-la. — Sinto muito, Srta. Avis-Corsica.

— Ah, Ciça jamais perderia a chance de parabenizá-lo em pessoa — Margot interveio, o retrato da elegância em um conjunto de colete e calças azul-claro. — E ela é minha acompanhante, não ia me deixar sozinha. Não é?

Então era aquilo que havia acontecido: Margot fora convidada devido a sua nova posição na Primeira Orquestra, e tinha escolhido levar Cecília, ao invés de Elena. O nó em seu estômago apertou, e ela estudou a amiga de canto de olho. Nunca vira Cecília naquele vestido rosa-claro, cujos babados de seda acentuavam perfeitamente seu rubor suave, o lilás dos olhos, os cabelos loiros que usava em um coque.

— Ainda estou me recuperando, maestro. — Cecília tossiu com afetação, e se não a tivesse ouvido fofocando com Margot mais cedo, Elena quase teria acreditado naquele pastiche de doença. — Mas espero que você nos visite novamente, para que eu possa compensar pela minha ausência de hoje.

— Adoraria ouvir a orquestra de Raphaella Roy outra vez — disse Grigori, mas não olhou para Cecília ao falar. Na verdade, seu olhar estava fixo em Elena, como se enxergasse algo além de uma Prodígio malvestida.

— Grigo, você tem que vir aqui. — O cheiro adamascado chegou primeiro, e depois uma explosão de todas as cores de um buquê: verde-claro, amarelo como gemas, o azul mais suave que Elena já vira em musseline. E então a voz, que era como chocolate derramado por cima de *madeleines*, uma voz tão suave e tão melódica que era mais bonita do que os violinos que faziam a trilha sonora da noite.

Alec Cézanne — o Soprano de Ouro — se aproximou.

Seu corpo era formado por linhas longas e elegância. Sua roupa era cheia de pequenos detalhes que só uma costureira renomada poderia ter feito: flores bordadas a mão na musseline e no crepe de seda, o número 63 costurado em cor-de-rosa na lapela do casaco — homenagem à idade que fazia o reitor, e evidência de que aquele conjunto fora feito especialmente para a ocasião. Os cabelos loiro-pálidos e brilhosos estavam soltos ao redor do belo rosto do Soprano de Ouro, e Alec exalava o ar petulante e dourado da nobreza.

Era evidente que Elena não poderia ser mais distinta do que ele.

Mas, de perto, ela via os pequenos aspectos nos quais eram semelhantes: Alec tinha uma pequena cicatriz no supercílio direito, resultado de quando ele se engalfinhara em público com um violinista que tentara roubar seu solo alguns anos antes. A briga ficara famosa porque, alguns dias depois, o violinista havia sido expulso do Conservatório por abusar de magos mais novos; ninguém soubera de onde viera a denúncia, e, acima de tudo, quem haviam sido as vítimas.

Alec segurava uma taça de champanhe entre os dedos finos de violinista, mas sua expressão azeda era de quem não estava satisfeito com alguma coisa. Seus olhos azuis passearam por Elena, apertados como se ele estivesse encarando um pedaço de fruta derrubado na calçada, e ela imediatamente se sentiu ainda mais inadequada.

Não havia bebida capaz de adoçar o temperamento imprevisível e instável de Alec Cézanne. As más línguas o chamavam de prima-dona, uma diva, e coisas ainda piores — mas o fato era que o Soprano de Ouro era simplesmente intocável.

Sua posição debaixo da asa de Grigori Yasov era o suficiente para garantir que pudesse fazer o que bem entendia, mas havia também a inegável realidade de seu talento. Ele era o primeiro soprano homem na

Primeira Orquestra desde 1815, quando Ariel Glicèse fora assassinado por sua segunda cadeira, sem contar que era o primeiro a ser soprano e violinista. Os Cézanne haviam sido uma família rica e influente, que caíram em desgraça ao apoiar o golpe contra o imperador na virada do século. Por isso, quando Alec começou a demonstrar aptidão por cantar — e por atingir a tessitura geralmente elusiva para um Prodígio homem — foi mandado para o Conservatório, carregando nos ombros a esperança de restaurar a honra arruinada da família.

De certa forma, Elena o entendia como ninguém.

Mas ele não era apenas um aristocrata com a reputação em risco. Era disciplinado e intensamente talentoso, e qualquer um que o visse conduzir feitiços cantando e tocando seu já famoso violino — cujas laterais de madeira entalhadas em motivos florais já eram conhecidas por todo Império — saía hipnotizado. Era exatamente esse o motivo de ele poder ter a atitude que quisesse. E, como se estivesse disposto a testar os limites da própria influência, Alec era conhecido por derrubar qualquer um que cruzasse seu caminho.

E, naquele momento, seus olhos estavam pousados desconfortavelmente em Elena.

— Não sabia que estava ocupado com as joias raras da Segunda Orquestra, Grigo — disse ele, dando o menor dos goles em seu champanhe. — Mas preciso de você. Oleg arranjou um concerto beneficente para o orfanato de Vermília, mas quero que ouça da boca do maestro que temos coisas mais importantes para nos preocuparmos.

— Ah. — A chegada de Alec fez com Grigori o que a luz solar fazia com um girassol: ele se virou para o soprano com um olhar que era partes iguais de desejo e cansaço. — Concerto beneficente faltando tão pouco para a Sinfonia da Primavera?

— Foi o que eu falei, Grigo, mas sabe como é o Oleg. — Alec fez um biquinho e enlaçou um braço no de Grigori, possessivo e gentil ao mesmo tempo. — Me desculpem por roubá-lo de vocês, meninas, reitor... Mas o dever nos chama.

— Alec. — André fez uma mesura, e a filha o imitou. — Na verdade... Theodora, preciso trocar uma palavrinha com você.

— É claro, papai — disse Theo, apertando a mão de Elena e dando um olhar derradeiro para ela. — Já volto.

Ela o acompanhou, a postura tensa e perfeitamente alinhada, e, por um momento, a soprano se perguntou o quanto André Garnier exigia da filha. O quanto isso a consumia.

Mas não teve tempo de se demorar na psique de Theodora, pois assim que Alec levou Grigori e André se afastou, sobraram apenas três — ela, Meg e Ciça.

Encarou as amigas em um silêncio carregado de súplicas. Ela sabia que o jeito que Grigori olhara para ela não devia ter passado despercebido, mas se ressentia da maneira que Margot e Cecília a encaravam, como se a tosse da Soprano de Prata fosse de alguma forma culpa sua. Sim, aquilo chegara a passar pela sua cabeça, mas até onde sabia as amigas não podiam ler pensamentos, não é?

E, afinal de contas, não era como se Elena tivesse aquele tipo de poder.

Ainda assim, havia uma tensão que pairava no ar, como se a qualquer momento alguma delas fosse explodir.

Foi Margot quem quebrou o silêncio.

— Sentimos sua falta ontem. Você não pode sumir desse jeito, Lena — disse ela, em um misto de doçura e severidade, mas foi a escolha de usar o apelido que agulhou o coração de Elena. Era uma oferta de amizade, mas também um lembrete: eu conheço você. Sei quem você é.

Por algum motivo, era mais assustador do que qualquer bronca.

— Eu sei — respondeu ela, franzindo as sobrancelhas como se pedisse desculpas. — Ciça, eu espero que esteja se sentindo melhor.

— Vou ficar — retrucou Cecília, uma frieza pouco costumeira em suas palavras. — Na verdade, acho que preciso de um ar. Margot, vem comigo?

As duas enlaçaram os braços, fechando-se como uma fortaleza. Era nítido o que diziam: você não está perdoada. Ainda não. Enquanto não tiver feito a penitência necessária.

Elena odiava que seu coração respondesse como um súdito àquele tipo de coisa. Ela já estava pensando em todas as coisas que deveria fazer para reconquistar o carinho de suas amigas. Talvez um presente? Gastar todas suas economias para comprar o afeto de Cecília e o perdão de Meg?

Ela faria qualquer coisa.

As duas se afastaram em direção à varanda externa, e Elena resistiu à tentação de usar novamente o feitiço dos segredos para saber o que estavam dizendo. Não que ela precisasse: os cochichos e olhares eram suficientes para que sua mente preenchesse as lacunas.

Devem estar falando do seu vestido, disse a voz maldosa que sempre a acompanhava. Sem Theodora a seu lado, Elena se sentia ainda mais uma nota desafinada na perfeição sonora da alta sociedade. Ela olhou ao redor, subitamente consciente de seu corpo, seu vestido, o suor que escorria pelas costas. Agarrava-se a taça de champanhe nos dedos como se fosse uma âncora, e, incapaz de se manter parada, começou a andar a esmo pelo salão, procurando por Theo.

Enfim encontrou a silhueta de vestido lilás, que estava em um canto da festa mais coberto pelas sombras. Ela era uma flor ladeada por vasos de plantas e pequenas árvores que se derramavam e ocultavam parte da festa, e Elena se aproximou, aliviada — mas parou subitamente ao perceber que Theo conduzia uma conversa tensa com André.

As palavras flutuaram na direção de Elena, que se manteve oculta por trás dos vasos. Não tinha intenção bisbilhotar, e já estava se afastando quando ouviu o próprio nome.

— ... uma Bordula nesta casa, Theodora. O que estava pensando?

Se antes Elena havia se sentido deslocada por causa de suas roupas, não era nada comparado ao desconforto que sentia agora. Mesmo estivesse coberta de seda dos pés à cabeça, ainda assim era uma Bordula, e isso bastava para que jamais se encaixasse.

— Ela é minha amiga — retrucou Theo, as palavras crispadas como se estivesse tentando engolir o desagrado. — E costumava frequentar nossa casa.

— Antes de Loralie ser condenada à morte pelo Império! — ralhou André, a voz não mais que um sussurro. — Por uso de magia proibida! Tem ideia do quanto isso é perigoso?

— Acha justo que ela seja punida pelos crimes da mãe?

— Os crimes dos pais são os crimes de um filho, Theodora.

A compositora deu um riso amargo.

— Eu sei.

— A ingratidão não lhe cai bem. — André soltou um riso de escárnio. — Especialmente quando está na minha casa, comendo da minha comida, bebendo do meu champanhe. Você é uma Garnier, Theodora. Espero que, um dia, se comporte como tal.

Ele se afastou a passos largos, deixando a filha sozinha em meio à folhagem.

Por um momento, Elena quis ir embora, fingir que não escutara nada. Mas ali, solitária na penumbra, Theodora parecia tão frágil e tão distante da mulher confiante e solar que Elena conhecia, que não conseguiu se afastar. Deu um passo, dois — e então estava ao lado de Theo.

— Elena — disse Theo, visivelmente assustada. — Achei que estava conversando com suas amigas...

— Eu estava — respondeu ela, dando de ombros. — E agora estou aqui.

Theo apertou os lábios.

— Peço desculpas pelo meu pai. Ele... — Suspirou profundamente, segurando a mão de Elena com cuidado. — De vez em quando ele consegue ser mais antiquado do que as paredes desta Maison.

— E tão áspero quanto elas — comentou Elena, mas havia dor em suas palavras. Ela não conseguia evitar, ante a crueldade dupla de suas amigas e de André Garnier. — Acho que hoje não é o meu dia, Theo. Não deveria ter vindo. Ninguém me quer aqui.

— Claro que deveria. — A amiga franziu a testa. — E eu quero você aqui. Não me importa que você seja uma Bordula, Elena, nem o que aconteceu com sua mãe. Eu gosto de você, e nada muda isso. Não só eu. Suas amigas também. Você não está só.

Elena suspirou fundo, e um nó formou-se em sua garganta, um choro acumulado, recheado de tristeza e ansiedade. Ela queria aceitar a doçura de Theodora, mas era difícil.

— O que foi? — Theo franziu a testa, a preocupação evidente no vinco entre suas sobrancelhas.

— Eu... Eu não sei. Me sinto só o tempo todo, mesmo rodeada por pessoas — disse Elena, tropeçando nas palavras. — Eu só espero que tudo fique bem entre nós. E entre eu, Meg, e Ciça. É só eu achar um jeito de me desculpar, e as coisas vão voltar ao normal.

— Se desculpar? — Theo pareceu ficar ainda mais confusa, o nariz franzido como o de um coelhinho. — Por quê?

Como explicar a disfunção que permeava a amizade das três sem revelar seu lado feio e imaturo? Como dizer que Elena não precisava saber o que tinha feito de errado para fazer de tudo para revertê-lo?

Crescer na mesma casa de Loralie, com os traumas e as dores da mãe, havia incutido em Elena a certeza de que ela não podia errar. Mesmo quando criança, acidentes que seriam normais — como derrubar uma garrafa de óleo por cima de um piano que Loralie estava consertando — podiam resultar em horas de gritos, castigos intermináveis, até mesmo tapas. *Um erro*, dizia a mãe, *é o suficiente para que te joguem para os leões.*

Ela enterrara aquela frase com tanto afinco em seu coração, que não se surpreendia em nada reconhecer que agora que dava frutos.

Por isso mesmo ela não podia dizer para Theo o que tinha se passado. Afinal, se visse Elena como realmente era — a mesquinhez que a havia impedido de comemorar o Sopranato de Cecília, a inveja que a havia feito desejar que a amiga sucumbisse a uma doença, o ego que a havia feito cantar para Grigori —, Theodora perderia qualquer afeição que tinha pela soprano; afeição essa que já estava ameaçada pela opinião de André em relação ao seu sobrenome.

O peso tornou-se lágrimas, e ela soluçou, cobrindo a boca com a mão para tentar disfarçar seu choro.

— Lena… — As lágrimas pareciam causar dor física em Theodora, que segurou a mão de Elena com cuidado, puxando-a para si. — Eu não queria que você tivesse escutado as palavras do meu pai. Ele é um homem cruel. E eu não sei o que está acontecendo, mas se tiver alguma coisa que eu puder fazer para resolver, qualquer coisa… Diga, e será feito.

Pode me tornar uma pessoa normal? Elena teve vontade dizer, mas se conteve. Ao invés disso, deixou-se fantasiar com um mundo onde Theodora Garnier era a timoneira de seu barco — e o levava em segurança para além dos traiçoeiros recifes de coral. Para um lugar onde não havia dor, nem magia. Uma ilha de areia branca onde sempre era sol poente.

— Está tudo bem. Estou acostumada a ouvir opiniões pouco corteses sobre a minha mãe… Quanto a Margot e Ciça, acho que é só o excesso de convivência — disse, tentando engolir o choro. — Desde que Margot foi para a Primeira Orquestra, ficamos só Ciça e eu. Isso mudou nossa dinâmica inteira, e não ajuda termos que compartilhar um beliche… Acho que preciso de um pouco de espaço, é só isso.

Elena não estava dizendo aquilo para pedir nada além de um ombro amigo — mas Theodora, sendo quem era, se agarrou à oportunidade de resolver o problema. Talvez por culpa pelo que Elena tinha ouvido? Seu olhar se acendeu como quando a garota escrevia seus feitiços.

— Então é isso que terá. Você já está na Segunda Orquestra tem o que, uns cinco anos? Não faz sentido precisar dividir o dormitório com as outras Prodígios, ainda mais se eu conseguir mexer uns pauzinhos.

— Como assim? — A avidez com que Theo tentava resolver sua vida era ao mesmo tempo alarmante e sedutora.

— Quero dizer que não adianta ser prima da filha do reitor e não ter alguns privilégios especiais, não é? — Theo levou o dorso de Elena aos lábios, deixando um beijo suave. — Hoje mesmo, você terá seu espaço. E... não se preocupe, doce Elena. Tudo dá certo no final. Agora... Mais bebida?

Talvez, Elena pensou, observando enquanto Theo cruzava o pátio em busca de um garçom, aquele fosse mais um dos presentes da riqueza: acreditar, de verdade, que o futuro era algo tão doce quanto o champanhe em suas mãos.

A única coisa que Elena queria, com a cabeça leve do álcool e o estômago cheio de frutos do mar, era dormir.

Tinha que admitir que havia se divertido: dançara com Theo, e aproveitara para experimentar cada um dos crustáceos no bufê. Tinha cantado parabéns para o reitor e até mesmo aplaudido a apresentação que Alec fizera como presente. Mas já passava das onze — seria a segunda noite seguida que Elena dormiria mais tarde do que de costume, e ela estava desesperada para se entregar ao descanso do sono.

Pelo menos tivera uma nova desculpa para evitar Cecília. Ela e Margot ainda estavam na Maison quando Elena saíra, as duas tentando entabular uma conversa animada com um Grigori que parecia alheio às suas tentativas de impressioná-lo.

Depois de um trajeto curto, a carruagem que Theodora chamara para ela enfim chegou ao pátio interno do Conservatório, e Elena saltou sozinha. Theo tinha decidido passar a noite em casa, como anfitriã da

Maison. Ela percorreu o caminho curto até os portões, observando a imponência da fortaleza recortada contra a noite de Vermília. O Conservatório era um prédio antigo, mas o dinheiro e o cuidado do Império tornavam o tempo seu aliado — e ele se mantinha adequadamente aprumado, as paredes de pedra e torres de marfim tão perfeitas como se a sinfonia que as erguera tivesse sido cantada na noite anterior.

Havia uma gárgula esperando Elena na entrada. Germana tinha chifres de carneiro e focinho de dragão, que combinava com as asas reptilianas que nasciam em suas costas.

— Srta. Bordula — cumprimentou ela, com uma leve mesura, conduzindo Elena portão adentro. O Conservatório estava silencioso, e as chamas dos candelabros que bruxuleavam davam um aspecto encantado ao lugar. — Recebemos o recado de Theodora. Conseguimos arrumar tudinho. É simples mas acho que irá gostar de seus novos aposentos.

— Novos aposentos? — Então era isso que fora a intenção de Theodora quando falou em "espaço". — Mas, minhas coisas...

Não que Elena tivesse muitas coisas — conseguia imaginar seus poucos pertences arrumados no armário que ficava ao lado da beliche compartilhada com Cecília. Ainda assim, pensou no anel de osso, a única lembrança que tinha de Loralie, sendo deixado para trás.

— Já arranjamos tudo, coração, pode ficar tranquila. — Germana piscou um olho de pedra, e ao invés de descerem para a ala das Prodígios da Segunda Orquestra, foram para a Ala Leste do castelo, subindo degraus e mais degraus em direção aos camarins privados. Germana escalava as escadarias com facilidade, as pernas de réptil impulsionando-a para cima.

O Conservatório estava mergulhado em um torpor suave, intocado pelo frio do lado de fora, e enquanto caminhava por seu interior, Elena apreciava os pequenos recortes de Vermília vislumbrados pelas janelas. Nuvens brancas escondiam a lua e as estrelas, mas bem ao longe era possível ver as torres iluminadas do castelo imperial.

Germana virou em um dos corredores dos aposentos privados. Havia portas enfileiradas nos dois lados do corredor, três de cada lado, madeira polida contra o papel de parede vermelho.

— São quantas pessoas por quarto aqui? — O coração de Elena deu um salto quando pensou na ideia de dividir aposentos com apenas uma

Prodígio, sem precisar ignorar roncos e tossidas durante a noite, ou brigas matinais por espaço nos poucos espelhos. — E onde são os banheiros?

Germana encarou Elena com uma expressão cética e dura como o calcário salpicado do qual era feita, parando na frente da porta ao fim do corredor.

— Dentro do quarto, é claro. Que você não dividirá com ninguém.

Ela abriu a porta, e Elena viu-se diante da coisa mais linda que já vira. Um quarto, todo seu.

O espaço era simples e bem decorado, com uma cama de dossel cujas almofadas pareciam mais fofas do que o travesseiro que ela usava para dormir. Do outro lado, estava uma penteadeira de mogno e gavetas duplas, onde alguns de seus pertences estavam apoiados. Imediatamente além, havia um armário de folhas duplas, assim como uma pequena porta semiaberta. Pela fresta, cintilavam a louça e os metais limpos de um banheiro privativo.

As paredes estavam cobertas de um papel de parede creme, com arabescos dourados que cintilavam à luz das luminárias âmbar em formato de concha. Uma janela ampla na mesma parede onde estava apoiada a escrivaninha oferecia uma vista modesta, mas irresistível, da curva prateada do Rio Bemol.

Para qualquer um, seria apenas um quarto. Para Elena, era a primeira vez que dormiria sozinha. A primeira vez que teria uma porta para fechar. Uma cama de casal, com espaço para esticar as pernas.

E a peça mais importante: um espelho de corpo inteiro, que ela não precisaria disputar a tapas com mais quinze Prodígios atrasadas pela manhã.

O espelho era elegante, mesmo que talvez um pouco velho. Ela ignorou as lascas pretas na moldura, os pontos oxidados que escureciam o vidro. Era só seu.

Elena estudou o próprio reflexo — o vestido verde mal ajustado em seu corpo, os cabelos ruivos em cachos desalinhados por causa da dança e do álcool. Esticou a mão como se estivesse vendo a si mesma pela primeira vez, refletida ali em meio a um quarto com mais pertences do que jamais tivera.

— Coração? — disse Germana, chamando sua atenção. — Colocamos suas coisas no armário e no banheiro. Não tinham muitos, mas se tivermos esquecido algo, é só me falar amanhã que eu mando. Se precisar de qualquer coisa...

— O que mais eu poderia precisar? — Elena meio riu, meio soluçou.

Depois que Germana foi embora, a soprano analisou cada centímetro do quarto. Tocou a colcha de veludo, abriu as torneiras do banheiro, deleitando-se com a água quente e fria e todos os sabões que podia escolher. Riu com a míngua de suas poucas roupas perdidas na imensidão daquele armário.

Aquele não era apenas um quarto — era a privacidade, era um lugar tranquilo onde poderia ouvir o som de sua própria voz. O banheiro era um espaço íntimo, onde podia tomar banho sem alguém contando o tempo. A penteadeira era também uma escrivaninha — um lugar onde poderia estudar as partituras e esconder seus tesouros.

E no espelho, Elena via a si mesma — e somente isso.

Havia uma última surpresa — e estava em um bilhete dobrado sobre a penteadeira. Elena o abriu com cuidado, como quem dedilha um piano — e em caligrafia fina e desconhecida, estava a seguinte mensagem:

Grigori irá ao ensaio daqui a sete dias. Pedirá o Soneto dos Caminhos. Esteja preparada.

Não era a letra de Theo, mas quem mais poderia ser? Elena lembrou-se de acrescentar aquilo à lista de coisas pelas quais tinha que agradecer a compositora: conhecia o Soneto dos Caminhos, é claro, mas era uma peça particularmente difícil, e ela apreciava a chance de ensaiá-la. Um assomo de gratidão esquentou seu peito, e Elena quase chorou com a delicadeza — com a grandeza — daquele presente.

Elena tomou o banho mais quente de sua vida — saiu com a pele vermelha e fumegante. Deitou-se nua entre as cobertas de algodão fino, sem querer estragar a sensação do lençol com seus pijamas velhos. Deixou-se afundar no colchão de penas, e envolveu o corpo com todos os travesseiros dispostos na cama.

E, pela primeira vez em muitos anos, dormiu como uma gárgula.

Meias-verdades, meias mentiras

Aquela fora simplesmente a semana mais estranha da vida de Elena.

Não era apenas o fato de ter um quarto só para si e poder acordar com calma, arrumar-se sozinha após um banho longo e quente, demorar-se na frente do espelho para os últimos detalhes (mesmo que só tivesse três vestidos para escolher além de seus uniformes). Também não era chegar ao quarto após um longo dia de ensaios e vê-lo imaculado, pois Georgina e Germana haviam feito sua cama e limpado as partículas quase inexistentes de pó.

O mais estranho era que Cecília e Margot não estavam falando com ela. Aquilo teria sido, por si só, um acontecimento: jamais haviam passado tantos dias sem compartilhar absolutamente tudo que acontecia em suas vidas, mesmo depois que Margot se tornara reserva de Alec. Mas Elena soube que havia algo de errado quando, no dia seguinte à festa, ela tentou seguir a partitura de sua amizade: e ao badalar das cinco horas subiu à torre do relógio, apenas para encontrá-la vazia.

Na manhã seguinte, Cecília a ignorou solenemente durante o ensaio, e ela percebeu que havia uma barreira entre as três — que apenas se solidificou ao encontrar Ciça e Meg comendo juntas durante o almoço, sem dar espaço para ela.

Foi assim a semana toda: sempre que a viam, Margot e Cecília faziam questão de evitar até mesmo olhar para Elena, como se ela fosse um fantasma invisível vagando pelos corredores. Na primeira vez, por um instante Elena teve o impulso de procurar o próprio reflexo no espelho, como se para garantir que ainda estava lá.

Não era só irritante: aquele tratamento doía, e ela sentia em seu âmago que a punição era bem maior do que o crime de ter perdido um brinde para Cecília. Não, suspeitava que fizera algo muito pior... Mas as amigas nada diziam, e Elena não tinha como perguntar, o que fazia seus pensamentos conjurarem as piores possibilidades possíveis, que sempre eram confirmadas por seus impulsos autodestrutivos.

Você é uma amiga péssima. Você as sufoca. Você é egoísta, só pensa em você. Você é dramática demais, chata demais, fala demais. Elas devem estar agradecendo aos céus por sua ausência — desse jeito não vão precisar ter a reputação manchada pela presença de uma Bordula.

E em nenhum momento essa ausência se fazia mais presente do que quando o relógio batia cinco badaladas, e o corpo de Elena ameaçava fazer o caminho corriqueiro até a torre — ao invés disso, ela começara a usar esse tempo para ensaiar o Soneto dos Caminhos, que se revelava um desafio mais intenso do que imaginara.

O Soneto dos Caminhos era particularmente desafiador não somente pela presença da nota aguda em seu refrão, mas por causa da carga de magia que liberava. A força do feitiço reverberava nota a nota, em um staccato sem trégua até o cume sonoro, e seus tendões se enrolavam na garganta da Prodígio que o cantasse. Se ela tentasse relaxar para alcançar as notas, ameaçava perder o fôlego com o enforcamento da magia — algumas Prodígios menos aptas chegaram a desmaiar tentando cantar o soneto.

Como paralelepípedos que caíam em sucessão rápida em uma estrada, a música exigia um nível de precisão particular, que Elena, por mais que tentasse, ainda não era capaz de alcançar. Ela até poderia ter pedido ajuda a Raphaella — mas não queria que a maestra se perguntasse o porquê de ela estar ensaiando uma peça que não fazia parte do ciclo atual da Segunda Orquestra... Então ensaiava sozinha.

A cada dia que passava, Elena ficava mais nervosa, e quando viu já era o dia anterior à visita de Grigori, segundo o bilhete misterioso. Era só nisso em que ela pensava quando Raphaella chamou a atenção das Prodígios, ao fim de um ensaio cansativo.

— Atenção — disse ela, apertando as mãos como se fizesse uma prece. — Ainda não estou satisfeita com a técnica de vocês no minueto. Especialmente as contraltos, vocês ouviram o que aconteceu durante a harmonia? Será que preciso usar um feitiço para desbloquear cera de ouvido?

— Segura o morcego que ele está nervoso — cochichou Cecília para Elena, tão baixinho que só ela podia ouvir. Foi obrigada a olhar duas vezes para ter certeza de que a amiga estava mesmo falando com ela; e esboçou um meio sorriso ao comentário, ainda incrédula. Cinco dias de silêncio, e do nada Ciça queria fofocar?

Raphaella realmente parecia ainda mais com o mamífero alado quando vociferava contra as contraltos, a capa esvoaçante fazendo as vezes de asa. Quando dispensou a Orquestra, as Prodígios pareciam aliviadas de se verem livres da presença tensa da maestra e começaram a escorrer da sala como água por um cano.

Cecília ficou para trás e ergueu as sobrancelhas ao encarar Elena, em um sinal de que queria que ela fizesse o mesmo.

Elena teve vontade de ignorá-la — ou melhor, dizer que não gostava de ser tratada com silêncio e indiferença, mesmo que a amiga estivesse irritada com ela, e que merecia um pedido de desculpas. Queria fazer Cecília sentir um pouco da angústia que carregara consigo.

E ainda assim… A maior parte de seu coração queria agarrar-se a qualquer coisa que parecesse uma bandeira branca; mesmo que fossem as velas de um barco afundando.

Elena arrumou suas próprias coisas em silêncio, demorando-se ao colocar a pasta de partituras na mochila e analisando Cecília de soslaio. Evitara a amiga com tanto afinco que só agora reparava que a Soprano de Prata estava ainda mais magra: suas clavículas surgiam pronunciadas debaixo da gola alta do uniforme, o rosto em formato de coração mais anguloso e com as bochechas encovadas.

Quando ficaram somente as duas na sala, Elena quebrou o silêncio.

— Como você está? — perguntou, tateando o espaço sensível entre as duas.

— Essa coisa de Soprano de Prata está me matando — respondeu Ciça, um meio sorriso nos lábios carnudos. — Raphaella tem me feito comparecer a ensaios extras até tarde da noite. Das dez à meia-noite, todos os dias. Estou exausta.

A exaustão explicava a magreza, e também os semicírculos arroxeados que quase combinavam com os olhos violeta. Mesmo que a contragosto, Elena franziu a testa em preocupação.

— Você vai ficar doente se continuar assim.

Cecília abanou o ar como se espantasse uma mosca.

— Vira essa boca pra lá. Já basta o que aconteceu naquele primeiro ensaio, uma tosse que veio do nada... Papai mandou entregar uns tônicos de fortalecimento para ver se espanta esse mau agouro.

— Ele deve estar bastante orgulhoso.

— Sabe como é meu pai — retrucou Ciça, e Elena entendia o que queria dizer: Silas Avis-Corsica era o tipo de homem incapaz de demonstrar qualquer sentimento sem gastar dinheiro. — A última carta dele listava todos os presentes que comprou para mim, mas não sobrou tinta o suficiente para dizer que me amava.

Elena riu.

— Chegou ontem, mas é claro que você não viu — continuou Cecília, com um cuidado que ela tentou mascarar por trás de um tom casual. Elena percebeu que estava enfim chegando aonde queria. — Eu abri no dormitório... Mas ficamos sabendo que você tem um novo quarto.

Ficamos, ou seja, ela e Margot. Foram tão eficientes em ignorar Elena que ela chegou a se questionar se tinham ao menos notado sua mudança, mas aparentemente o gelo havia sido calculado: elas ainda a observavam, e falavam dela.

— Foi um presente generoso da Theo — respondeu ela, na defensiva, como se tivesse que se desculpar por não ter pedido permissão para sair do dormitório.

— Não existe generosidade gratuita, Lena. — Ciça ergueu a sobrancelha, e seu rosto angelical se transformou suavemente. — Nem mesmo da santa Theodora Garnier.

O jeito como falou de Theo provocou um zumbido de raiva no peito de Elena.

— Theo tem sido uma boa amiga.

— Ah — murmurou Ciça, entendendo a implicância velada por trás daquela frase. — Fico me perguntando o que Theodora vai querer em troca dessa amizade toda.

Nem todo mundo é que nem você, pensou Elena, *que coloca favores em uma balança e julga amizades dessa forma.*

— Bom, se é só isso… — retrucou Elena, seca. Não tinha desejo de seguir por aquele caminho. Não queria se aborrecer ainda mais com Cecília, mesmo que interromper a conversa e arriscar mais uma semana de gelo provocasse um nó em seu estômago. — Eu tenho algumas partes do minueto para ensaiar.

— Lena. — Cecília interrompeu seus movimentos. — Não seja boba. São quase cinco da tarde, e acho que Meg conseguiu arranjar sonhos com creme. São os seus favoritos, não são?

Então era aquilo. Não haveria pedido de desculpas, reconhecimento da semana que Elena passara nas montanhas geladas da indiferença; não haveria trocas sinceras ou admissão de culpa. Apenas um convite, e sonhos com creme, e isso deveria ser o suficiente.

Não era, não para o coração magoado de Elena — mas não era capaz de negar perante aqueles olhos grandes e brilhantes, ou abandonar o laço e a promessa de que enfim faria parte do grupo novamente. Ainda mais não por algo tão tolo quanto sua mágoa. Ela a sufocou, como estava acostumada a fazer, e desejou que seu gosto fosse ao menos tão doce quanto o creme inglês.

— Está bem — disse, e, junto com Cecília, foi em direção ao fim de sua penitência.

Meg aguardava as duas com uma bandeja de sonhos e um sorriso convidativo.

Ela também não teceu comentários sobre a semana de silêncio que haviam imposto a Elena, nem a alfinetou novamente por causa de sua ausência na comemoração do Sopranato de Cecília. Ao invés disso, encheu taça atrás de taça de vinho branco — que não combinava com a brisa invernal que soprava na torre do relógio, mas que Elena bebeu assim mesmo.

A conversa entre as três fluiu como se nunca houvesse ocorrido uma interrupção, natural e corrente como a água do Rio Bemol — mas Elena observava a si mesma com cuidado, escolhendo as palavras, os gestos, o tom do riso. Não queria ser novamente jogada para fora. Não quando suas feridas ainda estavam cicatrizando.

Por sorte, não teve que falar muito. Aparentemente, a primeira semana de Cecília como Soprano de Prata fora tão exaustiva que esse era a única pauta da tarde, e Elena estava grata pela distração.

— Ela ainda por cima quer que eu tenha aulas com Nadine. — Cecília estava reclamando de Raphaella, que não havia se demonstrado satisfeita com a performance nos ensaios da soprano que escolhera. Elena suspeitava que a exigência da maestra também era, de certa forma, uma punição pelo assomo de tosses do primeiro dia. — Ou seja, nem sou digna o suficiente para ser ensinada pelo Alec.

— Você não quer ter aulas com Alec, acredite — Meg retrucou, com o tom costumeiro que usava para falar mal do Soprano de Ouro. — É capaz de ele te retalhar com o arco do violino antes de ensinar qualquer coisa que valha.

— É, só que Nadine é uma chata — Cecília explicou para Elena, já que Meg conhecia a soprano reserva da Primeira Orquestra. — Gosta mais de música do que de magia, fica me ensinando a base teórica e mal temos tempo de fazer qualquer feitiço.

— Insuportável — concordou Margot. — Lena, você não tem ideia do quanto essas pessoas são cansativas. Tem sorte de não precisar conviver com elas.

Sorte de não fazer parte do mundo que vocês fazem, você quer dizer, pensou Elena, mas apenas sorriu e deu outra mordida no sonho. Havia deitado a cabeça no colo de Margot, que alisava displicentemente seus cabelos e estava disposta a engolir os lembretes de que ainda era uma Prodígio de segunda classe se isso significava ter o carinho de Meg à sua disposição.

— Posso não conviver com elas, mas eu notei a possessividade de Alec com Grigori no aniversário do reitor. Ele não larga o osso, não é?

— Não sabia que havia um osso *lá embaixo* — retrucou Meg, maldosa, e as três irromperam em risadas. — É óbvio demais. Grigori é um predador, e isso é claro, mas Alec não é nenhum santo. Se envolver com um homem casado! Eu jamais me prestaria a esse papel.

Elena se lembrou do olhar cobiçoso que o maestro da Primeira Orquestra lançara a ela, sua expressão como a de uma pantera caçando nas florestas longínquas de Rialto.

— Falando em Grigori — interveio Cecília, do mesmo jeito casual com que puxara assunto com Elena antes. — Fiquei sabendo que é possível que ele visite a Orquestra mais uma vez. Você ouviu alguma coisa? Talvez Theodora possa partilhar de sua generosidade com a gente?

Uma faísca de desconfiança acendeu-se nos pensamentos de Elena. Será que era esse o motivo das duas terem a recebido de volta naquele momento? Porque suspeitavam que ela tinha alguma informação privilegiada sobre o maestro?

Mas Meg continuava fazendo carinho em seus cabelos, e os sonhos eram doces, e o vinho branco inebriava as emoções de Elena. Considerou a pergunta de Cecília por um momento, evitando responder ao dar a derradeira mordida no sonho e mastigá-lo sem pressa. Ciça era sua amiga, e dividir o que sabia seria o que uma amiga fiel faria. Mas...

Ela ainda sentia a dor de ter sido ignorada, e a mágoa pela mentira. Por isso, Elena preferiu uma meia verdade.

— Acho que vai, sim — disse, escolhendo as palavras com cuidado. — Theo me disse que era possível que ele nos observasse de novo, talvez amanhã. Mas não tenho certeza.

— E Theo tem alguma ideia do que ele vai querer ouvir? — Cecília inclinou-se na direção de Elena, ávida por mais, e ela deleitou-se com aquela atenção. — Seria bom poder ensaiar uma peça específica.

— Não faço ideia — respondeu Elena. Toda meia verdade, afinal, também era uma meia mentira. — Da última vez ele só quis ouvir a gente cantar, então imagino que seja mais ou menos a mesma coisa.

— Grigori é supertraiçoeiro — Meg retrucou, com ares de quem sabe de tudo. — Com certeza não vai ser a mesma coisa. Deve ser algo difícil, a Valsa das Flores... Ou o Soneto dos Caminhos, talvez?

— Duvido — falou Elena, rápido demais. — É muito difícil para pedir assim, sem ensaio nem nada.

Meg a encarou por um longo segundo antes de responder.

— Pode ser — concedeu, mas seus dedos pararam de acarinhar a cabeça de Elena. — Por via das dúvidas, prepare o seu repertório completo, Ciça. Ele gosta de deixar sopranos nervosas, e ainda não te viu cantar.

— Aquela maldita infecção — lamentou Cecília, erguendo o corpo e espanando partículas inexistentes de sonho de sua saia. — Falando nisso, é melhor eu entrar. Essa friagem não vai fazer bem para a minha garganta, e eu não posso arriscar ter outro acidente.

Ela deu beijos na bochecha das duas antes de sair, seu perfume suave persistindo no ambiente, e então Margot e Elena estavam sozinhas.

Costumava ser assim, antes de Cecília entrar na Segunda Orquestra, e o silêncio confortável que se instalou entre elas foi prova de que, mesmo com toda a ambição e mágoa, ainda havia algo sólido e real ali — uma amizade na qual Elena se agarrava como um náufrago a um pedaço de madeira. Ela deixou seu olhar se perder no rosto de Meg, acima de si, recortado contra o sino de cobre da torre e iluminado pelo poente que se desfazia com rapidez.

Sempre havia admirado como Margot conseguia parecer uma estátua antiga — com seus traços fortes e angulosos, o nariz reto, os olhos como os de uma lince, dourados contra a pele marrom e ainda mais destacados por conta da maquiagem preta que ela esfumava ao redor deles todas as manhãs. Os lábios — desenhados como se pela ponta de uma pena — o queixo marcado que lhe dava uma aparência atemporal, todo o conjunto do rosto emoldurado por cabelos lisos e pretos como asas de corvo.

Sua beleza não era proveniente de nenhuma dessas coisas — e sim de algo que cintilava dentro dela. Uma confiança que carregava nos ombros magros e na ponta da língua afiada... Que, provavelmente, fora o motivo para Elena se apaixonar por ela.

Era impossível tentar negar. Durante os primeiros meses de sua amizade, Elena tinha certeza que secretamente a odiava — e depois, que queria levá-la para a cama. Nenhuma das duas sensações havia passado por completo. Tantos anos depois, porém, ela preferia a trégua da amizade profunda e muitas vezes terrível que dividiam.

— Você fez falta, Leninha — disse ela, encarando-a com um sorriso que estava muito mais em seus olhos do que nos lábios. Era a primeira admissão de que haviam passado a semana distantes, e Elena saboreou-a como se fosse um pedido de desculpas. — Se deixar, Cecília passa todos os minutos do dia falando de si mesma. Eu não preciso saber de cada mínimo detalhe de seus ensaios com Nadine, sabe? Já convivo com ela o suficiente, não tenho nenhum desejo de bis.

Elena riu, sentindo o alívio encher suas veias e seu pulmão. Ouvir Margot falando mal de Cecília lhe dava a ilusão de que ela ainda era a preferida, ainda era a principal. Que havia algo que só ela e Meg dividiam. Não era saudável e nem mesmo justo, mas em meio à angústia que sentira, era o suficiente.

— Raphaella está colocando ela pra trabalhar.

— Sim, e ambas sabemos que essa não é a coisa preferida da nossa querida Ciça. — Meg revirou os olhos, soltando o ar com exasperação. — Se ela não queria isso, que não tivesse aceitado o Sopranato de Prata, pelos deuses.

— Ela vai se acostumar.

— Para o nosso bem, espero que sim — disse Meg, recostando contra a coluna. — Especialmente com essa história do Grigori querer mais uma soprano.

— Como assim? — Elena se empertigou levemente. Sabia que Meg calculava exatamente a quantidade de informações que compartilhava, e que aquilo podia ser tanto um presente quanto uma armadilha.

— Ah, correm alguns rumores de que ele não gosta muito de Nadine. Você ouviu o que a Ciça disse, ela é uma chata, e Grigori prefere sopranos que sejam deferentes a ele. Que não se incomodem com seu temperamento, que façam visitas ao seu camarim.

Elena queria perguntar como Meg lidava com aquilo, mas sabia que interrompê-la podia custar a fofoca. Achou melhor ficar em silêncio enquanto a amiga continuava.

— Então acho que ele quer colocar mais uma reserva, só para o caso de Nadine dar uma sumida.

— Sumida?

— Ninguém dura na Primeira Orquestra se Grigori não quiser que dure, Lena. Não me surpreenderia se ele arranjasse um jeito de mandá-la para Rialto de modo a ser aprendiz de Fernão Glás.

Ela ruminou o que Meg dizia por um segundo. Se Grigori não estava feliz com Nadine, a Segunda Orquestra seria o lugar perfeito para pescar uma soprano maleável, que ficaria em dívida eterna com ele. Seria por isso que ele estava tão ávido para vê-las se apresentando novamente? Ela pensou no Soneto que ainda não conseguira dominar, e a culpa por estar perdendo tempo com vinho branco e sonhos recheados revirou seu estômago. Ergueu o corpo, respirando fundo.

— Meg — começou ela, sem pensar direito, mas sabendo que a amiga era uma das Prodígios mais capazes do Conservatório. — Digamos que Grigori realmente peça o Soneto dos Caminhos. Você tem alguma dica? Para não perder o fôlego, quero dizer.

Margot a encarou com o mesmo cuidado com que estudava partituras, seu olhar desprovido de sentimentos. Ela odiava a maneira com que Meg conseguia fazê-la sentir-se como fosse um livro, do qual ela virava as páginas à seu bel-prazer. Ainda assim, manteve o olhar fixo na amiga, deixando que o silêncio entre as duas se esticasse e preenchesse o espaço.

— Não tem segredo — respondeu Meg, depois de um tempo. — Você só precisa resistir por tempo o suficiente. É como mergulhar segurando a respiração. Depois de alguns minutos, vai ficando mais fácil.

Elena franziu a testa. Mergulhar segurando a respiração podia ser mais fácil depois de alguns minutos, quando você conseguia controlar seu pânico e acessar as reservas de oxigênio. Mas ficar embaixo da água por tempo demais tinha outra consequência, que Meg convenientemente não mencionara.

Às vezes, você se afogava.

A voz no espelho

Elena suspirou de alívio ao cruzar o corredor que dava em seus aposentos e se deixou embalar pelo som abafado de Prodígios praticando seus solos, a cadência das vozes como uma prece. Estava sozinha, mas longe de Meg — o que, naquele momento, era o que precisava. O chão entre as duas ainda estava movediço, revirado, e Elena não queria testá-lo mais do que o necessário.

O quarto a recebeu arrumado à perfeição, cortesia das gárgulas incansáveis. Ela tirou os sapatos com o calcanhar antes de entrar, jogando-os ao lado da cama, e atravessou o chão acarpetado em direção à penteadeira. Antes mesmo de tirar o colete do uniforme, Elena aliviou a pressão dos grampos que seguravam um coque desarrumado no lugar, e deixou que os cachos vermelhos caíssem ao redor de seu rosto.

Massageou o couro cabeludo, gemendo de alívio, e em seguida tirou os brincos de latão, apoiando-os em uma bandeja prateada que repousava na penteadeira. O anel de osso da mãe, que ainda não colocara de novo, estava cuidadosamente repousado sobre a madeira.

Pensou em tirar o espartilho que a apertava e desenhava sua cintura por baixo do colete, mas a verdade é que a pressão extra em seu diafragma era útil para manter a postura e alcançar as notas do Soneto dos Caminhos. Mais do que isso: ela gostava de se sentir presa, como se os limites do traje pudessem fazê-la esquecer das partes que menos gostava de seu corpo, modulando suas formas em uma ampulheta generosa.

Resignada, voltou-se para o espelho oval e comprido. Ainda era sua parte preferida do quarto, e exercia um fascínio que Elena ainda não entendia bem — afinal, sempre detestara encarar a si mesma. Mas ali, no quarto que Theo arranjara para ela, seu reflexo não era somente o de uma menina gorda, com o rosto redondo demais e os braços grandes. Seu reflexo mostrava tudo o que ela poderia ser, tudo o que Elena ainda tinha que alcançar.

Começando pelo Soneto dos Caminhos. Ela não podia falhar, não agora, não quando sentia o cheiro de sangue na água.

Falhar significava ficar mais distante de seu grande sonho — seu único sonho. Estar na Primeira Orquestra, e enfim pertencer. Depois de anos consertando pianos e violinos, sangrando por cima dos instrumentos para que a nobreza pudesse tocá-los em festas e bailes aos quais não era permitido que ela comparecesse. Depois de anos engolindo cada crítica, cada palavra atravessada da mãe. Depois de anos caminhando como uma pária pelos corredores do Conservatório, aturando os cochichos que diziam que ela só estava lá por conta de sua amizade com Theo, ou ainda aqueles que maldiziam o nome de sua família. Aturando todas as vozes que eram piores do que ela galgando degraus por suas posições e influência.

Depois de se submeter ao silêncio de Margot e Cecília, quando se desagradavam com o que ela fazia.

Quando estivesse na Primeira Orquestra, tudo isso seria deixado para trás, e enfim o seu talento seria reconhecido. Sua voz, a única coisa em si que Elena jamais desejara mudar, enfim receberia todos os aplausos que merecia. Aplausos tão intensos que sufocariam todos os medos e pensamentos ruins que ela tinha sobre si mesma.

Nada era mais doce do que o som dos aplausos.

Elena faria qualquer coisa para chegar lá — cantaria o Soneto dos Caminhos quatro mil vezes se fosse necessário. Se deixaria estrangular pelos tendões de magia, como se a força mágica fosse uma estrela que a consumiria de dentro para fora, se isso significasse que enfim poderia ser quem ela queria — não, deveria — ser.

A ambição vibrava em seu corpo, e a soprano respirou fundo, enchendo os pulmões e deixando que as primeiras palavras do soneto escorressem por seus lábios.

— *Pé ante pé, daqui até lá, a estrada segura leva para o mar.*

Começou a navegar pelos acordes como um timoneiro experiente. Elena seguia as ondulações da música — agudo, grave, um vibrato na nota final — e inflava o peito à medida que ele pedia mais combustível, controlando a respiração para não adejar. A magia já crescia em seu diafragma, quente e líquida, preenchendo-a até os quadris e subindo por seu esôfago. A ponta de seus dedos formigou quando a magia percorreu o caminho até lá, e seu gosto ácido e elétrico invadiu a boca de Elena, queimando sua língua. Ela ignorou a sensação, e continuou cantando.

— *Em todo caminho, vai um andarilho, que ele vá seguro e não maltrapilho.*

A nota foi se aproximando no horizonte de sua mente, volumosa como uma sombra, e Elena sentiu os músculos do pescoço se contraírem, uma resposta clara aos tendões mágicos que se enrolavam em sua nuca e garganta.

Ela tentou resistir, como Margot sugerira que fizesse.

Sua pele febril se contraía com a energia mágica, mas era importante que Elena repelisse a força que ameaçava lhe sufocar, pois o excesso de magia podia arrebentar suas cordas vocais para além de qualquer salvação. Magia era algo bravio, vivo, e qualquer mago que se prestasse sabia que não se deveria sucumbir aos seus desejos mais violentos. Essa era a parte mais difícil daquele soneto: seguir cantando as notas cada vez mais difíceis ao mesmo tempo em que se resistia aos impulsos da magia.

Ainda assim, ela queria liberar aquela tensão, deixá-la escapar e enfim sucumbir ao seu chamado irresistível.

Elena tropeçou. Nem ao menos chegara perto do si bemol — seu desafinado veio antes, na ponte que unia o verso principal ao refrão. Assim que errou a nota, a magia se dissipou, como água escorrendo pelos dedos.

— Merda. — Ela interrompeu a canção, desfazendo o que havia cantado como quem desfia um cachecol de tricô e ignorando a cabeça zonza com a súbita falta de magia. Era quase doloroso sentir sua ausência, quando alguns minutos antes estava completamente preenchida por ela, e Elena deixou a frustração tomar seu lugar.

— Burra, burra! Não é pra apertar, é pra resistir.

Ela tossiu, tentando afastar a sensação pegajosa de dedos ao redor de seu pescoço, e sentiu o coração acelerado com o quão perto havia chegado de deixar que a magia a tomasse. Por muito menos outras Sopranos já tinham perdido a voz.

Em alguns momentos, Elena queria ser mais gentil consigo mesma — ela jamais falaria daquele jeito com Margot ou Cecília, se ouvisse as amigas errando uma nota — mas a verdade é que ela sabia que a gentileza, como xales de caxemira e colares de pérolas, era um luxo que não podia ter. Elena queria — não, precisava — ser a melhor, e gentileza era só um jeito de atrasá-la. Mais do que isso: só seria gentil com Margot e Ciça pois, em seu íntimo, seu desejo era que falhassem.

Para si mesma, não dava esse direito.

Tentou de novo. Começou a música do início, tentando afrouxar o corpo nas passagens mais complexas, mesmo que fossem quase opostas às sensações de relaxar e exigir que ele atingisse a perfeição. Elena continuou conduzindo seu corpo, domando a voz como quem segurava um cavalo arredio. Em alguns momentos a magia voltou a preenchê-la, e seu gosto inebriante provocou alívio imediato.

— *Em todo caminho, vai um andarilho, que ele vá seguro e não maltrapilho.*

Ela começou a cantar a ponte, em que cada palavra demandava um staccato preciso, um degrau que subia em direção à nota mais alta. A pressão em seu pescoço voltou, ainda mais insistente agora, como se a estivesse punindo por ter falhado. Ela lutou contra a pressão, impedindo que a sufocasse, e daquela vez conseguiu mantê-la à distância.

— *Segue em frente, vai seguro, não desmanche, frio e duro. Cada pedra, cada ramo, uma linha, sem engano...*

Estava quase. Elena subiu, subiu, a voz rarefeita soando clara e sonora dentro da mente quando ela trocou a fonte de canto. Assim que o fez, a pressão mágica migrou para seu crânio, apertando-o por todos os lados, e uma pontada de dor nasceu na testa da soprano. Ela resistiu o máximo que podia. Estava quase, quase, e então...

— *Seus caminhos...*

Novamente, tropeçou. O si bemol soou torto, unhas em um quadro-negro, e a magia desfiou novamente. A frustração era amarga, desagradável como uma nota desafinada, e Elena mordeu a parte interna das bochechas, tentando externar a energia quente e incômoda.

— Caminhos, caminhos! — ela repetiu a palavra, tentando fazer com que o som se dobrasse à sua vontade, mas nada. Era inútil, e sua garganta ficava mais áspera enquanto ela tentava, como se a insistência de Elena fosse um castigo para seu corpo. Mais do que isso: o eco deixado pela magia doía ainda mais da segunda vez, pinicando por seu corpo como agulhas quentes.

Ela pensou no dia seguinte, em como seria humilhada na frente de Grigori se fosse tão desafinada quanto agora. Seu sonho de ingressar na Primeira Orquestra parecia escorrer pelos dedos a cada vez que ela errava. A humilhação doía tanto quanto a falta de magia, e seu rosto corado refletido no espelho mostrava a face vermelha e inchada da vergonha.

— Você precisa tentar outra coisa.

Uma voz soou pelo quarto, tão inesperada como um tiro, e o susto fez com que o coração de Elena pulsasse em seu peito como um tambor.

Ela já ouvira aquela voz, sua cadência rica e sedutora que soava incorpórea no quarto.

— Quem... — O medo se alojou na base de seu pescoço, uma sensação gelada e pegajosa, e Elena olhou ao redor. — Quem está aí?

— Uma amiga — respondeu a voz, e Elena notou que o som vinha do espelho. De trás do espelho, para ser mais exata. Seu próprio reflexo apertou os olhos, confuso e silencioso, tão perplexo com o som quanto ela mesma. A soprano se aproximou, afastando a moldura do espelho da parede e esperando encontrar... O quê? A figura encapuzada de seus sonhos?

Só havia papel de parede almiscarado, liso e exatamente como no restante do quarto... Mas era do espelho que vinha o som.

— Eu posso te ajudar, Elena.

As palavras lhe provocaram um calafrio.

Ela encarou o próprio reflexo; a testa franzida, os olhos castanhos estreitados pela suspeita. Pensou nos feitiços de ilusão que podiam ser produzidos por pianos, mas somente os órgãos mais poderosos do Império seriam capazes de fazer algo como aquilo.

Mais do que isso: alguma coisa fazia Elena crer que a voz não era apenas fruto de sua imaginação. Havia uma presença no quarto, uma sombra que se movia no canto dos seus olhos e fazia com que se sentisse observada de uma maneira que nunca sentira antes. Podia ser estranho, mas a voz estava ali — escondida em algum lugar onde Elena não podia vê-la.

— Como você sabe o meu nome? — perguntou por fim, a boca seca e o coração tocando um refrão constante em seu peito.

— Tudo a seu tempo — retrucou a voz, e Elena pôde jurar que havia uma sombra de sorriso em suas palavras. — Quero que confie em mim primeiro.

Confiar? Era um pedido curioso, para dizer o mínimo, especialmente vindo de uma voz invisível de trás do espelho. Talvez fosse loucura dar ouvidos a uma voz sem rosto, mas a verdade é que Elena não tinha nada a perder ao fazê-lo — e muito a perder se fosse incapaz de alcançar aquele maldito si bemol. Além disso, aceitar ajuda de uma voz era muito mais seguro do que pedir ajuda a qualquer uma das pessoas corpóreas que viviam no Conservatório.

Do que pedir ajuda para Margot, em quem ela não sabia se podia confiar.

Levou um segundo para tomar uma decisão.

— Está bem — Elena se colocou na frente do espelho de novo, se sentindo levemente tola por estar falando com seu próprio reflexo. — Você disse que preciso tentar outra coisa?

— Sim. Agora, ajeite a postura. Pés para a frente, plantados no chão, e encaixe o diafragma — a voz assumiu um tom professoral que provocou uma onda de prazer no corpo de Elena. Era agradável que alguém lhe dissesse o que fazer, que a conduzisse. — Agora, tente de novo.

— Mas eu já tentei...

— Eu não te disse para me responder — cortou a voz, como um chicote. — Disse para cantar.

O rosto de Elena ruborizou em um tom mais profundo de carmim, e ela sufocou qualquer outra resposta, reiniciando o soneto. As palavras eram velhas conhecidas suas, e seguiu por elas como uma canoa em um rio. Após alguns segundos de timidez, a magia voltou a envolvê-la de dentro para fora, agora vindo quente e raivosa.

— Quando a magia chegar à sua garganta, não resista. Simplesmente sucumba e deixe que ela a conduza.

Elena franziu a testa, tentando se concentrar nas primeiras frases da música ao mesmo tempo que tentava entender o conselho.

— Mas Margot falou que...

— Margot é uma cobra tola e ardilosa. Apenas faça o que eu digo. — Não era um pedido, e sim uma ordem, escrita em sílabas rígidas e indeléveis — A magia não vai te sufocar.

As fitas de magia se enrolaram ao redor do pescoço de Elena pela terceira vez como se respondessem ao pedido da voz. Ela sabia que isso significava que a força do soneto estava crescendo, materializando-se em sua voz para enfim se tornar um desejo vivo. Era a base de toda a orquestra, algo que uma soprano aprendia em seu primeiro dia de Conservatório: a magia nasce dentro das pessoas, é conduzida por seus instrumentos para se transformar em realidade. No caso de uma soprano, o instrumento era sua voz, e por isso mesmo era tão importante protegê-la da ferocidade da magia.

Ela já tinha visto pianos explodindo em uma cacofonia de som e madeira quando músicos foram teimosos ou ineptos em controlar a mágica, e estremecia só de imaginar o que poderia acontecer com suas cordas vocais caso não tomasse cuidado.

Mas a voz afirmara que ela não sufocaria.

Talvez fosse a exaustão, ou o medo de falhar, ou o fato de que ir contra a sugestão de Margot provocava uma onda excitante de rebeldia em seu peito. Poderia até ser uma mistura das três coisas. Quando sentiu a pressão em seu pescoço, Elena não resistiu como das outras vezes — deixou que a mágica a sufocasse, gelando sua garganta e explodindo.

Mas Elena não explodiu. Ao invés disso, a magia fluiu como uma fonte para dentro da sua cabeça, e a nota que parecia tão difícil — o si bemol, do qual tivera tanto medo — soou sem esforço em sua canção.

A magia escapou, materializando-se na realidade como feixes gêmeos que eclodiam pelos dedos da soprano e acendiam o quarto com uma luz dourada. Eles seguiram em curvas e declives, construindo uma pequena estrada de luz dentro do cômodo da soprano, efetuando a base do Soneto dos Caminhos perfeitamente.

Elena encarou o rosto sorridente e incrédulo no espelho, e viu que suas bochechas estavam ainda mais rubras de satisfação. Não havia nada como a sensação de prazer que sentia quando a magia fluía do jeito certo, quando escapava de dentro de si e pintava cores afinadas no mundo.

— Como...

— Quando você deixa que a coragem a conduza, ao invés de se tolher pelo medo, aí sim encontra o seu verdadeiro potencial. Muito bem, passarinho — elogiou a voz, evidentemente satisfeita com a performance. Sua satisfação era quase mais prazerosa do que suas ordens, e Elena tentou não pensar em quanto seu corpo respondia imediatamente ao elogio, ou como estava úmida.

— Eu... — Ela não conseguia encontrar as palavras em meio à excitação que sentia. — Obrigada.

Elena teve a impressão de ouvir o eco de uma risada satisfeita.

— Não me agradeça. Nós nos encontraremos de novo, e haverá maneiras de você retribuir o que eu lhe ensinei. Agora, descanse. — Novamente aquele tom de voz mandão, e Elena endireitou as costas, assentindo. — Precisará de muita energia se quiser galgar os degraus até a Primeira Orquestra, minha passarinho.

Minha.

Mesmo que fosse uma voz incorpórea, o jeito com que aquela única palavra fora pronunciada fazia Elena pensar em alguém que a observava, que conhecia seus movimentos; por algum motivo, a ideia não lhe provocava medo ou asco.

Muito pelo contrário.

Elena sentia a presença irresistível da voz se dissipando, e conseguiu reunir coragem para fazer uma última pergunta.

— Como você se chama?

O silêncio imperou por alguns segundos, tanto que Elena achou que a voz poderia ter lhe deixado. Enfim, porém, ela respondeu:

— Meu nome é Eco.

Elena sonhou com Eco naquela noite.

A soprano estava no palco da maior sala de apresentações do Conservatório, uma câmara oval repleta de cadeiras aveludadas em vermelho. Não que conseguisse enxergar muita coisa: o teatro estava submerso em uma penumbra que tornava visíveis apenas alguns palmos adiante. A única coisa que rompia a escuridão era o holofote que descia sobre ela, e descrevia um círculo perfeito no chão de madeira marcado pelos arranhões dos sapatos engraxados dos alunos.

Elena estava usando a mesma roupa com que se deitara: uma camisola de renda branca, que descia até seus pés e ondulava ao redor de suas pernas, respondendo à brisa insistente que soprava das coxias. O tremor fazia com que o tecido roçasse na pele de Elena como o toque suave de dedos, dedilhando melodias em suas panturrilhas e coxas. Calafrios leves a percorreram, começando onde a saia da camisola ondulava e subindo em arrepios prazerosos.

Elena.

A voz de Eco fez cócegas na parte de trás de sua orelha, e Elena girou o corpo, sentindo o coração acelerar ao som súbito. Não havia ninguém ali, mas sua pele formigava com o sopro das sílabas.

— Eco? Você está aí?

Eu sempre estou aqui, passarinho. Agora, cante para mim.

Elena obedeceu, começando as primeiras frases do Soneto dos Caminhos. Era bom seguir as ordens de Eco, sentir sua satisfação silenciosa. Mesmo que fosse apenas uma voz incorpórea, Elena sabia que sua professora a observava, avaliando sua respiração, suas sílabas.

Mais projeção. Ajeite a postura.

Ela o fez, endireitando o corpo de imediato, e sentiu que a música fluía de si com mais facilidade. A energia familiar da magia a visitou de novo, preenchendo-a, e dessa vez se concentrava no meio de suas pernas, em seu baixo-ventre. Elena apreciou o calor, o jeito como a magia desenrolava seus dedos compridos e ágeis, e continuou cantando.

Muito bem. Agora, feche os olhos.

Era impossível não obedecê-la. Elena fechou os olhos, mergulhando em si mesma na escuridão tão completa quanto a do palco, e assim que o fez uma pressão fria e acetinada cobriu seu rosto. Uma venda. Ela parou de cantar, confusa, e sentiu dedos longos — dessa vez, humanos — apertando seu rosto. Não chegava a doer, mas a pressão era desconfortável e inegavelmente autoritária.

Eu disse para parar, passarinho?

As pernas de Elena amoleceram, como o recheio dos sonhos que ela tanto gostava de comer, e o calor entre suas pernas se espalhou, misturando-se com a pressão inebriante da magia.

Aquiescendo, ela voltou a cantar.

Estava quase chegando de novo na nota mais alta do refrão, quando os dedos de Eco tocaram seus lábios, uma ordem por silêncio. Contra a pele macia de seus lábios, o toque era suave e úmido, e Eco deslizou pela boca de Elena, traçando seu contorno com cuidado.

Dessa vez, não havia como não sentir sua presença física. Eco tinha o corpo pressionado contra as costas de Elena, sua silhueta esguia. Tinha pelo menos 20 centímetros a mais do que a soprano, que não ousou se mexer. Ela não queria fazer qualquer coisa que afastasse Eco de si, que a fizesse hesitar ou ter outra atitude.

O calor emanava do corpo de Eco, envolvendo a soprano e esquentando-a de dentro para fora. A sensação da pele de Eco contra a sua, nos poucos lugares onde a roupa não atrapalhava o contato, era inebriante — o roçar suave logo se tornou uma pressão completa, quando suas costas encaixaram contra o torso da mestre.

Eco deslizou o dedo por cima do lábio inferior de Elena, demorando-se nele por um segundo antes de afastar as mãos de seu rosto e abraçar sua cintura.

Quero que cante outra música.

Uma nova melodia ecoou na cabeça de Elena, como se sempre tivesse estado ali. Era um som estranho, em uma notação de tempo mais lenta e mais grave, muito fora do que a soprano costumava cantar.

Um formigamento familiar correu por sua nuca — era a música que tocara no piano, naquele sonho estranho com a figura encapuzada. Mesmo nunca tendo a ouvido por completo, as palavras vieram com facilidade aos seus lábios, escorrendo deles como o suco das cerejas que amava.

— Renda seus sentidos, e deixe entrar o som. — Mesmo que fosse sua própria voz, Elena quase não a reconhecia, tão embebida se encontrava na sensação inebriante de obedecer. — Feche os olhos, e sinta o som da escuridão...

A magia respondeu à música de imediato, subindo em espirais de fumaça por dentro do corpo de Elena e irrompendo por seus dedos imediatamente, em uma explosão de poder que jamais sentira. A fumaça enrolou-se em seu corpo, suas pernas; ao redor de seu pescoço como uma gargantilha de veludo.

A força cobriu-a da cabeça aos pés, uma capa de sombras que ela podia sentir mesmo com os olhos vendados por baixo da seda.

Elena não tinha ideia de como estava fazendo aquilo. Sabia apenas que nunca tinha sonhado algo tão real. A respiração de Eco soava em seus ouvidos e provocava arrepios com seu sopro quente e constante, a textura de sua roupa roçava contra o tecido fino da camisola de Elena, seu braço envolvia a cintura da soprano, e mais do que tudo havia a magia...

... Que a acendia como a uma supernova.

Isso é só uma amostra de tudo o que eu posso te ensinar...

— Como? — ela perguntou, ofegante. — Eu preciso saber.

Tudo a seu tempo, passarinho...

A magia a aqueceu ainda mais, e Elena tinha certeza de que em alguns segundos seu corpo entraria em combustão. Mas, ao contrário do prevalecimento do bom senso, ela queria se incendiar. Ela precisava do incêndio da magia, tanto quanto precisava de ar para respirar ou do toque de Eco.

O feitiço incandesceu, crescendo...

... Mais e mais até que...

Elena acordou com um sobressalto violento, ofegante. A penumbra ainda encobria sua visão, mas agora ela estava em sua cama, sob o dossel de seda.

Alguns feixes de luz pálida escapavam pela fresta das cortinas, indicando que ainda era muito cedo. Mesmo sob a frieza da manhã, Elena suava, seus cachos colados na nuca e nos ombros. Ela ergueu as cobertas, procurando o alívio do ar gelado. O tecido branco da camisola estava grudado nas pernas, um pouco mais escuro na área da virilha, que ela sentia estar absolutamente encharcada.

Levantou-se, ignorando as mãos trêmulas e geladas. Fora apenas um sonho — talvez um pouco mais ousado do que os sonhos que tinha normalmente, mas fazia tempo demais que Elena não se entregava aos prazeres da carne. Talvez fosse um pedido de seu íntimo, além de qualquer outra coisa. Em seu peito, o coração era um tambor descompassado, sem ritmo, pulsando como seu corpo fizera há pouco.

Ela foi até a penteadeira, procurando uma toalha nas gavetas bagunçadas, e fitou o próprio reflexo enquanto secava o suor. Seu rosto redondo estava rubro, os cabelos desalinhados de quem acabara de fazer sexo — não que Elena fosse saber como exatamente isso seria, já era virgem.

Mas podia imaginar.

Se não passava de imaginação, por que — aliás, como — ela tinha sentido a magia? Era inegável que estivera nela durante o sonho, não era? Ela a sentira, escorrendo por seus dedos e envolvendo seu corpo como um manto de poder. No lusco-fusco das primeiras horas da alvorada, o reflexo de Elena não parecia ter tanta certeza.

Ela era apenas uma garota cansada, com olheiras arroxeadas que aprofundavam seu olhar e a faziam questionar sua própria sanidade.

— Deixe de ser maluca, Lena — disse, tentando imprimir o tom sarcástico e condescendente de Meg em suas palavras, assim como a certeza de Cecília, mas na verdade soou como Loralie, sem nem um pingo de carinho.

Ergueu-se da banqueta da escrivaninha, e estava resignada em voltar a dormir quando duas coisas chamaram sua atenção. Primeiro, o anel de osso não estava mais a vista. Em seu lugar, havia um objeto que não estivera ali, perdido em meio aos grampos que arrancara de seus cabelos.

Uma fita de veludo preto. Evidentemente um colar, com um pingente de camafeu preso em seu centro. O medalhão tinha um S esculpido em pedra, em linhas finas e precisas. Elena franziu a testa, confusa; não o havia visto antes. Apanhou o objeto nas mãos e encontrou um bilhete por baixo. Seu coração acelerou ao ver o pedaço de papel, e Elena o desdobrou com cuidado, saboreando a caligrafia fina e precisa por cima de uma partitura velha, a mesma caligrafia que a informara sobre a visita de Grigori.

Boa sorte amanhã, passarinho.

Eco

Ela inspirou rapidamente, puxando o bilhete contra o peito como se fosse um segredo — e, de certa forma, era.

Afinal, era a única evidência de que Elena estava falando com as paredes, e ela sabia o que se falava sobre sopranos que enlouqueciam, que ouviam e sonhavam com professoras insistentes e mágicas...

E ela não queria ser a próxima.

O Soneto dos Caminhos

Não foi surpresa para quase ninguém quando Grigori adentrou, ao lado de Raphaella, na sala de ensaios da Segunda Orquestra.

"Quase", pois assim que ele cruzou a soleira, algumas Prodígios se arrumaram às pressas; Lisandra prendeu os cabelos em um coque ao invés de deixá-los soltos, e Teresa ajeitou as pregas do casaco para que ficassem alinhadas. Mas as fofocas corriam tão rápido quanto música no Conservatório, e quase todas as outras magas estavam perfeitamente arrumadas, como se soubessem que era um dia importante.

Isso incluía Cecília, que lançou a Elena um olhar de soslaio cheio de gratidão. Raphaella bateu palmas, e todas as Prodígios se levantaram em uníssono.

— Como podem ver — começou ela, o maxilar tenso — temos um convidado especial conosco. Novamente, Comandante Yasov, obrigada por nos assistir essa manhã.

— Não tem de quê, maestra. — Ele fez o cumprimento típico dos oficiais de alto escalão do Império, com a mão esquerda no ombro oposto e uma breve mesura. — Estou sempre em busca de novos talentos que poderão um dia fortalecer nosso Império.

Elena refreou o sorriso de orgulho que ameaçava surgir em seu rosto, e baixou a cabeça, ciente de que os olhos de Grigori estavam fixos nela.

— Gostaria que conhecesse nossa Soprano de Prata, maestro. — Raphaella indicou Cecília, que fez uma mesura profunda.

— Já tive a honra — afirmou ele.

— Ah, mas ainda não me escutou cantar — respondeu Cecília dessa vez, a voz cheia do mel que Elena conhecia bem. Ela só falava daquele jeito quando queria algo.

— Sugiro que comecemos com um dos minuetos que andamos ensaiando, comandante...

— Na verdade... — Grigori interrompeu Raphaella sem encará-la, erguendo uma mão como quem espanta um mosquito insistente. — Gostaria de ouvir o Soneto dos Caminhos.

— Receio não estar em nosso repertório fixo — retrucou Raphaella, tensa. — Posso sugerir que...

— Achei que esse fosse o ofício básico da Segunda Orquestra, maestra. — Grigori enfim se virou para ela, uma cobra prestes a dar o bote. — Afinal, esse é seu papel, não é? Auxiliar no crescimento da infraestrutura do Império. Erguer hospitais, pontes, castelos. Se o Soneto dos Caminhos não está em seu repertório, me pergunto qual repertório será esse.

— Não costuma fazer parte dos ensaios de inverno, visto que a temporada de construções acontece apenas mais tarde no ano. — O rosto macilento de Raphaella ficou rubro e tenso, e ela apertou as mãos ao redor da batuta de condutora. — Mas todas as Prodígios sabem cantá-lo, é claro.

— Então não será problema nenhum. — Grigori sorriu, afetado, e voltou seu olhar para a Soprano de Prata. — Certo, Cecília?

— De forma alguma — respondeu ela, prontamente; a resposta certa. Havia algo em sua tranquilidade que despertou as suspeitas que Elena carregava consigo desde a tarde anterior, como se Cecília estivesse calma demais com a sugestão dos Caminhos.

Como se alguém tivesse sugerido que era exatamente o que Grigori pediria.

Mas Margot não faria aquilo, faria? Elena tinha suas dúvidas, e foi com apreensão que observou a amiga aquecendo a voz até enfim iniciar as primeiras notas do Soneto que agora conhecia tão bem.

Cecília tinha uma voz clara e suave, como uma flauta de madeira feita à mão — mas havia algo de refinado em seu tom, uma cadência que certamente vinha de berço. Seu timbre não tinha arestas ou falhas: seguia a partitura com cuidado, como um rio límpido e sem curvas.

O mesmo ocorria com sua magia. O Soneto dos Caminhos conduzia a construção de qualquer projeto — era o primeiro passo, por assim dizer, a fundação sob a qual se erguiam castelos. Cantado por si só, fazia aparecer feixes de luz que iluminavam o caminho — dali vinha o seu nome. Quando Cecília cantou, a luz dourada envolveu seus dedos e braços, encheu a sala de forma ordenada e cuidadosa.

Ela não errou a nota mais alta — mas também não a alcançou por completo, preferindo trocar o tom do ápice da música para algo mais grave, para chegar a ele com mais facilidade. Elena reconheceu a manobra: era algo que Margot fazia com frequência, graças a seu timbre que quase a colocava na ala das contraltos. Não tornava a música menos bonita, mas Grigori torceu o nariz suavemente quando Cecília a cantou, como se desaprovasse.

A canção chegou ao fim, e as Prodígios aplaudiram suavemente, como mandava o protocolo. Elena não conseguiu deixar de notar que Grigori não esboçou reação, preferindo assentir lentamente com a cabeça.

— Muito bem, soprano — disse ele quando se fez silêncio, e a preferência por chamá-la pela sua posição na orquestra em vez de pelo nome conferiu certa frieza à frase. — Interessante escolha de trocar o tom da música.

O rosto branco de Cecília ganhou um tom pêssego e quente.

— Como a maestra disse, não é algo que ensaiamos com frequência, senhor. Optei por um caminho mais seguro, mas que executa o feitiço da mesma forma.

— Ah, sim. Com certeza Beatriz Garnier estava pensando em algo seguro quando escreveu o Soneto dos Caminhos. Realmente, é a marca de uma grande maga. Obrigada por me elucidar.

A ironia pingava das palavras de Grigori como a harmonia para uma melodia, e partes iguais de pena e prazer inflaram o peito de Elena.

A pena levou a melhor quando olhou para Cecília, que tinha os olhos claros cintilando com lágrimas.

Grigori era cruel, e cada evidência de sua capacidade de destruir alguém com simples palavras fazia Elena temê-lo ainda mais. E não só ela, aparentemente: Raphaella não partira em defesa de sua Soprano de Prata, e simplesmente encarava o chão com expressão tensa.

— Bom — disse a maestra, claramente querendo interromper a atmosfera pesada que se instaurara. — Posso sugerir que apresentemos outra coisa? Como eu disse, o minueto...

— Eu ainda não acabei, subtenente Roy — Grigori a cortou, e dessa vez seu olhar pousou precisamente em Elena. Ela o sustentou o quanto podia, sem querer que o maestro visse que tinha medo dele. — Elena, você cantou tão lindamente da última vez. Será que poderia nos agraciar com sua versão do Soneto dos Caminhos? Com sorte, sua Soprano de Prata aprende uma coisa ou outra sobre riscos.

Cecília inspirou súbita e silenciosamente, e Elena não ousou olhar para ela. Não podia recusar uma ordem — pois era aquilo que era, mesmo que Grigori a tivesse disfarçado de pedido — do maestro mais importante do Império, mesmo que isso significasse magoar os sentimentos da amiga.

E ela não queria recusá-lo.

Seu desejo, aliado à necessidade de obedecê-lo, falou mais alto. Elena levantou-se, fazendo uma pequena mesura.

— É claro, maestro.

Pigarreou uma vez, erguendo o corpo. E então, começou a cantar.

As notas iniciais do Soneto saíram encorpadas e fortes, como era adequado ao timbre de Elena. Ela navegou as estrofes iniciais, e mesmo que seu corpo estivesse na sala de ensaios, sua mente estava em frente ao espelho, seguindo os comandos de Eco.

Em meio ao silêncio dos colegas e ao som da música, Elena quase conseguia sentir a expectativa dos outros. Ela escalava as notas do soneto, cada vez mais alto, e ao mesmo tempo sabia que as pessoas na sala estavam contando os segundos para sua queda.

Mas ela não ia cair. Não daquela vez.

Quando a pressão já conhecida da magia envolveu sua garganta, apertando seus dedos por baixo da gargantilha de veludo que Eco lhe dera, Elena freou o impulso de controlá-la — e deixou que a energia encontrasse caminhos por seu corpo, preenchendo-a como calor incandescente.

— *Seus caminhos são só*
pedra e cascalho,
suor e trabalho,
que segue adiante e forma correntes.
E em brio constante, segue sempre adiante
Construindo o caminho e plantando a semente.
Em vez de cair, ela levantou voo.

Feixes gêmeos de luz acenderam passarelas ao lado de Elena e encheram a sala, e se a magia de Cecília era afetada e formal, a magia de Elena era feroz. E era a sua voz — pura, solitária — que inflamava tudo aquilo.

A magia tinha o mesmo gosto da voz de Eco, um sabor quente e molhado que se espalhava do céu da boca até a ponta dos dedos. Elena se deixou levar, sem resistir à tentação de temer o afogamento; ao contrário, escalando com facilidade o pico da nota mais alta.

Quando desceu, a sala irrompeu em aplausos — exceto, é claro, Grigori, que a encarava com a avidez de um homem sedento.

Sem ter para onde ir, a magia dissipou-se pela sala, dispersa e iluminada. Elena tomou fôlego, tentando afastar a impressão de ter ouvido a voz de Eco sussurrar em seu ouvido.

Bravo, passarinho.

— Muito bem — disse Grigori, enfim sorrindo. Não era algo belo, e sim afiado, como a lâmina de uma faca cintilando antes de cortar. — Obrigada por mostrar como se faz, Srta. Bordula. Quero que comece amanhã mesmo na Primeira Orquestra, como recruta temporária. Uma semana, para ver como se sente. Que tal?

A cabeça de Elena ficou subitamente mais leve, como se tivesse virado uma dose do uísque maltado que vinha do sul. Não era uma convocação oficial, mas ainda assim… Alguns cochichos soaram, raivosos, mas ela os ignorou. Só tinha olhos para Grigori, e para a expressão incrédula de Raphaella.

O olhar de Cecília sobre ela era como uma brasa.

— Quero que ensaie com Alec ainda essa noite. Não tenho dúvida de que ele irá acolhê-la debaixo de sua asa, e depois... bom, depois decidimos.

Elena sabia que a última coisa que o atual Soprano de Ouro faria com uma novata por quem seu maestro estava fascinado seria acolher, mas não queria falar qualquer coisa que contrariasse Grigori. Naquele momento, mesmo as linhas de expressão marcadas ao redor de seus olhos e sua boca eram charmosas. Ela refreou o sorriso que ameaçava se espalhar por seu rosto e trair demais o que passava dentro de si, e assentiu vigorosamente.

— Sim, maestro.

— Grigori, você não pode simplesmente roubar minha reserva. Precisa ao menos me dar algumas semanas para encontrar uma substituta — disse Raphaella, incrédula, enquanto o homem começava a se encaminhar na direção da porta. Ele nem ao menos desacelerou os movimentos, e só respondeu quando estava quase porta afora.

— Não só posso, como vou. De mais a mais, acho que você tem trabalho suficiente em suas mãos com a sua... Soprano de Prata.

Elena aproveitou a dispersão da sala para observar ao redor. Anita e Teresa a analisavam sem disfarçar, os rostos ostentando a mais pura incredulidade, e mesmo os membros da orquestra que menos antagonizavam Elena não paravam de sussurrar freneticamente entre si. Algumas Prodígios faziam questão de evitar olhá-la — dentre elas, Cecília, que arrumava suas coisas com rapidez desenfreada, saindo em seguida porta afora, o rosto entre as mãos.

— Prodígios — chamou Raphaella, sem sucesso. — O ensaio ainda não acabou. Prodígios!

Mas ninguém a escutava. A energia na sala era caótica, como um enxame de abelhas que não tinha mais rainha, e Elena parou um segundo para saborear o momento.

Ele era doce, azedo e intenso — como, ela imaginava, as cerejas que crianças ricas comiam no verão.

A única pessoa com quem Elena tinha vontade de dividir aquela notícia era Margot.

Ela fora dispensada dos ensaios da Segunda Orquestra após a ordem de Grigori; mesmo que Raphaella não parecesse nada satisfeita quando o fez. Mas a maestra ainda era subordinada a Yasov devido à hierarquia rígida e arcaica do Conservatório, motivo pelo qual Elena atravessava as passarelas externas antes das cinco da tarde. O entardecer ainda mantinha resquícios dos raios quentes e convidativos do dia, que derretiam qualquer vestígio da neve em um dia que fora atipicamente quente, como se o inverno estivesse fantasiado de primavera.

A alma de Elena compartilhava dessa fantasia. Ela subiu os degraus até a torre do relógio com muito mais energia do que de costume, e ao chegar ao topo finalmente deixou fluir a torrente de risos que segurava desde o ensaio matinal. Abriu os braços, deixando a luz do sol banhar seus punhos e dedos — única pele exposta que lhe concedia o uniforme — e sentiu os cabelos soltarem-se do coque apertado. Elena nem mesmo fez menção a ajeitá-los, deixando que os cachos ruivos ricocheteassem em seu rosto e pescoço.

— Eu consegui. Eu consegui — murmurava para si mesma, menos para comemorar do que para garantir que não estava sonhando. Nada do que viera antes tinha sido verdadeiramente seu: a mãe lhe ensinara a cantar, Theo a colocara no Conservatório e conseguira a audição com Raphaella, que lhe garantira um lugar na Segunda Orquestra. Cecília e Margot deram a ela amizades condicionais, que Elena experimentara em primeira mão como podiam ser arrancadas dela.

Aquilo... Aquela conquista era de Elena, e de mais ninguém.

— Alguém está feliz. — A voz de Margot soou por trás de Elena, que deu um pulo e virou-se para engolir a amiga em um abraço.

— Sim — disse, afastando-se para encarar a outra. Com a testa franzida que escurecia seu olhar, Margot parecia uma coruja desconfiada. Mas estava sorrindo, aparentemente contagiada pela energia de Elena. — Hoje a gente vai comemorar.

— E o que estamos comemorando, exatamente?

Elena pescou uma garrafa de dentro da sacola de pano que carregava transpassada nos ombros, e a ergueu na direção de Margot, arrancando a rolha com os dentes. A luz do entardecer fazia com que o líquido púrpura da garrafa parecesse cor-de-rosa, e a amiga deu uma risada debochada.

— De novo a sidra de cereja? Espero que seja o enterro de alguém que você detesta.

Ela ignorou o comentário maldoso. Nada estragaria sua alegria naquele momento, e muito menos as afetações aristocráticas da melhor amiga.

— Deixa de ser esnobe e brinde comigo.

— Brindar a quê? — Margot insistiu, rindo quando Elena puxou-a pela mão, entregando uma taça que havia surrupiado da cozinha. — Eu ainda não entendi qual o motivo da celebração.

— O motivo... — Elena equilibrou duas taças em uma mão só, e as encheu do líquido cor-de-rosa — é que hoje, na torre do relógio, temos dois membros da Primeira Orquestra.

O queixo de Margot pendeu levemente.

— Para com isso. — Ela fechou os dedos ao redor da taça, esquadrinhando o rosto de Elena com os olhos. — Você não está falando sério, está?

— Cantei o Soneto dos Caminhos para Grigori e ele me ofereceu a posição. Simples assim. — Elena apertou os lábios, incapaz de conter a animação, e estendeu a taça para um brinde.

— Então você conseguiu.

Margot manteve a própria taça perto do corpo, sem brindar, e, mesmo que sorrisse, havia algo estranho no brilho de seus olhos. Um vislumbre de desconfiança.

— Eu pratiquei bastante. Tive... — Elena retrucou, abrindo a boca para falar de Eco, mas algo a parou. Margot era sua melhor amiga, mas não o suficiente para que Elena admitisse estar ouvindo vozes que lhe davam aula de canto. — Consegui avançar bem ontem à noite, e a nota simplesmente fluiu. Grigori me ofereceu na mesma hora e até me falou para ir ensaiar com Alec hoje à noite, só nós dois.

— Mas Grigori não oferece cargos assim. Tem todo um processo de audição, especialmente considerando que Cecília é a Soprano de Prata.

O rosto de Margot estava franzido em um semblante confuso, e Elena sentiu o próprio sorriso minguando. Não era assim que imaginara aquele momento. A aparente hesitação da amiga inflamou as palavras de Elena, que soaram duras e defensivas.

— E Cecília não conseguiu cantar o Soneto bem, motivo pelo qual Grigori ofereceu a mim em vez disso — afirmou ela, tentando entender de onde vinha a desconfiança de Margot. — Além de tudo, ela acabou de virar Soprano de Prata. Não faz sentido trocar isso por uma posição de recruta temporária...

— Ah, é isso. — Meg pareceu encher-se de alívio. — Não é bem uma posição na Primeira Orquestra, então. É um teste.

Elena apertou os lábios, sem entender.

— Achei que fosse ficar feliz por mim. Finalmente somos parte da mesma orquestra. É o que a gente sempre quis.

Margot hesitou por um segundo a mais do que o necessário para responder. O momento se estendeu entre as duas, como vidro incandescente, e solidificou-se em algo rígido e gelado.

Enfim Meg respondeu, e quando o fez, um sorriso espalhou-se por seu rosto.

— É claro que eu estou feliz por você, Lena! — Ela riu, como se a simples sugestão de que não estivesse fosse absurda. — É incrível. Eu só estou com medo que você me troque por Alec, é só isso. Vocês já vão ensaiar juntos hoje à noite... Eu aguento que Grigori não me dê bola pra babar o ovo da prima-dona, mas você, eu não aceito. E fico preocupada por Cecília. Se mesmo com todos esses ensaios extras ela não consegue algo tão simples quanto o Soneto dos Caminhos, bom...

— Ela vai ficar bem — disse Elena. Sabia que estava sendo um pouco egoísta, por não querer que seu momento de comemoração se transformasse em comiseração por Cecília. Embora já passasse das cinco, a amiga ainda não tinha chegado, e Elena se perguntou se a Soprano de Prata não optara por ficar sozinha aquela tarde, como ela mesma preferira na semana anterior.

Não era como se ela não entendesse.

Mesmo sem brindar, Elena deu um gole na sidra, cujo gosto doce e alcoólico queimou sua garganta. Era só ciúmes — tolo, inconsequente e absolutamente normal. Não tinha nada a ver com a semana em que Meg e Cecília a haviam ignorado, ou na opção estranha de Ciça de cantar o Soneto, como se tivesse sido informada de que era aquilo que Grigori iria pedir.

— Meg... eu jamais vou te trocar pelo Alec.

— Você fala isso agora. — Margot fez um leve biquinho, que rejuvenescia seu rosto elegante e quadrado em uns bons anos. — Mas daqui a pouco vão estar comendo *madeleines* e falando mal de mim depois dos ensaios.

— Ei — disse Elena, passando o braço livre ao redor do ombro de Margot, sentindo o gosto da culpa misturar-se à doçura da sidra. — Você é minha melhor amiga. Não há nada nesse mundo, incluindo um soprano violinista com mania de grandeza, que vai conseguir nos afastar. Sem nenhuma chance. Ainda mais agora, que vamos passar tanto tempo juntas.

Margot a encarou silenciosamente, e as duas estavam tão próximas que Elena se deixou perder nas linhas angulosas de seus olhos, o declive reto de seu nariz, o marrom da sua pele. Por um momento, foi quase como se fossem se beijar — e então Cecília as interrompeu.

Seu rosto estava banhado de lágrimas, que deixavam marcas vermelhas e cintilantes na pele clara. Com os olhos inchados, Ciça mais se parecia com uma criança.

O choque ficou estampado em seu rosto ao fitar as duas, como uma pedra que criava ondulações na superfície de um lago. A culpa enterrou os dentes no coração de Elena, mas ela apoiou-se no orgulho, no gosto da sidra de cereja. Ainda assim, a sensação desconfortável se intensificou, especialmente quando Meg desvencilhou-se dela e foi até Cecília.

— Ah, meu bem. — Quem a ouvia falar com aquela delicadeza jamais imaginaria que estivera julgando a capacidade de Cecília apenas alguns instantes antes. — Elena me contou o que aconteceu. Eu sinto muito.

— Eu tentei fazer o que você falou. — Ciça soluçou, largando-se nos braços de Margot e confirmando o que Elena suspeitara. — Mas ele detestou. Só faltou me chamar de fracassada na frente de todo mundo. Raphaella quer que eu pratique nos finais de semana... Me deu a maior bronca de todos os tempos.

Elena não sabia bem o que fazer — de repente, sentiu-se tola enquanto segurava a garrafa de sidra, como se fosse estúpido imaginar que comemorariam sua conquista em vez de lamber as feridas de Cecília. Não queria brindar — toda a força de seu orgulho e alegria foram pelo ralo, sendo substituídas por um sentimento curioso de proteção.

A verdade a atingiu de uma vez, enquanto observava Ciça debulhar-se em lágrimas no colo de Margot, que a consolava com murmúrios silenciosos como os arrulhos de um pássaro. Ela não pertencia às duas — na verdade, talvez nunca tivesse pertencido. O castelo da amizade que construíra em sua mente era feito de areia e pó, e estava se desfazendo à sua frente sem que ela pudesse fazer nada.

— Lena. — Margot ergueu os olhos, e havia uma leve censura neles, como se estivesse ralhando silenciosamente por Elena sequer ter ousado querer comemorar qualquer coisa. — Acho que podemos deixar a sidra pra próxima. Que tal?

Não havia espaço para sua alegria ali — não quando a tristeza e decepção de Cecília demandavam tanta energia, como se seus sentimentos roubassem o oxigênio do ar.

— Tudo bem — concordou ela, sem saber como se encaixar naquele momento e percebendo que o melhor era ir embora. — Preciso encontrar com Alec, de qualquer forma. Grigori pediu que eu ensaiasse com ele, e...

— É melhor mesmo que você vá — disse Meg, severa.

Elena não precisava de nenhum feitiço para saber que, assim que desapareceu pela escadaria de pedra, as amigas começaram a falar mal dela.

O Soprano de Ouro

Em frente ao camarim de Alec, carregando uma caixinha de *madeleines*, Elena se sentiu extremamente tola.

Não que esperasse ganhar a simpatia do Soprano de Ouro com os bolinhos de limão em forma de concha — mesmo que ela os tivesse feito à mão. Alec era extremamente focado na própria ambição, e nem um zepelim repleto de *madeleines* seria capaz de mudar isso.

Ele não precisava gostar dela — na verdade, Elena tinha bastante certeza de que não iria. Mas era importante que não a visse como antagonista, e se o primeiro passo para isso era abaixar a cabeça e fingir subserviência, bom… ela não era contra um pouco de bajulação.

Então por que suas mãos tremiam contra a caixinha?

Não tenha medo. A voz de Eco sussurrou no ouvido de Elena. Era real e provocava arrepios na soprano — porém, além disso, a enchia de uma coragem quente e embriagante, muito diferente da sensação que sentira ao deixar Margot e Cecília na torre do relógio. Ela não queria pensar nelas, na frágil estrutura de sua amizade, que ameaçava se partir.

Por isso, Elena respirou fundo, encarando novamente a porta do camarim, e, sem pensar de novo, bateu.

— Quem é? — A voz impaciente e melódica de Alec soou abafada por trás da porta. Elena já o escutara cantar várias vezes, tanto em ensaios assistidos da Primeira Orquestra quanto em apresentações formais, mas sempre se surpreendia com o tom claro e franco.

— Elena — disse ela, sentindo-se um pouco tola por estar conversando com uma porta fechada. — Bordula — acrescentou, um pouco atrasada.

Silêncio. Estava começando a se perguntar se Alec morrera lá dentro quando ele apareceu, apoiado no batente. Diferentemente do aniversário do Reitor, ele estava bem mais à vontade, seu corpo seminu coberto apenas por um robe de seda que parecia água do mar em tecido. Seus olhos demoraram-se em Elena, com a sua expressão habitual de quem encontrava um pedaço de inseto em sua comida.

— E o que é que você quer, Elena Bordula? — Alec ergueu uma sobrancelha, esquadrinhando o rosto de Elena com óbvia desconfiança. Ele coçou o nariz em um gesto impaciente. — Se for me fazer perder tempo, está conseguindo.

Elena piscou uma, duas vezes, engolindo em seco. Não ia se deixar atingir por uma grosseria insignificante.

— O maestro Grigori me disse para ensaiar com você. Começo na Primeira Orquestra amanhã.

Alec estreitou os lábios, como se estivesse precisando sufocar tudo o que pensava sobre aquilo, mas nem mesmo o Soprano de Ouro podia ignorar uma ordem direta de seu superior.

— Grigo sempre faz isso. — O jeito com que ele chamou o maestro pelo apelido afetado foi suficiente para colocar uma pulga atrás da orelha de Elena. Seus lábios se dobravam confortavelmente ao redor do nome, como se estivesse acostumado a dizê-lo. Ela desviou os olhos para o peito de Alec, e por trás da cortina de cabelos loiros pensou ver um "G" e um "Y" bordados no tecido azul do robe. — Você sabe que não é membro oficial da Primeira Orquestra, não é? Não é nada além de um teste, e a maioria das recrutas não passa. Na verdade, a maior parte nem vem até mim. Tem mais bom senso.

Ele falou a última parte com um desdém particular.

— Bom, eu não trouxe bom senso — Elena respondeu, tentando manter o bom humor, e ofereceu a caixinha que carregava consigo. — Mas tenho *madeleines*.

Alec baixou o olhar para a caixinha repleta dos bolinhos dourados que Elena só vira por trás de vitrines durante sua infância. Ele pegou uma das *madeleines*, dando a menor das mordidas na ponta coberta de chocolate ao leite.

Após mastigar e engolir, voltou a colocar a *madeleine* meio mordida na lata.

— Entre — disse simplesmente, e Elena o seguiu para dentro do camarim.

Imediatamente, a inveja a incendiou.

A maior parte dos camarins ficava escondida em nichos e corredores por baixo dos palcos de apresentação, com fácil acesso às coxias e salas de ensaio. Não o de Alec. Ele conseguira a única sala no andar de cima das coxias, posicionada na Ala Oeste e no limite mais externo do Conservatório, o que significava que tinha vista panorâmica de Vermília no conjunto de janelas com o topo arredondado. Àquela hora da noite, a cidade estava pontilhada de luzes que se espalhavam quase até o mar, como se as estrelas tivessem resolvido deitar-se por cima das ruas, casas e construções.

Daquela distância, era quase impossível ver a periferia onde Elena nascera. A vista era tomada pela visão do Palácio Imperial, uma construção de torres encimadas por domos redondos e pintados como ovos esmaltados. Na penumbra da noite, o colorido assumia um brilho prateado e as janelas acesas pareciam olhos de coruja.

A vista podia ser o aspecto mais luxuoso do camarim, porém o restante não deixava nada a desejar. Alec dominava o aposento e foi imediatamente para a parede de violinos no fundo do quarto. Havia ao menos cinco enfileirados na parede, cada um mais bonito do que o anterior, e ele pegou um deles, de madeira branca e a lateral entalhada que era sua assinatura.

Elena já vira aquele violino — qualquer pessoa no Conservatório já o havia visto. Era um Strataverta original, e estivera com os Cézanne durante séculos, tendo sobrevivido tanto à guerra quanto ao saque de sua mansão. Elena imaginou um pequeno menino loiro, agarrado ao único resquício da grandeza de sua família, tendo que aprender a dominá-lo desde a mais tenra idade. Mas não conseguia pensar muito no garoto que Alec fora: só tinha olhos para o instrumento de Potência.

Suas linhas eram precisas e elegantes, e era mais vivo do que se esperaria de um objeto, tão perfeito que provocava uma sensação violenta de devoção em Elena.

Ela tentou visualizar o processo pelo qual a madeira rústica e enrugada de uma árvore seria cortada e polida para se tornar aquilo. Não seria fácil: teria que aguentar os golpes afiados e repetidos de um serrote dentado, que a mutilaria e deceparia sua conexão com o tronco que lhe dera vida. O luthier usaria uma cunha afiada para criar sulcos na carne tenra e macia, moldando sua forma até que ficasse no formato que conduzia o som. Lixaria cada parte enrugada, cada ranhura e veio em relevo, até que ficasse polida, desgastando sua pele para revelar as partes mais macias, mais lisas, sem nenhuma imperfeição. Depois, enterraria parafusos em sua carne, prendendo-os até que fosse impossível removê-los. Por último, a madeira teria que ser envernizada, e passar por fogo mágico para que selasse e não se desfizesse sob a força da magia, em um forno tão quente que derreteria qualquer vestígio do que tinha sido antes.

De certa forma, cada uma daquelas etapas era uma violência — a violência que qualquer um teria que aguentar para enfim se transformar em algo digno da palavra perfeição.

O arco do instrumento estava pousado em cima de uma penteadeira à frente das janelas, onde estavam espalhadas maquiagens de todos os tipos — rouge, batom, sombras, até mesmo uma latinha de pó branco que Elena não conhecia.

— Enxerida, você — comentou ele, fechando a tampa da lata e guardando os pertences em uma gaveta da penteadeira. — Veio aqui para ensaiar ou para espionar?

Elena gaguejou na tentativa de responder.

— Eu não estava...

— Esqueça. — Alec revirou os olhos, e apontou uma cadeira de veludo que ficava de costas para a vista. — Sente ali e observe.

— Mas Grigori disse...

— Acredite em mim: Grigori não faz ideia do que está falando. Não sei o que ele acha que "ensaiar comigo" significa, mas na minha experiência a melhor coisa que você faz com o seu tempo, e eu com o meu, é me ver cantar. Não há nada que eu possa te dizer que seja mais valioso do que me observar fazendo o que faço de melhor.

Elena tinha certeza de que havia muitas coisas que Alec poderia ensiná-la — mas parecia inútil tentar discutir, e então ela se sentou na poltrona, deixando a caixinha de *madeleines* de lado e observando o soprano. Ele foi até o centro da sala, apoiando o violino no côncavo entre o ombro e o pescoço e respirando fundo. Quando o fez, o declive de sua barriga inchou com o ar entrando em seu diafragma, e Elena observou a maneira com que o corpo de Alec parecia responder imediatamente aos impulsos do mago. Ele o afinava como a um instrumento de cordas, e Elena invejou a facilidade com que parecia fazer isso.

Alec ergueu o braço que segurava o arco do violino e persuadiu a primeira nota a ecoar. Ele igualou o tom com sua voz, e o som viajou pela sala até tocar a pele exposta de Elena, provocando arrepios como o soprar de uma brisa. Era impossível não se render de imediato ao vibrar delicado, que escorria do violino e da garganta de Alec com facilidade e tinha gosto de azeite e pimenta.

Ele estava cantando algo que Elena não conhecia, em uma língua estrangeira — uma música que começou suave, e então ergueu-se em vales e picos agressivos. Alec cortava as notas com uma violência precisa, que se desprendia de sua voz em ondas de magia que Elena conseguia sentir em seu âmago.

A sala foi ficando mais quente. Fazia sentido: violinos eram instrumentos cuja ressonância principal era a Potência, o que significava que seu principal papel era criar ou remover energia, como calor. Ainda assim, Elena se pegou desabotoando discretamente a gola alta de seu uniforme e arregaçando as mangas. Alec, que continuava seminu, não parecia se importar. Ele estava perdido na música, em seus vaivéns sedutores, e Elena tinha que admitir que era impossível prestar atenção em algo que não fosse as cordas esticadas de seus tendões desenhando linhas em seu pescoço, ou nas pequenas pérolas de suor que começavam a decorar o torso nu.

Bem, quase impossível. Aos poucos o calor foi se tornando insuportável, mesmo depois que Elena ergueu as mangas da camisa e fez um coque com as mechas que insistiam em grudar em seu pescoço. Ela soprou na direção do decote, tentando aliviar a sensação quente e sufocante.

Queria pedir que Alec parasse, pois era evidente que o violino estava produzindo calor. Sua madeira branca assumira um brilho vermelho e incandescente, mas o Soprano de Ouro não parecia notar: na verdade, tocava com mais intensidade, o corpo inteiro se movimentando para acompanhar as idas e vindas do arco. A outra mão se movia como uma aranha pela escala do instrumento, desenhando notas uma a uma. O som era torturante, bonito, e a última coisa que Elena queria fazer era interrompê-lo.

Ainda assim, estava prestes a fazê-lo — quando Alec a encarou diretamente, olhos frios contrastando com o fulgor do violino. As aberturas no tampo do instrumento refulgiram um brilho alaranjado, quase branco, e então duas rajadas violentas de fogo emergiram de dentro delas.

Eram línguas de uma cobra perversa, que açoitaram em direção a Elena.

Ela ergueu o braço esquerdo instintivamente. O fogo enrolou-se em seu antebraço nu e a dor foi lancinante. Doía mais do que qualquer coisa que já sentira.

Seu grito foi como o de um animal ferido.

Elena cambaleou e caiu da cadeira, afastando-se do fogo que dissipou-se em alguns segundos — mas a sensação deu lugar ao cheiro doce e enjoativo de carne chamuscada.

— O que... — ofegou ela, trêmula, encarando o braço. Vergões vermelhos e raivosos estavam marcados na sua pele como se um ferrete tivesse sido prensado contra ela. E, de certa forma, tinha. O ferrete de Alec Cézanne, pois mesmo que sua expressão fosse inescrutável, Elena sabia que tinha sido de propósito. — O que você fez?

— Nossa — disse ele, erguendo as sobrancelhas. Baixou o violino e se aproximou a passos cuidadosos. — Eu sinto muito, Elena. Fui envolvido pela música de tal forma que perdi o controle.

Alec nem se deu ao trabalho de vestir suas palavras em falsa preocupação: eram falas de uma peça que já encenara diversas vezes. Elena mordeu a língua, tentando impedir as lágrimas de dor que ameaçavam rolar por seu rosto.

— Mentiroso — acusou ela, encarando-o com o rosto contorcido de ódio e pelo esforço de conter o choro. Não era prudente ofendê-lo, mas

Elena o fez mesmo assim, incapaz de controlar a raiva que vinha com a agonia física. A queimadura parecia espalhar-se por todo seu antebraço agora, e ela mordeu o lábio ao perceber que estava prestes a gemer de dor. — Você fez de propósito.

— Jamais faria isso com a nossa mais nova recruta. — Alec colocou a mão no peito em um gesto exagerado, performando sua pantomima para a plateia de uma pessoa só. Por que ele estava mentindo, Elena não fazia ideia; quem sabe Grigori tivesse colocado feitiços de escuta nos camarins de seus magos. — Mas ei, se cuide. Talvez seja melhor você nem ir ao ensaio amanhã, pra cuidar disso aí... Parece que vai deixar uma marca.

Elena engoliu em seco, aninhando o braço machucado contra o corpo e tentando ignorar as agulhadas provocadas pela queimadura. Ela só queria ir embora dali, mas não daria a Alec a satisfação de vê-la sucumbir. Então, antes de sair porta afora, invocou a última gota de bravata e cuspiu as palavras na direção dele:

— Pois pode ter certeza que eu pretendo deixar marcas também, Alec Cézanne.

As lágrimas foram inescapáveis, porém, e escorreram por seu rosto quando Elena chegou ao corredor na lateral do teatro. Por sorte, ele estava vazio: não havia ninguém para testemunhar seu choro exceto pelas pinturas taciturnas de magos notáveis que decoravam as paredes.

Só então Elena parou para analisar a queimadura com mais atenção.

— Merda...

O fogo desenhara um padrão espiral enrolado em seu antebraço e nas costas da mão esquerda, e as marcas começavam a ganhar uma textura áspera e feia. Elena tentou tocar nelas com a ponta do dedo, mas o simples gesto provocou uma agulhada quase insuportável de dor. Ela precisaria ir à enfermaria, usar bandagens, talvez até denunciar Alec para o conselho do Conservatório.

Assim que a ideia passou por sua cabeça, Elena soube que era tolice.

Ninguém podia saber o que se passara. Quão fraca ela pareceria, se não fosse capaz de aguentar o antagonismo de Alec nem por um dia sequer? As fofocas corriam soltas no Conservatório, e ela sabia que, como a mais nova recruta da Primeira Orquestra, haveria um alvo em suas costas. Não só isso: ela já tinha o suficiente contra si mesma, sendo uma Bordula.

Não. Elena diria que fora um acidente, e mesmo que as marcas tivessem um formato estranho, as enfermeiras não fariam perguntas. Elena baixou a manga da camisa por cima do machucado, e o mero toque do tecido contra sua pele sensível provocou uma nova ferroada de dor. Ela tentou sem sucesso reprimir o choro frustrado de agonia.

Talvez por isso não tenha visto Theodora.

— Elena?

Elena virou com rapidez a cabeça na direção da voz da jovem, e seu coração acelerado retumbou dentro do peito com o susto.

— Theo. — Ela tentou engolir as lágrimas, como a mãe sempre a ensinara a fazer, mas Theo se aproximou com a testa já franzida de quem havia visto mais do que ela gostaria. — Boa tarde... Quer dizer, boa noite.

— O que houve com seu braço? — Theo nem se deu ao trabalho de responder ao cumprimento, fitando o braço que Elena recolhia contra o peito. — Por que você está chorando?

Eram perguntas que não queria responder. Elena pensou em uma mentira — a mesma mentira que iria contar para as enfermeiras, provavelmente —, mas a dor e o choque do que havia acabado de acontecer anularam qualquer intenção que ela tivesse. A doçura de Theo era demais, e Elena se viu soluçando sob o toque gentil da compositora.

Aquilo começava a se tornar um refrão da melodia entre as duas — Elena chorando, Theo protegendo-a. Seria patético, se não fosse um bálsamo.

Se encontrar Elena debulhada em lágrimas a surpreendeu, Theo não demonstrou. Ela passou um braço ao redor dos ombros da soprano, e com a mão livre alcançou um lenço que carregava na bolsa, como uma verdadeira dama. Ainda assim, o pequeno quadrado rendado era insuficiente para a torrente de lágrimas que escorria por seu rosto e manchava o tecido fino e elegante do uniforme preto de Theodora.

— Me desculpe — Elena murmurou, fechando os olhos e inalando o cheiro suave de pergaminho e tinta que emanava de Theo. Era reconfortante, e fazia ela pensar em uma infância que não tivera; um tempo repleto de colo e amor incondicional.

— Não sei por que você está se desculpando.

— Por arruinar seu uniforme.

— O Conservatório tem centenas de uniformes de compositora, Elena. Inclusive, eu recebo um novo todos os dias. Acredite, irei sobreviver.

Elena deu uma leve risada, que se transformou em um soluço e mais lágrimas. Theo desvencilhou-se dela com cuidado, erguendo seu rosto com a ponta dos dedos e o que parecia uma delicadeza infinita. Sua pele negra estava marcada por um único vinco de preocupação entre as sobrancelhas perfeitas, e mesmo com a expressão inquieta Theo emanava uma candura leve e tranquila.

— Agora, eu adoraria saber o que está causando tanta angústia à minha Prodígio preferida. O quarto novo não está de seu agrado? Posso te levar para um maior. Com mais banheiros.

A pergunta provocou uma onda de desconforto em Elena, mesmo que tivesse sido feita de maneira bem-humorada. Ela travou o maxilar, tentando interromper as lágrimas. Não queria mentir para Theo, mas sentiu-se tentada mesmo assim: seria mais fácil culpar o choro na pressão iminente de começar na Primeira Orquestra, ou mencionar os comentários maldosos de Grigori.

Mas algo nos olhos castanhos e cálidos da compositora tornava impossível falar qualquer coisa que não fosse a verdade.

Ela desenrolou a manga da camisa com cuidado, estendendo o braço na direção de Theo e recuando quando a compositora fez menção de tocar o ferimento. Suas belas feições foram tomadas pelo choque, e Elena viu a sombra de algo que nunca avistara no rosto de Theodora.

Raiva.

— Quem fez isso com você?

Estavam tão perto que podiam se beijar, e a sensação de estar sendo protegida quase provocou uma nova torrente de lágrimas. Ela não estava acostumada a se sentir cuidada, não daquele jeito, e saber que seu ferimento deixava Theo ultrajada era… Bom. Espalhava-se por seu peito como um remédio que, embora incapaz de curar a ferida da carne, atingia outra muito mais funda.

— Alec — murmurou o nome do Soprano de Ouro, com medo de dizê-lo alto demais, medo dos rumores que aquela simples palavra poderia causar.

— O quê? — A raiva espalhou-se pelo rosto de Theodora, justa e honrada. — Irei levar isso ao meu pai imediatamente. É um comportamento inaceitável!

Era o que Elena temia. Ela segurou o braço de Theo, impedindo-a de se afastar.

— Por favor, não faça isso.

— Como não? Elena, eu só quero te proteger.

— Só vai me fazer parecer fraca. Amanhã é meu primeiro dia, e…

Theo estreitou os olhos.

— Primeiro dia?

Ah, é. Ela se esquecera daquele detalhe.

— Grigori me ouviu cantar e me puxou para a Primeira Orquestra. Como recruta temporária. — Qualquer orgulho que Elena sentira com a conquista era amargado pelo que acabara de acontecer. — Pediu para que eu fosse até Alec essa noite, antes do nosso ensaio amanhã. Acho que faz isso com todas as recrutas, para ver se aguentam o abuso de seu soprano.

— A Primeira Orquestra é um ninho de víboras — Theo comentou, seca, e Elena franziu a testa. Sabia que Theo tinha opiniões sobre a estrutura do Conservatório, mas também achava que ficaria feliz por ela.

— Sempre foi meu sonho.

— Eu sei — respondeu a outra, mais suave. — Eu só… Tenho medo do que pode acontecer com você. Minha mãe era uma Prodígio, você sabe, e a pressão a fez ficar doente. E agora Alec faz isso… Gostaria que não precisasse se submeter a essa humilhação.

— Mas eu preciso — retrucou Elena, sem entender. Não era apenas uma necessidade, embora ela não soubesse para onde iria se não fosse o Conservatório. Não, havia um desejo profundo e intenso em sua alma, uma fome que só estar no ar rarefeito da Primeira Orquestra poderia saciar. Mas Theo jamais entenderia aquilo, então Elena se limitou à necessidade. — Você sabe que com a reputação da minha mãe, eu jamais poderei fazer parte da sociedade de Vermília sem a Primeira Orquestra. Seria uma pária, Theo.

— Não se fosse casada com alguém de uma boa família — Theo murmurou, súbita e inesperadamente, e, mesmo que sua expressão suave se mantivesse, havia uma intensidade nova em seus olhos castanhos. Elena podia ouvir seu coração batendo como um passarinho enjaulado, e precisou refrear o impulso repentino de sair correndo dali.

A verdade é que, embora tivesse sido o sonho de Loralie que Elena e Theo se casassem, a soprano não sabia se era um desejo seu. Não era uma questão de atração: mesmo naquele momento Elena tinha que se segurar para não demorar o olhar nos lábios carnudos e perfeitamente delineados de Theo, ou seus olhos doces e profundos. Ela era a mulher mais bonita que conhecia, e uma união à sua família seria extremamente benéfica para a posição social de Elena.

Mas ela sabia o que Theo pensava da Primeira Orquestra, e sabia que a maior parte das Prodígios do Conservatório se mantinham solteiras por toda sua carreira. Era uma questão de escolha, e para uma Soprano de Ouro, a magia e a música sempre tinham que vir em primeiro lugar.

— Como pode ver, não há muitas pretendentes fazendo fila para me tornar uma mulher honesta, Theo. — Elena sorriu, tentando quebrar a tensão que surgira entre as duas.

— Haveria, se você deixasse alguém chegar perto.

Como se para provar suas palavras, Theo deslizou os dedos por cima da mão machucada de Elena, tomando cuidado para evitar o ferimento. Seu toque era suave, gentil, e, na mesma medida, um convite que pedia mais. Ela enrolou os dedos ao redor da palma da soprano, arrastando pele contra pele, e a intensidade de seu gesto — combinada com o olhar direto que Theo direcionava à Elena — fez seu coração acelerar desconfortavelmente.

— Um dia, serei Grã-Compositora do Império — disse Theodora, puxando a mão de Elena para perto dos lábios e deixando um beijo suave no dorso. — Terei jurisprudência sobre o Conservatório. Cada maestro e cada soprano vão me obedecer, e nesse dia eu irei te dar a Primeira Orquestra de presente.

O rosto de Elena enrubesceu, e antes que ela pudesse ter tempo de responder, Theo se inclinou em sua direção e beijou bem onde sua bochecha estava vermelha e quente. Seus lábios eram ainda mais cálidos do que a pele ardida da soprano, e ela esqueceu momentaneamente a dor e a raiva — havia um sentimento tenro e inebriante em seu lugar.

— Eu não vou denunciar Alec, se é realmente isso que você quer — Theo murmurou, os lábios ainda perto de seu rosto. — Mas tome cuidado, Elena. A Primeira Orquestra é especialista em transformar Prodígios em bucha de canhão. Não deixe que te destruam.

Elena não sabia como dizer que ela se imolaria com prazer no altar da Primeira Orquestra, que deixaria seu sangue escorrer por degraus de mármore em adoração à deusa da magia — não queria dizer nada que acabasse com a sensação de calor que havia entre as duas, a cumplicidade, o carinho protetor com que Theo a encarava. Sabia que a ideia de sacrificar cada pedaço de seu ser em nome da magia era algo sombrio, pegajoso, que se rastejava nas reentrâncias mais escusas de seu coração — como um verme de olhos vermelhos, presas pingando veneno e um corpo reptiliano e cheio de patas.

Era incompatível com a clareza solar de Theo, com a sua luz.

Em vez de falar qualquer coisa, ela envolveu a compositora com os braços, aquecendo os tremores de medo e nervoso no aconchego de seu corpo. O cheiro de tinta voltou a encher suas narinas, misturado com o odor elegante de jasmim que sempre associava à aristocracia.

A coisa que mais queria era perder sua cobiça, aquela fome que parecia não ter fim, e deixar-se levar pelos braços seguros de Theo. Mas a queimadura em sua mão não lhe provocava somente dor e vergonha — lhe dava raiva. Mais do que inibir, era um combustível para sua ambição.

— Não vou deixar — respondeu Elena contra os cachos escuros e alinhados da compositora, os olhos fechados contra seu peito quente e convidativo.

Ela sabia que só conseguia mentir por não estar encarando os olhos gentis e inocentes de Theo.

Cicatrizes

O som do cravo era a única coisa que oferecia algum alívio para Elena.

Não era só por sua melodia precisa e cadenciada — embora isso também provocasse suspiros de prazer na Prodígio, mesmo que o som fosse constantemente interrompido pelo fofocar incessante das enfermeiras. Elena olhou de soslaio para o pianista, um homem negro que se debruçava sobre as teclas e nem parecia estar ciente das risadinhas e palavras abafadas que as mulheres trocavam entre si. Ele estava perdido na própria música, e era essa dedicação que se transformava em magia e cicatrizava a pele de Elena.

A cada golpe da unha de madeira ferindo a corda do cravo, mais um trecho de pele cicatrizada tomava lugar da queimadura feia e vermelha provocada por Alec, tornando-se cinzenta e enrugada — e mais do que tudo inerte, sem provocar agulhadas de queimação a cada movimento de Elena.

Não que o processo de cura fosse indolor: toda vez que o mago tocava mais um acorde, era como se um líquido gelado e seco aparecesse sobre o ferimento, e os poucos segundos que levava até que a pele cicatrizasse eram quase mais doloridos do que o ferimento em si.

As enfermeiras acompanhavam o feitiço, cantarolando de vez em quando no ritmo da música enquanto enrolavam bandagens brancas ao redor do braço de Elena. Não cantavam: a arte de curar a dor — e de infringi-la — era natural à magia, e ela não precisava de conduíte para saber o que fazer.

Elena lançou um olhar ansioso para a porta de mogno da enfermaria, que continuava fechada, e agradeceu o fato de que as noites da semana no Conservatório eram dedicadas à prática das artes. Seria muito mais provável encontrar algum outro mago na enfermaria se fosse durante o dia, ou nos finais de semana, quando os bailes e festas clandestinas criavam as oportunidades perfeitas para acidentes que enchiam as mãos das enfermeiras e magos Sanguíneos.

Não só as mãos: as enfermeiras do Conservatório eram notórias por serem extremamente enxeridas, e Elena sabia que sua explicação pouco convincente para o ferimento — um acidente enquanto ensaiava — provavelmente não tinha sido o suficiente para aplacar a curiosidade das plantonistas.

Mesmo sua ansiedade, porém, não era páreo para a dor que de repente tomou seu braço quando um trecho particularmente sensível de pele se fechou. Elena silvou entre dentes e seus olhos encheram de lágrimas. Piscou rapidamente para afastá-las e manter a expressão neutra, mas as enfermeiras pararam de conversar e uma delas franziu a testa em preocupação para a Prodígio.

— Podemos ir mais devagar, se quiser.

Parecia a pior ideia do mundo; Elena só queria que acabasse. Ela engoliu em seco, tentando sorver a dor da mesma maneira que fazia com seu fôlego.

— Não foi nada — mentiu, e era muito mais fácil mentir para a Srta. Pérola do que para Theo. — Preciso ensaiar ainda hoje.

— Ensaios, ensaios. — A enfermeira deu um pequeno riso condescendente, que tornava seu rosto pequeno e amassado ainda mais infantil. — É só nisso que pensam as Prodígios. Nós atendemos todos os magos do Conservatório por aqui, e os que mais aparecem são vocês.

— Com queimaduras? — Elena perguntou, dando um meio sorriso.

— Não. — Pérola a encarou, subitamente séria. — Colapsos mentais. Assomos de pânico, surtos psicóticos. É pressão demais, ansiedade demais...

— Ansiedade, pressão... — acrescentou a outra enfermeira, e a curva de um sorriso discreto surgiu em seu rosto, vincando uma das bochechas. Não era um gesto agradável, mesmo em seu rosto em formato de coração emoldurado por mechas loiras. — Ou a boa e velha magia de ossos.

— Miriam. — Pérola apertou o braço de Elena subitamente, e a soprano precisou reprimir um guincho de dor. Queria ouvir o que diziam: afinal, ninguém falava de magia de ossos perto dela, por causa da reputação da mãe. Mas as enfermeiras não deviam saber quem ela era. O que Elena sabia era o básico: magia de ossos tornava o corpo dos magos três vezes mais receptivo à magia, e era capaz de transformar um mago medíocre em alguém perfeitamente afinado; até mesmo alterando a composição de suas cordas vocais, se assim ele desejasse. O preço a se pagar, porém, eram feitiços instáveis e possivelmente letais.

Não só isso: era intimamente ligada à morte, e requeria ossos humanos para ser feita.

— O que foi? — Miriam ergueu as sobrancelhas em uma afetação de inocência.

— Cuidado com o que você fala, criatura. — Embora o tom de Pérola fosse de repreensão, seus olhos brilhavam com uma astúcia não muito diferente do brilho conspiratório que exibira alguns instantes antes, enquanto fofocava com a amiga.

— Eu estou certa, e você sabe — Miriam respondeu, com uma risada breve, e voltou a enfaixar o braço de Elena. — Tem gente aqui que não passaria em uma inspeção mágica.

— Achei que magia de ossos fosse proibida — comentou Elena, a curiosidade ardendo como queimadura. Por causa de sua mãe, ela nunca tinha nem cogitado estudá-la, mas estaria mentindo se dissesse que não imaginara como seria, quando todos os seus sentidos estivessem à serviço da magia.

Miriam revirou os olhos.

— Só é proibido se pegarem você usando — retrucou. — Mas, claro, se você for o queridinho da Primeira Orquestra...

Será que ela estava falando de Alec? Elena apertou os olhos, tentando não trair sua indiscrição. Mesmo que ele fosse o protegido de Grigori, o uso de magia de ossos era criminoso e causaria um escândalo — Loralie fora executada sem qualquer leniência. Mas Alec alcançava tons que mesmo as melhores sopranos tinham dificuldade, e seu comando da magia era impressionante. A imagem da penteadeira de Alec — com seus blushes, suas sombras e a lata de pó branco, que poderia ser osso triturado — lhe veio à mente.

— Já chega — Pérola interveio, e dessa vez a censura era genuína. Miriam fez um gesto por cima dos lábios como quem tranca uma fechadura, e voltou sua atenção ao braço de Elena. Ainda assim, ela continuou falando.

— Eu só estou dizendo que você não tem ideia das coisas que as pessoas fazem para estar aqui, senhorita. — Miriam encarou Elena. — Houve rumores de que a antiga Soprano de Ouro usava do mesmo artifício para manter o cargo. Dizem que cortou o próprio mindinho para conseguir o solo principal da Sinfonia do Inverno.

Pérola fez o sinal de bênção por cima do peito com a afirmação de Miriam, e foi a vez de Elena segurar o ímpeto de revirar os olhos. Ela não tinha tempo para as crendices das enfermeiras, falando sobre uma prática obscura e obsoleta de magia como se fosse uma maldição.

— Bom, com alguma sorte eu só vou queimar o braço mesmo. — Elena deu uma risadinha, suspirando de alívio quando Pérola enrolou a última das bandagens ao redor de seu pulso. Ela olhou para baixo, agradecendo silenciosamente pelo fato de que o uniforme de Prodígio tinha mangas compridas.

O som do piano enfim parou, e Elena levantou-se da maca com alguma dificuldade. Agora que a dor havia cessado, um cansaço imenso abateu-se sobre seu corpo, e a única coisa que queria era tomar um banho e cair na cama. Ela agradeceu às enfermeiras e ao pianista, encaminhando-se até a porta de mogno para sair.

Ante à porta, Elena hesitou por um instante, tentando escutar os sons do corredor do lado de fora. Não queria que ninguém a visse saindo dali.

Como se notasse sua hesitação, Miriam a chamou.

— Não se preocupe, senhorita — disse ela, e Elena não precisou se virar para saber que Miriam estava dando o mesmo sorriso que tinha vincado sua bochecha quando fizera o comentário sobre Alec. — Ninguém vai saber que esteve aqui.

Por algum motivo, Elena duvidava daquilo.

Era quase meia-noite quando Elena enfim voltou ao próprio quarto.

O alívio veio apenas quando fechou a pesada porta de mogno, e seu suspiro parecia carregar toda a tensão das últimas horas, denso como neblina. As sensações a atingiram de uma vez só — a situação com Margot e Cecília, a adrenalina do ataque de Alec, a proteção de Theo, a dor física da queimadura, que continuava ardendo em sua pele mesmo após a ida à enfermaria. Mais do que tudo, ódio. Ela sabia que Alec era ambicioso, mas aquilo... aquilo tinha sido perversidade.

E ela nem ao menos queria contemplar a ideia de contar para as amigas o que tinha acontecido. Tinha a certeza de que haveria ainda menos espaço para sua dor do que havia para suas conquistas, e preferiu guardá-la para si.

A última coisa que Elena queria era cantar — mas qualquer demonstração de fraqueza no ensaio apenas daria mais força para seu oponente. Se quisesse ganhar a competição com Alec, ele precisava achar que seu ataque não surtira efeito. A manhã seguinte era o primeiro dia do restante de sua vida, sua estreia na Primeira Orquestra e sua chance de mostrar para Grigori que ele fizera a escolha certa, o que poderia enfim a levar a uma posição permanente.

Se precisasse passar a noite em claro ensaiando um soneto, ela o faria, mesmo que seu corpo parecesse feito de chumbo; dor e cansaço como âncoras gêmeas puxando-a para baixo.

Vamos. Levante-se.

A voz — que conhecia bem, uma mistura do sotaque rígido de sua mãe e sua própria cadência — era inflexível dentro de sua mente, e impossível de ser ignorada. Elena mordeu o lábio, tentando sufocar as lágrimas de pura exaustão que ameaçavam tomá-la por completo. Ela nem ao menos desfez seu coque, ou tirou o uniforme com a manga chamuscada: simplesmente se colocou à frente do espelho, e respirou fundo. A figura patética que a encarou era pior do que o que estava acostumada: seu corpo estava curvado, olheiras fundas envelheciam seu rosto, seus cachos vermelhos desalinhados e solto do penteado que fizera com tanto esmero.

Você é um monstro horroroso. Deve ser por isso que Alec te atacou. Você merece isso, Elena. Você é fraca, Elena. Egoísta. Nem suas amigas gostam de você. Ninguém jamais vai gostar de você.

Ela engoliu em seco, tentando ignorar os golpes seguidos que infligia a si mesma. Fechou os olhos. A umidade quente das lágrimas surgiu por baixo de seus cílios, e franziu o cenho para afastá-las. De olhos fechados, pensou em Theo — sua calma, sua ternura, o cuidado com que suas mãos passearam pelos ombros de Elena.

E então, as palavras de Eco — que interromperam o momento, claras como um sino no quarto vazio.

— Passarinho — disse, e se Theo havia soado apenas inquieta ao cuidar dela, a preocupação de Eco tinha bordas afiadas e aflitas de um desassossego colérico. — Quem fez isso com você?

Era a mesma pergunta, mas se Theodora a fazia soar como uma detetive ultrajada com um crime, Eco era uma justiceira.

Mesmo que quisesse, Elena não seria capaz de mentir para ela. Era quase tolo que não conseguisse conjurar um mínimo de falsidade para uma voz incorpórea que acabara de conhecer, mas que houvesse considerado mentir para Theo — que tivesse mentido com tanta facilidade para Cecília e Margot.

Mas Ciça e Meg esperavam algo dela, e Theo a tinha como uma figura intocada — papéis que ela não podia reverter. E Eco? Bom, Eco a via como ela era de verdade. Crispou os olhos com ainda mais força, tentando em vão parar as lágrimas.

— Alec — disse com a voz trêmula. Apesar de não querer demonstrar fraqueza sentia-se à beira de um colapso. — Um feitiço de deflagração. Eu fui tola.

Eco ficou em silêncio por um momento. Elena não ousou abrir os olhos, e enfim começou a sentir uma presença física em frente ao espelho, como se alguém tivesse pisado para fora da moldura dourada e agora se encontrasse frente a frente consigo. Podia sentir o hálito quente de sua respiração, o cheiro de cedro e patchouli.

Ela sabia que não podia abrir os olhos. Era exatamente como no seu sonho — mas, em vez de uma venda, Eco roubava sua visão com uma simples ordem silenciosa.

Duas mãos geladas como osso tocaram seu rosto. A textura lisa e macia acusou luvas de seda, que deslizaram pelo maxilar de Elena, seu pescoço, por cima da gargantilha de veludo. Os dedos se encontraram nos fechos na altura da garganta da soprano, e começaram a desfazê-los com uma destreza natural. A respiração de Elena ficou trêmula, e uma sensação quente começou a se sobrepor à dor e ao cansaço.

— Sim, você foi tola — concordou Eco, mas não havia dureza em suas palavras. Era como se estivesse falando com um filhote de andorinha, tendo cuidado em sua repreensão. — Mas eu deveria ter estado lá.

Mesmo com o mesclar de sensações que Eco lhe proporcionava — medo, desconfiança — mais arrebatadora do que tudo era a certeza de que, em seus braços, estaria protegida. Segura. Era diferente da candura de Theo, que era bem-intencionada, mas era alheia à verdadeira maldade do Conservatório. Eco era feita de algo mais duro, pronta para tirar sangue se necessário fosse. Era a lâmina de uma adaga, enquanto Theo era um girassol inofensivo.

— Para me proteger? — Elena perguntou.

— Para destruir quem quer que ouse colocar as mãos em você — Eco murmurou, abrindo o casaco de Elena e puxando o tecido como as páginas de um livro. Ela encontrou os botões da camisa branca que a soprano usava por baixo, e começou a abri-los também.

— Eco. — Elena engoliu em seco, tentando ignorar a sensação formigante que se espalhava por baixo de sua pele quando a outra lhe tocava. — Quem é você?

— Eu já falei. Tudo a seu tempo.

Sentia que havia a sombra de um sorriso em sua voz, e por mais enigmáticas que fossem essas palavras, Elena não queria contestá-las. Havia algo de fascinante em desvendar Eco aos poucos.

— Ao menos pode me dizer o motivo de querer me ajudar?

Eco considerou a pergunta por um momento antes de responder.

— Somos mais parecidas do que imagina, Elena. Eu vejo quem você é, me reconheço em você. Escuto sua voz e suas palavras. Sempre estive aqui, observando. Assistindo a você se tornar a soprano mais talentosa do Conservatório, e ser negada a cada momento.

Aquele tipo de elogio costumava fazer Elena revirar os olhos, cética — ela ergueu uma sobrancelha, sem conseguir de esconder seus instintos desconfiados.

— Há magos com muito mais habilidade do que eu. Margot, ou Cecília.

Não era falsa modéstia: Elena era autocrítica o suficiente para saber que ainda tinha um longo caminho a percorrer para se tornar Soprano de Ouro.

— Já disse o que penso sobre Margot — Eco respondeu ao comentário —, e Cecília é muito fraca. Mas tem razão. Você ainda tem um longo caminho pela frente, passarinho. Só que eu reconheço talento bruto quando o vejo. Sua voz, sob a minha tutela... Não haverá magia mais poderosa do que a que podemos fazer juntas.

Ali estava — muito mais do que o elogio, foi a verdade naquelas palavras que fez com que Elena se aproximasse. Ela ignorou o desejo de abrir os olhos e encarar Eco, sufocando a vontade crescente de enxergá-la. Queria fazer mais perguntas: de onde ela vinha, por que surgira justamente agora — mas sentiu que Eco ficava impaciente.

— Vejo que está usando o meu presente. — Eco estava, obviamente, se referindo ao colar de camafeu. Elena corava, e apenas assentiu. — Muito bom. Se não fosse isso, o ataque de Alec poderia ter sido muito pior.

Elena pensou na língua de fogo cauterizando sua pele e teve dificuldade em imaginar o que poderia ser pior do que aquilo. Ainda assim, ela acreditava em Eco, em sua certeza fria que lhe provocava calafrios.

A soprano abriu a boca para perguntar o que Eco queria dizer, mas as palavras da outra se sobrepuseram às suas.

— Cante para mim, passarinho. O solo de proteção.

Elena obedeceu, incapaz de fazer qualquer coisa que não cantar.

Eco sussurrava pequenas instruções e arrulhos de louvor enquanto ela cantava. Durante todo o tempo, continuava na tarefa precisa de tirar as roupas de Elena. A cada verso, uma nova peça de roupa era removida do corpo da soprano: sua camisa branca, a saia escura e amarrada na cintura, até que estivesse somente de anáguas. Não estava frio, mas a pele de Elena estava arrepiada, os seios intumescidos pelo toque suave de Eco.

A soprano não estava acostumada a alguém observando-a daquela maneira e percebeu que seu corpo se retraía, como se quisesse deixar de existir sob o olhar da outra. Eco sorriu, interrompendo o canto de Elena.

— Não se esconda, passarinho. O que é bonito deve ser visto. Deve ecoar como música pelos corredores do Conservatório.

Bonito? Elena não estava acostumada a pensar em si daquela maneira, mas deixou-se desabrochar sob o elogio como uma flor. Era poderoso, acreditar que provocava em alguém a mesma sensação que sentia quando olhava para Theo ou Margot.

Eco se aproximou ainda mais, e Elena teve que controlar o desejo de abrir os olhos. Podia sentir seu olhar fulminante sob si, e quando Eco colocou as mãos em sua cintura, Elena ofegou suavemente, a respiração como um pequeno soluço.

— Continue cantando — disse Eco, puxando-a para si e envolvendo seu corpo com um braço. Com o outro desfez o penteado de Elena, aos poucos colhendo grampos de seus cabelos. O som metálico dos grampos encontrando o chão era como os dedos de chuva na janela, tão constantes que ajudaram Elena a reestabelecer o ritmo e voltar a encontrar os acordes dentro de si.

Ela infundiu a magia em sua voz quando recomeçou a cantar, procurando o significado do solo de proteção para que sua intenção se materializasse. Era um solo simples, que garantia anteparo a quem quer que o cantasse. Quando performado por uma orquestra, era capaz de proteger um exército de ataques inimigos, ou um castelo que estava sob cerco.

Enquanto cantava, seus cabelos caíam por cima dos ombros, enfim livres das restrições do penteado. Eco enterrou os dedos em seu couro cabeludo, massageando-a, e a sensação de prazer aqueceu o corpo de Elena como uma taça de Pinot Noir. Era quase mais fácil cantar sob a influência intoxicante do prazer, mesmo que Elena tivesse que se policiar para não deixar escapar pequenos gemidos enquanto Eco lhe fazia cafuné. De repente, o gesto tornou-se mais autoritário, e os dedos se enrolaram ao redor da raiz dos cachos ruivos, tombando a cabeça de Elena para trás. Doía, mas até mesmo a dor era boa — nada como a mordida venenosa do fogo, e sim latejante como uma súplica.

— Cante — sussurrou Eco, a brisa de suas palavras roçando no pescoço de Elena e provocando uma nova onda de arrepios. Eco debruçou seu rosto contra o colo da soprano, e ela sentiu algo gelado como cerâmica encostar em sua pele. Um par de lábios — quentes, úmidos — pressionaram a parte mais sensível de seu pescoço, onde os ombros encontravam a junção da nuca, e os dedos de Eco se enterraram na cintura de Elena, cheios de desejo. Suas pernas quase dobraram, bambas, como se ficar de joelhos perante Eco fosse algo natural.

Em meio a tudo isso, Elena continuou a cantar. O desejo era gasolina para sua magia, e inflamava suas chamas, fazendo com que a energia — que geralmente espiralava preguiçosamente pelo corpo de Elena — fosse um redemoinho contínuo e intenso, que escapava de seu corpo

— Você é um primor. Nenhum soprano invejoso, nenhuma amiga cheia de lágrimas de crocodilo pode tirar isso de você. E a próxima vez que alguém tentar... vou matá-lo.

Por algum motivo, Elena sabia que Eco não estava usando uma figura de linguagem. Suas palavras eram mais do que vingativas: eram implacáveis, impiedosas...

Cruéis.

E, ainda assim, talvez fossem mais honestas do que qualquer coisa que Elena jamais escutara no Conservatório. Não era isso que garantiria sua segurança? Sem Alec em seu caminho, ameaçando seu bem-estar, ela poderia ficar livre. Não precisaria se preocupar com um ataque pelas costas. Ele já havia demonstrado que não abriria mão da violência para conseguir o que queria, não?

Mas então Elena imaginou como de fato seria.

Alec morto, o corpo inerte e desfigurado; sangue e entranhas brilhantes e carmim espalhados pelo piso polido de um palco. Seu rosto sem expressão, os olhos outrora luminosos vazios, o brilho branco do osso aparecendo pelo pescoço torto. A imagem provocou uma repulsa instantânea em Elena, e ela engoliu em seco — o desejo se desfez sob a imagem terrível, o fio da magia se desemaranhou, desaparecendo devido ao choque, e ela abriu os olhos.

Estava sozinha.

Ela ofegou em frente ao espelho, procurando sinais da mulher que a estivera tocando como uma harpa —, mas só via a si mesma, os cachos desgrenhados em cascata emoldurando um rosto enrubescido, o corpo coberto por suas anáguas e os mamilos despontando no tecido. Era impossível não notar que até sua compleição estava mais bonita, como se as agulhadas do desejo tivessem revigorado o cansaço e o medo que até então dominara o seu coração.

Elena se aproximou do vidro, tocando-o para ter certeza de sua solidez. Era frio e rígido sob seus dedos, e mais do que tudo real — não escondia nenhum portal para o lar oculto de uma professora de canto rancorosa.

Ainda assim a lembrança do desejo pulsava em suas veias, em seu coração, tocando-o como um tambor. Elena franziu a testa, analisando com mais cuidado o próprio reflexo, e viu a impressão de um par de lábios — vermelhos como gotas de sangue — desenhados em seu pescoço, bem onde encontrava os ombros.

— Eco... — Elena sussurrou, as mãos espalmadas contra o espelho.

No fundo de sua mente, Elena pensou ter ouvido a sombra de uma risada, que garantiu que seus sonhos seriam inquietos e quentes, cheios de uma sinfonia que ela não sabia decifrar.

A Cantiga das Tempestades

Nervosa? Eu não estou nervosa. É só como se meu peito fosse uma flauta desgovernada e a métrica do compasso do meu coração estivesse torta e minhas palmas estivessem submersas no Rio Bemol e minha voz estivesse presa na garganta. Mas eu não estou nervosa.

Elena encarou a porta do salão onde a Primeira Orquestra ensaiava, e secou as mãos no saiote comprido e pesado de seu uniforme mais bonito — que guardava para apresentações e outras ocasiões especiais, que não tinha nenhuma mancha de suor ou maquiagem. Faltavam seis minutos para as oito, quando começava o ensaio, o que significava que as Prodígios já estariam do lado de dentro, enfileiradas como peças de xadrez, esperando que Grigori chegasse para o aquecimento.

Os pensamentos se sucediam em uma partitura inesgotável na mente da soprano: o que ela faria se não conseguisse cantar? E se desafinasse? Pior, e se Alec a antagonizasse tanto que Elena simplesmente sairia correndo, abandonando seus sonhos e a Primeira Orquestra tão rápido quanto um camundongo deixando as Catacumbas?

Pensar em Alec só contribuía para que o tambor de seu peito ficasse mais intenso, um punho apertado ao redor de seu coração pulsando em ritmo constante e feroz. Sua queimadura estava quase completamente escondida por baixo da manga de lã escura, mas ainda era possível ver a ponta do ferimento nas costas da mão, como a curva de um ponto de interrogação. A pergunta que fazia era óbvia: você vai deixar o medo de um soprano vingativo roubar todos os seus sonhos?

Elena sabia qual era a resposta.

Ela engoliu em seco, empurrando o nó de nervoso em sua garganta como quem engole uma broa de milho seca e esfarelada. Ergueu o queixo, tentando compensar a falta de coragem com uma postura impecável, e empurrou a porta da sala de ensaio.

O som agradável de conversa a envolveu assim que pisou na sala. Imediatamente, cada um dos magos ali dentro se tornou ciente de sua presença: houve uma leve interrupção na cadência de suas conversas, uma inalada de ar súbita e sutil. Sua atenção se voltava para ela, o membro novo e desconhecido da Primeira Orquestra. Porém, ao contrário do que havia acontecido até então, ninguém parou o que estava fazendo para encará-la diretamente. A estratégia daqueles magos parecia ser apenas uma: fingir que Elena, como todos os outros magos do Conservatório, estava abaixo deles — e devia ser ignorada.

Ela percorreu o olhar pelos degraus e pedestais onde se organizavam as Prodígios, procurando o semblante arrogante e altivo de Alec, mas o Soprano de Ouro não estava ali. Não era de todo estranho: ele devia ter passe livre para chegar aos ensaios quando bem entendesse, mas ainda assim sua ausência se fazia notar: havia um espaço vazio logo na primeira fileira, ao lado do latril de maestro, que era evidentemente o assento de Alec.

O rosto quadrado e familiar de Meg se destacou no grupo. Estava conversando com Nadine, e Elena se virou para as duas, aliviada. Havia um lugar vago ao lado dela, e a jovem caminhou até lá, ancorando-se na amiga e buscando apoiar-se na familiaridade. Mesmo que as coisas tivessem ficado estranhas na tarde anterior, Meg era sua melhor amiga: se havia alguém capaz de suavizar o medo de ingressar na Primeira Orquestra, era ela.

Porém o alívio de ver alguém que amava logo deu lugar à confusão quando Meg estreitou os olhos e girou o corpo, ficando de costas para Elena.

Elena galgou poucos degraus até alcançar a fileira das sopranos, e apoiou a maleta de partituras ao lado da cadeira. Meg a ignorava de forma sutil, conversando animadamente com Nadine — a segunda reserva parecia ter sido feita a pinceladas, a pele marrom e as mãos cobertas de anéis coloridos. Depois do que ouvira a amiga dizer, era quase impossível acreditar que estivesse tão interessada assim naquela conversa.

— Meg — chamou, tentando se convencer de que Margot poderia não tê-la reconhecido. Elena quase nunca usava os cabelos trançados, afinal, talvez fosse isso? Meg não se virou, e Elena tocou seu ombro com a ponta dos dedos, subitamente tímida. — Ei, Meg.

— Ah. — Meg se virou bruscamente, como se o toque de Elena ardesse. Nadine apenas encarou a soprano, sem expressão nenhuma no rosto luzidio, e a vergonha reverberou no crânio de Elena como música.

— Oi — falou, encarando a amiga.

— Você me deu um susto. — Meg deu um meio sorriso, a expressão inescrutável. — Oi, Elena. Que bom que está aqui.

Suas palavras diziam algo que o tom traía. Se era paranoia ou intuição, Elena não sabia dizer; tudo o que podia fazer era tentar acalmar a ansiedade que vibrou em seu peito como um peixe no anzol. Abriu a boca para falar mais alguma coisa, mas Meg voltou-se para Nadine de novo, retomando a conversa sem fazer qualquer menção a incluir Elena.

Ela está só conversando, disse um pensamento mais razoável em seu cérebro, mas todas as partes nervosas que compunham Elena se revoltaram à sugestão.

Conversando ou me ignorando?

É só tentar se enturmar. Você não precisa de Margot para fazer amigos...

Mas antes que Elena pudesse falar qualquer coisa ou se apresentar para mais alguém, Grigori irrompeu pela porta da sala, empurrando-a com uma violência que garantiu que todos os rostos se viraram para ele.

Estava acompanhado por Alec, que tomou seu lugar sem nem ao menos lançar um olhar para Elena.

— Ainda não se aqueceram? Sei que são preguiçosas, mas vamos, tem gente fora de lugar. — Ele começou a latir ordens como um mastim raivoso, batendo palmas para enfatizar o que dizia. Suas palavras foram como um feitiço, agindo sobre os corpos lânguidos das Prodígios e fazendo com que se arrumassem em fileiras perfeitamente alinhadas, os braços para trás e os queixos erguidos.

— Até a sala de Raphaella Roy entra em posição melhor do que vocês — desdenhou Grigori, uma sobrancelha erguida enquanto analisava seus magos. — E falando nela... Temos uma nova recruta hoje. Elena Bordula, por favor.

Elena deu um passo à frente — quase derrubando o próprio latril. Ela o impediu de cair, as mãos trêmulas, e se permitiu meio segundo para respirar e ajustar a própria postura. Ninguém riu de seus movimentos desajeitados, mas ela notou que o maxilar de Meg havia travado, como se ela estivesse engolindo o riso.

Talvez fosse só impressão.

Elena fez uma mesura e voltou à posição, esperando que Grigori começasse o aquecimento, mas o maestro ainda a observava com um olhar gelado e afiado.

— Elena — chamou ele, suavizando a voz, e em seu tom elegante e engomado, soava venenoso. — Quero que faça uma demonstração para a Primeira Orquestra.

Demonstração? Eu nem ao menos me aqueci. Ela abriu e fechou a boca como as chaves de um flautim. Agora sim nenhuma das Prodígios da Orquestra a ignorava: todos encaravam a novata com expressão satisfeita e relaxada, como se já tivessem visto aquilo centenas de vezes. Algo frio e pegajoso deslizou pelo esôfago de Elena quando ela percebeu que devia ser algo costumeiro com novos recrutas e lançou um olhar de soslaio para Meg, a única Prodígio que não a encarava.

Seu rosto marrom ostentava pontos vermelhos de vergonha.

Grigori continuou, em cadência cantada como se estivesse acostumado a dizer aquelas palavras.

— A Cantiga de Tempestades? O que acha, algo para nos refrescar?

A Cantiga de Tempestades não era exatamente difícil. Também não era trivial, mas era fácil para Elena imaginar o som de tambor que ecoava dos trovões, a cortina de chuva que poderia conjurar com sua voz. A manhã fria que se anunciava nas janelas longas e espaçosas da sala de ensaio não demonstrava necessidade alguma de refresco, mas ela apenas engoliu, assentindo.

— Ah, mais uma coisa — disse Grigori, quase casualmente, alongando a frase como um torturador que amola sua faca. — Não quero que molhe nenhum membro da Primeira Orquestra. Se o fizer... Está fora.

Ali estava o desafio. Uma coisa era cantar o refrão da chuva; outra bem diferente era infundir um contrafeitiço de proteção nas linhas da pequena cantiga.

Era sua única chance de mostrar o que sabia fazer.

Elena respirou fundo, inalando o cheiro de perfume e madeira que enchia a pequena sala, tentando fazer com que o oxigênio preenchesse seu corpo de calma e estabilidade. Procurou em si aquele espaço vazio e calmo onde sempre podia encontrar a música...

E, enfim, começou a cantar.

A Cantiga de Tempestades não tinha letra. Era apenas uma sucessão de vogais e sons, alinhados como as contas de um bracelete. Elena navegou por suas cadências, e seu peito se aqueceu com calor costumeiro da magia. O poder desenrolou-se por seu corpo, seu peito, preencheu sua garganta, e de repente a sala pareceu distante e patética perto da imensidão da magia em seu corpo.

As notas vinham fáceis, macias, deslizando por sua língua com gosto de menta e hortelã.

Aquela era a parte fácil.

O cheiro da chuva avançou em seu nariz, fresco e metálico como o orvalho matinal, e Elena sabia que estava perto. Uma nuvem branca começou a se materializar acima de sua cabeça, e ela cantou para que crescesse, para que se espalhasse pela sala e ocupasse cada canto, até que as únicas coisas visíveis eram Grigori e ela.

A nuvem ficou mais escura, o ar pesado de umidade. Pequenos fios de cabelo soltaram-se da trança de Elena, e a sensação gelada e lisa da chuva nos lábios foi tão similar aos dedos de Eco que seu coração perdeu um compasso.

Eco. A memória da professora — de sua paciência, de sua proteção — acelerou a magia, e relampejos díspares acenderam as nuvens em clarões amarelos.

Um trovão se sobrepôs ao compasso da música. Elena pensou em Eco, em como ela a protegeria, e deixou que a magia se estendesse pela sala, envolvendo as Prodígios e Grigori. Ali, naquele espaço onde ela conduzia a força elemental, não havia dúvida ou medo: Elena era a chuva, o trovão.

A tempestade.

Deixe molhar.

A água sublimou das nuvens e caiu em cortinas pesadas e sonoras, como mil colares de pérola desfazendo-se no chão ao mesmo tempo em que Elena atingia o ápice da cantiga.

Ela esticou os braços e a chuva tocou sua pele, milhares de beijos gelados que escorreram por seus membros e ensoparam o uniforme. Elena fechou os olhos, perdida na sensação da água escorrendo por seu rosto e pescoço, acariciando sua pele como Eco havia feito, e um trovão ribombou pela sala, estalando no mesmo momento em que um clarão de relâmpago acendeu em cima da soprano como um holofote.

Quando a luz se dissipou, assim ocorreu com a chuva. Elena olhou ao redor, para o grupo incrédulo — e completamente seco — de Prodígios, que a encaravam com expressões cheias até a borda de partes iguais de medo e inveja.

Especialmente Alec, cujos olhos frios e azuis eram como duas estalactites de gelo.

Tanto quanto a magia, a inveja alheia enchia o peito de Elena de uma sensação que não sabia definir. Todos aqueles olhos, encarando-a como se fosse feita de uma substância desconhecida e rara que queriam pegar para si. Ela gostava de causar aquilo, ao mesmo tempo que tinha medo da intensidade da ganância que via nos colegas.

Grigori, por sua vez, encarava Elena como um luthier frente a frente com um Strataverta.

Só então percebeu que estava ensopada. Seus cabelos, já completamente desalinhados, estavam pingando no chão ao seu redor, e gotas de chuva escorriam por suas bochechas e por seu colo. Elena travou o maxilar, respirando fundo para recompor a si mesma, e conseguiu ainda fazer uma pequena mesura para indicar que acabara a música.

O maestro a encarou em silêncio por um bom tempo. Ele se aproximou de Elena, subindo os degraus até onde ela estava com o cuidado de um predador aproximando-se de sua presa. Quando chegou perto o suficiente, estendeu sua batuta de maestro e ergueu o queixo de Elena com o objeto frio e metálico.

— Muito bom — murmurou. Mais do que um elogio, havia cobiça escrita em seu tom, impressa na forma daquelas duas breves palavras. — Mas eu disse que você não deveria molhar nenhum membro da Primeira Orquestra. Não disse?

Eco sussurrou a resposta em seu ouvido.

— Você mesmo disse que eu sou apenas uma recruta temporária — ela respondeu, tentando estabilizar o fôlego. — Não sou membro oficial da Primeira Orquestra. Ainda não.

Elena sabia que a última frase era um risco, mas o relâmpago deixara um resquício de coragem em sua boca.

Grigori apertou os lábios, e a cobiça em seus olhos se misturou a outro sentimento, mais perverso e prazeroso. Ele encarava Elena como se houvesse apenas os dois na sala, e ela ficou terrivelmente ciente do jeito que seu uniforme molhado se colava à curva de seus seios, sua barriga, o ventre e o que havia abaixo dele.

— Ainda não — Grigori repetiu, assentindo.

Ele bateu palmas subitamente, quebrando o momento e voltando-se para o restante das Prodígios.

— O que estão esperando? Aquecimento, agora! — Antes de voltar para seu lugar de maestro, Grigori estendeu um molho de chaves douradas para Elena. — E você, vá se secar. Não quero que molhe minhas partituras. O camarim dos fundos da sala de ensaio tem um chuveiro e toalhas...

A sala se encheu do som do aquecimento antes que Elena voltasse a se mover, ainda entorpecida pela força da magia, que ardia em suas veias como se o relâmpago estivesse prestes a romper novamente.

Mesmo sem olhar para ele, Elena sentiu os olhos de Grigori sobre si.

Meg a esperava nos camarins quando Elena enfim saiu do chuveiro.

O espaço pequeno e apertado atrás do palco parecia um palácio se comparado aos camarins da Segunda Orquestra, e Elena não tivera tempo de apreciá-lo na noite anterior — agora que não estava correndo o mais longe possível de Alec, conseguia perceber a solidão quieta e calma das coxias, as cordas e polias que caíam do teto como os trapézios de um acrobata. Feixes de luz derramavam-se pelas reentrâncias da madeira, compondo uma sinfonia de marrons e dourados com a mistura das sombras e luzes, e um raio em específico derramava-se sobre o violino branco de Alec, que jazia esquecido em cima de uma mesa na lateral das coxias.

Uma galeria ampla criava um segundo andar para os camarins, e era de lá que Meg a encarava, descendo as escadas para encontrá-la no meio do salão.

Elena usava um uniforme emprestado que encontrara abandonado no camarim para o qual Grigori lhe dera a chave, uma roupa que era desconfortavelmente apertada. Seus cabelos úmidos caíam em cachos vermelho-escuros ao redor de seu rosto, mas ela não sentia frio: pelo contrário, o corpo estava aquecido, possivelmente por um efeito residual da magia.

— Como você fez aquilo? — Margot foi direto ao ponto, o tom inquisitivo e quase hostil. Ela não sorria, mas seus olhos traíam uma mistura de inveja e orgulho que Elena conhecia bem. Era o mesmo que sentira quando Meg tinha conseguido o posto de reserva, o mesmo que sentira quando Cecília se tornara Soprano de Prata.

— Uma pergunta melhor é por que você não me contou que havia um teste de iniciação — Elena retrucou, sentindo raiva de si mesma por transparecer a mágoa que se instalara em seu peito. — Ou por que me tratou de forma tão estranha no ensaio.

Choque, um riso de escárnio, braços cruzados em defesa. As emoções se sucederam depressa e vividamente no semblante e na postura de Meg: ela ergueu as sobrancelhas escuras, depois contorceu as feições, o nariz crispado como se estivesse prestes a dar uma gargalhada, e por fim frieza. A soprano conteve o impulso de agarrá-la. Por um momento, com a atitude fechada a alguns metros de Elena, Meg parecia uma estranha de rosto quadrado, cabelos pretos e olhos faiscantes, e não a pessoa na qual ela mais confiava.

— Pare de ser dramática. Eu não te tratei estranho — disse a amiga, o tom recortado e seco. — Só estava ocupada conversando com Nadine.

Elena notou que ela não negou ter escondido o teste de iniciação. A indignação frente à óbvia mentira de Meg era mais intensa, porém, e foi a ela que Elena reagiu.

— Não se faça de sonsa, Meg. — Gostaria de ser raivosa, mas só conseguia transparecer ciúme. — Outro dia mesmo você estava falando como ela era chata. Você nem ao menos olhou para mim.

— Ah, eu olhei para você — disse Meg, analisando Elena de cima a baixo. — Vi como você acendeu que nem fogos de artifício do aniversário do Imperador. Você está louca ou anda seguindo os passos de sua mãe. Ou as duas coisas.

A ofensa iluminou o rosto de Elena em manchas gêmeas e vermelhas de vergonha e ódio.

— Pode ser que eu seja mais talentosa do que você acha. — Elena riu, jogando os braços para o alto como quem desiste. — Já pensou nisso? Ou é mais fácil acreditar que eu vou ser sempre a coadjuvante do espetáculo de Margot e Cecília?

Margot abriu a boca para responder, mas pareceu pensar melhor. Ela apertou os lábios, crispando-os em uma linha rígida como a corda tesa de um violino.

— Eu nunca ouvi nada igual, Lena. — O desdém subitamente sumiu das palavras de Meg. O assombro era autêntico, dolorido, e ela se aproximou, segurando as mãos da amiga. — Você parecia assombrada, iluminada. Eu senti o gosto da magia, ela arrepiou até o meu último fio de cabelo. Se isso não é magia de ossos, o que é? Esse poder... é mais do que eu jamais imaginaria.

Elena engoliu em seco. Havia algo novo, algo sobre o qual Meg não sabia, e Elena se percebeu imaginando o que Eco diria se ela revelasse suas aulas particulares para a amiga. Por algum motivo, sabia que a mestra não ficaria satisfeita.

— Não há segredo, Meg. — Elena temperou a mentira com ternura, tentando encontrar o espaço de amizade que sempre houvera entre as duas, ao mesmo tempo em que ainda processava o gosto amargo do que a amiga dissera. Mencionar Loralie... Tinha sido um golpe baixo, e ela tentou relevar isso ao mesmo tempo que processava a dor.

Devolveu o gesto de Meg e apertou suas mãos.

— Esse sempre foi o meu sonho, e eu treinei ao máximo para chegar até aqui.

— E conseguiu — disse Meg, dando um meio sorriso e encarando Elena. Seus olhos castanhos estavam quentes de orgulho, e o calor foi quase suficiente para apaziguar o ardido da dor. Quase. — Me desculpe por não ter dito nada sobre a iniciação. Quando Cecília chegou ontem, eu achei que não tinha mais clima para falarmos de Primeira Orquestra.

— Mesmo assim — contrapôs Elena, embriagada pela coragem. Jamais questionara Margot daquele jeito. — Você podia ter me dito depois. Ido até meu quarto. Sei que Cecília estava chateada, mas era o meu momento.

Meg ficou em silêncio por um segundo antes de falar.

— Eu... Acho que tive inveja. De você.

Elena se surpreendeu com a candura da amiga. No Conservatório, honestidade não era algo para se distribuir daquela maneira: não se sabia quando poderia ser usada contra você.

— Eu prometo que, a partir de agora, serei... serei uma amiga melhor. — Meg mordeu o lábio, desviando o olhar.

Elena estava prestes a pedir que a amiga não fizesse promessas tolas quando a voz de Alec interrompeu as duas.

— Aí está a margarida! — Ele irrompeu pela abertura na lateral das coxias. — Achei que fosse precisar de mais tempo para se recuperar, meu anjo da música — falou, e Elena tensionou os punhos.

— Do que ele está falando, Lena? — Meg cruzou os braços, a postura tensa.

— Não é assunto pro seu bico, Mirza — Alec retrucou, as palavras funcionando como um tapa. — Performance irretocável no ensaio de hoje, hein? Alguns diriam até que é assombrosa.

— Fico feliz de te causar medo — Elena conseguiu dizer, mas manteve o tom educado. Não queria nem por um segundo admitir que ele a havia atingido.

— Medo... — Alec se aproximou cuidadosamente, como um leão que circulava sua presa. — Ou fascínio.

— Os melhores relacionamentos tem um pouco dos dois.

— Isso é um pedido de namoro? — Ele riu, maldoso como sempre. Contudo Elena ouviu uma nota de admiração em sua voz. — Eu sou difícil, sabe. Tem que me levar pra sair primeiro.

— Pode ser arranjado, se você implorar.

— Ah, sim — disse Alec, crispando os lábios em um sorriso enigmático. — E é exatamente sobre isso que vim falar com você. Agora que você é quase oficialmente uma de nós, nada mais justo do que ter acesso a um de nossos... encontrinhos. Só um pessoal escolhido a dedo, sabe, e ninguém precisa ficar sabendo.

Cuidado, pediu a voz de Eco, urgente e súbita em sua mente. Elena sabia que aquele convite era uma armadilha, mas também sabia que frequentar os locais onde a Primeira Orquestra se reunia era um passaporte para pertencer a ela. Já ouvira falar das famosas festas clandestinas que eram organizadas pelos magos mais poderosos do Conservatório, e o afã de ser convidada para algo daquele tipo sobrepôs-se a qualquer outra coisa.

Deixou que Alec continuasse, ciente do olhar de Margot cravado sobre si.

— É uma festa que fazemos de vez em quando. Uma coisinha boba, mas costuma ser bem divertido...

— Onde vai ser? Quando?

— Quantas perguntas! — Alec a rodeou, e ela não conseguiu evitar a sensação de ser um peixinho em um tanque de tubarão. — Será à noite, no fim da semana. Irei buscá-la, é claro. Vista-se apropriadamente, sim? Não com os trapos que geralmente usa.

O rosto de Elena cobriu-se de um rubor profundo, e ela buscou o olhar de Margot — a amiga a encarou como quem faz um pedido, e balançou a cabeça de um lado para o outro em movimentos quase imperceptíveis, como quem diz: não faça isso.

Foi o suficiente para levar Elena a tomar uma decisão.

— Está bem — aceitou, num impulso, como quem se joga de um penhasco.

— Fique tranquila — pediu Alec, a última coisa antes de sumir atrás da porta de seu camarim. — Eu não deixaria nada acontecer com você.

Mesmo sabendo que não havia como, Elena desejou que fosse verdade.

Um aviso, uma música

Elena sabia que sua performance na Cantiga das Tempestades não passaria despercebida — nem por Meg, Alec ou Grigori; certamente não pelo restante da Primeira Orquestra. No dia seguinte à sua apresentação, quando entrou na sala de ensaios, percebeu que os olhares haviam se transformado sutilmente: em vez de desdém, havia agora uma curiosidade, que as Prodígios escondiam por trás de lisonjas calculadas e sorrisos frios como o inverno que chegava ao fim do lado de fora.

— Você os convenceu de que merece o cargo de recruta. De que… É uma fortaleza — disse Meg, quando Elena comentou essa sensação com ela. — Agora eles estão procurando por uma rachadura.

Se dependesse dela, porém, Elena não iria rachar. Grigori colocara o holofote nela no primeiro dia, mas, na segunda vez em que cantou junto às Prodígios, o fez tentando absorver ao máximo o que podia das vozes bem azeitadas, no ápice de sua aptidão mágica.

Ao fim do ensaio, porém, descobriu que não haviam sido só seus colegas que notaram a Cantiga das Tempestades. Enquanto as Prodígios saíam da sala, Grigori a chamou com um gesto rude de mão, como quem adestra um cachorro — e Elena obedeceu, pedindo a Meg para esperar perto da porta.

— O reitor quer conversar com você, Srta. Bordula — disse ele, arrumando os pertences com displicência, sem dar tempo para Elena fazer qualquer pergunta. — Pediu para que se junte a ele em seu escritório após o ensaio de hoje.

— Agora? — perguntou, estupidamente.

— Não, ele pode esperá-la tomar seu banho de rosas — retrucou Grigori com ironia, revirando os olhos. — É claro que é agora, Srta. Bordula. Acabamos o ensaio, portanto estamos em um momento após o ensaio. Quer que desenhe ou me faço claro? André Garnier não é um homem paciente, e nem eu.

Ela engoliu qualquer resposta mal-educada que lhe veio à cabeça, incluindo uma em que pedia mais detalhes do encontro. Sentiu a ansiedade pesando em seu estômago, ácida e fria. André Garnier era um reitor presente — mas não teria motivos para falar com uma recruta temporária da Primeira Orquestra.

A não ser que… Bom, a não ser que Elena estivesse encrencada.

Saiu da sala às pressas enquanto Grigori se juntava à Alec, e enlaçou o braço de Meg ao caminhar pelos corredores.

— O que ele queria? — perguntou a amiga, desconfiança misturada com a displicência fingida que Elena conhecia bem.

— O reitor quer uma reunião comigo — Elena retrucou, engolindo em seco. — Agora.

— O reitor Garnier? — Meg ergueu uma sobrancelha, iluminando o rosto bonito em uma expressão incrédula. — O que ele quer com uma recruta?

Margot pareceu perceber de imediato o tom das palavras, pois apertou os lábios antes de se corrigir.

— Quer dizer, André não costuma fazer esse tipo de coisa, Lena — disse ela. — Será que ele sabe que você vai à festa clandestina do Alec?

— Aposto que o reitor do Conservatório tem coisas mais importantes com que se preocupar do que as atividades extracurriculares de seus magos, Meg.

Cecília se juntou às duas no corredor, enlaçando o outro braço de Margot e dando um sorriso ao tentar se inteirar na conversa.

— Atividades extracurriculares? E ninguém me chamou?

— Você não quer ser chamada para esse tipo de coisa, Ciça. — Meg torceu o nariz, claramente reprovando a atitude de Elena. — Nem Elena quer, embora não queira admitir.

— Eu nunca fui chamada pra uma festa dessas — defendeu-se Elena, soltando o braço da amiga em um gesto que era um misto de ciúme e defesa. — É a minha chance de me enturmar com o pessoal da Primeira Orquestra. Conhecer pessoas novas.

— Você não precisa de pessoas novas — disse Ciça, tão alheia à como o relógio delicado do Conservatório funcionava que só deixava ainda mais escancarado o privilégio em que vivia. — Tem a nós.

Até não ter mais, pensou Elena, mas ofereceu um sorriso em vez da resposta dúbia. Por um tempo, ela acreditara que as três se bastavam. Agora... não tinha mais tanta certeza.

— E Theodora — continuou Ciça, provocando.

— Falando nela, preciso ir falar com o reitor — Elena respondeu, parando no corredor. As três se separaram: Ciça e Meg de um lado, Elena de outro, raios de sol do poente perpassando o vidro da janela e tingindo o chão entre elas como uma barreira física.

— Vai à torre hoje, não é? — Meg perguntou, e a pergunta soava quase como uma intimação vinda de seus lábios.

— Eu não sei. — Elena desviou o olhar. Eram quase cinco da tarde, e Eco certamente iria querer saber o que André tinha conversado com ela. Mais do que isso: havia algo estranho e tenso entre as três naquele momento, um desconforto que não estava totalmente desfeito, mesmo que Meg houvesse admitido sua inveja e a atitude mordaz. Elena não sabia se estava pronta para perdoar a amiga por ter omitido o rito de iniciação de Grigori, e certamente não queria se submeter a mais uma rodada da litania de lamentações de Cecília.

— Elena é boa demais pra nós agora, Meg — comentou Ciça, e por mais que houvesse uma luz brincalhona em seus olhos, algo no âmago da soprano dizia que a garota falava a sério. — Tem suas reuniões com o reitor e os convites de Alec. Não precisa mais de nós.

A amiga suavizou a frase com um biquinho, e Elena sentiu as sobrancelhas se unirem em súplica.

— Não é isso! É só...

— Tudo bem, Lena. — Margot encerrou a discussão com um gesto esvoaçante das mãos. — Faça o que tem que fazer. Nos vemos mais tarde.

As duas sumiram pelo corredor, e Elena ficou sozinha.

Algo que era uma mistura de culpa e alívio pousou em seu coração — mas, em vez de investigar o sentimento, Elena o enterrou fundo. Não podia pensar nas amigas, não agora.

Não quando André Garnier a esperava, para conversar sobre sabe--se lá o quê.

Elena traçou o caminho até o escritório do reitor com facilidade. Ficava na Ala Norte do Conservatório, um escritório aninhado em meio à parte administrativa que era decorada como os ovos de cerâmica da coleção do Imperador.

Ali, toda a riqueza de Vermília estava ostentada em cada detalhe: nas pinturas a óleo que decoravam as paredes, os afrescos coloridos no teto dos corredores, a tapeçaria bordada a mão com temáticas de melro e clave de sol. Mesmo seus sapatos gastos não pareciam dignos de caminhar por ali, e quando Elena se viu enfim na frente do escritório de André, foi com a plena consciência de que não pertencia àquele lugar.

Ainda não pertencia àquele lugar.

Bateu uma vez, depois duas. A porta se abriu sem qualquer rangido — e André Garnier estava do outro lado, elegante e aristocrático contra o interior ainda mais opulento de seu escritório.

— Ah, Srta. Bordula. Eu a estava esperando. Entre.

Entre, disse, e fez soar quase como um convite; não a intimação que havia sido. Elena cruzou a soleira, inebriada pelo cheiro de couro e madeira que permeava o ambiente. Misturado com um odor suave e limpo de conhaque envelhecido, era o sinal de que a riqueza, bem como o poder, tinha seu próprio domínio nos sentidos.

Um domínio que sempre fazia Elena sentir-se fraca e insignificante.

— Sente-se. — André puxou a cadeira estofada que ficava à frente de sua escrivaninha, e sentou-se do outro lado. Ele caminhava sem pressa, saboreando a presença de Elena ali com a mesma atenção com que os detetives de Vermília a haviam interrogado antes da execução de sua mãe.

Elena achou que ele iria oferecer uma dose de conhaque, talvez jogar conversa fora antes de ir direto ao ponto.

Não poderia estar mais enganada.

— Você está usando magia de ossos, Srta. Bordula?

A frase foi calma e direta, suave como o cheiro terroso e esfumaçado. Ainda assim, provocou um calor intenso no rosto de Elena, que subiu por seu pescoço e ruborizou suas bochechas.

— Eu... Eu não sei... — Ela tropeçou nas palavras, apertando as mãos da forma mais incriminatória possível. *Quem é inocente não tem nada a temer*, repetiu para si mesma, mas naquele momento soube que o dito popular era uma mentira: sentia o medo escorrendo por suas costas através do suor, gelado e pegajoso.

— Me poupe de explicações e joguetes, senhorita — pediu André, estreitando os olhos ao inclinar-se na direção de Elena. Suas tranças escuras emolduravam de forma rígida os contornos do seu rosto, e embora sob uma luz mais clemente ele fosse parecido com a filha, na penumbra do escritório não poderiam ser mais diferentes. — Eu te fiz uma pergunta simples. Está usando magia de ossos? Sim, ou não?

— Magia de ossos é proibida — Elena enfim conseguiu dizer. As palavras saíram esganiçadas, quebradiças, e ela apertou ainda mais as unhas na palma da mão. — Caso o senhor não se lembre, minha mãe foi condenada por seu uso.

— Condenada e executada. Pouco mais de um ano atrás. — André deu um suspiro. — Eu sei, Elena. Estava lá. Fiz parte do júri que condenou sua mãe, ajudei a escrever sua sentença.

A sensação fria cresceu no estômago de Elena. Dessa vez não era medo: era cólera, pura e destilada como álcool. Ela ainda conseguia vê-la: a bela Loralie Bordula, ondulando ao vento que vinha do cais, o pescoço pendurado por uma corda áspera.

Seus pés, cadenciados como se estivesse dançando.

— Não me tome por um homem cruel — pediu André, como se pudesse ler os pensamentos da soprano. — Loralie estudou sob minha tutela, Elena. Frequentou a minha casa. Eu conhecia seus talentos. Fiquei desolado quando soube da morte trágica de meu primo, e até mesmo ofereci dinheiro para ajudá-las.

Sim, pensou Elena, a boca enchendo-se com a sensação amarga como se fosse bile. *Um envelope que mal foi o suficiente para pagar o enterro de papai. Nem ao menos foi ao velório. Não ouviu os gritos de minha mãe, como ela arrancou os cabelos ruivos e os jogou na cova aberta.*

Mas não disse nada. Encarou o reitor com uma expressão que esperava ser desprovida de sentimentos, e fincou as unhas na mão.

— É exatamente pelo carinho que tinha por Loralie que te faço essa pergunta. A obsessão de sua mãe com magia de ossos lhe custou a vida, Elena, e esse foi um preço barato a se pagar. É uma magia instável, perigosa.

— O que mais ela poderia ter perdido, reitor, eu me pergunto? — Elena não conseguiu evitar as palavras que lhe roubaram os lábios. — Deixou para trás uma filha órfã e uma casa abandonada. Uma reputação que me assombra todos os dias. Será que haveria algo mais que poderia ter perdido para sua... obsessão?

— Há muito além do que é terreno neste mundo, Elena — retrucou André, e havia uma nota de carinho que era incômoda em sua voz. — Talvez você não acredite em alma, mas certamente muitos magos pereceram em vida por perdas que vão além da morte.

— Tem razão — disse Elena, a voz rouca. — Eu não acredito em almas, reitor Garnier.

Encarou o reitor com desafio, sabendo que era tolice fazê-lo e mesmo assim não conseguindo se impedir. Em momentos como aquele, Elena se sentia como um animal encurralado, prestes a mostrar as presas e arrancar sangue.

— Então, pelo bem de sua carne mortal... e a de minha filha, que parece mais encantada com você a cada vez que a encontro — respondeu André, soltando uma risada amarga —, perguntarei mais uma vez. Grigori disse que sua performance da Cantiga das Tempestades foi algo que ele jamais viu, em todos os seus anos de Conservatório. Se o que ele disse for verdade, você poderá ser a próxima Yolanda Olival. Então...

Ele suspirou profundamente, os olhos pretos fixos no rosto de Elena.

— Você está usando magia de ossos?

Elena sustentou seu olhar, subitamente ciente de que André Garnier estava envelhecendo. Havia olheiras escuras sob seus olhos, e, mesmo que poucas, rugas que marcavam sua expressão como a pena em uma partitura. Manchas de velhice pintavam seus malares, e o pouco do pescoço que ela conseguia ver estava flácido e enrugado. Havia fios brancos entremeados em suas tranças, nas sobrancelhas grossas que encimavam olhos fundos.

É apenas um homem, passarinho, disse a voz de Eco, cheia de desdém. *Tolo e velho. E você não precisa ter medo dele.*

— Minha magia é fruto do meu talento, do meu esforço — declarou ela, enfim. — Pode perguntar para Raphaella. Eu fui a melhor soprano da Segunda Orquestra por anos. Só não me tornei Soprano de Prata por causa de meu sobrenome; tenha certeza de que não vou colocar mais nada em risco repetindo os erros de Loralie Bordula.

Queria levantar-se dali, sair de rompante porta afora. Não o fez. Deixou-se esmiuçar pelo escrutínio calculista do reitor, sua incredulidade, seu desprezo. Não iria deixá-lo ganhar, mesmo estando em seu domínio — mesmo que ali, no reino feito de couro e madeira, Elena não passasse de uma plebeia indefesa.

— Muito bem — o reitor disse depois do que pareceu uma eternidade. — Mas fique sabendo de uma coisa, senhorita. Eu observarei seus movimentos. Acompanharei sua trajetória, que, pelo que ouço, será ascendente e veloz. E, se eu sentir, a qualquer momento, que está mentindo...

Ele respirou fundo.

— Terei o mesmo tipo de misericórdia que tive com sua mãe.

Elena não queria ir à torre do relógio — mas também não queria falar com Eco, se submeter à sua rigidez e disciplina. Por mais que tivesse lutado por seu espaço de forma corajosa, a conversa com André — suas acusações, as lembranças evocadas por ele — haviam afetado a soprano, e ela se viu em busca de um remédio que fosse contraponto para a rispidez do reitor.

Não à toa, se viu à porta dos aposentos de Theodora.

Trazia consigo dois croissants, uma geleia — cortesia de Giovana, gárgula da cozinha com quem Elena tinha certa camaradagem — e um jarro de chá de maçã com canela e especiarias que sabia ser o preferido da compositora.

Por um momento, porém, Elena hesitou na frente da porta. Theo estava prestes a completar seu magistrado em composição, o que a tornaria uma Grã-Maga — a patente a deixaria não apenas acima até mesmo dos detetives de Vermília, mas poderia começar a escrever peças para a Primeira e Segunda Orquestras. Ela com certeza devia estar ocupada, sem tempo para uma visitante inesperada, e Elena teve o ímpeto de virar as costas e deixar a ideia para trás.

Mas ouviu a voz de Theodora por trás da porta — cantando uma cantilena suave e levemente desafinada — e foi o suficiente para derreter sua insegurança.

— Oi — cumprimentou, colocando a cabeça para dentro do quarto depois de bater três vezes e ouvir um "Entre!". Theodora estava debruçada em um piano de cauda e diversas partituras, que estavam espalhadas em todo lugar: no latril do piano; em cima da escrivaninha e da cama; ao redor de seus pés em uma bagunça que parecia calculada.

Era incomum vê-la despojada: Theo era geralmente impecável, o que tornava a visão da compositora naquele momento tão cativante. Em vez dos costumeiros vestidos e ternos pretos de cetim, usava uma camisa de mangas bufantes, aberta de forma a revelar o decote e deixando à mostra um colar dourado. Uma saia cinza — de algodão ou linho — desenhava sua cintura, escorrendo pelas pernas e oferecendo um vislumbre dos tornozelos negros e torneados, os pés descalços como uma ninfa.

O mais incomum eram os óculos de metal, que adornavam seu rosto e lhe davam ares de acadêmica, as hastes enterradas em cachos que se desenrolavam por suas costas em cascata.

Estava deslumbrante, e ficou mais ainda quando o rosto se iluminou ao ver Elena.

— Você — disse ela, erguendo-se da banqueta do piano com fluidez e retomando um pouco da elegância aristocrática que carregava além das roupas. — Achei que estivesse ocupada demais para mim, agora que é da Primeira Orquestra.

Era quase a mesma coisa dita por Ciça, mas na voz de Theodora soava gentil e convidativa; a mesma nota em acorde maior.

— Jamais estou ocupada o suficiente para negar croissants com geleia e chá — Elena respondeu, entrando e fechando a porta.

— Chá de canela. — Theodora tirou a cesta de piquenique das mãos de Elena, tentando afastar as partituras e criar espaço para a comida. — Você me conhece como ninguém, Elena.

— Só tenho um ou outro amigo na cozinha — comentou Elena, as bochechas corando. — Mas não quero te atrapalhar. Você é quem parece... ocupada.

Theo revirou os olhos, enchendo duas canecas de chá e apanhando um pedaço quebradiço e amanteigado de croissant.

— Só levando uma surra da minha tese de magistrado, pelo que parece ser a centésima vez apenas essa semana.

Elena sentou-se no chão ao lado da cama, mordiscando um pedaço de croissant enquanto espalhava algumas partituras com a mão limpa. Tentava entendê-las, mas a caligrafia de Theodora era apressada e irregular, tão diferente da compostura de sua dona que a dissonância provocou um sorriso nos lábios de Elena.

— Sinto que a tese está ganhando, Theo.

— Você não faz ideia.

Theodora sentou-se na banqueta do piano, aproximando-a para que ficasse mais perto de Elena. Ela suspirou profundamente, e por baixo do sorriso fácil era claro que a compositora estava frustrada. Elena conteve o impulso de massagear seu pescoço; afastar as preocupações com toques incendiários. Em vez disso, levantou um pedaço de papel que tinha as únicas palavras que conseguia decifrar: o título "Trova da Penumbra".

— É essa aqui?

— Sim — confirmou Theodora, pegando o papel da mão de Elena com cuidado. Encarou os próprios garranchos, certamente derivando deles algo muito mais compreensível do que a soprano, e colocou-o no latril. — O começo até que é bom, mas do meio para a frente está uma bagunça. Não sei o que a Theodora do passado tinha na cabeça para escolher escrever um feitiço elemental como trabalho de conclusão, mas ela foi uma tremenda de uma sacana.

Em seus lábios, até mesmo a palavra "sacana" soava beata. Elena reprimiu uma risada.

— Gosto da ambição da Theodora do passado, se é que faz alguma diferença.

Theo a encarou, os olhos por trás dos óculos iluminados de prazer.

— Toda do mundo, Elena. — Ela sustentou o olhar entre as duas por um tempo, examinando a soprano com a mesma atenção com que lia partituras. Seu olhar demorou-se em seu braço esquerdo. — Você está melhor? Do… ataque de Alec.

— As enfermeiras cuidaram de tudo — disse ela, sem querer mencionar que tivera ajuda além dos magos Sanguíneos. Mas não queria falar de Alec, nem ao menos pensar nele, ou em nada que levasse a sofrimento. Elena queria banhar-se no calor solar de Theo, deixar que seu sorriso e coração leve fossem um porto seguro, ao menos por um tempo. Então, levantou-se, e sentou ao lado da compositora na banqueta.

— É só seguir a partitura? — perguntou, ciente de como seus braços se roçavam confortavelmente, ou como sua coxa estava pressionada contra a de Theodora, separadas apenas por pedaços de tecido.

— De certo modo — respondeu Theo, baixando a voz e encarando-a com o rabicho do olho. — Não fazia ideia de que você sabia tocar piano.

— Há muito que você não sabe sobre mim, Theodora Garnier. — Elena deu um meio sorriso, surpresa consigo mesma pelo próprio atrevimento. — Posso?

Theodora assentiu, tirando as mãos das teclas e pousando-as sobre o colo. Elena estudou a partitura por um instante, apreciando a cadência suave com que a melodia começava. Depois de sentir-se minimamente confiante, começou a tocar.

Não o fez com perfeição. Seus dedos titubearam nas teclas, trôpegos em seu movimentar, mas Elena seguiu o fio que Theodora conduzia com tinta na partitura, deixando-se levar pela melodia. Era um som escuro e profundo, tão diferente da luminosidade solar de Theodora, que a pegou de surpresa.

Acho que tem muito que eu não sei sobre você também, Theodora, pensou.

A música encorpou, e seus efeitos começaram a ganhar o quarto. As sombras nas quinas das paredes ficaram mais escuras, mais sólidas, como água preta que empoçava no carpete e nos móveis. Escorreu pelo chão, subiu pelo papel de parede, pintando tudo com uma escuridão intensa e espalhando-se como uma mancha de tinta em tecido. A música crescia e as sombras a acompanhavam, sedosas como veludo e tão sedutoras quanto.

E então Elena chegou ao fim da página — um som desencaixou na melodia, e ela se desfez, levando consigo a penumbra.

Theodora suspirou, desapontada.

— Como falei... O começo está passável, mas eu ainda tenho muito a trabalhar se quiser conquistar meu magistrado ainda esse ano.

— Passável? — Elena ergueu uma sobrancelha. — É lindo, Theo.

— Lindo é o básico. — Theodora riu, e o amargor do gesto não combinava com ela. — Tem que ser perfeito. Afiado como uma faca, preciso como uma agulha. É o que meu pai sempre diz.

Elena não queria pensar em André Garnier, não naquele momento. Ela colocou uma mão, que até então estivera passeando pelo piano, por cima dos dedos quentes e macios de Theodora, dando um aperto suave.

— Você vai conseguir, Theo. Eu sei que vai. Mesmo que penumbra seja a última coisa em que penso quando olho pra você.

O olhar das duas se enlaçou. Estavam perto, perigosamente perto: o odor de chá de canela que emanava de Theodora era convidativo e sedutor, e Elena quis, por um momento, perder-se nos caracóis pretos que emolduravam aquele rosto tão bonito. Quis tirar os óculos de Theodora, apenas para conseguir beijá-la melhor.

Mas as sombras ainda estavam ali, mesmo que à distância, e as palavras do reitor ecoavam no crânio de Elena. Theodora sustentou o olhar por um segundo, e depois o desviou, uma coloração cor-de-rosa em seus malares altos e definidos.

— Obrigada, Elena. Pelo chá, e pelos croissants... e por isso, também.

Trocaram mais algumas palavras, mordidas em croissants e goles de chá — mas o feitiço já se quebrara. Quando a noite enfim se descortinou pela janela do quarto de Theodora, Elena levantou com uma mesura cortês.

— Continue tentando, Theo — foi a última coisa que falou. — Mesmo que digam que você não deve, ou que está indo pelo caminho errado. Eu acredito em você.

Foram as palavras que ela gostaria de poder dizer para si mesma — e que oferecia para Theo, esperando serem tão doces quanto o chá de canela, e tão saborosas quanto os croissants.

Uma roupa feita de fumaça e desejos

A cada dia que passava, Elena tinha certeza de que a Primeira Orquestra era o seu lugar.

Não que fosse fácil. Na verdade, cada ensaio descortinava um novo desafio: Grigori era um maestro exigente e cruel, que não aceitava nada menos do que a absoluta perfeição de seus Prodígios e Magos. A cadência de ensaios era alternada, e, naqueles em que a orquestra completa participava, Elena não conseguia deixar de admirar o punho de ferro com que o maestro conduzia os quase cem músicos.

Punho de ferro este que, é claro, era completamente domado quando se tratava de Alec Cézanne. Em vez de ficar irritada, como Margot, Elena se divertia com cada demonstração dos privilégios dos quais gozava o Soprano de Ouro. Alec tinha permissão para fazer tudo que seria considerado inaceitável para as outras Prodígios: entrar atrasado para os ensaios, pular os cansativos exercícios de aquecimento, sair mais cedo para evitar as filas do refeitório. Grigori até ralhava, mas os dois cruzavam olhares e então o maestro deixava que sua prima-dona fizesse o que bem entendia.

Ainda assim, Alec não era de todo displicente — tinha um domínio nato da magia que fazia com que sua voz produzisse o efeito desejado dos feitiços com facilidade, alcançava notas quase impossíveis e tinha um ouvido perfeito para afinação. De certa forma, ele tinha razão: Elena se sentia melhorando a cada dia, e vê-lo cantar era uma das maiores fontes de seu aprendizado.

A outra era, claro, Eco. Como se não bastassem os ensaios intermináveis e cansativos de Grigori, toda noite Elena se via frente ao altar de seu espelho, onde a professora invisível era sua sacerdotisa e divindade em uma só. Eco repassava todas as peças que haviam sido tocadas nos ensaios, e explicava ponto por ponto como Elena deveria colocar sua voz, acessar o reservatório de magia, frasear as sílabas e os refrões, tudo para que soasse o mais perfeito possível.

O mais impressionante era que, em vez de exauri-la, os ensaios particulares com Eco preenchiam Elena de uma energia fugaz e elétrica, e ela se pegava revirando na cama mesmo horas após seu espelho ter ficado silencioso, o corpo febril implorando por algo a mais. Geralmente, só conseguia dormir depois de satisfazer os pedidos insistentes de sua carne, e mesmo seu clímax não se provava o ápice suficiente para evitar que tivesse sonhos vívidos e intensos com Eco.

Elena a desejava na mesma medida que a temia, e a combinação das duas coisas era como combustível para o fogo vivo no âmago profundo da soprano.

Entre os ensaios e a nova professora particular, não sobrava muito tempo para Margot e Cecília — Elena deixara de subir a torre do relógio no badalar das cinco horas, e mesmo que as coisas estivessem cordiais entre ela e Meg durante os ensaios, Elena não conseguia evitar sentir que havia algo novo na amizade das duas. No dia seguinte à reunião com o reitor, Margot até perguntou se ela iria encontrá-las — mas depois que Elena arranjou mais uma desculpa, não voltou a chamar.

Não que as angústias relacionadas à amizade das três fossem as únicas a assombrar o coração de Elena. A cada ensaio, Grigori lhe lembrava que estava sob observação; que um passo em falso seria o suficiente para encerrar o fim daquela temporada. Sua presença na Primeira Orquestra era emprestada, e o maestro fazia questão que ela estivesse ciente disso.

Mas era visível que sua voz estava cativando a atenção do maestro. Fosse em momentos simples, quando encorpava a harmonia para o solo de Alec, ou quando ele pedia que demonstrasse sozinha trechos da música que estavam ensaiando e ela o fazia com perfeição, Elena sentia estar cada vez mais perto do momento em que seria convidada a adentrar de vez a Primeira Orquestra.

O momento em que ninguém mais poderia negá-la.

Por isso, quando enfim chegou o dia da festa clandestina de Alec, Elena não estava mais com medo. Sabia que devia se precaver — mas também sabia que, ao longo da última semana, provara o poder de sua voz. Certamente, o Soprano de Ouro teria desenvolvido alguma admiração por ela, ainda que tênue, certo?

Alec vira do que ela era capaz, e talvez isso fosse suficiente para gerar uma trégua entre os dois. Não que ela tivesse se esquecido de quem ele era: a cicatriz em seu braço fazia questão de lembrá-la.

Margot também.

As duas caminhavam lado a lado pelos corredores após um ensaio particularmente desafiador da Ária de Foco, e a única coisa que Elena queria era um banho de banheira.

— É hoje, não é? — disse Margot, displicentemente, como se estivesse continuando uma conversa.

— A festa? — perguntou Elena, deliciando-se com a impaciência que percebia nos lábios crispados de Meg. Pra variar, era ela quem tinha as cartas na mão. — Sim, acho que sim. Você vai?

Imaginava que não, mas queria ouvir Margot dizê-lo.

— Por favor. — Meg revirou os olhos e franziu o nariz, como alguém diante de um prato de couve-de-bruxelas. — Ele me convidou uma vez, e deixei bem claro onde podia enfiar seus encontros regados à droga e libertinagem.

— Alec não me disse que haveria drogas e libertinagem — respondeu Elena, os olhos faiscando, brincalhões. — Estou mais animada agora.

Mas Meg não mordeu a isca.

— Elena. Por favor, diga que irá tomar cuidado.

— É só uma festa, *mãe* — disse ela, o tom expressando uma leve impaciência. — Sei que Alec é uma cobra, mas até mesmo répteis gostam de se divertir de vez em quando, não? Talvez ele só queira me apresentar para esse mundo da Primeira Orquestra.

Os olhos de Meg demoraram-se no braço que Elena movimentava no ar para pontuar suas palavras. Ela usava o uniforme de mangas compridas que era adequado para uma Prodígio, mas sentia que Margot podia ver por baixo do tecido, diretamente para as marcas deixadas em sua pele pelo violino de Alec.

— Talvez — respondeu Margot, sem parecer estar convencida. — Mas você tem seu futuro nas mãos, Lena. Não abra mão disso por causa de uma idiotice como uma festa.

Por trás da severidade e do julgamento havia preocupação genuína, e Elena decidiu apreciá-la pelo que era. Sorriu, com vontade de abraçar a amiga, mas aparentemente Margot não havia terminado.

— Aliás — continuou ela, enlaçando seu braço no de Elena —, tem algo que preciso te mostrar.

Elena estava prestes a protestar — a imagem de sua banheira cheia ficava cada vez mais distante —, mas fazia tanto tempo que Meg não a tocava daquele jeito, que não falava da forma conspiratória e secreta que só existia entre duas melhores amigas, que não conseguiu resistir ao apelo. Deixou os próprios desejos de lado, e seguiu Margot pelos corredores.

Chegaram ao corredor onde era o dormitório de Meg. Havia mais portas do que na ala onde Elena estava agora situada, e o papel de parede era um pouco mais gasto. Margot a levou para a porta do meio, e ela entrou pela primeira vez em seus aposentos privados.

Um estalo de prazer vibrou em seu peito ao notar que era menor do que o quarto que Theo arranjara para ela, ainda que fosse um espaço elegante e perfeitamente arrumado. Não esperaria nada menos de Meg, é claro.

Sentada na cama de dossel estava Cecília. Continuava com a mesma magreza angulosa que Elena havia notado, e agora as sombras debaixo de seus olhos estavam ainda mais destacadas, como se ela tivesse passado três noites sem dormir.

Raphaella devia estar descontando toda a raiva que sentia de Grigori na Soprano de Prata, e Elena não conseguiu evitar sentir pena de sua amiga.

— Lena — cumprimentou ela, correndo para abraçá-la. — Já está pronta para a festa de Alec? Não pensou em ir de uniforme, né?

— Vai dizer que não é apropriado? — Elena riu, tentando ignorar que as duas claramente haviam conversado sobre ela, mas Cecília levou sua pergunta a sério.

— Jamais. Essas festas costumam ser feitas para aparências.

— Não sabia que já havia sido convidada.

Ciça e Margot trocaram um olhar cúmplice.

— Eu fui uma vez — revelou a Soprano de Prata, puxando os joelhos para perto de si e acomodando-se na cama de Meg. — Assim que entrei no Conservatório. Não era uma festa da Primeira Orquestra, mas me levaram a um estabelecimento... bem questionável, digamos assim, no Concorde dos Elíseos.

Elena teve que reprimir um sorriso ao imaginar a princesa Cecília entrando em qualquer um dos bordéis que habitavam o bairro mais libertino da cidade. Ao mesmo tempo, ressentiu-se por ter tido que esperar cinco anos por seu primeiro convite: aparentemente, certos sobrenomes já eram o suficiente para colocar alguém na lista.

Seu peito apertou com a primeira sensação de nervoso do dia. Havia pensado em usar o seu único vestido verde — o que usara no aniversário do reitor — já que não tinha outra opção. Mas algodão não era o suficiente.

Como se estivesse lendo sua mente, Margot foi até o armário ao lado de sua escrivaninha frente à janela.

— Temos um presente para você.

Ela abriu as portas duplas e, de lá, tirou um vestido. Mesmo de longe, o veludo vermelho-escuro parecia mais rico do que qualquer coisa que Elena tivesse, e a impressão foi confirmada quando Meg se aproximou, desdobrando-o com cuidado. Embora sua silhueta fosse austera e conservadora, com mangas longas e uma gola que cobriria o colo de Elena por completo, ele compensava no tecido fino e na construção perfeita, que só poderia ter sido produzida por uma das costureiras da Ladeira Generelle.

— Para mim?

— Era da minha mãe — disse Cecília, como se estivesse envergonhada. — Ela tinha o seu tamanho, e pedi para Meg me ajudar a arrumar os pequenos defeitos. Achamos... achamos que você ia gostar de usar hoje, na festa.

Era uma gentileza, mas havia certa hesitação no jeito em que Meg e Ciça trocavam olhares, apertando os lábios e as mãos enquanto Elena colocava o vestido em frente ao corpo. Elas estavam nervosas. Seu lado mais generoso imaginou que poderia ser por causa de tudo que acontecera entre elas no último mês: certamente também sentiam as manchas que havia agora no tecido outrora liso de sua amizade, e sabiam que suas atitudes só tinham piorado tudo. Talvez aquele vestido fosse o mais próximo que seriam capazes de chegar a um pedido de desculpas.

Ou talvez, disse uma pequena e desconfiada voz no fundo da sua mente, *isso seja uma armadilha tanto quanto a festa de Alec.*

Não, retrucou para si mesma. *Elas são minhas amigas. Se não puder confiar nelas, em quem mais?*

Elena envolveu as duas em um abraço desajeitado, inalando os perfumes que conhecia tão bem, e por um momento deixou-se acreditar na mentira que contava para si mesma: tudo estava bem. As coisas podiam mudar, mas o laço entre elas era imutável, inquebrável, perfeito.

Mas mesmo Elena sabia que as mentiras que contava para si eram mais poderosas do que todas as outras.

Elena saiu do banho quando percebeu que não estava sozinha.

O vapor quente escapava pela porta e adentrava o quarto, cobrindo-o com uma leve penumbra de água e embaçando o espelho. Ainda assim, a presença de Eco era evidente — no ar, na melodia quase silenciosa de sua respiração, na maneira com que o corpo de Elena, enrolado por uma toalha, arrepiou-se com a sensação de estar sendo observada.

— Venha aqui, passarinho — ordenou Eco, e Elena obedeceu.

Foi até ao espelho, derramando gotas de água a cada passo, e ficou frente a frente com o objeto. Esticou a mão, esfregando-a por cima da superfície vítrea e gelada para encarar o próprio reflexo...

... E, em vez disso, um único olho azul elétrico a encarou de volta.

Ela deu um passo para trás com o susto, ofegante. Seu coração martelava, tanto de medo quanto de excitação, e, por um momento Elena teve o ímpeto de quebrar o espelho, parti-lo em milhares de pedaços afiados.

O impulso passou assim que Eco a chamou de novo, e onde antes havia o olho azul, agora só encarava a pequena faixa do rosto de Elena que se podia ver em meio ao embaçado.

— Eu disse: venha aqui. E tire a toalha.

Ela o fez, incapaz de desobedecer. Deixou a toalha cair a seus pés, ficando completamente nua frente ao espelho, e seu corpo respondeu ao olhar invisível de Eco. Os mamilos enrijeceram, cada centímetro de seu corpo coberto de calafrios — de frio ou prazer, ela não saberia dizer. Seu rosto aqueceu com a sensação de ser observada, e ela reprimiu a vontade de cobrir-se.

Ao longo daquela semana, aprendera que Eco não gostava que ela se escondesse.

— Feche os olhos.

Escuridão preencheu seu mundo quando Elena obedeceu. Sua respiração estava rarefeita, como a de alguém que vai pé ante pé até o armário para descobrir se havia monstros ocultos entre os casacos.

A diferença era que ela queria encontrar a fera.

Quando as mãos de Eco tocaram seu rosto, nelas não havia garras — apenas a ponta enluvada de dedos de cetim, que apanharam a toalha aos pés de Elena e secaram cada centímetro de seu corpo. O tecido áspero raspava em seus braços, sua barriga, e ao tocar as partes mais sensíveis, provocava suspiros profundos na soprano.

— Eu gosto da sua música, passarinho — disse Eco, e Elena queria gemer de prazer ao ser chamada pelo apelido. — Agora, abra as pernas.

Elena o fez, sentindo o encontro de suas pernas comprimir involuntariamente ao chamado. Eco demorou-se com a toalha ali, e cada vaivém a levava a perder ainda mais a força nos joelhos, uma fraqueza quente e derramada como óleo que escorria dentro de si.

— Não é hora ainda. — Eco riu ao notar que ela adejava, e sua mão amparou Elena pelo ombro. — Paciência, Elena.

Era quase impossível ter paciência, mas desobedecer a Eco não era uma possibilidade, então Elena tentou afastar os pensamentos do calor que se espalhava com o toque de Eco, ou da sensação úmida que sentia no encontro das coxas. Respirou fundo, tentando pensar em coisas frias e distantes — a neve nos alpes longínquos, derramando-se sobre as montanhas. Uma cachoeira molhada que escorria pelas ranhuras de pedra, arrefecendo uma sede eterna e deixando-as lisas e escorregadias...

Eco tirou a toalha do meio das pernas de Elena.

— É só isso por hoje, passarinho. — Ela riu com a frustração presente no muxoxo de Elena em resposta, um som esganiçado que praticamente implorava por mais. Eco deu a volta para ficar atrás da soprano, e seus dedos enterraram-se nos cabelos ruivos, desfazendo o coque bagunçado que Elena fizera para evitar molhá-los no banho.

Ela deu uma puxada brusca — e dor espalhou-se pelo couro cabeludo de Elena como agulhas que se enterravam em seu cérebro. Em vez de apagar o fogo acendido por Eco com a toalha, a dor o avivava, e Elena pendeu a cabeça para trás, deixando o pescoço à mostra e recostando contra o peito da outra.

— Sei o que você quer — murmurou Eco, agora que sua orelha estava tão próxima dos lábios. Era como se falasse de dentro de Elena. — Acha que não vejo como você fica, depois dos nossos encontros? Como se retorce na cama, o corpo tomado pelo desejo, tão incômodo que não consegue dormir? Como se toca até que esteja completamente encharcada, e chama meu nome quando enfim libera toda essa vontade?

Elena ofegou, o rosto corando ao imaginar que Eco via o que ela fazia durante a madrugada.

— Acha que eu não sei que ainda assim... não é suficiente? — Ela riu, perversa e cruel. — Ah, meu passarinho. Eu sei exatamente o que você quer. Coitadinha. Tão frustrada...

Engoliu em seco, tentando não pensar em como o corpo de Eco estava encaixado no seu; como seu pescoço estava à mercê de seus lábios. Como sua voz, sua cadência lenta e torturante — partes iguais de condescendência e sedução, aquela melodia que parecia feita exatamente para atiçar sua audição — provocava um desejo profundo, quente, violento.

— Mas hoje é dia de festa — disse ela, enfim deixando Elena respirar um pouco e voltando sua atenção para seus cabelos. — Não seja impaciente. Você ainda terá exatamente o que quer, passarinho. É tudo uma questão de tempo.

As mãos de Eco eram tão habilidosas em prender os cabelos de Elena quanto eram em arrancar suspiros da soprano. Ela trançava as mechas pacientemente, puxando-as com cuidado no topo da cabeça de Elena para chegar ao efeito que queria.

Quando deu-se por satisfeita, voltou a ficar frente a frente com a soprano. Elena reprimiu o impulso de abrir os olhos, e, em vez disso, tentou ver a mestre com os outros sentidos: inalou seu cheiro almiscarado e profundo, e arriscou apoiar as mãos no que achava serem seus ombros. A textura lisa e elegante sugeria um tecido nobre — achava que podia ser seda ou chiffon.

Eco aproximou-se e deixou dois beijos — um em cada bochecha de Elena. Depois, com a ponta dos polegares, esfregou a mancha de seus beijos no rosto dela, beliscando com o cuidado de um beija-flor. Segurou o queixo da soprano com a ponta dos dedos, e deslizou a mão até segurar sua cabeça como um cálice, seu pescoço uma haste. Virou-a de um lado, de outro, examinando o que havia feito com um cuidado que Elena sentia na deliberação de seus gestos.

Enfim a soltou.

— Excelente. Agora, sua roupa.

Ouviu o som de tecido sendo removido, algo caindo no chão, e só entendeu que Eco tirara as luvas quando suas mãos — frias e gentis — envolveram seus seios. Ela exerceu uma leve pressão, e o corpo de Elena arquejou contra seu toque, preenchendo-a em sua avidez. Eco começou a murmurar uma canção que ela não conhecia, mas que tinha o gosto inebriante de licor.

O escuro aguçava suas sensações, e um calafrio espalhou-se por sua pele quando algo derramou-se por cima de seu peito, seus mamilos, sua cintura. Era como uma fumaça corpórea, que ganhava mais e mais solidez ao envolvê-la. A sensação apertou sua cintura; desceu até o quadril, cobriu as panturrilhas, subiu até os antebraços.

Eco tirou as mãos dela, e Elena quase gemeu de tristeza com a ausência.

— Abra os olhos, passarinho.

Elena abriu.

Estava sozinha novamente — mas seu reflexo poderia ser outra pessoa, pois nunca estivera tão bonita.

As ondas ruivas de seus cabelos estavam elegantemente trançadas, com uma tiara de cabelo que a coroava, encimada por um coque romântico e levemente bagunçado. Seu rosto? Transformado por uma camada de maquiagem que jamais conseguira aplicar com tamanha destreza. As maçãs do rosto estavam destacadas com os beijos escarlate e difusos de Eco; seus olhos profundamente desenhados com linhas escuras que faziam com que Elena parecesse um gato; seus lábios inchados por tê-los mordido enquanto tentava resistir aos efeitos que a mestre produzia em seu corpo.

Corpo este, aliás, que estava coberto pela lingerie mais sensual que já vira.

Tudo era preto e cinza, como se fosse feito de fumaça e sombra, mas, ao tocar o espartilho, Elena soube que era crepe da mais pura seda. Ele desenhava seu corpo, comprimindo a cintura e modelando seus quadris generosos em uma ampulheta perfeita. Duas taças simétricas elevavam seus seios e tornavam o encontro entre eles um vale convidativo e abundante, e Elena tocou a si mesma com a ponta dos dedos, desenhando o decote e apreciando o relevo delicado da renda. Nos braços, luvas semitransparentes cobriam sua pele e escondiam a cicatriz deixada ali por Alec. Nas pernas, cintas-ligas uniam uma calcinha bordada a meias sete-oitavos escuras, que torneavam suas pernas até chegarem em um par de escarpins de couro reluzente.

— Quase perfeita — disse a voz incorpórea de Eco, com um suspiro de quem acabava de deliciar-se com uma fruta doce e suculenta. — Não se esqueça do meu presente.

Ela se referia, é claro, à gargantilha de veludo — que Elena havia tirado para tomar banho, e agora aguardava pacientemente no tampo da penteadeira.

— Eu... — Elena queria agradecer, queria perguntar como Eco fizera aquela magia que transformara uma menina insegura e desalinhada em... bem, naquilo. Mas seu olhar inevitavelmente pousou no vestido de veludo vermelho em cima de sua cama, disposto cuidadosamente para que não houvesse nenhuma dobra no tecido.

— Pode usá-lo por enquanto — concedeu Eco, displicente, como se a presença do vestido não a incomodasse em absoluto. — Em breve, não será mais necessário.

— O que quer dizer?

— Que suas amigas estão pregando uma peça em você. Cuidado, passarinho. Nem todo mundo quer o seu bem, e a ingenuidade é um item de luxo no Conservatório.

Não havia como não notar a inflexão dura e cruel que Eco usou na palavra *amigas*, envolvendo-a em uma ironia que não precisava de mais explicações.

Também foi nesse momento que a presença de Eco se dissipou, como uma música que se perdia no vento.

Elena demorou-se entre o reflexo no espelho e no vestido de veludo. Ela jamais estivera tão bonita, mas recusar o presente das amigas não parecia uma opção — e de mais a mais, não era como se ela pudesse sair por Vermília vestida apenas de lingerie, não é?

Colocou o vestido, e por cima do espartilho preto ele ficava ainda mais austero, como se quisesse esconder cada pedaço de pele exposta. Era bonito, mas quase a sufocava, e Elena se perguntou o que Eco teria querido dizer quando falara que ele em breve não seria necessário.

— Elena? — Uma batida na porta, acompanhada da voz de Alec, tirou a soprano de seus devaneios. — Está pronta?

O coração vibrou como uma corda de violino, e os avisos de Meg e Eco misturaram-se em sua mente, tocando a melodia já conhecida do medo. Mas Elena a espantou o melhor que pôde, tentando centrar-se na intensa confiança que sentira ao encarar o que Eco havia feito com ela no espelho. Alec podia estar planejando uma armadilha, suas amigas podiam querer sufocá-la em meio ao veludo, mas, daquela vez, Elena estava vestida de acordo com a parte que deveria performar.

Estava pronta.

— Sim — afirmou ela, apanhando a bolsa às pressas e abrindo a porta. Alec estava inteiramente coberto por um sobretudo azul-escuro, que acentuava seus olhos frios, ostentando com bordados da mesma cor dourada de seu cabelo. Seu olhar demorou-se na figura de Elena, medindo-a de cima a baixo, e um rubor de prazer espalhou-se no rosto da soprano ao observar um sorriso satisfeito.

— É roupa demais — disse ele, incapaz de tecer qualquer elogio. — Não se deve esconder o que é bonito, Elena.

Ela sorriu, lembrando das palavras de Eco.

— Vamos?

Alec ofereceu uma mão, olhando dos dois lados do corredor antes de levá-la para fora. Ainda não havia gárgulas ali. Porém, mesmo que não fosse contra as regras do Conservatório que seus magos saíssem durante a semana, ela tinha a sensação de que o Soprano de Ouro preferiria evitá-las.

Saíram, e Elena estava tão envolvida que mal percebeu ter deixado o colar de camafeu que Eco lhe dera, esquecido em cima da escrivaninha.

O segredo do Pequeno Inferno

Elena não conhecia o feitiço que Alec usara para congelar as gárgulas, mas elas nem ao menos piscaram quando os dois escapuliram portão afora. Quando perguntou o motivo de as estar enganando — afinal, não havia nada que impedisse magos de aproveitarem uma noitada de vez em quando —, Alec riu, incrédulo, como se estivesse fascinado pela ingenuidade.

— Lição número um da Primeira Orquestra. Uma fofoca pode ser mais danosa do que qualquer feitiço, e basta o fósforo de um rumor para incendiar sua reputação. Não há nada que Grigori preze mais do que as aparências de suas Prodígios. Literal, e figurativamente.

Parecia ser o primeiro dos bocados de sabedoria que Alec iria oferecer, e Elena quis acreditar que aquilo era um sinal de que estava conquistando o respeito do Soprano de Ouro.

Quem sabe, até o final da noite, ficasse aninhada sob sua asa.

Era evidente de que Alec tinha meios para isso. Precisaram enfrentar o frio da noite silenciosa de Vermília por apenas um minuto — assim que pisaram para fora, havia uma carruagem simples esperando-os. O interior de veludo almofadado se fechou sobre os dois, e então partiram.

Os cavalos cruzaram Vermília em direção ao centro. Alec fechou as cortinas da carruagem, então Elena não conseguiu ver quais caminhos seguiam. Tinha alguma ideia de onde estavam pelo balançar da carruagem — suave de início, quando passava pelas ruas asfaltadas e nobres do bairro perto ao Conservatório; cheio de solavancos quando cruzou os paralelepípedos e ruas de terra das áreas menos desejosas.

— Não quer que eu saiba para onde vamos? — perguntou, encarando Alec. Na meia-luz da carruagem, ele parecia menos um príncipe arrogante e mais um ladino, com o rosto oculto pelo capuz azul-escuro e os cabelos presos em uma trança. Ele a encarou, os olhos luzidios e atentos, e um arrepio desceu as costas de Elena, como o coelho que se vê na mesma jaula de uma naja.

— Não posso revelar todos os meus segredos de uma vez só, não é?

Enfim, a carruagem parou. Alec desceu primeiro, oferecendo a mão para Elena, e contra a rua lavada pela neve derretida que refletia vermelhos e azuis néon, o Soprano de Ouro mais parecia um enviado das profundezas.

Elena teve vontade de dar para trás, mas ao encarar o olhar desafiador de Alec, a mão estendida como um demônio sedutor, soube que não podia demonstrar medo. Não queria demonstrá-lo: se o Soprano de Ouro achava que tinha encurralado Elena, estava muito enganado.

Ela segurou a mão do mago, e impulsionou o corpo em direção a ele.

— Bem-vinda ao Pequeno Inferno.

Estavam em frente a uma construção que já havia visto dias melhores, mas conservava sua história com um orgulho teimoso que transformava decadência em charme. As lascas na pintura da fachada, o néon piscante de uma placa que soletrava o nome do estabelecimento com a ocasional falha de um "o" ou um "n", as camadas de pôsteres que anunciavam espetáculos havia muito encerrados, tudo descrevia um lugar que fazia tão parte de Vermília como as pedras que cobriam seu chão — e que, da mesma forma, pagava o preço por existir em meio a um Império onde as aparências eram muito mais importantes do que as entranhas.

Por trás de tudo, havia um moinho — que se erguia por trás da fachada com uma imponência altiva, conectado com o prédio de entrada por algo que parecia ser um corredor. Era quase um milagre que suas pás ainda rodassem, preguiçosas e constantes, e em uma delas Elena pensou ter visto alguém pendurado, fazendo acrobacias no ar.

— Venha. Direto para a barriga da besta. — Alec puxou-a em direção à pequena porta na base da construção principal, e Elena o seguiu — apenas para ser engolida pelo portal.

Adentraram em uma antessala — onde um homem com aparência austera e empunhando uma flauta revistava cada um dos convidados. Elena fez uma tentativa de reconhecer os rostos que se aglomeravam na entrada, mas era escuro demais, apertado demais, e ela se viu achatando o corpo contra Alec para não se perder do soprano na multidão. Ao contrário dela, Alec navegava pelo espaço como um rei em sua corte, e mesmo os seguranças mais mal-encarados recuavam para deixá-lo passar. Conduziu Elena por entre os presentes, e ela reparou que quase todos usavam capas ou variantes, que os cobriam de cima a baixo.

Em alguns minutos, ela descobriu o porquê. Após a antessala, chegaram a uma pequena câmara. Adiante, havia o corredor que ela havia visto do lado de fora, que certamente levava à torre do moinho, ao fim do qual brilhava uma luz vermelha e convidativa.

Antes, porém, Alec a levou até a lateral da câmara, onde havia um pequeno balcão presidido por uma moça que aparentava uma expressão vazia — até que Elena notou que seus olhos estavam recobertos por uma substância leitosa e branca, que escondia suas pupilas e íris.

— Como eu disse — Alec sussurrou em seu ouvido, fazendo-se ouvir pela música que se derramava pelo túnel —, uma fofoca é o suficiente para destruir sua reputação.

— O que é isso?

— Uma precaução — respondeu, enigmático. Mas Elena não teve tempo de mais nenhuma pergunta, pois Alec removeu sua capa e entregou-a para a garota, que a colocou cuidadosamente em um dos cabides atrás de si.

O que havia por baixo da capa quase fez Elena perder o fôlego. Ele estava quase nu, exceto por um calção curto e arreios de hipismo, que desenhavam linhas retas sobre o peito e em alças nos ombros. Seu torso desnudo era a mistura perfeita de musculoso e magro, esculpido como se por um cinzel. Mesmo que tivesse em geral uma preferência por damas, Elena não era alheia a um homem como aquele. Não pôde deixar de sentir certa curiosidade de saber como seria tocá-lo, como seria sentir suas mãos delgadas em seu pescoço, ou deixar-se preencher pelo volume vantajoso que havia por baixo do calção. Mais do que tudo, qual a sensação de ser desejada pelo Prodígio mais poderoso do Império.

Ela ainda estava instigada pelo toque de Eco, afinal de contas.

Alec claramente não se incomodava em ser observado, e aproximou-se de Elena sem pudor algum, segurando sua mão e colocando-a no seu peito. Fez com que ela o tocasse, alisando seu peitoral; sua barriga; as reentrâncias de seu quadril.

— Como eu disse — ronronou em seu ouvido, o hálito quente descendo pelo pescoço de Elena — o que é bonito é para se mostrar. Agora, sua vez. Espero que haja algo além desse hábito de veludo que escolheu para hoje.

Mas não fui eu que escolhi, não é? Elena pensou, amargando a confirmação do que Eco havia dito. Ciça já tinha ido a uma festa daquele tipo — ela sabia que o vestido não seria adequado. Imaginou ela e Margot rindo dela, de sua ingenuidade, de sua gratidão por enfim ter uma peça de roupa que seu dinheiro jamais poderia comprar e que seu corpo não estava acostumado a vestir.

Mal sabiam que Elena também tinha seus segredos.

Queria rasgar o vestido e deixá-lo ali mesmo, mas não o fez. Em vez disso, removeu-o com cuidado, saboreando o olhar faminto de Alec sobre si. Revelou a obra de Eco aos poucos, e quando enfim deslizou o vestido pelos quadris e se viu livre dele, entregando-o para a moça no balcão, suspirou de alívio.

Ao menos alguém queria que ela fosse bem-sucedida.

— Eu sabia que você estava escondendo o jogo — disse Alec, um sorriso malicioso nos lábios finos. Ele olhava para o decote de Elena enquanto falava, e, embora estivesse lisonjeada, todo tipo de alertas corria por sua mente. Afinal, aquele era o último lugar onde deveria estar uma Prodígio do Conservatório. Porém, mais do que tudo, prevalecia a sensação de ser livre.

Foi nela que se agarrou, quando caminhou com Alec túnel adentro.

A luz vermelha pulsava, crescendo junto com a música de batidas intensas a cada passo que davam em direção ao moinho. Ela se misturava às vozes, ao som cintilante de taças e rolhas e beijos e tapas, as notas costumeiras de uma festa. Olhou Alec de soslaio, e viu que ele ajeitava alguma coisa em suas orelhas — mas não teve tempo de perguntar o que era, já que nesse momento entraram no salão.

Era uma câmara circular que se erguia em cinco andares acima do primeiro, suas galerias cheias debruçadas pelo perímetro. Um bar fazia as vezes de centro, vibrando intensamente com diversas pessoas consumindo e produzindo drinques, e, bem acima, na altura do último andar, havia uma gaiola iluminada por holofotes. Dentro dela, acontecia uma performance que era algo entre uma dança e um amasso — duas mulheres nuas dividiam uma terceira, que estava algemada nas barras da jaula e parecia bastante feliz em ser prisioneira.

— O camarote do Pequeno Inferno — disse Alec, mas não era mais Alec. Na verdade, seus olhos estavam cobertos pela mesma camada branca de névoa que Elena vira na garota da entrada, e seu rosto não era o mesmo que ela conhecia: estava embaçado e turvo, como se o estivesse vendo através da água. — Vejo que tem gostos refinados para uma gata de rua. O círculo da Luxúria costuma ser a última parada dos bem afortunados em uma noite no Pequeno Inferno.

— Quem é você? — perguntou Elena, pois já não sabia mais quem era o belo estranho com quem conversava.

— Ah, enfim descobriu o segredo do moinho — disse ele, dando uma piscadela, ou algo que parecia sê-lo. — É a nossa versão de um baile de máscaras. A música é um feitiço de ilusão que esconde quem verdadeiramente somos, para que ninguém saiba a quais pecados damos preferência. Aqui, não importa quem eu sou. Pode me chamar de Rei, ou Plebeu, ou apenas de desgraçado. Algumas pessoas me chamam de Cael.

Elena olhou ao redor, e descobriu que Cael tinha razão. Ela via corpos diversos, todos belos, alguns cobertos por roupas que jamais poderiam ser usadas à luz do dia, outros nus. Havia barrigas gordas e magras, gente alta e baixa, de todas as cores e sabores possíveis, à mostra sem medo algum — pois a única coisa que escondiam eram seus rostos, todos ocultos por trás de um véu de névoa que embaralhava suas feições e as tornava indecifráveis.

— Venha. — Cael a levou até o bar, passando pelas pessoas com facilidade e debruçando-se sobre a estrutura de pedra para alcançar uma garrafa de líquido verde e cintilante. Elena sabia se tratar de absinto, mesmo sem nunca tê-lo tomado. Ele encheu a boca do líquido sem parecer se importar com o que a soprano ouvia dizer ser um gosto adstringente, e então, sem aviso, beijou-a.

O beijo ardeu em sua boca, alcoólico e gelado na língua de Cael, que a tomava com tanta facilidade. Ela engoliu a saliva com absinto, e a bebida foi direto para seu cérebro, deixando-o leve e aéreo.

Eco poderia ter algo a dizer sobre aquilo, pensou, mas a voz da mestre estava silenciosa, e o absinto queimava qualquer cautela que Elena pudesse ter.

— Este é o círculo da Gula. Temos todo tipo de bebidas, qualquer coisa que queira comer. — Cael gesticulou ao redor, e tinha razão.

Havia mesas repletas de frutas, garrafas e mais garrafas de uísque e vodca e bebidas das quais Elena não sabia o nome. Havia uma plataforma em que uma mulher completamente nua estava deitada, coberta de calda de chocolate que era sorvida aos beijos e lambidas por ao menos cinco outros convidados, que banqueteavam-se de seu corpo com avidez pecaminosa. Ela gemia, perdida nas sensações, e os sons complementavam a música.

Luxúria, gula...

— Cada círculo é um pecado? — perguntou Elena, incrédula com a evidente libertinagem.

— Pode jogar toda sua fortuna fora no círculo da Avareza. Usar ópio ou fumar plantas que vêm de lugares distantes, que irão relaxar seu corpo e fazê-la sentir muito mais do que Indolência no segundo piso. Há ringues de luta no círculo da Ira se quiser testar sua força, e um labirinto de espelhos no círculo da Soberba para quando estiver bêbada o suficiente e quiser se apaixonar por seu reflexo. A Luxúria, é óbvio, é para quando encontrar uma companhia que valha a pena seu tempo. Temos quartos e aposentos particulares... e públicos.

— E a inveja?

— Olhe ao seu redor, Elena. — Cael riu, irônico. — Só há magos do Conservatório aqui. A inveja, trazemos conosco.

Não se perguntou como ele sabia seu nome, nem ao menos questionou o que Cael dizia. Elena estava cansada de seguir as regras, de penitência e trabalho duro e virtude. Por apenas aquela noite, ela queria perder-se em seus desejos — desejos que só ficavam mais latentes à medida que o beijo entorpecente de Cael fazia seu caminho até a mente maleável e exausta da soprano.

— Aqui, ninguém sabe quem você é — disse ele, empurrando uma dose cheia de líquido verde em sua mão. — Não precisamos de máscaras ou de decoro. Bem-vinda ao Pequeno Inferno.

Elena deixou-se queimar.

Ela nem ao menos percebeu quando se separou de Cael — na verdade, seria incapaz de encontrá-lo novamente, pois separar-se de alguém significava perdê-lo em meio à névoa e à bebida. Também perdeu a conta de quantas bocas derramaram-se sobre a sua, e trocava não mais do que cinco palavras antes de provar o gosto de todos os lábios que se mostravam dispostos. Extravasou a frustração com a qual Eco a havia deixado no afeto de estranhos, mesmo que nenhum deles fosse capaz de tocá-la com tanta afinação, e foi o suficiente para distrair seu corpo bêbado e insatisfeito.

Não tinha dinheiro para desperdiçar, mas isso não a impediu de observar enquanto magos deixavam pilhas de moedas em cima de mesas de jogo do segundo andar — mais dinheiro do que ela conseguia juntar em um ano, bem mais do que havia no pequeno cofre que recebera da mãe após sua morte. Em vez da raiva que geralmente sentia ao encarar as pessoas que viviam no topo, foi pena que a assomou ao ver um homem em particular derramando até mesmo o broche de diamante da lapela do colete para continuar em uma partida de carteado.

Nunca havia experimentado ópio, ou o fumo de cheiro terroso que enchia o ar no terceiro andar do moinho, e tinha completa consciência de sua falta de músculos para que fosse fácil ficar longe dos grunhidos e golpes do quarto andar. Por isso, Elena foi para o penúltimo círculo, que estava mais silencioso e vazio do que os outros.

Como Cael havia dito, era um espaço repleto de espelhos. Elena via a si mesma refletida nas superfícies vítreas, dezenas de cópias de si mesma em meio a um salão cheio de pessoas e desprovido de luz. Estava mais desalinhada do que se lembrava — o penteado de Eco havia se desfeito com os beijos, o rosto estava mais corado, a maquiagem levemente borrada. Ainda assim ela estava bonita — quase irreconhecível, tão distante da Elena que conhecia que quase provocou-lhe um susto.

A verdade é que Eco havia mudado quem ela era — havia entrado em sua vida e sua mente, e estava transformando Elena em algo novo. Algo brilhante, duro, e irresistível.

— Já apaixonada? — questionou uma voz, tirando-a do transe. Era quase familiar, mas evidente que não tinha como Elena saber quem poderia ser a mulher de pele marrom e seios fartos que se aproximava dela. Era ao menos mais de dez centímetros mais baixa, tinha os cabelos lisos e bem curtos, e usava uma camisola transparente que deixava pouco à imaginação.

— Meio narcisista, não é? — retrucou Elena. — Amar o próprio reflexo.

— Depende. Nem sempre somos nós mesmos que nos encaramos do outro lado do espelho.

Elena pensou em Eco, e resolveu mudar de assunto.

— Quem é você?

— Essa é uma pergunta proibida aqui — retrucou a estranha, mas aproximou-se de Elena com passos de gato. — Me chamam de Dianne.

— Nome incomum.

— Não é um nome — explicou Diane, e seu riso tinha gosto de alecrim. — É um enigma.

— Está escondendo algo?

— Todos nós estamos — respondeu, e tirou uma mecha solta dos cabelos ruivos de Elena de seu ombro, as mãos deslizando languidamente. — Quer conhecer o último andar?

Era um convite, e Elena deixou seu corpo responder.

— Mostre-me.

Subiram as escadas até chegarem ao último círculo. Esse era diferente dos outros por ter passarelas aéreas que se ligavam à jaula suspensa no meio do moinho — onde antes Elena vislumbrara as três mulheres se divertindo. Agora, estava vazia, e sua porta entreaberta era um convite silencioso.

— Você por aqui. — Um homem se aproximou das duas. Segurou Dianne pela nuca com propriedade, como se fosse dono dela. — Aproveitando o Pequeno Inferno?

Era Cael. Elena deixou-se levar por sua gravidade, e abraçou-o pela cintura, sentindo os músculos definidos por baixo de uma camada de suor.

— Sim — afirmou, sentindo-se estar no limiar entre a embriaguez e a sedução. — Só falta conhecer este andar.

— O melhor andar — disse ele, e Elena olhou ao redor, saboreando a luxúria em sua expressão mais pura. Havia homens debruçados em cima de homens e mulheres, seus corpos nus unidos e ofegantes sem se preocupar com o barulho. Havia pessoas presas pelos braços e recebendo tapas que mais causavam prazer do que dor, a julgar pelos gemidos que ecoavam no espaço. Havia pessoas debruçadas sobre outras, sorvendo líquidos e lábios com a mesma avidez com que os convidados do primeiro andar bebiam absinto.

E havia a jaula, para onde Cael e Dianne a conduziam.

— Para onde estão me levando? — perguntou, mas Dianne beijou seu pescoço enquanto caminhavam, e a mistura de desejo e álcool inebriou seus pensamentos.

Uma vez na jaula, a música mudou. Ficou mais lenta e intensa, com a batida marcada, e quando Cael segurou seu quadril, conduzindo-a para que dançasse, Elena percebeu que era impossível resistir ao som. Nunca gostara de dançar, mas aquela música urgia seu corpo a se mexer, e da mesma forma que não conseguia dizer não a Eco, a música comandava sua submissão.

Elena dançou, entregando-se ao ritmo, ondulando o corpo, sem nem ao menos perceber que Dianne havia ido embora. Só restavam ela e Cael, que esfregava seu corpo no dela, soltando seus cabelos da trança cuidadosa de Eco e beijando seu decote.

— Tire a roupa — murmurou, e Elena riu.

— Não posso fazer isso.

— Ninguém sabe quem você é, e eu quero vê-la. Tire a roupa, Elena.

Talvez, se estivesse menos bêbada, menos entorpecida, teria reconsiderado o pedido. Talvez, se estivesse mais alerta, teria percebido que aquela era a segunda ou terceira vez que Cael usava seu nome, mesmo que ela não tivesse ideia de quem era. Quem sabe o que aconteceria, se não houvesse esquecido o colar de Eco, não estivesse tão inebriada com o absinto, com a sensação de ser vista e desejada, com as dezenas de beijos que trocara aquela noite.

Mas a verdade é que Elena jamais se entregara daquela maneira. E então ela se viu descendo as mãos pelo corpo.

Afinal, Cael tinha razão. Ninguém sabia quem ela era.

Ninguém jamais saberia.

Tirou as luvas primeiro, deixando-as deslizarem por seu braço como os dedos de um amante. Depois, foi a vez de remover cada um dos sapatos, desprender as cintas ligas. Nem ao menos notou que Cael não estava mais com ela na jaula — apenas dançava, tirando a roupa ao ritmo da música.

Desfez cada um dos fechos do espartilho. Era um alívio estar solta, enfim — e o calor envolveu seu corpo nu quando deixou o tecido preto escorrer para o chão, revelando os seios e a barriga. Ouviu um assovio, palmas, e ficou ciente de todos os olhos do moinho focados em si. O holofote que a iluminava era ofuscante, mas ela se banhou em sua luz dourada como se fosse água.

Ergueu os braços como se estivesse em uma cachoeira. Girou os quadris, segurou nas barras e fez o caminho lento até o chão, rebolando enquanto descia, suas coxas ardendo com o esforço. Ergueu-se de uma vez só, e isso adulou os aplausos; um assovio alto que teria provocado vergonha intensa em qualquer outra ocasião, mas ali apenas a aquecia.

Elena tirou a calcinha por último, com lentidão deliberada ao deslizá-la pelas coxas e panturrilha. Ergueu o tecido na ponta de um dedo e o arremessou para a multidão enquanto dançava, tão embriagada pela atenção quanto estivera de absinto.

E então a música acabou.

O silêncio pulsava, vivo e cáustico. Elena olhou ao redor — e em vez de estranhos sob um lusco-fusco, via todas as pessoas que conhecia, seus rostos livres da névoa e do feitiço de ilusão. Prodígios da Primeira Orquestra, magos dos corredores do Conservatório; todos iluminados por uma luz branca como a de um hospital.

E, no meio de todos eles, Alec — ou Cael — com um sorriso maldoso, olhando diretamente para ela.

— Elena Bordula, senhoras e senhores! — bradou, puxando um aplauso irônico e caminhando lentamente em direção a ela. — Completamente exposta para nosso bel-prazer.

Vergonha. Quente, ácida, em pânico como um pássaro de asa quebrada, eterna e terrível. Os olhos que sentira sobre si agora ardiam, os gemidos se tornaram sussurros de zombaria e crueldade, e Elena queria colapsar sobre si mesma. Onde antes havia confiança, agora só restava náusea e medo — ela queria desaparecer, sumir por um buraco no chão e nunca mais ser vista.

Mas o holofote branco ainda brilhava sobre ela, expondo cada imperfeição da qual se esquecera momentaneamente. Sua barriga, que achava grande demais. As coxas, grossas e cheias dos furinhos que a mãe sempre criticava. O corpo desengonçado, cujo movimento nunca era fluido o suficiente.

Lágrimas de humilhação arderam em seus olhos, escorreram pelo rosto, levando consigo a maquiagem e a beleza. Elena estava completamente paralisada sob o olhar presunçoso de Alec, a lembrança de suas palavras no início da noite.

Uma fofoca pode ser mais danosa do que qualquer feitiço. Basta o fósforo de um rumor para incendiar sua reputação.

Incapaz de fazer qualquer coisa, Elena gritou.

O som explodiu pelo moinho, agoniante e intenso — e então, as luzes explodiram, como se um excesso de eletricidade tivesse provocado um curto-circuito na boate. O lugar foi mergulhado na mais completa penumbra, e uma voz deu o comando para Elena.

Fuja.

Ela o fez.

Para dentro do espelho

Elena correu como nunca.

Seus pés descalços cruzaram o moinho, desbravando a escuridão e os corpos desnorteados com um ímpeto alheio a ela. Desceu cada um dos andares, chegando à entrada onde deixara suas roupas e apanhando a primeira túnica que vira pela frente — um tecido grosso e cheio de bordados, grande o suficiente para mantê-la escondida. Enrolou o corpo nu o melhor que podia na roupa, que mesmo elegante era áspero e desagradável contra sua pele aquecida pela vergonha.

Movia-se como se estivesse sendo conduzida, sem parar um segundo para pensar no que estava fazendo — qualquer coisa que a levasse para longe do Pequeno Inferno era o suficiente.

O paralelepípedo do lado de fora arranhou a sola de seus pés; o vento gelado encontrou as reentrâncias da capa para dar agulhadas ardidas de frio contra sua pele, mas Elena os ignorou. Chamou uma carruagem — a mesma que a levara, que ainda esperava pacientemente — e se içou para dentro, mandando que a levassem de volta para o Conservatório.

Ela não se sentia em condição de exigir nada — mas o coche apenas assentiu, e eles cruzaram as ruas de Vermília o mais rápido que os cavalos conseguiam.

Ainda assim, não era rápido o suficiente para Elena.

Só então as lágrimas a tomaram de assalto, descendo em torrentes quentes e humilhantes por seu rosto, arrancando-lhe soluços profundos. Como pudera ter sido tão burra? Tão inocente? Enterrou o rosto nas mãos, esfregando a maquiagem, arrancando de si a máscara de beleza que julgava não merecer.

Quando enfim chegou ao Conservatório, nem ao menos teve forças para agradecer ao cocheiro — cruzou as gárgulas inquisitivas da porta, puxando o tecido preto o mais perto possível, e tentou limpar as marcas de rímel que mancharam seu rosto. Era tarde da noite, mas não sabia quem podia encontrar — mesmo que os rumores fossem espalhar-se em breve, não queria encarar nenhuma Prodígio ou Mago naquele estado.

Baixou os olhos, travou o maxilar, murmurou as palavras "engula esse choro" sem parar, caminhando com as mãos crispadas o mais rápido que podia sem chamar a atenção. Tentou não reparar nas manchas de terra que seus pés descalços deixavam no carpete dos corredores, ou em como sua respiração estava trêmula e descompassada.

Só precisava chegar em seu quarto, onde poderia se debulhar em lágrimas em paz.

Por um momento, achou que fosse passar ilesa — mas as surpresas da noite não estavam perto de acabar. Virou o corredor que antecedia a Ala das Vozes e se abria para uma câmara onde, durante o dia, era comum encontrar Prodígios e Magos e aprendizes. Havia lâmpadas que emanavam uma luz amarela e convidativa, mesas e sofás espalhados pelo lugar.

Em uma delas estavam Margot e Cecília.

Estavam ensaiando — na verdade, era aparente que Meg estava tutelando a amiga, corrigindo sua postura e apontando alguma coisa em uma partitura que jazia sobre a mesa. *Ela nunca se ofereceu para te ajudar desse jeito*, disse a pequena voz rancorosa e triste na cabeça de Elena, misturando-se à exaustão e injúria da noite.

Travou no corredor, tentando virar o corpo para que as amigas não a vissem, mas era tarde demais. Margot ergueu o rosto, desviando o olhar das partituras assim que sentiu a presença de outra pessoa no aposento.

— Elena? Achei que você só voltaria mais tarde... — Ela se aproximou cuidadosamente da amiga, observando-a de cima a baixo: os cabelos desgrenhados, a túnica preta que não lhe cabia bem. — O que houve?

Não era uma pergunta doce: havia repreensão oculta naquelas palavras, e Elena as sentiu como uma faca em seu peito, mesmo quando Cecília se aproximou e segurou sua mão.

Ela não queria explicar. Não queria revelar que fim havia levado o vestido bonito que ela e Ciça lhe deram. Ou que fim certamente iria levar sua reputação.

Mais do que tudo, não queria ouvir as palavras "eu avisei" dos lábios de Meg.

Em vez disso, simplesmente ficou em silêncio. Desvencilhou-se do olhar preocupado de Margot, de sua condescendência opressiva, cruzando os braços como se fosse o suficiente para escondê-la.

— Vocês deveriam ter me dito que era... que era uma armadilha.

Ela sabia que não era justo; nem ao menos era correto. As amigas não tinham como saber o que Alec tinha planejado, ou que Elena cairia de forma tão patética em seu plano. Mas ela se agarrou ao ódio, que não tinha mais para onde ir.

— Armadilha? — Meg ergueu a sobrancelha, trocando um olhar com Ciça que, embora silencioso, dizia muito. — Elena, nós te dissemos pra tomar cuidado. Por isso o vestido, para que você preservasse seu corpo...

— Para que eu ficasse deslocada e sozinha, você quer dizer. — Elena riu com escárnio, não apreciando o gosto que o sentimento deixava em sua língua. — Para que eu baixasse minhas defesas. Pois bem, funcionou direitinho. Alec me expôs na frente de todo mundo. Me fez parecer uma... uma qualquer, no círculo da Luxúria.

— Ah não, Elena. — Margot suspirou, exasperada, como uma mãe que pega o filho entornando uma vasilha de farinha. Era quase tão doloroso quanto a humilhação de Alec, e a vergonha se derramou dos olhos de Elena em formato de lágrimas, quente e ácida.

— O vestido era pra te proteger — disse Ciça, defensiva. — Alec é uma víbora, Elena, você não deveria ter confiado nele.

Eu sei, eu sei, ela repetiu para si mesma, e por algum motivo a repreensão das amigas doía mais do que todo o resto, revirava em seu estômago como a serpente que Cecília acusara Alec de ser. Elas tinham razão, é claro: Elena fora tola e inconsequente, se deixara levar pelo apreço a seu corpo, pela sensação de pertencimento.

Não iria cometer aquele erro duas vezes.

Sob o olhar das amigas, porém, era como se estivesse sendo novamente enganada. Será que o vestido fora dado para protegê-la, ou como forma de humilhá-la ainda mais? Será que aquela era a paranoia de Elena falando, ou seria um instinto que precisava ouvir?

Não tinha condições de examinar aquele sentimento — não naquele momento, e talvez nunca.

— Preciso me limpar — disse ela, afastando-se das amigas bruscamente, desviando o rosto para não precisar sustentar o olhar acusatório e cheio de pena das duas. — Preciso... preciso ir.

— Elena, deixe a gente te ajudar. — Margot estendeu a mão como se fosse tocá-la, mas a soprano recuou como um chicote.

O gesto de Meg pendeu no meio do ar, e ela trouxe o braço para perto de si, como alguém que se queima em uma fogueira.

Você não precisa delas, passarinho. Não precisa de ninguém além de mim.

— Não preciso de ajuda — declarou, ecoando as palavras da fantasma, e cerrando o maxilar com tanta força que por um momento achou que poderia quebrar um dente. O momento ficou suspenso no ar, o laço entre as três ondulando como se fosse algo físico...

E então Elena virou as costas — e correu para seus aposentos, para longe de Meg e Cecília.

Para perto de Eco, que sabia estar lhe esperando.

Em seu quarto, havia uma música retumbante e intensa ecoando pelos aposentos, um som arcaico que lhe trazia mais medo do que paz. Ela fechou a porta, a respiração pesada e intensa, as lágrimas ardendo no canto dos olhos.

Elena procurou a origem do som. O formigamento se espalhou por seu corpo, e junto a ele veio o alívio. O alívio em saber que Eco ainda estava ali, que ainda a esperava, mesmo após ter sido tão tola. Que ainda a protegeria.

Mais do que tudo, ela precisava ser protegida. A necessidade era um animal voraz, sedento, desesperado, que se agarrava a qualquer sombra de acalento. Nunca fora protegida quando criança, sempre precisou confiar em si mesma. Talvez por isso a sensação fosse tão inebriante, especialmente após ter sido violada com tanta intensidade.

— Eco — chamou, a voz estrangulada. — Aconteceu algo horrível. Por favor... por favor, me ajude.

Eco ficou em silêncio por um momento. O pedido de Elena parecia vibrar entre as duas, e por um momento a ausência de resposta foi tão intensa que a soprano teve certeza de que Eco jamais voltaria.

E então ela falou.

— Você não me obedeceu, e está sofrendo as consequências — disse ela, e havia uma nota de zombaria em sua voz. Um magnetismo intenso atraiu Elena para o camafeu de osso, ainda esperando em cima da penteadeira, e um nó de arrependimento apreendeu seu peito.

— Foi um descuido — retrucou, tentando se desculpar em meio às lágrimas. — Eu sinto muito.

— Eu lhe disse que a ingenuidade custa caro no Conservatório, Elena. Você fez exatamente o que não devia. Se deixou enganar, não é?

— Sinto muito — Elena repetiu, como se ao fazê-lo pudesse mostrar o quanto estava arrependida, e colocou o colar de Eco às pressas, trocando a túnica por um robe branco e implorando novamente. — Por favor, venha até mim. Eu preciso de você. Preciso vê-la.

Um lampejo de dor se espalhou pelo braço de Elena.

A sensação era a de ter cera quente gotejando contra sua pele, acendendo a dor da cicatriz com um calor incômodo e constante. Não foi a dor que a surpreendeu — foi o prazer que veio junto, incendiando suas veias com a mesma chama que a queimava. O prazer que Eco produzia era mais inebriante do que o absinto, mais intenso do que qualquer luz solar, pois, ao contrário do sol — que brilhava no firmamento e tocava Elena pelo lado de fora, com seus raios distantes e suaves —, aquele calor irradiava de dentro para fora, vinha de seu âmago mais profundo e sombrio. Ele não era belo ou sagrado — era profano, como um incêndio incontrolável que tomava uma floresta. Era úmido, e se instalava em seu ventre com a gana de quem queria amolecê-la e moldá-la.

Era absolutamente irresistível.

A dor persistiu, enrolando-se no braço da soprano, e uma voz — que podia muito bem estar soando de dentro da sua própria mente — cantou.

Era a primeira vez que Elena ouvia Eco cantar — não murmurar, como fizera para criar o espartilho, mas cantar de verdade.

Sua voz não era nada do que imaginara. Eram mãos de veludo roçando em seu rosto, seu pescoço, seus seios. Ganhava espaço com a suavidade de uma sombra que espalhava-se à medida que cada chama de vela se apagava, grave e rica, chocolate amargo que se transformava em som.

— Sinta o som da escuridão...

O som tinha textura e cor, preenchia Elena de um jeito que nada jamais havia feito. Era fácil obedecer, pois a voz de Eco o comandava sem admitir desatenção, sem nem sequer deixar que Elena respirasse.

Uma névoa espessa e cinzenta começou a se espalhar pelo quarto. Era quase sólida, e escondia os contornos dos móveis, da cama baixa, das roupas desalinhadas penduradas no mancebo. A única coisa que se mantinha à vista era o espelho de Elena — ele emitia uma luz vítrea e prateada.

— Onde você se esconde? — murmurou Elena, indo em direção ao espelho, seu corpo atraído por ele como um ímã.

— Eu sempre estive aqui. Venha, passarinho. Venha me encontrar.

O vidro do espelho se liquefez, como se fosse uma cascata de água se derramando da moldura. E então, de súbito, desapareceu.

A moldura enquadrava uma boca de piche, um túnel que levava para dentro e para baixo. Parada sob o umbral, estava uma mulher.

Não. Um fantasma.

Ela era feita de sombra e som, o acorde único de um violino ecoando no infinito. Seu corpo esguio e alto estava coberto por uma capa tão preta que fazia com que seus contornos se confundissem com as sombras ao fundo. Era da mesma cor dos cabelos lisos e compridos, que se derramavam como tinta de partitura ao redor dos ombros e de um rosto oval. A metade direita de seu semblante estava oculta por um pedaço quebrado de crânio, partido na diagonal e encaixado na cabeça de forma a esconder seu rosto. Por trás da máscara, os olhos azuis elétricos — mais intensos do que qualquer céu de verão, mais acesos do que qualquer feitiço — estavam fixos em Elena.

Os lábios estavam retorcidos em um sorriso carmim.

Ela não era bonita — pois bonita não seria a palavra certa para descrevê-la. Bonitos eram os campos de trigo sob o sol, a cadência suave e paciente da chuva, até mesmo os olhos de Theo, castanhos e doces. Bonita evocava uma mesura em um salão de baile, olhares que evitavam se cruzar.

Não, Eco não evocava a chuva ou o trigo, não cabia em um salão de baile, não era capaz de evitar olhares — ela era uma sinfonia em forma humana, inteiramente coberta por magia e desejo. Sua forma demandava ser vista, ouvida, sentida em todo o seu potencial. Seus movimentos eram acordes, sua respiração, notas. Ela não era bonita da mesma forma que os maiores feitiços não eram bonitos.

Eco era feroz.

Ela estendeu uma mão enluvada na direção de Elena, em uma ordem silenciosa.

A soprano não precisou pensar duas vezes. Um passo, dois — e foi na direção da fantasma, adentrando o espelho.

As Catacumbas de Eco

O túnel que engoliu Elena era uma boca úmida e cheia de dentes.

Ela olhou de relance por cima do ombro, e o quarto parecia distante e irreal. Seu mundo era o túnel, escuro, repleto de lanternas que flutuavam no éter. Eco apertou sua mão com urgência.

— Não olhe para trás, passarinho. Venha comigo.

Elena obedeceu.

Avançaram pelo túnel com ímpeto inevitável, sempre para a frente e para baixo. O cheiro intenso de terra remexida invadia os pulmões de Elena como se estivesse sendo enterrada viva, e ali dentro as sombras pareciam ter uma substância mais sólida do que jamais havia visto. Agarravam-se no tecido do robe branco, como galhos e raízes de árvores, puxando-o e fazendo pequenos rasgos na barra.

Ainda assim ela seguiu, pois era impossível não acompanhar Eco e seu passo insistente.

Chegaram a uma câmara oval, onde o túnel encontrava o início de um córrego largo e vítreo que seguia em curvas para dentro da terra. O cheiro se misturava ao odor pálido de água fresca, e a umidade fria derramou-se sobre o corpo de Elena, provocando arrepios e enchendo-a de uma sobriedade que o absinto havia roubado.

Flutuando na água, ondulando a um vento que parecia vir da boca do córrego, havia uma gôndola de ossos.

Eco deslizou para dentro da embarcação e virou-se para Elena. A única luz no lugar era proveniente das tochas flutuantes, e seu movimento suave fazia com que as sombras no rosto da mulher parecessem vivas e ameaçadoras, seus olhos ainda mais brilhantes no escuro, como se emitissem luz própria.

Elena hesitou por um instante, subitamente com medo do que quer que se escondia debaixo das águas escuras e turvas. Mas o olhar de Eco não dava espaço para dúvidas: era inflexível como aço, tão inescrutável quanto as águas que ela silenciosamente mandava Elena desbravar.

Não tinha escolha alguma além de embarcar.

Seus pés vacilaram na superfície instável, mas Eco segurou Elena pela cintura, estabilizando a soprano. Seu toque, tanto quanto o olhar, era imperativo: ela tocava Elena como se fosse sua, um instrumento que estava acostumada a manusear. Tal qual um pianista com seu piano, o toque de Eco era guiado por uma mistura de devoção e autoridade, que Elena achava impossível de resistir.

— Cante para mim, passarinho.

Elena ergueu o rosto para Eco, analisando suas feições, tateando em busca de respostas.

— O que devo cantar?

Eco sorriu. A lembrança do primeiro sonho que tivera com a mestra invadiu Elena como se tivesse sido invocada, inundando-a com a melodia estranha e sombria que Eco lhe ensinara.

Começou a cantar.

O som chamava a magia com facilidade, trazendo-a para a superfície da pele de Elena e fazendo-a formigar da cabeça aos pés. O poder transbordou dela, e a gôndola começou a se mover na direção do túnel de água.

Elena conduziu a pequena embarcação com sua voz enquanto Eco a observava, seus olhos luminosos brilhando com ferocidade.

Seguiram embaladas pela corrente que Elena criava, inexorável e constante, e foram cada vez mais engolidas pela garganta do túnel. A água criava uma estranha acústica dentro da câmara, e a voz da soprano ricocheteava nas paredes, voltando para si em um eco metálico e rever-berante. Elena repetia o mesmo refrão, cantando-o sem parar, tecendo a força mágica com uma facilidade que ela só aprendera com Eco.

— Estamos chegando — murmurou Eco, e sua voz misturou-se à de Elena, dando força e acelerando a gôndola. A luz era mais difusa ali, e a mesma névoa espessa que cobrira o quarto da soprano começava a avolumar-se perto da superfície da água, tingindo tudo como um véu cinzento e sombrio.

O córrego se desdobrava em curvas precisas, longo e constante, até que enfim desembocaram em outra plataforma de pedra como a que haviam usado para embarcar. Elena parou de cantar e os últimos vestígios da magia foram suficientes para que a gôndola deslizasse suavemente até a borda da plataforma — e Eco então desembarcou, estendendo a mão para que Elena a seguisse.

Ela o fez.

Os tendões da névoa chegavam até um portão branco e luminoso no centro de um túnel. Suas grades eram feitas de um material alvo e áspero, e quando Elena chegou perto percebeu que — como a máscara e a gôndola — era osso. Eram barras compridas, elegantes, e parecia impossível que tivessem sido tiradas de algum animal.

— Isso é... — começou Elena, presa entre a obviedade e o medo de presumir algo como aquilo. Eco a encarou diretamente.

— Osso humano — respondeu, sem nenhum constrangimento. — Tudo aqui o é, passarinho. Estamos nas Catacumbas do Conservatório, afinal.

Um arrepio gelado desceu pelas costas de Elena. A ideia de que os mortos do Conservatório estavam sendo usados para fazer barcos e portões lhe provocava repulsa, e algo em sua expressão traiu o senti-mento, pois Eco riu enquanto a encarava. Seu riso era rico, um acorde de violino solitário naquele lugar tão escuro.

Não era só repulsa, porém, que Elena sentia. Ela escondeu o outro sentimento — certo fascínio pela presença de tanto poder, tanta morte, e esperou que Eco também não tivesse notado isso.

— Magia de ossos é proibida no Império — declarou Elena, tentando não se lembrar da imagem do corpo de sua mãe ondulando na brisa.

— O que Marco Aurélio não vê, seu coração não sente — respondeu Eco, um traço de humor na voz áspera. — Aqui embaixo, nada pode nos tocar. Nem mesmo as leis tolas do homem que você chama de Imperador.

Elena engoliu em seco, tentando acostumar-se à ideia. De certa forma, Eco tinha razão, mas não era suficiente para impedir o asco natural que vinha de utilizar restos humanos como material.

— Foi você que fez tudo isso?

— Não — retrucou, sem explicar mais. — Agora... venha.

Dando o assunto por encerrado, Eco avançou na direção do portão. Tirou uma chave branca e comprida de dentro da capa — uma chave cuja estrutura parecia um dia ter sido uma falange — e enfiou-a na fechadura, girando até que emitisse um clique. As portas do portão desdobraram-se e se abriram, com um leve ranger metálico que ecoou pelas Catacumbas.

O ímpeto que impelira Elena até ali pareceu desacelerar ante os portões de osso. Eco apertou os olhos, afilando-os por trás do crânio que adornava seu rosto. A soprano podia sentir o olhar dela sobre si, inquisitivo e soberano.

— Está com medo? — Eco perguntou, e havia certa zombaria em suas palavras, como se medo fosse um conceito que pertencesse à superfície, e não tivesse lugar nas Catacumbas.

Sim, Elena sentia medo — medo do escuro, do que se escondia nas sombras tão densas que pareciam quase como noite sólida, medo da névoa que se enrolava em seus pés e quase a fazia tropeçar. Medo da sensação no fundo de sua garganta, que se assemelhava à magia mas era muito mais sombria.

Mais do que tudo, tinha medo de cruzar o umbral que separava onde estava naquele instante do covil de Eco. Havia portas que só podiam ser atravessadas uma vez.

Em seu âmago, sabia que aquela era uma delas.

Bastou um olhar para Eco, porém, e Elena percebeu que já havia cruzado o limiar. A mulher lhe exercia um fascínio poderoso — não apenas por sua beleza, ou sua índole dominadora. Não. Elena olhava para ela e sentia o gosto metálico e irresistível de magia, e não aquela com a qual estava acostumada, dócil e domada. A magia de Eco era violenta, imprevisível, e mais intensa do que qualquer coisa que a soprano já sentira.

Se havia um caminho que a levasse para o topo, estava no fim do corredor escuro que começava naquele portão, e se encerrava no lar de Eco.

Foi esse pensamento, acima de qualquer medo, que impeliu Elena a ir em frente. Seu olhar encontrou o da mestra, e um sorriso pintou os lábios carmim de Eco, que se abriram em um esgar que mais parecia uma mancha de sangue. Assim que Elena ficou lado a lado com Eco, o som de rangido soou novamente. Ela olhou de relance por cima do ombro, e viu que o portão de osso se fechava sozinho.

Não havia mais volta.

— Vamos — disse Eco, e a conduziu para adiante no túnel.

Uma luz difusa e amarelada brilhava no fundo do corredor. À medida que avançavam, o cheiro de terra misturava-se ao odor distinto da cera de velas e pavios queimando. A boca que indicava o final do túnel se alargou, oferecendo vislumbres de uma câmara ampla. O coração de Elena soou em seus ouvidos enquanto avançavam, pulsando no mesmo compasso de seu caminhar, e ela teve a distinta sensação de estar vivendo algo de novo, como se já tivesse cruzado aquele túnel...

Como se seus pés já conhecessem o caminho.

Só mais um pouco agora.

O túnel chegou ao fim como um bocejo e, por um momento, a atenção de Elena ficou presa demais aos degraus que a levavam para fora do espaço estreito de modo que não parou para observar seus arredores.

Quando chegou ao fim da pequena escadaria, porém, ergueu o rosto, e a câmara se revelou para ela.

Tudo ali era esculpido pelas sombras criadas por centenas de candelabros — suspensos, presos nas paredes, montados em pedestais no chão. O fogo não parecia servir para iluminar, e sim para recortar dobras de sombras escuras e suntuosas, como veludo que se derramava nas paredes de pedra e nos poucos móveis espalhados em um salão oval.

O espaço era ao mesmo tempo austero e suntuoso. Havia uma cama larga, com almofadas de cetim que mais pareciam frutas maduras espalhadas por cima do colchão, mas cujo dossel de veludo vermelho estava puído e rasgado nas extremidades. A escrivaninha de madeira era ricamente ornamentada, mas sua superfície estava repleta de partituras desorganizadas e manchas de tinta. Uma mesa de banquete, posta para ao menos seis pessoas, tinha uma posição central na câmara — mas só havia uma cadeira solitária na ponta.

Era o retrato da melancolia profunda de alguém que aprendera a viver como se o mundo fosse desprovido de companhia.

— Aqui é a sua casa?

Elena se virou para Eco, e talvez fosse o contraste imediato com seus aposentos, pois a soprano conseguia ver as mesmas contradições na figura imponente e bela. A luz das velas revelava os remendos em sua capa escura, os fios brancos que se entremeavam nas madeixas escuras, as marcas duras de expressão que vincavam a pele abaixo do crânio que usava como máscara. Mais do que tudo, o tom dourado e trêmulo das chamas atenuava a eletricidade nos olhos de Eco, tingindo o azul com uma nostalgia dolorosa.

— Casa — repetiu Eco a palavra, saboreando-a, como se fosse uma nota que jamais houvesse escutado. — Casa é um lugar que abriga o coração dos homens. Não, passarinho. Naquela cadeira, eu me sento para comer. Na escrivaninha, me debruço sobre a música. Quando preciso, durmo entre as almofadas. Não, eu não vivo aqui. Aqui é onde eu me escondo.

— Se esconde do quê? — Elena perguntou, e seus dedos formigaram de vontade de segurar a mão enluvada de Eco na sua. — De quem?

Eco virou-se lentamente para ela, e a luz dourada iluminou o lado desmascarado de sua face. Sua beleza mudava de tom a cada jogo de luz e sombra: assim, Eco parecia uma cria do império, com linhas elegantes e suavidade. Seus olhos azuis eram piscinas de um poço límpido, e Elena ancorou-se neles.

Era difícil lembrar-se do medo que sentira quando Eco a encarava daquele jeito.

— Você sabe o que o mundo lá em cima faz com mulheres como eu, passarinho. Como nós. — Ela deu um passo na direção de Elena, tomando o espaço entre elas como se fosse apenas seu. — Você acaba de ver isso. Eles se preocupam com o que podemos fazer, se não tivermos medo deles.

A imagem de Alec — seu violino, sua violência, sua crueldade e zombaria — invadiu os pensamentos de Elena. Eco envolveu o pulso de Elena com os dedos, e o toque da seda contra sua pele sensível provocou arrepios na soprano.

— Me conte tudo o que aconteceu — disse a outra, e não era um pedido. A atitude não ofendia Elena, ao contrário. Era bom ser cuidada.

Ela contou como Alec a levara para o Pequeno Inferno, como a fizera se despir. Como se disfarçara, evitando a ilusão da música. Como desfizera o feitiço quando Elena estava em seu momento mais vulnerável.

O rosto de Eco endureceu em desagrado à medida que Elena falava.

— Sente-se — mandou Eco, e Elena surpreendeu-se ao perceber que a cadeira que até então estivera nas adjacências da mesa de jantar estava agora posicionada perfeitamente atrás de si. Ela obedeceu, sem saber o que aconteceria em seguida.

Primeiro, Eco tirou a capa escura, pendurando-a em um gancho no dossel da cama. Por baixo, usava uma *chemise* branca de mangas bufantes, seu torso definido por um colete acetinado e tão preto quanto o restante de sua roupa. Ela puxou os cabelos para trás, prendendo-os e revelando as linhas rígidas e perfeitas de seu maxilar e pescoço. A gola da camisa branca parecia leite derramado contra a pele clara, e a alvura contrastava com o escuro do colete e do plastrão pretos, que cintilavam às velas. Do mesmo jeito que sua câmara, Eco era feita de sombras recortadas pela luz.

Depois, ajoelhou-se à frente de Elena. Mesmo estando aos pés da soprano, Eco comandava a atenção, colocando-a à sua mercê. Ajoelhar-se não era uma demonstração de submissão: era justamente o contrário, e o gesto teve um efeito imediato no corpo de Elena, amolecendo suas pernas e fazendo-a agradecer por estar sentada.

Eco segurou sua mão, e virou-a com a palma para cima. Seu toque era acetinado, por causa das luvas brancas que cobriam seus dedos, e deslizaram braço acima, empurrando a manga do vestido de Elena e expondo a cicatriz deixada ali por Alec.

A marca do feitiço serpenteava na pele como um réptil desenhado por vergões ainda em processo de cicatrização. Em alguns lugares, tinha ficado cinzenta e repuxada, e em outros continuava ardente como se o fogo tivesse acabado de tocá-la.

— Você deveria ter entendido isso como um aviso — disse Eco, a voz desdenhosa. A raiva parecia estar sempre a alguns passos de seu temperamento, fervendo lentamente abaixo da superfície, mas os gestos de Eco eram mais transparentes. Ela apertou os dedos ao redor do braço de Elena, e a dor floresceu sob seu toque. — Quando Alec marcou você a fogo, estava te mostrando exatamente quem era, Elena. E, ainda assim, você esqueceu o que viu. O que sentiu. Irei te lembrar.

Ela colocou um dedo por cima da cicatriz, e a dor lancinante do fogo ardeu na pele de Elena, como se o ferimento tivesse acabado de acontecer.

Elena gritou de dor. Não queria demonstrar fragilidade — sentia que se deixasse seu corpo ser fraco, ele se partiria, e ela não gostava de pensar no que havia abaixo da superfície tênue que cultivava, as coisas que escondia por trás da fachada. Ao mesmo tempo, a dor se misturava à humilhação que sentira, à mágoa contra Meg e Ciça, contra os efeitos do álcool ainda em seu corpo.

Ela apertou os lábios, tentando evitar que Eco soubesse o quanto estava a machucando. Ela afrouxou os dedos, fazendo a dor se afastar, e encarou Elena.

— Não esconda nada de mim — mandou. — Nem as partes que te tornam fraca. Especialmente elas.

— Por que está fazendo isso? — Elena perguntou, ressentindo-se das lágrimas de dor que escorriam.

— Porque isso é uma lição valiosa, passarinho. Quando as pessoas te mostrarem quem realmente são, você deve acreditar nelas. Alec lhe disse desde o primeiro momento que não devia confiar nele, e o que você fez?

— Eu achei que tinha conquistado o respeito dele.

— Você não precisa do respeito de homens como ele.

Elena comprimiu os lábios, querendo discordar de Eco na mesma medida que entendia o que ela queria dizer.

— Ele é o maior confidente de Grigori. Eu preciso que me considere uma igual, ou jamais conseguirei o que quero. E Alec me enganou, Eco.

— Correção. — Eco encarou-a diretamente, fúria nos olhos azuis. — Você se deixou ser enganada. Não confunda as coisas, Elena. O Soprano de Ouro é culpado, mas você é mais ainda. Você não é igual a ele, Elena. É muito, muito melhor.

Elena sentiu as bochechas corando e desviou o olhar enquanto Eco continuava falando.

— É a mesma coisa com as víboras que chama de amigas.

A defesa veio mesmo que seu coração machucado concordasse com a raiva da professora.

— Você não entende. Meg e Ciça são minhas amigas há anos.

— É você que não entende e novamente se recusa a ver o que é nítido — afirmou Eco, apertando os dedos ao redor de seu pulso e novamente provocando dor. — Enquanto for incapaz de enxergar, não importa o quanto eu te ensine. Ingenuidade não é uma dádiva, Elena, é um veneno.

As palavras doeram como a humilhação pela qual passara no moinho. Como sempre quando Elena ficava com raiva, lágrimas se avolumaram em seus olhos, e Eco as limpou antes que caíssem.

— Não quero magoá-la, meu passarinho… — Ela deu um suspiro frustrado. — Mas você precisa tomar mais cuidado. Não deve confiar em ninguém. Você é a maior ameaça ao legado de Alec, é uma pedra no sapato de Cecília e Margot. E não faz ideia do que algumas pessoas fariam por poder. Ninguém aqui é inocente.

Aquilo soava como paranoia, mas Elena não queria contrariá-la. Pensou em Theo, e em como a compositora jamais faria algo contra ela. Elena tinha certeza de que ainda havia boas pessoas no Conservatório, mas Eco possuía uma convicção plena e assustadora.

— Sei que você não acredita em mim — disse Eco, com uma suavidade pouco usual em suas palavras, e Elena perguntou-se pela centésima vez se a outra era capaz de ouvir seus pensamentos. — Mas no tempo certo verá que tenho razão. Sempre tenho razão.

— Mesmo um relógio quebrado está certo duas vezes ao dia, Eco. Eu não teria tanta certeza de sua infalibilidade — Elena brincou, querendo suavizar o clima na câmara escura, e sentiu uma pequena vitória ao ver a sombra de um sorriso repuxar o canto vermelho dos lábios de Eco.

— A diferença é que não sou um relógio, passarinho — disse Eco, erguendo o rosto por um segundo, e novamente Elena foi atingida pelas lanternas azul-elétricas de seu olhar. — Ninguém me fez desse jeito.

Aqui embaixo, sou a senhora de meu próprio tempo, e mesmo os sinos da catedral se dobram a mim.

Elena deu um meio sorriso.

— Parece poderoso.

— Um pouco de poder que você poderia ter usado, se estivesse com o meu presente. Não é apenas uma joia, Elena. É uma proteção. Poderia ter evitado todos os problemas que aconteceram esta noite.

O colar. Elena tocou o camafeu de osso com a ponta dos dedos, desenhando a letra S esculpida no osso. Era mais uma coisa em relação a Eco que ainda não entendia. Ainda assim, uma flor de gratidão nasceu em meio ao medo.

— Ainda há algo que você possa fazer? Para consertar o que... o que eu fiz?

Só de imaginar as fofocas que se espalhariam pelo Conservatório no dia seguinte, a náusea voltava ao estômago de Elena. Ela seria a Prodígio vagabunda para sempre.

— Como eu disse, sou senhora de tudo aqui embaixo. Então, sim Eu só gostaria de ter evitado isso... mas não sabia se você estava pronta. — Eco franziu a testa, e a cintilância de seus olhos tremeluziu por um momento — para me ver.

Ali estava novamente, a pequena faísca de insegurança que Elena achara ter vislumbrado no rosto da mestra alguns segundos antes. Era difícil conciliar as duas coisas — a Eco que a conduzira até ali, com tanta destreza como Raphaella Roy conduzia a Segunda Orquestra, com a Eco que quase parecia ter medo de Elena. A Eco que sabia de tudo e que era senhora do tempo, com a Eco que usava um crânio que ocultava metade de seu rosto.

Sim, havia medo, e talvez algo a mais — da mesma maneira que Elena era sedenta pela proteção da outra, Eco também suprimia alguma necessidade ao estar perto da soprano. Eram duas metades da mesma coisa.

— É por isso que você usa essa máscara? — Elena colocou toda a coragem que conseguiu nessas palavras, antes de poder pensar duas vezes. Esticou a mão, tentando tocar o osso, mas Eco desviou de seu toque. Pela primeira vez, a raiva que borbulhava dentro dela pareceu direcionada à Elena. Seu olhar era duro, cortante, e a soprano lembrou-se de que estavam sozinhas muitos metros abaixo da terra. Que ninguém sabia onde ela estava.

Quando Eco respondeu, suas palavras foram cortantes e frias.

— Um dia, passarinho — disse ela — você entenderá o porquê. Um dia, falarei meu verdadeiro nome. Mas hoje não é esse dia, e se sua única razão para querer me ver é saciar uma curiosidade ridícula, receio que esteja perdendo o seu tempo.

— Eu quis te ver desde que te ouvi pela primeira vez — Elena respondeu, tentando recuperar a leveza de segundos antes, e não era mentira. Eco atormentara seus sonhos, sua música, como ninguém jamais havia feito. Ela sentia um estranho magnetismo que a atraía para a mulher, tão diferente do que sentia ao lado de Theodora que era impossível usar as mesmas palavras para descrevê-lo; mesmo que povoasse sua mente dos mesmos pensamentos impuros.

A resposta pareceu satisfazer a fantasma. A sombra de raiva sumiu de seu rosto, desaparecendo por trás das cortinas graúna de seus cabelos, e o aço em sua voz rescindiu suavemente.

— Nem sempre sabemos o que queremos — Eco retrucou com o rosto erguido, como se desafiasse Elena a se levantar e ir embora. Ela não o fez. Não teria como fazê-lo: se sentia presa sob o olhar de Eco, sob seu toque autoritário e cheio de promessas.

— E nem queremos o que é bom para nós mesmas — murmurou Elena. Ali, a alguns centímetros de Eco, seus rostos tão próximos que ela podia sentir a respiração quente da outra sobre sua pele, os beijos que trocara no Pequeno Inferno pareciam brincadeira de criança, coquetéis sem álcool perto do uísque de Eco.

Era tão completamente inebriante que Elena nem ao menos percebeu que estava perdendo a consciência. Quando enfim notou que estava desmaiando, perdida sob a dor e o prazer... Já era tarde demais — e ela só se deu por si quando estava novamente em seu quarto, sozinha.

Vingança

Quando viva, Loralie não era dada a carinhos maternais — a única tradição que mantinha com a filha era a de contar histórias antes que ela dormisse. Não eram fábulas comuns, como a da jovem costureira que virava princesa ou o flautista mágico de Ilmmover. Não: todas as noites Elena deitava a cabeça no travesseiro e era embalada para o reino dos sonhos por trechos de livros de história da magia no Império, crônicas muitas vezes sangrentas e que provocavam pesadelos na jovem menina.

Uma das histórias das quais Elena mais se lembrava era a de uma mulher que fora queimada como bruxa antes que a família de Marco Aurélio houvesse subido ao poder. Ela se chamava Gisela Dilamedi, e uma das maiores avenidas de Vermília levava seu nome — não para honrar seu passado trágico, e sim porque, antes de sua imolação, Gisela fora obrigada a caminhar nua por toda a extensão da rua. A única coisa que lhe fora permitido usar? Uma mordaça, para que não cantasse nenhum feitiço.

Gisela andou amordaçada, sem roupa e sem sapatos, por muitos quilômetros, horas de caminhada. Ao fim, seus pés estavam dilacerados, sangrando por causa das pedras afiadas da rua; o corpo sujo estava coberto da podridão dos transeuntes que acompanharam seu trajeto.

Quando ela queimou, o povo de Vermília riu, odiando-a pelo simples crime de existir. Na manhã seguinte ao Pequeno Inferno, ao entrar no refeitório do Conservatório, era dessa mesma maneira que Elena se sentia, por mais que estivesse completamente coberta. Sentiu todos os olhares se voltaram para si.

Eram fósforos queimando contra sua pele; incendiando-a de vergonha e náusea. Elena caminhou como se estivesse em areia movediça, mantendo o queixo erguido embora tremesse, e procurou por qualquer semblante amigável no meio das Prodígios e Magos que a julgavam em silêncio retumbante.

— Elena Bordula, senhoras e senhores. — A voz de Alec se destacou da multidão em um eco do que dissera na noite anterior.

O soprano ergueu-se de uma das mesas, vestido impecavelmente em seu uniforme — ele não carregava consigo nenhuma evidência da noite de indulgências que dividira com Elena, e a ideia de que o havia deixado beijá-la enchia a soprano de uma repulsa profunda.

Alec puxou uma salva de palmas zombeteira e cruel. O som foi uma onda quebrando na praia, puxando consigo uma maré de risos, mais aplausos, comentários e murmúrios cujo conteúdo Elena não precisava ouvir para entender.

Ela só queria que a terra a engolisse.

— Deixe-a em paz, Alec.

Elena quase não reconheceu a voz, pois era tão pouco costumeiro ouvir Cecília enfrentando alguém que o tom autoritário mal parecia pertencer à ela. Mas de repente tinha a amiga ao seu lado. Passou os braços nos ombros de Elena, franzindo o cenho e encarando Alec com o queixo erguido.

— Ou o quê? — retrucou o soprano, cruzando os braços e o caminho do refeitório até ficar próximo à frente de Elena e Cecília.

— Ou vamos acabar com a sua raça e não vai ter nem um fio de cabelo loiro e ensebado pra contar história. — Margot apareceu por trás dele, empurrando-o com rispidez para parar do outro lado de Elena. Um calor subiu por seu peito, e não era só vergonha: gratidão misturava-se ao coquetel de sentimentos.

— Tem certeza de que quer colocar o seu na reta por uma vagabunda burr...

Alec não conseguiu concluir a frase. Ciça bateu as palmas uma, duas vezes; esticou-as na direção do soprano como se empurrasse algo no ar. Uma lufada de vento gelado irrompeu das mãos de Cecília, e atingiu o rosto de Alec com a força de um tapa. Um feitiço simples, que crianças mágicas aprendiam a fazer no pátio da escola, mas que naquele momento era tão efetivo quanto uma Sinfonia de Ataque.

— Vamos, Elena — disse Ciça, enlaçando o braço no da amiga e puxando-a, junto com Margot, para longe do refeitório.

— Eu... — Elena estava atordoada demais para falar qualquer coisa. Encarou Cecília e depois Meg, então novamente Cecília. Jamais havia visto a amiga fazer algo tão irresponsável como atacar um Soprano de Ouro, que dirá por sua causa.

Como era possível ser aquela a mesma pessoa que nem uma semana antes falara tão mal de Elena? Como podia que a amizade delas fosse tão enfurecedora e cheia de acalento ao mesmo tempo?

— Você foi mesmo burra — afirmou Meg, como se lesse sua mente. — Mas só Cecília e eu podemos dizer isso.

Ali estava o aço que compunha a faca de dois gumes; que mordeu o ego ferido de Elena tão acintosamente quanto a risada e a zombaria. Mas ela deixou-se demorar na gratidão, e quando encarou os olhos violeta no rosto corado de Cecília, inundou-se dela como se fosse água gelada.

O sentimento, porém, derreteu quando Elena chegou novamente à sala de ensaios — sabia que enfrentar o desdém do povo do Conservatório era infinitamente melhor do que submeter-se ao jugo de Grigori, e ao que sua mais recente transgressão tinha certamente causado às suas perspectivas na Primeira Orquestra.

Dando adeus a Cecília — e percebendo que Margot separara-se dela assim que cruzaram a soleira —, Elena entrou na sala.

De início, quase conseguiu acreditar que, fora a humilhação, passaria ilesa. Sim, havia as risadinhas e os comentários dos colegas de Orquestra. Sim, um deles assoviou de forma lasciva quando Elena abaixou-se para pegar a partitura. Mais do que tudo, havia o olhar cruel e zombeteiro de Alec, que não perdia a chance de abafar uma risada toda vez que se encaravam.

Mas o fim do ensaio chegou, e quando Grigori a chamou de lado, sua expressão levemente enojada lhe disse tudo que Elena precisava saber. Todo o fascínio que havia derramado sobre ela parecia ter evaporado, e em seu lugar restara uma repulsa perene e indelével.

A sala estava se esvaziando aos poucos, já que alguns Prodígios como Alec e Nadine demoravam na sala sob o pretexto de estarem conversando, mas com o olhar espichado para Grigori e Elena. Nadine, aliás, que agora Elena reconhecia ser a alcunha de Dianne.

Ela tentou ignorar o estômago se revirando, a queimação fria que subia por sua garganta, e encarou o olhar de Grigori.

Ele a observava com atenção. Seus olhos pretos eram poços de desprezo, as sobrancelhas prateadas, assim como os seus cabelos, levemente franzidas. Quando enfim falou, nem se preocupou em baixar a voz.

— Achei que você fosse diferente, Bordula. — Ele suspirou. — Sua voz é impressionante, claro, mas sabe o que há de sobra entre as paredes do Conservatório? Talento. O difícil é achar estirpe. Classe. Decência.

Ela travou o maxilar, sem querer comentar que não era algo considerado muito decente um maestro que se aproveitava de seus Prodígios, mas nada disse.

— Não posso em sã consciência deixar que manche a reputação de minha Orquestra. Fiquei sabendo que seu comportamento ontem foi... bom, o esperado de alguém de sua laia, mas ainda assim extremamente desaconselhável.

— Não sei o que Alec falou, maestro, mas...

— Poupe-me de mentiras, soprano, não preciso delas. O que preciso é que saia daqui e volte para onde, aliás, nunca deveria ter saído. Se depender de mim, lá ficará.

O gosto amargo da decepção misturou-se com o azedo do ódio, que apertava seu coração como um punho ensanguentado. Sabia que qualquer resposta apenas a deixaria em uma posição pior, e se viu acenando com a cabeça o mais respeitosamente que era capaz.

Calma, passarinho, disse a voz de Eco, e Elena levou a mão ao camafeu de osso. *Jogue o jogo por ora.*

— Entendo — disse, baixando os olhos na esperança de que Grigori interpretasse aquilo como penitência.

— Está dispensada. — Grigori bateu as mãos como um gongo. — E, por favor, tente se humilhar menos. Está no Conservatório, e não nos Elíseos. Embora se vista de forma duvidosa, pelo que eu ouvi dizer.

Seu rosto avivou com o rubor da vergonha e da humilhação, acentuadas pelo olhar fixo de Nadine e Alec em suas costas, e Elena saiu da sala às pressas. Não queria ficar ali nem mais um minuto.

Passou pelos corredores sem rumo, e enfim se viu nas coxias ao fundo da sala de ensaios. Seu coração era um tambor constante e dolorido, e Elena apertou as mãos para tentar apaziguar o tremor que subia e descia pelos braços. Aquilo não podia estar acontecendo. Ela estivera tão perto... Por que fora tão estúpida?

— Elena — disse Meg, entrando no espaço amplo e iluminado. — Estávamos te procurando.

— Por favor, não preciso de broncas — pediu, virando-se para as amigas e sentindo o ódio vindo em sua direção. — O que está feito, está feito. Eu perdi tudo, e agora só quero ficar sozinha.

— Você podia ter sido mais esperta, amiga — disse Ciça, revirando os olhos e erguendo as mãos em exasperação. — Era óbvio que Alec estava armando uma armadilha...

— Se imaginavam que isso ia acontecer, podiam ter me dito. — A voz de Elena cresceu, um rugido que reverberou pela sala, fazendo as janelas tremerem. O que Cecília havia feito pela manhã, o cuidado de Meg, tudo sumiu sob a humilhação. — Eu fui enganada.

— Está na hora de começar a ter responsabilidade pelas suas ações, Elena — retrucou Meg, tão paternalista que Elena teve vontade de dar um tapa no rosto quadrado da amiga. — Eu sinto muito pelo que aconteceu, mas tirar a roupa na frente de todo mundo? Não é a Elena que eu conheço.

— Talvez você não me conheça tão bem assim — rebateu ela, seca e temperamental.

Uma voz musical interrompeu as três.

— Fiquei sabendo que Grigori te deu a bota. Sinto muito, querida. Já vai tarde...

Era Alec, acompanhado por Nadine. Ele carregava o Strataverta embaixo do braço, em uma pose displicente, e a visão provocou um ódio intenso, subindo pela garganta de Elena.

— Como se atreve a falar comigo depois do que você fez? Sua cobra venenosa — disparou Elena, sentindo uma raiva borbulhante no peito. Ela foi até Alec, empurrando-o pelo peito, mas nem o gesto nem a ofensa pareceram surtir o menor efeito.

— Veja só, Nadine, ela morde — disse ele. — Pois fique ciente de uma coisa. Grigori sabe quem você é agora. Uma vagabunda que não vale nada e que destruirá a reputação da Orquestra dele.

— Do mesmo jeito que sabe que você é uma meretriz na cama, Alec? — Elena sabia que era um golpe baixo, mas não se importava. Naquele momento, só queria devolver um pouco do que o soprano havia lhe causado. — Ou será que ele vai se cansar de você quando ficar velho demais para o maestro?

— Elena.

A mão de Cecília pousou em seu ombro, seu timbre um aviso, mas não queria parar. Aquele mimado egoísta tinha lhe custado tudo que sempre quisera, e mesmo que não pudesse recuperar sua posição, Elena teria a última palavra.

— Acha que pode fazer o que quiser. Que é o Imperador e que somos seus súditos, implorando por atenção. Mas eu vejo o que você é, Alec. Não passa de um desesperado, tentando alcançar alguma notoriedade para esquecer de que não vale nem ao menos metade desse violino que carrega de um lado para o outro.

Uma onda de choque se espalhou no rosto de Nadine, que reprimiu um riso. Ainda assim, o gesto não passou despercebido por Alec.

— Cale a boca — bradou ele, cuspindo na direção da reserva, e Elena sentiu uma satisfação perversa ao ver que seu insulto atingira o ponto almejado. Alec era um homem bonito, de linhas estatuescas e precisas, mas no momento o ódio distorcia seu rosto como argila amassada. Ele correu as mãos pelas madeixas loiras, tentando alinhá-las, e Elena aproveitou o momento para avançar na direção dele, ficando tão perto a ponto de quase tocá-lo.

— Escute de uma vez por todas — disse ela, baixando a voz para que apenas ele escutasse. — Se você ousar fazer qualquer coisa contra mim novamente, está morto. Entendeu?

— Está me ameaçando?

— Não. Estou avisando. — Elena não fazia ideia de onde vinha aquele ódio, até se lembrar de Eco, na sua proteção que rugia em seus ouvidos. Pensou na dor lancinante da queimadura, que ainda ardia em seu braço, que deixara uma marca permanente em sua pele. Pensou na humilhação do holofote sobre seu corpo nu, nas risadas que ainda ecoavam. No que dissera Grigori. — Não teste a minha paciência nunca mais. Eu não tenho mais nada a perder, Alec. Você não tem ideia do quanto isso pode ser perigoso.

Alec riu, a respiração trêmula. De perto, Elena podia ver que a maquiagem bem-feita escondia linhas de expressão vincadas, leves manchas de café nos dentes, olheiras profundas. Na noite anterior, ela não conseguira ver quem ele era, não de verdade, mas à luz do dia ficava óbvio.

Alec não era mais o jovem que havia seduzido Grigori Yasov. Tanto quanto a madeira que se transformava em instrumento, ele tivera que sacrificar quem era para ser o Soprano de Ouro — e, quando o observava de perto, era evidente que lhe custava caro.

E então ele ergueu o violino.

— Você vai se arrepender de me ameaçar, sua cachorra.

Elena trocou um olhar com Ciça — que estava exatamente ao seu lado, junto com Nadine — e com Meg, que observava a cena à alguma distância. Em um instante bizarro, quis rir da situação, subir com as duas até a torre do relógio e fofocar à exaustão, falar mal de Alec e de Nadine e de Grigori e de todo o raio da Primeira Orquestra. Que se explodissem todos, pensava ela. A única coisa que sabia é que queria sair correndo dali, mas o violino de Alec comandava toda a atenção.

Um único feixe de luz banhava o instrumento, dando um aspecto etéreo ao objeto branco, que quase refletia a luz e emanava um brilho suave e difuso. Ela soube o que o Soprano de Ouro ia fazer assim que ele ergueu o arco, assim que o pousou sobre as cordas e abriu a boca — o ar ao redor do grupo esquentou, como se alguém tivesse acendido uma fogueira.

Alec produziu uma única nota, e a explosão aconteceu.

Em um segundo, silêncio — no próximo, um clarão de som e luz rompeu o ambiente, como o encontro súbito de címbalos metálicos. O som tinha gosto de pólvora e provocou uma onda física de dor, que fez Elena cambalear e cair no chão com um baque. Ele reverberou em seus ouvidos, agudo e intenso, e qualquer outra coisa foi eclipsada pelo tremor da explosão, seu retrogosto, a sensação perfurante de tímpanos rompidos. O choque arrasava qualquer sentimento que não fosse medo, tóxico e gasoso, espalhando-se no corpo de Elena e fazendo-se sentir no gelo que cobria seus braços e suas pernas, na estalactite que parecia entalada em sua garganta.

O mundo havia virado de cabeça para baixo.

Elena tentou se levantar, as mãos apoiadas no chão, mas seu toque deslizou em um líquido pegajoso que cobria a madeira, e ela caiu novamente. O coração acelerado pulsava em seus ouvidos, desesperado, como um animal tentando escapar da jaula que era sua caixa toráxica.

A sala estava coberta pela fumaça, e a visão de Elena ainda estava desorientada. Ela ergueu as mãos trêmulas — e viu que estavam pintadas de um vermelho-escuro, que reluzia na pouca luz.

O cheiro metálico e adocicado invadiu as narinas de Elena, e ela quase vomitou ao perceber que as mãos estavam cobertas de sangue.

A soprano arrastou-se pelo chão, tentando recuperar seus sentidos.

— Meg — arfou ela, vendo as silhuetas difusas de pessoas caídas a seu lado. Um zumbido incessante afogava qualquer chance de pensamento racional, e Elena olhou ao redor, transtornada. — Cecília!

Alcançou algo quente, escorregadio — uma mão. Talvez de Margot? Elena envolveu os dedos quentes e convidativos, puxando a mão para si — mas ela veio com facilidade demais.

Quando Elena enfim percebeu o que segurava, era tarde. Um punho esguio e fino, de pele branca e cheia de sardas, coberta de sangue — e, nos dedos, um único anel com o sinete dos Avis-Corsica.

Era o braço decepado de Cecília — que havia explodido em milhares de partes, e agora jazia em pedaços desconexos pelo salão.

Interlúdio I

As montanhas têm sua própria música — uma orquestra feita de vento e folhas, que murmura o fim do outono como se contasse um segredo. A casa de Cecília, onde estamos passando as festas da colheita, é soberana ali, encarapitada como um castelo no topo do morro. É uma ilha em meio à folhagem vermelha e amarela que se torna lilás sob o manto estrelado do céu.

É a primeira vez que vejo as cordilheiras, e talvez por isso não consiga dormir.

Ciça, por outro lado, dorme. Não precisa saborear os momentos como se fossem doces caros, ou goles de champanhe: é dona daquela casa, daquelas terras; inferno, de vez em quando é quase como se fosse dona de Vermília. Ela ressoa suavemente em meu colo, os cabelos loiros como prata líquida na luz da lua que entra pelo teto de vidro, atravessando sonhos com a tranquilidade de quem sabe que o mundo continuará sendo seu súdito quando acordar.

Tanto quanto eu, a quem ela chama de melhor amiga.

Minha melhor amiga de verdade é Margot, mas Cecília não gosta dela, não ainda. Sei que irá gostar — por mais mimada que seja, a verdade é que Ciça gosta do que eu gosto, talvez pelo prazer de roubar o que é meu. Eu gostaria de não sentir ciúme, mas a verdade é que sinto:

sou uma criatura mesquinha e egoísta e saboreio essa realidade em que ainda tenho as duas só para mim, da mesma forma como aprecio as estrelas e o som das montanhas.

Você não a merece, eu me pego pensando enquanto desvio o olhar da abóbada brilhante para encarar o rosto suave e infantil da minha amiga. De certa forma ela cintila quase tanto quanto as constelações no céu: é impossível conhecer Cecília de Avis-Corsica e não amá-la. Ela é um filhote de gato, linda e adorável, e inspira nos outros o desejo febril de paparicá-la, cuidar de cada lágrima e cada manha sua, simplesmente para tê-la ronronando em seus braços.

Eu não sou um gato. Sou um abutre, desejoso e vazio, cheio de ambição e partes desagradáveis, egoísmo e medo. Sou um crocodilo cheio de escamas, gordo e letárgico, letal e raivoso.

E, mesmo assim, Ciça me ama. Segura minha mão e divide comigo sua riqueza e distribui seu amor com o mesmo desprendimento com que compra vestidos. Confidencia a mim seus medos — que são muitos; me entrega suas dores como se fossem presentes. Me vê forte, corajosa, intocável, de um jeito que nem eu mesma me enxergo.

Ao lado dela, eu quero sê-lo.

As montanhas têm sua própria música — e minha amizade com Cecília também, eu percebo. Uma melodia indecifrável a que chamo de amor.

Eu perco a noite em claro, desejando que aquele momento nunca acabe.

ATO II

Os sinos de Vermília

Elena acordou com o som de sinos.

Ecoavam como se fossem do tamanho do mundo, como se soassem dentro de seus tímpanos. Não era o badalar reconfortante das cinco da tarde, a melodia que embalava suas tardes de fofoca com Margot e Cecília; o trinar insistente das sete da manhã que anunciava a missa. Não. Era uma melodia lúgubre, de notas alongadas como uma lamúria de morte.

Aqueles eram os sinos fúnebres, o que significava que alguém havia morrido.

Pensou primeiro em Meg, e horror agarrou seu peito como um punho gelado. Depois, Theodora — era tão solar que seria inconcebível imaginá-la deitada em uma cama de flores, o rosto negro pálido e cadavérico. Elena olhou ao redor, o cérebro ainda tentando entender as lembranças embaralhadas que enchiam sua mente enevoada, procurando por alguma evidência.

Macas. Lençóis brancos. Um espelho, na parede oposta à que ela estava deitada — e figuras deitadas em camas ao seu redor.

A luz fria da manhã banhava sua maca estreita e desconfortável — assim como uma maca à sua esquerda, onde repousava uma silhueta completamente enfaixada. Sangue marrom manchava as bandagens, e o estômago da soprano se revirou — mas a silhueta robusta e os cabelos pretos que escapavam pelas tiras brancas de gaze a reconfortaram. Não era sua amiga, nem Theodora — a julgar pela estatura baixa, devia ser Nadine.

Ela virou o corpo, e tudo doía. Do outro lado, em uma maca próxima à sua, dormia uma mulher de cabelos desgrenhados e rosto abatido que lhe era muito familiar.

Meg, graças a tudo que era mais sagrado.

Havia manchas roxas e feias na parte esquerda de seu rosto, bem como uma bandagem tingida de bordô ao redor de sua testa, mas ela respirava com tranquilidade. A visão de Meg, intocada e aparentemente segura, preencheu Elena de um alívio que quase trouxe lágrimas a seus olhos.

Porém, ao lado da maca, mais próximo do que gostaria e disposto em uma pequena bandeja de prata, havia um anel de prata com salpicos de sangue — e Elena teve que reprimir a náusea instantânea e ácida que subiu por sua garganta quando o viu, reconhecendo o sinete de águia-dourada.

Ela apertou as mãos trêmulas, encarando-as — estavam manchadas de vermelho, assim como boa parte de seus braços e vestido.

Sangue de Cecília.

A imagem da amiga sem um braço era cruel. Elena semicerrou os olhos para tentar apagá-la de sua mente, mas o som da explosão ainda ecoava, e a lembrança do braço solto, seu osso branco e reluzente à mostra, o pedaço de carne revelando tiras de músculo vermelhas e brilhantes, fazia com que a náusea galgasse sua garganta. Elena ergueu o corpo para vomitar, debruçando-se sobre a lateral da cama e convulsionando com a ânsia, mas não havia nada em seu estômago, e a bile tinha um gosto amargo e ácido.

O medo encheu seu peito, acre como a bile. O olhar colérico de Alec lhe veio à mente, a facilidade com que havia lançado sua língua de fogo contra Elena, a crueldade com que a havia exposto, a ameaça em suas palavras quando Elena caçoou dele. Será que ele fizera algo de propósito? Ou pior: será que havia algo mais depravado à espreita no Conservatório, algo feito de sombras e violência, que se escondia debaixo da magia e atacava quando se menos esperava?

Se sim... Poderia Elena ser sua próxima vítima?

Mas antes que pudesse refletir mais sobre Cecília, as portas da enfermaria se abriram com um estrondo, e lá estava Theodora Garnier. Era como uma flor que nascia na neve, vestida do mais fino tafetá púrpura, e carregava um buquê de gardênias e gipsófilas. Contra sua pele negra, pareciam estrelas, e mesmo em meio a seu desespero Elena quase perdeu o fôlego ao vê-la.

A soprano sentiu o olhar da compositora demorar-se nela: no seu uniforme desgrenhado, nas manchas de sangue. No olhar que certamente era assustado e vazio. Quando falou, Theo o fez mansamente, como se estivesse frente a um animal ferido.

— Você está acordada. Ah, meu bem, eu estava tão preocupada...

"Meu bem": aquelas duas palavras foram o suficiente para derrubar suas defesas. Atingiram o âmago de seu ser, e Elena se desfez em lágrimas de novo, mal percebendo quando Theo a abraçou. O cheiro das gardênias se misturou à doçura do jasmim, e as flores caíram no chão quando a compositora abriu mão do buquê para envolver Elena por completo.

— Foi... a coisa mais horrível que eu já vi. Alec perdeu o controle, e Cecília... O braço de Cecília. Sua mão, solta no chão. — Elena soluçava palavras incompreensíveis. — Há algo perverso no Conservatório, Theo. Eu sinto, eu sei que há, e irá nos punir a todos...

Elena ergueu os olhos na direção de Theo, vendo-a através dos olhos marejados, tentando buscar conforto no rosto de porcelana da compositora. Seu olhar era sereno, repleto até a borda de compaixão, marrom, e quente, e seguro.

E então Theo inclinou seu rosto e tomou os lábios de Elena nos seus.

Sua boca era tão quente quanto o castanho de seus olhos, tão doce quanto o semblante sereno, tão segura quanto sugeria seu toque. Sua boca era macia e parecia dizer uma prece silenciosa à Elena: *confie em mim. É a única coisa que peço de você.*

Elena confiou.

Ela retribuiu o beijo sem saber como suas mãos pareciam conhecer os caminhos que levavam à nuca de Theo, às carícias em seus cachos.

Perdida na sensação de ter a língua da compositora na sua, as imagens torpes de Cecília cederam e sumiram — notas de piano que se perdiam por baixo de uma melodia insistente.

Theodora era o sol. Luz, calor, uma clareza quase insuportável à qual Elena queria se agarrar até que toda a noite se esvaísse. Ela puxou Theo para si, mais para ancorar-se nela do que qualquer outra coisa, e para seu deleite a outra fez o mesmo, deslizando as mãos por sua cintura e unindo o corpo das duas. Queria aquecer-se em seus raios solares, esconder-se da sombra e do medo.

Mais do que tudo, ela queria que aquele beijo fosse eterno.

Era difícil para Elena falar de amor. O que era o amor, afinal? Um acorde, um eco. Ela não precisava usar a palavra, porém, para saber que era como se alguém houvesse aberto as janelas de seu coração, erguido as persianas... e deixado a luz entrar.

Depois de um instante eterno, as duas se separaram.

— Theo...

— Lena...

Falaram ao mesmo tempo, atropelando-se como adolescentes confusas, e a despeito do medo e da tristeza, uma flor de felicidade desabrochou no rosto de Elena, pequena e frágil.

E então o sino fúnebre soou de novo. Insistente, lançando uma sombra por cima das duas, esfriando a orbe de calor que parecia emanar do encontro entre a pele de Theo e Elena. O medo voltou a agarrar o coração da soprano, como uma onda súbita de som que quebrava contra a praia.

— Lena — Theo disse, suavemente. — Eu receio que... havia um desequilíbrio no violino de Alec, o que causou uma explosão bem feia. E... Cecília Avis-Corsica está morta.

Morta.

Em um segundo, Cecília vivia na mente de Elena, em toda sua glória e mesquinhez e egoísmo e carisma e olhares inegáveis e lábios de pétala de rosa. No outro, já não existia mais.

Foi como se uma nevasca tivesse tomado o peito de Elena, transformando-o em uma área deserta e coberta de gelo, onde nada podia nascer. Cecília, sua amiga mais antiga. Que fora testemunha da vida de

Elena — cujos olhos presenciaram tanta coisa que era como se a soprano só existisse por causa dela.

Cecília Avis-Corsica estava morta.

Como era possível que aquelas cinco palavras fossem capazes de interromper sua realidade? Como podia ser que o sol ainda brilhava, que ainda havia música e coisas doces, como as flores que jaziam no chão, em um mundo em que Ciça não estava mais viva?

Elena não sabia dizer. Nem ao menos conseguiu chorar — um nó parecia ter sido feito em sua garganta, profundo e apertado, e ela apenas assentiu lentamente, tentando compreender.

— Lena — Theodora repetiu — Eu sinto tanto. Sei que ela é… ou era, eu acho, sua amiga.

Ela assentiu novamente. Haviam sido mais do que amigas. E, apesar disso, ou quem sabe por causa disso, as palavras borbulharam dos lábios de Elena, rápidas e injustas.

— Quando acordei e entendi, senti que alguém havia morrido. Eu tive medo… tanto medo… que tivesse sido você. Jamais achei que fosse ela.

Elena comprimiu os lábios, grata por estar segura, ao mesmo tempo em que sentia uma culpa imensa por ter sobrevivido — por nem ao menos ter pensado em Cecília, quando ouviu o lamento dos sinos. Ela havia brigado com Alec. Tinha sido sua culpa. Um tremor espalhou-se pelo corpo, por suas mãos, e Theo as apertou em resposta.

— Ei. — Theo tinha a palma quente e macia. — Irei descobrir o que aconteceu. Alec não ficará impune, disso você pode ter certeza. Na verdade, preciso ir até meu pai. Estão procurando por Alec, ele desapareceu depois da explosão.

A ideia de ficar sozinha parecia a coisa mais terrível que poderia acontecer. Elena não confiava na própria sombra, que dirá nas do Conservatório — especialmente com Alec à solta. Ela se pegou ensaiando as súplicas para que Theodora ficasse, que deitasse em sua maca e que a tomasse em seus braços. Qualquer coisa para apagar a violência que estava à espreita.

Mas Theo não deixou que ela falasse.

— Não se preocupe. Resolverei tudo. E você... Tente descansar, está bem?

Não se preocupe? Como eu posso não me preocupar? Como posso ficar sozinha?

Os pensamentos gritavam em sua mente, mas Elena escolheu o silêncio. Theo tinha razão — tinha que ter razão. Ela assentiu levemente, perdida, mas tentando acreditar nas palavras da compositora — mesmo sem saber como qualquer pessoa seria capaz de consertar aquilo.

— Eu odeio ter que deixá-la dessa maneira. Especialmente depois... disso. — Theo deu o mais leve dos sorrisos. — Mas voltarei para vê-la o mais rápido possível.

— Não será rápido o suficiente — Elena murmurou, desamparada.

— Conversaremos depois, está bem? Minha doce Lena. — Theo roubou mais um beijo dos lábios de Elena, e no que pareceu um sopro, foi embora, deixando-a sozinha com Margot.

Elena estava entorpecida. Ela contorceu-se por cima da borda da maca vagarosamente, apanhando o buquê de crisálidas e aninhando-o contra seu peito. Mesmo o cheiro floral não foi capaz de acalmá-la. Seus lábios ainda formigavam, e ela os tocou com a ponta dos dedos, como se precisasse saber que estavam lá para ter certeza de que o beijo fora real. Tanto quanto o toque de Eco havia sido uma ordem cruel de obediência, Theo pedia alguma coisa dela — mas era mais suave, mais doce.

Porém o medo era muito mais forte do que a luz solar de Theo. Ele misturava-se com o luto, com as imagens de Cecília dormindo em seu colo. Será que seria tão serena na morte quanto fora em seu sono? Elena respirou fundo, tentando enganar sua mente para que a fragrância de crisálidas pudesse evocar a doçura do momento anterior. Em seu íntimo, sabia que nenhum beijo, por mais doce que fosse, seria capaz de apagar a violência da morte de Cecília.

Violência demandava atenção.

— Que colar é este?

A voz grogue e rouca de Margot trouxe Elena de volta à realidade. Ela olhou a amiga, que se revirava lentamente na cama, erguendo o corpo com uma expressão de dor. Vê-la bem — na medida do possível — liberou algo dentro do peito da soprano, e ela soltou a respiração, abrindo um sorriso imenso. Antes da explosão, elas haviam brigado — mas a raiva era uma sensação distante e vazia, que em nada se equiparava ao alívio que o luto tão recente demandava.

— Você está bem.

— Eu não diria "bem"... — Margot tocou os hematomas que cobriam seu rosto, as bandagens ensanguentadas. — Parece que alguém me atropelou com um violino. E você também não está com a melhor das aparências, pra ser sincera. Imagino que apenas Cecília tenha sido poupada dessa humilhação, com sua capacidade de ficar bonita até mesmo em seu leito de morte.

O alívio derreteu e se transformou em culpa no peito de Elena. Por um momento cogitou mentir, ou fingir que não sabia de nada; pensou em como seria dar mais alguns momentos de tranquilidade para Margot, ainda que não passasse de uma ilusão. Mas ela sabia que a amiga preferiria saber, mesmo que a imolasse.

Margot sofreria mil verdades antes de sucumbir à tentação de uma mentira.

— Meg... Cecília está morta.

O rosto de Margot foi tomado pelo choque, a pele marrom empalidecendo. Ver o luto fazer morada no coração da amiga era quase tão doloroso quanto senti-lo, e uma nova onda de lágrimas desceu por seu rosto ao pensar na imagem fria e revoltante do corpo de Cecília desfeito como o de uma boneca quebrada.

— Eu não acredito — afirmou Margot, silenciosamente, como um sussurro. — Não consigo acreditar. Ela estava do nosso lado. Tomamos café da manhã juntas.

— A explosão do violino — disse Elena, sem querer pensar na consequência do ocorrido, sem querer dar detalhes demais. — Aparentemente a atingiu em cheio.

— E nós sobrevivemos? — questionou Meg, apertando os olhos em descrença.

Elena assentiu, e duas lágrimas iluminaram o rosto de Margot como pérolas. Ela havia visto a amiga chorar poucas vezes, e refutou o impulso de se levantar da maca, abraçá-la. A distância fria entre as duas ainda estava lá, e não imaginava o que a morte de Cecília faria com ela.

Choraram juntas, e a sensação opressiva de luto e tristeza era quase mais do que Elena era capaz de suportar. Tocou o colar de camafeu, como se estivesse ancorando-se na sensação de proteção que Eco lhe garantia.

— O que é isso? — Meg perguntou, dessa vez apontando para o colar, fungando e claramente tentando mudar de assunto. — Nunca te vi com algo assim antes.

Imediatamente, Elena quis mentir. Ela não deveria falar nada sobre Eco — a fantasma a alertara contra Margot, não é? Mesmo que fosse sua amiga — sua única amiga, agora que Ciça estava morta.

Em vez disso, ela escolheu contar um outro segredo — que, com sorte, distrairia Margot do camafeu.

— Theodora me deu — respondeu, e antes que Meg pudesse intervir, continuou: — Logo depois de nos beijarmos.

O queixo de Meg caiu, exatamente como Elena havia previsto. Não conseguiu conter um sorriso, assim como o rubor que se espalhou por seu rosto: era bom sentir algo tão leve e adolescente ante ao horror da morte de Cecília.

— Finalmente — declarou Margot, erguendo as mãos. Um lampejo de juventude iluminou o rosto machucado da soprano. Não tinha a energia altiva que Elena esperaria, mas ante ao luto que as duas compartilhavam, era um bálsamo bem-vindo. — Eu sabia que você era lenta, mas cinco anos até o primeiro beijo foi um recorde até mesmo para você... Só espero que o casamento não demore tanto.

A imagem mental de Theodora vestida com os trajes matrimoniais provocou um efeito imediato em seu coração. Ela imaginou os cachos de Theo presos em tranças, a pele negra contrastando contra o tecido amarelo como champanhe que era costumeiro para noivas de uma certa classe, as pinturas douradas em suas mãos e rosto. Foi uma imagem mental tão intensa que foi como se Elena estivesse vendo o futuro, e ele era belo e solar.

Muito diferente do sentimento que tivera nas Catacumbas.

— Eu já posso até ver os bebês. Um feitiço de fertilidade e acabou para você, minha cara.

— Pare com isso — Elena a censurou. — Cecília acaba de morrer.

— E ela adoraria estar aqui para caçoar de você. Da maneira que vejo, podemos sucumbir ao pavor — disse Meg, e mesmo que sorrisse havia uma dureza em sua voz. — Ou esquecê-lo para continuar vivendo, e honrando a memória de nossa amiga. E eu prefiro te imaginar com o colo repleto de bebês e bem longe desse Conservatório.

Longe desse Conservatório. Claro, se de fato se casasse com Theo, Elena teria que deixar para trás seus sonhos como soprano: afinal, seria impossível pedir que Theodora Garnier abandonasse a carreira de compositora para cuidar de sua família. Compor era seu legado: o Conservatório seria dela, um dia. Pensando friamente, até fazia sentido: se fosse uma Garnier, Elena jamais teria que se preocupar com reputação ou dinheiro enquanto vivesse.

Mas não era frieza que dominava seus pensamentos ante às palavras de Meg. Era algo sombrio, com dedos longos como garras que se enterravam em sua ambição de ser a Soprano de Ouro sem ter intenção alguma de largar.

— Foi só um beijo, Meg — afirmou, e soou tão estúpido em voz alta quanto havia soado em sua mente. Um beijo jamais era apenas um beijo quando se tratava da filha de André Garnier.

— Pode mentir para si mesma, se quiser — retrucou Meg, e havia uma nota de amargura em sua voz, como se estivesse se lembrando de censurar Elena. — Sabemos que é boa nisso.

E então ficaram em silêncio.

O primeiro presente

A tarde passou lenta como melaço, escorrendo de forma angustiante enquanto o sol caía do lado de fora. Sem notícias — de Alec, do que aconteceria com o corpo de Cecília —, restava às duas apenas a dor como companhia. De vez em quando jogavam conversa fora para passar o tempo. As histórias sobre Ciça, quando conseguiam falar sem chorar.

Quando a noite caiu, Margot foi levada para um aposento separado por uma maga Sanguínea, e Elena ficou sozinha ao lado do corpo inerte de Nadine, sem conseguir dormir por causa da dor que se espalhava em seus músculos. Estava quase pegando no sono quando a temperatura na enfermaria caiu — plumas de fumaça escaparam dos lábios de Elena, acompanhando sua respiração entrecortada.

— Quem está aí? — murmurou, puxando as cobertas para si. Alec ainda não havia sido encontrado, segundo as fofocas das enfermeiras que passaram algumas vezes naquela tarde. Será que ele tinha voltado para terminar o que começara?

Mas não foi o Soprano de Ouro que surgiu no espelho que ficava ao fundo da sala, e refletia perfeitamente sua maca.

Era Eco.

Sua silhueta era altiva e elegante, vestida com uma capa que a fazia se misturar à escuridão da enfermaria. Estava de pé atrás da maca, uma mão apoiada no ombro de Elena. Afastou as mechas de cabelo lentamente, provocando um arrepio profundo na Soprano — quando ela se virou, não havia ninguém. Eco só existia no espelho, e ainda assim era mais presente do que até mesmo o corpo de Nadine.

A mestre trajava uma expressão que era orgulho e desafio em partes iguais, e seu olhar acompanhou a soprano.

— Você parece bem. — Havia uma lâmina afiada em sua voz. — Fico feliz em saber que até arranjou tempo para seduzir a compositora.

O rosto de Elena esquentou com o rubor, com a insinuação ciumenta de Eco, e ela gostou de ser a pessoa que causava aquele tipo de sentimento na fantasma. Assim que a sombra de um sorriso anunciou-se em seu rosto, porém, um aperto incorpóreo a pegou pelos cabelos, torcendo sua cabeça para trás. Elena quase perdeu o ar.

— Gosta de me fazer sentir ciúmes, é, passarinho? — Eco disse, e era evidente que estava causando aquele efeito. Não doía tanto, mas ainda assim Elena sabia que era apenas uma mostra de seu poder.

A magia enchia seus pulmões no lugar do ar que Eco espremia dela, e pontos pretos começaram a escurecer sua visão. Elena engasgou, e foi o suficiente para que a outra a soltasse. Seu corpo dobrou-se quando tossiu, a mão na garganta quente e dolorida, enfeitada pela gargantilha de camafeu.

— Por que fez isso? — perguntou, em meio aos engasgos.

— Para que se lembre de quem tem o poder aqui.

No reflexo, Eco debruçou-se sobre Elena, os cabelos escuros derramados por cima dos ombros da soprano. Ela provocava um medo visceral em Elena, ao mesmo tempo em que causava um fascínio inegável.

— Theodora pode beijá-la, dizer belas palavras que significam coisa nenhuma, até mesmo falar de amor. Mas nada chega perto do que eu posso te dar. Do que *só eu...* posso te dar.

A soprano não entendia por que cada uma daquelas lições precisava passar pela dor e pela humilhação, do mesmo jeito que não entendia por que seu baixo-ventre pulsava, molhado e desejoso, com o fantasma do toque de Eco em seu pescoço. Via-se incapaz de desobedecer — pois, cada vez mais, sabia que Eco significava um lugar ao qual pertencia. Uma proteção.

Não que isso significasse que ela aceitava aquela constatação e as contradições que a acompanhavam. Ao mesmo tempo que havia desejo em seu corpo, também havia medo e raiva.

— Sei do que é capaz. Foi culpa sua, o que houve com o violino de Alec... Não foi?

A afirmação era amarga e inevitável em sua boca.

— Alec Cézanne armou sua própria pira. Eu simplesmente o fiz queimar.

— E com isso, matou minha amiga.

Elena fechou os olhos, a raiva escorrendo por eles em forma de lágrimas. Queimavam seu rosto, quentes e salgadas contra a pele.

— Cecília se meteu onde não era chamada e pagou o preço por isso — retrucou Eco, fria e indiferente. — E nada precisaria ter acontecido se não fosse sua tolice n'O Pequeno Inferno, devo lembrar.

— Está dizendo que a morte de Ciça foi culpa minha? — Elena afastou as lágrimas com as costas da mão.

— Estou dizendo que a morte da jovem Avis-Corsica foi uma infelicidade, mas você deveria estar disposta a sacrificar muito mais para chegar aonde queremos.

Ela estava certa em uma coisa: se Elena não tivesse confiado em Alec, se não tivesse brigado com ele, Cecília não estaria morta. Mas saber que a explosão do violino havia sido armada...

Doía.

— Cecília era minha amiga — disse, em soluços entrecortados. — Não merecia ter morrido, não daquele jeito...

— Eu não teria tanta certeza disso — respondeu Eco, ainda fria, e antes que Elena pudesse questioná-la, sua imagem sumiu do espelho. Uma melodia estranha e mágica começou a soar pela enfermaria, e a atmosfera ficou ainda mais gelada, provocando arrepios intensos na pele da soprano. Uma névoa espessa e cinzenta preencheu o espaço, de tal modo que a única coisa que Elena conseguia ver era a maca e o espelho à sua frente.

A superfície vítrea ondulou como um lago, e então transformou-se — ao invés de refletir a enfermaria e a cama de Elena, exibia uma cena que a soprano conhecia bem.

Margot e Cecília estavam na torre do relógio. Devia ser outono, pois a Vermília que se espalhava ao redor delas estava pintada em tons de vermelho e laranja, enfeitando a cidade como se estivesse em festa. Era uma memória. Ela tinha cor, e som, mas parecia difusa — emitia uma luz própria, da mesma forma que algo visto através de uma garrafa.

— ... *Ficaria muito triste se não houvesse ninguém no meu velório, só estou dizendo isso* — dizia Margot, com uma expressão incrédula no rosto. Sua voz soava metálica e distante, mas cada palavra era compreensível.

— *Elena sempre disse que não tinha família que prestava, e Loralie era uma traidora do Império* — interveio Cecília, mas seu olhar parecia corroborar o sentimento de Margot. — *Ainda assim, só três pessoas?*

— *Cinco, se contar o coveiro e o mago de Potência* — apontou Margot. — *Elena podia ter contratado figurantes para fazer vista.*

— *Ela odiava a mãe. Acho que, se dependesse dela, não teria nem ao menos a cremação.*

— *Ainda assim. Não parou de chorar nem por um segundo...*

Estavam falando dela. Mais especificamente, do velório da mãe de Elena — que acontecera após o enforcamento dela em praça pública. Uma sensação gelada e pegajosa espalhou-se em seu peito ao ouvi-las.

— *Talvez o sofrimento seja um jeito de ganhar uma atenção extra. Será que ela acha que vai conseguir um solo melhor se despertar a pena de Raphaella? Ou talvez um aumento nos ordenados* — falou Cecília, maldosa. Vê-la falando daquele jeito, quando Elena sabia que vivera rodeada do luxo e privilégio proporcionados pelo dinheiro, causava uma náusea intensa em seu estômago. As lágrimas ficaram silenciosas, escorrendo dolorosamente por seu rosto.

— *Isso é maldade* — disse Meg, e Elena apreciou o comentário, mesmo que houvesse uma sombra de sorriso nos lábios da garota.

— *E ainda assim, verdadeiro* — afirmou Cecília, revirando os olhos. — *Eu a amo, mas de vez em quando me pergunto quanto mais irei aguentá-la o tempo todo. Mas chega de falar de Elena. Quero que me ensine sobre a canalização de magia. Em breve, nós duas vamos sair da Segunda Orquestra, Meg, guarde minhas palavras. E aí não precisaremos nos preocupar com mais ninguém.*

A imagem no espelho tremulou e desapareceu. Eco estava lá novamente, apoiada contra a moldura dourada, o rosto inescrutável por trás da máscara enquanto observava Elena soluçar de mágoa e dor.

Ela sempre soube que Cecília falava mal dela, do mesmo jeito que ela falava mal de Cecília, e que as duas reclamavam de Meg. Era tão parte da amizade das três como as tardes na torre do relógio, o vinho compartilhado, os brioches e a inveja. Elena tinha certeza de que era impossível amar alguém e não odiá-la na mesma medida, de alguma forma — o amor e o ódio eram irmãos gêmeos, afinal.

Mas, ainda assim, vê-la dizendo aquelas maldades após o dia mais difícil de sua vida... era uma traição impensável.

— Por que me mostrou isso?

— Eu ainda vou te mostrar muitas coisas, Elena. Mas isso é para que saiba que nenhum dos meus passos é mal calculado. Sei o que estou fazendo.

Elena continuou chorando, sem saber o que dizer.

— Meu passarinho. — O tom da fantasma mudou, ficando mais suave, como uma pluma. — Eu sinto muito por toda essa tristeza. Em breve, você verá que nada disso foi em vão.

Eco avançou pela moldura do espelho a passos lentos, a capa preta escorrendo como se fosse feita de sombra. Seu reflexo aproximou-se de Elena, segurando seu rosto com as mãos enluvadas e limpando suas lágrimas com os polegares. Ela sentia seu toque, áspero e tenro, mesmo que não existisse do lado de fora do espelho. A soprano estudou seu rosto anguloso sempre coberto pelo crânio quebrado, os lábios pintados de carmim como o sangue de Cecília.

A fantasma desceu as mãos pelo pescoço de Elena, e ela quase recuou — mas Eco não apertou a sua pele. A alisou com cuidado, o cenho franzido como se perguntasse quem poderia tê-la machucado. Desceu as mãos por seus ombros, antebraços, punhos — mesmo por cima do uniforme de Prodígio, seu toque era quente e macio. Enfim enlaçou os dedos com os de Elena, e o cetim branco era quase da mesma cor que sua pele.

— Conte o que está sentindo — murmurou, os olhos fixos nos dela.

— Estou magoada — respondeu, procurando entender os próprios sentimentos. — Triste, e cheia de angústia, e ainda sinto falta de Ciça, por mais que doa. Eu...

— Não, Elena — disse Eco, e colocou uma das mãos no peito de Elena, por cima do coração. — Não quero que me diga o que sua mente acha que está sentindo. Quero que descreva a sensação em seu corpo.

Elena assentiu, tentando entender o pedido e focando sua atenção nos membros. Era diferente, o ato de se observar — de se ouvir — daquela maneira. Elena estava acostumada a ignorar os chamados de seu corpo, de interpretá-los através da mente, que considerava algo separado. Algo melhor. Fazia sentido que o deixasse desamparado, depois de tanto odiá-lo. Mas Eco ordenava que se conectasse consigo mesma, e, pela primeira vez em muito tempo, Elena fechou os olhos e se ouviu.

— Meu peito está apertado. Como se houvesse uma corda enrolada ao redor do coração. — Eco assentiu, encorajando-a, e ela continuou. — Meu estômago está pesado, retorcido. Quente.

— Como é esse calor?

— Se espalha pelo meu peito, queimando tudo que vê. Arde... em meus braços, meus... meus dedos...

O cheiro de fumaça a atingiu primeiro — ela abriu os olhos e, em suas mãos, ardiam chamas duplas. Estavam na ponta dos dedos, dançavam ao redor das juntas e do dorso, enrolavam-se em seu punho. Eram quentes, como carvão em brasa, mas não doíam — na verdade, provocavam apenas cócegas em sua pele, formigando-a à medida que queimavam.

— O que é isso? — perguntou, maravilhada, o olhar fixo nas chamas laranjas e vermelhas.

— É magia de Potência — respondeu Eco, satisfeita, e tocou uma das chamas com cuidado. O fogo chamuscou a luva branca, reluzindo no espelho, e ela afastou a mão com um sibilo de dor. — E agora, é sua. Está dentro de você.

A magia provinha do som — sempre fora assim, desde que Elena tinha começado a estudar a proveniência daquele poder que sempre a fascinara. Potência era a ressonância ligada aos instrumentos de corda — como o violino de Alec — e produzia energia. Podia gerar e remover calor, eletricidade. Podia causar explosões e desmembrar Prodígios.

Mas, naquele momento, a magia não dependia de som nenhum para nascer — simplesmente nascia de dentro de Elena e fazia surgir fogo em seus dedos. Um fogo que não a queimava; ao invés disso, a obedecia.

Seu coração perdeu um compasso.

— Eu disse que faria cada perda valer a pena, passarinho. — As chamas dançavam no olhar azul elétrico de Eco, fazendo-a parecer quase maníaca ao encará-la. — E esse é só o começo. Você não tem ideia de tudo que eu posso te dar.

Por mais que tivesse medo, Elena não podia negar uma coisa: a frase a enchia de uma ambição intensa, que queimava mais do que as chamas em suas mãos.

Dies irae

Elena estava atrasada.

Os poucos presentes já estavam prostrados como soldados na capela do Conservatório, todos vestidos de preto, combinando com o clima austero e pesado. A mãe de Cecília, uma mulher gorda e delicada como uma peça de porcelana, soluçava nos braços do marido — ele, ao contrário, tinha a expressão dura e a compleição cinzenta de uma estátua. Encaravam um caixão fechado, seu mogno claro e fechos de bronze refletindo a pouca luz que entrava pelos vitrais coloridos.

Os Avis-Corsica não queriam alarde — eram uma família reclusa e sisuda, e por vezes Ciça havia reclamado de sua atenção ao protocolo, sua insistência que a filha abandonasse o sonho de Prodígio e enfim tomasse seu lugar como herdeira. Ela, porém, provavelmente teria gostado de ver que os pais não transformaram sua morte em espetáculo, e ao invés de cerimônia e pompa cheia de pessoas importantes, velavam a filha dentro do lugar que ela mais amara no Império.

— Desculpe — sussurrou Elena, deslizando o mais silenciosamente que pôde para dentro da pequena capela e respondendo ao olhar recriminatório de Meg, que, coberta dos pés à cabeça de preto, parecia o próprio ceifador. A seu lado, estavam Raphaella Roy, André Garnier, e Theodora, cujos olhos se iluminaram suavemente ao encontrar os de Elena.

Ainda não haviam se falado após o beijo — naturalmente, a morte de Cecília vinha primeiro. Ademais, Margot e Elena tinham acabado de receber alta da enfermaria — e, talvez por isso, entrar ali pegou a soprano de surpresa, como se a qualquer momento sua amiga fosse levantar do caixão que velavam e declarar que não passara de uma brincadeira. O luto fisgou seu peito, e Elena respirou fundo para não chorar. O odor era de incenso e tristeza, pesado como as sombras que pintavam a capela.

O Conservatório não era um lugar muito religioso — para isso havia a Basílica, como André sempre gostava de frisar. Ali, cultuavam a magia e a música, e somente elas. Ainda assim, uma sacerdotisa residente fazia os ritos da morte, murmurando cânticos funerários enquanto rodeava o caixão com um ramo de alecrim amarrado na ponta, e um incensário redondo do qual se desprendia fumaça. O cheiro doce e enjoativo deixou a cabeça de Elena pesada de cansaço, e ela reprimiu um bocejo quase incontrolável — especialmente quando Meg lhe lançou outro olhar de reprovação.

Estavam quase no final da cerimônia, e por isso não foi surpresa quando dois magos Motrizes se aproximaram do caixão, empunhando pequenas flautas de metal. Com sua música, carregariam o caixão para fora da capela, onde seria incinerado por um conjunto de magos de Potência e seus violinos e violoncelos. Era assim que mandava o proto-colo, mesmo que Elena soubesse que Cecília tivera, em vida, o desejo pagão de ser enterrada perto das montanhas onde passara sua infância.

Obviamente, seus desejos eram muito menos importantes do que a reputação dos Avis-Corsica.

A mãe de Cecília aproximou-se do caixão de súbito, interrompendo o movimento dos magos. Dinarin era uma mulher gentil e refinada, mas, diante da morte da filha, seu rosto bonito contorcia-se em um pesar grotesco. Ela apoiou as mãos trêmulas no tampo do caixão, alisando-o como certamente um dia fizera com os cabelos loiros que Ciça havia herdado.

— Diná. — Silas foi para perto da esposa, chamando-a com gentileza, e apoiou uma mão em seu ombro. — Precisamos deixá-la ir.

A frase doeu como se fosse uma lança no coração de Elena, e seus olhos ficaram quentes e ardidos com o choro. A dor abria suas asas de morcego e criava um abismo em seu peito. Ela nunca mais faria carinho nos cabelos loiros, nunca mais riria de alguma brincadeira tola ou fofoca mal contada. Nunca mais sentiria aquela mistura de aconchego e exasperação que apenas Ciça conseguia provocar nela — como se Elena fosse a única pessoa capaz de cuidar daqueles olhos lilases, que quando choravam eram maiores do que o mundo.

Por mais ódio que houvesse sentido, em ocasião, por mais mágoa e desagrado, a intensidade de seus sentimentos só existia porque, por baixo de tudo, havia um amor feroz e intenso — uma amizade que agora jazia quebrada como o corpo por baixo do caixão.

— Só mais um pouco — pediu Diná, a voz tão trêmula quanto as mãos, as lágrimas escorrendo pelo rosto redondo. — Preciso vê-la, uma última vez.

Um murmúrio soou quando André inclinou-se para falar algo com a sacerdotisa. Elena não precisava ouvi-los para saber que estavam se perguntando, da forma mais delicada possível, como impedir que Dinarin abrisse o caixão, e bastava lembrar-se do braço decepado de Cecília para entender o porquê. Era melhor que sua mãe conservasse as memórias da filha viva, feliz, bonita como uma boneca — e inteira.

— Sra. Avis-Corsica. — André foi até o casal, assumindo a posição de reitor. — Por favor. Eu tenho certeza de que Cecília gostaria que se lembrassem dela em seu primor. — Sua voz estava tesa como as cordas de um violino. A família não era apenas importante para Vermília: as doações generosas das quais Cecília muitas vezes se gabava certamente eram peça-chave do planejamento orçamentário do reitor. Com toda certeza, ver sua filha sem um braço impactaria a frequência ou o tamanho dos cheques.

— Minha Cecília não gostaria de mais nada, Sr. Garnier. — Diná deixou que o luto se revelasse em uma resposta ácida e ferina. — Está morta, por causa de um dos seus alunos estrela, que até onde eu sei continua à solta. Por causa da sua irresponsabilidade.

— Minha querida. — Silas segurou o punho que a mulher sacudia no rosto de André. — Foi um acidente, um terrível acidente...

— Acidente? Logo após terem promovido meu bebê, ela aparece morta! E querem que eu acredite que foi um acidente? — Diná elevava o tom a cada palavra, o rosto ganhando uma coloração intensa de vermelho. — Depois de tudo o que fizemos pelo Conservatório, não foram capazes de proteger minha filhinha. E agora, não querem que eu me despeça direito!

A tensão ergueu-se na pequena capela como um véu, misturando-se à fumaça de incenso e à luz difusa que penetrava pelas janelas e se coloria com os vitrais. Elena trocou um único olhar com Margot, sem saber com agir. Da mesma maneira que quando Alec atacara, sentia como se estivesse prestes a presenciar uma explosão.

E surgiu — quando, interrompendo uma resposta alarmada de André, Diná atirou-se em cima do caixão. Ela soluçava, as mãos agarradas ao tempo de madeira, lágrimas escorrendo pelo rosto e um uivo de dor ecoando a seu redor.

— Não vão me impedir de dizer adeus à minha filha! — gritou, estapeando o marido e o reitor e debruçando-se ainda mais por cima da madeira. — Minha Cecília, minha pequena Cecília...

— Eu lhe peço que não se altere, por favor...

— Dinarin, pelo amor de tudo que é mais sagrado...

— Minha senhora...

E então, tentando desvencilhar-se dos braços fortes de um dos magos Motrizes, Dinarin chocou-se contra a lateral do caixão. Elena observou a cena como se em câmera lenta: primeiro, o objeto adernou para um lado, e depois para o outro, em cima de seu suporte. Depois, incapaz de resistir ao peso da Sra. Avis-Corsica, foi ao chão com um baque abafado — o tampo desprendendo-se e deslizando para o lado.

Elena esperava uma cena torpe — o corpo já começando a decompor de Cecília, sem um braço, rolando sem vida pelo chão. De repente o ar da capela ficou rarefeito, e ela sentiu o princípio de náusea gelar sua pele. Não queria ver o cadáver da amiga, não daquele jeito, era errado...

Mas nada rolou para fora do caixão — pois ele estava completamente vazio.

O silêncio chocado durou apenas um segundo.

— O que está acontecendo? — Foi a vez de Silas, que até então estivera tentando amainar os ânimos da esposa, levantar a voz. — Onde está a minha filha? O que vocês fizeram com a minha filha?

— Meu santo — Margot murmurou, agarrando a mão de Elena.

Sua pele estava fria e pegajosa, como se fosse desmaiar. Silas berrava impropérios; Dinarin soluçava incontrolavelmente, o corpo derramado no chão por cima do tampo de caixão; André andava ao redor dos dois como uma barata tentando estabelecer algum controle. De sua parte, Elena só queria sair dali — o princípio de náusea ficou mais intenso, subindo em ondas por seu corpo, e ela segurou no banco de madeira até que os nós das mãos ficassem tão brancos quanto seu rosto.

Onde estava Cecília?

E então, provando que nada era tão ruim que não pudesse piorar...

As portas da capela se abriram com um estrondo — Alec, ladeado por três magos Motrizes. Eram parte da força de segurança do Conservatório: uma nota de seus instrumentos era capaz de atirar flechas e balas mortais contra qualquer pessoa — eles seguravam o ex-Soprano de Ouro, que se debatia contra suas mãos de ferro.

— O que está acontecendo? — André se adiantou para tentar conter o caos, enquanto Raphaella foi até Dinarin e Silas.

— Nós o encontramos em seu camarim, reitor — revelou um dos magos Motrizes. — Fomos informados que deveríamos trazê-lo imediatamente...

— Durante um velório?

O rosto de André estava lívido, e ele encarou Alec como se fosse uma cobra prestes a dar o bote. Mas Alec era uma sombra do homem arrogante que Elena vira apenas dois dias antes: suas roupas estavam cobertas de fuligem, chamuscadas em determinados pontos; o rosto altivo macilento e assustado.

— As acusações contra mim são mentiras! — Alec guinchou, mas não era uma tentativa de se defender: era uma súplica. — Não é possível que um acidente seja capaz de acabar com tudo que eu já fiz por este lugar. Sr. Garnier, por favor.

Lágrimas faiscaram nos olhos do soprano, e por um instante Elena quase teve pena dele.

Quase.

— Senhores, levem-no daqui! — André quase cuspiu em repulsa.

— O assassino! — gritou Dinarin, avançando até Alec em histeria completa. Raphaella tentou segurá-la, mas foi em vão. — Tem a audácia de aparecer aqui?

— O que aconteceu com Cecília Avis-Corsica não foi culpa minha! Foi tudo plantado por alguém que quer me derrubar.

Alec procurava alguém a quem culpar, e a pena que Elena sentira se desfez imediatamente quando percebeu que se referia à ela. Mas foi em vão: André continuou falando, implacável, ignorando quaisquer tentativas de redenção.

— O Conservatório não admite degenerados, Sr. Cézanne. O que você fez não é apenas perigoso, e sim letal, e foi responsável pela morte de uma colega sua — retrucou André, dando alguns passos na direção de Alec. — Isso está claro na letra da lei, e mesmo que não estivesse, não deixarei que um verme como você destrua a reputação que construímos aqui. Agora, pela última vez: levem-no daqui!

Alec olhava de um lado para o outro, procurando alguma salvação dentro da capela, debatendo-se contra os magos Motrizes com uma força que contradizia seus membros emaciados. Seu olhar ancorou-se na figura sisuda de Grigori, mas só havia desprezo no rosto do maestro.

O olhar gelado que Grigori lançava a Alec era como a tundra que cobria o interior do país — inerte, onde nada crescia. Se era verdade que Alec usava magia de ossos para melhorar sua performance, seria improvável que Grigori não soubesse. Afinal, ambos dividiam uma cama, não? Mas o maestro escolhia sua reputação ao aluno de quem sugara toda a juventude e talento, com tanta convicção e rapidez que Elena se perguntou se não havia sido este o seu plano desde o início.

Mas Alec Cézanne e seu violino tinham matado sua amiga — com ou sem a influência de Eco, não importava para Elena. Ela não sentia nenhuma gota de pena pelo que ele estava enfrentando naquele momento, e era apenas justo: Alec merecia a ira de André, a indiferença de Grigori, a vergonha da sociedade de Vermília.

O Conservatório era um ninho de cobras, mas daquela vez seu veneno estava despejado em alguém que merecia perecer sob seus efeitos.

Os magos estavam quase na porta da capela, quando Alec enfim conseguiu se desvencilhar.

Por um momento, foi como se estivesse disposto a aceitar sua punição. O soprano ergueu o corpo, as mãos esticadas ao seu redor, o olhar descontrolado...

E então começou a cantarolar uma melodia baixa.

Lá, lá, lá, lá

Lá, lá, lá.

Os sons que saíam de sua boca eram ritmados, repetidos, e seguiam um caminho ondulante que provocou arrepios em Elena. Era impossível não reconhecer aquela melodia; qualquer mago que valesse o que cantava estava familiarizado com a *dies irae*, ou, como era mais comumente chamada, a melodia da morte.

Uma nota, seguida por uma meio tom mais baixa, e uma meio tom mais alta, e a última a mais grave. Uma melodia repetida, criando uma corrente de magia que se fazia sentir no corpo de cada mago presente, que levantava os pelos dos braços de Elena e de todos que ali estavam.

A *dies irae* era proibida. Nenhum compositor podia incluí-la em seus sonetos, ninguém poderia praticá-la — um decreto imperial, criado na época da tentativa de golpe, tornara a sequência de notas ilegal. Se tocadas por um mago experiente, eram capazes de matar uma pessoa.

Se tocadas por uma orquestra, poderiam dizimar um exército.

O problema da *dies irae* não era apenas o seu poder — e sim sua imprevisibilidade. A magia caótica que explodia das notas não tinha alvo: atacava quem quer que estivesse no caminho, quem quer que a força mágica quisesse clamar. Por isso, também era conhecida por um outro nome: o som suicida.

Era ele que Alec estava cantando agora, seus olhos tão brancos que pareciam pérolas luzidias e fantasmagóricas. Um redemoinho leitoso começou a se formar a seu redor, e o vento fez os cabelos de Elena chicotearem para trás, como velas de um navio. Ela se sentia incapaz de fazer qualquer coisa que não olhar Alec, ouvir sua música, presa pelo magnetismo da melodia da morte.

— Façam-no parar! — bradou André, e sua voz foi o primeiro som a interromper a corrente incessante da *dies irae*. Seus magos de defesa estavam hipnotizados pela melodia, encarando Alec como se ele fosse um deus.

Ou um demônio.

— Não irão me destruir — Alec gritou, a voz engasgada com lágrimas ou ódio. A melodia da morte ecoava ao seu redor, tendo ganho vida própria em meio à magia que o soprano conjurar. — A Primeira Orquestra é minha. Minha!

Soberba e ódio destilados em som. Agarrando a atmosfera da capela, comandando a atenção dos presentes, roubando o ar e o fôlego até que a mente de Elena ficou perdida em uma névoa que ficava mais intensa a cada segundo.

A voz de Eco quebrou a magia, clara como um sino em sua mente.

Resista, passarinho. Está quase acabando.

Ela obedeceu.

A *dies irae* ficou mais alta, mais intensa, perfurando a mente de Elena como uma agulha. Era o som de um corpo atirado contra as ondas revoltas do mar.

O último suspiro de uma pobre alma que bebia veneno como se fosse mel.

O corte profundo em pulsos desejosos de alívio.

O som que fez a corda, sob o peso do corpo de sua mãe.

E então, a melodia cessou.

Uma cascata de sangue escorreu pelos lábios de Alec. Lágrimas vermelhas despontaram em seus olhos, manchando o rosto branco e contorcido. Verteram de dentro dele como uma fonte inesgotável — e Alec colapsou ao chão, sufocado com o próprio sangue, borbulhando em meio a uma poça crescente de líquido escuro e pegajoso.

A *dies irae* tinha feito sua vítima — justamente o mago que ousara empunhá-la.

Foi apenas algumas horas depois que Elena sentiu que era possível voltar a respirar.

Depois da morte de Alec, a confusão do velório de Cecília tornou-se um pandemônio. Dinarin e Silas foram removidos do local por Raphaella, que tentava sem sucesso acalmar a histeria da matriarca dos Avis-Corsica. O sangue era tanto que a barra do vestido de Elena ficou empapada e dura — mesmo quando ela foi levada às pressas para fora junto com Margot e Theo, que as escoltara até os próprios aposentos.

— Preciso ir até meu pai — disse a compositora assim que as duas chegaram no quarto de Theo, em um refrão que estava ficando cada vez mais familiar para Elena. — Voltarei em breve. Não saiam daqui.

Elas obedeceram — e só quando a porta se fechou atrás delas e Elena percebeu que seu vestido tinha deixado marcas vermelhas no chão imaculado do quarto que os acontecimentos do dia passaram a fazer algum sentido.

Alec Cézanne estava morto.

Mais do que morto — assassinado pela melodia da morte, que, mesmo tendo poupado Elena, deixara em seu rastro a pior dor de cabeça que já sentira. A julgar pelo olhar de Meg, que encarava a vista do quarto de Theodora com olhar perdido, produzira um efeito similar na amiga.

Ficaram em silêncio por algumas horas, até Theodora reaparecer. Mas não estava sozinha.

Grigori tinha a expressão desesperada de um homem que não tinha mais opções — os cabelos prateados em ondas malfeitas por cima da cabeça, sombras escuras debaixo dos olhos.

Elena compreendeu quase de imediato o motivo da sua presença ali. Ela e Margot haviam sido testemunhas do escândalo que acontecera há pouco. Se quisessem abrir a boca, a fofoca se espalharia como fogo em uma sinfonia — e a última coisa de que o maestro da Primeira Orquestra precisava tão perto da Sinfonia da Primavera era de mais um escândalo.

Na verdade, precisava delas duas.

Theodora deu uma piscadela suave para Elena, confirmando suas suspeitas. Meg e Elena se levantaram e fizeram uma mesura — mas, aparentemente, não havia tempo para qualquer protocolo.

Não quando ele acabara de ver seu Soprano de Ouro se suicidar no velório da maga que fora acusado de matar.

Grigori lançou um olhar para Margot de cima a baixo.

— Nadine não irá se recuperar tão cedo, e você viu o que aconteceu com Cézanne. Portanto… Você é a nova Soprano de Ouro da Primeira Orquestra. Espero que esteja pronta para substituí-lo nos solos o quanto antes.

Desse jeito, simples e sem rodeios. Como se não houvessem acontecido duas mortes sob sua batuta — o espetáculo tinha que continuar, afinal de contas. No Conservatório não havia espaço para luto ou medo.

O rosto marrom de Meg ganhou um tom avermelhado e intenso, como se ela tivesse sido acesa por dentro. Ela fez uma pequena mesura, e o gesto era resposta suficiente. Era assim dentro do Conservatório: sonhos eram realizados em um passe de mágica, e magos substituídos como se ninguém nunca tivesse estado em seus lugares.

Orgulho e inveja escalaram a garganta de Elena: um ácido, o outro aéreo. Ela queria abraçar a amiga na mesma medida que queria arrancar seus cabelos e arrastá-la pelo salão. Queria abraçá-la e enfiar uma faca em suas costas. O sentimento provocava sombras de medo na mente de Elena, como se estivesse escorregando para um lugar sem volta.

Mas o sorriso de Meg era tão genuíno, tão doce, que o orgulho venceu a batalha. Ela sabia o quanto a amiga havia amargado a sombra de Alec, seu reconhecimento que a colocava à míngua, sempre como sua reserva. Sabia que sentia a perda de Cecília como ela e, naquele momento, Margot parecia uma rainha, mesmo com os hematomas que ainda apareciam por baixo de seu traje enlutado.

Grigori torceu o nariz, insatisfeito.

— E, por favor, peça que alguém faça um feitiço de cura rápida. Temos a Sinfonia da Primavera em pouco mais de um mês, e a última coisa de que preciso é uma soprano que parece aleijada.

As palavras eram duras e preconceituosas, mas Margot não esboçou reação, como era esperado da mais nova Soprano de Ouro. Apenas assentiu, voltando o olhar para Elena.

— Precisaremos de alguém para tomar o meu lugar, maestro.

Ela não disse mais nada, mas o olhar de Grigori recaiu sobre Elena, acompanhando o gesto de Margot. Era um olhar invasivo, quase doloroso, mas Elena reprimiu a vontade que sempre sentia de se encolher. Agora, o maestro precisava dela — mesmo que seu nome fosse manchado, mesmo que sua reputação estivesse por um fio.

Ante ao que fizera Alec, era apenas uma nota de rodapé na partitura.

Ela não sorriu, mas encarou Grigori, sustentando seu olhar prateado com igual intensidade. Seria aquilo um lampejo de desejo? Ele desviou o olhar de seu rosto e Elena sentiu que passeava por seus lábios, seu pescoço, seu colo exposto mesmo no vestido modesto.

Deixe que olhe, passarinho.

Elena deixou.

Sabia que ele não entregaria o lugar de Margot de bandeja, não daquele jeito. Mas se desse uma chance a ela, se a readmitisse na Primeira Orquestra... Talvez ela pudesse galgar os degraus de novo.

— Não me dá prazer tê-la de volta entre nós, Srta. Bordula. — Grigori apertou os lábios, tenso, e trocou um olhar de soslaio com Theodora. — Mas terá que provar seu valor para se tornar reserva. Enfim... Bem-vinda à Primeira Orquestra. Espero que não me decepcione outra vez.

A satisfação desabrochou no coração de Elena, e ela tentou ignorar seu gosto — afinal, era às custas de Cecília, não? Se ela não tivesse sido explodida pelo violino de Alec, ele jamais teria sido expulso do Conservatório — e Meg jamais teria virado Soprano de Ouro. Seu coração se partia com o luto, e deveria ser esse o sentimento a dominá-la, não é?

E embora soubesse que sim, embora soubesse que deveria estar cheia de tristeza e remorso, sentiu-se tomada pela alegria. Ela tinha mais uma chance, uma chance que a morte de Cecília lhe trazia de presente.

Não pretendia desperdiçá-la.

Desejos

Elena sempre soube que o Conservatório não parava para nada — afinal, a magia dobrava as estações, criava movimento e poder, violência e brio onde antes não havia nada. Eram o braço mais forte do imperador, o único que garantia que Vermília continuaria sendo a cidade berço do poder de Marco Aurélio.

Ainda assim, era quase surreal ver que a vida no castelo continuava exatamente igual, mesmo após duas mortes terríveis debaixo de seu teto. Quando o dia seguinte raiou, e Elena fez seu caminho até a sala de ensaios da Primeira Orquestra, foi como se tudo estivesse absolutamente intocado pela morte de Alec e Cecília.

Bem, quase tudo. Pelos corredores, havia mais fofocas do que o normal: grupinhos reunidos, sussurrando apressadamente e trocando olhares furtivos. A desventura de Elena n'O Pequeno Inferno havia sido esquecida, lavada com sangue e escândalos muito mais apetitosos.

São todos uns urubus, pensou a soprano. Podia não ser mais do interesse deles, mas ela não se esqueceria de seu escárnio e desdém, não tão cedo.

Não só isso, na verdade. Por mais que tentassem ser discretos, era impossível não notar a presença de um número razoável de detetives da força policial de Vermília, que patrulhavam os corredores armados com cadernos e flautas. As mortes não haviam passado de todo despercebidas — mesmo que a magia continuasse a seguir seu curso inexorável.

Aquilo era bom, de certa forma. Elena não tinha ilusão de que seus colegas — agora de maneira oficial — da Primeira Orquestra esqueceriam por completo o que ela havia feito n'O Pequeno Inferno, ou das manchas em seu sobrenome, mesmo ante à luz dos horrores ocorridos nos últimos dias. Não houve o mesmo chamariz de olhares em sua direção, mas ainda assim a soprano sentiu a energia mudar dentro do salão de ensaios quando ela entrou, como se sua simples presença fosse algo notável.

E era. Ela havia sido expulsa da Primeira Orquestra, e agora estava de volta — uma simples soprano, é claro, mas sua presença certamente mostrava aos colegas que não devia ser subestimada.

Elena tentou engolir o nervoso, que tinha um gosto acre e desagradável. Mesmo sabendo que era mais poderosa do que todos ali — especialmente depois do presente dado por Eco — a expectativa de que precisava se provar provocava uma ansiedade elétrica, que queimava como o fogo da Potência. Se fizesse as coisas direito, em breve sua carreira voltaria aos trilhos — quem sabe, Grigori a colocasse como reserva de Margot.

A amiga estava na primeira fileira, na cadeira que fora de Alec. Como uma flor, estava rodeada de contraltos e tenores, que zumbiam ao redor dela feito abelhinhas ansiosas, competindo por sua atenção com sorrisos e lisonjas.

Elena queria ir até a amiga, sentar-se ao lado dela e reivindicar seu lugar. Ao mesmo tempo, lembrava-se da cena que Eco lhe mostrara, e os dois desejos digladiavam entre si. Sim, Cecília havia sido mais maldosa — e sim, Meg a defendera, ao menos um pouco. Não queria perdê-la, e o desejo por uma companhia falou mais alto.

Logo, porém, percebeu que não precisava se preocupar — pois era como se Meg nem ao menos tivesse notado a presença de Elena ali. Diferente da primeira vez, em que a amiga a havia ignorado propositalmente, agora o olhar de Margot era ofuscado pela luz de ser o centro das atenções.

— Você de novo por aqui. — Uma coisinha miúda de olhos brilhantes como besouros e cabelos que caíam em borbotões de cachos surgiu tão repentinamente que Elena teve que reprimir um esgar de susto. Era Páris, soprano que ela reconhecia de sua semana como recruta temporária. — Achei que não iria durar depois da sua performance, mas é aquela coisa. Estava no lugar certo, na hora certa, não é?

A insinuação não escapou a Elena, que se limitou a dar um meio sorriso.

— Obrigada — agradeceu, encarando os olhos luzidios de soprano.

— Eu só tomaria cuidado com Grigori. — Páris deu de ombros, e indicou a cadeira de novo. — Você deve ter percebido que ele gosta de olhar o decote das meninas na primeira fileira. E o seu é excelente.

— O meu... O quê?

— Certamente não o cérebro. — Páris revirou os olhos, em uma demonstração tão evidente de desdém que era quase cômico. — Seu par. — Indicou os seios de Elena com os olhos, e havia tanto desinteresse em sua voz que ela quase não se sentiu invadida.

Quase.

— Você está há quanto tempo na Primeira Orquestra? — perguntou ela, tentando dar um tom displicente ao comentário.

— Dois anos e meio — Páris respondeu, apertando os lábios. — Grigori não gosta muito de mim, mas não preciso que goste. Eu só preciso que ele me ouça cantar... e que pessoas como você saiam do meu caminho.

Foi tão repentino que provocou um rubor intenso no rosto de Elena. Ela encarou Páris, analisando novamente o rosto infantil e o queixo pontudo. Aquele feline tinha garras.

— Não sei o que quer dizer.

— A posição de reserva da Soprano de Ouro é minha por direito, Elena. Tenho o talento e a senioridade. E não sei que feitiço você fez para que Grigori tenha esquecido da sua reputação, mas eu não esqueci. Se sabe o que é bom para você, irá ficar longe do meu caminho.

Não foi uma ameaça tanto quanto uma constatação, mas a combinação de desprezo e inveja era quase explosiva. Provocava em Elena uma vontade absoluta de se provar, uma pressão que começava no peito e se espalhava pela garganta, ácida. Queria impressionar e assustar na mesma medida. Queria apagar qualquer dúvida de que pertencia àquele lugar.

Queria incendiar a sala de ensaio com o simples toque de suas mãos. Ela achara que chegar ali de forma permanente seria o suficiente. Que assim que alcançasse o topo, não teria que se preocupar com as dúvidas. Mas, aparentemente, não poderia estar mais errada: a dúvida era a coroa de espinhos agulhando sua testa.

Talvez conseguir o que mais queria não era um final: e sim, um começo. Quem sabe até fosse mais maldição do que bênção. Mas quando Grigori adentrou a sala e bateu palmas, indicando que queria todos as Prodígios em posição, o coração de Elena respondeu como um homem sedento por água depois de caminhar por horas no deserto.

A posição de reserva seria sua — e depois, Soprano de Ouro. Era o unico caminho possível para ela.

— Aquecimento e depois o primeiro terço da Valsa do Sol, Prodígios — Grigori disparou, impaciente. — Não temos tempo a perder.

E não tinham. A apresentação da Sinfonia da Primavera era provavelmente o momento mais importante da Primeira Orquestra, quando enfim chegava a estação das flores e tempos mais quentes para o Império. Era uma peça complexa, que só podia ser performada no dia específico do ano propício para isso — única razão pela qual o Império não gozava de uma primavera infinita, e também algo que colocava mais pressão ainda nas Prodígios.

— Eu disse *vamos*, Lydia, será que você bateu a cabeça hoje de manhã ou sempre foi burra desse jeito?

As primeiras horas do ensaio se passaram em uma repetição infindável do primeiro trecho da ópera, mais um ensaio técnico do que uma canalização de magia. Era importante que todos as Prodígios cantassem em uníssono, navegando as mudanças de nota e de tom sem hesitar, combinando com perfeição melodia e harmonia — tudo isso antes dos instrumentos, que entrariam nos ensaios em algumas semanas.

Margot cantava com a confiança de quem sabia os solos de trás para a frente. A combinação já familiar de inveja e orgulho tomou Elena de assalto: por um lado, se ela não errasse, Elena jamais poderia solar — e mostrar seus poderes recém-adquiridos para o maestro. Por outro, era incrível ouvir Meg alcançar as notas altas e rarefeitas com facilidade, navegando o som como uma timoneira experiente.

Grigori também notava o talento de Margot. Era a oitava ou nona vez que ela cantava o mesmo trecho do solo, enquanto todas as outras Prodígios ficavam em silêncio. Elena aproveitava o descanso momentâneo para observar o maestro: como seus dedos se enrolavam ao redor da batuta preta, os nós da pele brancos com a pressão, ou como suas feições se fechavam quando parecia que Meg ia errar alguma passagem. O mais impressionante eram seus olhos, luzidios e maníacos, fixos em Margot como um dragão encarando um tesouro. O que emanava dele não era somente impaciência e irritação: era desejo, nítido como uma partitura aberta.

O desejo de Grigori provocava calafrios em Elena — e não eram de inveja, e sim de medo. Ela vira o que ele tinha feito com Alec, como o havia descartado de cima de seu pedestal como uma fruta podre. Pensar que poderia fazer o mesmo com Margot...

Bom, não era algo que lhe trazia qualquer prazer.

Talvez tenha sido esse o motivo pelo qual Elena seguiu a amiga para as coxias, no intervalo entre o ensaio da manhã e o da tarde.

Por causa do que acontecera com o violino de Alec, estavam usando uma sala de ensaios maior — com outros camarins, estes voltados para o leste e, portanto, dando vista para a serpente prateada que era o Rio Bemol, suas curvas acesas com o sol incomum e quente do início da tarde. Era muito mais bonito do que o lugar onde estivera o camarim de Alec — motivo pelo qual foram escolhidos para serem os aposentos privados de Grigori.

A luz penetrava pelas janelas curvas, iluminando o espaço que antecedia os camarins com uma atmosfera dourada e quente, quase abafada apesar do frio do início de abril. Meg estava aninhada na poça de luz solar que se derramava pela janela mais ao fundo da antessala, com um livro de partituras aberto no colo, e com uma postura lânguida ela mais parecia um felino marrom aquecendo-se em cima de uma almofada do que uma Prodígio.

Quando encarou Elena, porém, seu olhar era mais frio do que o esperado — seu rosto exalava desconfiança, e lhe roubava o calor solar costumeiro. Talvez fosse o luto, ou talvez algo mais profundo, agora que as duas estavam em uma competição direta.

— Você está parecendo o Marco Aurélio — comentou Elena, tentando quebrar o clima gelado com uma comparação com o gato calico residente do Conservatório, que os magos haviam nomeado em homenagem ao imperador. — Talvez um pouco mais rabugenta, considerando que é nossa mais nova Soprano de Ouro.

Marco Aurélio era conhecido por ser tão arrogante quanto sua contraparte humana, e também por odiar estranhos e distribuir mordidas como forma de assegurar seu reinado.

Margot nem ao menos deu um meio sorriso, e continuou folheando o livro de partituras.

— Nossa amiga acabou de morrer. Não acho que eu deveria estar feliz.

— Você é Soprano de Ouro. A Prodígio mais importante do Império. — Elena foi até ela, sentando-se ao seu lado. Estava ciente da inveja que transparecia em sua voz, da impaciência com Margot: ela tinha o que as duas sempre sonharam. Devia estar feliz. — Todos querem ser você.

— Todos querem me matar, você quer dizer. — Meg estremeceu, fechando o livro. — Preciso ser melhor do que todos eles, e caminhar olhando para trás. Grigori quer que eu tenha encontros particulares com ele. Me disse antes do ensaio que minha promoção foi prematura e apenas por necessidade ...

— Ele está tentando mostrar quem manda. — Elena revirou os olhos. — Não se deixe abater.

— É fácil para você dizer. Parece que nem ao menos chorou por Cecília, Elena. Ela morreu, e nem conseguimos fazer o velório direito.

— E isso me entristece tanto quanto a você, mas...

Meg a interrompeu, os olhos vermelhos.

— Você sabia que aparentemente o corpo de Alec também sumiu? Há algo de estranho neste castelo, Elena, mas você não vê. Só se importa com a Primeira Orquestra, com as outras Prodígios, com a magia.

A injustiça do comentário foi como uma agulhada no peito da soprano.

— Eu não preciso chorar para sentir falta dela, Meg — retrucou Elena, erguendo-se do chão e ficando frente a frente com a amiga. Lágrimas quentes arderam em seus olhos, mas ela as sufocou. — Cecília, mais do que ninguém, gostaria que estivéssemos focadas no que nós três sempre quisemos. Quantos desejos gastamos para isso? Quanto tempo passamos confabulando como seria se uma de nós se tornasse Soprano de Ouro?

— Tempo demais — murmurou Meg, e voltou sua atenção ao livro.

Se a inveja fora ácida, o que Elena sentia agora borbulhava profunda e intensamente. Ela queria dar um tapa na cara da amiga, arrancar o Sopranato de suas mãos se ela de repente não o queria mais. Mas vira como Meg tinha cantado no ensaio; e conseguia enxergar por trás do olhar preocupado e fixo que a garota tinha no texto acadêmico. Margot podia falar da morte de Cecília o quanto quisesse, mas ela tinha certeza que só o fazia para que Elena se sentisse culpada pela própria ambição.

Para que você desista de competir com ela, passarinho.

Elena engoliu em seco. Da forma que via, a melhor maneira de honrar a memória de Cecília era se dedicando de corpo, alma, e tudo o mais que tivesse a oferecer, para a Primeira Orquestra, com ou sem Meg.

E era exatamente isso que iria fazer.

Um beijo roubado

Elena tinha total intenção de conversar com Margot de novo — tentar entender o que acontecera, reparar o tecido frágil de sua amizade. Mas, no dia seguinte, quando entrou na sala da Primeira Orquestra e viu a amiga rodeada pelas Prodígios, que competiam pela atenção dela, o rosto quadrado emoldurado por um uniforme novo em folha...

Não conseguiu fazê-lo.

Talvez fosse o olhar gelado como o mármore que adornava as colunas das salas de apresentação que Margot lançou a ela. Talvez fosse o luto por Cecília, que mesmo com a visão de Eco, ainda fazia morada em seu coração e impedia que tivesse mais uma conversa potencialmente difícil com Meg. Ou, talvez, fosse o fato de que escondia seus poderes, escondia as visitas de Eco, e essas mentiras se impunham entre as duas como uma cortina de aço que endurecia a cada dia de silêncio.

Todos os dias, procurava por uma maneira de falar com Margot, e, todos os dias, a Soprano de Ouro escapava, fechando-se sobre si mesma. Elas pararam de subir à torre do relógio, pararam de conversar nos corredores... E antes que Elena percebesse, abril se esvaiu por seus dedos como uma canção.

A Primeira Orquestra tinha uma cadência que não demorou a dominar cada minuto da vida de Elena — e logo, seus dias tomaram uma forma regular e intensa, sem espaço para nada que não fosse a música…

Muito menos uma briga estúpida.

Elena decidiu que falaria com Margot quando Margot viesse falar com ela, e, considerando o ritmo alucinante dos ensaios, não seria tão cedo.

De manhã até o almoço, praticavam com as Prodígios, sob a batuta cada vez mais exigente de Grigori. Na segunda semana de abril, o maestro considerou que estavam prontas para trazer os magos — magos brutos de Potência que usavam coletes de um marsala queimado e manuseavam violinos; magos percussionistas, que costumavam ser reservados e sérios, cuja ressonância era Matéria e se cobriam de capas marrons, e todos os outros que compunham a Primeira Orquestra.

Eram cinco grupos de Ressonância no total: além da Potência e Matéria, havia os magos Motrizes de instrumentos metais, com casacos curtos em um tom ocre de calêndula e temperamento explosivo; os magos de Natureza, que empunhavam instrumentos como flautas e clarinetes, se vestiam de verde e tinham certeza de que sua magia era mais pura do que a dos outros. Por último, vinham as Prodígios, e com seus uniformes azuis elas compunham o colar de pedras preciosas que era a Primeira Orquestra.

Potência, Matéria, Motriz, Natureza — e Prodígios. Juntos, capazes de trazer a Primavera e ganhar guerras com uma canção.

Era quase bonito vê-los lado a lado, tocando juntos — mesmo que, naquelas duas primeiras semanas, Grigori não permitisse sequer uma única gota de mágica. O objetivo era acertar a parte técnica, e o maestro, além de colérico, era perfeccionista.

Magos de ressonância não se misturavam com as Prodígios, e Elena achava que Grigori preferia assim: ao final de cada ensaio, era cada um para o seu lado, capas coloridas se separando como rios marsalas, verdes e calêndulas.

Isso, claro, durante os ensaios: havia rumores, por exemplo, de que Páris estava dormindo com a maga de Potência que tocava violino e que era sua prima de segundo grau… Mas Elena tentava se manter alheia às fofocas e aos burburinhos. Dizia a si mesma que não tinha tempo para tolices como aquelas, mas a verdade é que os magos a encaravam como se fosse uma estranha.

Ela não fazia parte das elites que, geração após geração, formavam as fileiras da Primeira Orquestra. Estar ali era desafiá-las — desafiar as famílias antigas, que eram os pilares do Império e que haviam esnobado sua linhagem depois das acusações contra sua mãe. Não importava quantos banhos tomasse, Elena jamais se livraria dos rumores e dos olhares — não importava que fosse reserva da Soprano de Ouro, ou que seu talento ficasse cada dia mais polido e brilhante.

Na verdade, aquilo só parecia piorar as coisas.

Por isso, considerando que Margot também não fazia questão de sua companhia, Elena preferia comer suas refeições sozinha, aproveitando as duas únicas horas livres de seu dia para estudar...

Até o dia em que recebeu uma mensagem na bela caligrafia de Theodora, chamando-a para um almoço na torre do relógio.

As duas não se falavam direito desde o beijo, e o coração de Elena deu uma cambalhota ao convite. Encontrar-se com Theo era uma distração, uma que Eco certamente não aprovaria, já que havia redobrado os esforços com Elena naquele mês.

Mas ela se sentia terrivelmente sozinha — e, afinal de contas, precisava almoçar.

Foi assim que se viu fazendo novamente seu trajeto costumeiro até a torre, saboreando o vento gelado que diminuía com o passar das semanas, enveredando-se por abril com menos e menos ímpeto.

— Por um momento, achei que fosse me deixar sozinha.

Theodora estava sorrindo, sentada frente a uma toalha de piquenique com sanduíches de pastrame e rodelas de queijo, e luzia como se o sol viesse de dentro de si. Como sempre, estava vestida com elegância, usando os trajes escuros de uma compositora. Ela mesma era um astro-rei em forma de pessoa, e Elena sentiu seu coração aquecendo sob sua luz. Seu calor derretia o gelo, o medo, a inveja — era um refúgio, um bálsamo às aflições que pareciam vir de todos os lados.

— Eu estava com fome — brincou Elena, abrindo um botão de seu uniforme para deixar o pescoço respirar sob o calor pouco costumeiro que fazia na poça do sol do meio-dia. O camafeu de Eco pendeu sob seus dedos, e ela demorou-se nele, torcendo para que Theodora não notasse.

Mas a compositora era mais atenta do que isso.

— Que coisa bonita — disse Theo, encarando a figura de Elena com a mesma intensidade com o qual o dourado solar banhava as pedras. — Seu colar, quero dizer.

Elena cobriu o camafeu de osso com as mãos em um reflexo.

— Não mais do que você. — Elena sorriu à doçura de Theo, sua educação impecável. Seu rosto espelhou o rubor, aquecendo ante ao sol de Theodora. — Eu estava precisando da sua presença. Nem tive tempo de procurá-la depois do que... Depois de tudo o que aconteceu.

Theo franziu a testa levemente, esquadrinhando o rosto de Elena como se buscasse por algo. Os olhos castanhos de chocolate derretido eram um convite ao descanso, como uma cortina que se fechava ao mundo turbulento.

— Eu embosquei você depois de um ataque à sua vida quando sua amiga morreu. Se há alguém que deveria tê-la procurado, esse alguém sou eu... Não costumo fazer esse tipo de coisa com as pessoas que cortejo, Elena.

— Ah, então você corteja muitas pessoas? — Elena gracejou, recostando contra a coluna de pedra e dando um leve sorriso.

— Eu não. — Theodora gaguejou ao responder, ciente do que acabara de revelar. — Não foi isso que eu quis dizer, é só...

Era incomum vê-la ficando sem palavras, tanto quanto havia sido vê-la corar, e Elena segurou o impulso de beijá-la de novo. Em vez disso, interrompeu as explicações aos tropeços ao segurar as mãos de Theo, aninhando-as em seus dedos. Sentou-se ao lado dela na toalha de piquenique, dando um meio sorriso.

— Ei — disse ela, apertando os olhos. — Eu sei que não. Você é uma dama, Theodora. Jamais imaginaria nada além de classe e respeito vindo de você.

De início, Theo evitou seu olhar, parecendo mais interessada no entrelaçamento de suas mãos do que no rosto de Elena. Mas ela ergueu os olhos, e as orbes escuras estavam cheias de algo que a soprano não conseguia identificar.

— Não me senti muito respeitosa quando nos beijamos — Theo disse, puxando Elena gentilmente para si. — Esqueci que sou uma dama quando seus lábios encostaram nos meus, Lena. Deveria pensar no futuro, no que isso significa para nós... mas só consegui pensar em seu corpo no meu. Imagino que isso me torne o oposto de uma dama, mas passei tanto tempo querendo beijá-la que não consigo me importar.

Ali estava a luz solar, a segurança que emanava de Theodora como raios. Ali, tão perto que podia contar os cílios da compositora, era quase fácil esquecer do que vivera nas Catacumbas frias, o desejo cruel que Eco havia exercido sobre Elena. Só havia a pele negra de Theo contra a sua branca, suas feições de porcelana marrom tão delicadas e principescas que pareciam esculpidas por um anjo.

De certa forma, Elena não conseguia espantar a dúvida que vinha junto. Theodora pertencia a um outro mundo — um mundo feito de seda cor de chantilly e a luz dourada de lustres de um teatro. Haveria espaço para Elena — sua magia, sua ambição — naquele ar rarefeito?

Ela não sabia dizer. Não sabia ao menos se queria saber a resposta: afinal, sua carreira estava finalmente começando a decolar. Um relacionamento público com a filha do reitor seria uma distração com a qual Elena não tinha certeza se conseguiria lidar. Mais do que isso, havia acabado de perder uma amiga...

Não havia espaço em seu coração para questionamentos como aquele.

E ainda assim, ela os fazia.

— Theo. — Ela suspirou, saboreando o nome da outra. — O que nosso beijo significa? Para nós?

A compositora ficou em silêncio ante a pergunta de Elena, o olhar perdido no horizonte. Os últimos raios de sol pintavam a curva de seu nariz e seus lábios como um pincel de luz, e a soprano teve que conter o impulso de beber a luz com os próprios lábios, depositando beijos reverentes no rosto de Theodora.

— Eu não sei — respondeu Theo enfim, encarando Elena com a sombra incomum da dúvida fechando suas feições e crispando os lábios. — Ultimamente, parece que essas três palavras têm governado minha vida. Não sei o que fazer com minhas partituras, com meus trabalhos originais, com meu magistrado em composição de feitiços... nem com você.

Ela sempre se portava de forma tão segura que era quase como se Elena estivesse olhando para outra Theodora Garnier, uma mais jovem, de ombros mais curvados e com um sulco de preocupação vincando a pele macia entre as sobrancelhas. Sentiu a culpa se aninhando em seu peito, quente e pesada como um saco de carvão, e ela se perguntou quanto não havia se apoiado em Theo, pedindo abrigo quando a própria estava à deriva.

— Você é uma compositora esplêndida, Theo — disse ela, e mesmo que fosse uma lisonja, também era verdade. Elena havia comparecido a alguns recitais de Theodora, tanto para apoiar a "amiga" quanto para observá-la ouvir sua música ganhando vida na voz de uma Prodígio. Era sempre incrível quando o rosto de Theo se iluminava ao ouvir seus feitiços, belos e precisos, como ela, fazendo exatamente o que deveriam fazer.

— Sou uma compositora mediana cujos feitiços são pouco inspirados e derivativos em demasia — ela retrucou, pouco afetada pelo elogio de Elena. — Ao menos é o que meu orientador me diz, ao menos uma vez por semana. Ele também fala que eu só consegui a vaga no magistrado por causa do meu nome, e que se ele me aprovar será por mais pena do que qualquer outra coisa.

— Seu orientador é um imbecil. — Elena ergueu as sobrancelhas em ultraje e choque. Doía ver Theodora falando daquela maneira, resignada com a própria crença de que era medíocre. — Eu já ouvi seus feitiços diversas vezes. Sim, a posição de seu pai te ajudou, como faria com qualquer pessoa. Não é motivo para vergonha. Você é uma Garnier, e isso é absolutamente incrível. Você é absolutamente incrível.

Enfim suas palavras pareceram ter algum efeito. O canto esquerdo do lábio de Theodora se ergueu timidamente em uma sombra de sorriso.

— Lena...

Encorajada, Elena continuou, interrompendo-a.

— Inclusive, esse orientador me parece extremamente danoso. E parcial!

— Lena, eu...

— E incompetente — prosseguiu. — Você deveria reclamar para o seu pai e pedir uma substituição. Isso pode atrapalhar a conclusão do seu magistrado, Theo! É um absurdo que uma pessoa tão torpe, tão mesquinha, seja capaz de continuar no Conservatório.

Theo a interrompeu.

— Lena! — Ela encarou Elena, os olhos severos. — O orientador é o meu pai.

Ah. Elena já estava com a boca aberta para continuar defendendo Theodora, mas a repreensão a interrompeu e levou seus argumentos por terra abaixo.

Ela havia estragado tudo.

— Me desculpe — pediu, soltando as mãos de Theo como se as suas fossem ácidas. Queria colocar a culpa no luto, no cansaço. — Não quis falar coisas terríveis de seu pai, Theo, eu...

— Ei. — A compositora, porém, alcançou suas mãos antes que se afastassem, e aproximou-se ainda mais de Elena. De perto, Elena sentia o cheiro de seu hálito fresco e mentolado. — Você tem razão. Ele é um homem mesquinho. Mas é meu pai... E as opiniões dele governam minha vida como se fossem grilhões dos quais eu não consigo escapar. Às vezes eu sinto que ele tem razão. Eu jamais serei nada além de uma sombra, uma parasita do nome Garnier.

Aquilo também doía — mas não era a dor do ultraje, de ver alguém que ela admirava reduzida à dúvida. Não, era uma dor que Elena conhecia bem: um trauma que pulsava em suas veias e soava em seus ouvidos, listando cada coisa que ela fazia de errado, rindo de suas falhas, do formato de seu corpo, de cada pedacinho que a tornava quem era. Um trauma que tinha feições duras e descarnadas, e a voz seca de Loralie Bordula. Por mais que fizesse um ano de sua morte, o rancor que causava ainda era fresco e presente, uma ferida que sangrava em seu coração e pulsava como nova.

Sua mãe era uma parte da história que Elena preferia esquecer. Nem mesmo Margot sabia que ela havia comemorado a morte da matriarca, que rezava todos os dias para que fantasmas não fossem reais — para que Loralie não pudesse voltar do túmulo, decadente e decrépita, e arrancar os olhos de Elena. Era algo do qual se envergonhava: afinal, quem em sã consciência deseja o mal para a própria mãe?

Um monstro, sem dúvida.

Ela se pegou despejando seu coração para Theo, como se fosse um livro que jamais havia sido aberto.

— Pais não são deuses — declarou, em voz baixa e intensa, como se estivesse arrancando cada palavra de um centro profundo e pulsante de seu ser. — Eles agem como deuses, soam como deuses, nos fazem acreditar que sua palavra é o evangelho e sua aprovação, a bênção. E aos poucos vamos nos tornando quem eles querem que sejamos, dobrando cada parte de nós às suas vontades e seus delírios, mutilando aquilo que não atende aos seus desejos. Mas o que não vemos é que isso é o equivalente a matar a nós mesmas. Parte por parte, até que não sobre nada a não ser a sombra do que somos.

Lágrimas arderam em seus olhos, mas Elena não conseguia parar. Não podia parar.

— Eu ainda ouço a voz da minha mãe me dizendo todas as coisas que eu não sou. Não sou magra o suficiente, talentosa o suficiente, esforçada o suficiente. Não sou boa e nunca serei. Ela desejou tanto que eu fosse outra pessoa, outra *coisa*... Que nunca viu quem eu realmente era. E quando ela se foi, a única coisa que eu senti foi alívio.

— Lena, eu...

— Não, Theo. — Ela encarou Theodora, e parecia ser a primeira vez que se olhavam. Não havia flerte e elogios vazios: Elena se sentia nua, despindo sua alma para a compositora, na esperança de que ela a visse por completo. — Eu preciso que você entenda que eu me tornei quem eu sou não por causa de Loralie Bordula, mas a despeito dela. E você também se tornará. Com ou sem André Garnier.

Ela colocou as mãos nas bochechas de Theo, tomando o delicado rosto oval como se fosse um botão de flor. As bochechas estavam molhadas sob seus dedos.

— Você é um acontecimento, Theodora. Você disse que as palavras "eu não sei" governam a sua vida, não é? Pois acredite na minha sabedoria. O mundo é seu, Theo. Eu só espero fazer parte dele.

Não havia resposta que Theodora pudesse dar que fosse mais completa. Ela venceu a distância entre as duas, e pela segunda vez beijou Elena.

Como a primeira vez, foi gentil e ensolarado — mas havia o gosto salgado e quente das lágrimas, que temperava o encontro dos lábios.

Por alguma razão, isso tornava o beijo ainda mais doce — tão doce que Elena nem notou o par de olhos azuis elétricos as observando de longe.

•

Depois dos ensaios da tarde, quando a garganta de Elena já estava seca de tanto cantar as dezenas de peças que compunham a primeira parte da Sinfonia da Primavera, seus ouvidos tinindo com o eco de violinos e flautins, a Prodígio fez um jantar rápido — tendo perdido a hora na biblioteca — e depois se recolheu para seu quarto. O beijo de Theo ainda permanecia em seus lábios, e ela se percebeu distraída ao se prostrar na frente do espelho, esperando Eco.

Não demorou muito para que os tendões de magia começassem a surgir na superfície de vidro, que se liquefez, preta como uma cachoeira de óleo. De repente ali estava Eco, toda de preto, como um morcego cuja única luz vinha do rosto: o crânio branco ocultando meia face, os olhos azuis cheios de eletricidade.

Daquela vez não teve conversa, e a fantasma nem mesmo perguntou como haviam sido os ensaios.

— Cante pra mim — mandou, e, como toda a noite, Elena obedeceu.

Mas algo em sua voz não agradava a fantasma. Ela interrompeu o canto de Elena com uma mão erguida em riste, os lábios crispados.

— Você está distraída — afirmou Eco, e foi como o sol queimando direto em sua face. Elena queria que a mestra a visse como alguém calma, sábia, queria impressioná-la, mas, ao mesmo tempo, sua mente divagava, passeando pelo corpo de Theodora.

— Eu só... — Ela procurou as palavras, erguendo os olhos. Ela queria que Eco a entendesse, e acima de tudo desejava entender a si mesma. — Tive um dia cansativo, me desculpe.

Eco apertou os lábios como se estivesse contendo um sorriso maldoso.

— Cansativo, é? Ou ensolarado demais? — disse ela, e a maneira com que sorriu depois, mostrando os dentes em um lampejo branco, fez Elena pensar em um tubarão.

Um tendão escuro de sombras desprendeu-se do espelho, e foi até o pescoço de Elena, enrolando-se na pele e prendendo-a no lugar. Ela ficou tensa, mas os dedos de sombra apenas desfizeram os botões da camisola, deixando à mostra o colo corado por sol, evidência de ter passado o almoço com Theo.

Eco a observava com intensidade. Seu olhar parecia tocá-la, como um par de dedos que deslizava por seu rosto, seu maxilar, seu colo. A borda de seu decote. Elena arfou suavemente e mais um botão de sua camisola se desfez — o olhar de Eco descendo ainda mais. Ele se fazia sentir na pele sensível dos seios da soprano, na maneira com que seus mamilos se enrijeceram com o ar gelado ao qual estavam expostos.

O prazer não veio de supetão: ele se espalhou pelo corpo de Elena como água quente escorrendo por sua pele, deslizando pelos seus ombros, alcançando a cintura e o baixo-ventre até inundá-lo de dentro para fora. Ela apertou as coxas uma contra a outra, saboreando a fome que acordava dentro de si.

E então, dor. Não do tipo bom, e sim algo intenso e desagradável, ao redor de seus mamilos como polegares que apertavam além do limiar do prazer. Ela arfou novamente, e dessa vez era de agonia. Os olhos de Elena se encheram de lágrimas, e um gemido dolorido escapou de seus lábios.

— Paixões são animais inconstantes, passarinho — Eco disse, no mesmo tom calmo que sempre usava com ela, fitando-a com a paciência de uma professora. — Em um segundo, se transformam de fogo para incêndio. Nem ao menos sua doce Theodora é páreo para elas, entendeu?

A dor se espalhou ainda mais, e Elena se viu impotente para arrefecê-la.

— Ela está apaixonada agora, quando te viu cantar. Quando ouviu sua doce voz, e te imaginou como noiva. Uma bela e doce donzela, esperando-a no altar. Mas eu e você sabemos que não é isso que você é, não é? Não há nada de doce em você.

Elena ofegou, e mais lágrimas escorreram por seu rosto.

— Há uma criatura ávida esperando para alçar voo, passarinho. Apenas eu posso tirá-la da gaiola. Apenas eu posso fazê-la voar. No instante em que Theodora Garnier vir do que sua doce Elena realmente é feita, sairá correndo o mais longe que conseguir.

Tão súbito quanto chegara a dor desapareceu.

— Isso doeu — respondeu Elena, magoada, enquanto puxava os botões da camisola para fechá-la às pressas. Não queria ter chorado, e limpou as lágrimas com um gesto rápido. Acima de tudo, não queria admitir que as palavras de Eco eram verdadeiras demais para que se sentisse confortável. Theodora a imaginava pura, sem ambições que corrompessem sua alma. Será que ainda seria tão gentil, se tivesse a compreensão de que Elena só poderia ser saciada pelo auge, e nada mais?

Eco a encarou com o misto frio de admiração e condescendência que Elena se acostumara a ver no rosto da outra, e ela se odiou por gostar de como o olhar a fazia se sentir.

— A dor é uma professora, e a lição de hoje é: a única pessoa que pode te dar exatamente o que quer... sou eu. Estamos entendidas?

Não tenho outra escolha, Elena pensou, mas não disse. Ela apenas assentiu, e voltou a praticar suas escalas.

Presentes e favores

Eco tinha a habilidade de permanecer nos pensamentos de Elena muito além do tempo que passavam juntas — e, no ensaio matinal do dia seguinte, ela se pegou pensando, diversas vezes, no que a fantasma dissera sobre Theodora.

"Não há nada de doce em você — há uma criatura ávida esperando para alçar voo, passarinho. Apenas eu posso tirá-la da gaiola. Apenas eu posso fazê-la voar. No instante em que Theodora Garnier ver do que sua doce Elena realmente é feita, sairá correndo o mais longe que conseguir."

Embora houvesse uma parte de si ávida para discordar, outra — muito mais insistente, como uma farpa de madeira embaixo da unha — insistia em destrinchar aquelas palavras obsessivamente, mastigando-as sem parar como se pudesse negá-las pelo cansaço.

Theodora era uma mulher inteligente — sabia que Elena era ambiciosa, e mais de uma vez presenciara essa ambição. Mas havia crescido na alta sociedade de Vermília, onde passos eram calculados e a cobiça devia ser como maquiagem: de forma a parecer quase natural, e sem fazer deixar vestígios de que estivesse ali. Os Garnier jamais haviam conhecido a fome — o buraco fundo no estômago que movia pessoas como Elena, para que se afastasse cada vez mais da forca e do esquecimento onde certamente pereceria se desacelerasse por um segundo.

Talvez por isso, assim que Grigori as liberou no fim do dia, Elena não foi até a biblioteca tirar o atraso dos estudos — ou convidou Meg para um passeio nos jardins do lado de fora, como a sexta-feira anormalmente quente instigava a fazer. Em vez disso, marchou até os aposentos de Theodora, disposta a provar que Eco estava errada.

Se é que isso era possível.

— Elena. — A compositora abriu a porta e revelou uma figura estranhamente casual, de cabelos em cachos soltos e despenteados. O tafetá preto e justo dava lugar a uma túnica creme com rendas na barra, coberta por um colete que delineava sua cintura e seu busto e fazia as vezes de corpete de vestido. O marrom do veludo por cima do branco evocava à mente de Elena o recheio doce de bombas de creme, de uma doçura que certamente era menos açucarada do que o sorriso que Theo lhe oferecia naquele momento.

— Que prazer te ver aqui. — Theodora apoiou-se no batente, os lábios grossos em um sorriso assimétrico. — Me desculpe pelos trajes. Estava começando a escrever o capítulo final da minha tese, mas acabei me perdendo em teoria de vibrações sonoras...

— Como de costume — disse Elena, retribuindo o sorriso.

— Como de costume — repetiu Theo. — Me diga, a que devo o prazer de sua ilustre companhia?

— É sexta-feira — respondeu a soprano, mesmo sabendo que não era bem uma resposta: a Primeira Orquestra ensaiava aos sábados, e, mesmo que não o fizesse, não era como se sua agenda antes estivesse vazia de compromissos no Conservatório. As sobrancelhas escuras de Theo franziram em uma ruga gentil, encorajando Elena a continuar. — Eu pensei que poderíamos aproveitar o sol e... explorar a cidade. Se tiver tempo, é claro. Eu não quero te sequestrar da sua tese.

Por um momento, Elena sentiu-se tola e juvenil pelo modo como seu rosto enrubesceu ao convite, ou como suas mãos uniram-se em agitação nervosa. É claro que Theodora teria um milhão de planos em uma sexta-feira ensolarada. É claro que, mesmo que as duas tivessem trocado dois beijos, não passavam disto: dois beijos, e não um pedido de cortejo oficial. É claro que a compositora estaria ocupada...

Theodora abriu um sorriso mais iluminado que o poente do lado de fora.

— Não sei se podemos chamar de "sequestro" algo que é totalmente voluntário. — Ela pegou uma bolsa de couro pendurada ao lado do batente, cruzou-a por cima do colete e fechou a porta tão rápido que Elena não teve tempo de dizer mais nada. — Não consigo pensar em um jeito melhor de passar a tarde do que com a minha pessoa preferida.

Elena não conseguiu conter um sorriso acanhado e verteu os olhos ao chão para tentar escondê-lo. Mas Theodora segurou seu queixo com a ponta dos dedos, virando-a com delicadeza para si. Seu olhar não era intenso ou invasivo como o de Eco: era como a contemplação suave de alguém que encarava uma flor. Havia um sorriso brilhando ali, quase mais intenso do que o que repousava em seus lábios.

Era gentil e amável, e pode ter sido esse o motivo de Elena sentir um medo o qual não sabia interpretar.

Não há nada de doce em você.

— Você tem algum lugar em mente? Posso tentar conseguir ingressos para o balé, e depois um jantar perto do Bemol. Se quiser, meu pai certamente arranjaria...

— Na verdade — Elena a interrompeu, apertando os lábios —, tem um lugar que eu gostaria de te mostrar.

Sob a luz amarela do entardecer, as docas de Vermília pareciam doentes.

Fazia muito tempo que Elena não pisava ali. Para ser mais exata, pouco mais de um ano — desde que a mãe morrera e ela recuperara os poucos pertences que Loralie mantinha em uma estalagem debruçada no píer, em meio às ruas que fediam a peixe e suor. Saíra de lá com uma pequena maleta — era tudo que os detetives não haviam apreendido — e a certeza de que jamais voltaria ali enquanto pudesse evitar.

Talvez por isso — e pelo odor desagradável que emanava das docas — seu estômago embrulhou no segundo em que ela e Theodora pisaram para fora da carruagem ricamente ornamentada dentro da qual haviam feito o longo trajeto do Conservatório até o local.

Elena não havia crescido nas docas, não exatamente — o casebre onde Loralie a criara e operava seu ofício de luthier era algumas ruas para dentro, enfiado entre os armazéns de peixe e bordéis — mas era perigoso demais para o cocheiro desconfiado dos Garnier, que tentara sem sucesso elogiar a "vista para o mar" quando eles enfim saltaram.

Imediatamente, Elena teve vontade de desaparecer dentro de si mesma. Theodora se destacava como um diamante em meio ao cascalho, e mesmo suas roupas casuais eram ricamente finas se comparadas com os trajes dos estivadores, marujos e trabalhadores que cruzavam o píer como cardumes desgovernados. Estarem ali lado a lado era a evidência perfeita de que não pertenciam uma à outra, de que o que Eco dissera era verdade.

Mas se Theodora estava tendo os mesmos pensamentos, sua expressão serena nada traiu. Ela estendeu a mão para Elena, convidando-a a caminhar, e juntas percorreram a extensão do píer.

O mar era escuro e cinzento ali, ondulando com o peso de embarcações tão cinzentas quanto. Ainda assim, havia algo agradável em estar perto do mar — algo do qual Elena se lembrava, de quando era pequena e pobre e ainda não sabia que seu mundo era igualmente pequeno e pobre.

— Eu cresci algumas ruas para trás daqui — comentou Elena, sem querer encarar Theodora. — Depois que meu pai morreu, ficamos sem dinheiro para manter a casa no Tardueiro Central. Ela nunca foi nossa, na verdade. A mãe do meu pai tinha o título, e nos tirou de lá antes que passassem os sete dias de seu velório. Ajudou o fato de que foi quando os rumores sobre minha mãe começaram… Queria assegurar o valor de sua propriedade antes que o nome Bordula a sujasse.

Theodora não respondeu, e a soprano não se atreveu a fitá-la. Não queria ver a pena em seus olhos; não suportaria sentir-se reduzida àquele lugar salobro e esquecido pela Gália. Elas chegaram a uma curva do píer que levava para cima da areia e perto do mar, e foram mais adiante. Ali, a brisa molhada salpicava o rosto de Elena, desmanchando seu penteado.

— Minha mãe consertava instrumentos, e seu trabalho era tão bom que nem a reputação arruinada e a localização pouco atraente de seu ateliê fizeram com que perdesse todos os clientes. Mas um número considerável deles sumiu, de modo que tivéssemos que fazer as compras no mercado de peixe descartado pelos compradores da cidade por um tempo. Isso quando havia dinheiro para peixe.

Elena se lembrava bem do cheiro de peixe do mercado de segunda mão; os olhares tão malcheirosos quanto — especialmente quando ela começou a ganhar corpo, bem mais cedo do que sua mãe gostaria.

— Quando minha mãe foi presa, os detetives invadiram a estalagem onde estava sem nem ao menos um mandado de prisão, e a arrastaram para fora em plena luz do dia. Eu já estava no Conservatório, mas me disseram que a brutalidade foi tamanha que um dos estivadores que estava trabalhando na esquina foi pisoteado. Ele morreu dias antes da execução de minha mãe, e depois que ela foi morta, os detetives penduraram uma boneca de palha com os cabelos da mesma cor dos dela na frente da estalagem.

— Elena, eu sinto muito. — Aquilo pareceu ser demais para Theo, que segurou as mãos da soprano nas suas. — Sei que sua mãe foi condenada por magia proibida, mas isso é desumano...

É exatamente esse o motivo de estar te contando tudo isso, Theo. — Elena enfim se virou para a compositora. Seus olhos ardiam; mais pelas lágrimas do que pelo salgado do mar. — Crescer aqui foi um exercício na luta pela minha humanidade. O mundo que você conhece... não é o mesmo que o meu. Se hoje eu me visto como você, falo como você; se canto nos palcos do Conservatório, é porque sei esconder exatamente quem eu sou.

— Elena...

— Essas pessoas — disse ela, indicando ao redor, apertando os lábios. — Elas não pertencem ao Conservatório. Eu não pertenço, entende? Tudo que consegui, foi a contragosto de todos. Foi com garras e presas, e eu não me orgulho disso, mas é a verdade. Eu faria qualquer coisa para não voltar a este lugar, Theo.

Encarou os olhos da compositora como se fosse a primeira vez. Apertou os próprios, tentando imbuir neles a mesma eletricidade intensa que via nos olhos de Eco.

— Qualquer coisa.

Ali estava o que ela tinha medo de mostrar — sua ambição nua e ávida, cheia de espinhos que arrancavam sangue. Ela ergueu o queixo, endurecendo o maxilar para impedir que nenhuma lágrima caísse: não queria que Theodora visse a donzela indefesa, a jovem doce e deslumbrada. Daquela vez, queria que visse a harpia — pelo menos por um segundo.

Mas Theo não era capaz de vê-la, não daquele jeito. Isso ficou claro quando suas sobrancelhas dobraram-se em clemência, quando seus olhos suavizaram e ela segurou o rosto de Elena nas mãos. A soprano estava dando um grito de guerra — para Theo, era um pedido de ajuda.

— Meu bem — disse ela, suave, gentil, e foi o suficiente para derrubar as barreiras de Elena. Duas lágrimas quentes escorreram por seu rosto, e ela as deixou verter. — Se depender de mim, você jamais vai precisar voltar para este lugar. Você não precisa pertencer ao Conservatório, Elena. Você pode pertencer a mim.

A compreensão afundou em Elena como o sol poente que derretia no horizonte, espalhando seus laranjas e amarelos no mar. Theodora não entendia. Jamais poderia entender — ela era feita de porcelana e vidro, seda e chantilly. Como poderia verdadeiramente enxergar alguém feita de ossos pontiagudos e sangrentos?

Como poderia amá-la?

Mas a soprano deixou-se levar pelo beijo apaixonado — e absolutamente ingênuo — de Theodora. Talvez, se acreditasse nela, pudesse ser outra coisa.

Mesmo que soubesse, em seu íntimo, que não havia nada mais impossível.

Aqui se ganha, aqui se perde

Elena deveria saber que Theo não se contentaria com sua condição — que assim que visse uma oportunidade de ser heroína para a soprano, ela o faria. Apesar disso, nada a preparou para a visão de Grigori avançando pelo refeitório na manhã seguinte, partindo os grupos de Prodígios e magos como uma faca e indo em sua direção.

— Maestro — ela disse, engolindo o que restava de omelete e erguendo-se da cadeira em uma mesura. Alguns magos da Terceira Orquestra que estavam ao redor surrupiaram olhares para os dois, esticando o pescoço em uma tentativa clara de ouvir o que um dos homens mais importantes do Império tinha ido fazer em meio à ralé.

— Venha comigo — ordenou ele simplesmente, e havia um desagrado evidente em suas feições que fez Elena repassar cada movimento seu nos últimos dias.

Será que alguém a tinha visto com Theodora nas docas? Não que fosse um crime beijar a filha do reitor em plena luz do dia, mas o lugar certamente abria margem para comentários desrespeitosos. Ao menos não havia mais nada com que precisasse se preocupar: retornara do encontro com Theo e tinha ido direto para seus aposentos, onde, pela primeira vez em dias, Eco não fora ao seu encontro.

Então, Elena pensou, o que quereria o maestro?

Sua pergunta logo seria respondida. Ele a conduziu pelo salão e em direção a um pequeno escritório em um corredor adjacente ao refeitório principal. O lugar, embora pequeno, era ricamente decorado — devia pertencer a alguém do corpo administrativo do Conservatório.

Grigori claramente não achava o lugar digno de sua presença. Fechou a porta com a mesma expressão azeda com que caminhara, limpando partículas inexistentes de poeira das mangas do paletó escuro e assenhoreando-se do lugar com um suspiro profundo. Ali dentro, seu odor de almíscar e uísque dominava o ambiente, e Elena teve que evitar respirar fundo para não ficar enjoada.

Quando o maestro falou, foi sem rodeios.

— É a nova soprano reserva, Srta. Bordula.

Uma frase e ali se encontrava mais um degrau na ascensão de Elena. Não havia nem uma semana que chegara à Primeira Orquestra por direito, nem tinha ainda conseguido se provar, e o maestro lhe entregava de bandeja o que queria. Se por um segundo o borbulho de animação subiu em seu peito, foi imediatamente alfinetado pela agulhada da desconfiança.

Os sentimentos deviam ter transparecido em sua expressão e seu silêncio, pois Grigori revirou os olhos, impaciente.

— As Prodígios costumam me agradecer quando realizo seus sonhos — disse ele em um tom grosseiro, esquadrinhando Elena de cima a baixo. — Ou ao menos fingem gratidão pela honra de representar a Gália caso a Soprano de Ouro não possa fazê-lo.

— Claro que estou grata — Elena retrucou, tropeçando nas palavras enquanto o rosto esquentava de rubor. — Só fiquei surpresa com a decisão. É tudo tão súbito!

— Surpreendente mesmo, senhorita. — Grigori meneou a cabeça como quisesse discordar. — Você deve ter um talento imensurável, ou algo do gênero.

— Fico honrada que pense assim — disse a soprano, imaginando que fosse o certo a se fazer, mas o lampejo de irritação que perpassou as feições do maestro lhe mostrou o contrário.

— Não sou eu que penso. Mas como o nosso estimado reitor faz questão de me lembrar... o Conservatório não me paga para pensar.

Theodora fez isso, pensou Elena, não com gratidão ou felicidade, mas com um prenúncio de náusea. *Mais uma vez mexeu seus pauzinhos para me dar o que eu não mereço.*

Imediatamente, as vozes em sua cabeça começaram a discutir, tentando se agarrar a qualquer coisa que lhe permitisse ficar feliz pela conquista.

Você sabe que não há meritocracia de fato no Conservatório.

E, ainda assim, nos foi dado de bandeja.

Ora, nós vimos o que aconteceu com Cecília por causa de seu bom sobrenome. É justo que tenhamos essa bênção de vez em quando!

Se eu bem me lembro, Cecília não abriu as pernas para conseguir o que queria.

Apenas a carteira. E, pelo amor de Marco Aurélio, foi apenas um beijo!

Mais de um, se não me engano...

— Olá. — Grigori estalou os dedos rudemente em frente ao rosto de Elena, tirando-a de seu debate mental. — Se está prestes a ter um derrame, me avise logo para que eu possa encontrar uma substituta. Há uma fila de Prodígios querendo tomar o seu lugar, Elena. Se fosse você, não daria margem a elas.

— Me desculpe. — Sentiu no corpo a força daquela repreensão, espalhando-se como vidro incandescente no peito. Por seu talento ou seu relacionamento com Theo, agora ela era reserva da Soprano de Ouro, a segunda Prodígio mais importante do Império. Estava na hora de agir como uma. — Estou pronta, maestro Yasov. Sei que talvez não seja sua primeira escolha... mas me tornarei digna do posto.

Grigori a encarou por longos segundos, estudando-a como um pintor que dava pinceladas em um quadro incompleto. Enfim, soltou o ar pelo nariz, parecendo tão insatisfeito quanto resignado.

— Não se atrase para o ensaio, senhorita.

A palavra de uma Garnier era lei ali dentro. Grigori era, afinal de contas, apenas um general.

E Elena, um peão a ser movido ao bel-prazer dos outros — e mesmo que estivesse um passo mais próxima de seu maior sonho, a constatação foi tão amarga quanto a expressão do maestro.

Por mais que estivessem sem se falar, a única pessoa com quem Elena queria dividir aquela notícia era Meg. Mais do que ninguém, ela entenderia o seu significado — ela vira Elena penar por anos atrás daquele sonho. Havia sonhado ele junto.

Talvez aquilo fosse o necessário para reavivar a chama da amizade entre as duas — uma conquista, em meio à tanta perda.

Por isso, assim que Grigori a dispensou, Elena correu até os aposentos de Meg, torcendo para que ainda estivesse se preparando para o ensaio matinal. Ultimamente, ela não tinha visto a amiga descer para o café da manhã, o que lhe deu a confiança de bater na porta de mogno manchado, um sorriso triunfante nos lábios.

— Esqueceu alguma coisa? — A voz de Meg soou abafada e lânguida, diferente do tom direto ao qual Elena estava acostumada. A porta se abriu e revelou uma Margot enrolada em um robe de seda, os ombros à mostra e um sorriso afetado no rosto. — Vai nos atrasar para...

Tanto o sorriso quanto as palavras derreteram quando a Soprano de Ouro pousou os olhos em Elena.

— Ah. — Ela puxou as aberturas do robe para esconder o colo cheio de pintas, e a expressão fechou-se como cortinas em um palco. — É você.

— Estava esperando pela sua outra melhor amiga? — perguntou Elena, tentando trazer leveza ao momento, porém algo pairava no ar entre as duas, algo duro e áspero que se recusava a desanuviar.

Ainda assim, a pergunta trouxe uma sombra de sorriso de volta aos lábios grossos de Meg. Ela ajeitou os cabelos pretos, chamando a amiga para dentro do quarto — que estava bem menos arrumado do que Elena se lembrava. Em vez da cama feita e flores na janela, o lugar parecia ter sido palco de uma festa — os lençóis da cama estavam espalhados pelo chão; havia garrafas de bebida por terminar apoiadas na escrivaninha e na mesa de cabeceira, e um odor forte de almíscar e álcool perdurava no ambiente.

O cheiro atiçou a lembrança de Elena, mas antes que ela pudesse fazer qualquer conexão, Meg começou a se despir. Ela apanhou o uniforme de soprano pendurado no armário de folhas duplas, e começou a vesti-lo com displicência.

— Olha, Lena — ela começou, sem olhar para a amiga, a voz apressada e tensa —, sei que as coisas estão esquisitas entre nós, mas você não precisa ficar me seguindo de um lado para o outro.

— Não estou te seguindo — explicou Elena, sufocando as palavras para se defender da acusação. — Eu só vim…

— Acho que tudo o que aconteceu deixou a gente meio estranha, e é normal que a morte de Ciça tenha tido um efeito na nossa amizade, mas…

— Meg. — Elena interrompeu o discurso que soava ensaiado da amiga, sem querer ouvir sua condescendência ou suas desculpas. — Eu não vim falar sobre a gente. Vim te contar uma coisa.

Aquilo pareceu pegar Margot de surpresa. Ela ergueu os olhos da meia comprida que desenrolava por cima da panturrilha e fitou Elena. A Soprano de Ouro parecia uma pintura pré-Imperial, com as anáguas de renda e o bustiê por baixo de um colete semiaberto, a pele marrom pintada pela luz matinal entrando pela janela.

— Você está noiva de Theodora — disse, uma afirmação que continha em si tanta certeza que Elena quase se perguntou se a amiga sabia algo que ela própria desconhecia. O desapontamento de perceber que aquela era a única coisa repentina que Meg esperava dela só não tomou seu peito por completo porque Elena se agarrava ao triunfo de, ao menos uma vez, surpreender a amiga que sempre soubera de tudo.

— Na verdade… — Respirou fundo, tentando ignorar o perfume desagradável que em nada lembrava o aroma floral e amadeirado de Meg. Seu coração batia em ritmo descompassado, e por um segundo ela teve medo do que aconteceria em seguida.

Não seja tola, disse para si mesma. *Ela é sua amiga. Ficará feliz por você.*

Será mesmo, passarinho?, respondeu uma voz que não era sua, e Elena a sufocou depressa junto com o medo.

— Grigori me promoveu para ser a sua reserva. Somos ambas Sopranos de Ouro, Meg. Finalmente conseguimos. Chegamos lá.

Um tapa certamente teria feito o rosto de Margot corar menos, ou interromper qualquer expressão como se ela estivesse paralisada. Um tapa foi o que Elena teve vontade de dar nela, para tirar Meg daquele estupor incrédulo que se apossou dela quando Elena fez a sua declaração.

— Não é possível — foi a única coisa que ela conseguiu dizer.

— Não só é possível como acaba de acontecer — Elena retrucou, engolindo em seco. — Grigori me encontrou no café da manhã e me chamou.

— Grigori estava com você? — Meg franziu a sobrancelha, e seus olhos viraram fendas marcadas à kajal. — Agora?

— Sim. — Elena sentia como se estivesse sendo interrogada, e suava sob o escrutínio agressivo de Margot. — Ele me procurou durante o café da manhã.

Os movimentos de Meg se tornaram frenéticos, desenfreados. Ela terminou de fechar os botões do colete do uniforme, ajeitando os cabelos sem olhar para Elena.

— Você acabou de entrar na Primeira Orquestra, Elena. Isso deve ser um mal-entendido.

— De novo você me subestima. — Não conseguiu evitar a amargura que borbulhou em suas palavras. — Tenho talento de sobra, Meg, e enfim ele está sendo reconhecido.

— Deixe de ser ingênua. — Margot revirou os olhos. — Não tem nada a ver com talento! Grigori não dá ponto sem nó, e com certeza está usando você.

— Ele pode estar usando você, já pensou nisso? Ou você acha que seria imune às promessas de Grigori?

Meg a encarou com cólera brilhando nos olhos escuros.

— Era só o que me faltava. Acha que sou uma tola?

— Não. — Elena sentia-se cada vez mais frustrada. — Mas Cecília morreu, e eu finalmente consegui algo que a gente sempre quis. E agora você parece se ressentir de mim por isso...

— Não estou ressentida. — Meg cerrou as mãos. — Mas você está mentindo para mim — rebateu, o olhar faiscando na direção do pescoço de Elena.

A soprano travou o maxilar, sem saber como responder à acusação direta. Ser pega na mentira lhe dava vontade de mentir mais, não menos; Meg não reagiria bem a uma confissão sobre Eco.

— Eu já te falei — repetiu, tentando de novo. — Isso é só treino e sorte...

— Desde a Cantiga das Tempestades eu soube que havia algo de errado, e então você aparece com esse colar e de repente consegue tudo o que sempre quis... — Meg a interrompeu. — Eu não sei se isso é um novo tutor, ou magia de ossos... mas enquanto não me falar a verdade, não quero saber. Nossa amiga morreu, e nem assim você consegue confiar em mim? E usa a morte dela como arma para me manipular?

Um nó formou-se nas cordas vocais de Elena, roubando-lhe as palavras e ardendo com acidez.

— E mais uma coisa. — Meg deu dois passos e ficou frente a frente com Elena. Ela era uma cabeça mais baixa, mas o ímpeto a tornava quase ameaçadora. — Eu jamais me deixaria ser seduzida por Grigori Yasov. Tudo que conquistei na Primeira Orquestra é mérito meu e de mais ninguém. Estamos entendidas?

Mais do que tudo, Elena queria acreditar nela. Margot havia criticado Alec diversas vezes por seu relacionamento escandaloso com o maestro casado, a língua como um chicote quando se tratava de condenar as atitudes imorais do soprano que ela odiava.

Mas o cheiro de uísque e almíscar pairava no ambiente, e as palavras de Meg — tão pronta para acusá-la de mentir — contavam outra história. Podia ser apenas paranoia, é claro. A morte de Cecília deixara Elena mais atenta, mais desconfiada...

Ainda assim, a dúvida mordia o lóbulo de sua orelha, e aninhava-se em seu peito como um morcego que se escondia nas sombras.

Margot está mentindo.

Ela mediu Meg de cima a baixo, tentando encontrar a familiaridade quente e convidativa que sempre estivera presente na amiga, mas o sentimento fora substituído por uma capa escura e rígida — feita de mentiras e desconfiança mútua, feita de luto e de sangue derramado. A morte de Cecília tinha mudado as coisas entre as duas — não só as havia catapultado para o topo, mas semeara algo ali, algo que não parecia prestes a florescer, e sim crescer como erva daninha.

Uma amizade que havia sido tão sólida, agora parecia tecida com teias de aranha, podendo desabar a qualquer sopro.

— Estamos entendidas, sim — ela retrucou, seca e ríspida. Virou as costas para Margot, sem querer que ela visse as lágrimas no canto de seus olhos. — Vejo você nos ensaios.

Flores, espinhos, uma canção

Assim que chegou ao ensaio, Elena soube que havia algo de errado.

Primeiro, Meg já estava lá — mesmo que Elena a tivesse deixado antes, e parado apenas para ir ao banheiro e ajustar o uniforme antes de entrar. Só podia significar que a Soprano de Ouro correra até a sala assim que haviam se separado.

Segundo, ela e Grigori estavam discutindo.

O que falavam era baixo e impossível de discernir, mas era evidente se tratar de uma briga — o rosto do maestro estava endurecido como o mármore das gárgulas, e Meg gesticulava de maneira febril e impaciente. Quanto mais o fazia, porém, mais rígida se tornava a linha dos lábios de Grigori e mais intenso seu olhar.

Mas a sala foi se enchendo aos poucos até que não houvesse mais como manter qualquer discussão visível, e Grigori dispensou Margot com um gesto displicente.

— Mas, maestro — chamou ela, tentando mais uma vez, lançando um olhar acusatório a Elena e voltando o suplício para Grigori. — Se me escutar por um segundo...

— Chega — sibilou ele, de tal forma que todos na sala ouviram. — Conversaremos depois.

Derrotada, Meg voltou ao seu lugar, sem jamais encarar Elena, que sentiu o corpo se encher de um formigamento desagradável: seria possível que Meg estivesse tentando reverter a decisão de Grigori? Mas não teve tempo de considerar o que aquilo poderia querer dizer, pois a sala estava cheia de seus colegas e o maestro se colocou em seu lugar costumeiro.

— Depois de muito deliberar — começou Grigori, à frente da sala de Prodígios enfileirados —, decidi por fim que a soprano a tomar o lugar de Nadine Chahoud será Elena Bordula. Srta. Bordula, por favor.

Sem rodeios, sem cerimônia — foi desse jeito o anúncio de que Elena galgara mais um degrau em direção ao topo. Primeiro, veio o silêncio — e depois do que pareceu uma eternidade, aplausos esparsos, que mais pareciam feitos sob o efeito de um feitiço de compulsão.

Meg aplaudia, mas não era capaz de encará-la — e Elena fingiu não notar que a amiga fitava o maestro da Primeira Orquestra com cobiça e foco, como se mal importasse quem era sua reserva, mesmo que fosse a pessoa a quem um dia já chamara de melhor amiga.

Ela estava tendo um caso com Grigori, e agora que Elena havia enfim se tocado, era impossível ignorar.

Havia um par de olhos que não a abandonava, porém. Páris mantinha os olhos fixos em Elena como se fosse capaz de derretê-la com a força do pensamento, e a soprano teve certeza de que, não fosse pelo fato de Grigori ter interrompido os aplausos e continuar falando, teria ido até ela para estapeá-la.

— Mais uma coisa. Hoje, iremos finalmente começar a ensaiar a parte mágica da Sinfonia da Primavera.

Murmúrios empolgados correram a sala, e os pelos do braço de Elena se arrepiaram. Embora a música da Primavera fosse difícil, era algo que ela conhecia — a cadência prática e laboriosa da música, sua ciência. A magia que permeava as Sinfonias das Estações, porém, era algo cujo acesso era concedido apenas a Primeira Orquestra — as partituras ficavam guardadas a sete chaves, para que ninguém mais pudesse chegar até elas.

— O tempo está contra nós, e o Império precisa da Primavera ao fim de maio. Vocês conhecem o protocolo, mas para benefício dos mais novos de nós... — Grigori encarou Elena, o olhar arrogante. — Vou repassar o cronograma do próximo mês.

O maestro o fez de forma protocolar: primeiro haveria o Baile da Primavera, que acontecia dois dias antes da Sinfonia — e, geralmente, onde a Soprano de Ouro cantava uma peça da música principal. Não era apenas um evento de pompa e cerimônia: era quando André Garnier conseguia a maior parte das doações para o Conservatório, e por isso sua Primeira Orquestra precisaria estar afinada e tinindo.

Grigori bateu as mãos em uma palma única.

— Soprano de Ouro, distribua as partituras para a Orquestra e vamos começar logo com isso.

Sua ordem foi como um chicote, e Margot ficou imóvel, chocada demais para obedecer. A hierarquia da Primeira Orquestra era clara: a Soprano de Ouro jamais seria encarregada de algo tão servil quanto distribuir as partituras.

Margot ergueu o rosto e seus cabelos castanhos descortinaram seu semblante.

— Eu? — perguntou ela, e Elena sentiu o erro antes mesmo da réplica de Grigori.

— Até onde eu saiba você é a única Soprano de Ouro da Orquestra, Mirza. Será que além de desafinada, você é burra?

As palavras foram como um tapa, e por um momento Margot apenas encarou o maestro, atordoada demais para qualquer reação. Todos os olhares das Prodígios repousaram sobre ela, e pelo canto do olho Elena viu Páris sussurrar algo para Ayslara, a contralto que sentava a seu lado. Os sussurros se espalharam pelas fileiras da Orquestra como uma onda, quase imperceptível a olho nu, mas um tsunami para o ouvido treinado.

Vai. Levanta. Elena pensou o mais alto que pôde, como se o volume de seus pensamentos pudesse alcançar a amiga. Se Margot demonstrasse fraqueza, seria seu fim. *Engula esse orgulho e obedeça.*

O segundo que Margot demorou para responder se estendeu como o reverberar de uma corda desafinada, incômodo e amargo, e então ela se levantou, assentindo e indo até o armário dos fundos, onde ficavam as partituras. Elena soltou a respiração, ciente do mar de olhares que se mantinham em Meg, e travou o maxilar enquanto a garota completava a ultrajante tarefa de caminhar pela extensão do tablado de Prodígios, deixando uma partitura em cada suporte de madeira.

Algumas Prodígios agradeciam, com vozes açucaradas e quebradiças, e Elena conhecia demais a amiga para não notar o efeito que o desdém alheio causava nela, a evidência de sua humilhação: seu pescoço marrom ganhou tons avermelhados e marcados como a picada de uma vespa, esgueirando-se para além da gola alta do uniforme como dedos que a sufocavam. Meg não sorria, e tomou seu lugar na fileira de Prodígios com o semblante sério — mas não inescrutável, ao menos não para Elena. Era como se houvesse uma rachadura invisível atravessando seu rosto, partindo o nariz reto e patrício, que segurava uma pressão cada vez mais indomável.

Mas Grigori não havia terminado seu castigo.

— Acho que em celebração à nossa nova reserva, podemos ouvi-la cantar dessa vez, não acha, Margot? — O maestro a encarava com olhos luzidios, mas dessa vez não era luxúria que se anunciava ali. Era algo mais perverso, talvez da mesma espécie que o desejo; um irmão gêmeo deformado e maligno. — Elena, querida... conduza o solo.

Foi a vez de Elena ruborizar. *Querida*, dissera Grigori, como se estivesse servindo mel e pêssegos em uma travessa de louça. Ficou quente ao ter todos os olhares se voltando para si — inclusive o de Meg, que faiscava com lágrimas não derramadas.

Levante-se, a voz de Eco sussurrou, e foi à ela que Elena obedeceu — mas Grigori não sabia disso. Ele sorriu, uma linha cruel e satisfeita em seu rosto bonito. Elena, porém, só tinha olhos para Meg, para as sombras que se aprofundaram em suas feições quando ela travou o maxilar, e era tanta a força que evidentemente fazia que a soprano se perguntou se não quebraria um dente.

Não que houvesse nada que Elena pudesse fazer a não ser obedecer Grigori. Ela não desafiaria seu maestro, nem ao menos para demonstrar lealdade à ex-amiga.

Não. Era hora de demonstrar lealdade a si mesma. A Eco.

Elena nunca vira aquela partitura da Sinfonia da Primavera. Haviam ensaiado com folhas técnicas, e não os feitiços de verdade. Ela abriu a partitura como se fosse um texto sagrado, limpando qualquer vestígio de suor na saia do vestido antes de virar as páginas.

— Começaremos com a Ária das Flores — explicou Grigori, e toda a aspereza havia sumido de sua voz. Elena sabia que isso era uma maneira de fazer com que Meg sentisse a diferença, mas não ligou: pela primeira vez, o maestro estava dando toda atenção a ela. Era intoxicante. Será que era assim que Margot se sentia, dia após dia sendo paparicada pelas Prodígios e por um dos homens mais importantes do Império? Será que era por isso que mudara tão drasticamente?

Por um momento, Elena conseguiu entender.

Ela analisou o pequeno trecho indicado por Grigori — a música que se desenhava em linhas perfeitamente alinhadas. Olhar uma partitura era ver a ordem que gerava arte, magia. Não parecia simples: as notas se sobrepunham umas às outras em um ritmo intenso, quase caótico...

Mas foi só encarar as notas que elas soaram, claras e puras, em sua mente. A letra da música, escrita em um franco antigo que Elena não deveria saber entender, ecoava perfeitamente ao lado das notas, guiando a soprano pelo som como se sempre o tivesse sabido. Como houvesse uma orquestra dentro do seu coração, que soava apenas para ela: bastava olhar para o papel.

Eu disse que te ensinaria tudo, passarinho.

Ela entendeu. Sentiu o caminho que a magia precisaria fazer, soube sem saber como eram os sons que deveria emitir, e tudo com apenas um olhar. Era a magia de Eco, seu poder, e se a gentileza de Grigori a deixara se sentindo como se embriagada, a intoxicação proveniente do poder de sua mestra era dez mil vezes maior.

— Vamos começar com esse trecho — disse Grigori, alheio ao que se passava dentro da mente de sua soprano, e foi até o piano de cauda que ficava na lateral da sala de ensaios. — É provável que seja a primeira vez que alguns de vocês veem essa ária, então eu irei tocá-la no piano.

Era o procedimento-padrão: primeiro, ouviam a música algumas vezes. Depois, cantavam trechos, sobrepunham as harmonias e melodias, e só então era o momento do veio de magia, quente e poderoso. Mas a impaciência de Elena corroía sua vergonha, seu medo.

— Não precisa — afirmou Elena, sem saber de onde vinham aquelas palavras, aquela confiança. — Posso cantar.

Grigori ergueu uma sobrancelha, os dedos pairando sob as teclas pretas e brancas do piano.

— Estou lhe dando uma chance de aprender, Bordula — avisou ele, porém parecia mais curioso do que irascível. — Será a primeira e única, então sugiro que a aceite antes de fazer alguma besteira.

— Não irei fazer besteira — retrucou Elena de imediato, sentindo a confiança queimar as bordas de seu ímpeto. Se não agisse logo, perderia a coragem. — Sei cantar a ária. Sei como aplicar a magia e como fazê-lo perfeitamente.

Sussurros de escárnio percorreram as fileiras das Prodígios, um mais alto do que os outros: Margot bufou, contrariada.

— Ah, faça-me o favor — disse ela, quebrando os sussurros e elevando a voz. — Delírios de grandeza a esta hora da manhã, Elena? Isso não é tão fácil quanto um sonetozinho de chuva, ou quanto tirar a roupa na frente de estranhos.

Risos se seguiram às palavras de Meg. Ela podia ter sido humilhada, mas ainda era a Soprano de Ouro, afinal. Elena ignorou a amiga e focou sua atenção em Grigori.

— Me deixe tentar... — pediu, e quase inconscientemente encheu o peito de ar, esticando os seios para a frente o mais discretamente que conseguia, performando o papel da mocinha ingênua com todo seu afinco. Ela mordiscou o lábio inferior, imaginando que era Eco que estava olhando para ela, emprestando seu desejo como uma capa de sedução. — Maestro.

Elena não sabia se tinha sido seus encantos ou a vontade de irritar Margot que ganharam a batalha, mas Grigori apenas cruzou os braços, assentindo.

Por favor, não falhe comigo, Elena pediu, em súplica, como se rezasse a um Deus. Ela nem ao menos acreditava em Deus, mas Eco entrara em sua vida e tomado o trono que deveria ser d'Ele, e agora pertencia à mulher de cabelos pretos e rosto encoberto por osso.

Elena só esperava que ela fosse mais clemente.

Abriu a boca para cantar a primeira linha da música — *primeiro o som, depois o dom*, como mandava o primeiro ensinamento de qualquer Prodígio —, mas a nota falhou, raspando em sua garganta devido ao nervosismo, e sua boca não conseguiu fazer o som complexo do franco-antigo. As feições de Grigori endureceram levemente com o desapontamento, e o olhar das Prodígios queimava como guimbas de cigarro sendo apagadas em suas costas.

E então veio a voz de Eco, sobrepondo-se a tudo.

Quando é que eu falhei com você, passarinho? Confie em mim. A magia será seu caminho.

Elena abafou o som dos cochichos, o peso dos olhares, o medo, a vergonha. Apoiou as mãos na lateral da partitura, respirando fundo e conectando-se com o santuário dentro de si que sempre estava à espera: a sua magia.

Em vez da sensação em crescendo que costumava a encher de poder, daquela vez a magia veio num rompante, como uma flechada em seu plexo solar — quente, quase dolorida, e absolutamente onipresente.

Ela não precisava de Deus nenhum. Aquilo era sua religião, sua prece, sua devoção completa.

Aquela era a verdadeira divindade, e, como qualquer ser divino, era incapaz de errar.

A magia a conduziu pelas primeiras notas, em uma ária em franco-antigo que subia e descia em cadências de colinas e morros. Os sons deslizavam por sua língua e ela os irrigava com magia, seguindo os caminhos da música com a facilidade de quem ia para casa.

E então, as flores surgiram. Brotaram de sua pele como se as sementes sempre estivessem plantadas ali, pequenos botões de rosa que nasciam entre seus dedos como anéis, joias naturais que a adornavam. Um som suave farfalhou em seu ouvido, e ela soube que as flores estavam nascendo em seus cabelos, coroando-a como uma princesa, derramando-se por seus ombros e abrindo as pétalas a um sol de magia.

Uma fagulha de dor picou sua mão direita, e ela voltou o olhar para o cabo espinhoso de uma rosa que se enrolava ao redor do dedo anelar. Um dos espinhos tinha furado a pele clara, e uma gota carmim de sangue escorreu pela mão de Elena, manchando a partitura.

Ainda assim, ela continuou cantando, deixando que a força da magia a esquentasse de dentro para fora, a fizesse florescer como as plantas que agora a decoravam por inteiro, da cabeça aos pés.

Os sussurros de escárnio haviam cessado, assim como os olhares de desdém. A única coisa que Elena sentia era o brilho do sol, a admiração das Prodígios que encaravam as flores coloridas com um misto de inveja e medo.

O trecho que Elena deveria cantar chegou ao fim, e ela respirou fundo, enchendo o pulmão com o perfume adocicado das flores mágicas. Elas se desprenderam de sua pele e caíram ao redor da soprano, formando um halo florido ao seu redor. Outro odor se juntou ao floral leve e melado, algo enjoativo como a decadência.

E foi então que Grigori fez algo que Elena jamais o vira fazer: irrompeu em aplausos.

As Prodígios o acompanharam, mais relutantes do que o maestro, e Elena deixou que o som de seus aplausos a aquecesse — tal qual a magia fizera com o seu corpo, aquele era o som que aquecia sua alma. Tantos aplausos, que quase afogavam o som da ausência de um par de mãos unidas em louvor: Meg continuava sentada em sua cadeira, o olhar distante e os braços teimosamente cruzados.

Sua recusa em participar do coro de elogios doeu mais do que Elena esperava, e se sobrepôs até mesmo à sensação de alegria, de calor, que ela sempre tirava da aprovação alheia. Era como se a renúncia de Meg fosse mais intensa do que um milhão de elogios, como se uma pessoa que questionava seu talento fosse mais relevante do que dezenas que se desfaziam em apreço.

Não se importe com ela, pediu Eco, sussurrando em sua mente. Mas era impossível: quanto mais Elena tentava não se importar, mais se importava, como se fosse um espinho que se enterrava cada vez mais fundo em seu coração. Até mesmo as flores, cujo perfume a havia encantado alguns segundos antes, exalavam o odor nauseante de podridão. Elena arriscou um olhar para as que estavam caídas a seus pés, quase esperando vê-las pretas e carcomidas por vermes, mas continuavam intactas. A podridão existia somente em sua cabeça, mas Elena podia cheirá-la, ficando mais insistente a cada segundo que Meg permanecia sem aplaudi-la.

A soprano sabia que era uma lógica falha, torpe. E ainda assim, o silêncio de Margot era capaz de fazer com que mesmo uma multidão em aplausos soasse como um alfinete caindo no chão: inconsequente, silencioso, e estúpido.

Quando voltou aos seus aposentos naquela noite, Eco a esperava no espelho.

— Muito bem, passarinho — elogiou, um sorriso de satisfação nos lábios vermelhos. — Desmoralizou Margot e conquistou a atenção do maestro em apenas uma música. Eu não teria feito melhor.

— Não tinha a intenção de desmoralizar minha amiga — afirmou Elena, mas a palavra soava estranha em sua boca. "Amiga" não parecia capaz de descrever o desdém e as mentiras, a inveja e o rancor. Nem ao menos era similar ao que a soprano um dia havia chamado de conexão.

— Tinha, sim — retrucou Eco, displicente, como se conhecesse Elena mais do que ela mesma. — Só não é corajosa o suficiente para admiti-lo. Da mesma forma que não consegue admitir que usou Theodora para que lhe desse o que queria.

— Eu... — O rosto de Elena ficou desconfortavelmente rubro, e ela encarou a expressão zombeteira de Eco com ultraje. — Estava tentando provar que você estava errada. Theo viu quem eu era, e me quis assim mesmo. Me deu um presente à altura de seu carinho por mim.

Eco tamborilou os dedos na moldura do espelho, encarando Elena com os olhos frios por trás da máscara. Por um momento, foi como se fosse avançar pelo vidro; agarrar Elena pelo pescoço e enforcá-la como uma penitência.

Em vez disso, ela riu. Era um som tão gelado quanto seus olhos, e provocou calafrios na soprano.

— Ou talvez — disse ela, medindo as palavras deliberadamente — Theodora tenha visto quem você é, e decidido que precisava te mudar imediatamente. Cobri-la de sedas caras e títulos que ela não acha que você merece, mas que podem torná-la, enfim, uma mulher digna. Talvez Theodora só saiba ter pena de você.

Um gosto amargo insinuou-se na boca de Elena.

— Quer um presente, passarinho? Um presente à altura do poder que você tem e terá, se continuar fazendo o que eu digo?

Ela não respondeu. Não queria admitir que Eco tocara em um ponto sensível, não queria revelar o quão desesperadamente desejava o poder prometido pela fantasma. Não queria que Eco visse o quanto a desejava — mais do que o poder, desejava perder-se em seus lábios vermelhos, suas luvas brancas como osso.

Mas mesmo que não dissesse, ela sabia. Estava evidente no jeito que encarava Elena, a mesma compreensão que a soprano tivera ao olhar a partitura em franco antigo.

Talvez fosse isto a devoção: ser uma língua em que alguém era fluente.

A fantasma ergueu as mãos como se orasse, as palmas para cima. Começou a murmurar um cântico gutural, que fez os pelos do braço de Elena se erguerem a seu chamado como devotos à prece. O som envolveu seu pulmão, seu diafragma, pulsando como se fosse um segundo coração. O som era magia e a magia era o som, invadindo Elena da mesma forma que um peregrino que enfim retornava para casa. Sedento, saudoso, possessivo — como Eco, cujos olhos azuis acenderam com eletricidade ante à penumbra que se apossou do quarto.

Quando ela enfim parou, Elena ofegava de êxtase e medo.

Eco moveu os braços no espelho, e Elena a imitou — não por querer, mas porque seus membros obedeciam como se ela fosse o reflexo. Quando o fez, os lençóis arrumados de sua cama moveram-se em espirais vagarosas pelo ar, fantasmas de cetim prateado como fumaça. Seguiam seus movimentos, obedecendo a uma magia Motriz que não vinha de tubas ou trompetes, mas de dentro de Elena. O gosto de metal, gelado e afiado, acendeu em sua cabeça quando ela fez mais coisas se moverem — as almofadas, o vaso de flor em sua janela, a escova na penteadeira.

— É sua, passarinho — disse Eco, movendo-a como se fosse a titereira de uma marionete, uma expressão maníaca em seu esgar vermelho. — Desde que o Soprano de Ouro morreu, eu tenho guardado esse presente. E agora, você o merece. É digna de tudo que eu posso te dar.

Se a sensação de ter ganho o posto de reserva da Soprano de Ouro fora de triunfo, aquilo era o arroubamento completo. No fim das contas, o que ela queria não era um cargo folheado em ouro e os sorrisos falsos de uma sociedade que a desprezava: Elena queria o poder diamantado e inquebrável, a magia que jamais poderia ser tirada dela, a força que advinha de um lugar distante e branco como osso.

Como se ouvisse seus pensamentos, Eco falou.

— Só eu posso te dar o que quer, Elena. Só eu.

As palavras a acompanharam mesmo horas depois, deitada sob as cobertas, encarando um teto escuro e inescrutável.

Na teia da aranha

A magia Motriz que agora nascia em seus ossos parecia ter impulsionado ainda mais a Potência que Eco lhe dera. Quanto mais semanas se passavam, mais Elena se pegava deixando-se levar pela sensação inebriante de poder que lhe dava. Era como se, através das ressonâncias, Eco tivesse lhe dado também um domínio maior sobre a magia como um todo: em cada ensaio, Elena se sentia ficando mais potente, mais completa.

Nada podia pará-la. Elena sabia que, se continuasse naquele caminho, seria invencível — e inebriava-se do poder, testando seus limites.

Não passava despercebido, é claro. Margot nem ao menos olhava para ela, mas algumas Prodígios começaram a bajular a soprano, tentando pedir dicas e acompanhá-la nos almoços. No geral, embora a atenção fosse agradável, não era algo que Elena queria. Quanto mais era adulada pelas magas, mais queria que sua amiga prestasse atenção nela.

Havia mais alguém cuja atenção ela estava capturando, porém.

Era o fim do ensaio da tarde, e Grigori acabara de dispensar as Prodígios depois de um ensaio da Sinfonia da Primavera. Mesmo com seus novos poderes, a cabeça de Elena estava pesada e dolorida de cansaço, e ela considerou não voltar a seu dormitório para evitar as aulas particulares de Eco — quem sabe poderia ir ao encontro de Theo, que havia dedicado seu tempo aos capítulos finais de sua tese e não estivera tão disponível quanto Elena gostaria.

Claro, a compositora mandara champanhe e uma cesta de flores e frutas quando ela lhe contou as notícias — mas não haviam tido tempo de sentar e conversar direito, especialmente considerando que havia sido Theo a entregar o cargo a ela.

Mas Grigori parecia ter outros planos. Antes que Elena pudesse sair, ele a chamou de lado

— Fique, Elena. Precisamos conversar.

O maestro estava recostado contra o piano de cauda, e havia aberto o colete preto que usara fechado durante todo o ensaio. O tecido branco da camisa não estava nem ao menos amarrotado, e contrastava com a faixa preta da gravata que ele também havia desfeito, deixando-a cair em seu peito como uma corda de forca. Sentado daquela maneira ele quase parecia mesclar-se ao piano, todo linhas retas de marfim e ébano. Elena quase podia entender quem o considerava um homem bonito: sua postura arrogante e o poder que tinha em meio ao Império ajudava a fazer com que as feições marcadas pelo tempo e o cabelo branco lhe conferissem uma aura de autoridade e maestria, em vez de torná-lo o velho pervertido que seria de outra forma.

Mesmo não se sentindo atraída por ele, era difícil resistir ao magnetismo de ser desejada — e era evidente que ele a desejava, pela forma com que repousava um olhar lânguido e andarilho pelo corpo de Elena, seus olhos parcialmente encobertos por uma sombra que não fazia nada para esconder suas intenções. Ele a queria, e Elena respondia ao desejo alheio muito mais do que ao próprio.

Margot também notou. A Soprano de Ouro interrompeu seus movimentos assim que Grigori disse o nome de Elena, e agora suas mãos pairavam sobre a mochila entreaberta, seu olhar fixo no maestro e o semblante de um coelho preso em uma armadilha.

O olhar das duas se encontrou brevemente quando Elena começou a caminhar até o maestro, e tantas palavras não ditas ecoavam no silêncio entre as duas que ela quis gritar, estapear a amiga e beijá-la, tudo ao mesmo tempo. Só durou um segundo, porém: Margot quebrou o contato visual, agarrou a mochila com mais força do que o necessário, e saiu a passos duros porta afora.

— Uma coisinha brava, não?

Claro, Grigori estava tentando provocar Meg deliberadamente: ele encarava a porta pela qual a Soprano de Ouro saíra com um brilho da satisfação no olhar. A conhecida alfinetada da inveja picou seu peito, mas Elena tentou ignorá-la: Grigori a estava usando para afetar Meg, mas devia haver algo além disso.

Elena tinha visto desejo em Grigori, não é? E era desejo por ela — pelo talento de Elena, pela sua voz, e não só desejo de fazer Margot passar raiva. Por mais que Meg fosse o estopim, Elena estava disposta a alimentar aquele fogo por si própria.

— O que quer conversar, maestro? — perguntou ela, mãos para trás, a postura obediente que havia aperfeiçoado com Eco. Grigori a estudou brevemente e levantou do banco do piano, conduzindo-a pela porta dos fundos da sala de ensaio.

— Não aqui. Venha comigo.

Por um momento, Elena sentiu uma força segurando-a no lugar. Talvez fosse o medo de ficar sozinha com o maestro, ou algo a mais — uma resistência que vinha de Eco, e a mantinha parada. Mas o orgulho falou mais alto. Ela havia sido escolhida. Mostrara seu talento, e era isso que Grigori veria, não é?

Elena se apegou a essa ideia, e acompanhou o maestro sala afora.

Grigori atravessava os corredores com a confiança de quem era dono do lugar. E, de certa forma, era: o maestro havia mantido o posto de líder da Primeira Orquestra por anos a fio. Sopranos de Ouro iam e vinham, mas ele se mantinha lá, uma aranha tecendo sua teia de influência e sussurrando palavras no ouvido do Imperador Marco Aurélio.

A caminhada foi curta até chegarem ao camarim de Grigori. Era fechado por uma porta de madeira adornada com entalhes musicais; violinos e teclas de piano e harpas folheadas a ouro para combinar com a maçaneta e fechadura douradas. O maestro tirou uma longa chave, também dourada, de dentro do bolso, pendurada no mesmo molho que Elena o vira usar para entrar no quarto de Meg.

E então, pela primeira vez na vida, Elena entrou nos aposentos privados de Grigori Yasov.

Era exatamente o que esperava. O escritório era ricamente decorado, tanto que sua peça central — uma escrivaninha de mogno polido, entalhada da mesma forma que a porta do camarim — quase parecia simples em meio aos móveis de estilo imperial, o veludo que cobria uma cadeira enorme e pequenos pufes, e as centenas de livros que decoravam as paredes.

O que mais impressionava, porém, era a coleção de batutas perfeitamente disposta na parede apoiadas em fileiras como cabeças de caça. Havia ali todo tipo delas: algumas mais curtas, de madeira; batutas que pareciam feitas de cerâmica leve como o ar; e outra ainda que se destacava por seu metal ameaçador e com a ponta afiada como uma lança.

Era impossível ignorar aquela batuta. Mais parecia uma arma do que um instrumento, com suas linhas duras e cortantes, a ponta tão afiada que provocava arrepios só de olhar.

Seria capaz de matar alguém, ela pensou, sem entender de onde vinha aquele pensamento, aquela sensação intensa e certeira de que aquele objeto era um conhecedor íntimo da violência.

— Bonita, não? — Grigori parecia alheio à repulsa com a qual Elena estudava sua coleção. — Essa é uma das minhas favoritas. Nunca foi tocada por ninguém que não eu: o fabricante a construiu com luvas e foi entregue numa caixa selada. É intrinsecamente ligada à minha força mágica.

Enquanto falava, o maestro apanhou uma garrafa marrom de bojo quadrado, repleta de um líquido âmbar claramente alcoólico. Ele não perguntou se Elena bebia; nem ao menos questionou se ela queria beber: apenas encheu dois pequenos cálices com o licor, que escorregou viscosa e lentamente para fora da garrafa. Apanhando um para si, Grigori ofereceu o outro para a soprano, o olhar tão alcóolico quanto a bebida.

Não beba, mandou Eco, mas Elena se viu seduzida por aquele gesto, pela transgressão. Pegou o cálice, demorando-se com o vidro gelado pressionado contra os lábios antes de virar um pequeno gole. O licor revestiu sua língua de quentura doce, e o álcool subiu por dentro de sua garganta e expandiu em suas narinas. Elena queria tossir, mas conteve o gesto, engolindo a bebida e deixando que a sensação ardida escorresse pela garganta.

Era mais fácil engolir do que resistir.

Grigori virou o próprio cálice de uma vez, aparentemente imune a seus efeitos, e se aproximou de Elena como uma aranha andando em círculos em sua teia. O impulso de fugir agarrou seu coração, mas ela respirou fundo, dando mais um gole no licor para tentar impedir as mãos de tremerem. Não sabia o que fazer sob o escrutínio de Grigori, então não fez nada e permitiu que ele a observasse.

— Você me confunde, Elena — disse ele, lambendo os lábios para resgatar uma gota fugidia de bebida. — Desde que entrou em minha orquestra, não consigo te decifrar.

Ela não sabia se era um elogio, e portanto nada disse.

— Sabe cantar qualquer música. É assustadoramente afinada. Sua habilidade é quase... sobrenatural. Isso sem contar o que fez com a Ária das Flores.

O dedilhar do medo bateu na base de suas costas, e Grigori aproximou-se dela.

— O que foi aquilo?

— Mágica, maestro — respondeu Elena, evitando a pergunta. — Me conectei com a força Motriz do feitiço, e...

— Não se faça de sonsa — retrucou Grigori, apoiando o cálice vazio na escrivaninha e chegando ainda mais perto de Elena. A soprano ficou em alerta total. Ele emanava um hálito intenso de álcool. — Nunca vi ninguém ler uma partitura daquele jeito, sem ter antes ouvido a música.

— Mas eu já ouvi a Ária das flores. — A mentira saiu de seus lábios, tão doce quanto o mel do licor. — Tive a honra de assistir à Primeira Orquestra apresentar a Sinfonia da Primavera todos os anos desde que entrei no Conservatório. E tenho ensaiado muito, sabe...

— Uma coisa é assistir à performance. Outra bem diferente é cantar a Ária perfeitamente, evocar a magia das flores sem ao menos ensaiar. Ou você tem um talento inimaginável, ou está escondendo algo... E é isso que eu quero descobrir.

Grigori estava perto, perto demais. Mas sua desconfiança se misturava com o álcool e o desejo que claramente emanava dele — o cinismo do maestro era inútil frente ao fascínio quase infantil que tinha pela magia, sua reverência, a devoção religiosa que emanava dele e deixava a dúvida em segundo plano. Grigori queria estar perto do talento inimaginável, e portanto sorvia aquela explicação de forma tão sedenta quanto bebera o licor.

— Eu ensaio oito horas por dia — afirmou Elena, enchendo os pulmões do perfume doce e enjoativo do maestro, tentando afastar o corpo ao mesmo tempo que ocultava qualquer movimento. — Às vezes mais do que isso. Mal durmo, mal como, estou sempre debruçada sobre partituras e feitiços para me aperfeiçoar cada vez mais. E sim, eu tenho talento. Isso é tão difícil de acreditar? Te dei chuva, flori sua sala de ensaios, e você ainda se pergunta se estou escondendo alguma coisa.

Não era difícil trazer o ultraje à tona, pois mesmo que não estivesse falando a verdade por inteiro, o ressentimento era genuíno. Elena era a pessoa mais esforçada da Primeira Orquestra — se fosse sincera consigo mesma, era a pessoa mais esforçada do Conservatório. Se havia alguém que merecia ter seu trabalho duro reconhecido, era ela.

Mas Grigori riu, imune à raiva dela como se estivesse frente a uma criança. Seu riso, porém, era doce — e ele inclinou o corpo na direção de Elena, forçando-a contra a parede lateral da sala.

— O que eu tenho visto não tem nada a ver com esforço. Qualquer um pode se esforçar, Srta. Bordula, cantar até esfolar as cordas vocais, ajoelhar-se sobre o altar da magia todo santo dia e oferecer uma prece. Pouco me importa. Que morram todos, de fome e de sede e de devoção. Talento é algo que nasce com você. É algo intocado pelas mãos ásperas do trabalho duro. E é o que eu vejo toda vez que você canta, querida. Mesmo que seja uma Bordula suja e desgraçada.

E foi aí que Elena soube que aquele encontro era uma armadilha.

Ele estendeu a mão e acariciou os cachos soltos ao lado do rosto de Elena, colocando uma mecha atrás de sua orelha. O toque de Grigori era invasivo, frio e desagradável, mas Elena estava presa sob ele, e não conseguia se mexer. A iminência do que ele estava prestes a fazer não mudava nada, e ela se sentiu traída por seu corpo, incapaz de reagir.

— Eu posso sentir a magia pulsando... — Grigori segurou as bochechas de Elena e inclinou o rosto para perto de seu pescoço, inalando fundo. — Sinto seu cheiro. É mais doce do que qualquer coisa que eu já tenha sentido, e me pergunto...

O maestro ofegou de excitação, e sua mão livre desceu pelo corpete do vestido de Elena, apertando seus seios de forma a arrancar um gemido de dor da soprano. Ele repetiu o gesto com sua cintura, e então empurrou os dedos por cima da saia, no encontro entre as pernas de Elena.

— Eu me pergunto se você toda tem esse cheiro, Srta. Bordula.

Humilhação e dor tinham o mesmo gosto. Lágrimas queimaram seu rosto, escorrendo pela bochecha, e ainda assim a soprano não conseguia se mexer, não conseguia fazer nada além de ficar tão silenciosa que parecia ter saído de si. Abandonado a si mesma. Em sua mente, uma Elena mais forte invocava o incêndio da Potência, queimava Grigori de fora para dentro até restar apenas uma pilha de cinzas. Chamava a força Motriz e o empurrava para longe, até que caísse como uma boneca quebrada.

Mas a Elena presente naquele momento era incapaz de fazer qualquer coisa.

— Por favor — finalmente conseguiu dizer, numa voz engasgada e pequena que nem ao menos soava como sua, tão baixa que quase parecia não querer ser escutada. — Por favor, pare.

— Você quer que eu faça isso. — Grigori empurrou o corpo contra o dela, prensando-a contra a parede áspera. Os contornos do maestro estavam pressionados sem a menor delicadeza contra ela, e ela o sentia duro, ofegante e quente. Se seu corpo tinha cheiro de magia, o corpo de Grigori era todo suor e violência. — Este é o caminho para a glória, Elena. Se estiver comigo, darei a você tudo o que quiser. Seu talento não importará, seu nome não importará.

Grigori mordeu o lóbulo da orelha dela, lambeu a pele exposta do pescoço, e o fez com tanta avidez que o brinco de pérola falsa que Elena usava escapou e escorregou pelo seu corpo, caindo com um tilintar no chão. Ela apoiou as mãos no peito dele, tentando empurrá-lo, mas era como se a força tivesse escapado de seu corpo, a deixando refém. O choro ficou preso em sua garganta, medroso e injusto, e Elena virou o rosto para impedir que Grigori a beijasse.

Ele o fez assim mesmo. Agarrou-a com uma mão e calou-a com os lábios rudes e ásperos. Sua boca deveria ter o gosto doce e alcoólico do licor, mas a língua de Grigori era acre, invadindo-a sem pedir permissão. O maestro agarrou o punho de Elena e puxou sua mão para que repousasse em sua ereção, desfazendo o botão da calça com pressa e fazendo com que a soprano tocasse a pele rígida e tenra.

A repulsa era nauseante, gelada e escorregadia, e uma ânsia de vômito subiu por sua garganta, o bile ácido e queimante quase do mesmo gosto do beijo de Grigori.

E então, com um eco de fogo quente e intenso, o corpo do maestro foi empurrado com força para trás. Elena não o empurrou, estava certa disso, mas ele estava do outro lado do camarim, ofegando e com um olhar cheio de ódio. Olhando para ela daquele jeito, com suas feições marcadas e cabelos brancos escurecidos pela meia-luz do camarim, ele parecia um monstro desfigurado, como se o rosto bonito e altivo ao qual estava acostumada não passasse de uma máscara enganosa e torpe.

Corra, conduziu Eco, inegável em sua autoridade, e de repente a força voltou às pernas de Elena. Ela cambaleou pelo camarim, e avançou pela porta a passos trôpegos, fechando-a com força. Elena correu, dobrando um corredor e depois outro, até chegar ao átrio principal da Ala de ensaios.

Por um momento, ficou tão atordoada que só conseguiu sorver o ar em engulhos sôfregos, doloridos, que se espalhavam por seu peito como agulhas em brasa. Lágrimas escorriam por seu rosto, inundando-a, e Elena só queria chorar. Mas uma voz interrompeu seus soluços, uma voz que conhecia bem.

— O que houve? — Margot estava ali, sozinha, o que era uma visão rara naqueles dias em que sempre parecia acompanhada de uma entourage de Contraltos puxadoras de saco. — Elena, você está… você está bem?

Ela analisou o rosto de Meg, tentando achar algum vislumbre da amizade que compartilharam no que parecia ser décadas atrás. A Soprano de Ouro se aproximou com as mãos erguidas como se estivesse prestes a tocar em um animal ferido. Os olhos pretos faiscavam com algo que podia ser candura, mas era difícil ler qualquer coisa quando o coração de Elena soava como um trem desgovernado, e seu fôlego estava superficial e dolorido. Os caminhos traçados pelas mãos de Grigori ainda queimavam sua pele, tanto quanto as magias Motriz e de Potência que usara para empurrá-lo.

Elena simplesmente balançou a cabeça, e voltou a chorar em soluços desesperados, querendo mais do que tudo confiar na pessoa que um dia chamara de melhor amiga.

— Não — respondeu, a voz engasgada na garganta. — Grigori, ele… Ele…

— Ele o quê?

— Me beijou, me… Fez coisas horríveis.

Era quase impossível encontrar as palavras para o que ele havia feito. *Eu entrei no camarim. Eu bebi o que ele ofereceu. Eu… eu só fiquei lá. Só fiquei parada enquanto ele abusava de mim.*

Mas bastou que Elena falasse o nome de Grigori para que o rosto preocupado de Meg endurecesse em uma máscara de desgosto. As mãos caíram, pendendo inúteis e hesitantes, e ela passou os olhos pela amiga de cima a baixo, como se a estivesse vendo pela primeira vez.

— Não — sussurrou Elena, apertando os lábios. Mesmo que Meg estivesse em silêncio, seus pensamentos ecoavam como gritos no corredor com o som do que ela achava que Elena havia feito. — Não, você não entende. Ele me…

Suas palavras tropeçaram em mais um soluço dolorido, e mais uma torrente de lágrimas irrompeu, escorrendo por seu rosto. Elena envolveu-se com os braços, como se pudesse entrar em si mesma e esconder-se do mundo, mas Meg a encarava com repulsa.

— Me poupe — sibilou Margot, e o ódio ardeu tanto quanto um tapa. — Depois de passar o dia pavoneando pra ele, agora que ele pega exatamente o que você ofereceu, você chora? Você sabe exatamente quem é Grigori Yasov, Elena.

— Eu não ofereci meu corpo — Elena tentou explicar, mas era inútil.

— Então ele nem ao menos te comeu? Que vergonha, ver você agindo como uma idiota, e nem ao menos é para tomar o meu lugar. Você mesma quis me avisar que ele era perigoso, não é? Eu te conheço bem demais para saber que de estúpida você não tem nada. A mim, você não engana mais.

As palavras eram como ácido, erodindo qualquer esperança de que a amizade das duas voltasse a ser o que era antes.

A pior parte é que Meg tinha razão. Elena sabia quem era Grigori Yasov — e tinha escolhido entrar em sua teia assim mesmo.

Meg ergueu o queixo, fria e altiva, e passou por Elena a passos largos, indo na direção da qual a amiga viera.

Em seu rastro, havia apenas o odor amargo e nauseante da traição.

O maestro

Elena só teve coragem de voltar a seus aposentos quando já era quase madrugada.

Havia passado o restante da tarde vagando, incapaz de jantar, ler ou fazer qualquer coisa que a fizesse se sentir normal. Ela tinha subido as escadas em direção à sala de Theo, mas mudou de ideia ao ouvir a voz calma e gentil da compositora por trás da porta. Elena se sentia suja, indigna da afeição com a qual certamente Theo a cobriria.

A tarde toda, ouviu a voz de Eco chamando, urgente, mandando que fosse até o espelho. Mas ela sabia que Eco não seria doce, ou suave — sentia sua ira queimando mesmo à distância, e ira não era o que Elena precisava naquele momento. Tinha medo do que aconteceria com seu coração caso refletisse a raiva da mestre, caso se permitisse sentir o ódio que sabia estar alojado entre suas costelas desde que Grigori encostara nela.

Preferiu esconder-se entre as estantes da biblioteca, enfiada no nicho vazio entre os feitiços de ressonância Natural e Potência, chorando por horas a fio sob a penumbra e com a vigília silenciosa dos livros por companhia.

A ironia era que estar sozinha era a última coisa que Elena queria — precisava de alguém que a trouxesse comida, que limpasse suas lágrimas, que segurasse sua mão até que parasse de tremer. Na verdade, ela até mesmo se contentaria com companhia passiva, alguém que ocupasse o espaço ao seu lado e ajudasse a abafar o som de choro.

Talvez por isso ela tivesse ido no lugar mais solitário que conseguia. Talvez fosse sua maneira de punir a si mesma pela transgressão irreparável com Grigori.

Apenas quando a exaustão tomou conta de seu corpo é que Elena voltou ao quarto. Estava cansada de tanto chorar, com os olhos ardidos e o rosto inchado, a cabeça pesada como se tivesse sido estufada com algodão.

Hesitou ante a porta de seu quarto, a mão trêmula sobre a maçaneta. Não queria encarar a raiva de Eco. Mesmo que fosse para defendê-la, e não direcionada a ela, Elena simplesmente não tinha energias.

Mas era tarde, o silêncio pesava no corredor das Prodígios, e Elena deixou-se acreditar, mesmo por um segundo, que a mestre estivesse dormindo. O cansaço era tanto que ela até imaginou que poderia conseguir pegar no sono, e tentar esquecer o horror do dia, o toque de Grigori que ainda manchava seu corpo.

Mas quando Elena adentrou seu quarto, Eco esperava em frente ao espelho, o rosto coberto pelo crânio, ocultando suas feições.

Elena travou o maxilar com tanta força que receou que seus dentes poderiam trincar. Pensou que o medo fosse da reação de Eco — mas a verdade é que tinha medo da mestre, de sua postura de fantasma, de sua violência calculada. Tinha medo do que faria se soubesse que Elena deixara Grigori tocá-la, ignorando seus avisos.

Eco apenas a encarou. Elena fechou os olhos e lágrimas grossas brotaram sob seus cílios, escorrendo silenciosamente. Deixou que escorressem. Sentia-se diáfana, como um pedaço de tecido, e só percebeu que estava desfalecendo quando os braços fortes de Eco a envolveram e impediram que caísse ao chão.

— Ah, passarinho. — Ela soava tão diferente com a doçura carregando sua voz. Soava quase como uma mãe, ou um anjo. — Meu passarinho, o que fizeram com você...

Elena não precisou dizer nada. Bastou evocar a memória de Grigori, seu toque invasivo, sua língua assenhoreando-se de sua boca, que o toque gentil de Eco se transformou em garras protetoras ao redor da soprano. Ela a abraçou com tanta força que doía, e sua cólera emanava em ondas quentes, na respiração pesada, no rosnar que tremia na base de sua garganta.

Eco segurou seu rosto como quem apanha uma xícara quebrada, limpando-o com os polegares, e então fez algo inédito: beijou o rosto de Elena, sorvendo cada uma de suas lágrimas com o gesto. A doçura não lhe vinha fácil: Eco era agressiva mesmo nos toques mais gentis, e estava com tanta raiva que quase não mantinha as mãos calmas, passando-as pelo rosto e pescoço de Elena como se pudesse apagar os traços de Grigori.

Em vez de assustar, a raiva encheu Elena de dentro para fora. A inflamou como um pedaço de tecido embebido em gasolina e atiçado pela valsa febril de um violino, como a magia de Potência que nascia entre seus pulmões.

— Vou matá-lo — Eco dizia, enquanto distribuía beijos por toda a extensão do rosto e pescoço de Elena. — Irei arrancar seus ossos e borbulhar suas entranhas e enfiar o arco de um violino em seus olhos. Irei cortar cada um dos dedos que encostou em você, irei alimentá-lo com a língua com a qual ele te invadiu. Vou matá-lo e aprender uma ópera de ressurreição para que possa trazê-lo de volta à vida e assim matá-lo de novo, e de novo, e todas as vezes quanto for necessário para que até mesmo a alma de Grigori Yasov tenha medo de chegar perto de você.

O toque de Eco ficou mais duro, mais rígido, e seus dedos fizeram sulcos profundos no rosto de Elena, mas a dor — aquela dor, daquele jeito — era um bálsamo como nada mais. Ela merecia sentir dor. Havia se colocado na teia do predador como uma mosca estúpida e insignificante. Mas ele era o verdadeiro verme, e a dor clareava sua culpa por não ter feito nada, e a transformava na ponta de uma batuta de aço.

Elena tombou a cabeça para trás e encarou o rosto de Eco. Seu batom vermelho estava borrado na pele branca por conta dos beijos distribuídos no rosto de Elena, e o olho por trás da máscara de osso estava arregalado e vítreo, de um azul elétrico como gelo perpétuo.

Por um momento, Elena achou que a outra fosse tomar seus lábios em um beijo — mas Eco desceu as mãos e enrolou os dedos no pescoço de Elena, os polegares unidos logo acima do camafeu de osso dado por ela.

E então Eco começou a apertar.

Como da primeira vez que o fizera, o garrote foi tirando o ar de Elena aos poucos, como um balão que esvaziava continuamente. Ela tentou engolir mais ar — mas a pressão feita pela tornava impossível. Elena apoiou as mãos nos punhos de Eco, mas não tinha forças para tirá-las — mais do que isso, ela queria sucumbir, deixar seu corpo sumir debaixo das águas revoltas do sufocamento. Seu ar se esvaiu por completo, e logo pontos pretos surgiram em sua visão, escurecendo-a. A força desapareceu de suas pernas, e ela sentiu o gosto doce do esquecimento...

Eco soltou o pescoço, e Elena arfou. A dor era como um colar ao redor de seu pescoço, e ela segurou a pele sensível, engasgando e tossindo.

— Isso — disse Eco, com frieza impressa em cada palavra — é para que você nunca mais me desobedeça.

Era difícil engolir, mas Elena o fez mesmo assim, em seco. Ali estava a retaliação que sabia que iria encontrar. De certa forma, era reconfortante saber que Eco não havia sido reduzida à gentileza só por conta do ataque sofrido por Elena. Grigori não destruíra tudo — o mundo continuaria a girar, mesmo que girasse sobre o desejo inexorável de Eco.

— Sim — respondeu, de cabeça baixa, porém sem ter mais vontade de chorar.

— Ao espelho, passarinho — ordenou Eco, estendendo a mão na direção do espelho e convidando Elena a se prostrar frente a ele. A soprano obedeceu, observando o próprio reflexo: havia manchas vermelhas por todo o rosto e pelo colo, os cabelos estavam desfeitos e caíam em cachos desalinhados, a íris castanha se perdia em meio aos olhos vermelhos. *Parece ainda mais gorda*, disse sua voz interior, com o tom da mãe. Ela tinha alguma razão: as bolsas inchadas abaixo de seus olhos davam a impressão de que Elena tinha um rosto inchado tal qual um balão, e as marcas vermelhas das mãos de Eco em seu pescoço em nada ajudavam.

Mas Eco a observava, em pé atrás de Elena como um morcego coberto pela capa preta, e havia orgulho em seu olhar. Era quente como o fogo da Potência, como as flores que haviam brotado de sua pele por magia, e provocavam o mesmo efeito na soprano.

— Não quero ensaiar hoje — disse ela, a voz trêmula. — Qualquer coisa menos cantar.

— Não, não. Não iremos cantar. Hoje, quero te mostrar uma coisa. — Eco esticou o braço por cima do ombro de Elena, a mão espalmada na direção do espelho. Ela começou a cantarolar a mesma melodia que cantara ao mostrar a memória de Cecília, que evocava a sensação de magia que Elena começara a associar com a mestre, e então a superfície do espelho ondulou.

O vidro brilhou em tons de prata e branco, e então... Não era mais um vidro. Era uma janela — para dentro do camarim de Grigori Yasov, onde Margot estava acabando de entrar.

A garota fechou a porta, trancando-a com uma chave que colocou no bolso, e caminhou pelo camarim a passos largos, como alguém familiarizado com o lugar.

O maestro estava sentado atrás da escrivaninha, folheando partituras e bebericando um copo cheio do líquido âmbar que servira para Elena. Vê-lo provocou ondas de náusea na soprano, e ela fez menção de virar o rosto — mas Eco segurou a base de sua nuca com vigor, forçando-a a olhar.

— Não feche os olhos.

— Já disse que não deve entrar aqui a seu bel-prazer. — Grigori nem ao menos ergueu o olhar das partituras. — Especialmente quando estou bravo com você.

— Tenho certeza de que irá me perdoar — disse Meg, a voz enjoativa como beber uma xícara de açúcar derretido. Ela foi até Grigori, se movendo como um gato e sentando languidamente na beira da escrivaninha. — Até porque, sei que você ficou chupando dedo hoje à tarde, não é?

Ela está falando de mim, Elena percebeu, se lembrando das palavras ácidas de Meg.

Grigori ergueu os olhos. Com a barba por fazer e os óculos quadrados pendurados sob o nariz reto, ele parecia mais velho — mas a fome que Elena vislumbrara em seu semblante ainda estava lá, vivaz e incansável.

Margot alcançou a mão livre do maestro, ao mesmo tempo que puxou a barra do próprio vestido até que os joelhos ficassem à mostra. Ela fez Grigori tocar algo debaixo de sua saia, mantendo contato visual com ele enquanto o fazia.

— Diga, maestro, por acaso ela ficou molhada para você? Por acaso... — Meg mordeu os lábios e ofegou um gemido satisfeito. Era perverso estar observando aquilo, mas Elena não conseguia desviar o olhar. — Por acaso apreciou a destreza de seus gestos? O homem que você é?

Grigori agora tinha toda a sua atenção em Margot. Ele a tocou por alguns segundos, arrancando suspiros de prazer — as bochechas de Meg coravam, vermelhas como pêssegos, e ela fechou os olhos em êxtase. Elena não sabia discernir se era ou não verdadeiro.

— Chega — pediu ela a Eco, a voz trêmula. Não queria estar observando aquilo, não queria testemunhar o que estava prestes a acontecer. Mas Eco sussurrou em seu ouvido, dura e categórica.

— Você precisa saber quem ela é.

Grigori puxou Margot para si, colocando-a em seu colo, mas Meg escorregou até ficar ajoelhada entre as pernas do maestro. Desfez a fivela do cinto, mostrando o que Grigori fizera Elena tocar, e novamente a náusea lhe assaltou ao ver a pele exposta, o membro vermelho e inchado que Margot tocava como se fosse um instrumento ao qual deveria prestar reverência.

— Você é uma desgraçada. — Grigori tombou a cabeça para trás, deixando que Meg desse prazer a ele. — Uma vadia desgraçada, Mirza.

— Sou melhor do que ela. — Meg lambeu a extensão do membro do maestro, bebendo o que escorria dele como quem tomava licor, os olhos fixos no rosto de Grigori em devoção. — Sou a única Soprano de Ouro que vai ajoelhar-se à sua frente e rezar em seu altar, meu maestro. A única que lhe dará tudo o que você merece, tudo o que você sempre quis e jamais teve coragem de pedir.

Foi a vez de Grigori gemer, um som animalesco e gutural. Ele enterrou os dedos nos cabelos lisos de Meg, forçando-a contra si, e a garota engasgou — mas continuou fazendo o que ele queria, seguindo a cadência de seus movimentos como uma verdadeira Prodígio obedecendo ao seu maestro.

Elena não conseguia mais olhar. Fechou os olhos até lacrimejarem, colocou as mãos sobre as orelhas para tentar impedir que a cadência cada vez mais vigorosa dos gemidos de Grigori a contaminasse — ela podia sentir o som como se fosse uma barata rastejando por sua pele.

E então silêncio.

— Pode abrir — avisou Eco, segurando seu rosto e virando Elena para si.

Ela abriu os olhos, arregalando-os ao encarar Eco. Sentia o ódio ardendo no peito, queimando; dessa vez era direcionado à mestre.

— Por que me mostrou isso?

— Você tentou confiar em Margot de novo. Ela não é digna de seu afeto ou da sua confiança, e eu precisava te mostrar isso.

— Nem sei se o que vi é verdade — afirmou Elena, em um rompante. Estava acreditando nas palavras de uma pessoa que nem ao menos mostrava seu rosto.

— Está duvidando de mim? — Eco estreitou os olhos, encarando Elena com uma frieza que ecoava no escárnio de suas palavras. — Eu nunca menti para você, passarinho. Nem sobre Alec, nem sobre Cecília... Não começaria agora.

Ela tinha razão, mas a soprano procurava maneiras de explicar o que havia visto, ou a sensação de náusea que ainda revirava em seu estômago.

— Mesmo que seja verdade, isso foi um estupro. — Elena apontou para o espelho, tentando agarrar-se à raiva, à sensação de violação que sentira ao ver Grigori e Margot juntos. — Ele está se aproveitando de sua posição e trocando visibilidade na Primeira Orquestra por favores. Não é certo.

— Favores que Margot parece extremamente disposta a providenciar, não se esqueça.

— Não é certo! — repetiu Elena, crispando os punhos. Era mais fácil defender Meg do que a si mesma, mesmo que de certa forma estivesse fazendo os dois. — Meg sabe que desagradar Grigori significaria sacrificar tudo pelo que trabalhou. Ela não tem escolha.

— Todos nós temos escolhas, Elena. — O quarto pareceu ficar subitamente mais escuro. Podia ter sido o fato de Eco não a ter chamado pelo apelido, ou as sombras que sulcaram seu rosto magro. — Você, por exemplo, parece empenhada em escolher defender a mulher que te largou no meio do corredor e foi correndo sentar no colo do homem que te abusou... em vez de ouvir a única que cuida de você.

Não a única, Elena pensou, desafiadoramente invocando a imagem de Theo. A expressão de Eco não mudou, e ela deu passos lentos e deliberados em direção ao espelho.

— Margot não é a flor inocente que você pinta, Elena. Ela é perigosa. — A mestre apoiou a mão enluvada na moldura em arabescos do espelho como quem se apoia num batente. — É uma pena que você tenha que aprender isso por mal.

Brigar com Eco era doloroso, especialmente depois de tudo que acontecera, mas Elena se recusava a arredar o pé. Queria acreditar que Meg era, tanto como ela, uma vítima da situação — alguém que fora levada à medidas desesperadas por causa de uma ambição que desconhecia. Ouvi-la falar do abuso daquela forma doía, mais do que Elena podia conceber... Mas a soprano precisava se agarrar à ideia de que era apenas um erro. Margot não desejaria seu mal.

Ela também era apenas um inseto na teia de Grigori.

As luzes do quarto se apagaram de repente, piscando instáveis — e, quando voltaram, Elena estava sozinha, seu reflexo solitário pintado em um espelho que era somente aquilo: um espelho.

— Atrasada, Srta. Bordula. — Grigori nem ao menos se dignou a olhar para ela, mas sua voz atingiu em cheio o coração de Elena fazendo-o palpitar. — O que foi, estava comendo o segundo café da manhã?

Sim, ela estava atrasada, pela primeira vez desde que chegara à Primeira Orquestra. Não havia perdido a hora por sono ou qualquer coisa do gênero — na verdade, nem ao menos fora capaz de pregar o olho, e estivera de pé desde as horas mais ermas da manhã. Mas a simples ideia de estar na mesma sala que Grigori provocava tremores incontroláveis em seu corpo, uma náusea tão intensa que ela havia vomitado todo o café da manhã meia hora antes, quando fizera a sua primeira tentativa de entrar na sala.

Era inútil tentar explicar, então ela apenas fez o caminho até seu assento em meio às Prodígios, ignorando os olhares inquisitivos das outras e focando-se em Meg. Mas a garota tinha o olhar fixo na partitura que estavam ensaiando — um trecho que ela conhecia de cor, da Sonata das Sementes.

— Espero que a ilustre senhorita esteja bem alimentada... Mas é evidente que sim. — Grigori era cruel, e o rosto de Elena queimou, não tanto pelo insulto em si mas pelo olhar condescendente com o qual ele a encarava. Era suficiente para fazê-la ter vontade de vomitar de novo, mas não restara nada em seu estômago. — Podemos voltar do começo? Ou mais alguém quer ter a honra de atrasar a todos?

— Sim, maestro — responderam todas em uníssono, e retornaram ao início da partitura, lideradas por Meg.

Elena tentou procurar aquele espaço sagrado dentro de si com o qual se conectava sempre que cantava, mas era como se a porta para o seu santuário estivesse fechada. Ela atingia todas as notas, quase conseguia chegar ao nível de concentração necessário... mas toda vez que olhava para Grigori, o pânico a dominava, e perdia o fio da meada.

Ela tropeçou em alguns trechos, o que fez com que os Prodígios que sentavam a seu lado a olhassem com desdém. Depois de uma nota cantada de forma particularmente desafinada, Páris deu uma cotovelada dolorida em suas costelas, e Elena teve um sobressalto.

— Srta. Bordula, o que é que está acontecendo? — Grigori fez um gesto com o punho no ar, interrompendo a canção e colocando as mãos nos quadris. — O pacto que você fez só durou até ontem, é isso? Ou o café da manhã reforçado está te atrapalhando?

Risos soaram na Primeira Orquestra, espalhando-se como fogo em um palheiro. Elena manteve os olhos fixos na ponta dos sapatos, e sua visão anuviou-se com as lágrimas que teimavam em brotar.

Não chore, ela pediu a si mesma, mas era inútil.

— Eu te fiz uma pergunta. — Grigori deu passos largos até ficar em frente à ela, os sapatos pretos e lustrosos entrando em seu campo de visão. — Não me lembro de ter contratado uma suína para a Primeira Orquestra, embora talvez tenha sido inocência minha, considerando a forma com que você se apresenta. Mas, se além de parecer, você vai *soar* como um porco, prefiro que tire o dia pra digerir seu café e se junte a nós amanhã. De preferência, após um jejum.

Elena ergueu a cabeça, mas não encarou Grigori — em vez disso, procurou o rosto quadrado de Margot. A amiga tinha prendido os cabelos em tranças gêmeas que emolduravam sua face, e embora respondesse ao olhar de Elena, só havia desafio escrito nos olhos pretos e na linha crispada de sua boca.

Por favor, ela pediu, silenciosamente. *Você sabe o que aconteceu. Por favor, me ajude.*

Mas sua prece silenciosa não encontrou resposta ou acalento.

— Estou falando com você! — O estalo dos dedos de Grigori soou como um tiro, e Elena se virou para o maestro num salto. Mesmo o som de sua voz era como piche, asqueroso e completamente preto ao redor de seu coração, e junto ao medo e à sensação de pequenez misturou-se a raiva. Uma raiva que não via razão e que parecia capaz de consumi-la por inteiro. — Será que seu cérebro está tão inundado de gordura que te roubou o poder da fala?

Não, ela pensou, *mas você roubou*. Ela queria dizer algo, queria empurrar o ódio que sentia pela garganta e vomitá-lo em Grigori, mas era impossível. Estava presa sob o olhar cruel do maestro, o esgar de malícia que se estendia por seu rosto barbado, envenenada por seu odor de podridão que só ela parecia sentir. Ele havia conseguido trancar seu santuário e envenenar o cálice sagrado com o qual Elena comungava, a única coisa que havia sido seu refúgio da crueldade da mãe e dos anos na Segunda Orquestra. Grigori conseguira envenenar até mesmo a música, que lhe escapava, elusiva como uma mariposa em voo.

Enquanto ele fosse maestro, Elena não conseguiria mais cantar, e a compreensão partia seu coração tanto quanto a violência com a qual ele a vitimara. Do mesmo jeito que o poder a havia inebriado, a certeza de que ele não mais a pertencia fazia Elena se sentir bêbada, cheia de náusea e dor.

Talvez por isso, quando o ensaio do dia chegou ao fim — depois de aguentar as humilhações de Grigori e o silêncio de Meg —, Elena tomou a decisão de subir até a torre do relógio pela última vez.

Fazia tempo que não ia ali. Com a primavera se aproximando, os dias haviam ficado cada vez mais longos, minutos por vez — e portanto o poente coloria as pedras, o céu, a silhueta de Vermília. Outrora, lembraria

Elena de mexericas, o uniforme bonito dos recrutas de Motriz — agora, era a cor das gengivas de Grigori, sua língua de cobra.

A ideia de morrer nunca fora distante a Elena. Desde pequena, sentia uma intensa urgência com relação à vida — do mesmo jeito que algumas pessoas falavam de aproveitar a vida com calma e paciência, ela se imaginava correndo por uma estrada que nunca tinha fim. A vida era agarrar grãos de areia que escorriam por suas mãos. A vida era um eterno ímpeto adiante, adiante, em busca de alguma coisa que lhe desse paz.

De repente, ela se via parada no abismo — e a morte, de quem sempre havia fugido, a encarava com a resignação de uma mãe.

Não faça isso, mandou Eco. Elena não conseguia escutá-la. Os gestos de Grigori rugiam em sua mente — o silêncio de Margot gritava como um animal desesperado. A morte de Cecília. Ela encarou as próprias mãos contra o chão longínquo que se fazia ver lá, lá no fim da maior queda que ela já encarara. Não tinha percebido que chegara tão perto da borda.

Pule, disse uma outra voz, uma voz que não era sua e nem de Eco e nem de sua mãe. Uma voz vazia, exausta de perseguir, exausta de tentar.

Será que seria tão ruim deixar o cansaço vencer? Será que não estaria fazendo um favor para si mesma? Grigori havia roubado sua magia. A única coisa pela qual ela correra, toda sua vida.

Talvez viver não fosse mais uma opção.

Não seja covarde, disse Eco, tão clara como o sino que permanecia silencioso. *Este é só o começo de tudo, Elena. É só um trecho da sinfonia de sua vida. É apenas um obstáculo, apenas um contratempo, apenas uma batida fora do ritmo. Venha comigo. Venha comigo.*

Elena foi.

E então, sem saber direito por que ou como, estava no banheiro — nos lavatórios perto do camarim de Grigori, mais precisamente, lavando as mãos na água gelada. Seu corpo estava quente, e suor escorria por seu rosto e suas costas, mas o líquido transparente da torneira polida pulsava em si, trazendo-a de volta à vida.

Não sabia como fora parar ali, nem o motivos de estar lavando as mãos. Só sabia que precisava fazê-lo. A água, misturada à sujeira de sua pele, manchou a bacia de louça e esfriou o corpo de Elena no processo.

A sensação gelada parecia limpar todos os seus pecados e o toque de Grigori, de uma forma que nem mesmo os três banhos que tomara de manhã tinham conseguido purificar.

Ela pegou mais sabão, esfregando as mãos com uma violência que não condizia com o simples ato de lavá-las, desejando purgar-se da sujeira.

Estava tão imersa no gesto que percebeu não estar sozinha apenas quando água começou a escorrer da pia a seu lado. Elena ergueu os olhos — era Meg, cujo rosto estava endurecido e pálido, como se tivesse testemunhado algo terrível, e seu lábio inferior tinha um pequeno corte — feio e, pelo aspecto, recente.

Mais alarmante, porém, era que na água que escorria de suas mãos havia traços vermelhos e fugidios de sangue.

O olhar das duas se cruzou. Era impossível olhar para Margot e não se lembrar da expressão em seu rosto, ajoelhada entre as pernas de Grigori, o homem que abusara de Elena. Embora ela tentasse se agarrar à defesa que havia conjurado para Margot — a crença de que, mesmo que achasse consentir, estava também sendo abusada —, a sensação acre e esmagadora da traição rivalizava com o sentimento, misturando-se com a Meg que havia conhecido nos últimos meses, desde antes da morte de Cecília.

O ponto de vista de Eco e de Elena, borrados em seu coração como uma gota de sangue e outra de aquarela. A Elena que ela queria ser, compassiva e gentil, alguém que podia estender uma mão amiga para alguém que fora tão importante...

E a Elena que queria usar a raiva de Eco como uma arma, que queria se vestir da virtuosidade que era reservada à quem tinha certeza de ser a vítima em uma situação.

Eram opostas e, ao mesmo tempo, viviam dentro dela — aqueles dois jeitos de ver o mundo, a lente que coloria ou apagava memórias e palavras. E Elena não conseguia escolher, não conseguia saber qual lado era o certo. Qual lado lhe daria o que realmente procurava.

Pela expressão tensa no rosto, Margot também não.

Falaram ao mesmo tempo, atropelando-se.

— Margot, eu...

— Elena, eu...

Margot apertou os lábios, franzindo o rosto por causa da dor imediata com o movimento da pele ferida. Ela baixou o olhar para as próprias mãos, e Elena a acompanhou — estavam trêmulas, e embora não houvesse mais sangue nelas, o punho da camisa branca que se vislumbrava por baixo da manga do vestido tinha pontos diminutos de carmim.

Elena quebrou o silêncio.

— O que aconteceu? — perguntou, tentando entender, desejando mais do que tudo que a amiga não mentisse para ela.

Margot não respondeu. Apenas negou com a cabeça, respirando fundo. Era tão diferente de Elena: enquanto a soprano se desfazia em lágrimas frente a qualquer aflição, Meg as enterrava no peito, enfiando-as uma a uma até que explodisse. Em anos de amizade, haviam sido poucas as vezes que Elena a vira chorar, embora parecesse estar próxima a isso naquele momento, sua respiração entrecortada por pequenos tremores.

— Margot. Você está dormindo com Grigori, não é? Me conte o que ele fez com você. Podemos denunciá-lo juntas. Podemos ir até André, contar o que aconteceu, garantir que o maestro não machuque mais ninguém. Nunca mais.

Ela precisava que Meg a ouvisse. Seria o suficiente para apagar toda a mágoa, toda a tristeza, até mesmo a traição: se Meg aceitasse o caminho oferecido por Elena, tudo entre as duas poderia ser reparado.

Margot deu um passo em direção a Elena, e mais outro. Secou as mãos na saia do vestido, deliberada e lentamente, e chegou tão perto que seu hálito quente tocou o rosto da soprano, quase como se fossem se beijar.

Quando falou, foi tão baixo que mal se fazia ouvir sobre a água que ainda vazava da torneira aberta frente às duas... E tão cheia de uma fúria gelada que Elena teve certeza de que, se palavras pudessem cortar, ela estaria em retalhos no chão.

— Eu já disse. Não há nada entre Grigori e eu. E se você disser o contrário para o reitor, Elena... Eu te mato.

Era mentira. Elena sabia que mentia — vira os dois juntos no espelho, vira Meg se ajoelhando para Grigori, dizendo coisas horríveis sobre ela. Mas qualquer dúvida que pudesse ter sobre as motivações — sobre o caráter de Margot — se desfez naquele instante, como gelo derretendo ao sol. Não foi só a mentira que a atacou com uma violência fria e calculada; a ameaça teve um efeito ainda mais intenso, quase tirando o pouco ar que ainda restava em seus pulmões.

Teria sido capaz de enfrentar a crueldade de mil estranhos, mas a única coisa capaz de destruí-la era a maldade de quem ela um dia amou.

Antes que Elena pudesse retrucar, porém, um grito gutural ecoou do lado de fora do banheiro. Não havia dúvida do que era — pois só alguém que estava frente ao horror da morte poderia emitir um som como aquele.

E é claro que era irresistível segui-lo.

Elena e Margot saíram correndo do banheiro, cruzando os corredores lado a lado. E então se depararam com a origem dos gritos — o camarim de Grigori, cuja porta aberta era uma moldura para o horror.

Uma náusea fria e pegajosa escorreu pelo corpo de Elena, e ela quase foi ao chão — mas apoiou-se nas paredes para encontrar forças e se aproximar da cena. Ignorou as dezenas de Prodígios e magos que começavam a encher o corredor, ignorou qualquer coisa que não fosse o corpo de Grigori, que jazia como uma boneca quebrada e coberta de sangue no chão.

O cheiro e a cor vieram primeiro — carmim metálico, em tanta quantidade que ela quase se perguntou quantas pessoas haviam morrido, pois escorria do pescoço em borbotões infinitos e empapava a camisa branca de Grigori, formando uma poça no chão ao seu redor. Uma ponta afiada brilhava em meio ao vermelho, e o restante da arma do crime estava atravessado no pescoço do maestro, empalando-o de um lado a outro com um golpe que certamente havia sido fatal.

Morto com a própria batuta.

E então uma única pergunta surgiu na mente de Elena, uma pergunta que parecia formada de gotas de sangue escorrendo na água, de chaves douradas e dúvida:

Quem matou Grigori Yasov?

29

Pavlovas, talvez

— Vou perguntar mais uma vez, Srta. Bordula. — A mulher de aparência cansada encarou Elena por cima de óculos grossos de armação preta, enquanto batia uma caneta no caderno de anotações que carregava no colo. — Onde a senhorita estava durante a tarde de hoje? Estou apenas tentando entender o que aconteceu, não há nada com que se preocupar.

A presença das duas magas sisudas, carregando flautins de ataque e ostentando expressões fechadas, parecia estar em direta discordância com as palavras da detetive Helga. Não era somente o fato de estarem numa sala fechada, com as janelas escurecidas por cortinas que abafavam a luz do sol e tornavam o ambiente claustrofóbico, ou o fato de que a porta estava sendo vigiada por um terceiro mago Motriz. Toda a atmosfera do Conservatório parecia tomada por uma nuvem escura e pesada, que pairava no ambiente desde que fora encontrado o cadáver empalado de Grigori Yasov.

Era uma boa pergunta, e era uma pena que Elena não soubesse respondê-la — e, mais do que isso, não sabia nada do que estava acontecendo. Só sabia que a Primeira Orquestra inteira havia sido levada para salas fechadas na Ala Norte do castelo, onde permaneceram por horas até que a detetive Helga Trento, uma mulher que parecia já ter nascido velha e sem paciência, estava interrogando um a um.

Era difícil culpá-la pela falta de placidez, considerando que a morte de Grigori tinha sido a terceira em menos de seis meses.

Por isso mesmo, Elena respirou fundo e repetiu a mentira pela qual havia passado duas vezes. Ela queria ser útil, mas estava também exausta, com os nervos ainda à flor da pele.

— Não estava me sentindo bem depois do ensaio, então fui até a torre do relógio tomar um ar — Até ali, era verdade. O que vinha depois, porém, era a desculpa que achara ser a mais plausível para explicar o próprio sumiço. — Depois fui até a biblioteca. Passei a tarde lá, estudando a Sinfonia que vamos apresentar daqui a duas semanas.

Mas a detetive não parecia convencida, e seus olhos faiscaram em meio a uma rede de rugas que marcavam a pele.

— Passou a tarde inteira na biblioteca, sozinha? E ninguém te viu? Me parece estranho...

Elena engoliu a resposta que queria dar, e suavizou o tom.

— Ficaria surpresa com a quantidade de tempo para amizades que sobra na vida de uma soprano da Primeira Orquestra, detetive Trento. — Ela suspirou, sem querer pensar na única pessoa com a qual poderia retomar laços de amizade agora que Cecília havia morrido: Meg certamente estava sendo interrogada na sala ao lado, e ela se perguntou qual seria sua história.

Aquilo, na verdade, causava um incômodo que Elena não sabia nomear, uma dúvida que coçava por baixo de sua pele. Onde estivera Meg?

Era evidente que Helga não estava satisfeita com a resposta. A detetive fez uma anotação no caderno e voltou a encarar Elena.

— E então? Presumo que eventualmente tenha ficado com fome, depois de tanto estudo.

A detetive não fez nenhum esforço para esconder a ironia, mas Elena ignorou o olhar penetrante que parecia fazer um furo em sua testa e respondeu:

— Fiquei, mas precisava lavar as mãos antes de ir ao refeitório. Fui ao banheiro e foi lá que eu e Me... — Elena se corrigiu, sem querer usar o apelido da amiga. — e Margot Mirza, a Soprano de Ouro, ouvimos os gritos.

Helga olhou suas anotações por um longo momento, batendo a ponta da caneta contra o papel em um ritmo constante como se pensasse em cadência musical. A detetive Trento era figura notória em Vermília, e antes de adentrar a força policial havia sido uma célebre percussionista e maga de Matéria, e aparentemente velhos hábitos eram difíceis de serem abandonados.

— Me tire uma dúvida, Elena. — Helga sorriu, mas seus olhos mantiveram-se frios, ainda fixos na soprano como se procurassem por algum sinal. — A biblioteca fica no terceiro andar, certo?

Elena não tinha ideia de onde a detetive queria chegar com aquilo, mas assentiu timidamente. Sim, estava correto.

— Faz um tempinho que não frequento com assiduidade o Conservatório, mas pelo que me lembro há pelo menos três banheiros no terceiro andar, e mais alguns ao lado do refeitório, que fica... — Ela olhou as anotações. — ... no primeiro andar da Ala Sul. Bem longe dos camarins de Grigori e do banheiro onde você decidiu lavar as mãos, não acha?

Ah. Um gosto azedo e desagradável encheu a boca de Elena quando entendeu o que Helga insinuava, e por um segundo achou que fosse vomitar. Aquele escrutínio, a ironia suave da detetive, a sensação de estar sendo acusada de algo, tudo aquilo era demais — seu coração não estava em posição de aguentar aquele tipo de ataque por muito mais tempo, não depois do que acontecera.

Não depois do que ela havia testemunhado.

— Eu me pergunto, Elena — continuou Helga, alheia à tempestade interna que começava a trovejar dentro da soprano —, por que você escolheu lavar as mãos justo no camarim ao lado da sala onde ocorreu o assassinato, em vez de fazer isso no caminho entre a biblioteca e o refeitório?

Elena crispou os lábios. Não saber onde estivera era quase tão incômodo do que ter que sofrer as insinuações maldosas da detetive — e, mais do que isso, ter que fingir se importar com a morte de Grigori. Ela não sentia nenhum pesar pelo que acontecera com o maestro — mas evidente que demonstrar aquilo seria sua ruína.

Ela estava cansada, e omitir a verdade do que havia acontecido só fazia a exaustão avolumar-se atrás de seus olhos, pervasiva e esmagadora.

— Não sei o que dizer, detetive — respondeu ela, suspirando fundo. Sua visão ficou marejada devido às lágrimas, e Elena amaldiçoou os olhos traidores. — Mas estava lá lavando as mãos, e Margot pode atestar que era somente isso que estava fazendo.

— Margot Mirza também precisará explicar o próprio paradeiro, não se preocupe. — Helga ergueu as sobrancelhas em condescendência evidente. Não havia como não pensar nas gotículas de sangue manchando a camisa de Meg, o ferimento em seu lábio superior para o qual Elena não tinha explicação... Mas não seria ela a colocar a luz da suspeita em Margot, nem que a amizade das duas fosse coisa do passado.

Elena tinha alguma honra, afinal de contas.

— Vamos lá, de novo — Helga recomeçou, e o refrão torturante fez a cabeça da soprano latejar. Queria perguntar onde estava aquela meticulosidade quando o cadáver de Cecília sumira. E até antes, quando Ciça morrera, mas sabia que provocar a ira da detetive não a ajudaria a sair dali. — Onde você...

Foi esse o momento em que Theodora escolheu para irromper pela porta, flanqueada por um André com expressão estupefata. Estava vestida com uma túnica branca, a cintura marcada por uma faixa acetinada da mesma cor, quase uma estátua antiga com suas linhas elegantes e fluidas. Não era a roupa com a qual Elena estava acostumada a vê-la — parecia cerimonial. A tempestade de emoções acalmou suavemente ao ver a compositora, e Elena quis chorar de alívio.

Enquanto Theo estivesse ali, ela estava segura.

— Chega deste disparate — ordenou ela, desafiadora, adentrando a sala como um anjo vingativo, os cachos pretos e soltos esvoaçando ao redor do rosto. — Elena Bordula é Prodígio da Primeira Orquestra, passou por uma tarde terrível e precisa descansar. Você está com ela há horas nesta sala, detetive. Por certo já averiguou a sua inocência, não?

— E que autoridade você tem para interromper uma investigação? — Helga ajeitou os óculos, uma expressão irritada aprofundando ainda mais sua semelhança com uma uva passa. — Reitor Garnier, controle sua filha. Houve mais um assassinato debaixo de seu teto, e eu não descansarei enquanto não descobrir exatamente o que aconteceu.

— Sim, incansável deveria ser seu nome do meio. — André suspirou, com uma nota de afeição na voz. — Mas Theodora tem razão. Elena Bordula é inocente, e mantê-la sob interrogatório por horas sem a presença de um advogado é certamente um método questionável.

— Precisamos descobrir quem é o assassino...

— Seguindo o protocolo devido, é claro. — Theo partiu a frase de Helga ao meio com as suas palavras afiadas. — Acho que seu tempo seria usado de maneira muito mais eficiente de outra forma que não assediando a minha soprano. Quem sabe desta vez conseguirá prender alguém que de fato tenha cometido um crime, em vez de gastar nosso tempo mantendo inocentes em cativeiro.

Helga respirou fundo antes de continuar como se nada houvesse, ignorando Theo e se dirigindo somente a André.

— Como eu disse, não sei que autoridade sua filha acha que tem, mas não receberei ordens de uma mera aluna de magistrado...

— Compositora oficial do Império, detetive — disse Theo, cruzando os braços com uma autoridade que caía tão bem nela quanto a túnica branca. Então era por isso que Theodora estava com aquelas vestes; a cerimônia de conclusão do magistrado devia ter acabado de acontecer. — E, portanto, com uma patente mais alta do que a sua, creio. É madame Theodora, a partir de agora.

Elena foi tomada por um rompante de orgulho: ela sabia o esforço que fora para que Theodora alcançasse o sonho de uma vida, e mesmo em meio às angústias daquele par de dias horríveis, uma flor de admiração nasceu no peito de Elena.

Nem mesmo o ímpeto singular de Helga Trento poderia ignorar a hierarquia severa do Império. Ela calou-se e fez uma pequena mesura para Theodora, fechando o bloco de anotações com um gesto que mais pareceu um estrondo.

A detetive lançou um último olhar para Elena, medindo-a de cima a baixo como alguém que queria gravar cada detalhe. Seu olhar era tão invasivo quanto os dedos de Grigori, mas a soprano apoiou-se em Theo, que a observava com a preocupação evidente na única ruga que marcava seu rosto perfeito.

— Sim, madame — respondeu Helga, enfim. Ergueu o corpo da cadeira surrada com uma destreza que não combinava com sua aparência idosa e fez mais uma mesura para Theodora e André.

Ela chamou os magos que a acompanhavam com um gesto impaciente, e saiu da sala.

Assim que Helga desapareceu pelo corredor, a frieza de Theo derreteu e seu rosto se partiu numa expressão de zelo que parecia fabricada especialmente para Elena.

— Eu sinto muito. — Ela foi até a soprano, segurando suas mãos e emprestando um pouco do calor que parecia sempre carregar consigo. Seus olhares se encontraram, e Elena deixou-se banhar sob a luz de seu sol, sob sua calma contagiante. — Essa mulher horrível não podia ter mantido você aqui. Por favor, me perdoe. Quis vir de imediato, mas fiquei presa...

— ... Na sua cerimônia de condecoração como Maga Compositora Imperial, o que me parece muito mais um motivo de comemoração do que de desculpas. — Elena não conseguia evitar sorrir ante a expressão devota de Theo, tão bonita que era quase como olhar diretamente para o sol. — Parabéns, madame.

— Você jamais precisa me chamar de madame — disse Theo, desviando o olhar suavemente para os lábios de Elena. A soprano sentiu as bochechas corarem, e não conseguiu evitar também procurar a boca de Theodora. Estava pintada de vermelho-claro, que vibrava na pele negra, e era suculenta como uma maçã.

— Bem. — A voz de André, que ainda estava plantado ao lado da porta e agora encarava as duas com uma expressão em algum lugar entre o encabulado e insatisfeito, interrompeu o momento. — Espero que esteja bem, senhorita, e que toda essa confusão passe o mais rápido possível. Não posso tolerar mais nenhum problema com a Primeira Orquestra... Marco Aurélio não pode saber que estamos em meio a tanta turbulência, e eu conto com sua discrição para que os acontecimentos de hoje não cheguem à boca do povo.

Elena não via como era possível que os rumores do assassinato do maestro da Primeira Orquestra ficassem contidos — era o escândalo da década, e fofoca daquele tipo viajava mais rápido do que magos

Motrizes tocando a Ária dos Atalhos. Mas o olhar penetrante de André lhe dizia que ela não tinha escolha senão concordar, e portanto Elena apenas assentiu, os lábios crispados para não acabar falando o que não deveria.

— Papai, por favor. — Theo segurou a mão de Elena e a levantou da cadeira, colocando-se entre os dois como um escudo. — Acho que Elena já teve interrogatórios o suficiente por um dia, não? Ela precisa de um chá quente e algo doce... Pavlovas, talvez. Sem mais perguntas.

Era impressionante o quanto Theodora parecia transformada, tão distinta da garota que havia chorado no ombro de Elena na torre do relógio por medo da reprovação do pai... Como se fossem duas pessoas diferentes. A conclusão do magistrado havia conferido um brilho especial à Theo — mas Elena sabia que era algo que sempre estivera ali, algo que precisava apenas de um combustível para entrar em ignição.

— Um chá parece uma ótima ideia — Elena respondeu, apertando a mão de Theo e fitando-a em um agradecimento silencioso.

André observou as duas em contemplação, o olhar indo de Elena à filha com uma atenção demorada. Enfim, assentiu, puxando as tranças para trás e enrolando-as num coque.

— Muito bem — disse ele, indicando a porta de saída. — Amanhã conversamos, Srta. Bordula. Por favor, descanse o quanto precisar.

E, de repente, só restou Elena e Theo na pequena sala.

— Está escuro aqui. — Theodora começou a abrir cortina por cortina, deixando a luz do poente entrar pelas janelas e banhar a sala com uma claridade quente e mágica. O dourado misturava-se à sua pele, e contra a túnica branca a compositora parecia...

Bem, ela parecia o próprio sol.

Quando enfim se deu por satisfeita, Theo foi até Elena, parando diante dela. O abismo de classe entre as duas se fez evidente: mesmo durante uma crise, Theodora era a imagem da elegância, os cabelos soltos perfeitamente arrumados, emoldurando um rosto cujas bochechas coradas faziam parecer uma pintura. Seus olhos brilhavam, como as pedras preciosas que ela levava no pescoço e nas orelhas.

Elena sabia que o próprio rosto estava abatido, a pele sem qualquer viço e com sombra profundas embaixo dos olhos. Havia vislumbrado seu reflexo no vidro da janela e não gostava do que via — até mesmo o coque estava desalinhado, com fios colados na nuca, pendendo como se fosse cair.

Claramente Theo ignorava tudo isso, pois em seu olhar só havia gentileza — e algo a mais, uma pergunta silenciosa que parecia querer borbulhar à superfície.

— Oi — disse ela, sorrindo, os lábios grossos um convite ao gesto.

— Oi — respondeu Elena, e num impulso segurou as mãos de Theo.

Assim que o fez, as lágrimas brotaram em seus olhos, e ela se odiou por ser sempre tão frágil, tão tola, tão maleável nas mãos de Theo, de modo que sua força escapava por entre os dedos. O abuso de Grigori se estendia entre as duas, ainda mais abismal do que todas as ressalvas que Elena havia elencado desde o último beijo compartilhado com Theodora. Uma Compositora Imperial merecia muito mais do que Elena podia dar.

Mesmo assim ela se agarrou ao olhar da outra, suspirando fundo, apertando suas mãos e desejando que a pureza daquele gesto fosse o suficiente para apagar a mancha podre que parecia crescer debaixo de sua pele como fungos venenosos, desde que Grigori a tocara.

— O magistrado — disse Elena, sem querer que sua dor tomasse os holofotes de um momento tão importante. — Você conseguiu. Eu sabia que conseguiria.

— Você acreditou em mim. — O sorriso de Theodora se alargou ainda mais, como se fosse possível, alcançando seus olhos e iluminando-a de dentro para fora. Num rompante, Theo puxou Elena para si e a beijou; quente, suave, um beijo que respeitava exatamente os movimentos que Elena queria fazer, um beijo que não invadia nem tomava posse.

Um beijo que fez Elena suspirar, mas manteve seus joelhos firmes.

Ela se desvencilhou suavemente, ainda mantendo-se perto o suficiente da compositora para apreciar quão longos eram seus cílios, os pontos castanhos que decoravam as írises.

— Gostaria de ter visto sua apresentação. Tenho certeza de que foi linda.

— A apresentação avaliativa é só para a banca — respondeu Theo, tocando a ponta do nariz de Elena com a própria, e o rubor de seu rosto se intensificou um tanto. — Mas teremos uma apresentação pública em algum momento, e... quero que esteja lá.

Era tão gentil que o coração de Elena deu um salto. Conseguia imaginá-la, com as vestes brancas e altivas de Compositores Imperiais, observando sua peça autoral ser tocada pela primeira vez para uma plateia. Theo havia nascido para ter aquele cargo, para ocupar o lugar mais alto que uma compositora poderia chegar.

Se Elena fosse a Soprano de Ouro, talvez houvesse espaço para ela. Mas havia muita coisa em seu caminho — Margot, e tudo o mais.

— Imagino que esse tipo de coisa seja só para a família, não?

Theodora ficou em silêncio, e ali estava de novo, a pergunta que desejava fazer. Apertou os lábios e a expressão leve em seu rosto se desfez, dando lugar a um nervosismo que se refletiu em Elena e pesou em seu estômago. Havia, claro, as borboletas nervosas que costumava associar a Theo, à inocência de um amor jovem e ainda indefinido. Mas Elena tinha outro receio, também, mais gelado e cauteloso, como uma sombra que se avolumava em seu coração quando a compositora a olhava daquele jeito.

Theo se afastou, como que para olhar a soprano por inteiro, fazendo-a sentir-se malvestida e borralheira.

— Elena, as últimas semanas foram as mais intensas da minha vida. — Theo falava com convicção, mas suas mãos tremiam. — Eu mal pude fazer outra coisa que não fosse me preparar para a conclusão do magistrado... Mas também pensei muito no meu futuro, e como eu quero que ele seja.

Ah, não. A sombra do medo escureceu os sentimentos de Elena, os envolveu em uma névoa difusa. Ela não sabia o motivo, mas sabia que não queria o que quer que estava no fim daquela conversa.

— Theo...

— Por favor, me deixe terminar. — Theo fechou as mãos sobre as de Elena, as sobrancelhas franzidas em súplica. — Desde o nosso último beijo, a memória de você é o único bálsamo para as minhas aflições. Quando o Grão-Mago me comunicou que eu havia ganhado o título, a primeira pessoa para quem eu queria contar era você. A única pessoa.

Elena sabia para onde aquilo estava indo — e não conseguia fazer nada para impedir.

— Demorei demais para fazer o que uma pessoa da minha posição deve quando se vê em uma situação como a nossa, e por essa falta de honra eu peço as mais sinceras desculpas. Eu quis protegê-la e sei que algo como o que estou prestes a fazer pode colocar sua carreira em risco...

— Theo, o que você está dizendo? — Um punho gelado apertou o coração da soprano. Ela gostava de Theodora, de seu carinho solar, sua proteção, seus lábios. Mas antes mesmo que soubesse o que a compositora iria dizer, sabia que não o queria: algo dentro de si negava veementemente o pedido da outra antes mesmo que fosse proferido.

— O que eu quero dizer é que... antes tarde do que nunca, não é? — Theo respirou fundo, como uma Prodígio antes de cantar uma nota particularmente alta. — Elena, eu...

O badalar fúnebre de sinos roubou o que quer que Theodora fosse dizer. Três tons, que viajavam direto por baixo da pele de Elena e atingiam um ponto escuro em seu coração, que se conectavam com o reservatório de magia que queimava em seu âmago. Três tons, que diziam:

Siga a escuridão.

E ela veio, tão imediata quanto o som. Um véu escuro e impenetrável preencheu a sala, e de repente Elena não conseguia mais ver Theodora, seu olhar gentil — não conseguia nem ao menos ver um palmo à sua frente. A escuridão era uma venda sob seus olhos, sussurrando como uma serpente enrolada em seu pescoço.

Venha, passarinho. Venha para mim.

— Elena! — A voz temerosa e protetora de Theo ecoou de algum ponto à sua frente, mas poderia ter vindo de outro continente.

Pela primeira vez aquela voz provocou algo além de alegria em Elena — uma repulsa intensa, que nascia do mesmo lugar de onde vinha sua magia.

Um formigamento em sua nuca fez Elena girar o corpo — e, flutuando na escuridão, estava seu espelho. Era de lá que vinha a música, o ribombar metálico de sinos que se misturava aos sussurros desconexos que tinham a voz de Eco. Dedos de medo escorreram por suas costas, com unhas afiadas e geladas como estalactites.

— Venha para mim. Venha para o espelho — chamou Eco, tão profunda quanto a própria escuridão. O que havia por trás da sombra?

Será que Elena sobreviveria se descobrisse?

O coração latejava nos ouvidos, o corpo formigando como se houvesse alguém a observando. A qualquer momento, sentia que podia ser consumida por alguma coisa que estava à espreita, que a chamava — algo do qual donzelas como ela deveriam ter medo.

Mas junto ao medo havia desejo, e ignorá-lo seria tão inútil quanto tentar enxergar na escuridão, ou deixar de ouvir aquela voz que continuava chamando seu nome.

Elena a seguiu, porque seu desejo ditava que o fizesse. Porque não tinha escolha, e mesmo que tivesse, faria exatamente daquele jeito: para longe do sol, e para dentro do espelho.

A última coisa que ouviu antes de ultrapassar a moldura foram as palavras suplicantes de Theo.

— De quem é esta voz?

A música da noite

A escuridão era um caminho sem volta e levou Elena diretamente à entrada das Catacumbas. O portão de ossos cintilava mesmo à pouca luz, sólido em meio à atmosfera de sonho criada pela névoa branca e espessa.

Estava escancarado, uma garganta em meio a um grito.

Mesmo sem vê-la, Elena sabia que Eco estava ali. Um formigamento em sua nuca quase fez a soprano virar para trás, procurar a origem do olhar suplicante que parecia ser sua última ligação com o mundo terreno — mas ela a ignorou. Fizera a sua escolha. Estava ali, nas Catacumbas de Eco, no subterrâneo de seus desejos. Seus anseios.

E, como materialização disso, a fantasma surgiu.

À meia-luz, parada ao lado do portão, Eco parecia um espectro, uma sombra sem substância. Seus cabelos pretos escorriam como uma mancha de céu noturno por cima dos ombros, misturando-se à linha fluida da capa também preta que escondia sua silhueta. A única coisa que faiscava na escuridão eram seus olhos, azuis e elétricos e cheios de algo que Elena não conhecia. Não podia ser luxúria, pois luxúria era algo simples demais, reservado para homens como Grigori e Alec. Também não era desejo, pois desejo nascia do lado de dentro — e aquilo queimava a pele exposta de Elena como uma chama em pergaminho embebido de óleo.

Não.

Eco estava faminta, e a única coisa capaz de satisfazê-la seria Elena.

A mestre estendeu a mão, branca pelo cetim da luva que ela usava, e a soprano acabou com a distância entre as duas para segurá-la.

— Você está segura comigo — declarou Eco, como se pudesse sentir a aflição que pouco antes havia revirado no peito de Elena. Era impossível dizer a que Eco se referia; se era à ameaça evidente do assassino de Grigori ou se insinuava que a soprano estava segura do pedido de Theodora.

Diferente da primeira vez que estivera ali, Elena não sentia medo. Na verdade, mesmo a angústia que carregara consigo desde o encontro com Grigori parecia uma lembrança distante, esmaecida. Ali embaixo, não havia espaço para aquele tipo de coisa, pois nas Catacumbas, Grigori era um inseto irrelevante.

Ali embaixo, Elena era realmente ela mesma.

Mas ainda tinha uma dúvida e soltou a pergunta na escuridão, enquanto caminhava em direção à câmara de Eco.

— Quem matou Grigori?

Ela não se atrevia a olhar a mestre ao fazer a pergunta. Mantinha os olhos no caminho, na luz bruxuleante das velas, em seu cheiro de cera e na fumaça. Era como se caminhasse sozinha, e, portanto, quando a voz de Eco lhe respondeu, foi quase um susto.

— Você sabe quem foi, passarinho.

A lembrança do sangue nos punhos de Margot a tomou de assalto. Sua ameaça assassina, seu temperamento colérico que Elena nunca percebera, mas que aparentemente sempre estivera presente.

Ela procurou por confirmação no rosto de Eco, encarando o crânio branco, o olho azul elétrico que brilhava por trás da máscara.

Embora parecesse impossível, Elena sabia agora que Eco jamais mentira. Margot era perigosa — mesmo que, dessa vez, sua raiva tivesse atingido Grigori, era questão de tempo até que se voltasse contra Elena.

Cruzaram o limiar e adentraram novamente os aposentos de Eco, e a certeza se instalou no coração de Elena, fundindo-se a todo o restante. Não havia dúvida.

Margot era a assassina.

Eco conduziu Elena para a cama larga com almofadas de cetim, afastando o dossel de veludo vermelho e fazendo-a sentar no colchão. Era macio e cedeu sob o peso de seu corpo. O lençol, também de cetim, era ao mesmo tempo cuidadosamente almiscarado e de aparência antiga, como se fosse a herança de alguém que muito antes havia sido rico, e agora se apegava às poucas lembranças de sua fortuna, mesmo que tivessem perdido seu viço.

Ainda assim, eram os lençóis mais luxuosos que Elena tinha visto.

— Você duvidou de mim uma vez. — Eco parou a certa distância da soprano, recostando o corpo na escrivaninha de madeira e observando-a. — Não há mais espaço para dúvida, passarinho. Quero que se entregue a mim.

E, realmente, a única dúvida que havia sobrado era aquela, que se estendia no espaço entre as duas, que ocupava o coração de Elena. O que significaria se entregar para Eco? O que poderia perder no processo?

O que poderia ganhar?

Ela reconhecia o desejo carnal pela mulher misteriosa, disso não tinha dúvida. O desejo havia tomado conta de seu corpo desde a primeira vez que Eco dera ordens à ela, desde o primeiro olhar carregado de eletricidade trocado entre as duas. Mais do que isso, porém, havia um desejo mais ancestral — o desejo pela promessa de poder que havia em Eco. A magia voraz e inimaginável que corria em seu sangue, que fazia possível que a mestre se escondesse por trás de espelhos, controlasse a escuridão, provocasse dor e prazer com sua voz.

Que lhe dera magia de Potência sem que precisasse soar sequer um violino.

Mais do que o corpo de Eco, Elena queria sua magia. Queria aprender, queria ser a Prodígio mais poderosa do Império, queria que todos vissem seu poder e nunca mais duvidassem dela.

E mesmo que a obediência a Eco lhe viesse naturalmente, naquele momento Elena soube que tinha uma escolha — uma única escolha. Poderia virar as costas e ir embora, trancar o portão de osso, fechar o portal e ir em direção à luz, aos braços sempre presentes de Theodora.

Aquela ideia era quase tentadora, da mesma forma que a chama de uma lareira era convidativa nas noites de inverno. Mas o fogo queimava na mesma medida que aquecia, prendia em suas chamas na mesma medida que protegia.

Não, não era isso que ela queria.

Por outro lado, o caminho que Eco oferecia era desprovido de luz. Era escuro, traiçoeiro, um caminho em que talvez perdesse o próprio coração. Mas, ao mesmo tempo, a escuridão não a assustava mais — pois as mesmas sombras que ocultavam, também protegiam, e na penumbra Elena poderia ser quem realmente era.

Dois caminhos — um do sol, outro da noite. Um que era o esperado para ela...

E outro que ela trilharia sozinha.

E então, fez a escolha.

Sua resposta foi com os olhos, e não com palavras. Um sim silencioso, dito na língua secreta que parecia existir entre as duas..

Mas que Eco entendeu.

— Esta noite... — ela disse, inflando o peito com uma respiração longa e funda. O ar ficou carregado de magia, estática e decadente. — Você finalmente será minha.

Passeou o olhar por Elena com a calma de quem esperou uma vida inteira. A despiu com os olhos antes mesmo de tocá-la, e o poder de seu olhar era tão intenso que fez com que a soprano ofegasse suavemente. Quando o fez, seu decote inflou — e Eco pousou o olhar na curva dos seios, pintados de dourado pela luz suave das velas que bruxuleava na caverna.

— Tire a roupa — mandou, e como podia uma ordem soar tanto como uma súplica?

Elena não tinha escolha senão obedecer.

Desfez os botões um por vez, e sentiu o calor preenchê-la de dentro para fora quando deixou seu torso ficar completamente exposto. O vestido deslizava sob os dedos que erravam e encontravam o caminho, e a soprano mordeu o lábio inferior, ofegando entre dentes, tão completamente afetada pela voracidade com que Eco a saboreava que precisou interromper seus movimentos.

A mão enluvada de Eco escapou das fendas de sua capa e ela estalou os dedos — o som ecoou pela caverna como uma flechada, e a ardência de um beliscão atingiu o rosto de Elena. Doía, mas a dor também era quente — espalhava-se por seu corpo como a vergonha, escorrendo por dentro e para baixo, direto até o ventre da soprano.

— Não te mandei parar, passarinho — disse a mestre, e seu sorriso era uma mancha de sangue no rosto branco. Não precisou ir além: o aviso era evidente, mesmo antes que os lábios vermelhos se partissem suavemente para revelar uma fileira de dentes brancos, os caninos levemente pontudos.

— Te quero completamente minha. Nada mais vai te tocar... Nem as mãos daquela estúpida insolente, nem ao menos as roupas que você usa. Entendeu?

Elena assentiu. Ela entendia, mesmo que a posse de Eco lhe provocasse mais do que aquela sensação quente e pulsante. Dava medo, mas nem isso foi suficiente para impedir que voltasse sua atenção ao restante dos botões do vestido.

Depois de abrir os botões, Elena alcançou o fecho do colar de veludo que Eco lhe dera — mas a mestre negou com a cabeça.

— Esse, não — disse Eco, indicando o restante da roupa da soprano, que seguiu seus movimentos e deixou o colar intacto.

Quanto mais despida ficava, mais a escuridão parecia envolvê-la, amarrando-se ao redor de seus braços, suas pernas, deslizando em seu corpo como veludo e ajudando-a a remover as anáguas, as roupas íntimas brancas e rendadas que deixavam marcas nos relevos da pele macia. As trevas tinham cheiro de fuligem e dama-da-noite, clamavam os sentidos de Elena e a coroavam como rainha do mundo abaixo do Conservatório.

A soprano permitiu isso, pois a sensação era deliciosa demais para ignorar, até estar completamente nua.

Duas faixas pretas como se fossem feitas das próprias sombras surgiram do escuro. Enrolaram-se em seus punhos e os prenderam para trás, tornando Elena prisioneira. Só então Eco diminuiu a distância entre as duas, cada passo uma batida daquela coreografia estranha que estavam dançando. Ficou a um palmo de Elena, e então ergueu a mão novamente, puxando-a para trás como um arqueiro que tensiona a corda de uma flecha.

Ela se preparou para um tapa que não veio.

Em vez, Eco tirou a luva da mão esquerda, puxando-a pelos dedos até que deslizasse e revelasse a pele clara e marcada de cicatrizes. Enfiou os dedos nos cabelos de Elena, enterrando-os nas mechas ruivas e desmanchando o coque.

Os cabelos caíram como cordas por cima dos ombros nus, e Eco baixou o olhar para encará-la. Seus lábios vermelhos estavam entreabertos como as pétalas de uma rosa, e a fantasma deixou escapar um fôlego entrecortado. O olhar por trás da máscara de osso estava carregado pela obsessão, vítreo, de pupilas tão dilatadas que quase consumiam a íris azul-elétrica.

Eco segurou o queixo de Elena, forçando-a a olhar para cima e enterrando a ponta dos dedos na carne macia. Seu polegar deslizou por cima do lábio inferior, e a sensação foi tão íntima que fez com que seus mamilos ficassem entumecidos.

Foi aí que Eco deu um tapa no rosto dela. Seus dedos eram um chicote na pele sensível da bochecha, e a ardência formigou, fazendo brotarem lágrimas — mais de surpresa do que de dor — nos olhos da soprano.

— Isso é por ter duvidado de mim quanto a Margot, passarinho — Eco disse, paciente e gentil, a voz incondizente com a violência do gesto.

A incongruência provocava um efeito inebriante em Elena, tanto que ela foi tomada de surpresa de novo com um segundo tapa — esse ainda mais forte, seguido por um aperto na nuca que tombou sua cabeça para trás.

— E isso. — Eco inclinou-se até que seus lábios ficassem na altura da orelha de Elena, apoiando um joelho no colchão macio da cama e ficando quase escarranchada por cima da soprano. — É por ter beijado Theodora Garnier.

— Está... com ciúmes? — Elena ofegou, sem conseguir concentrar-se direito em qualquer palavra, porque o hálito de Eco beijava a pele de seu pescoço e carregava arrepios intensos consigo, arrepios que começavam na base de suas costas e viajavam até seu baixo-ventre. — Quer que eu implore por perdão?

— Você vai ter a chance de implorar antes que a noite acabe — Eco garantiu, e deslizou a ponta da língua pelo pescoço de Elena, mordiscando o lóbulo de sua orelha, raspando os dentes de forma quase dolorida contra a junção entre pescoço e ombro.

Elena não conseguiu conter o gemido que escapou de seus lábios — o som era música, que Eco tirava dela como a um instrumento.

A mestre empurrou seu corpo por cima do de Elena, fazendo-a se deitar na cama com os braços unidos para cima, com cada joelho apoiado de um lado da soprano. Ela ergueu o corpo — e lentamente tirou a capa preta que a cobria, revelando um torso desenhado e coberto por um colete também da cor do ébano, por cima de uma camisa branca abotoada até o pescoço.

Eco desfez os botões do punho esquerdo, enrolando-os até os cotovelos com paciência deliberada. A meia-luz deixava à mostra uma marca de cicatriz vermelha no antebraço magro, mas era impossível prestar atenção em qualquer coisa que não fosse o sorriso perverso de Eco, ou o jeito com que ela soltou uma mão de Elena das amarras da escuridão, levando-a até a altura de seu rosto, inclinando o corpo o suficiente para que conseguisse fazê-lo.

As pétalas vermelhas de seus lábios fecharam-se sobre os dedos indicador e do meio da soprano, e Eco chupou, umedecendo-os com movimentos lentos de sua língua — movimentos que se faziam sentir em outras partes que Elena gostaria que a mestre beijasse.

Quando deu-se por satisfeita, Eco conduziu a mão de Elena para seu seio esquerdo, fazendo-a deslizar seus dedos por sobre o mamilo. A textura molhada era quente, e arrancou outro gemido tímido da soprano.

— Ninguém pode te ouvir aqui, passarinho, exceto eu. — Eco empurrou a mão úmida de Elena por cima do relevo generoso de sua barriga, em direção ao meio de suas pernas. — E quero que cante para mim.

Bastou seus dedos encontrarem as dobras quentes e também úmidas que o pedido de Eco se tornou realidade. Elena sempre havia sido uma soprano talentosa, mas as notas de sua sinfonia de prazer eram algo além — seguiam uma cadência febril, que se esticava até romper e começar de novo. Os sons acompanhavam os acordes que ela dedilhava no próprio corpo, mais habilidosa do que quando estava diante das teclas pretas e brancas de seu piano.

— Devagar. — Eco riu, segurando o rosto de Elena com a mão livre e derramando seu corpo sobre ela de forma que seu colete roçava contra a pele nua de Elena. — Eu já falei que você é um passarinho ávido, mas hoje... hoje você está faminta.

Suas palavras e seu riso eram combustível para a música de Elena, cuja resposta foram apenas gemidos e sons incoerentes. Seu corpo era como uma brasa acesa, derretendo suas dúvidas e seu medos e a fundindo com Eco de maneira irreversível. Mesmo que fossem seus próprios dedos sobre si, deslizando e deixando-a mais e mais molhada, era Eco que a conduzia — uma maestra e uma soprano, unidas em um único soneto.

E então Eco tomou seus lábios, e pela primeira vez a beijou. Era um beijo que parecia um contrato, escrito na fricção dos lábios, no encontro da língua caprichosa da mestre com a súplica de sua pupila. Eco aprofundou o beijo, suspirando dentro da boca de Elena, e suas respirações eram uma só, mesmo quando a soprano ofegou de prazer e o som foi abafado pela pressão dos lábios vermelhos contra os seus.

— Eu disse devagar — Eco murmurou, separando os rostos apenas um milímetro e soltando o queixo de Elena. — Me obedeça.

Ela estalou novamente os dedos, e mais uma vez a ardência de dor atingiu a pele de Elena — dessa vez, em sua coxa, outro beliscão de aviso feito de magia.

Elena obedeceu, pois a obediência era a única coisa que fazia sentido naquele momento — obedecer a Eco era mais fácil do que respirar, mais fácil do que deixar o prazer espalhar-se por seu corpo e enrolar-se ao redor de seu ventre como uma cobra que apertava e apertava...

E ao desacelerar o prazer se intensificou, ficando mais profundo, mais quente e mais úmido. Cada vez que a ponta de seu dedo deslizava por cima do ponto mais sensível, era como se a estivesse tentando, fazendo Elena se aproximar mais um passo da beira do abismo.

Eco a soltou.

— Continue com a outra mão — disse, apoiando-se ao lado da cabeça de Elena e erguendo o corpo levemente. — E faça exatamente o que eu mandar.

Primeiro ela trouxe até seus lábios a mão que até pouco conduzia os movimentos. Lambeu os dedos melados do gosto de Elena, saboreando-

-os como se fosse calda de chocolate em cima de *madeleines*, como se fosse o suco de cerejas maduras no calor do verão. A visão impulsionou as ondas de prazer que se concentravam, cada vez mais intensas, no baixo-ventre de Elena — e ela esfregou o dedo com mais força, chegando perto demais do clímax. Seu gemido era um indício de quão perto estava — só mais um pouquinho...

— Pare — ordenou Eco, e Elena interrompeu os movimentos. Uma onda de frustração a inundou, e ela gemeu de novo, dessa vez quase uma súplica. — Eu quase quero te deixar se satisfazer com seus próprios dedos... Mas não estou com nenhuma pressa. Vou te fazer implorar antes de gozar.

A promessa perversa foi como um movimento do dedo de Elena sobre si mesma, e ela ofegou de prazer e agonia, duas sensações tão distintas, mas que naquele momento eram uma só.

Somente quando a onda de prazer abrandou Eco deixou que ela continuasse, fazendo um movimento de cabeça. Elena voltou a se tocar, levemente ciente de que as mãos de Eco traçavam carícias em seus seios, sua barriga, suas coxas, enquanto ela se posicionava mais abaixo na cama.

Mãos que não eram as dela separaram suas pernas, e a sensação de ar gelado beijando o seu sexo molhado foi o suficiente para que Elena aumentasse a pressão do dedo, inclinando o quadril para conseguir se tocar mais, e mais.

Eco distribuiu beijos esparsos na parte sensível ao lado de seu umbigo, na dobra de pele entre coxa e torso, sem dúvidas deixando marcas vermelhas de posse na pele de Elena, que não se importava em absoluto. Cada beijo era um convite mais decadente, e seu quadril tremeu de novo, refém dos lábios de Eco.

Dois outros dedos encontraram os de Elena. A boca de Eco se juntou a eles, lambendo profundamente, uma sensação quente e tão molhada que escorria por entre suas coxas. Mas seus dedos não estavam interessados em explorar o território clamado por Elena — eles encontraram seu caminho no túnel úmido e apertado mais abaixo, pressionando contra a abertura e acomodando-se dentro da soprano.

Eram uma só. Elena estava preenchida pela sensação de Eco, pelo movimento paciente de seus dedos, pelo vaivém calculado que fazia com que toda a extensão dos dígitos roçasse contra a pele tão tão sensível de dentro da soprano, e os gemidos eram tão inevitáveis quanto o seu fôlego preso ou quanto o ritmo da fricção de seus próprios dedos que aceleravam e aceleravam e aceleravam...

— Devagar — mandou Eco, girando os dedos, fazendo com que cada parte de sua pele saboreasse Elena.

— Eu... — A cabeça de Elena parecia solta de seu pescoço tamanha era a curvatura de sua espinha, e ela ofegou, palavras perdidas em meio a mais pura expressão de prazer. — Por favor.

— Não — disse Eco, implacável. — Ainda não. Não enquanto você não implorar.

Ondas elétricas de prazer espiralavam do baixo-ventre de Elena por todo o seu corpo, fazendo os dedos da mão presa se fecharem violentamente ao redor da corda de sombras, seu quadril subir e descer como o arco de um violino. Ela manteve o ritmo lento de seus dedos, pois queria obedecer a Eco mais do que desejava o clímax. Queria sucumbir à ela, queria que a consumisse de dentro para fora.

É um caminho sem volta, disse um pensamento desconexo que flutuou para longe assim que passou pela cabeça de Elena. Não havia espaço para palavras racionais. Não havia espaço para nada além dos dedos de Eco entrando e saindo dela, para a própria sinfonia dedilhada pelos dedos.

— Por favor — pediu a soprano, mas entre os olhos semicerrados o esgar vermelho e borrado de Eco tornou-se cruel.

— Implore — ordenou, desacelerando os movimentos ao fazer isso, atrasando a subida nas escadarias de prazer que levavam Elena cada vez mais perto do ápice. — Diga que é minha. Que eu sou sua mestre, que ninguém mais irá tocá-la. Implore, e eu te darei tudo o que quer.

Mais do que prazer, a imagem que surgiu para Elena foi a de si mesma, de pé em um palco, vestida com as roupas cerimoniais de *Soprano de Ouro* da Primeira Orquestra. Ela se misturava às ondas de deleite, se fundia com elas, de tal forma que Elena não sabia onde começava a ambição e onde terminava o prazer.

Se estivesse em condições de supor, diria que eram feitas da mesma coisa.

Mais uma vez estava perto, os pés prestes a tocar o ápice — e mais uma vez Eco desacelerou os movimentos. Com a mão livre, agarrou o punho da mão de Elena que trabalhava, forte como uma serpente, e o gesto fez com que a soprano perdesse o controle de seus movimentos o suficiente para perder a subida, e descer mais alguns degraus.

— Eu sou sua. Você... — Estava tão molhada que seus dedos erravam o ponto mais sensível, e ela gemeu de agonia, perdendo as palavras. — Você é minha mestre. Ninguém... Ninguém... — Ela nem ao menos se lembrava de Theo, Grigori, Meg. Eram apenas peças num tabuleiro, eram teclas pretas e brancas de um piano. Mas Eco era a própria música. — Ninguém mais vai me tocar.

Em algum espaço de sua mente tomada pelas sensações da carne, Elena sabia que aquelas eram promessas perigosas. Eram promessas que mais pareciam contratos, assinados em magia e sangue. E ela dizia exatamente o que Eco precisava que dissesse, pois a única coisa que importava era o topo da escadaria.

— Por favor, Eco, por favor... — Lágrimas de frustração escorreram por seu rosto quando Eco negou-lhe novamente o gozo, parando os movimentos e dando um tranco em suas mãos. O nó em seu baixo-ventre estava tão apertado quanto o nó em seu punho, tão justo que iria parti-la ao meio se não tivesse algum alívio.

— Me pergunto que tipo de promessas eu arrancaria de você — disse Eco, colocando mais um dedo para dentro de Elena, tão apertada que quase doía. — Se te deixasse assim a noite inteira. Se negasse o que você tanto quer.

A simples sugestão provocava arrepios de desespero no corpo de Elena. Não. Ela não aguentaria nem mais cinco minutos daquilo, quanto mais uma noite toda. Todo seu corpo pulsava em súplica, e ela gemeu sofregamente. Mais lágrimas escorreram de seus olhos, e o gemido misturou-se a um soluço.

— Você fica linda quando chora, passarinho.

A crueldade de Eco era um combustível. Ela enterrou os dentes na parte interna da coxa de Elena, e, em vez de atrasar a dor, isso acelerou o prazer. Cada toque de Eco naquele momento era um passo adiante, para cima, para cima...

— Eu imploro, mestre — repetiu Elena, tentando uma última vez, debatendo o punho contra a força do aperto de Eco. — Me deixe ser sua. Eu imploro.

Os segundos se estenderam entre as duas como melaço, como um refrão que se repetia sem parar.

E então Eco puxou a mão de Elena, afastando-a do meio de suas pernas. Depois tirou os dedos de dentro da soprano, e a ausência deles foi tão insuportável que Elena soluçou mais uma vez. Mas o olhar das duas se cruzou, incandescente e magnético, e quando Eco ergueu os dedos melados de Elena, ela sabia o que estava prestes a acontecer.

Eco estalou os dedos.

Uma onda inevitável de prazer tomou conta de cada centímetro da carne de Elena, queimando-a de dentro para fora, incandescente e intensa e em ondas explosivas que tomavam posse dela. Os gemidos de Elena se tornaram ecos, gritos, reverberando pela caverna e impulsionando o poder que escapava de si, que escorria em torrentes e tornavam-na irreversivelmente...

... Mágica.

Interlúdio II

Minha primeira memória do verão é de odiá-lo. Trabalho enquanto mamãe me observa, e seu olhar é mais inclemente do que o sol. Sei o que ela pensa. Sou gorda demais, preguiçosa demais.

— A cravelha não está bem presa — Loralie me corrige em um suspiro cansado, como se não estivesse surpresa pela falha. Eu giro os dedos ao redor do pequeno cilindro de metal até sentir que ele resiste ao enroscar de maneira satisfatória. *Preciso ajustar o martelo*, penso, e quase imediatamente minha mãe interrompe seus pensamentos.

— O martelo não está encaixado direito — repete Loralie, e eu arrisco um olhar para sua figura sombria e esquálida. Ela mexe inquietamente na aliança de osso encaixada em seu dedo anelar.

— Estou quase lá.

— Ah, "quase" — diz Loralie, e o sarcasmo distorce suas palavras em uma canção incômoda. — A música é uma arma precisa, Elena. Não é um capricho que você pode tratar como todo o resto.

Tento entrar em mim mesma, afastá-la, mas é difícil não imaginar a que "resto" ela se refere, e eu encolho barriga com ainda mais força. Aos catorze anos, tenho tempo suficiente de prática para saber que, quando Loralie se embrenha em seu passatempo preferido — me criticar — não há nada a fazer exceto submergir.

Depois de alguns minutos, fica pronto. Eu limpo as mãos no avental, soprando a poeira para longe das cordas mais uma vez antes de dedilhar a que havia desafinado — daquela vez, no entanto, o som sai limpo e macio, ecoando perfeitamente em ondas que sinto como se a caixa de ressonância do piano fosse meu próprio peito.

Loralie vem até mim e fecha o tampo do piano com um carinho com o qual jamais me tocou.

— Agora, toque.

Eu o faço.

A cada nota, a sensação de prazer preenche meu corpo, e eu preferiria nunca mais comer ou beber água do que ser obrigada a viver sem a música. É tão intenso e profundo que nem ao menos noto quando um corte profundo se abre em minha bochecha esquerda, e só percebo que havia algo errado quando gotas de carmim começam a chover sobre as teclas brancas do piano. A dor é intensa e profunda, e eu adejo sobre a música.

Loralie agarra meus ombros.

— Continue cantando.

— Está doendo — digo, sem querer demonstrar demais do sentimento para minha mãe. Loralie encara a mágoa como uma iguaria que gosta de saborear.

— Qualquer música pode te machucar. Música é um poder que você deve domar. Ela revela quem realmente somos e nos dá a única liberdade que existe nessa terra salgada e corrompida. Entende?

Sufoco qualquer resposta e assinto — mas, por um momento, fantasio com o que faria quando enfim fosse uma soprano da Primeira Orquestra. Em todas as canções que poderia cantar.

Deveria existir um verso que fizesse alguém desaparecer, afinal de contas.

ATO III

"Você será a mais feliz das mulheres.
E vamos cantar, sozinhos, até desmaiarmos de prazer."

Gaston Leroux, O Fantasma da Ópera

Um novo começo

Calor. Em seu rosto, brilhoso e intenso, escorrendo por seu pescoço e colo — nus, contra um lençol de algodão áspero e incômodo. Dor em cada parte de seu corpo — nos punhos esfolados em carne viva, no pescoço que latejava, na coxa que ardia como se alguém a tivesse mordido.

Elena abriu os olhos, e foi inundada pela luz matinal cáustica e incômoda que havia se infiltrado para dentro de seus aposentos por meio da janela escancarada. Mais do que a luz, porém, havia uma batida ritmada e urgente na porta, um som abafado mas insistente que provavelmente era o que a acordara.

Ela ergueu o torso — e uma onda de dor tomou conta de seus músculos. Era como se tivesse nadado a extensão do Rio Bemol e depois subido vinte vezes até a torre do relógio. Elena nunca se sentira tão dolorida — e bastou um olhar para o corpo nu abaixo do lençol para entender o motivo. Seus punhos estavam decorados por hematomas gêmeos e escuros, havia uma meia-lua mordida em sua coxa e manchas arroxeadas no padrão de dedos em seu quadril.

Ela não queria nem imaginar como estava seu pescoço, que ardia insistentemente abaixo do colar de camafeu.

Ainda assim havia algo a mais nela, algo que vibrava como música dentro de si. Algo ao qual estivera acostumada apenas quando se concentrava e ia para o lugar escondido em seu coração — mas que agora havia feito morada em cada canto de seu corpo, tão fácil e tão natural quanto o oxigênio que corria nos pulmões.

Magia.

Seu poder estalava prazerosamente na ponta dos dedos, e Elena soube que seu encontro com Eco havia sido mais do que real — a mestre lhe dera algo. Outro presente — mas assim a palavra veio à sua mente, soube que não era isso. Presentes eram dados de bom grado, sem amarras ou condições.

Não, aquilo era um pagamento. Em troca do corpo de Elena, Eco lhe dera poder, exatamente como dissera que faria.

Ela ergueu a mão esquerda, hipnotizada pelos movimentos de seus dedos, pelo poder que corria sob eles. Estalou-os e os lençóis se afastaram de seu corpo, caindo ao chão do lado da cama, movidos pela magia Motriz que nem ao menos precisou cantar para acessar. Fez acender chamas brancas e indolores em seus dedos, manipulando a Potência.

As flores que Theodora trouxera na semana anterior murchavam em um vaso perto da janela e chamaram sua atenção.

Esticou a mão e com um gesto o vaso levitou até a cama, pousando suavemente no colchão. Algumas pétalas de azaleia caíram com o movimento, quase sem nenhum resquício do tom azul vivo que outrora ostentavam, e a única coisa que restava dos cravos eram seus miolos murchos e acinzentados.

Sabia que não precisaria cantar, mas o fez mesmo assim, tocando as pétalas e imaginando-as viçosas e renovadas.

Assim aconteceu. Magia brotou nos dedos de Elena, acendendo-os como se fossem pavios de vela, e a luz mágica navegou pela extensão das flores, seus cabos, suas folhas e suas pétalas macilentas. À medida que o fazia, dava vida nova às plantas: o que era cinza se tornava verde, azul; dos miolos nus brotavam novas pétalas em coroas vermelhas; botões jovens e esperançosos apareceram em meio à folhagem.

Em alguns segundos, o ramalhete estava como quando Theodora o havia presenteado — na verdade, parecia ainda mais bonito.

Elena sorriu, sem conseguir conter o orgulho que sentia ao ver os efeitos da magia. Theo lhe dera as flores, mas fora ela quem trouxera de volta à vida — e isso era algo mais fantástico do que qualquer lisonja ou pedido de casamento.

As lembranças dos acontecimentos se misturavam em sua mente, lodosas e desconexas. Ela descera até as Catacumbas. Deixara Eco tomar seu corpo, e achava que também sua alma. Por um momento seu coração esvoaçou de medo, como uma mariposa presa dentro de uma jarra pequena demais. Será que entregara toda sua alma? Será que não restava mais Elena? Será que ainda era humana?

Mais do que isso: o que havia tomado seu lugar?

Foi arrancada de seus devaneios por mais batidas, dessa vez acompanhadas da voz inconfundível de Theodora Garnier. O desespero se espalhou gelado em seu peito quando percebeu que Theo estava acompanhada, e tinha intenção de arrombar a porta. Ao menos àquelas aflições, tão próprias de pessoas com coração, Elena não estava imune.

— Ela pode estar em perigo — Theodora bradou do lado de fora, e sua voz abafada foi respondida por palavras rudes que Elena não conseguia entender. — Um maestro foi assassinado ontem, e você quer esperar para que mais uma tragédia aconteça? Me dê a chave!

O tremor do impacto de algo contra a porta a fez tremer nas dobradiças, e a maçaneta de latão girou ameaçadoramente. O quarto estava trancado, mas era de se esperar que a filha do reitor tivesse conseguido encontrar o molho de chaves-mestras que a abrisse a seu bel-prazer — e como se ouvisse seus pensamentos, a pessoa do lado de fora enfiou a chave no buraco. O clique metálico de uma tranca se abrindo ecoou como um tiro, e Elena ficou intensamente ciente de seu estado — nua, coberta de hematomas... Theo jamais poderia vê-la daquele jeito.

O ranger de madeira denunciou a porta se abrindo, e Elena nem ao menos pensou — ergueu a mão espalmada na direção da entrada, e uma rajada de força bateu contra a porta, empurrando-a de novo para o batente e impedindo que entrassem. A magia tinha som de trompas e trompetes, mas não havia tempo para saboreá-la.

Ergueu-se da cama às pressas, catando roupas amarrotadas e meio limpas do chão e tentando vesti-las o mais rápido possível. Saias e mangas longas, uma blusa com gola alta que cobrisse seu pescoço — cada escolha era feita para esconder o máximo de pele.

— Quem está aí? — Theodora gritou, forçando a porta de novo, mas o feitiço de Elena ainda se mantinha, e o eco dos metais soou mais uma vez. — Deixem-me entrar, por ordens do Imperador!

Que raios o Imperador quer com uma soprano?

Ela colocou os sapatos, os brincos; parou frente ao espelho para dar um jeito nos cabelos de quem havia passado a noite em claro, certamente desgrenhados. Em vez disso, porém, o reflexo que a encarou era completamente diferente do que esperava.

Seu rosto estava mais desenhado, as bochechas redondas acentuadas pelas sombras como se estivesse usando maquiagem — mas ao tocar a pele, não havia pó algum sob seus dedos. Era como o rosto de Cecília havia sido, porém ainda mais bonito. O maxilar estava marcado e definido, como o de Margot. Os cabelos haviam perdido seu aspecto amassado para caírem em cachos perfeitamente brilhantes ao redor de maçãs do rosto rosadas, lábios carnudos umedecidos, um nariz suavemente arrebitado e coberto por sardas que pareciam ter sidos pintadas à mão.

Em uma palavra, estava deslumbrante.

Havia algo em seu semblante, porém, que provocava um arrepio de temor na base de sua espinha. Seus olhos sempre haviam sido de um tom avermelhado de tronco de cerejeira, cor que combinava com seus cabelos e uma das únicas coisas que Elena gostava em sua compleição. O olho esquerdo continuava exatamente igual, mas o direito parecia diferente. Ela aproximou o rosto do vidro que refletia cada traço, que havia se aberto em um portal na noite anterior...

Havia veios azul elétricos na íris direita, que faziam de sua pupila um sol e espalhavam-se de forma sutil, mas inconfundível.

— Abra a porta! — A voz de Theodora surgiu de súbito, e foi só assim que Elena percebeu que não mantinha mais o feitiço. A compositora quase caiu para dentro dos aposentos, acompanhada de dois magos de Potência que pareciam pouco impressionados, e Georgina, a gárgula que limpava seu quarto.

Theo. — Elena segurou-a estabilizar seu corpo e a encarou. — Em nome do Império, o que está acontecendo?

— Elena. — Theodora jogou os braços ao redor da soprano, e em seguida deu dois passos para trás para observá-la. Sua expressão era a de alguém que encarava um fantasma: a compleição negra estava pálida e macilenta, e os trajes brancos de celebração estavam amarrotados, como se ela tivesse passado a noite neles. — O que aconteceu?

— Eu que te pergunto.

Elena não queria mentir, mas ao mesmo tempo não havia como contar a verdade. Theo estivera prestes a pedi-la em casamento, ou ela achava que sim, e qualquer menção a uma mestre mágica que vivia nas Catacumbas do Conservatório a faria acreditar que Elena tinha enlouquecido. Além disso, ela se lembrava bem das palavras de Eco, da promessa que havia feito, e deu um passo para trás, distanciando-se de Theodora.

Precisaria achar um jeito de deixá-la ir, mais cedo ou mais tarde.

— Você desapareceu. — Theodora olhou para os lados, dando um olhar fugidio aos magos que a esperavam de forma impaciente. — Achamos que também havia morrido.

— Ontem tudo ficou escuro...

— Quando a música tomou o Conservatório, tudo se perdeu. — Havia uma agonia peculiar no tom de Theodora, no jeito em que engoliu em seco. — Ficamos no escuro por horas, Elena, e o corpo de Grigori sumiu.

Uma sensação gelada espalhou-se pelo corpo de Elena quando considerou as palavras de Theodora. Mais um corpo que desaparecia. Ela podia acreditar que Margot assassinara Grigori, mas roubar seu corpo? Era demais.

— Onde você estava? — Theo perguntou de novo. — Achamos que o assassino iria atrás de seus outros sopranos, mas Margot Mirza está sã e salva, embora ainda um pouco abalada. Só que não havia sinal de você. A escuridão se dissipou apenas algumas horas antes da alvorada, e todos foram te procurar.

Elena apertou os lábios, em dúvida por um segundo. Não queria mentir... mas não podia dizer que fora Eco que espalhara a escuridão pelo Conservatório, Eco que a mantivera em cativeiro voluntário durante toda a noite.

Não sem revelar os próprios segredos.

Então ela escolheu, mais uma vez, contar uma meia-verdade — algo que satisfizesse as demandas humanas de seu coração, mas que protegesse a escuridão com que comungara.

— Eu fugi da sala em que estávamos. Fiquei assustada... — Era verdade, mas Theodora não precisava saber que o medo era resultado de seu quase pedido. Elena respirou fundo, envolvendo os braços ao redor do corpo e escolhendo cada palavra com cuidado. — Depois eu desmaiei. Acho que a sobrecarga de magia foi demais, ainda mais depois do nervoso que passei ontem.

— Com o assassinato.

Theo assentiu, e um vinco de preocupação formou-se entre suas sobrancelhas. Mas Elena negou em silêncio, indicando os magos de Potência com um olhar cheio de significado.

A compositora entendeu. Virou-se para os dois magos e os dispensou, junto com Georgina, ostentando sua nova autoridade com segurança. Apenas quando os dois saíram dos aposentos de Elena que Theo enfim voltou-se para ela, as mãos unidas como se em súplica.

— Me conte.

— Grigori tocou em mim, Theo. — Elena exalou com as palavras todo o peso do abuso, seu veneno e seus ferrões. — Contra a minha vontade. Me obrigou a fazer coisas... Coisas que eu não queria.

O instinto protetor de Theodora aflorou como uma armadura, e pontos gêmeos de ultraje iluminaram olhos castanhos.

— Monstro — disse ela, diminuindo a distância entre as duas, mas Elena abraçou o próprio corpo com mais força, encolhendo-se. Theo claramente queria respeitá-la e freou seus movimentos, apertando os punhos com o restante de seu ímpeto. Talvez, pensou Elena, aquele fosse um jeito de afastar a compositora: lembrá-la que era mercadoria podre, estragada. — Eu sinto tanto, Lena.

Não era digna de uma mulher como Theo.

Mesmo assim, ela a encarava com toda tristeza do mundo contida nos olhos castanhos, como se quisesse abraçá-la, protegê-la de todo o mal.

Elena não tinha como negar que uma parte de si um dia ansiara pelo calor de Theodora — e até mesmo que o ansiava agora. Seria tão fácil amá-la, deixar-se proteger — era isso que desejava a parte de si que ainda não havia se entregue para Eco, sua parte que ainda era humana.

Mas o restante estava tomado pelo licor intoxicante da magia, e foi nela que Elena se apoiou para continuar.

— Eu... — Elena inalou o ar doce do camarim, pensando em suas palavras com cuidado. — Eu também sinto, Theo, e por isso acho que tudo que aconteceu ontem foi demais para mim. Preciso de espaço. De tempo para processar tudo.

Ela não precisava se referir ao quase pedido de casamento para que Theo a entendesse.

— Me desculpe, Lena — disse ela, de repente encabulada, o rosto ganhando uma vermelhidão profunda, que ironicamente a tornava ainda mais bonita. — Eu não sabia. Jamais teria te colocado em uma posição tão precária ontem se... Eu devia ter ido com mais calma. Devia ter respeitado seu tempo.

De fato, Elena precisava de espaço, precisava pensar em tudo o que tinha acontecido — mas a culpa fisgou seu coração como um anzol ao ver que Theo tropeçava nas palavras. A última coisa que queria era mentir para ela, ou que achasse que havia feito algo errado. Mais do que isso: Theodora tinha sentimentos, que ficavam cada vez mais claros para a soprano.

Mesmo que a lembrança de Eco lhe dissesse que era o certo, não impedia o coração mole de Elena de sentir-se como um monstro por ter causado aquilo.

— Não — ela se apressou em dizer, franzindo as sobrancelhas em um pedido silencioso de desculpas. — Você não tinha como saber. Eu que peço desculpas, Theo. Fiquei com medo.

— Não por menos. — O semblante da compositora assumiu um tom amargo. — A escuridão não deve ter feito nada para ajudar seus nervos, pobrezinha.

— Não precisa carregar a culpa do mundo nos ombros — retrucou Elena, gentilmente. — Não foi culpa sua.

— Mas foi, Lena. — Ali estava de novo, aquela ruga de uma culpa que ia além do que Theo confessara até então. — Aquela não era qualquer música… Era a Trova da Penumbra. A *minha* Trova da Penumbra. Foi meu trabalho de graduação, lembra? Meu *magnus opus*. Ninguém além da banca a havia visto, mas ontem, alguém a tocou e despertou as sombras do castelo. Se eu não tivesse escrito a música, nada disso teria acontecido. Acharíamos o assassino, e você… Você estaria em meus braços.

O coração de Elena esfriou como uma pedra de gelo, pois as implicações do que Theodora dizia eram, no mínimo, assustadoras.

A sinfonia mágica que tinham ouvido no dia anterior fora escrita por Theo? Então não era a magia de Eco? Se sim, como a fantasma conseguira as partituras? Será que seus poderes iam além de levantar objetos e atravessar paredes?

Mais do que tudo…

Por que Eco não havia dito nada?

Nenhuma das Prodígios da Primeira Orquestra sabia bem como se comportar frente à Raphaella Roy naquele momento — obviamente, ela era a sucessora natural de Grigori. Nenhuma exceto Elena, é claro, que tinha coreografado os movimentos que desejava fazer no primeiro ensaio após Grigori: chegaria meia hora antes, levando croissants frescos — os preferidos da maestra — e uma pequena garrafa de vinho de sobremesa.

Não esperava precisar de muito para conquistar a atenção de Raphaella, e com alguma sorte ganhar mais espaço na Primeira Orquestra. Se atrapalhou com o plano pela manhã, e só conseguiu chegar na sala de ensaios com quinze minutos de antecedência — e, portanto, qual não foi sua surpresa ao ver que não tinha sido a única com a intenção de bajular a mais nova maestra: Páris tinha os cachos presos em tranças que deixavam seus olhos brilhantes à mostra e carregava uma cesta de *madeleines*.

Mas ambas tinham chegado tarde, pois Margot estava sentada à mesa de Raphaella, rindo e alisando as pétalas de um buquê recém--comprado de tulipas.

Se Elena se lembrava bem, tinha sido ela mesmo que contara a Meg que tulipas eram as flores preferidas de Raphaella.

— A vagabunda chegou primeiro — sibilou Páris, porém parecia haver muito mais admiração que raiva em seu tom. — Você vai ter que esperar sua hora para beijar o anel.

O rosto de Elena ardeu, mas não iria dar o braço a torcer.

— Não preciso beijar o anel de ninguém para provar o meu valor — retrucou. Como resposta Páris apenas encarou a trouxa de croissants e o vinho com as sobrancelhas grossas erguidas em desafio.

— Você veio bem equipada demais para quem não precisa provar seu valor. O que é, não consegue mais provar-se no camarim do maestro? — Sua risada rouca aprofundou ainda mais o rubor de Elena, e Páris esticou a mão para pegar um dos croissants para si.

Elena bateu em seus dedos em repreensão, mas ainda assim a soprano conseguiu pegar o que queria.

— Sabia que você era mais do que uma carinha bonita — disse, piscando em seguida para Elena. Ignorou o tapa dela e levou a ponta do croissant aos lábios. Mastigou o folhado com um sorriso satisfeito, e analisou Elena de cima a baixo, como se reparasse nela pela primeira vez. — Aliás… Mais bonita que o comum.

Da mesma maneira que "vagabunda" não fora um insulto, "bonita" não foi um elogio. Não que Elena pudesse culpar alguém por olhar duas vezes: a única razão pela qual havia perdido a hora aquela manhã tinha sido o próprio reflexo. Não conseguia parar de observar-se no espelho, admirar a linha marcada e recém-adquirida de seu maxilar, o coral natural que iluminava suas bochechas com o viço saudável que vinha de dentro para fora, o leve inchaço de seus lábios que os tornava perfeitamente maduros, como morangos frescos.

Tivera que conter o ímpeto de beijar a própria imagem no espelho, e havia passado longos minutos correndo os dedos pelas madeixas rubras e brilhantes, que não estavam embaraçadas nem ao menos após uma noite de pesadelos.

Sim, pois esse fora outro efeito da magia de Eco. Agora Elena tinha o domínio completo das ressonâncias de Potência, Motriz, e Natureza. Matéria ainda lhe escapava: ela até tentou transformar o papel de cera em que guardava maquiagem em um prato de cerâmica, mas foi infrutífera, o que levava Elena a crer que a magia de Eco ainda não estava completa, e crescia dentro de si com a paciência de um broto de erva daninha.

O outro limite tinham sido os pesadelos. Diferente das vezes que sonhara com Eco, quando sentira a mestre a visitando durante o sono de tal forma que as imagens oníricas se misturavam com a realidade, daquela vez Elena sabia que não eram reais — mas isso não tornava seus pesadelos menos terríveis. Passou a noite se revirando na cama, imaginando mãos cadavéricas assaltando tumbas e construindo castelos de ossos, com uma Sombra que enterrava os dentes em um coração humano até que o sangue quente e viscoso escorresse pelo queixo.

As imagens perturbadoras dominaram sua noite, e Elena acordou com o corpo coberto de suor e a exaustão pesando em seus membros. Ainda tinha muito o que aprender se quisesse de fato dominar a magia que Eco lhe dera.

— Você está me ouvindo? — Páris estalou os dedos, arrancando Elena dos seus devaneios. Encarava-a com as sobrancelhas franzidas em desconfiança. — Vai entrar ou não?

— Ah.

A soprano quase derrubou o que carregava, mas recuperou a compostura antes que o vinho se espatifasse no chão. Aninhou a garrafa novamente contra o colo.

Elena deixou Páris para trás e adentrou a sala de ensaios.

Raphaella a viu na mesma hora, deixando de lado a conversa com Margot para recepcioná-la. Era visível que a Soprano de Ouro não gostara da interrupção: seus lábios estavam crispados em uma linha que tornava seu rosto quadrado ainda mais severo, e ela bateu os pés em seu caminho para longe da mesa de Raphaella e de volta ao seu assento.

O caminho das duas se cruzou brevemente, e Elena sentiu um frio na barriga. A garota que um dia ela havia chamado de amiga tinha matado alguém a sangue frio... E aqui estava ela, dois dias depois, bajulando a nova maestra como se nada tivesse acontecido.

De qualquer maneira, Elena não tinha provas; não tinha nem uma evidência de que Meg era a verdadeira assassina. Por isso mesmo não importava: a única coisa que importava era que Raphaella Roy se lembrasse do talento de Elena — e quando a maestra a encarou, um sorriso largo estampado em seu rosto de morcego, ela soube que, ao menos naquela arena, estava com a vantagem.

— Parabéns, maestra. — Elena fez uma mesura, tomando cuidado para não exagerar. A única coisa que Raphaella gostava menos do que de bajulações baratas era percebê-las. — Não tem ideia do quanto estou feliz por tê-la liderando a Primeira Orquestra.

— São circunstâncias terríveis, é evidente — respondeu Raphaella, mas seu semblante contava outra história: a morte de Grigori não representavam nada além de flores. — Mas sempre estive pronta para servir ao Império, é claro, e desta vez não será diferente.

— Tenho certeza que sim. — A satisfação de Raphaella era contagiante, e o rosto de Elena se iluminou em resposta. — Trouxe um pequeno símbolo da minha alegria.

Estendeu a trouxa de croissants e o vinho, mas antes que Raphaella pudesse pegá-los, Elena fez o que havia praticado naquela manhã.

Canalizou sua força mágica para os objetos, e era tão fácil quanto dar um gole de chá gelado em um dia de verão. Para ocultar suas habilidades, cantou uma pequena melodia, uma canção de ninar que a mãe do menino que morava ao lado de seu casebre na infância cantava para ele. As paredes eram tão finas que a pequena Elena muitas vezes fechava os olhos, recostava a cabeça no cal batido e áspero, e imaginava que a canção era para ela, que era a sua mãe que tropeçava pela melodia com mais doçura do que afinação, os dedos correndo por seus cabelos.

Não era um feitiço Motriz — sequer era uma música mágica —, mas Raphaella não tinha como saber disso; nem a maestra seria capaz de conhecer todos os feitiços que plebeus usavam em seu dia a dia, as ferramentas esparsas e frágeis que tinham para viver. Ainda assim, a melodia parecia carregar a trouxa de croissants e a garrafa de vinho pelo ar, pousando-as à frente de uma Raphaella absolutamente perplexa.

— Elena — proferiu ela, após longos segundos de silêncio. Foi a única coisa que conseguiu dizer, com reverência impressa em cada sílaba longa e pausada. — Onde aprendeu isso?

— Tenho praticado com a diligência que você me ensinou — Elena mentiu, mas era uma mentira inofensiva, e ela se perdoou pela transgressão. — A biblioteca do Conservatório é cheia de tesouros ocultos, incluindo essa cantilena.

— Precisa me mostrar essa partitura. — Raphaella apanhou o vinho, girando o rótulo e parecendo apreciar o que via. As tulipas estavam esquecidas no canto mais afastado da mesa. — Talvez acompanhado de uma taça deste aqui, o que acha?

— Maestra. — A voz de Margot interrompeu a conversa das duas. Seu olhar ardia nas costas de Elena, dois pontos gêmeos de ódio e irritação que atravessavam a sala e pareciam fazer a raiva que sentia de a ex-amiga borbulhar em seu peito. — Podemos começar o aquecimento? Geralmente iniciamos o ensaio às oito em ponto, e já se passaram três minutos.

Elena teve que apertar os lábios para conter o sorriso de satisfação que queria espalhar-se por seu rosto: só uma pessoa desesperada tentaria dizer à Primeira Maestra como conduzir sua orquestra.

Mas Raphaella não pareceu se ofender. Aparentemente, nada seria capaz de afetar o seu humor naquele dia — e quando ela mandou Elena sentar-se em seu lugar, foi com um sorriso que parecia não pertencer ao seu rosto, como um Lyontês que chegava de viagem em Vermília e se assustava com a quantidade de coches e o tamanho do Rio Bemol.

— A Srta. Mirza tem razão, é claro, e especialmente hoje não temos tempo a perder.

Raphaella respirou fundo, fundo, as narinas largas inflando com o gesto, e então começou a falar com a rapidez de um violinista possuído.

— Acho que todos já sabem como a banda toca, com o perdão do trocadilho: sou Raphaella Roy, sua nova maestra pelo tempo que for necessário. Farei o possível para que continuemos sendo o orgulho do Imperador, e não há necessidade de gastar nem mais um segundo me apresentando, pois temos uma missão importante pela frente. A Sinfonia da Primavera é em exatamente duas semanas, e dois dias antes teremos o baile. Não preciso dizer a vocês que temos que ser perfeitos.

A perfeição não assustava Elena, e ela empertigou-se em sua cadeira.

— Olhei as anotações de Yasov e vocês haviam acabado de começar a entremear a magia com teoria, certo?

As Prodígios assentiram, e alguns olhares se voltaram para Elena.

— Não consigo entender a razão de uma abordagem tão arcaica... Magia e música andam juntas. — Raphaella bufou, impaciente. Ela folheou as páginas da Sinfonia da Primavera, até que enfim bateu o dedo em uma página. — Ah, aqui está. Para o Baile, iremos apresentar a Valsa do Sol. Por favor, me digam que já ensaiaram essa.

Assentiram em conjunto — a Valsa do Sol era no começo da Sinfonia, um trecho de três minutos que misturava uma Ária de Prodígios acompanhada por flautas e flautins, e materializava sua magia em calor e luz. Elena entendia a escolha da maestra: dentre as dezoito peças que compunham a Sinfonia, era uma das mais simples, mas seu efeito era uma certeza de impressionar a alta sociedade de Vermília, ainda mais após o inverno vigoroso pelo qual passaram.

A única coisa que não gostava era da ária; apenas uma soprano solava, acompanhada por contraltos que faziam a harmonia. Olhou de soslaio para Margot, e era evidente que a mesma coisa passara pela cabeça da Soprano de Ouro: seu rosto estava inflado pela superioridade presunçosa de um gato que havia comido um passarinho.

— A Sonata das Sementes também é uma boa escolha — aventurou-se Elena a dizer, indiferente ao revirar de olhos que Meg deu ao ouvi-la. Além de também ser uma escolha pouco arriscada, a sonata a qual ela se referia tinha diversas linhas de soprano, e daria uma chance para que ela pudesse cantar. Ela infundiu todo o charme que conseguia na voz, batendo os cílios ao encarar Raphaella. — Ensaiamos ela bem mais do que o Sol, e é uma música bem bonita.

Mas a maestra não estava convencida, e franziu a testa, balançando a cabeça.

— Não tem o efeito que busco. Quero que as duquesas tenham vontade de arrancar suas estolas e casacos de pele — afirmou ela, batendo as mãos e dando o assunto por encerrado. Não havia o que discutir, e Elena se viu sendo assaltada por uma onda violenta de ódio e inveja, que era azeda e incômoda em sua boca.

Sou muito mais poderosa do que ela. A magia rugiu em suas veias, esquentou seu corpo e, por um momento, ela quis explodir aquele quarto, o próprio Conservatório. Meg não merecia aquela honra; ela merecia. Merecia os louros, merecia os aplausos; merecia a honra e o poder.

Você sabe o que fazer, disse a voz de Eco. *Entregue-a para Raphaella. Acabe com ela.*

Mas Elena não queria fazê-lo — resistia à ideia como se fosse uma corrente puxando-a em direção ao abismo. Não podia fazer nada além de observar enquanto Meg ganhava espaço nos holofotes, mesmo após ter feito algo tão horrendo quanto matar alguém.

A inveja seguiu Elena por todo o ensaio, tão amarga quanto as notas de acompanhamento que cantou de novo e de novo para harmonizar com o tom perfeitamente afinado de Meg.

32

As ameaças de Eco

Mesmo que tivesse muito mais poder mágico correndo dentro de suas veias — e talvez por causa disso —, aquele fora o ensaio mais frustrante da vida de Elena.

Era quase como conduzir um cavalo que queria correr, mas ter que puxar suas rédeas para seguir atrás de uma procissão de potros. Se antes Elena precisava se esforçar para acompanhar as partituras à risca, ou por vezes perdia o tom em meio à música e precisava recomeçar, agora ela vinha como uma segunda natureza, vibrando em sua garganta e escorrendo pela língua como mel. O que deveria ser prazeroso se tornava uma tortura quando Elena era obrigada a modular sua música e magia, deixar que outra pessoa fosse o centro das atenções e conduzisse o feitiço.

Ao fim das três horas de ensaio, o sol produzido por Margot havia sido suficiente para deixá-la corada e escorrendo em suor, e foi com o mais puro alívio que Elena recebeu as palmas de encerramento de Raphaella.

Ainda tinham muito o que ensaiar, é claro — a nova maestra havia tomado o controle da Primeira Orquestra sem hesitação e decidira que enquanto os ensaios da manhã seriam dedicados ao Baile, os da tarde teriam as Prodígios focando em aperfeiçoar a Sinfonia da Primavera. Não só as Prodígios: faltando doze dias para a virada da estação, a Primeira Orquestra inteira estava convocada para os ensaios, que durariam até a madrugada — nas palavras de Raphaella, até quando fosse necessário para que atingissem a perfeição.

A Sinfonia era tudo o que importava para Elena. Por mais amargo que fosse, podia sufocar a raiva de ter que servir de coadjuvante para Margot durante o Baile — mas a Sinfonia da Primavera seria seu primeiro momento sob as luzes da ribalta. Mesmo que fosse apenas a soprano reserva que acompanharia Meg, mesmo que a Soprano de Ouro fosse solar e receber a maior parte da atenção, Elena estaria no palco mais importante do Império, pela primeira vez na vida.

Não que não doesse imaginar Meg no vestido branco, capturando a atenção de todos. Mas, ao mesmo tempo, Elena estaria lá — como sempre sonhara em estar.

Ainda assim, ensaiar a Valsa do Sol de novo e de novo havia não fizera bem aos seus nervos, e ela aproveitou o intervalo durante os ensaios para se esconder na biblioteca, como tinha o hábito de fazer. O espaço havia se tornado uma espécie de refúgio, e ao entrar na catedral de estantes a raiva de Elena imediatamente recuou, como a maré das praias longínquas do Cabo da Tragédia.

O lugar não estava vazio — nunca estava, pois o Conservatório tinha tantos livros quanto alunos ávidos por conhecimento —, mas era grande o suficiente para que o canto escolhido por Elena como seu ainda estivesse intacto. Era uma poltrona de veludo escuro ao lado de uma janela em arco, que tinha vista para a face Norte do Conservatório. A imponente silhueta do Palácio Imperial estava parcialmente oculta por uma neblina incomum que se derramava sobre Vermília, e, por um momento, Elena desejou ir embora do Conservatório, navegar pelas nuvens brancas e experimentar a cidade. Havia passado os últimos anos enfurnada em salas de ensaio e aulas intermináveis.

Sabia tanto, mas tão pouco. Elena não era dada a arrependimentos, mas se fosse, aquele seria um momento para tal.

Permitiu-se imaginar que pessoa poderia ter sido, caso estivesse do lado de fora do Conservatório — ali embaixo, para além dos muros e das partituras. Talvez tivesse sido uma mercadora de frutas, passando seus dias no mercado coberto de Sud Leroux, entregando pedaços de manga e incentivando turistas a comprarem a fruta após experimentarem um pedaço. Ou poderia ter seguido o caminho de um artesão — trabalhando na loja de um ferreiro, ou em um ateliê tecelão, com calos nas mãos de tanto costurar os vestidos caros de seda e tafetá usados pela nobreza.

Ou seria uma luthier pobre e esquecida, viveria e morreria naquele casebre que sua mãe chamava de casa, mas que era uma prisão, e passaria os dias encostando o objeto de seus maiores desejos sem jamais tirar qualquer poder dele. Elena se imaginou debruçada sobre um violino, as mãos nodosas, enrugadas e marcadas pelas manchas da idade, as costas sempre doloridas de curvar-se por cima dos instrumentos que precisavam de reparos.

Pior do que a pobreza ou decadência física que imaginava para si, porém, era a absoluta falta de magia, uma ausência tão latente que se fazia sentir mesmo através de sua imaginação.

A verdade é que o Conservatório não era um dos caminhos — era o único que Elena poderia ter seguido. Sem a magia, ela não era nada, ninguém — sua vida era um violão sem cordas, um piano sem teclas. Não. Elena deu as costas para a janela, acomodando-se na poltrona de veludo e colocando no colo um tratado sobre o uso de notas dissonantes nos feitiços Sanguíneos de Umberto Castanhol, preparando-se para passar o intervalo imersa na leitura.

— Escolha curiosa, passarinho — comentou Eco, surgindo sem aviso, materializando-se das sombras da estante mais próxima como que por mágica. Primeiro vieram as mãos brancas e enluvadas, depois o corpo coberto por tecido preto, e por último o rosto branco e mascarado, emoldurado pelos cabelos de corvo.

Era a primeira vez que Elena a via fora do espelho.

Lançou olhares apreensivos para um lado e para o outro, e a sensação gelada do susto misturou-se com o medo de que algum dos outros alunos visse a fantasma. Embora magos passassem por entre as estantes, o canto que ela escolhera era privado o suficiente para que estivessem escondidas, ao menos por enquanto.

— O que você está fazendo aqui?

Elena largou o tratado na poltrona e correu até Eco, ficando de tal modo contra os livros que seu corpo cobria parcialmente a silhueta da outra, que agora se recostava na quina entre estante e parede. A janela pela qual Elena observava Vermília alguns minutos antes deixava entrar uma luz pálida e fria, que acentuava ainda mais a tez branca de Eco. Sob a luz do sol, ela parecia doente — aliás, todo o seu rosto tinha um aspecto macilento e cansado, e sombras fundas marcavam suas bochechas e seu maxilar. Ela, porém, não parecia mais fraca — se muito, o aspecto deixava a mestre ainda mais feroz.

Essa mesma ferocidade cintilou em seus olhos azuis ante à pergunta de Elena.

— Por que a pergunta? Não gosta da minha visita?

— Não foi isso que eu disse — retrucou ela, cruzando os braços em uma posição defensiva. — Só não acho que meus colegas iriam achar normal a presença de alguém como você nos corredores.

Elena se arrependeu de suas palavras assim que as proferiu. Obviamente, estava se referindo ao fato de que Eco não era uma pessoa normal — com sua máscara de osso e suas habilidades mágicas de controlar objetos e atravessar paredes. Ela estava mais para um fantasma das sombras do que um ser humano. Mas a mestre não pareceu gostar do que ela insinuava.

— O Conservatório pertence mais a mim do que a qualquer um deles. Conheço os segredos escondidos em seus recônditos, sua imundície e decadência. Não queira me dizer por onde posso andar, Elena. — Eco ergueu uma sobrancelha em desafio, e embora soasse mais entretida do que irritada, sua altivez não estava adormecida. Falava com a cadência de uma professora, escolhendo palavras que Elena não estava acostumada a ouvir. Suas próximas palavras, no entanto, foram em um tom mais sibilante e íntimo. — E se eu bem me recordo, você não pareceu se incomodar com "alguém como eu" ontem à noite.

A soprano sentiu que corava de vergonha, sentindo o rosto rubro e quente.

— Eu...

— E vejo que está aproveitando todos os meus presentes.

Eco agarrou o punho direito de Elena, como uma cobra dando o bote. Ergueu a mão da soprano até a altura dos lábios, e por um momento foi como se fosse mordê-la... E então mudou de ideia, e em vez disso passou sua língua quente e úmida no dedo de Elena.

Foi tão repentino e possessivo que Elena não conseguiu evitar um ofegar súbito de erotismo. O gesto lembrava demais o que Eco fizera com ela na noite anterior, e ela o sentiu em suas pernas, que amoleciam e fraquejavam suavemente. Ela queria que a fantasma continuasse, que a empurrasse contra a estante de livros e a tomasse ali mesmo, mas Eco soltou sua mão e apertou os olhos.

— Sinto o gosto da magia em você e a vejo em seu semblante. O meu poder lhe cai muito bem, passarinho, embora não pareça muito grata por ele. Talvez eu devesse levá-lo embora, para que aprenda a valorizar os presentes que sua mestre lhe proporciona.

— Não! — A simples ideia de perder o poder provocava uma náusea fria em seu estômago. — Eu sou grata. Muito, muito grata.

— Hum — retrucou Eco, sem parecer convencida. — E já descobriu tudo que o meu presente te deu, passarinho?

A soprano aproveitou a oportunidade de mudar de assunto.

— Ainda estou aprendendo a usar a magia, mas já a sinto fazendo diferença dentro de mim. Eu estou mais forte, consigo abrir e fechar portas com um gesto. Além da magia de Potência e Motrizes, consigo manipular a Natureza.

— Muito mais estará a seu alcance quando eu terminar o que tenho para fazer com você.

— E quando será isso?

Era arriscado perguntar, mas Elena precisava saber. Se havia algo que lhe dava mais medo do que a possibilidade de perder a magia, isso não era nada comparado ao temor de que Eco se cansaria dela, e que jamais fosse sentir o gosto do restante da magia.

Seu medo era palpável, e era evidente que Eco o sentia. Os lábios vermelhos se curvaram em um sorriso, e a fantasma virou a cabeça levemente, esticando a mão enluvada para segurar o rosto de Elena com delicadeza.

— Tudo a seu tempo.

Então Eco a beijou. Não foi um beijo gentil — foi violento, possessivo, como haviam sido todos os seus toques. A única demonstração de carinho da mestra ocorrera logo antes de Elena pegar no sono, na noite anterior, quando deixara um único beijo em sua testa. Tinha sido o suficiente para fazer Elena acreditar que devia haver algum coração dentro daquele peito que parecia oco e sombrio.

Ela não conseguia pensar no coração de Eco naquele momento. O único coração era o seu — que pulsava desesperadamente nos ouvidos com o beijo dominador de Eco, que era um tambor de carne e sangue que bombeava desejo para cada parte de Elena, distribuindo o mel do encontro das duas línguas em luxúria destilada.

Eco a soltou cedo demais. Elena ainda ofegava quando a fantasma lhe fez a próxima pergunta.

— Me conte sobre o Baile da Primavera — disse, limpando o canto dos lábios com o polegar e se recostando novamente na parede.

Elena assentiu.

— É uma tradição logo antes da Sinfonia da Primavera. Apresentaremos a Valsa do Sol.

— Sua voz iluminará todo o salão, passarinho.

Os olhos de Eco cintilavam de orgulho, e a visão fez o estômago da soprano se revirar em culpa.

— Não serei eu a soprano principal — explicou Elena. A fantasma apertou os olhos, e a cintilância sumiu. — Margot ainda é a Soprano de Ouro. Raphaella pode até gostar de mim, mas não o suficiente para demitir uma Prodígio que não fez nada.

Eco soltou um riso de escárnio.

— Mas ela fez algo. Que eu saiba, matou Grigori Yasov depois de ter dormido com ele.

— Raphaella não sabe disso. — Elena sentia que havia uma ameaça no tom de Eco, serpenteando logo abaixo da superfície, e o reflexo já familiar de medo envolveu sua garganta enquanto tentava apaziguar a outra. — Ninguém sabe além de nós duas.

— E é exatamente por isso que você deve fazer com que descubram. — A fantasma ergueu a sobrancelha que não estava oculta pela máscara, aço em sua voz. — Uma palavra sua e Margot perderá o cargo de Soprano de Ouro, que será seu.

Elena ficou em silêncio, ponderando o que acabara de dizer. Eco tinha razão, é claro — um rumor daquele seria como dinamite na carreira de Meg. No mínimo, a afastariam por um tempo para evitar mais escândalos que a reputação de André não podia aguentar. Mais provável seria que a removessem por completo. E Margot não era uma mulher inocente: tinha matado um homem, o que mais poderia fazer? Seria melhor para todos se estivesse longe do Conservatório.

Com certeza seria melhor para Elena — mais do que tudo, seu instinto em obedecer ao que Eco insinuava estava ainda mais intenso depois da noite que haviam passado juntas.

Ainda assim, a culpa brigava com a lealdade irracional que ainda sentia por Meg como dois cães rolando no chão, presas e garras à mostra. Era estúpido, e ela odiava se sentir estúpida; era contra toda sua ambição e seus objetivos, e Elena sentia-se dividindo em dois ante à isso. Mas mesmo com tudo aquilo, não conseguia se convencer de que deveria entregar de bandeja a pessoa que um dia fora sua melhor amiga. Especialmente depois da perda de Cecília, que ainda era recente demais: entregar Meg significaria ficar mais sozinha do que jamais estivera.

Era difícil conciliar a Margot que via agora — a mulher violenta, calculista, cruel — com a Meg com a qual dividia croissants e fofocava sobre todas as Prodígios do Conservatório. A Meg que ouvira suas confidências sobre Theodora, que limpara lágrimas de tristeza e compartilhara lágrimas de alegria. A afeição entre as duas podia ter se rompido irreversivelmente, mas os ossos de uma amizade eram feitos de coisas mais duráveis e teimosas do que carinho.

Uma coisa, porém, era senti-lo — outra era explicar para Eco, que a encarava com uma impaciência que parecia se atiçar mais a cada segundo, e estava prestes a borbulhar.

Portanto, Elena resolveu mentir.

— Não me sinto pronta para algo desse tipo — afirmou, desviando o olhar, tentando ao máximo manter a voz tímida e insípida. — Cantar durante o Baile, quero dizer. Ainda preciso de muito treino, especialmente com essa nova magia.

Eco semicerrou os olhos.

— Está com medo de cantar? É isso?

— Não. — Elena se enrolou nos pensamentos, e tentou oferecer alguma explicação. — Quer dizer, sim, mas tenho certeza de que com o tempo eu ficarei pronta. Mas não é uma boa ideia entregar Meg agora, não enquanto eu...

Mas as mentiras de Elena não eram páreo para Eco.

Ela quase não viu o aperto súbito e irascível que veio em direção a seu pescoço, empurrando-a contra a estante e segurando com tanta força que ficou sem fôlego. Não era a primeira vez que a fantasma o fazia, mas aquilo era diferente: uma parte de Elena se perguntou quando Eco ficara tão forte a ponto de quase levantá-la do chão.

A maior parte estava tentando agarrar-se às últimas arfadas antes que perdesse completamente o oxigênio.

Naquele momento, Elena teve certeza de que Eco poderia matá-la.

— Minta para si mesma, mas não para mim. Eu não admito. — Eco aproximou-se dela, baixando a voz para que ninguém as escutasse, e seus dedos eram tão profundos na garganta de Elena que empurravam o camafeu de osso contra sua pele dolorosamente. — Você me prometeu lealdade. Agora é hora de pagá-la.

— Me solte — ela disse, tentando pedir ao mesmo tempo que lutava para respirar. Ela agarrou o braço de Eco, e chamas vermelhas deflagraram em suas mãos, queimando a manga preta e as luvas.

Eco sibilou de dor e largou Elena tão subitamente quanto a agarrara. A soprano dobrou o corpo, ofegando em rompantes dolorosos enquanto se esforçava para recuperar o fôlego. Sua garganta ardia como se espinhos tivessem nascido na pele macia, como se uma coleira de fogo estivesse amarrada ao seu pescoço.

— Tem garras o meu passarinho — disse Eco, um sorriso maníaco nos lábios. — Talvez não seja mais um passarinho, talvez seja um morcego. Mas sabe o que dizem sobre morcegos, não é? Não veem nada.

A fantasma se aproximou dela a passos vagarosos, e se ajoelhou ao seu lado. Com uma delicadeza que parecia completamente incongruente com a violência de seu último gesto, colocou uma mecha solta de cabelos ruivos para trás da orelha da soprano — e nela, sussurrou sua última ameaça.

— Enquanto você não entregar Margot Mirza para o reitor — disse, e as palavras eram como gelo escorrendo pelas costas de Elena, frias e sinistras — irá se arrepender.

Aquela ameaça não era vã, para espetáculo ou temor. Elena sentia sua verdade como a ponta de uma faca pressionada contra suas costas, furando a pele e tirando sangue.

Quando Eco desapareceu, só restou no ar o cheiro intenso de fumaça e carvalho, e o som silencioso das lágrimas de Elena.

Loucura

A música estranha e sombria começou a ecoar durante o ensaio no dia seguinte, após o encontro com Eco na biblioteca. Veio primeiro como uma melodia quase inaudível, soando no fundo da mente de Elena, tão débil e suave que questionou se não seria a própria imaginação pregando peças. Mas depois de algumas horas, e de errar uma das harmonias por causa do som que crescia de forma incômoda e repetitiva, Elena teve que aceitar os fatos...

Estava sendo punida.

Fez o máximo para ignorá-la. Cantou os trechos da música que deveria praticar, harmonizou com Margot, passou o almoço ensaiando — não na biblioteca, que decidira parar de frequentar, mas nas salas vazias que encontrava. Voltou aos ensaios da tarde e seguiu seu papel, acompanhando os magos Motrizes e de Potência e Natureza e Matéria, que transformavam as linhas de uma partitura em música. Tentou se deixar perder na magia que criavam juntos, que enchia a sala de ensaios de sol e aquecia seus membros gelados apesar da temperatura agradável do Conservatório.

Mesmo assim a música de Eco persistiu, zombando dela, desaparecendo por alguns segundos para voltar mais forte e mais intensa.

Era óbvio que o único jeito de fazê-la parar era entregar Margot. Elena sabia disso, e durante o ensaio da tarde seu olhar ficou se desviando para a figura pequena e arrogante da Soprano de Ouro, que navegava pelo solo da Valsa do Sol com elegância e precisão.

Era impossível negar seu talento e, mesmo que o invejasse, Elena o admirava na mesma medida — e talvez por esse motivo resolveu ignorar a melodia, que lhe dizia para trair uma das únicas pessoas ainda vivas que lhe deram amor, e aguentar o som constante.

Piorou durante a noite, quando o zumbido frequente e inescapável de Prodígios praticando seus solos e músicas deu lugar ao silêncio. Elena tinha acabado de vestir a camisola, um tecido branco que antes lhe parecia apertado demais — e agora se modelava às suas curvas com uma fluidez sensual e irresistível. Não havia perdido peso algum, mas a magia de Eco o havia distribuído para acentuar os pontos que a sociedade valorizava, e mesmo sob o tormento de sua punição Elena conseguiu achar em si um pingo de gratidão pela fantasma, que não aparecera no espelho, como de costume.

O pingo se esvaiu, porém, quando Elena deitou a cabeça no travesseiro e descobriu que, apesar de sua exaustão, era impossível dormir com a música de Eco soando em sua mente.

Revirou na cama por alguns minutos, tentando encontrar alguma posição que fizesse a melodia se afastar, mas era inútil. Elena levantou, procurando por algo nas gavetas da penteadeira, e então o achou: duas bolas de algodão, que enfiou nos ouvidos como se fossem tampões. De alguma forma, o gesto pareceu tornar o som ainda mais alto, penetrante como uma agulha nas cordas enroladas de seu cérebro, enfiando-se nas partes moles e úmidas para alojar-se no centro e tocar onde era mais sensível, provocando a dor de cabeça mais intensa e profunda que Elena jamais sentira.

Entregue Margot.

Não, ela respondia, sem saber por que se agarrava à lealdade mesmo ante dor e desespero, mesmo quando sua sanidade parecia ameaçada pela agulhada sonora que se enterrava em seu âmago. O som provocava imagens torpes — o sangue e braço decepados de Cecília, o cadáver de Alec, o sangue de Grigori — e quase a levava à loucura.

Mas então ela se lembrava das tardes na torre do sino, das risadas que haviam trocado, das mãos marrons de Margot contra as suas brancas. Das confidências entre ela, e Meg, e Ciça.

Entregar Margot significaria dizer que todo aquele passado não tinha existido. Seria, de certa maneira, matar uma parte de si mesma; uma parte que até poderia não existir mais, porém que ainda vivia em sua memória.

E por isso Elena aguentou o agulhar cruel da melodia.

E então, de repente, alívio. O silêncio substituiu o som, morno e suave como um cobertor, e ela quase chorou com o bálsamo que lhe provocava. O cansaço a varreu de cima a baixo, pesando em seus olhos, espalhando-se por seu corpo, e Elena deixou-se cair no travesseiro e na cama. Deixou que o sono a embalasse, e estava quase escorregando para o mundo silencioso e escuro dos sonhos quando...

A música voltou de novo, soando mais alta, mais aguda — enlouquecida e persistente, agitando Elena e acabando com qualquer esperança de sono para a soprano.

Durante toda a noite, Eco a torturou com o som, e a melodia repetia apenas uma coisa:

Me obedeça.

Elena conseguiu aguentar três dias antes de quebrar. Três dias em que a música de Eco só ganhou força, a tal ponto que mal era capaz de ouvir as vozes de seus colegas — por sorte, eram poucos os que falavam com ela, e a soprano conseguia evitar aqueles que tentavam. Mesmo a Valsa do Sol e o restante da Sinfonia da Primavera eram distantes e difusos, pálidos ante a presença da melodia cruel, e Elena tinha que confiar em seus instintos e a partitura para navegar a música.

Nem sempre funcionava. Errara muito mais trechos que o normal nos últimos dois dias — e, por isso, após o ensaio da tarde do segundo dia, não foi uma surpresa quando Raphaella a chamou para uma conversa particular.

— Elena, você está bem? — A maestra tinha uma expressão confusa no rosto quando a encarou. A sala de ensaios esvaziava, restando apenas Margot. Elena lançou um olhar de soslaio a ela, mas não havia desdém ou raiva em seu semblante, e sim algo menor, mais suave, que ela não sabia nomear.

— Estou sim, maestra — mentiu, voltando a encarar Raphaella Roy com a expressão mais neutra que conseguia, mesmo sob o peso da melodia que envenenava sua mente. — Só um pouco cansada. Temos uma semana para preparar tudo e muito o que fazer...

— É justamente sobre isso que eu quero falar. — Os lábios já finos de Raphaella sumiram em uma linha preocupada. — Receio que hoje não tenha sido um de seus melhores ensaios.

— Não — Elena admitiu, sentindo a vergonha espalhar-se por seu rosto, quente e vermelha. — Você tem razão. Acho que meu cansaço está levando o melhor de mim.

A maestra respirou fundo, evidentemente considerando as próximas palavras com cuidado.

— É difícil crer que seja só cansaço. Sei que as últimas semanas foram... incomuns, para dizer o mínimo... Isso sem contar a morte de sua amiga. É difícil para qualquer um processar esse tipo de coisa, e eu entendo que alguns de nós estejam lidando com isso de forma diferente do que outros. Como sua maestra, eu tenho que te perguntar... Você está... procurando por algum tipo de ajuda? Possivelmente uma que não seja lícita.

Raphaella soava claramente desconfortável — mastigava as palavras como se fossem feitas de pedra —, mas havia uma preocupação genuína em seu tom, e a gentileza foi o suficiente para que Elena quase desabasse em lágrimas ali mesmo. Ela apertou os lábios para impedir a torrente que certamente se seguiria à qualquer rachadura, e escolheu outra mentira.

Estava ficando experiente naquele ofício de enganar.

— Você tem razão. O estresse de tudo o que aconteceu tem me feito mal... Mas eu procurei as enfermeiras Sanguíneas e em breve devo estar nova em folha. Tudo absolutamente dentro da lei e das regras do Conservatório, eu lhe asseguro, maestra.

Alívio despejou-se como água fresca no rosto de Raphaella, e ela abriu um sorriso genuíno.

— Ah. — Segurou a mão de Elena, e o toque, mesmo que doce, provocou uma onda de náusea na soprano. — Fico feliz, muito feliz. Isso é o mais importante, você sabe. Quero que todas as minhas Prodígios sintam-se confortáveis para me falar qualquer coisa. A porta do meu escritório está sempre aberta.

Agora é a hora, sibilou a voz de Eco. *Conte a ela, e eu faço parar.*

A melodia da fantasma recuou como as ondas de uma maré.

Por um momento, Elena quase fechou os olhos para saborear o som do silêncio. Era doce, gelado como água cristalina depois de cantar por horas a fio, era como o dia entre verão e outono em que o tempo virava e o ar úmido e insuportavelmente quente se transformava em algo fresco. Alívio, que espalhava-se por seu corpo como mel, que fez com que ela trouxesse as palavras que Eco queria que dissesse para a ponta da língua.

Isso, disse Eco, adulando-a com uma doçura que não caía bem em sua voz, *fale. Diga tudo o que sabe sobre Margot, a veja afundar sob suas mentiras e tome o lugar que é seu por direito.*

Era dela por direito. Elena era melhor do que Meg, sabia disso. Era mais capaz, mais talentosa. Seria uma Soprano de Ouro muito superior.

— Elena? — Raphaella parecia ter notado o seu semblante perdido, pois o cenho se franziu em dúvida. — Tem algo que queira me dizer?

Mas o olhar de Meg ainda queimava às suas costas, e ainda havia aquela coisa estúpida e dura como ferro por baixo da vontade de roubar seu lugar, aquela coisa que percorria seus anos de amizade. Havia a lembrança da risada de Cecília e dos sonhos que haviam partilhado.

Elena apertou os dentes, sentindo que talvez se rachassem sob a pressão com que os esmagava uns sobre os outros, sufocou a confissão, e forçou um sorriso que quase a partiu ao meio.

— Não — disse ela, uma única sílaba que era como uma barragem. A ira de Eco eclodiu sobre aquela palavra com o ímpeto de um maremoto, e a música voltou — tão alto que trouxe consigo a dor mais intensa e mais profunda que Elena já havia sentido em toda sua vida.

Era uma dor amarela e amorfa, que partia sua cabeça como um raio. O corpo de Elena se dobrou sobre si mesmo contra sua vontade, e ela convulsionou. Tudo o que consumira naquele dia voltou por sua garganta, revoltante e ácido, despejando-se aos pés de Raphaella Roy.

— Elena! — A voz de Raphaella ficou difusa, torpe, e Elena sabia que alguém tentava segurá-la; tentando mantê-la de pé. Seu corpo foi tomado por uma febre que fez brotar suor em suas têmporas, suas bochechas ardiam, e o mundo era uma cacofonia confusa de sons e imagens borradas como uma aquarela.

Vomitou de novo. Dessa vez, não restava nada que houvesse comido — a mancha vermelha e o gosto de cobre lhe indicaram que era sangue que escorria por seus lábios e que saía em torrentes.

Em seus delírios Raphaella era mesmo um morcego, que a içava pelos corredores, e Meg também estava lá — com seus cabelos pretos ela parecia um lobo, mas seus olhos amarelos cintilavam com algo que não era raiva. Os arabescos pintados no teto do Conservatório eram tendões de nuvens que se moviam, espiralando em tons de dourado e azul, e sua boca e nariz estavam estufados de algodão.

A única coisa que soava clara como um sino era a música de Eco, e Elena ouviu uma voz parecida com a sua cantando palavras e uma melodia que combinava com os três tons fúnebres — mas não podia ser ela, pois nunca aprendera as letras daquela maldição terrível.

Ela cantava — uma marionete incapaz de fazer algo além de obedecer a seu titereiro.

Elena voltou a si em um sobressalto, como quem quebra a superfície da água depois de quase se afogar. Tinha um gosto amargo na boca seca, um peso incômodo nas pálpebras que tornava difícil abri-las. Tateou ao redor de si, pois a penumbra lhe impedia de ver onde estava ou que horas eram — e não demorou a reconhecer a aspereza familiar de suas cobertas, a textura do papel de parede. Depois, examinou o próprio corpo com as mãos — ainda estava com o uniforme azul-escuro de Prodígio; nem mesmo desfizera o corpete.

Pelo menos estava segura. Não se lembrava direito dos acontecimentos do dia anterior, mas inventaria uma explicação para Raphaella, colocaria a culpa no almoço. Seria fácil enganá-la, e voltar a performar exatamente como deveria.

Mas havia algo de errado — algo que parecia uma aranha, caminhando na nuca de Elena e provocando calafrios.

Ergueu-se da cama; trôpega, foi até a janela na lateral do quarto, apoiando-se na penteadeira para caminhar. O mundo ondulava abaixo de seus pés, traiçoeiro e instável, e as pernas fraquejaram antes que alcançasse as cortinas. Mesmo naquele estado, pegou um vislumbre de seu reflexo escurecido no espelho da penteadeira, e viu que seu rosto conservava o viço e a beleza. Assim, lembrou que tinha magia, e ergueu a mão, varrendo o ar na direção da janela na esperança de que mesmo seu corpo adoecido ainda fosse capaz do simples gesto.

Era. O tecido de veludo respondeu à magia de Elena e deslizou para o lado — revelando a silhueta da cidade. Mas a luz estava intensa demais, as sombras longas e sólidas, diferentes do que se esperaria da claridade difusa da manhã.

Um peso de chumbo afundou em seu estômago. Perdera o ensaio matinal, disso não tinha dúvida — e pelo andar da opereta, perderia também o da tarde. Não podia se dar ao luxo de perder dois ensaios, especialmente na semana que antecedia o Baile e a Sinfonia da Primavera... Ela precisava estar lá.

Foi só então que percebeu duas coisas — uma, que o quarto estava no mais puro e completo silêncio. Não havia nenhum tom fúnebre ecoando em sua mente, nenhuma repetição enlouquecedora de três notas. Mas o silêncio não era de alívio: era um prelúdio à ameaça, era uma sombra à espreita.

A segunda coisa foi que havia alguém batendo à porta.

— Elena? É Theo, está acordada? — chamou Theodora. A preocupação era tão evidente em sua voz que era quase possível imaginá-la. Quando a soprano abriu a porta lá estava exatamente a imagem que havia conjurado em sua mente: o rosto oval contorcido em agonia, as sobrancelhas franzidas.

— Oi — respondeu Elena, sem ciência do quanto a compositora sabia. Evidentemente era alguma coisa, pois carregava em mãos um buquê de azaleias, que geralmente se presenteava a enfermos. Havia também cravos, que se entregava como um símbolo de condolências, mas Elena não entendia muito bem o motivo de estarem ali.

— Você parece bem — comentou Theo, percorrendo um olhar suave pelo rosto de Elena, sem dúvida notando as maçãs coradas e os olhos brilhantes. Definitivamente não era o rosto de quem havia vomitado as tripas aos pés da Primeira Maestra.

— Comi algo estragado. Sopa de cebola. — Elena experimentou a mentira, e percebeu que caía bem. — A pior parte é ter dormido tanto que perdi os ensaios, mas estava indo me arrumar para falar com Raphaella sobre isso. Espero que ela entenda...

— Ah. — Theo franziu a testa, e havia algo de constrangido em suas feições. — Bem, é por isso que estou aqui. Raphaella pediu à uma das gárgulas para que te entregasse isso, mas achei melhor que o recebesse de mim.

Theodora estendeu o buquê na direção de Elena; o cheiro doce era quase suficiente para fazê-la vomitar de novo, e deu graças ao fato de seu estômago estar vazio. Junto às flores, havia um bilhete creme com a caligrafia de Raphaella na parte de fora, endereçado à Elena.

Tanto quanto a expressão de Theo havia sido óbvia, também o era o conteúdo do bilhete. Elena o abriu, tentando ocultar o tremor que reverberava por suas mãos até o papel.

Senhorita Bordula,

Espero que esteja descansada e possa em breve recuperar sua saúde. Como maestra, é meu dever garantir que não estamos correndo nenhum risco em relação aos Prodígios, e, por isso, segue um pedido formal de licença médica para as próximas duas semanas, nas quais você está isenta de comparecer aos ensaios. Fique tranquila de que seu lugar continua intacto, e esperamos vê-la novamente assim que estiver se sentindo melhor.

Com um desejo sincero por sua recuperação,

Raphaella Roy

Elena leu e releu, tentando entender as palavras. Estava acostumada a rompantes quentes e incensados de raiva, mas o que a acometeu foi um ultraje frio e viscoso, que gelava seu corpo como se houvesse neve em suas veias — como se a magia de Potência que agora carregava tirasse calor de seu sangue.

Queria rasgar o retângulo de papel, picá-lo até que parecesse confete, jogá-lo pela janela e queimá-lo junto com as azaleias. Por trás de cada palavra gentil de Raphaella havia algo a mais, algo que Elena aprendera a ler nas entrelinhas depois de tanto tempo no Conservatório: "É *meu dever garantir que não estamos correndo nenhum risco*" significava que uma Prodígio doente não podia colocar o Baile ou a Sinfonia a perder; "*Pedido formal de licença médica*" significava que não havia nada que Elena podia fazer para reverter a situação; e "*Fique tranquila de que seu lugar continua intacto*"...

Bom, aquilo significava que seus dias na Primeira Orquestra estavam contados.

— Lena, eu sinto muito.

Era evidente que a filha do reitor saberia da humilhação de Elena, assim como provavelmente também todos os magos do Conservatório. Por um momento ela quase conseguiu ouvi-los rindo dela, a pobre soprano que vomitara e perdera sua posição nas duas apresentações mais importantes da Primeira Orquestra.

Supôs que era por isso que Eco havia silenciado sua tortura — não precisava mais dela. Elena conseguira compor o próprio inferno particular.

— Irei pedir que reconsidere — afirmou Elena, ignorando os muxoxos de simpatia de Theo, ignorando qualquer coisa que não fosse a ideia de convencer Raphaella de que estava cometendo um erro. Virou as costas para a compositora e começou a apanhar seus pertences em uma cadência febril, ensaiando entre dentes o discurso perfeito que faria a maestra mudar de ideia.

— Lena. — Theo a acompanhou, tentando contê-la, tentando chamar sua atenção com palavras doces.

— Ela não pode fazer isso comigo...

— Lena, por favor, me escute...

Ela não o fez. Penteou com violência os cabelos, ajeitou a bolsa por cima do ombro, enfiou os pés nos sapatos — e então Theodora Garnier se colocou entre ela e a porta, segurando-a pelos ombros para que a encarasse.

— Elena! — Ergueu a voz de forma pouco costumeira, de novo ostentando aquela autoridade que lhe caía bem demais, e talvez por isso as velas do ímpeto da soprano murcharam, sua energia dissipando-se no ar. Seu coração se debatia como um animal ferido e acuado, seu ódio gelado liquefeito em uma dor descompassada.

— Tenho medo de que haja algo errado com você. — As palavras de Theo foram mais que inesperadas; foram um tapa que a trouxe de volta à realidade. — Que a magia esteja mexendo com seu cérebro e te levando além do que posso acompanhar.

Se soubesse o quanto estava certa, Theodora a internaria.

— Como assim? — Elena franziu a testa, não por desconhecer o que Theo insinuava. Era mais por medo de que a compositora soubesse exatamente o que estava dizendo, e de que estivesse prestes a revelar que conhecia os segredos da soprano. — Sou a mesma de antes.

Mais uma mentira. Percebeu que estava ficando desacostumada a navegar pelo Conservatório sem elas.

— Não é. — Theo apertou os dedos ao redor de seus ombros, e ali estava a preocupação feroz. — E quem pode culpá-la? Desde que entrou na Primeira Orquestra, é como se uma nuvem de tempestade te acompanhasse. Uma sombra, que envenena e ameaça. Primeiro, a morte de sua amiga. Depois, o ataque tenebroso de Grigori. Além disso, o horror que teve que presenciar...

Será que fora descoberta? Elena não saberia o que dizer se Theodora mencionasse Eco. Não tinha mentiras o suficiente para aquilo.

— Uma maldição — disse a compositora, e Elena sentiu o alívio se sobrepondo ao medo. Theo não sabia da existência de Eco, não sabia dos segredos que escondia... Ela achava que Elena estava sendo afetada pela maldição das sopranos.

Se não estivesse dividida entre ódio e temor, Elena teria rido. Algum tempo atrás, ela própria teria considerado aquela ideia, e lembrou-se da conversa com Margot e Cecília sobre o tema, no que parecia ser uma vida atrás.

Agora, Elena sabia que havia algo muito mais sombrio escondido nas Catacumbas do Conservatório.

— Pode ser descrente se quiser — retrucou Theo ante ao evidente ceticismo estampado no rosto de Elena. — Mas eu sei o que vejo, e o que sinto. Ontem, disseram que você estava falando uma língua desconhecida. Balbuciando palavras de uma música que ninguém nunca ouviu, ardendo em febre enquanto vomitava pelos corredores. Nunca vi uma sopa de cebola causar esse tipo de coisa, Elena, e acho que se for honesta consigo mesma, você também não.

Elena respirou fundo, tentando encontrar alguma maneira de responder. A verdade é que a preocupação de Theo, a proteção por trás de seu zelo, era convidativa demais para ignorar — Theodora era o exato oposto de Eco, e talvez por isso atraísse Elena em partes iguais. Dois caminhos distintos, mas sedutores na mesma medida.

Uma completamente oposta à outra.

— O que sugere que eu faça, Theo? A Primeira Orquestra é a minha vida. É tudo o que sempre quis, a única coisa que sempre quis.

Theodora se aproximou. Colocou uma mecha de cabelos ruivos por trás da orelha de Elena, segurando seu rosto com suavidade.

— Meu pai tem uma casa na região de vinícolas de Vermília — disse ela, calma e contida, mas os olhos brilhavam com uma empolgação infantil. — Posso arranjar uma carruagem para nos levar para lá hoje mesmo. Não há nada que alguns dias de sol e uma taça de Vieulve envelhecido não possam curar. Depois, se quiser, pode voltar e reivindicar seu lugar de direito, pode brigar com Raphaella até perder a voz. Mas, antes, deixe-me cuidar de você e te mostrar o que há além do Conservatório.

Não faça isso, ordenou Eco, autoritária e colérica. *Eu te disse que você é minha, Elena, minha e de mais ninguém.*

E talvez fosse o cansaço, ou o fato de sentir-se uma marionete nas garras da fantasma. Talvez fosse o acalento dourado de Theodora, sua suavidade e suas promessas...

Elena disse sim.

O que peço a você

A primeira vez que pousou os olhos na casa de campo dos Garnier, Elena achou que estava sonhando.

Era um pequeno castelo — embora qualquer castelo fosse majestoso aos olhos da soprano — envolto em cortinas de hera suculentas e verdes, que evitavam apenas as janelas de topo em arco e as torres que elevavam-se da fachada. Era rodeado por um campo tão verde quanto as heras, de grama meticulosamente aparada, e abraçado pela vista de cordilheiras que ondulavam no céu como escalas de música.

— Gostou? — Theodora perguntou, o olhar preso no rosto de Elena, como se não houvesse um lugar tão magnífico ao seu redor, como se fosse ela quem era magnífica.

— O que há para não gostar? É um castelo!

— Papai acha antiquado. — Theo deu de ombros, saindo da carruagem e puxando Elena pela mão. Deixou que o cocheiro se virasse com as malas, e conduziu a soprano pelo caminho de pedra que levava até a escadaria da entrada. — Mas é o meu lugar preferido em toda Vermília, e apostamos que, se eu concluísse o magistrado em quatro anos, seria meu.

— É digno de uma princesa — comentou Elena, flertando, tão absorta no pôr do sol que pintava as pedras de laranja e dourado que mal conseguia lembrar-se de que havia um lugar onde sua mente estivera sucumbindo à loucura.

Na verdade, quanto mais distante ficavam do Conservatório, mais Elena recuperava a leveza dos pés, a facilidade na respiração — como se o instituto fosse uma armadilha de pedra e música da qual ela enfim havia conseguido escapar.

Aquela poderia ser sua vida. Ali, ao lado de Theodora — que empurrou as portas de mogno na frente da casa e descortinou um átrio aconchegante e iluminado pela flâmula de velas e tochas que seus funcionários haviam preparado.

Seguiu apresentando cada cômodo à Elena — que jamais imaginou que pudesse haver necessidade de tantos quartos. Um deles era dominado apenas pela lareira; outro, por um piano de cauda que descansava perto da janela e dava vista para o restante do vale. A soprano queria beber a vista como se fosse vinho — que uma mulher logo trouxe em duas taças de cristal, para que brindassem à chegada.

— Obrigada por ter vindo comigo — agradeceu Theo, erguendo a taça e encarando Elena. Era tão bonita, e ali ficava ainda mais: a pele negra combinava com as cores do lugar, os cabelos cacheados emoldurando um sorriso de princesa. Os joelhos de Elena fraquejaram, e ela encostou a taça na de Theodora, saboreando o gosto do *clink* de vidro.

— Obrigada por me querer aqui.

Elena bebeu um gole do vinho, e ele desceu por sua garganta como se fosse veludo, rico e intenso. Como se fosse o sorriso de Theodora, aberto para ela, envolto por um par de lábios que ela sabia serem macios e suculentos.

— Eu sempre quero você por perto, Lena. Ainda mais com tudo que tem acontecido no Conservatório... — disse Theo, a voz baixa e urgente. — Me preocupo com você.

— Só isso? — Elena se aproximou dela, encorajada pelo gole de vinho, pela luz do poente que escondia suas fraquezas. Pela distância de Eco. — Se preocupa?

O sorriso de Theo adejou como se estivesse nervosa. Elena gostava da sensação, de fazer a princesa perder a compostura, nem que fosse por um segundo. Seus lábios se aproximaram, ficando perigosamente próximos.

— Quero te mostrar uma coisa. — Theo interrompeu o momento, mordendo a boca de um jeito que fez Elena desejar fazer o mesmo. Ela assentiu, e seguiu a compositora pelo foyer, aproximando-se do piano de cauda.

Theodora sentou-se ao piano, a postura perfeita de quem tinha o instrumento como velho amigo. Abriu o tampo de madeira com a mesma reverência com que tocava Elena, deslizando os dedos pelas teclas brancas e pretas.

— Vai me mostrar a sua tese de mestrado? — Elena se acomodou em uma poltrona perto do piano, dando mais um gole no vinho e percebendo que a taça já se encontrava pela metade. O álcool perfumava sua garganta, fazendo-a arder como se fosse feita de brasa.

A compositora virou-se para encará-la. Seu olhar era cheio de uma ternura que era alheia à Elena, algo tão distante do que esta conhecia que teve um ímpeto súbito de sair correndo dali.

— Na verdade... É outra música. Uma que fiz há alguns anos, quando você entrou no Conservatório. Me lembro de seus primeiros dias; seu talento já era inegável, é claro.

— Eu era um rouxinol feio em um lago de cisnes.

Theo meneou a cabeça em discordância.

— Cisnes não cantam. Rouxinóis, por outro lado... são donos da mais bela canção das aves.

Elena deu um último gole no vinho, deixando a taça de lado, agradecendo silenciosamente por ter um motivo plausível para seu rubor.

— Ela se chama "Elena".

Theodora começou a tocar.

Abria como o piar de um passarinho, notas suaves e cadenciadas que tinham gosto de açúcar. Um rouxinol em uma manhã de inverno, pousado no galho de uma cerejeira, dizendo bom-dia ao sol. Uma melodia juntou-se à ele, rica e doce, as águas caudalosas e suaves de um riacho que seguia pelo ventre da terra. A luz do sol, cintilando junto ao borrifo da corrente, conduzindo a melodia e deixando-a mais encorpada, mais profunda.

Algo borbulhou no coração de Elena. Algo quieto, quente, que preencheu seu peito e subiu até seus olhos. Algo que transbordou enquanto Theodora tocava — e criava da música uma versão de Elena que não existia. Alguém doce, suave, intocado pela inveja ou pela ambição.

A música deu uma volta para encerrar em um trecho triste — picos e vales que desaceleraram como a noite que enfim chegava. As notas agora eram a luz da lua, tinham gosto de alcaçuz e prata, desfiavam estrelas e falavam de amor.

Elena nem lembrava o que era amor.

Quando Theodora terminou, suas mãos pousaram no teclado suavemente. Era uma amante fazendo um buquê de flores, acariciando o rosto de sua amada. Ela encarou Elena, e havia a sombra de um rubor na pele retinta.

Havia várias coisas que Elena queria dizer. Que ninguém jamais havia feito algo tão bonito para ela. Que ela nem ao menos se sentia digna de dar nome à algo tão singelo, tão doce, tão puro. Que ela não merecia aquilo — não merecia as notas de Theodora, seu talento, sua música.

Não os disse. Ela obedeceu a seu ímpeto — mas em vez de correr para longe, foi até Theodora, e segurou seu rosto...

... E a beijou, sem querer quebrar aquele feitiço que parecia feito de som.

Theodora beijava do mesmo jeito que tocava piano — com cuidado e reverência, com a calma de quem não conhecia a pressa. Elena testava seus limites — fizeram juntas o caminho até o quarto de Theo, que ficava no andar de cima do castelo, e enquanto a compositora tentava manter o decoro, Elena avançava, roubando beijos e toques. Queria fazê-la corar — queria o sorriso que Theo lhe deu quando enfim fechou a porta do quarto.

Empurrou-a contra a parede e novamente uniu seus lábios. A boca de Theodora era uma taça de vinho requintado, e a inebriava na mesma medida — mas Elena queria mais do que o beijo casto, a língua relutante e quente que batia à porta de sua boca. Queria que Theo a invadisse, mas a compositora era muito mais gentil do que isso.

Theo deixou trilhas de beijos pelo colo de Elena, seu pescoço. Abriu espaço no decote da soprano, deixando beijos e mais beijos na pele exposta. Desfez os botões de seu vestido, e Elena a ajudou, ávida e desesperada.

Não queria interrompê-la. Não queria correr o risco de Theo mudar de ideia.

— Isso... Está tudo bem? — Theodora ofegou, beijando seu maxilar e queixo, o canto de sua boca. As mãos dela eram andarilhas curiosas, e desceram pelos seios de Elena, agarrando sua cintura.

— Mais do que tudo bem — respondeu a soprano, tomando-a nos lábios e enterrando as mãos em seus cachos. — Eu quero mais. Eu preciso de mais.

— Calma — Theo disse, tentando desacelerar seus movimentos. — Temos todo o tempo do mundo.

Não temos, pensou Elena enquanto voltava a beijá-la. *Quanto mais demoramos para fazer o que quer que seja isso, mais eu irei me lembrar do que deixei para trás.*

Suas mãos zumbiam com a Potência da magia, escondida por baixo de sua carne. Queria usá-la para incendiar as roupas de Theo, para jogá-la no colchão, para enrolar heras em seus pulsos e prendê-la naquela cama por três dias. Queria bebê-la de um gole só, em vez das mordidelas educadas que a compositora deixava em seu pescoço.

Theo a puxou pela mão, e a levou até a cama.

Sentou-se primeiro, trazendo os dedos de Elena até os botões da própria camisa e ajudando-a a desfazê-los. A soprano despetalou-a como se fosse uma rosa, uma peça de roupa por vez: colete, camisa, anáguas, até que estivesse à mostra. Demorou-se em seus seios — que pendiam como gotas d'água; em sua barriga lisa e suave, no meio de suas pernas.

O simples olhar provocou uma pincelada quente e lânguida no corpo de Elena. Era diferente de quando estivera com Eco, seu desespero indefeso. Theodora era real, feita de osso e carne — e quanta carne —, e ali naquele quarto não havia magia. Apenas o fôlego descompassado de duas mulheres, seu calor que emanava como se ela fosse o sol.

Elena ajoelhou-se entre seus joelhos, uma devota no altar. Escorreu as mãos pelos ombros de Theodora, seus braços, sua cintura, tudo isso sem jamais desenlaçar seus olhares. A compositora, sempre tão cordata, tinha a expressão atônita: os lábios entreabertos em um suspiro, os olhos vítreos e embriagados pelo que ela via.

Elena separou os joelhos de Theo com cuidado, deslizando os dedos pela parte interna da coxa, demorando-se no contraste entre a mão branca e a perna negra. Abriu espaço para aproximar-se, sentir o cheiro intenso e úmido, como terra revirada; como suco de fruta.

Beijou-a no encontro das pernas como havia beijado sua boca, deixando seu gosto inundá-la e escorrer nos próprios lábios.

Os gemidos de Theodora eram como a música que ela havia cantado. Contidos e românticos, ondulantes como água de rio. Ela enterrou os dedos nos cabelos de Elena, e a sensação áspera contra sua cabeça acendeu ainda mais a excitação da soprano, inundando-a de novo. Ela não tinha pressa. Lambeu mais uma vez, procurando o ponto em que sentia o corpo de Theo amolecer.

Gemeu ela mesma e desceu as mãos pelo corpo da compositora. Os seios estavam tenros, sensíveis ao toque; assim como estava sua barriga, o que havia abaixo dela. Elena dedilhou a si mesma enquanto provava de Theo, perdendo-se na sensação. Quando os gemidos de Theodora ficaram mais intensos, Elena soube que estava no caminho certo — e usou a mão livre para encontrar caminho para dentro da compositora.

Não soube quanto tempo ficou ali, tirando os sons mais musicais da boca da herdeira dos Garnier.

Circulou sua entrada com um dedo, fazendo movimentos pequenos e ritmados que complementavam os de sua boca. Explorou a brecha até que fosse uma abertura, ainda que apertada, e deslizou um dedo para dentro. Depois mais um — e sua satisfação explodiu quando os gemidos suaves se tornaram intensos, um staccato que pingava de prazer.

— Isso — disse, interrompendo as lambidas por um segundo. — Isso mesmo, Theo.

A combinação do movimento paciente de seus dedos com as palavras silenciosas que delineava com a língua foi o suficiente para fazer Theodora escalar cada vez mais rápido. Elena arriscou um olhar para cima, e a visão fez com que ela tivesse que parar os movimentos em si mesma sob o risco de terminar mais rápido do que gostaria. O rosto oval de Theodora estava iluminado de prazer, seus lábios entreabertos, os olhos semicerrados para que ela pudesse ver.

— Elena. — Era apenas o seu nome, mas soava como uma prece, uma oferenda. — Elena.

A soprano beijou-a mais uma vez, lambendo e beijando e lambendo de novo. Estocou com os dedos, uma, duas vezes, esfregando o interior apertado de Theodora, roçando sua pele contra a pele da outra, sugando cada gota que a jovem tinha a oferecer.

E então Theodora se desfez.

Elena demorou-se no abalo sísmico, dando tempo para que Theo se recuperasse. Tirou as mãos do corpo dela e de si, e provou de novo o gosto da compositora, dessa vez em seus dedos. Distribuiu beijos pelas coxas, subiu pela barriga, e encontrou de novo a boca de Theo. Ofereceu seu sabor para ela, e as línguas se encontraram em uma mistura salgada e úmida.

— Theodora — ela murmurou contra a boca da outra, enlaçando sua cintura e trazendo o corpo dela para perto de si.

Você prometeu, passarinho.

A voz era um eco distante e rancoroso, frio e feito de ossos. Elena a ignorou.

— Você é maravilhosa — disse Theo, apertando os seios, a cintura. Seu toque fez Elena derreter ainda mais, e ela trouxe a mão da compositora para o meio das suas pernas, para que visse como estava molhada.

Theodora entendeu. Os dedos encontraram o ponto mais sensível, e ela deslizou com sua extensão de forma cadenciada, do mesmo jeito que uma música que seguia em picos e vales. A combinação do ritmo constante e dos beijos que Theo deixava em seu pescoço fizeram as pernas de Elena amolecerem. Ela ergueu-se para cima da cama sem jamais deixar de beijar Theodora, deitando a seu lado para que a compositora pudesse tocá-la com mais calma.

— Eu te amo — declarou Theodora subitamente, debruçada sobre ela, a cabeça apoiada para que pudesse vê-la. — Eu te amo, Elena. Sempre amei. Desde o momento em que te vi, eu soube.

Elena não queria pensar em amor — não quando os dedos de Theodora estavam tocando uma música deliciosa em seu corpo, não quando ela nem ao menos sabia receber aquele amor. Mas era teimosa, e fechou os olhos para não precisar responder, fingindo estar perdida na sensação.

Eu poderia viver assim, pensou, como se estivesse tentando convencer a si mesma. *Poderia ter esta vida. Dividir a cama e os dias com Theo, esquecer a magia. Podia retribuir a declaração de amor.*

Poderia, disse outra voz. *Mas é isso o que quer?*

Quando ela enfim chegou ao clímax, não foi a explosão intensa de Eco — a magia que a preenchia em suas veias e seu sangue, que lhe dava poder e propósito. Foi uma onda suave, calma. Uma marola, e depois outra, deliciosas e mornas e absolutamente mundanas.

E por um momento, Elena quis acreditar que era o suficiente.

Na manhã seguinte, Theodora a acordou com café da manhã e um sorriso.

— Bom dia — cumprimentou ela, deixando a bandeja por cima do lençol e servindo um jarro de suco de cerejas. — Dormiu bem?

Não, seria a verdade. Elena tivera uma sucessão de pesadelos, mesmo após apagar nos braços de Theo. Havia acordado diversas vezes com imagens desconexas impressas por trás de sua retina: portões feitos de ossos, batutas encharcadas de sangue.

Mas não diria isso. Ergueu o cloche de metal que cobria um dos pratos, esperando encontrar um croissant ou algo ainda mais esdrúxulo — uma fatia de torta feita em casa, talvez, conhecendo Theodora.

O que havia lá era ainda pior.

Um anel de diamante, graúdo como uma avelã.

— Sei que você disse que não queria pensar nisso agora. — Theodora sentou-se na cama e segurou sua mão. Talvez estivesse com uma expressão arrependida, mas Elena só tinha olhos para a pedra enorme, que capturava a luz e a refletia em pequenos arco-íris. — Mas depois de ontem à noite, eu...

— Theo — Elena a interrompeu, procurando a sensatez em seus olhos. Não havia nenhuma. Estavam brilhantes, de amor e de ilusão. — Se me casar com você, terei que abandonar a Primeira Orquestra.

— Não abandonar. É claro que terá menos tempo para ela, mas será que isso é ruim? Se for minha noiva, entrará para a alta sociedade de Vermília. Terá a própria fortuna, estará segura. Será livre.

Segura, você quer dizer, corrigiu Elena silenciosamente. *Não livre.*

Ela sabia que não podia aceitar aquele anel. Primeiro, dissera sim para Eco — entregara seu corpo na cama de ossos nas Catacumbas, e em troca de sua lealdade recebera magia. Mesmo que já tivesse quebrado parte de seus votos, ao dividir a noite com Theo.

Mas a magia não havia sido dada de bom grado. E ela não era livre sob a batuta de Eco — Eco, que havia atormentado sua mente por dias a fio porque Elena lhe dissera um único e mísero não. Eco, que havia assaltado seus sentidos, provocando dor e humilhação, só para provar um ponto. Eco, que na mesma medida que dava prazer o usava como uma isca, levando Elena cada vez mais para a boca eternamente vazia da escuridão.

Arriscou um olhar na direção de Theo, e seus olhos conseguiam cintilar mais ainda do que os diamantes. Olhos de pedra preciosa, olhos que diziam tanto, olhos de sol. De amor, que ela ainda não sentia, mas que poderia sentir.

Elena sentia uma falta desesperada do sol.

— É sua escolha, Elena — disse a compositora. — Apoiarei qualquer coisa que escolher, estarei a seu lado não importa o quê. Mas isso... Isso pode ser uma saída. Um caminho que não te traga tanta dor. Comigo ao seu lado.

Sim, ela queria ser parte da Primeira Orquestra. Mais do que tudo, aquele fora o seu maior sonho, sua única ambição, sua identidade. Ela dera tudo para o Conservatório — e o que o Conservatório lhe retribuíra?

Exatamente o que dissera Theo. Dor, e abandono, e morte.

Talvez estivesse na hora de Elena fazer outra escolha, outros grilhões aos quais se amarrar.

Talvez pudesse viver sem algo que lhe fazia tão mal, que a despedaçava de dentro para fora, aquele amor que nunca parecia lhe dar nada além de decepção.

Talvez aquele fosse seu grito de liberdade, um grito no abismo incansável e imenso de sua vida, um grito que arranhava sua garganta e obliterava tudo o que existia antes em luz e calor, que era a única saída em um labirinto que não parecia ter fim.

Talvez Elena pudesse enfim aproveitar o calor do astro-rei.

— Você promete? — perguntou a soprano, precisando que a resposta daquela promessa fosse sincera. — Qualquer que seja minha escolha, estará ao meu lado?

Theodora considerou por um bom tempo. Era evidente que ela queria dissuadir Elena. E, ainda assim, a sinceridade era o único elemento presente em suas palavras quando enfim respondeu.

— Prometo. O que você quiser, eu estarei lá. Com você... porque eu te amo.

A promessa provocou uma onda de alívio no peito de Elena, algo que ela não entendia muito bem, mas a que podia se agarrar. E então Theodora perguntou de novo, os olhos enlaçados nos dela.

— E você, Elena? Aceita ser minha esposa?

— Sim — disse ela, a voz mais firme que seu coração. Pegou o anel sem saber quais seriam as consequências de seu ato, mas sabendo que haveriam de chegar. — Aceito.

De uma coisa Elena tinha certeza: não havia grito no abismo que não fosse acompanhado por um eco.

O Baile da Primavera

Aparentemente, não havia despesas a serem poupadas quando o objetivo era salvar a reputação do Conservatório.

O salão que André elegera para o baile era opulento por si só — era chamado de A Luneta, pois era todo azul-escuro, decorado por estrelas douradas pintadas em folha de ouro nas paredes e no teto. Globos de vidro com velas diminutas estavam suspensos por magia pelo espaço, de tal modo que quem entrasse poderia se sentir um intruso entre as estrelas. Era um verdadeiro diorama da galáxia noturna, com suas constelações cintilando contra a abóbada escura.

Mas André Garnier era um perfeccionista, e o belo havia se tornado extraordinário sob seu olhar. Mandara polir o chão de mármore preto com tanto esmero que era como um espelho refletindo as estrelas e a barra dos vestidos e capas dos mais de cem convidados, Prodígios e magos que ali se misturavam. Também havia decorado o teto com pedaços amplos de veludo azul, que misturados à luzes diminutas entremeadas no tecido, só faziam aumentar a comparação com o céu.

O objeto mais caro era o lustre de cristal, que encimava o palco onde aconteceria a apresentação da Primeira Orquestra. Era uma instalação nova, com mais de três metros em formato de lua crescente, suspenso no ar como que por magia — na verdade, eram cabos de aço reforçado que magos de Potência haviam passado a semana instalando, e agora cintilava com as dezenas de lâmpadas à gás. Emitia o brilho pálido e amarelado da lua, que empalidecia em comparação nas janelas amplas na parede esquerda do salão.

Ainda assim parecia haver sobrado francos suficientes para fazer fluir uma torrente inesgotável de champanhe nas bandejas carregadas por gárgulas, assim como vinhos de todos os tipos, alguns mais caros do que o preço pelo qual o casebre de Elena havia sido vendido. Sabia disso porque Theodora lhe apontava as garrafas mais extravagantes quando as via passar.

— Aquele é um Chateau Blanc. Dezoito mil francos o barril, e é preciso esperar dois anos para consegui-lo.

A ideia de que alguém pudesse gastar dezoito mil francos em qualquer coisa — que dirá algo tão efêmero quanto vinho — provocava náuseas em Elena, mas ela riu, principalmente porque gostava de ver Theodora em seu elemento, brilhando como uma das estrelas que decoravam o salão. Depois da semana que haviam passado juntas no castelo em meio às vinícolas de Vermília, era diferente estar com ela ali, onde a alta sociedade se pressionava contra elas como abutres.

Não só isso: ela tivera medo de como seria voltar para o Conservatório, depois de tudo, especialmente com seu noivado. O álcool ajudava a apaziguar o medo.

Ao menos, a noiva estava linda — tanto que era quase um desperdício que estivessem gastando tempo ali, em vez de se fecharem nos aposentos de Theodora. Em seu vestido branco e solto, entremeado com fios dourados, ela parecia uma estátua de uma deusa, o que evidentemente não passava despercebido pelos duques, duquesas e todo tipo de nobreza mascarada que circulava pelo salão naquela noite.

Ficariam decepcionados, pensou Elena, virando um gole de sua própria taça de champanhe — nada exuberante como o Chateau Blanc, que os garçons não estavam nem ao menos servindo para as Prodígios. Theodora iria anunciar o noivado das duas naquela festa, o que significava que a noite terminaria com ao menos alguns corações partidos.

Theo não parecia preocupada. Na verdade, estava mais serena do que Elena jamais vira, especialmente em comparação com a última semana, em que o estresse de esconder o noivado e ajudar Elena a recuperar sua saúde haviam consumido a compositora de tal forma que ela mesma quase ficara doente.

Não que a soprano estivesse plenamente recuperada. Seu corpo ainda parecia pesado como se fosse os tambores da Primeira Orquestra, e seus nervos... Bom, desde que aceitara o pedido de Theo, assumiram posição constante de alerta. *Um noivado secreto*, ela havia implorado para Theodora depois do sim, *ao menos enquanto eu me recupero*.

— O que temos a esconder? É um noivado, não um crime.

— Por favor, Theo...

— Eu não entendo. De quem você tem medo? — questionou Theodora. Essa era uma pergunta que Elena jamais poderia responder, então simplesmente implorou que a respeitasse, mesmo que não a entendesse.

Como a perfeita dama que era, Theo o fez.

Mas sua paciência estava acabando — e talvez por isso estivesse radiante naquela noite, em que haviam combinado revelar para todos quem era a dona do anel de diamantes no dedo anelar de Elena.

— O baile é mascarado, sabia? — Ela indicou a máscara de penas que Theo carregava, tão alheia ao tema do baile que ainda não colocara o objeto sobre a face. A compositora, entretanto, apenas deu de ombros.

— Máscaras são sufocantes — disse Theo, e era algo tão completamente verdadeiro que Elena não conseguiu evitar o sorriso que se espalhou por seus lábios. A outra roubou um beijo furtivo em seu rosto antes de se afastar. — Vou arranjar um pouco do Chateau para você. Espere aqui.

Era impossível estar em meio a tantas pessoas disfarçadas — algumas com objetos ricamente decorados por penas e pedras preciosas, outras com adornos simples de tecido — e não pensar na única máscara que atormentara seus pensamentos nos últimos dias. Mas desde o noivado com Theo — desde que havia dormido com ela — Eco se mantivera notavelmente silenciosa, recusando-se a comparecer ao espelho ou ao menos falar com Elena. Não havia tirado sua magia, mas também não fizera nada além.

Para todos os efeitos, era quase como se Eco jamais tivesse existido.

Não fosse pelo colar de camafeu de osso — que Elena nunca tirava, não importava o que acontecesse — não havia evidência nenhuma da mulher misteriosa que vivia nas Catacumbas.

Mesmo assim, Elena a sentia. Sentira durante a semana, enquanto caminhava com Theodora nos jardins, como um olhar à espreita, queimando em sua nuca. A sentira como uma sombra na biblioteca, esgueirando-se entre as estantes.

E a sentia ali, escondida entre tantos rostos ocultos, e a sensação provocava um medo gelado e intenso em seu estômago. Sabia o que Eco era capaz de fazer. Presenciara o seu uso de violência para dar lições e ensiná-la a se comportar como deveria. Agora, Elena a havia desobedecido por completo — e se perguntava que tipo de punição haveria para tal deslealdade.

Um vislumbre de cabelos pretos e lisos, um rosto branco e pálido como osso, provocaram um tambor no coração de Elena — mas era apenas a Duquesa de Marselha, que rumores diziam ter alergia ao sol.

Lábios vermelhos como duas pétalas de rosa, mãos enluvadas em cetim alvo — era Páris, que ajeitava a lapela do uniforme azul-escuro e elegante das Prodígios em apresentação.

Cada vislumbre provocava um novo salto no peito de Elena, como o rufar eterno de tambores antes que começasse uma música.

Seu corpo estava curado, mas sua alma se agarrava àquele nervoso como veneno, e mais do que qualquer coisa era o medo de que Eco aparecesse a qualquer momento. O medo que a impedia de se recuperar por completo do que quer que fosse que a fantasma havia colocado em sua mente. Alisou o vestido azul-claro que Theo lhe dera , para encontrar algo com o que ocupar as mãos, tentando espantar o tremor que insistia em acometê-la toda vez que pensava ter visto a outra no meio da multidão, as palmas suando nas luvas de cetim creme.

— Pelas minhas contas — disse Theodora, surgindo como um raio de sol, enfiando uma taça de champanhe nas mãos de Elena —, você está segurando pelo menos quinhentos francos aí, então cuidado.

— Achei que fosse boa em matemática e tivesse números na ponta da língua. — Elena riu, tentando recuperar-se do susto de ter sido tocada tão subitamente. Mesmo com a brincadeira, Theodora percebeu seu nervosismo, baixando em seguida os olhos e a voz.

— Se você precisar ir embora…

— Não — retrucou Elena, tão rápido que assustou até a si mesma.
— Quero ver a apresentação da Primeira Orquestra.

Virou um gole grande demais do champanhe, que queimou suas narinas e a garganta com doçura ácida que não fazia Elena flutuar, e sim pensar nas centenas de francos que estava desperdiçando. Sabia que devia estar grata — sem Theodora, jamais teria chance de colocar as mãos naquilo.

Mesmo assim, não conseguia ficar calma o suficiente para ser qualquer coisa além de ansiosa.

— Elena, estou falando sério. Você não parece bem. Talvez tenha sido um erro deixar que assista à apresentação, é tudo tão recente...

Ela odiou como Theo imediatamente tomou para si a responsabilidade de sua presença no baile, e o gosto ruim do champanhe espalhou-se por sua boca. Mesmo o uso da palavra "deixar" soava errado, como se Elena fosse um filhote de pássaro que Theodora levava para cima e para baixo à seu bel-prazer e encoleirava com diamantes.

— Não me lembro de ter sido carregada para o salão, Theo. Vim aqui com meus próprios pés, e se quiser posso usá-los para ir embora.

Só percebeu como fora ríspida quando um silêncio desconfortável se instalou entre as duas, incômodo e áspero. Ela lançou um olhar rápido para Theodora, e a culpa pairou no ar. Não era justo, colocar todo o peso de seu nervosismo na única pessoa que fazia de tudo para aliviá-lo.

— Ei — disse Elena, segurando a mão de Theo com cuidado para que o gesto não fosse óbvio. — Me desculpe. Você tem razão, é difícil para mim estar aqui. Acho que tinha esquecido como o Conservatório é opressivo. Vi Páris agora há pouco e a mera visão de seu uniforme me deu náuseas.

Não pelo motivo que sugeria, mas era menos uma mentira do que tantas outras que proferira, e foi recompensada com um sorriso de perdão no rosto de Theodora.

— Falei que uma semana no castelo faria bem a você. Ar fresco, vinho...

— Não que tenhamos aproveitado muito o ar fresco.

Theo corou, sorrindo.

— E... já decidiu o que vai fazer com a Primeira Orquestra? Sinto que todo esse nervosismo é um sinal para que você encerre tudo de uma vez — sugeriu ela, apertando os dedos de Elena de volta. — Pode ir até Raphaella e dizer que está fora. Assim, podemos virar a página hoje.

Elena a encarou com uma expressão dura.

— Eu ainda não sei se essa é minha decisão, Theo. Abandonar a Primeira Orquestra... Parece tão drástico.

— Drástico? O maestro morreu, Lena, e nem ao menos foi a primeira morte do semestre. Me parece mais drástico ficar e ser o próximo alvo.

Elena sufocou as respostas que queria dar — não podia simplesmente acusar Margot, afinal de contas. Ela afastou o olhar e suspirou fundo.

— Sei que você teme pela minha segurança.

— Mais do que tudo.

— Talvez seja questão de me afastar por um tempo, e depois... Depois ver como as coisas caminham.

Era óbvio que Theodora queria discordar, continuar insistindo — mas, para seu crédito, deixou de lado e assentiu.

— O que você quiser, Lena. Eu só acho que... — Theodora pareceu considerar as palavras. — Talvez seja bom você falar com Raphaella. Explicar o que está acontecendo, pedir algum conselho.

Elena desviou o olhar, respirando fundo para tentar achar em si a força para contrariar Theodora. Sabia que a verdade seria o caminho mais justo, mas era difícil demais, tinha segredos demais por trás. Em vez disso, se viu concordando.

— Acho que tem razão. Eu... Vou tentar encontrá-la. Não prometo nada — acrescentou depressa, incomodada com o excesso de esperança que cintilava nos olhos escuros da compositora. — Mas talvez seja bom tentar.

Elena soltou a mão de Theo, virou um último gole do champanhe, e desbravou a multidão.

Mas não estava em busca de Raphaella Roy. Não sabia o que procurava, na verdade — talvez de um pouco de ar, um pouco de distância da luz solar e por vezes cáustica de Theodora, de sua necessidade de cuidar de Elena de tal forma que o excesso de zelo se transformava em outra coisa. Ela precisava de um pouco de sombra, algum lugar escuro e cálido no qual se recuperar.

Em vez disso, encontrou Margot.

Ela parecia nervosa. Na verdade, anos de amizade e experiência em ler Margot faziam Elena enxergar o nervosismo; estava escrito no jeito que batia os pés incessantemente no chão, ondulando a saia do vestido azul-Prodígio com o movimento, ou como mordiscava a unha do polegar esquerdo com tanta voracidade que não se surpreenderia se arrancasse sangue e manchasse os punhos brancos do casaco.

Ainda assim, estava linda — os cabelos se encontravam presos, o que era incomum e deixava à mostra o rosto quadrado parcialmente escondido por trás de uma máscara simples de pano dourado. O rosto de Margot estava bem mais magro do que Elena se lembrava.

Essa era a única coisa que lhe causava preocupação, e mesmo com tudo que havia se passado entre as duas, não conseguiu evitá-la.

— Você.

Também não havia hostilidade no tom de Meg. Não era carinho; era algo mais frágil, desconfiado, e existia naquele limiar tênue que as duas haviam construído: aquela terra sem lei onde havia ódio mútuo, luto e lealdade, tudo existindo em uma trégua silenciosa.

Elena nada disse, com medo de partir o que quer que havia entre elas, mas não precisou se preocupar com o silêncio: Meg o preencheu com palavras rápidas, cheias de vergonha e outra coisa que Elena não conseguiu definir.

— Escuta, Elena, eu achei que você estava morrendo. Quando te vi no último ensaio, você estava vomitando sangue e falando coisas sem sentido, e eu tive certeza de que existe uma maldição das sopranos, porque eu nunca te vi daquele jeito. Os magos te examinaram... E depois você não apareceu nos ensaios, e eu quis tanto que você sumisse que achei que tinha sido culpa minha. — Falou num só fôlego, e havia tantas coisas que Elena queria dizer que nem cabiam no espaço das palavras. — Só quero dizer que... eu fico feliz. Que você esteja viva. Já basta o que aconteceu com Cecília.

Ela quase riu. Era absurdo, que confidências e amor haviam sido reduzidos a um "Que bom que você não morreu", mas Elena se sentia tão sozinha e tão isolada que aquilo soava como música — música de verdade, que fazia feitiços e magia — para seus ouvidos.

Ela estendeu a mão esquerda, e o diamante que usava por cima da luva refletiu a luz.

— Estou noiva — revelou Elena, sem saber por que se sentia compelida a dividir seu segredo com alguém que não o merecia. Naquele momento, era quase possível esquecer que Margot era uma assassina. — De Theodora.

Emoções em rápida sucessão perpassaram as feições de Margot — primeiro, choque, tão grande que a levou a erguer suas sobrancelhas e ficar boquiaberta; depois, um sorriso. Não era uma expressão de deleite, e sim a felicidade de se deparar com algo inevitável.

Mas uma sombra lampejou nos olhos de Meg, e o sorriso murchou lentamente. Ela franziu a testa, e por um momento era tanto a Margot que Elena conhecera que ela quis atravessar o espaço entre as duas e abraçá-la.

— E a Primeira Orquestra? Certamente não terá tempo para ser uma dama da sociedade e uma Prodígio?

Elena ficou em silêncio, sem saber o que falar. Era evidência das coisas que passaram juntas o fato de Meg saber exatamente as preocupações que anuviavam a cabeça de Elena. De certa forma, Meg as dividia também.

Talvez por isso, Elena resolveu ser honesta.

— Eu não sei — disse, suspirando fundo. — Theo diz que é perigoso demais.

— É óbvio que é perigoso. Veja o que aconteceu com Cecília.

— E é esse o motivo de Theo querer que eu abandone essa ideia.

— "Theo diz, Theo quer"... E o que *você* quer? — Meg arqueou uma sobrancelha, cruzando os braços em desafio. — Acredite, Elena, a melhor coisa para mim seria que você desistisse. Isto aqui é um poço sem fundo, é um vespeiro onde só o mais forte tem chance de sobreviver. Mas eu te conheço melhor do que você conhece a si mesma. Ser uma Prodígio da Primeira Orquestra é tudo o que sempre quis. Pode ser um vespeiro, mas é o único vespeiro que importa, e mesmo a dor de viver o que desejamos é melhor do que não vivê-lo. Achei que você, mais do que ninguém, soubesse disso.

— Eu sei — retrucou Elena, sentindo-se na defensiva e burra ao mesmo tempo. *É a única coisa que eu sempre soube*, pensou, e quase desabou em lágrimas ali mesmo, mesmo sabendo que não haveria bálsamo para sua dor nos braços de Meg.

Ela não entendia os riscos, não entendia a escuridão da qual Elena tentava escapar.

— E mesmo assim, vai fazer o que Theodora quer?

Apertou os lábios, sem acreditar nas palavras que saíram de sua boca em seguida.

— Ela disse que irá respeitar minha decisão. Que o que eu quiser fazer, estará feito. Se eu não quiser mais a vida de soprano, então... Ao menos, ao lado dela, eu tenho uma escolha.

Foi a vez de Margot ficar em silêncio. E, após o que pareceu ser uma eternidade, ela assentiu lentamente, encarando Elena de cima a baixo, parecendo ver algo além do que carne, osso, cachos ruivos enrolados em um coque, e um vestido de tafetá.

— Hoje, eu irei cantar a música que você sempre sonhou cantar. Hoje, farei a luz do sol aparecer sob todos neste salão, com o simples poder da minha voz. — Meg deu um, dois passos, fechando o espaço entre elas. — E você irá assistir da plateia, e irá aplaudir. E enquanto assiste, quero que pense... É realmente uma escolha?

Suas palavras assombraram Elena muito depois que Margot sumiu por entre a multidão do Baile.

Elena quase desistiu de ver a Primeira Orquestra se apresentar. Chegou a pegar sua estola, sua bolsa, dizer a Theo que precisavam adiar o anúncio do noivado, pois não se sentia bem — mas, no último segundo, como uma mariposa que se deixa queimar por lamparinas, se enfiou por entre nobres e magos, e observou enquanto as Prodígios se enfileiravam no palco.

Por algum motivo, sentia que precisava estar ali, observando de longe enquanto a Primeira Orquestra fazia o seu melhor.

Raphaella as havia vestido todos de azul, de forma que pareciam feitas do mesmo material que cobria as paredes e o teto do salão de baile. Seus uniformes eram especiais — bordados com uma estampa estrelada de fios cintilantes, que as tornava ainda mais parte do cenário do que o normal. Mesmo os magos de outras ressonâncias estavam vestidos com o azul Prodígio — Raphaella havia escolhido uma orquestra reduzida para aquela apresentação, e juntos os vinte formavam um grupo coeso como uma tropa, movimentando-se em uníssono enquanto se organizavam para a apresentação.

A única nota dissonante era Margot — que trocara de roupa, colocando um vestido completamente dourado, com uma capa estrelada que cobria seus ombros e se arrastava no chão. Era impossível não olhar para ela, ainda mais porque a capa cintilava quando se movia, refletindo a luz do candelabro de lua que estava exatamente em cima dela. Elena imaginou o vestido cobrindo seu próprio corpo, como faria seus cabelos ruivos ficarem intensos com o contraste, e a inveja a queimou de dentro para fora.

Mesmo antes de abrir a boca, Meg comandava todas as atenções do salão. A alta sociedade inteira de Vermília, todos os membros de alto escalão do Conservatório, qualquer pessoa que fosse alguém tinha os olhos absolutamente fixos em Margot Mirza e seu vestido de cometas. A única pessoa que não estava lá era o Imperador Marco Aurélio, e Elena tinha certeza de que não era por falta de convite: ele provavelmente estava se resguardando para a Sinfonia da Primavera, dali a dois dias.

Ou, talvez, quisesse fazer Raphaella Roy e André Garnier agitarem-se um pouco. Era difícil dizer, visto que o Imperador era tão caprichoso quanto recluso, mas sua ausência se fazia notar — algumas pessoas perto de Elena cochichavam sobre a qualidade da orquestra, outras comentavam a "lamentável" morte de Alec Cézanne, ou de Grigori Yasov, tão perto do acidente com Cecília Avis-Corsica. Aparentemente, corria à boca miúda o rumor que o cadáver havia desaparecido.

Os cochichos pararam quando Raphaella subiu ao palco.

Ela também estava de azul — mas seu fraque era um tom mais profundo que os demais, e não tinha nenhuma estrela bordada. Ela ainda parecia um morcego — porém um mais digno, mesmo que seu sorriso demonstrasse mais nervosismo do que altivez.

Elena ainda estava ressentida demais para sentir qualquer coisa que não raiva da maestra.

Raphaella virou-se para a Primeira Orquestra. Respirou fundo, e todos os presentes acompanharam seu gesto, em um inspirar coletivo que fez vibrar a expectativa do salão de baile. Alguma gárgula baixou a luz das velas, mergulhando o espaço em uma leve penumbra quebrada apenas pelo candelabro de lua, criando um holofote nos magos — especialmente em Margot, que se banhava na luz como se fosse de fato o luar.

A maestra ergueu a batuta de aço, que refletia a luz como se fosse uma varinha — e começou.

A Valsa do Sol abria com notas suaves de piano, gotas de som que se derramavam no salão como os primeiros raios da alvorada. Ninguém cantava — o único som provinha dos instrumentos, que aos poucos encorpavam a melodia em um crescendo lento e preguiçoso. Flautas, flautins, o arranhar de um violino — tudo era preciso para criar a luz, a presença divina do sol.

E então, Prodígios. Um coro de contraltos e tenores, cuja voz fez ecoar uma onda de magia que até mesmo o nobre mais bêbado seria capaz de sentir. Para Elena, era como licor de cassis, doce e quente, arrepiando os pelos de seu braço e espalhando-se por sua nuca. A magia que existia nela respondia à magia da música, se encontrando num beijo silencioso.

Elena não conseguiu conter um suspiro do mais puro prazer ante às harmonias perfeitas da Orquestra. Não importava que já as tivesse ouvido incontáveis vezes durante os ensaios: a música, como um rio, jamais era experimentada da mesma forma duas vezes.

A voz de Margot perfurou o som com a clareza de um sino. Mais do que os magos que tocavam a melodia, mais do que as Prodígios que compunham a base de voz, era dela que vinha o veio mágico — era por causa dela que o feitiço escrito nas partituras virava realidade. Sua voz teceu os raios de sol, puxando-os de algum ponto além do salão, convencendo a maior estrela de todas a visitar o baile. O espaço clareou em um dourado diurno, quente como um dia de verão.

E mesmo que a luz brilhasse sobre todos, brilhava ainda mais em Margot. Ela reluzia como se fosse o próprio sol, como se a fonte de todo aquele calor fosse ela, como se pertencesse ao firmamento, em meio às estrelas e ao lado da lua. Raios de sol escorriam de seus dedos, dançavam por cima da saia do vestido dourado, faziam um halo que coroava sua cabeça e a transformava em rainha — e era impossível olhar para qualquer coisa que não fosse ela, ouvir qualquer coisa que não fosse sua voz.

A inveja de Elena era mais quente do que o sol. Imaginara a si mesma usando o vestido de Soprano de Ouro e agora se imaginava cantando daquele jeito, chamando a luz para si. O sentimento a corroía. Queimava seu interior como se fosse ácido, uma doença, agarrava seu coração e o apertava em golpes ritmados que faziam doer as batidas. Jamais havia sentido algo tão intenso, tão pulsante, quanto a inveja que sentia naquele momento. Era mais do que o desejo de ter o que Margot tinha, era mais do que a vontade de ser ela a estar assim vestida em cima do palco, recebendo aqueles olhares e emitindo aquele brilho.

Não, a inveja de Elena fazia querer que Meg desaparecesse. Que o sol que a tocava se desfizesse em pó, pois só assim se daria por satisfeita.

A inveja tinha sede de sangue.

— Podia ser você — murmurou Eco, e mesmo depois de uma semana de silêncio a voz da fantasma era familiar. Não soava em sua mente: era alguém parado atrás dela, sussurrando tão baixo que não perturbava as notas claras da Valsa do Sol. Elena não arriscou olhar para trás: medo se misturava à inveja e gelava seu peito, e ela sabia que um único olhar para Eco podia ser seu fim.

— Mas não é — respondeu ela, fascinada pelos movimentos de Meg, ignorando as lágrimas quentes e ardidas que a inveja colocava em seus olhos. — Você tirou isso de mim.

— Tudo que posso tirar, eu também posso dar, passarinho — Eco disse, e se suas palavras eram perversas, ao menos eram verdadeiras.

— Suas correntes ainda são minhas. Pode ter se deitado com Theodora, mas você cantará para mim.

A Valsa estava quase chegando ao fim. O sol iluminava todos os cantos do salão, ofuscando qualquer sombra — ofuscando até mesmo o lustre, cujas velas haviam empalidecido ante ao brilho branco. Elena o encarou o máximo que podia, analisando seus contornos, apertando os punhos para tentar resistir à claridade, mas era dolorosa demais. Fechou os olhos — para escapar da luz e da visão de Meg. Lágrimas escorreram pelas bochechas.

O ódio a consumia de dentro para fora.

— Eu disse que se arrependeria de me contrariar — murmurou Eco, e Elena enfim decidiu se virar para confrontá-la, mesmo que no meio da multidão.

Mas não havia nada atrás de si, exceto um espaço vazio onde a fantasma deveria estar.

Um grito partiu a melodia da Valsa ao meio.

— O lustre! — O aviso soou na multidão e Elena girou o corpo na direção do palco, erguendo o rosto para encarar a grande lua dourada no teto do salão. Um eco metálico soou por cima da música, e a Orquestra parou de tocar abruptamente.

Com um estalo, um dos três cabos de aço que segurava a lua arrebentou, ondulando como uma cobra no ar.

O lustre pendeu diagonalmente com um ranger profundo. Imediatamente, a pressão adicional fez com que o segundo cabo estourasse — gritos desesperados percorreram o salão, e faíscas brancas choveram por cima das pessoas como estrelas que morriam.

O lustre estava prestes a cair. Cairia em cima de Margot, que em vez de se mover parecia paralisada pelo terror, os olhos colados na lua, o corpo encolhido como se desse jeito fosse conseguir evitar o impacto. Elena quis gritar, quis empurrá-la dali. Mas não havia tempo. Ninguém conseguia fazer nada: estavam todos congelados, segurando a respiração como se qualquer movimento fosse o suficiente para arrebentar o terceiro cabo.

Mais um estalo, e o último cabo se partiu.

Todo o peso da lua fez com que despencasse, inevitável e horrível...

Mas o tempo pareceu se desacelerar para Elena, como se a lua estivesse submersa em água e não em ar, como se entre o cabo quebrar e atingir Margot houvesse uma eternidade comprimida em meio segundo. E, naquela eternidade, havia espaço para uma única escolha.

Nem bem era uma escolha, na verdade. Não no sentido que Elena conhecia, algo que sua cabeça mandava e o resto do corpo obedecia. Era um instinto que vinha das profundezas de seu coração.

Ela ergueu a mão na direção do lustre de lua da mesma maneira que fizera com a porta de seu camarim; com suas cortinas. Ergueu a mão e imbuiu toda gota de magia que havia em seu corpo na palma, varrendo o ar na esperança de que fosse suficiente para qualquer coisa.

A eternidade passou. O lustre desceu, atraído pelo magnetismo da Terra, em rota de colisão direta com Margot...

... E então mudou a trajetória abruptamente, seguindo os movimentos de Elena e caindo na frente do palco com um estrondo monstruoso de vidro partido e madeira quebrada.

Elena foi ao chão junto com o lustre, uma dor lancinante mordendo seu braço como um animal.

Gritos. Escuridão e pandemônio se misturaram até que alguém conseguiu acender as velas que antes iluminavam o salão, e quando o fizeram a cena caótica se revelou por completo. Havia pessoas caídas no chão, como Elena — outras ao redor do lustre, e, por um segundo, ela se deixou crer que o lustre não havia atingido ninguém.

Logo soube que estava errada.

Elena ergueu-se do chão com dificuldade, o braço rente ao corpo — que mesmo com a dor aguda, parecia intacto — e caminhou até os destroços do candelabro. Precisava ver, precisava saber que realmente conseguira, do mesmo jeito que um caçador que atira em um elefante observa a carcaça com a reverência de quem não tem nada a ver com a matança.

Ela ignorou a cacofonia, as ordens de André e dos magos-guarda que o acompanhavam, empurrou o corpo contra as pessoas que tentavam desesperadamente se afastar e nadou contra a maré para enfim chegar perto dos cacos de vidro e lascas de madeira que cobriam grande parte do salão.

Porém, por baixo de vidro e madeira, havia outra coisa. Algo que, àquela altura, Elena já deveria conhecer — mas o cheiro metálico de cobre a dominou, revirando o champanhe que havia em seu estômago, enfiando-se por baixo de suas unhas com a agonia de uma faca. Seus pés chapinharam no líquido vermelho, que arruinou as solas dos seus sapatos e a barra do vestido azul-claro.

Aquele tanto de sangue seria impossível de limpar.

A história oficial era de que tinha sido um acidente terrível — Páris só estivera no lugar errado, na hora errada.

Isso não explicava a brusca mudança de direção do lustre, ou o fato de que, além de Páris, três outros Magos — e uma duquesa — haviam morrido com o impacto. Não explicava por que o candelabro despencara justamente na última nota do solo de Margot.

Mas Elena não queria — não conseguia — pensar em nada daquilo.

Insistiu em ir para o quarto sozinha, mesmo que Theodora tivesse implorado para acompanhá-la, e, de certa forma, isso deveria ter sido um prelúdio para o que viria. Ainda assim, respirou fundo antes de virar a maçaneta, a mão sem tocar o metal, o rosto encarando a porta de madeira.

Ainda havia uma chance de tudo aquilo ser um pesadelo, e nada mais.

Abriu a porta do quarto como uma criança com medo dos monstros no armário, e, daquela vez, não queria encontrar a besta. O lugar estava mergulhado na penumbra, exceto pelas frestas de luar que entravam pela janela, espiando por entre as cortinas e banhando algo que cintilava no chão.

Elena não acendeu a luz. Não tirou os sapatos, não respirou de alívio ao fechar a porta — aquele quarto nem mesmo parecia o dela.

Alguém estivera lá.

A atmosfera estava tocada por aquela *presença*, carregada do cheiro acre e doce de vingança. A respiração de Elena ficou superficial, entrecortada, à medida que seus olhos foram se acostumando com as sombras. Tudo parecia normal, normal demais.

Crack. O som de vidro partindo-se sob seus pés. Ela deu um passo para trás para examinar o chão. Cacos de espelho estavam espalhados por todos os lados, suas pontas afiadas e ameaçadoras como facas.

O espelho estava despedaçado por completo. Do objeto original, só restava um único e amplo pedaço triangular preso à moldura, na qual o reflexo de Elena a encarava, com olhos arregalados que nem ao menos se pareciam com os seus.

Havia palavras escritas em garranchos no vidro, a letra vermelha e raivosa. Por um momento, ela temeu que fosse sangue — mas quando seus dedos trêmulos tocaram as letras, sentiu a textura de batom.

Batom vermelho, como o que pintava os lábios de Eco. Batom vermelho, que pintava seis palavras em uma sentença silenciosa e mortal.

Eu te disse que haveria sangue.

Uma última chance

Elena estava quase chegando aos estábulos quando a música de Eco a deteve.

Tentou ignorá-la; continuou selando a égua com mãos impacientes, puxando o capuz da capa por cima das orelhas como se fosse um casulo, mas o som penetrava a barreira do tecido. Ainda assim, manteve-se ocupada: afivelou a última cinta, prendeu a mala que continha seus poucos pertences na lateral da carroça, deixou que o frio que penetrava pelas fendas de sua roupa fosse seu açoite.

Ela precisava escapar. Era sua última chance — Eco mostrara exatamente quem era, o que queria de Elena, como pretendia dominá-la.

Ir embora era sua única opção.

Tinha um destino — o castelo nas vinícolas de Theo, onde, livre da influência maligna de Eco, poderia pensar no que realmente desejava fazer. Ela só tinha certeza de que não queria mais estar sob o olhar cruel e violento de Eco, que a sufocava e arrancava dela todas as suas escolhas.

Mas aquela maldita música não a deixava em paz.

— O que é que você quer? — gritou ela, e seu berro ecoou pelas paredes do estábulo, reverberando de volta. — Eu não sou sua, Eco. Eu não posso ser sua. Me deixe em paz!

O soar do órgão foi mais profundo em sua mente, mais tentador. Ele chamava a magia que corria em seu sangue, aquecia cada parte de Elena em partes iguais de dor e sedução.

Eu quero que você veja a verdade.

— A verdade é que você é uma assassina manipuladora que não sabe ouvir um não — respondeu Elena, dura e odiosa. — A verdade é que eu estou cansada de ser um fantoche para suas fantasias de morte. A única coisa que eu quero é cantar.

Você quer o topo e tem medo do que precisa fazer para alcançá-lo.

— Matar pessoas inocentes? É isso que você quer que eu faça?

Grigori era um abusador. Alec, um drogado violento. Não está mesmo dizendo que eles são inocentes?

— E os três magos que foram esmagados pelo seu lustre? E Cecília, Eco?

Em vez de responder, a música de Eco se tornou mais insuportável.

Elena acendeu chamas gêmeas de Potência nas mãos, e criou um aro de fogo ao redor de si. Ele rugia, girando como as rodas de uma carroça, estalando em faíscas que chamuscaram seus cabelos. Heras verdes irromperam do solo, envolvendo a cintura de Elena e erguendo-a dois, três, dez palmos do chão. O cavalo mais próximo relinchou de medo, pateando no ar, e Elena gritou.

A música de Eco seguiu.

Ela pressionou as mãos sobre os ouvidos, querendo empurrar os dedos para dentro da cabeça, querendo arrancar as orelhas até que fossem dois buracos de sangue incapazes de ouvir qualquer coisa. Gemia de dor e ódio, e resistir à música a exauria.

Se você me ouvir, entenderá tudo. Eu só te peço uma última chance. Uma última música, passarinho.

Lágrimas de ódio escorreram pelo rosto de Elena. Ela odiava como seu coração batia asas ante ao apelido, odiava como queria se submeter à Eco. Queria, pois sua carne tinha desejos próprios, pois a fantasma lhe dera poder, a tirando do fundo do poço.

Uma última música, pediu Eco, suplicando como nunca havia feito.

Está bem, respondeu Elena, e sucumbiu.

A música a envolveu de imediato, dominando seu corpo como se fosse uma cortina de água que se derramava por ela. Elena fechou os olhos, respirando fundo, deixando-se afogar na água, e ela foi transportada para longe dali...

... E então, o cheiro de cavalos e estrume foi substituído pelo odor suave de névoa, e Elena não estava mais nos estábulos.

Estava em um túnel comprido e apertado, com paredes de pedra rústica e inacabada. O chão era de terra solta, escura, e havia canos pingando acima de sua cabeça. As paredes emitiam um som profundo, que chamava por Elena.

Ela tocou as paredes e seguiu o som.

Caminhou pelos túneis por alguns minutos. Aos poucos, percebeu que estava dentro das paredes do Conservatório, em passagens secretas que nunca soube que existiam, mas que pareciam correr pelo castelo como veias debaixo da pele. Por todo o trajeto, seguia o caminho pelo qual a música lhe levava — às vezes, bifurcações, às vezes escadarias para andares acima. Era madrugada, mas de vez em quando surgia o burburinho abafado de alunos conversando. Logo sumiam, e Elena continuava a caminhar.

Seguiu assim até que a música parou. Havia vozes mais urgentes ali, falando algo que era difícil de compreender — e então as pedras cinzentas ondularam como se fossem feitas de fumaça, e abriram um buraco translúcido na parede.

Elena cobriu a própria boca com a mão para evitar a arfada de sobressalto, mas não precisava tê-lo feito.

Margot e Raphaella não podiam vê-la.

Trocavam palavras tensas, urgentes e, por um momento, Elena não conseguiu escutar o que diziam — mas a magia veio novamente ao seu auxílio, na forma da Melodia dos Segredos. De repente as vozes das duas soaram tão claras como se, em vez de estarem de pé ao lado da estante no escritório de Raphaella, estivessem prostradas no corredor junto a Elena.

— ... entender o que está dizendo — Raphaella terminou a frase da qual Elena não ouvira o começo, o rosto amarrado. — O que você quer que eu faça, Mirza? A Sinfonia da Primavera é depois de amanhã.

— Só quero que investigue o que estou te falando — pediu Meg, torcendo as mãos em uma perfeita atuação de donzela indefesa. — Depois do que aconteceu, eu não duvido de mais nada. Ela me disse que queria abandonar a Orquestra hoje mesmo, maestra. Parecia estar enfeitiçada.

Estavam falando dela. Um calafrio passou pela espinha de Elena, e ela cerrou os punhos. Jamais deveria ter aberto a boca na frente de Meg.

— Enfeitiçada ou apenas encantada com o noivado? — disse Raphaella, e Meg ergueu as sobrancelhas diante da resposta. — Pois é, não aparento estar por dentro dos rumores, não é? Mas ninguém é capaz de sobreviver ao Conservatório sem se atentar para esse tipo de coisa. Me parece muito mais provável que Elena esteja apenas querendo aproveitar a vida de noiva, em vez dessa conspiração absurda que você pinta.

— Um pouco conveniente que ela queira abandonar tudo justo quando tivemos esse acidente horrível.

— O que uma coisa tem a ver com a outra? — Raphaella soava exasperada, e uma onda de afeição pela maestra encheu o peito de Elena.

— Seria o crime perfeito. O lustre poderia ter caído em cima de mim, matando a única competição existente para Soprano de Ouro, e ninguém jamais suspeitaria da coitadinha da Elena, pois, afinal, ela nem quer mais fazer parte da Primeira Orquestra! E então você não teria escolha a não ser dar o meu lugar a ela.

Raphaella pinçou a ponte do nariz e respirou fundo.

— Quer que eu acredite que seu álibi seria uma coisa que Elena disse apenas para você? Sem testemunhas, sem ninguém que comprove.

— Eu poderia ter morrido.

— Quem morreu foi Páris, a Duquesa de Rochester e um grupo de recrutas Motrizes, Margot. Pessoas que, até onde eu sei, Elena não teria motivo algum para machucar.

Margot ficou em silêncio por um instante.

— Elena não é a pessoa que você pensa — afirmou Margot. Gelo e ácido se misturaram no estômago de Elena quando ela percebeu onde a Soprano de Ouro queria chegar. — Ela e Grigori estavam tendo um caso.

As sobrancelhas grossas de Raphaella se ergueram em puro ceticismo, e o corpo de Elena ficou paralisado devido ao choque.

— Quem te falou um absurdo desses?

— Eu os peguei no dia em que Grigori morreu. Elena me fez prometer não contar. Ela ficou com medo que achassem que poderia estar envolvida no crime...

O mais puro ódio encheu a boca de Elena com gosto de bile amargo. A vagabunda tivera aquela audácia? Mesmo? Depois de tudo que aguentara para preservar a reputação de Meg. Depois de todas as coisas que tinham passado juntas, ela era capaz de jogá-la aos leões daquela maneira.

— Isso é uma acusação muito séria, Margot. — Raphaella perdeu a expressão cética, o rosto uma máscara severa de autoridade. — Se for verdade, pode ter consequências indeléveis para a reputação de Elena, especialmente considerando tudo o que aconteceu. E, até por causa disso, precisarei levar essa informação ao reitor.

O maxilar de Margot tremeu, e Elena pensou ver a sombra de um sorriso escurecer seu olhar. Mas ela voltou à personagem, endureceu o semblante, e assentiu.

— Eu sei o que vi. Estou pronta para contar a verdade.

Eu disse, passarinho, falou Eco, e suas palavras eram combustível para a raiva que de chama tornava-se um incêndio no coração de Elena, que a incendiava mais do que o prazer ou a dor ou a ambição. Era fogo faminto, perpétuo, que consumia tudo em cinzas e fazia a soprano pensar em violência. Ela ergueu o punho para esmurrar as pedras, para invadir a sala de Raphaella e fazer Meg engolir suas palavras.

Uma canção partida soou na mente de Elena. Tinha gosto de cinzas, amarga como quinina, ácida como limão. Uma mão gelada pousou em sua nuca — Eco, que a abraçou com uma ternura que não lhe caía bem.

— O que é isso? — Elena perguntou, arriscando um olhar para o perfil de Eco, encoberto pela máscara de crânio. A fantasma debruçou-se sobre ela, pressionando os lábios vermelhos no lóbulo de sua orelha.

— Algo que fará com que nenhuma das palavras de Margot Mirza tenha importância. Nunca mais.

Impulsionada por todo o ódio que corria em suas veias, junto da magia e do poder e da ambição, Elena harmonizou com a música em sua mente.

O som era um coração pulsante dentro das paredes, ganhava o ar e o enchia com eletricidade estática que levantava os cabelos de Elena e arrepiava cada pelo de seu corpo. O som era o mastigar da ambição, suas presas compridas e afiadas que tiravam sangue. E, ao som, Elena uniu sua voz — na melodia com a qual Eco havia a torturado, pois toda a dor que ela lhe causara até então tinha um propósito, e o propósito era aquele.

Ela cantou, e a canção fez sua vingança.

A escolha de Elena

O dia raiou poucas horas depois, e Elena estava de volta em seu quarto. Tudo permanecera quase igual: a cama desarrumada, o espelho quebrado... Exceto por sua mala, que tinha certeza que havia deixado nos estábulos — e agora estava ao lado da cama, como se alguma gárgula tivesse trazido de volta. Ela não tinha nenhuma lembrança do restante da noite, do que se passara após cantar a música de Eco. Mas a magia residual permanecia em seu corpo, com cheiro de dama da noite e terra revirada.

Cheiro de morte.

A soprano, porém, não tinha tempo para contemplar aquilo. Varreu os cacos de vidro, fazendo uma pilha perto da moldura para que ninguém se machucasse, e depois de um banho rápido começou a se arrumar às pressas para ir ao encontro de Raphaella Roy. Precisava saber se a maestra já havia dito alguma coisa das mentiras de Margot para o reitor, se iria tomar alguma atitude contra ela.

Enquanto se arrumava, Elena estudou o próprio reflexo no espelho da penteadeira. Era impossível não notar que estava ainda mais bonita. Se a última infusão de magia de Eco a transformara em uma jovem princesa, agora tinha as feições mais maduras e mais intensas de uma rainha — não mais menina, e muito mais mulher. Seus malares estavam mais altos, o rosto redondo mais dramático, os olhos profundos de cílios escurecidos mesmo sem qualquer maquiagem, a boca vermelha como se tivesse acabado de beijar alguém.

Será que...

Não havia como saber que ressonância de magia Eco lhe dera daquela vez, então caberia a Elena experimentar cada uma delas. Magias Materiais e Sanguíneas — as disciplinas que faltavam eram únicas à sua maneira: com a Material, poderia transformar substâncias em outras. Com a Sanguínea, curar as doenças do corpo e da mente, como a dor de cabeça que assomava por trás de seus olhos.

Foi o que fez. Pousou os dedos nas têmporas, massageando com cuidado, e a cura pingou de seus dedos como um bálsamo divino. Em poucos segundos, não restava mais nada do início de enxaqueca que sentira. A magia rosnou em seu peito, satisfeita e feroz, e Elena encarou as próprias mãos, maravilhada.

Só então percebeu a ausência do anel de diamantes em seu dedo anelar. Ele cintilava em cima da penteadeira, e se um objeto pudesse falar, aquele certamente o faria. *Você não presta, Elena Bordula.*

A culpa, sua velha conhecida quando se tratava de Theo, pesou fundo em seu estômago, uma pedra de gelo desconfortável. Havia sumido depois de mais mortes no Conservatório. Havia mentido para a noiva. Mas Elena empurrou os pensamentos para o fundo da mente: tinha uma missão agora, e era falar com Raphaella Roy.

O anel, assim como Theodora, poderia esperar.

Elena saiu do quarto e atravessou o Conservatório na direção da sala da Primeira Orquestra. Sabia que deviam estar em preparativos frenéticos para a Sinfonia da Primavera — pelas janelas do castelo, funcionários e membros das Orquestras Menores estavam começando a montar o tablado de madeira no qual iriam se apresentar no dia seguinte, as arquibancadas onde sentaria a nobreza de Vermília e o Imperador Marco Aurélio.

Mas a atmosfera no Conservatório não estava festiva — ao contrário, estava cheia de pesar, tensa como se carregada de eletricidade estática. No salão principal, bandeiras pretas estavam penduradas por cima do painel que ostentava o melro e a clave de sol que formavam o brasão oficial da academia, em sinal de luto pelos que haviam falecido no acidente da noite anterior.

O gosto metálico de sangue voltou à boca de Elena, e ela precisou parar e respirar um pouco antes de seguir seu caminho. Não haviam levantado bandeiras de luto por Cecília, ou Alec. Mas ela não podia deixar que nada ficasse em seu caminho: nem a culpa, nem a morte.

O clima fúnebre a acompanhou até a sala de ensaios da Primeira Orquestra, e lá estava ainda mais denso. Era de se esperar que as Prodígios e magos estivessem nervosos, ainda mais considerando o que acontecera — mas parecia estranho que estivessem todos em grupos pequenos, cochichando entre si com expressões de olhos arregalados.

Mais estranho ainda era ver a sempre composta Raphaella Roy curvada sobre sua escrivaninha em absoluto desespero.

Elena ignorou os poucos olhares que a acompanharam sala adentro e foi direto até a maestra, que demorou a encará-la — talvez por causa do que Meg havia dito? Mas quando Raphaella ergueu o rosto em sua direção, não havia acusação ali. Na verdade, seus olhos cintilaram como se estivesse fazendo o possível para não chorar.

— Elena — disse ela, e se havia alguma dúvida que a magia de Eco funcionara, o jeito grato e suave com que Raphaella disse seu nome a apagou. Aquele não era o tom de quem iria denunciá-la por ter "tido um caso" com o antigo maestro. — Você está aqui.

Era o tom de alguém tomada pela angústia, revelada nas sobrancelhas franzidas por cima do nariz adunco, nos olhos pretos e aquosos e os lábios crispados da maestra.

— O que aconteceu?

Raphaella balançou a cabeça em vez de responder, e deu um suspiro que continha em si todo o peso que carregava nas costas.

— Eu sou uma mulher amaldiçoada. Essa é a única explicação para o que aconteceu. O que vem acontecendo.

Elena tomou a cadeira livre a seu lado, refreando o impulso de segurar sua mão. Precisava saber exatamente quais tinham sido os efeitos da música de Eco.

— Sei que a pressão da Sinfonia da Primavera…

— Rá! — Raphaella fez um som entre um soluço e uma risada amarga. — Pela primeira vez em décadas, receio que teremos que adiar a apresentação da Sinfonia. Nossa Soprano de Ouro simplesmente está incapaz de cantar qualquer coisa que seja. Não consegue nem mesmo falar. É como se tivessem… roubado sua voz.

Algo que fará com que nenhuma das palavras de Margot Mirza tenha importância.

— Imagino que não seja algo permanente, certo? — Elena perguntou, apertando os lábios para evitar cair em um riso maníaco e desesperado. Não queria se sentir grata pela desgraça da pessoa que um dia fora sua amiga, mas era isso que ela merecia por espalhar mentiras tão horríveis. Um pequeno susto.

Raphaella meneou a cabeça de novo.

— Não importa. Nem a causa, nem quanto tempo irá durar. O que se sabe é que não existe cura rápida o suficiente, e nem se o inferno congelar ela será capaz de cantar para o imperador amanhã. E temos ensaiado com ela, ainda mais com você doente e incapaz de ser sua reserva, eu…

— Posso substituí-la. — Aquele era o seu momento. Eco lhe dera o presente; era hora de usá-lo. — Sei as notas, sei a música de cor.

— Não, Elena. — A maestra não soava convencida. — É simplesmente a Sinfonia mais importante do Império. Você estava passando mal até uma semana atrás, não é certo…

— Não me importa o que é certo — Elena baixou a voz e imprimiu toda urgência e devoção em seu tom. — Mesmo que eu morra nas coxias depois da apresentação, ainda assim seria uma morte digna se fosse para servir ao meu imperador.

O que preferiu não expressar é que, mais do que ao imperador, queria servir à magia — o que a magia a mandasse fazer, Elena faria. Tudo pela chance de estar naquele palco, tocando o Império com o poder de sua voz.

— Posso ser a sua salvação ou a sua ruína — pediu ela. — Mas se não me escolher, então será sua própria maldição, maestra. Não deixe que isso aconteça.

Tudo cabia no espaço daquele silêncio, do olhar que a mulher de nariz adunco e íris tão escuras quanto suas roupas lançava à Elena. Era como se pudesse ver seu coração — e a soprano implorou silenciosamente para que não pudesse, pois tinha receio que estivesse cada vez mais sombrio e despedaçado.

Então, ela assentiu.

— Vá se preparar — disse Raphaella, retomando um pouco dos ares de morcego. — Temos uma Sinfonia para fazer.

Era inevitável que, eventualmente, Theodora a encontrasse.

Elena estava terminando os ajustes do figurino de Soprano de Ouro, e a gárgula costureira se debruçou sobre seus pés freneticamente, tentando arrumar a barra e enfim liberá-la. Passara o dia ensaiando, e aquela era a última obrigação antes de tomar seu chá de mel e gengibre — para preservar a voz — e ir dormir cedo.

Talvez a Elena de algumas semanas atrás se incomodasse com o fato de que estavam tendo que fazer ajustes no figurino para caber nela — afinal, Meg era bem mais magra e mais baixa, e nunca o contraste entre as duas tinha sido tão pronunciado quanto naquele momento, em que a soprano estava sendo enfiada no vestido branco e coberto de flores que fora feito para vestir a ex-amiga. Mas ao encarar sua figura no pequeno espelho portátil que a gárgula havia trazido para seu quarto, ao ver o seu despedaçado, Elena não sentiu nada além de orgulho. Talvez fosse a magia de Eco, que havia tornado o seu corpo cheio de curvas algo digno do espetáculo.

Ou talvez fosse o fato de que havia conseguido o que queria, e isso a intoxicava de tal forma que não havia espaço para vergonha — ela estava além de seu corpo. Ele era apenas um instrumento para a magia. No fim das contas, o vestido coube — só precisara de mais tecido, e das mãos habilidosas de Gertrudes.

De toda forma, estavam quase acabando. Elena fez um aceno curto de cabeça para agradecer à gárgula, tentando poupar a voz a pedido de Raphaella. Começou a desabotoar os intermináveis fechos do vestido, sem se atrapalhar apesar das mãos que tinham garras de águia, quando a voz de Theodora soou do outro lado da porta do quarto de Elena.

Ela deu um longo suspiro. Depois do que acontecera no baile, na noite anterior, Theo devia ter passado o dia inteiro à sua procura — e Elena sabia também que sua ausência teria sido notada pela noiva.

Ainda assim, a última coisa que queria era ter que se explicar.

— Obrigada, Gertrudes. — Interrompeu o movimento da gárgula e desceu da pequena banqueta que havia colocado na frente do espelho para facilitar o trabalho. — Me viro sozinha daqui para a frente.

A costureira fez uma pequena mesura e foi até a porta, abrindo-a para Theodora Garnier.

Elena sentia que estava linda — mas, se ainda tinha alguma dúvida, a expressão no rosto de Theodora foi suficiente para apagá-la. A compositora desceu os olhos com calma, passando do rosto corado e ombros nus de Elena para o corpete bordado com flores, cujo tecido rígido e brilhante ajudava a desenhar sua cintura em uma ampulheta perfeita. A saia escorria em cascatas de pano branco como espuma do mar, mas do meio para baixo era coberta de flores — rosas e violetas, girassóis e lírios do campo, todas feitas de tecido e bordadas com cuidado na saia.

Era a primavera em pessoa.

Gertrudes deixou as duas a sós e, quando Theo fechou a porta, Elena se perguntou se iria até ela e tiraria o vestido como era evidente que era a sua vontade.

Mas Theo era demais uma dama da sociedade para sucumbir ao desejo que claramente iluminava seus olhos e os fazia **novamente** percorrer os caminhos do corpo de Elena. Elena sentiu um certo desapontamento esfriando a sua barriga quando a noiva afastou o olhar com decoro, limpando a garganta suavemente em nítido desconforto. Em nada parecia a mulher que tirara o seu sono por quase uma semana na casa de campo — mas Theo virava outra pessoa, entre os corredores do Conservatório.

Elena supunha que o mesmo era verdadeiro para si.

Vamos, pensou, lembrando da urgência dos lábios de Theo contra os seus. *Arranque meu vestido. Me mostre o que realmente arde em você, Theodora.*

A compositora não fez nada disso. Manteve-se com as costas eretas, o olhar solene na direção da parede.

— Você está linda — disse, e Elena não conseguiu evitar um leve sorriso ao notar que mesmo um elogio simples daquele era capaz de colocar uma bonita coloração em suas bochechas negras.

— Preciso de ajuda para tirar o vestido — sugeriu Elena, as palavras repletas de malícia, e deu passos lentos em direção à Theo. Distraí-la seria útil não somente porque a visão de Theodora excitada era o suficiente para provocar todo tipo de sensações em Elena, mas também porque evitaria que conversassem sobre o assunto que a soprano tinha certeza que Theo queria discutir.

Aproximou-se da outra com passos de gato, e segurou seu rosto com delicadeza — Theo se deixou levar pela carícia dela e esfregou a bochecha em seus dedos, semicerrando os olhos e suspirando tão fundo que Elena se perguntou quanto peso carregava. A boca encontrou a dobra dos dedos da soprano, e era quente, os lábios carnudos e macios, e Elena segurou o impulso de traçar seu contorno como Eco fizera com ela.

— Elena... — Ela suspirou, algo entre um pedido e um aviso, mas Elena a ignorou. Deu mais um passo, acabando com a distância entre as duas e empurrando suavemente o corpo de Theodora. O gesto forçou a compositora a ficar de frente para Elena, as costas espalmadas contra a parede, os ombros enjaulados entre os braços da soprano, que agora apoiava as mãos ao lado de sua cabeça.

— Eu quero conversar com você. — Theo tentou mais uma vez, sussurrando as palavras contra os lábios entreabertos de Elena, que brincava com o quase nada de espaço que havia entre suas bocas. — Passei a tarde inteira tentando te encontrar. Onde você estava?

— Eu estou aqui agora. — Elena desviou da pergunta e dos lábios de Theo, enterrando o rosto na curva de seu pescoço e inalando o perfume de jasmim. — E não quero conversar.

— Posso notar — comentou Theodora, deitando a cabeça para trás e dando espaço para que Elena a beijasse.

Trilhou um caminho de beijos nos ombros e no pescoço, deixando manchas de batom na pele negra e saboreando os pequenos suspiros que recebia em troca. Mas enfim Theo pareceu cansar-se da brincadeira. Ela ergueu os braços e agarrou os punhos de Elena, tentando desvencilhar--se de seu toque, embora sorrisse — e isso foi o suficiente para que a soprano continuasse a tentar.

— Lena... Por favor, fale comigo.

Quanto mais Elena empurrava, mais Theodora parecia resistir.

— Não quero conversar.

Escapou do aperto de Theo e desceu as mãos por sua cintura, puxando o corpo da compositora para senti-la contra si. Era quente, e deliciosa, e Elena só queria se perder em Theodora, deixar que o desejo mútuo que havia entre as duas consumisse qualquer pergunta e qualquer vestígio da proteção que Theo queria lhe dar.

Mas o sol de Theodora brilhava frio e distante naquela noite, pois ela colocou as mãos na cintura da soprano. Em vez de imitar seu gesto, a empurrou o suficiente para sair — para longe da parede, e de Elena.

— Mas eu quero — ela reforçou, e mesmo que ofegasse e seu rosto estivesse ainda mais corado, havia outra coisa que não desejo refletida em seus olhos. — Por tudo que é sagrado, Lena, me escute.

O calor que corria dentro de si esfriou de repente, e Elena respirou fundo até que seu pulmão doesse, tentando dissipar a tensão e se preparar para o que vinha em seguida. Ela sabia o que Theo iria dizer, sabia o destino final daquele caminho — e era muito mais desagradável do que o que ela havia proposto, quando seu corpo estava contra Theodora.

— Não posso conversar — Elena disse, apertando os lábios, tentando e falhando na tentativa de expressar mais doçura nas palavras. Era difícil não ficar peremptoriamente na defensiva, quando sabia o que Theo iria pedir. — Raphaella não quer que a Soprano de Ouro fique sem voz antes da Sinfonia da Primavera.

O silêncio no camarim era tão profundo que era possível ouvir um alfinete cair. Na verdade, pensou ter ouvido o som dos punhos de Theodora se cerrando, os dentes trincando em evidente desagrado.

— Eu tinha certeza de que era mentira. Lena, você não pode fazer isso. É perigoso demais.

— O Imperador estará lá, Theo. Se é seguro o suficiente para ele, com certeza é para mim.

— Quatro pessoas morreram ontem. — Theo uniu as mãos em súplica. — Margot quase foi a quinta, e hoje amanheceu sem conseguir falar.

— Com certeza foi um resfriado...

— Pode parar de ser delirante só por um segundo? — E ali estava, as navalhas que corriam por baixo da gentileza, o raio de sol que deixava a pele de Elena vermelha e irritada. As palavras foram como um tapa em seu rosto, e a soprano se viu sem resposta. Theo não notou seu choque, e apenas continuou, falando mais rápido e mais alto a cada minuto. — A Primeira Orquestra é um lugar insalubre e perigoso, e mesmo que todos os sinais apontem para isso você se recusa a escutar! Às vezes vejo o jeito que fala da Orquestra e é como se fosse incapaz de ver que está caminhando direto para um precipício, em vez de vir comigo. E não é como se eu estivesse te oferecendo um inferno na Terra, Elena. Quero cumprir o meu dever e te manter segura, mas você não deixa.

— É por isso que me pediu em casamento, então? — Elena segurou o soluço de dor que escalou por sua garganta. — Para cumprir o seu dever.

— Pare de distorcer as minhas palavras...

— Pois foi exatamente isso que você disse. — Elena lutou contra as lágrimas, procurando dentro de si a coisa mais cruel que poderia dizer, pois era o único jeito de evitar a terra arrasada que se anunciava em seu peito quando Theo falava daquele jeito. Queria machucá-la tanto quanto a compositora a estava machucando. — Você acha que pode me salvar, não é? Salvar a pobre menina que morava em um casebre e que precisa de você para dar cada passo. Me oferecer um castelo e uma vida sem o que amo e achar que por isso devo me arrastar no chão em gratidão.

Foi a vez de Theo parecer ter sido atingida por um tapa.

— Um pouco de gratidão não seria mal! — Depois de um segundo quieta, riu com um escárnio que não combinava com ela. — Mas eu estou pronta para não ter nem ao menos isso, se você parar de se colocar em perigo mortal a cada segundo que eu solto sua mão. Você não é uma imbecil, Elena. Por favor, pare de agir como se fosse.

Os segundos que se passaram foram os mais longos da vida de Elena. Ela olhou a mulher que um dia teve certeza que poderia amar, encarou-a como se fosse a primeira vez que colocava os olhos em Theodora Garnier, e foi como olhar diretamente para o sol: doloroso e impossível.

— Você me diz que não está me oferecendo um inferno na Terra. Mas o meu inferno particular é passar uma vida ao lado de alguém que é incapaz de me ver exatamente por quem eu sou. Estupidez e ambição, beleza e horror. As duas coisas caminham lado a lado, Theo, e se você não consegue enxergá-las... bom, então não há nada mais que podemos fazer.

Ela foi até a penteadeira sob o olhar silencioso de Theodora. Apanhou o anel de diamantes e, sem dizer nenhuma palavra, o devolveu.

O rosto oval foi tomado pelo choque, seu queixo pendendo levemente, o olhar perdido que substituiu o ultraje e a raiva.

— Elena... — De repente Theodora era uma criança, uma menina sozinha e desolada. — Por favor, não era isso que eu queria dizer. Eu só quero proteger você.

Por um momento, Elena teve o ímpeto de tomá-la nos braços, envolvê--la com a ferocidade do amor que sabia existir em seu coração. Ela conseguia vislumbrar o caminho que seguiria, se fizesse isso; era um caminho ensolarado que aquecia seu peito e a enchia de suavidade. Mas aquela era outra Elena — uma Elena que sentia morrer com cada passo que tomava em direção à Eco, ao caminho que a mestra lhe oferecia.

E, pela recompensa ao final daquele caminho, Elena imolaria até a si mesma... Que dirá a menina de olhos castanhos e coração partido parada em sua porta.

— Não tem como me proteger de mim mesma.

A compositora não disse mais nenhuma palavra. Suas mãos estavam trêmulas quando enfim pegou o anel, encarando-o como se não significasse mais nada, como se fosse feito de papel e esperança: quebradiço e sem valor.

Os olhos de Elena continuaram secos mesmo depois que Theo foi embora.

Primavera

O último dia de inverno amanheceu branco como osso.

Apenas uma luz difusa penetrava a camada grossa de nuvens que atapetava a abóbada, conferindo uma atmosfera quebradiça ao campo além do Conservatório. Ela era acentuada pela névoa baixa que se agarrava às árvores, aos bancos da arquibancada imensa que fora instalada em frente a um palco retangular. Não havia lustre, e nada além de estandartes com o brasão de melro e clave de sol, seus tons de dourado e branco confundindo-se com o céu nublado.

Mesmo a nobreza presente não estava exatamente festiva. Entre duques e duquesas, pessoas ligadas à família imperial e seus vassalos mais próximos, devia haver ao menos cento e cinquenta pessoas na arquibancada. Alguns tinham a sorte de estarem alheios ao clima de tensão que se espalhava como a névoa, e enchiam taças e mais taças de champanhe, conversando em vozes animadas com qualquer um que lhes desse atenção. A maioria, porém, tinha semblantes tensos e paranoicos, como se à espera de algum acontecimento terrível.

Afinal de contas, não era todo dia que alguém realmente importante para aquelas pessoas morria em um baile.

A Primeira Orquestra, ao contrário, era uma explosão de cores no palco. Cada ressonância estava vestida com a sua cor, no tom mais vibrante possível — vermelho-rubi em vez do marsala dos magos de Potência que carregavam violinos, amarelo dourado ao invés do calêndula dos Motrizes e seus trompetes, verde-floresta para os magos de Natureza empunhando flautas e flautins, e até o marrom suave dos magos de Matéria tinha sido trocado por um laranja exuberante, que refletia nos metais de seus triângulos.

Eram um canteiro, esperando para florescer.

Raphaella era a única que mantivera os trajes sóbrios e pretos de uma maestra, e foi com disposição que espelhava sua escolha de cores que ela subiu ao pequeno palanque na frente dos oitenta magos que a esperavam silenciosamente. Estava aflita — era evidente no tremor de sua batuta, na respiração curta que deu antes de chamar Elena para adentrar ao palco.

A soprano, por sua vez, não estava nervosa.

Sentia-se como alguém que enfim, depois de muito tempo peregrinando... voltava para casa.

Atravessou a extensão do palco a passos calmos e deliberados, ciente de sua postura ereta, da cauda branca que arrastava atrás de si — e dos cento e cinquenta pares de olhos que a acompanhavam enquanto caminhava. Apenas um daqueles pares importava, porém — e ela arriscou um olhar de soslaio para ver se encontrava Theo, que certamente estava ali, ao lado do pai. Não que Elena quisesse tomar qualquer decisão diferente — o que estava feito, estava feito.

Mas queria que Theo visse o que estava prestes a fazer. Talvez assim ela entendesse...

Talvez assim pudesse perdoá-la, algum dia.

Em vez de Theodora, porém, seu olhar cruzou com o do Imperador, sentado no centro da arquibancada em uma plataforma elevada, feita somente para ele. Marco Aurélio era um homem sisudo e imponente, com um rosto branco que parecia cravado em diamante e igualmente frio. Tinha uma esposa, a consorte Georgina Gagnon, mas mesmo ela estava sentava com uma distância respeitosa do marido. Segundo os rumores, os dois não se falavam havia anos.

Naquele momento, nem a imagem estonteante de Georgina, com seu rosto negro encimado por uma coroa e usando o vestido mais bonito que Elena já vira, era capaz de apagar a sensação fugaz de desejo que ela sentiu pelo olhar do imperador sob si.

O poder, pensou Elena ao chegar ao próprio palanque e encarar a multidão, tinha uma magia por si só.

Raphaella bateu a batuta contra o apoio da partitura. As poucas conversas silenciaram, e o silêncio, como a névoa branca e o frio que pinicava a pele exposta de Elena, baixou sobre todos de uma só vez — por um momento foi como se cada pessoa ali estivesse segurando a respiração, esperando o mergulho coletivo.

E então, o som — que quebrou o silêncio e eclodiu completamente formado, irrompendo de uma vez só.

Elena jamais havia sentido a música daquela maneira. Fazia cócegas em seus braços, enrolava-se em seu peito como um gato carente, mordia suas orelhas como um morcego brincalhão. A música era viva, respirava ao seu redor, preenchia seu corpo e o inflava com o som — e na mesma medida acendia sua magia, que respondia ardentemente ao crescendo dos violinos e ribombar dos tambores. Mesmo antes de abrir a boca Elena tinha nas mãos um poder que zumbia, vibrava, quase implorava para ser derramado para fora.

Ela o fez.

A magia escorria de sua boca com tanta facilidade quanto a água de uma cachoeira. Primeiro, Elena cantou as sementes — cantou sobre suas infinitas possibilidades, sobre como carregavam em si a mudança e a esperança, e foi acompanhada pela melodia das outras sopranos, que fortaleciam sua voz e faziam aparecer pequenos brotos na expansão de chão entre o palco e a arquibancada. A soprano fechou os olhos e quase pôde sentir cada broto, como se fossem uma extensão de seus dedos.

Em seguida, a música mudou. Ficou mais sombria, os metais ganhando força e ritmo, e Elena cantou a chuva. Deveria mantê-la contida, molhar somente as sementes como demonstração simbólica das águas que antecediam a primavera... mas o poder era grande demais. A soprano ergueu a voz, puxou o poder de dentro de si, e então uma tempestade derramou-se dos céus — como se o tempo todo as nuvens brancas estivessem grávidas daquela chuva. Ela estendeu a magia, cobrindo a arquibancada e o palco com uma tenda de proteção, e os dedos da chuva dedilhando contra ela se uniam ao som e enriqueciam o solo. Os brotos ganharam cor e viço, ficando mais suculentos com a influência da água, e Elena sabia que estavam quase para se abrir.

A chuva parou com a mudança da música. A já familiar Valsa do Sol começou a soar seus tons leves, e Elena a acompanhou. Doía pensar no sol — em sua luminosidade, sua proteção —, pois era o mesmo que pensar em Theo, mas ela atravessou a dor, dominou-a com a magia, que obliterava qualquer sentimento e o substituía por poder. E então, o sol de verdade veio — dedos de luz que partiam a camada grossa das nuvens e alcançavam o palco, a ponta dourada dos estandartes, a nobreza na arquibancada, a coroa de Georgina e Marco Aurélio... O solo fértil no qual a Orquestra havia plantado flores.

A luz era um cobertor quente e inescapável, e Elena semicerrou os olhos para enfrentar o clarão quase branco que começou a ganhar força com sua voz. Mais do que chamar o sol, a magia tecida por ela ajudava a afastar as nuvens — ela ergueu a mão e repetiu o gesto que fizera para abrir as cortinas, e manchas brancas obedeceram ao seu comando, revelando uma abóbada azul como o esmalte em cerâmica.

Por último, era a vez das flores. Elena as cantou da maneira que cantara no ensaio, mas daquela vez foi como se as flores estivessem brotando dentro de seu peito, escorrendo por seus lábios com a canção.

Bromélias espinhosas, brotando em seus dedos.

Rosas suculentas e gordas, de pétalas como seda, abrindo botões nos violinos.

Violetas nascendo entre os dedos de flautistas, decorando trompetes e tubas.

Margaridas como ovos brancos de centro amarelo, florindo a arquibancada.

Na coroa de Georgina, tulipas amarelas e laranjas.

No colo de Marco Aurélio, um buquê de orquídeas fantasmas, brancas como estrelas.

Uma explosão de flores que encheu o ar com um aroma doce, que se espalhou como tinta derramada ao redor do palco, que carregou as árvores que ladeavam a arquibancada e pesou seus galhos com espécimes que nem ao menos nasciam ali.

Flores que cresciam sem limite, que inflavam além do tamanho natural e continuavam crescendo, flores em todas as cores e formas, assim como flores que nunca haviam existido antes. Flores com gosto de canela, de mostarda; flores doces como semente de papoula, inebriantes como vinho.

Tudo por causa da magia de Elena, e sua voz que perdurou a canção mesmo depois que magos pararam de tocar seus instrumentos, maravilhados com o canteiro encantado que os rodeava por todos os lados.

Sementes, água, calor, flores. O frio e a névoa não tinham mais espaço em meio ao colorido explosivo e brilhante — e explosivas foram as palmas que irromperam assim que Elena cantou a última sílaba, uma nota que perdurou mesmo quando o som de aplausos foi tão alto que parecia ser capaz de engoli-la por inteiro.

As flores que acabara de fazer florescer foram jogadas em sua direção, oferendas reverentes à sua magia, ao seu poder. E até mesmo Marco Aurélio perdeu um pouco de sua frieza, erguendo-se do trono improvisado que arranjaram para ele — e agora estava coberto de orquídeas...

E bateu palmas.

Nada podia ter preparado Elena para o calor que corria em seu corpo naquele momento. O gosto da magia ainda estava em sua língua, e antes de perceber que chorava, lágrimas salgaram sua boca e esquentaram seu rosto. Eram lágrimas de alívio, de alegria, de alguém que chegara ao topo.

Não sabia direito quem era, ou como havia chegado ali. Sentia-se desnorteada pelo aplauso e pela luz e pelas flores. Mas sabia uma coisa, algo que ia além de sua identidade, que perpassava cada partícula de seu ser:

Por toda a sua vida, Elena procuraria aquilo — aquela honra e reverência, os aplausos e a luz do sol, a magia que corria em suas veias como sangue e som.

Nada mais importava. Apenas os aplausos.

O silêncio de Margot Mirza

Elena tinha certeza de que precisaria passar um dia com os punhos submersos em água gelada. Depois de horas autografando lenços, papéis e biografias de antigas Sopranos de Ouro famosas, não havia uma única parte de suas mãos que não doesse. Ela não se importava. Voltou para o Conservatório com uma alegria que era como gás hélio em seu coração, erguendo-o como se fosse pluma.

O Imperador havia aplaudido de pé, e feito uma mesura para ela. O homem mais poderoso do Império, a pessoa que podia começar guerras com um sopro, havia se curvado à magia de Elena, à suas flores.

Parecia um sonho do qual jamais queria acordar. Mais do que um sonho: era fruto de tudo que ela tinha aberto mão, todo o esforço e suor...

E todo o sangue.

Nem mesmo a ausência de Theodora no brinde após a apresentação fora capaz de estragar a sensação que era como champanhe em suas veias, a leveza e a vitória que pareciam ter se instalado permanentemente no peito de Elena. Quando Raphaella erguera um brinde em sua honra, a inveja e a admiração nos olhos dos outros membros da orquestra havia sido a coroa em um dia de rainha.

Bom, na verdade, a verdadeira coroa tinha vindo depois. Raphaella a chamou de lado, e disse que, se Margot não melhorasse, gostaria que

Elena fosse a Soprano de Ouro oficial da Primeira Orquestra. Foi assim que a maestra lhe entregou o sonho de sua vida: como se não fosse nada, como se fosse apenas uma questão de títulos e burocracia.

Algo acendera em seu peito desde aquele instante — algo que, como o champanhe do orgulho e o gás hélio da alegria, queimava infinitamente no vale de seu coração.

Tantas emoções eram exaustivas, especialmente depois da demonstração de magia que fizera, e por isso uma parte de si só queria ir para o quarto, se deitar na cama e deixar que os elogios de Eco — pois certamente haveriam elogios — a alcançassem. Mas havia uma última coisa que Elena precisava fazer, e foi assim que ela se encontrou fazendo o familiar caminho pelo Conservatório.

Demorou mais do que o normal. A cada passo algum mago ou Prodígio lhe parava para elogiar sua performance, pedir dicas, bajular e flertar e fazer com que Elena se sentisse igualzinha a uma das flores que fizera nascer no campo ao lado do castelo — mesmo que, em seu íntimo, soubesse que tinha muitos mais espinhos.

Enfim, ela chegou à porta da enfermaria.

Empurrou as folhas de madeira e vidro fosco e entrou. Havia poucas Sanguíneas e menos ainda gárgulas — era fim de tarde, e mesmo o poente caloroso que entrava pelas janelas fazia pouco para afastar o ar melancólico do lugar, com suas macas vazias dispostas em fileiras pela sala. Elena caminhou a passos lentos, à procura, mas exceto a enfermeira que se ocupava de trocar lençóis, não havia mais ninguém.

Miriam, a memória veio de repente. *O nome dela é Miriam, e ela é fofoqueira.*

— Miriam! — Elena foi até ela, o rosto fechado em aflição. — Ah, que bom que você está aqui. Queria saber como está Margot, mas não a encontro em lugar nenhum.

A mulher franziu as sobrancelhas, sisuda e desconfiada.

— Desculpe, senhorita, mas a paciente ainda precisa de repouso. O que aconteceu foi muito grave… — Ela percebeu que estava falando demais, e rapidamente apertou o passo para longe de Elena. — Não que eu possa falar sobre o assunto, é claro.

— Ah. — Elena sorriu do jeito mais doce que conseguia, mas sentiu a preocupação se assomando em seu peito. Raphaella não dera a entender que tinha sido sério. — É claro. Mas ela é minha melhor amiga, sabe? Eu só... estou preocupada com ela.

Era uma mentira, mas fez com que se lembrasse de um tempo em que aquilo tinha sido a mais pura verdade. Doía, pensar em tudo que haviam perdido por causa das traições de Meg, pensar na morte de Cecília e tudo que desencadeara, e Elena fez uso dessa dor. Lágrimas brotaram no canto de seus olhos, e as feições de Miriam se suavizaram, interpretando erroneamente a emoção da soprano como preocupação.

— Olha, anjo, eu sinto muito. — A enfermeira encontrou as mãos de Elena com seus dedos robustos e gentis. — Mas estamos sob ordens estritas de não deixar ninguém vê-la. Receio que o estado da paciente seja sensível.

— Achei que tinha sido uma perda temporária de voz — insistiu Elena, apertando a mão de Miriam com carinho. A enfermeira negou, silenciosa, e uma sombra de horror perpassou seus olhos luminosos.

Ela baixou a voz antes de falar.

— É permanente. Algo, ou alguém... destruiu as cordas vocais dela.

Elena sentiu uma vertigem abatendo-se sobre si, e precisou se agarrar à borda da maca para manter-se de pé. A surpresa pegajosa, fria como água gelada derramando-se por suas entranhas, e inesperada.

— Eu... Como?

Miriam meneou a cabeça mais veementemente dessa vez, apertando os lábios.

— Onde havia carne e osso, e agora há espinhos.

— Espinhos?

— Como se suas cordas vocais tivessem sido transformadas em cabos de rosa. Ela nunca mais será capaz de falar, senhorita, e muito menos cantar. Sua voz se perdeu para sempre.

Náusea fria, sombria, viscosa, que roubou a alegria e azedou o champanhe. O coração de Elena era o martelo de um piano, e um zumbido persistente ecoou em seus ouvidos como se ela tivesse levado um soco.

— É uma magia que eu nunca vi, senhorita, algo tão cruel que só mesmo o demônio poderia ter sido responsável, se quer saber minha opinião.

Elena respondeu com a única coisa que conseguia, em seu desespero.

— Eu preciso vê-la. — Dessa vez, as lágrimas que escorreram por seu rosto não eram de crocodilo. Elena soluçava, dor e agonia misturando-se em suas lágrimas como o sal que escorria delas. — Por favor, Miriam, eu preciso ver Margot, só por um segundo... Eu imploro.

Miriam ficou em silêncio. Era evidente que seu coração mole estava lutando contra o dever, e por um minuto Elena teve certeza de que a enfermeira a mandaria embora...

E então ela assentiu tristemente.

— Só um instante, está bem?

Conduziu Elena pelas fileiras de macas até o final a enfermaria, onde havia um conjunto de portas trancadas. Ela tirou uma chave de latão de dentro do bolso do avental, e enfiou na tranca da porta mais à direita, abrindo-a e indicando a entrada.

— Eu tenho rondas para terminar na outra ala da enfermaria — disse Miriam, lançando um olhar solene para a penumbra do quarto de Margot. — Você tem dez minutos.

Dez minutos bastam, pensou Elena e cruzou a soleira da porta para dentro da sala mergulhada em sombras.

Fechou a porta, e seus olhos não demoraram muito para ajustar-se à falta de luz e encontrarem Margot — ou melhor, o que restava de Margot.

Ela parecia uma boneca em cima da maca — Elena havia reparado antes em como a amiga estivera perdendo peso, mas vestida com a bata cinzenta dos enfermos e deitada daquela maneira, era ainda mais evidente como Meg estava esquálida. Suas clavículas eram protuberantes na gola aberta da bata, seus braços como galhos de árvore, a pele marrom quase sem viço. A pior parte, porém, era seu rosto: os olhos estavam fundos na moldura quadrada, opacos e perdidos em algum ponto na parede oposta à cama.

Meg envelhecera dez anos no espaço de algumas horas.

— Meg? — ela chamou, e sua voz ecoou como um sopro no escuro. Tudo dentro de Elena queria virar as costas e sair correndo dali. O cheiro de podridão e álcool se misturava no ar, seu gosto acre se fazendo sentir na boca da soprano, e ela cerrou os punhos trêmulos para tentar ganhar algum controle sobre eles.

Margot não se mexeu. Elena deu mais um passo em direção a ela, temendo que a amiga estivesse morta. De perto ela se encontrava ainda mais emaciada, a pele ainda mais macilenta, os cabelos oleosos grudados na lateral do rosto. Cada detalhe era uma nota da melodia fúnebre e sinistra que se enrolava ao redor do estômago de Elena, e, por um momento, sentiu vontade de vomitar.

A música de Eco tinha feito aquilo.

Ela tinha feito aquilo.

— Margot... — ela chamou de novo, lágrimas ardendo no canto dos olhos. — Eu sinto muito. Você não merecia isso.

Elena suspirou fundo, tentando achar forças para o que havia ido fazer. Mesmo que Meg não fosse capaz de ouvi-la, mesmo que a culpa a corroesse de dentro para fora, mesmo que o medo de Eco batesse ainda mais forte que seu coração... Elena sabia que devia aquilo à amiga.

— Raphaella me chamou para tomar o seu lugar. Eu farei de tudo para merecê-lo, Meg, eu prometo... Prometo que a deixarei orgulhosa. Honrarei a sua ausência e serei a Soprano de Ouro que você gostaria de ter sido.

Estendeu a mão em um gesto tímido na direção da outra, para tocar seu ombro...

E a mão de Meg subiu como uma víbora, agarrando seu punho para impedi-la.

Seus dedos eram gelados e rígidos contra a pele de Elena, e a ex--soprano parecia estar colocando cada gota de força que restara em seu corpo naquele aperto. Margot virou o rosto, como uma boneca cuja cabeça girava no eixo, e seus olhos se cravaram nos de Elena — brilhando com uma fúria incandescente, alvejada pela dor que com certeza os espinhos de rosa provocavam na pele de sua garganta.

— Me solte — suplicou Elena, sem querer machucá-la, e ao mesmo tempo precisando mais do que tudo se livrar daquele toque cadavérico. O medo gelava seu peito e fazia seu coração arder. — Margot, por favor, me deixe explicar.

Enterrou as unhas com tanta força que sangue verteu do punho de Elena — ela guinchou de dor, tentando desvencilhar-se, o pânico assomando-se em seu corpo, mas Margot não deixava. Era como um espectro, um esqueleto vingativo que decidira ser aquela a hora da retribuição.

Meg escancarou a boca em um esgar do mais puro ódio, e era uma visão tão horrenda que provocou um calafrio profundo em Elena. Meg — a coisa que um dia fora Meg — ergueu o corpo para ganhar mais impulso contra Elena. A mão livre arranhou seu rosto, seu colo, seus braços — ferimentos tão incandescentes quanto sua raiva, dos quais Elena não conseguia desviar e que marcavam sua pele.

Em meio a tudo aquilo, o rosto de Margot estava deformado em um grito silencioso — e no fundo de sua garganta, a ponta espinhosa dos cabos de rosas contorcia-se como um dia fizera sua língua.

Margot empurrou Elena contra a parede, colocando toda a sua força — e quando soltou o braço da amiga, foi para unir as duas mãos em seu pescoço. Apertava tanto que o ar se esvaía em borbotões do peito da soprano.

Ela devia ser mais forte que Meg, devia conseguir contê-la, e tentava fazê-lo ao segurar os braços da ex-soprano — mas músculo algum era páreo para a força sem limites da loucura, que reluzia nos olhos de Margot como uma chama bruxuleante.

A vista de Elena ficou turva, e depois escura, uma névoa densa cobrindo seu olhar e deixando-a tonta. Sentiu suas mãos escorregando pelo corpo de Meg, pendendo inúteis e pesadas, sentiu os joelhos cederem.

Eco avisara que Margot era mais perigosa do que parecia.

Elena se agarrou à mestre, sua imagem misteriosa, seu belo semblante coberto pela máscara de osso. Por um momento quase pôde senti-la, colocando uma mão em seu ombro e sussurrando em seu ouvido...

Está na hora, passarinho.

E então, um tentáculo verde e espinhoso atravessou o olho de Margot, irrompendo de dentro de seu crânio e florescendo em uma rosa coberta de sangue.

O momento ficou suspenso no ar. Meg perdeu a força nas mãos, trêmulas. Levou-as à frente do rosto; cambaleou um, dois passos para trás. Um filete carmim começou a escorrer de seu olho esquerdo — ou o que restara dele. O sangue misturou-se às lágrimas, e quando Meg abriu a boca, mais líquido viscoso e escuro escorreu dela. Junto ao carmim, mais uma rosa, presa a um tendão verde e espinhoso — e outra, que desabrochava perto de seus lábios. Rosas brotaram em seu nariz, em seus ouvidos, escorrendo com o sangue de Margot e regozijando-se nele.

O olhar arruinado de Meg encontrou o de Elena, sua luz oscilando.

Um espinho verde e reluzente de sangue atravessou seu pescoço, e uma rosa desabrochou, como um colar feito de carne vermelha e luzidia. Elena podia jurar que, naquele momento, um sino ecoou em sua cabeça — claro e metálico, enchendo-a novamente de poder, fazendo acender a chama que queimava em seu âmago e clamava por magia. Ela quase se deixou levar pela sensação, quase se deixou dominar pela intoxicação inescapável da magia...

Mas então o corpo de Margot perdeu toda a força, e ela foi ao chão com um baque.

Morta.

Todo o prazer e luz da magia se esvaiu ao ver o que acabara de acontecer. Elena queria gritar. Queria chamar por ajuda, queria sacudir o cadáver florido a seus pés — mas suas mãos estavam cobertas de sangue, e seu corpo tremia dos pés à cabeça, e ela sabia que a culpada daquele crime era Eco. Eco, sanguinária e ardilosa; Eco, que lhe dera a magia da Natureza ao mesmo tempo em que plantara hera venenosa no peito de sua melhor amiga.

Eco, a fantasma assassina que acabara de matar mais uma pessoa... e que, se ficasse livre, provavelmente mataria mais.

A soprano se sentia como um animal ferido, acuado, seu coração pequeno e completamente coberto por piche, seus pulmões cheios de fumaça e horror. O cheiro do sangue era pegajoso, vermelho, doce e metálico e horrível, e o corpo de Meg era uma boneca quebrada, misturando-se com Alec, com Grigori, com o braço decepado de Cecília e com as notas da música de Eco rodando e rodando e rodando...

Me encontre, ordenou Eco.

Elena não tinha escolha. Ela sabia para onde seus pés deveriam levá--la, sabia que o único caminho possível era para dentro, e para baixo.

Para o espelho onde tudo havia começado.

Para os braços de Eco, e para acabar com aquilo de uma vez por todas.

Para baixo, novamente

O espelho ainda jazia em pedaços partidos no chão.

Elena respirava em ímpetos curtos, engasgados. Suas mãos tremiam, a frente de seu vestido branco estava empapada de sangue, mas, por um milagre, ela conseguiu atravessar o Conservatório e chegar a seus aposentos, trancando a porta...

Mas o portal do espelho continuava fechado, as lascas de vidro ainda caídas no chão.

Passou a mão pelos cabelos, sem se importar com o fato de que os cachos provavelmente estavam ficando manchados de vermelho, sem se importar com nada além da moldura vazia à sua frente. Esticou a mão, tentando passá-la através; sua palma encontrou apenas a parede atrás do espelho.

Não, não, não, Elena estreitou os olhos, tentando pensar, e lágrimas quentes de raiva escorreram por seu rosto, misturando-se com o sangue de Meg. Sua amiga Meg, bela e odiosa e vagabunda, Meg, que agora jazia em um canteiro de rosas feitas de sangue e som, feita da canção de ossos que Elena havia ousado cantar.

Meg, que agora encontrava Cecília no seu descanso final, onde Eco as colocara.

— Eco — Elena chamou, as mãos por cima do camafeu de osso em seu pescoço, tentando fazer a fantasma escutar. Tinha certeza de que estava escutando, mesmo que se negasse a responder. — Eco!

Ela berrava agora, e o nome da fantasma arranhava sua garganta, ardia como espinhos abrindo caminho. Ironicamente, o som ecoava pelas paredes, voltando para Elena, como se o próprio Conservatório zombasse dela.

Você sabe o que fazer, disse uma voz dentro de si, e podia ser a voz de Eco — mas também podia ser a voz da própria Elena, aquela voz que havia dentro de cada pessoa e que sussurrava seus desejos mais profundos. A voz suplicou. *A magia está viva dentro de você.*

Elena não entendia o que aquilo queria dizer, mas a magia respondeu assim mesmo, e o som metálico de trompetes ritmados encheu sua mente, conduzindo seus movimentos e fazendo suas mãos zumbirem como um enxame de abelhas, acesas e raivosas.

Ela fez um gesto deslizante no ar. As cortinas se fecharam, os objetos em cima da penteadeira levitaram, rotacionando levemente — pérolas e estojos de maquiagem, erguidos acima de sua cabeça, pendendo como se fossem bolhas de sabão. A ressonância Motriz, que ela usara para salvar Margot da queda do lustre.

Respirou fundo, sentindo o gosto metálico do som de um piano, e acalmou os próprios batimentos — com a ressonância Sanguínea, que agora era sua.

A magia sussurrou de novo, dessa vez o som de uma flauta de madeira, que complementava os tambores e enriquecia sua melodia. Elena fechou os punhos com força. Um ribombar soou em resposta, e hera venenosa começou a ganhar as paredes do quarto. Em seus tentáculos e vinhas que cresciam inclementes, brotavam pequenos botões de rosa — a ressonância Natural, respondendo ao ódio que percorria Elena, à magia que o acompanhava como sua irmã. A magia que havia enchido o Império com a Primavera.

Elena acompanhou a ferocidade do som, que agora encorpava com o arrastar melódico de um violino. Espalmou os dedos e dobrou apenas os anelares, como se estivesse tocando um piano, e cada botão de rosa deflagrou-se em fogo — consumindo-se em chamas tão rápido quanto haviam nascido, enchendo o quarto com o cheiro de cinzas e morte. A ressonância de Potência, que evocava a imagem de Alec e Cecília, de um violino que explodira ao mínimo toque.

Foi aí que entraram os tambores. Ecoaram como seu coração, expandiram-se em seu peito — e Elena soube o que deveria fazer. Tambores eram da ressonância de Matéria — capaz de transformar.

Transformar o que era quebrado, em algo inteiro outra vez.

Focou toda sua energia nos pedaços do espelho que jaziam no chão. Uniu as mãos, entrelaçando os dedos como em súplica, e virou-os ainda unidos para fora como se espreguiçasse os braços. Pensou em tudo que se partira, unido novamente. Lembrou da superfície lisa e líquida do espelho, de como havia encontrado nele um caminho que a levara para o topo — um caminho ao lado de Eco, a traidora monstruosa que lhe tinha dado tudo com que sempre sonhara.

Elena imaginou o espelho único, completo, e, enquanto visualizava, os pedaços triangulares e pontudos ergueram-se no ar. Uniam-se um a um, vagarosamente, como as peças de um quebra-cabeça sendo montado no ar. Cada vez que uma peça se encaixava na outra, suas bordas ardiam em fogo de Potência, vermelho e incandescente, para logo esfriarem e se tornarem uma só.

Uma ponta, depois outra. Uma curva, fechando o topo. O espelho se revelou em peças, e encaixou-se na moldura dourada, que nunca lhe parecera tão brilhante. Quando faltava apenas uma peça, a magia parou — esfriou como um pedaço de metal na água, borbulhando até morrer.

Elena apanhou o último pedaço de espelho que ainda jazia a seus pés. Ignorou a hera venenosa que cobria seu quarto, as pétalas carbonizadas das flores, os objetos que caíram ao chão com um baque abafado.

Ignorou tudo que não era aquele pedaço de vidro.

O apanhou com cuidado, mas a borda afiada beijou seus dedos — deixando uma linha vermelha como o sorriso de Eco. Deu passos reverentes até o espelho, alisando com cuidado sua moldura, encarando o próprio rosto na superfície lisa.

Analisou as bochechas coradas, com uma curva suave que encerrava na ponta delicada de seu queixo. Os lábios entreabertos da mesma cor do sangue de Margot, que decorava sua pele pálida. Os cílios grossos e pretos que emolduravam olhos brilhantes, tão acesos que eram quase âmbar líquido, de cor idêntica aos cachos que mesmo manchados de sangue caíam perfeitamente ao redor de seu rosto.

Estava... bonita?

Não, bonita não era a palavra certa para descrevê-la. Bonitos eram os campos floridos sob o sol, a cadência da chuva, os olhos de Theo, castanhos e doces, de quem ela quase não conseguia se lembrar. Bonitas eram as taças de champanhe em um salão de baile, pouco antes da tragédia.

Não, Elena não evocava a chuva ou as flores, não cabia em um salão de baile, não era capaz de evitar a tragédia — ela era uma sinfonia em forma humana, inteiramente coberta por magia e desejo. Sua forma demandava ser vista, ouvida, sentida em todo o seu potencial. Seus movimentos eram acordes, sua respiração, notas. Ela não estava bonita da mesma forma que os maiores feitiços não eram bonitos.

Elena estava feroz.

E foi essa ferocidade que a fez encaixar o pedaço de espelho no vão que faltava.

Assim que o fez, o vidro oscilou, ondulando como a superfície de um lago cristalino ao qual alguém atirava um seixo. Ondas concêntricas ecoaram do lugar onde Elena havia encaixado a última peça, e o que era vidro e reflexo escureceu, transformando-se em um portal oval e escuro. A seus pés, os primeiros degraus de uma escadaria tremeluziam na escuridão, como um diamante no fundo de uma mina.

Ela não escutou os canários que soavam em seu coração.

Era inevitável.

Elena deu um passo, e depois o outro. E então, sem olhar para trás, atravessou o umbral pela última vez.

A soprano fez o caminho sozinha — mas a cada passo dado em direção ao escuro, os sussurros em sua mente rastejavam com mais força. A sensação de estar sendo observada se enterrava em sua nuca, seu pescoço, enchendo-a de arrepios que nada tinham a ver com a corrente de ar frio que perpassava o túnel ou as sombras escuras e ameaçadoras que cobriam o caminho.

Chegou enfim à câmara oval que antecedia o lago, cujas águas imóveis lembravam-na da superfície do espelho. A gôndola de Eco a esperava, tremeluzindo sob a luz bruxuleante que parecia surgir da base das paredes em dedos brancos e suaves. Elena hesitou por um momento, mas os sussurros ganhavam força quando ficava parada — e então colocou um pé na embarcação, depois o outro. A barra branca de seu vestido ficou embebida de água, arrastando por trás de si como um véu de noiva, mas ela não se importava.

Não havia remos a bordo, mas eles não eram necessários. Esticou as mãos à frente fechou os olhos e inalou o cheiro metálico e escuro de terra revirada e úmida. A magia aqueceu novamente seus membros, como se estivesse abrindo uma torneira.

Elena falou com a água do lago, e ela respondeu. Começou com pequenas ondas, acariciando as laterais da gôndola como os dedos de um amante — e então a corrente empurrou a embarcação lago adentro.

Enfim, avistou os portões das Catacumbas reluzindo à distância. Elena mal esperou que o barco chegasse à margem para saltar na água, o coração desesperado como o rimbombar de tambores. Conseguia até senti o gelado da água em suas canelas, o fundo lodoso e cheio de pedras do rio sob seus sapatos. Havia um fio ligando seu corpo ao portão — ao que havia atrás dele.

Atravessou o caminho coberto por névoa, tão espessa e branca que impedia que Elena enxergasse os próprios pés. Mas ela via o portão, sua brancura de osso que se confundia com o branco da bruma. Achou que estaria trancado — mas, ao se aproximar, percebeu que a porta estava entreaberta, como lábios que suspiravam em um convite inegável.

Sua mão tocou o osso, gelado e liso sob seus dedos. Zumbia também com magia. Aquele objeto um dia já fora feito de pessoas, e a magia dentro de si respondeu à altura — eram dois amantes que enfim se reencontravam. Mas ela não podia se demorar, não agora que estava tão perto. Empurrou a porta para a frente, e atravessou o portão.

Eco a esperava no fim do túnel.

Sua silhueta parecia moldada pela mistura da névoa com as sombras. Sombras pretas em seu cabelo que escorria ao redor do rosto, em sua capa de cetim que chegava até o chão — bordada com arabescos também pretos, e cuja textura se revelava à medida que Elena se aproximava. Névoa branca em sua pele pálida, nas luvas que espreitavam da borda da capa. Acima de tudo presente em sua máscara — aquele crânio branco que ocultava metade de sua face.

Os únicos pontos de cor eram o azul de seus olhos — não o azul do céu, e sim o de uma flor venenosa — e o vermelho sanguíneo de seus lábios.

— Você veio, passarinho — disse ela, estendendo a mão na direção de Elena. — Veio terminar o que começamos.

Sua voz era como os sussurros na mente de Elena, rastejante e sedutora ao mesmo tempo, e por um momento foi como se soasse não dos lábios carmim, mas de dentro do crânio da soprano. Ela ficou frente a frente com a fantasma, e mesmo a contragosto o medo e a reverência tomaram conta de seu peito. Eram como dedos gelados agarrando seu coração, apertando para tirar sangue.

Encarando aquele rosto, Elena quis dizer milhares de coisas. Quis dar um tapa e beijá-la, quis empurrá-la em seu lago subterrâneo até que parasse de respirar, até que as águas gélidas enchessem seus pulmões. Quis gritar impropérios e atirar-se em seus braços. Eco era tudo o que ela sempre quis ser, era todo o talento e a magia mais pura e a ambição sem limites.

Também era um monstro assassino e sem coração.

— Você matou Margot — foi o que Elena conseguiu dizer, as palavras esganiçadas. — Tirou a voz dela para sempre.

Eco ergueu a sobrancelha visível em uma expressão confusa. Quando falou, se referiu às duas ao mesmo tempo.

— Fizemos exatamente o que você queria. Margot Mirza pagou por seus pecados, e teria ficado por isso se não tivesse tentado matar você. De qualquer jeito, não importa. Ela é parte de *nós* agora.

— Parte de nós? — Algo apertado e incômodo se formou no fundo da garganta de Elena, e de repente falar ficou difícil. — O que você quer dizer?

Eco se aproximou lentamente dela. Enquanto o fazia, afastou a capa e começou a dobrar as mangas da camisa, revelando duas mãos cobertas por luvas.

— Quero dizer que cada pessoa que morreu nos deu algo em troca. Você é capaz de controlar cinco ressonâncias sem nem ao menos abrir a boca. O sangue de Cecília, de Alec, de Grigori, de Páris, de Margot, todos eles foram um presente para nós.

— Não. — Elena queria sair correndo dali, queria ir o mais longe possível de Eco, que agora estava parada a um palmo da soprano. Seus olhos azuis e cruéis, porém, prendiam a soprano no lugar, e ela não conseguia se mexer. — Você matou Cecília? E Grigori?

Eco franziu a testa mais uma vez.

— Não, passarinho. Nós matamos.

O tempo desacelerou quando Eco levou a mão direita à máscara de osso. Em algum momento, havia tirado a luva — e o antebraço que ergueu na direção do rosto estava marcado por uma cicatriz vermelha de queimadura, algo que se curara, mas que nunca seria a mesma coisa novamente. A marca tinha formato de espiral, como se uma cobra incandescente tivesse se enrolado no braço da fantasma.

Era exatamente a marca que Elena tinha no próprio braço — a marca do ataque do violino de Alec.

Trêmula, ela ergueu a mão e acompanhou o gesto de Eco. Colocou a mão sobre a da fantasma e ajudou-a a remover o crânio partido que escondia metade de seu rosto e que, até aquele momento, ocultara o que Elena se recusara a ver.

A máscara caiu ao chão com um baque, e a soprano prendeu a respiração...

Debaixo da máscara de osso, seu próprio rosto a encarava de volta.

Interlúdio III

Massa branca sob os dedos. Farinha, manteiga, açúcar. O cheiro ácido de suco de limões, escorrendo por minhas mãos e se misturando aos ingredientes. Massa que eu dobro em cima de uma bancada, amassando e incorporando. Farinha. Manteiga. Açúcar. Limão. E então, outra coisa. Um encantamento que escorre dos meus lábios e se derrama sobre a massa. Farinha. Manteiga. Açúcar. Limão.

Veneno.

Modelo cada biscoito com a ajuda de uma forma de metal. Pequenas conchas — são *madeleines*, que em breve irão encher a cozinha com o cheiro de farinha, manteiga, açúcar, limão. O veneno não tem cheiro; é incolor e insosso. Eu ainda não sei disso, mas Alec não irá comer as *madeleines* que estou fazendo com tanto cuidado: morderá apenas uma ponta de chocolate, e as deixará, inúteis. Essa noite, ele irá me humilhar, e a mão que agora coloca bolas de massa crua sobre bandejas de metal ficará para sempre marcada por uma cicatriz.

Dias depois, não estou mais na cozinha. Estou no camarim de Alec — surrupiei as chaves enquanto ele estava ocupado ignorando minhas *madeleines*. Estão intocadas, em uma lata que repousa ao lado de uma redoma de vidro; devem estar com gosto velho e esfarelado, depois de tanto tempo. Dentro da redoma, o violino branco reluz contra a fatia de luar que entra pela janela, dedilhando o instrumento com seus dedos prateados. É a única presença no lugar: o Soprano de Ouro está ocupado dentro de Grigori Yasov, gemendo uma música que me causa repulsa.

Levanto a redoma de vidro, a apoio na bancada ao lado das *madeleines*. O vidro raspando contra madeira é um tiro no silêncio, tanto quanto meu coração, mas deixo o susto me preencher e passar como uma onda. O importante é pegar o violino — e eu o pego, deleitando-me com a sensação sob meus dedos, o potencial que existe naquela simples peça. Suspiro, e imagino que não seja tão diferente dos sons feitos por Grigori e Alec.

Pé ante pé, caminho pelas sombras até o espaço central onde encontrarei Meg em algumas horas. Onde Alec virá me ofender, dizer as mesmas coisas vis que proferiu n'O Pequeno Inferno. Meu braço ainda arde, o ódio me alimenta, e desse ódio verte novamente o veneno — dessa vez, um veneno que se imbui no violino, um encantamento explosivo da mesma cor da raiva que me ofusca. Eu ainda não sei que, quando Alec tocar o violino, não é ele que morrerá, e sim Cecília — mas não importa, pois o ódio que habita em mim precisa de um lugar para ir.

Não importa, pois os ossos de Ciça cabem perfeitamente no órgão que estou construindo nas minhas Catacumbas. Precisarei de muitos mais, antes que isso acabe — e, por isso, roubo seu corpo antes que qualquer um veja. Eu me atraso para seu velório, mas ninguém desconfia de mim — mesmo que Meg note minhas mãos sujas por ter arrastado Cecília pelos túneis.

O veneno agora é tinta, marinho como a asa de graúna na ponta de uma pena que risca um pergaminho. Escrevo as palavras, mas elas não são minhas — são uma maldição calculada para preencher o cérebro de Alec Cézanne com a *dies irae*.

Mais cartas, dessa vez para o algoz que acabei de derrotar. Parágrafos que descortinam os atos repulsivos que vi ocorrer entre Margot e Grigori, um aviso que tem como objetivo destruir a última resma de autopreservação do maestro — para que ele faça algo verdadeiramente estúpido, como se matar depois de atacar Margot. Eu conheço o orgulho que o move, e o uso como os fios de uma marionete, puxando-os na direção que me convém.

Quase tão satisfatório é usar seus ossos para aumentar o poder de meu órgão, desmembrando-o pacientemente, tirando carne e músculo para revelar osso branco e puro. Minhas mãos estão manchadas de sangue — vermelho, viscoso, brilhante. Músculo, nervos, pegajosos e escorregadios, mas o que me importa é o osso: úmeros, escápulas, clavículas, carpos que uso de teclas, falanges que seguram cordas.

Ninguém escuta seus gritos nas Catacumbas, e seu fantasma está fadado a assombrá-las por toda a eternidade.

Matar Páris é fácil demais. Uso o feitiço que Alec me ensinou, congelo as gárgulas que estão patrulhando A Luneta, e deixo um feitiço no lustre. Algo que será deflagrado assim que a Orquestra cantar a última música — e, depois, direciono a queda do objeto para cima do homem que ousou me tocar. Levo seu corpo para as Catacumbas, e também o desmembro.

Estou ficando cada vez melhor nisso.

A última morte é a que mais me machuca. Eu amava Margot — mas isso ficou no passado, quando eu ainda era apenas Elena, quando ela não tinha ousado me desafiar. Chamar as raízes quase dói mais em mim — na verdade, tenho certeza que dói mais em mim, pois cada flor que brota em seu corpo é um golpe em meu coração, serrando-o em sua crueldade, mesmo que eu saiba que era a única maneira. Margot era a parte de mim que desafiava o que quer que eu tenha virado agora.

Não importa. Margot está morta.

Eu, ao contrário, estou mais viva do que nunca.

O órgão

— Você. — Elena engoliu em seco, sem conseguir tirar os olhos da sutura entre o seu rosto e o rosto de Eco, a linha diagonal que unia duas partes. A pele pálida unida à tez ainda mais branca; o olho azul ao lado do olho castanho, o lábio carmim pela metade. A costura era grotesca, malfeita, e ameaçava romper-se e revelar carne e sangue por baixo de uma linha escura que parecia ter sido feita por um Sanguíneo rudimentar. — Quem é você?

Era horrível.

— Eu sou você. — Eco aproximou-se e Elena deu um passo involuntário para trás. A ideia de que a fantasma pudesse tocá-la era repulsiva demais. — Sou seus desejos, seus anseios, sua ambição.

— Não entendo.

— A resposta sempre esteve em você, passarinho. Com o presente que te dei, o presente que veio do anel de osso de nossa mãe.

A fantasma ergueu um dedo. Curvou dois dedos, e o colar no pescoço de Elena desprendeu-se, erguendo-se no espaço entre as duas, suspenso no ar por uma força mágica. Girou lentamente, acompanhando o gesto de Eco, até que o camafeu estivesse virado de frente para a soprano. Ela sabia que era feito de osso, mas só agora conseguia perceber que havia sido parte de uma outra peça, antes de ser moldado naquele formato oval.

Tinha sido um anel, que sua mãe usara até o dia em que morrera. O anel que destruíra sua reputação.

A letra S entalhada no osso emitia um brilho verde e fantasmagórico na escuridão. Eco cantou uma música, e seu nome ficou desenhado no ar. Selena: o nome da amiga imaginária que criara para si, tantos anos antes. Sua beleza, e seu grotesco.

— Sou o eco do som de tudo o que você sempre quis — sussurrou ela, e as letras dissiparam-se no ar como névoa. — Sou a lua do seu sol, a sombra da sua luz, a lucidez da sua complacência, sou a resposta para suas perguntas, sou a coragem que sua covardia esconde. Sou a única que pode te dar tudo o que sempre desejou. Eu te *dei* tudo o que sempre desejamos. A Primeira Orquestra. A magia, em sua forma mais pura. A verdade é que, sem mim, você jamais conseguiria nada, pois eu sou a parte de você que toma. A parte de você que não tem medo de ir atrás de tudo o que merece.

— Não.

O mundo de Elena estava sob fundações instáveis, ameaçando ruir a qualquer momento.

— Somos iguais. Somos uma só.

Cada palavra de Eco, ou Selena, enchia sua mente com mais memórias de tudo que ela havia feito, de todos os momentos que se escondera no fundo de sua mente para manter a ilusão de que era a vítima das circunstâncias. E ainda assim ela negava, pois reconhecer a verdade seria admitir que tinha sido capaz de mentir, enganar. De matar.

Elena não sabia quem seria, se aquilo fosse verdade.

— Sim. — Selena fechou a distância entre as duas e segurou o rosto de Elena nas mãos, cruéis como as garras de uma harpia. — Eu sou você. E você, passarinho... Você sou eu.

Era verdade. Seu toque foi um choque elétrico, azul e intenso, certeiro como um raio, indelével e inegável.

Mas aquilo não era o fim. Ela sabia que não, da mesma forma que sabia que Selena era fruto de sua própria ambição, da mesma forma que sabia que matara Cecília, Alec, Grigori e Margot. Ela sentia o magnetismo do órgão de osso, chamando-a em sua direção como uma música inevitável, da mesma forma que Selena a conduzira para dentro das Catacumbas todas as vezes antes.

— É chegada a hora. Você finalmente entendeu tudo. — Selena sorriu, e o gesto deformou o rosto bipartido. — Está pronta para ouvir sua última música.

Selena era ela, e ela era Selena — e por isso não pôde resistir quando caminharam lado a lado, atravessando as Catacumbas. Mas não pararam no salão iluminado por velas que ela conhecia, com a cama onde Eco a havia tomado para si. Foram mais ao fundo, ao fim de um corredor onde bruxuleava uma luz verde.

Adentraram uma câmara oval, as paredes cobertas por nichos onde repousavam milhares de crânios. Toda a luz do lugar vinha de uma piscina rasa no meio da câmara, que emitia um brilho fosforescente como vaga-lumes. Em cima da piscina, estava a coisa mais grotesca que Elena já vira.

Era um órgão inteiramente feito de ossos.

Quatro teclados por cima de uma caixa e um pedal, duas abas laterais com botões e puxadores, teclas brancas e ainda mais brancas — todas de ossos encaixados milimetricamente. Fêmures que formavam as pernas da banqueta e do órgão. Um par de tíbias para a caixa dos pianos. Pequenas falanges, lixadas até suas superfícies ficarem planas o suficiente para serem teclas. Tubos por onde saía o som formados pelo encaixe perfeito de ao menos uma dezena de colunas vertebrais, cada uma lado a lado para formar as estruturas que mais pareciam flautas de bambu. Costelas que arqueavam por cima da estrutura, que devia ter ao menos dois metros.

Elena não imaginava quantos cadáveres teriam sido usados para construir aquilo.

Eco surgiu por trás do instrumento, os pés descalços chapinhando na água. O brilho verde a transformava em algo fantasmagórico, estranho, um espectro de outro mundo que estendia a mão para Elena como uma noiva no altar.

A última coisa que ela queria era tocar aquele instrumento maligno — mas ele emanava um poder que nunca sentira antes. Pulsava com a energia de todas as vidas que um dia haviam tocado cada um daqueles ossos, e ela sentia, ah, como sentia.

Lembrou-se de Loralie, de seu anel de osso, das acusações jogadas contra ela. Lembrou-se de que a mãe jamais as havia negado, e Elena entendeu naquele momento que tudo fora verdade. Se o anel de Loralie era capaz de ao menos um centésimo daquele poder, era o suficiente para arriscar toda uma reputação.

De repente ela se lembrava dos meses que passara saqueando as tumbas escondidas nas profundezas do Conservatório, selecionando os ossos das Prodígios mais renomadas, escolhendo cada peça pacientemente. Usando os conhecimentos de luthier que sua mãe lhe ensinara para construir um instrumento perfeito.

Mas ele só ficou perfeito quando sangue fresco foi derramado. Quando os ossos de Cecília — ainda quentes, depois de terem sido removidos de seu corpo sem vida — foram enfim colocados no instrumento, ela finalmente entendeu o que ele poderia se tornar. Um canalizador de magia como nunca ninguém havia visto.

Uma magia tão poderosa que era proibida.

— Viu o que eu te disse, passarinho? Esse lugar irá te engolir viva. O único jeito de vencê-lo é engolindo-o de volta.

Elena sentou-se no banco de ossos, estendendo as mãos por cima do teclado. Ele emitia um som baixo e sussurrante, magnético como se o âmago da Terra estivesse contido dentro do órgão, pulsando, pulsando. A raiva latejava da mesma forma em seus ouvidos, queimava suas entranhas, conduzia seus movimentos como o maestro mais capaz que já havia ouvido. A raiva se sobrepunha à razão, à decência, e respondia à um único Deus: o Deus da vingança, que tinha as mandíbulas manchadas de sangue e olhos ocos de quem via com o ódio.

Eco ficou de pé atrás dela, com as mãos apoiadas em seus ombros. Estalou os dedos uma vez, e uma partitura desconhecida surgiu no apoio do órgão. Era simples, um conjunto de notas que estava ao alcance até mesmo de sua habilidade de pianista.

— E agora? — Elena perguntou, os lábios secos. Sentiu um calafrio percorrendo seu corpo quando Selena encostou as mãos em seus ombros da mesma forma que ela fazia por cima do instrumento.

— Mais um minuto, passarinho.

A fantasma se inclinou por cima de seu ombro, e pelo canto do olho o vislumbre de seus lábios vermelhos era como uma mancha de sangue. O medo preenchia seu corpo como uma maré revolta, que recuava para formar uma onda capaz de destruir cidades inteiras. Era gelado, afiado — um tinido constante que avolumava-se num crescendo prestes a chegar ao cume.

Mais um minuto, dissera o Selena, e elas eram a mesma coisa, então por que Elena não sabia pelo que estavam esperando? Por que ansiava com medo de si mesma, da criatura que nascera de seus anseios e de suas ambições?

Porque a criatura que nasceu de você agora é sua mestre, contrapôs uma voz silenciosa dentro de sua mente, uma voz que Elena não ouvia há muito tempo — pois era a voz de Loralie Bordula, sua mãe. *E enfim chegou a hora de sucumbir, meu anjo.*

Mas eu não quero sucumbir, suplicou Elena, sabendo que uma parte de si ainda resistia à ideia. Uma parte de si que não queria ter matado suas melhores amigas, nem seu rival, para chegar até ali. Uma parte de si que tinha nojo do sangue que mesmo lavado ainda manchava suas mãos, deixando os dedos permanentemente escarlates e sujos de pecado.

— Não importa — disse Selena, que agora respondia aos pensamentos da soprano como se os ouvisse em voz alta. — Você fez sua escolha na noite em que se entregou a mim.

— Eu não sabia o que estava escolhendo.

— Não sabia? — Um riso cruel acompanhou as palavras de Selena. — Eu disse que te daria tudo o que você sempre quis. Outras pessoas podem se dar ao luxo de terem sonhos provincianos, passarinho. Uma casa no campo, cheia de crianças que roubam sua luz e seu viço e sua juventude. Mas você sempre quis uma única coisa: estar sozinha em um palco, imbuída de magia, que é a única companhia na qual você pode confiar. A única coisa que não te deixará sozinha, jamais.

— Por favor. — As lágrimas queimaram o rosto de Elena, embargando sua voz, fazendo-a soluçar. — Eu só quero que isso acabe.

— Está prestes a acabar.

Uma voz clara como um sino — como um rompante de luz solar que cortava a escuridão — irrompeu pela clareira, ecoando nas paredes de pedra.

— Elena? Onde você está?

O seu medo se desfez em terror, encarando o monstro, escorrendo por suas entranhas como dedos de ácido e gelo. As mãos de Selena se fecharam em garras em seus ombros, mas mesmo ao machucarem não causavam dor, pois a única coisa que Elena sentia era pânico por ter reconhecido aquela voz, da pessoa que desbravava as Catacumbas de um monstro — a pessoa que ela mesma chamara até ali.

Pois aquela voz pertencia a Theodora Garnier.

A canção dos ossos

Theodora era um raio de sol em meio à penumbra da câmara. Seu corpo emitia luz própria, emanando em um halo ao redor de seu vestido branco, dos cachos soltos como uma coroa. Mesmo com a expressão aflita, ela parecia um anjo salvador.

Elena sabia que não merecia a salvação.

— Theo. — Ela ergueu-se da banqueta, estendendo a mão na direção de Theodora, mas Selena mantinha uma mão agarrada a seu antebraço, impedindo-a de correr até a compositora. — Você precisa ir embora daqui.

— Lena. — Theodora franziu a testa, os olhos solares fixos em Elena. Foi então que soube que Theo não enxergava ninguém além de sua ex-noiva ali. — Eu recebi sua carta. Que lugar é este? Por que me chamou até aqui?

Uma dor lancinante perfurou o coração de Elena — ela ainda tinha um, afinal de contas — e em meio a soluços entendeu o que precisava ser feito. O preço a ser pago, para seguir o caminho. Os sussurros de Selena enchiam sua mente, lembrando-a do poder — de seu gosto doce e intoxicante, da magia que nascera para enchê-la de propósito, para que nunca mais ficasse desprotegida e sozinha.

O mundo estava fraturado como um espelho, e Theodora estava em seu centro.

— O que aconteceu, Lena? — Theodora deu um passo em sua direção, fechando a distância entre as duas. Ela era tão tenra e tão gentil, mesmo por baixo do tremor que permeava sua voz, que Elena quase sucumbiu a ela. — Eu quero te proteger, mas você não deixa. Preciso que me conte o que está acontecendo. Vamos resolver tudo isso, juntas.

Juntas, perguntou a voz que sussurrava, *ou com ela conduzindo você? Como será daqui para a frente? Será que você terá seu próprio poder, ou será emprestado de alguém mais nobre, mais seguro? Será que você terá a sua própria voz, ou passará o resto da vida em um silêncio resignado e torpe, nunca alcançando o potencial que nasceu para ter?*

O que é que Theodora está te oferecendo, Elena?

Elena encarou Theodora como se fosse a primeira vez. O rosto oval e bonito, polido pela certeza de que seu lugar no mundo estava assegurado. Os olhos brilhantes, cheios de uma confiança que vinha de berço, que mesmo os brados de seu pai não foram capazes de matar. O sangue que lhe garantia um caminho desenhado no mundo injusto em que viviam.

Um mundo que jamais seria de Elena, não enquanto ela não clamasse o seu lugar. Um lugar que não era ao lado de Theodora.

Mas em cima de suas cinzas.

— Eu não posso, Theo — suplicou ela, e Selena segurou sua nuca quando ela se debruçou ao chão. — Você não sabe quem eu sou. O que eu fiz.

— O que quer que seja, eu te amo — afirmou Theo, dando um meio sorriso tão doce e inocente que partiu o que restava do coração de Elena em pedaços assimétricos e pontiagudos, como as lascas de um espelho espatifado no chão. — Sei que você quer estar na Primeira Orquestra acima de tudo. Conheço sua ambição, seus sonhos. Quero sonhá-los com você.

Não quer, disse Selena. *Quer trocar os seus sonhos, vendê-los por um castelo sem alma e uma vida sem música.*

— Ela me ama. — Elena soluçou, virando-se para a fantasma. — E eu a amo.

— Com quem você está falando? Elena, por favor.

Theo tentou se aproximar, mas Selena ergueu as mãos e a empurrou para trás com magia Motriz. A compositora cambaleou, arregalando os olhos.

O amor é uma maldição, Elena. Você não pode amar nada que não seja a magia. Você jamais será amada sem ela, sem mim! Não há mais volta, você não pode olhar para trás. Não quando estamos tão perto.

Será que ela tinha razão? Será que o único jeito era viver sozinha? Elena arriscou um olhar para o órgão, sentindo uma atração por ele como água escorrendo para baixo, como sangue. Algo em seus ossos respondia à magia, algo quebrado e afiado.

Ela olhou para Theodora, e seu semblante era tão puro e meigo que não parecia pertencer àquele mundo.

A dor era combustível, que queimava em suas entranhas e apagava qualquer resquício de quem um dia fora. A dor era clareza — e o mundo refratado enfim se desfez, toda a ilusão do que poderia ter sido derramando-se em pó, todo o amor que havia sentido nas mãos e nos lábios e nas palavras de Theodora se tornando escuridão. A compositora ergueu-se e foi até ela, mas raízes como tendões irromperam do chão e enrolaram-se em seus tornozelos, puxando-a para baixo.

Prendendo-a contra a terra.

Isso.

— Não. — Theo soluçou, as lágrimas manchando o seu rosto negro. Ela agarrava-se ao chão, arrastando as unhas na terra revirada. — Elena, por favor, não.

Em meio às lágrimas, Elena sentou-se à frente do órgão. Soluçava, tentando resistir ao que sabia ser inevitável, alguém que se perdia para as correntezas de um rio.

Selena estalou os dedos. O som das estacas erguendo-se das profundezas da água e formando uma jaula ao redor da pequena ilhota onde estavam — ela, Theodora, o órgão — não assustou Elena, mas ela sentiu, mais do que viu, a compositora olhando ao redor.

Conseguia ouvir o som de seu pânico.

— O que você está fazendo? — A voz de Theodora ficou aguda e esganiçada, como a de uma criança. — Elena, pelo amor de tudo que é mais sagrado, o que é que está acontecendo?

Você verá, Selena respondeu, mesmo que Theo não pudesse ouvi-la. Mesmo que a iminência do que estava prestes a acontecer rasgasse o peito de Elena de dentro para fora, uma faca afiada cortando músculo e carne e vertendo sangue.

E então, ela começou a tocar. Os dedos deslizaram pelo órgão com a mesma facilidade com que respirava, com a prática de uma dançarina que ensaia até os pés sangrarem. Elena tocava a música da escuridão com a paixão de prometidos que se reencontram após um longo tempo, e se deleitam ao descobrir que os caminhos trilhados no corpo alheio continuam tão familiares quanto seus próprios pensamentos.

A música encheu a caverna, notas pesadas e melódicas, enrolando-se ao redor de Theodora com a força das sombras. Elena sabia que a magia seria dolorosa — mas não estava pronta para a cacofonia de gritos desesperados da compositora, gritos que se misturaram à música para criar a melodia mais bonita e mais horrenda que já escutara.

Gritos que arderam em seu peito, como os engasgos molhados de um coração que se recusa a morrer.

— Por favor. — As palavras se transformaram em uma tosse, e depois um bramir rouco e sufocado. — Por... f...favor.

Logo depois não haviam mais palavras nem gritos, e sim magia. Ela não precisou olhar para saber que Theodora engasgava lentamente, todo o ar em seu pulmão roubado pelo feitiço que Elena tecia no órgão.

Ainda assim, ela olhou — pois lhe parecia injusto que não testemunhasse a morte de Theodora Garnier, a mulher que um dia teve certeza de que poderia amar. Ela se retorcia no chão enquanto tentava agarrar-se inutilmente às últimas resmas de vida que lhe restavam. Enquanto morria, também o fazia Elena — matá-la tinha sido sua escolha derradeira, seu último ato como humana de carne e osso. As últimas notas do canto de um rouxinol, de um riacho preguiçoso cortando uma ravina.

Theo se desfazia, e consigo levava o coração de Elena, a bondade que um dia ela tivera, sua alma e seu espírito. Doía mais do que qualquer coisa que a soprano já sentira, uma dor oca e profunda como se seus ossos estivessem esfarelando sob o ribombar de um martelo, como se sua alma fosse também feita de carne e sofresse suas aflições.

Em seu lugar, restava a magia.

E então Elena também morreu.

Em seu lugar... As sombras. A luz da lua — Selena, enfim, viva.

Respirou fundo, pela primeira vez. O ar ardia em seus pulmões, como os de um recém-nascido, mas ela acolheu o ardor como a um velho amigo: era o sinal de sua vitória, de sua vida. A magia vibrava em seus dedos, dançava em sua língua, regozijava-se ao enfim encontrar a mestre que havia esperado por tanto tempo.

Um fiapo de luz dourada escorreu pelos lábios entreabertos de Theodora e fez o caminho pelo ar até Selena. Derramou-se sobre ela, e era quente como a luz do sol do primeiro dia de verão após a primavera. Era cheio de magia, e de vida, e agora lhe pertencia — a última peça do quebra-cabeça, a última chave para o tesouro que era o poder. Além de qualquer ressonância — o poder sobre a magia.

Finalmente, não era mais uma fantasma. Finalmente, era quem nascera para ser — em vez de uma sombra, a personificação do poder. Pagara o preço mais alto possível pela transformação, para enfim se tornar quem realmente era — e, a julgar pela sensação que vibrava em seu corpo, havia sido uma troca justa.

Selena foi até a borda da água enquanto Theo morria. Ajoelhou-se perto do espelho líquido que ilhava seu órgão, e suspirou profundamente. Inalou o odor de morte e decomposição, das Catacumbas, de poder contido em ossos, feito de sangue e de som. E, quando falou, a voz era a de Elena — ela se acostumou à voz que não era sua, mas que iria lhe servir.

— Enfim — disse, fitando seu reflexo na água, o rosto redondo e bonito que um dia ela tomara entre os dedos. Não havia mais máscara ou cabelos pretos; a única coisa que conservava de seu antigo eu era os olhos azuis elétricos, que substituíram o castanho humano de Elena. — Somos uma só, passarinho.

Theodora morreu em silêncio, e, talvez, se tivesse um coração, Selena teria chorado pela mulher bela e inerte que agora jazia nas Catacumbas. A mulher que um dia havia lhe oferecido um anel e lhe feito um pedido.

Mas ela não tinha coração, e seus olhos permaneceram secos quando levou o corpo de Theo para a margem do canal que levava às Catacumbas, e o depositou dentro das águas escuras e profundas onde jamais seria encontrado.

Poslúdio

É primavera no Império, e ela chegou por minha causa.

Meu rosto está perfeitamente corado; meus cabelos presos em uma trança que é como uma coroa de mechas ruivas, da mesma cor da folhagem outonal que trarei daqui a alguns meses. Meus olhos têm a mesma cor — ainda não me acostumei com eles, mesmo após tanto tempo, mas o feitiço de ilusão me serve bem, e devo admitir que o castanho--avermelhado é muito mais doce do que o azul elétrico que me encara do outro lado do espelho quando enfim estou só.

Doce é o que eu preciso que as pessoas achem que sou, de qualquer forma.

Doce também é o odor das dezenas — não, muito mais do que isso — centenas de flores que enchem o meu camarim, e seu reflexo preenche o espelho como se o mundo fosse feito de pétalas de rosas, violetas, lírios. Eu não estou de branco: não é o certo para uma jovem como eu, que perdeu sua noiva em um acidente trágico um ano atrás. O período de luto está quase acabando, e mal posso esperar para ter a chance de vestir outras cores — me cobri de preto por tempo demais.

É hora de desabrochar.

Levanto um dedo, e os botões ainda fechados do buquê mais próximo se abrem. Outro dedo, e a pequena flor vermelha desprende-se, vai até mim, encaixa-se nos meus cabelos como uma joia. Um terceiro dedo, e suas pétalas macias enrijecem, tornando-se rubis que refletem a luz do sol que entra pela janela. Não preciso usar a magia de Potência para saber que está ali, sob meus dedos, ao alcance da minha mão — posso deflagrar meus buquês e colocar fogo no Conservatório inteiro, se assim o desejar.

Não o desejo. Não hoje, ao menos.

Hoje eu encantei cada um dos nobres, cada uma das Prodígios, cada um dos funcionários e gárgulas e professores e compositores e maestros de Vermília. Conquistei até mesmo nosso novo reitor, um homem de desejos evidentes e fraquezas ainda mais, que substituiu André após os escândalos e que acha que sou a joia mais rara que ele já viu. Hoje, eu trouxe a primavera em uma sinfonia perfeita, misturada com a magia decadente e profunda do sangue, a magia que me fora dada por Theodora — a magia que fazia com que cada mente que me ouvia fosse subjugada a mim.

A magia que me libertava.

A lembrança de seus olhares me provoca um prazer visceral. Eram olhares famintos, sim, como todo homem e mulher que se vê diante de poder, mas não havia apenas fome neles: havia reverência, medo. Medo de quem eu poderia ser, caso eles não me obedecessem.

Medo do meu poder.

No passado, talvez esse medo me incomodasse — mas hoje, é a única coisa que eu quero.

Uma batida suave interrompe meus pensamentos. Alguém está na porta; um lacaio, que traz uma carta. Não é uma carta qualquer: está em uma bandeja de ouro, em papel creme e grosso sob meus dedos. Ao lado, uma única orquídea fantasma.

O selo do imperador é dourado, e ostenta seu sinete.

Eu sei o que há dentro da carta antes mesmo de abri-la, antes mesmo de ler o convite para conhecer o palácio imperial. Antes mesmo de aplicar um batom vermelho como o sangue — como o som — que emoldura perfeitamente o sorriso gentil que pretendo dar ao imperador.

Algumas pessoas diriam que é destino, o que está em minhas mãos agora. Desígnios do universo, caminhos trilhados por pés que vieram muito antes de mim. São pessoas que acreditam que tudo está escrito; que somos apenas seixos no córrego contínuo e inexorável da vida. Que pertencemos ao que nos deixa pertencer, e devemos nos considerar sortudos por isso.

A essas pessoas, eu digo que se calem. Não existe tolice maior do que acreditar em um destino feito, preparado para você como um presente. Um lugar que te recebe pedindo em troca gratidão silenciosa e eterna. Como se o mundo fosse uma peça conduzida por um diretor, e nós marionetes ligadas a um titereiro. Diga-me, se existisse um condutor — um maestro —, não teria ele um plano? Não seria ele bom, justo e honesto?

Ou devemos acreditar que o maestro que rege a música do tempo é uma criatura torpe e sem escrúpulos?

Não. Prefiro acreditar que não há ninguém ali em cima — ou embaixo. Nenhum maestro ou condutor. O futuro não é daqueles que anseiam e esperam, o poder não está reservado para almas boas e corações valentes e cheios de amor e esperança.

O futuro é daqueles que o tomam.

E hoje, o futuro — e o poder, e a magia, e o som, que reverbera como uma canção dentro dos ossos — é simplesmente...

Meu.

Agradecimentos

AVISO DE GATILHO: MENÇÃO A SUICÍDIO.

Na metade de 2022, eu quis morrer.

Passei por um longo verão no hemisfério norte em que, em meio a uma cidade nova e a perda de pessoas que eu considerava essenciais para a minha vida, me vi em uma depressão profunda. Não sei dizer exatamente o que me colocou nela, mas sei que, em determinado dia, perdida na desolação que estava sentindo, o pensamento mais sombrio que já havia pensado surgiu em minha mente, como uma rosa que desabrocha no jardim.

Eu não sabia, mas havia plantado aquela rosa em meu coração.

Imediatamente, senti um medo visceral — um medo de que tivesse perdido a mim mesma, e onde antes havia Giulianna, agora havia só escuridão. Esse medo me guiou a pedir ajuda, a conseguir auxílio médico e começar o longo caminho da recuperação.

Durante todo esse tempo, me senti como uma andarilha em minha própria vida. A metáfora que eu costumava usar — ainda costumo — é de que eu caminhava por uma floresta fechada e escura, um lugar onde tinha que enfrentar monstros sanguinários e cheios de garras sem ao menos uma espada. Monstros diferentes de tudo que eu havia visto, pois eram feitos do mesmo pano que eu.

Desse lugar, nasceram as Catacumbas de Eco.

Essa história vem da floresta — de tudo que me custou para, enfim, começar a ver clareiras para fora dela. Elena é o que eu poderia ter sido. Margot e Cecília são os medos que cultivei em meio aos meus monstros.

E Theodora é Mateus, meu sol, sem o qual eu jamais teria nem escrito este livro, nem saído das Catacumbas.

Das duas últimas vezes que publiquei livros, precisei agradecer a algumas pessoas que foram e são importantes para a minha trajetória. Amigos queridos (Choquei Literário, gente que já agradeci em outros livros), profissionais, meus pais e, principalmente, meu marido, sem o qual essa história não existiria — não seria metade da sinfonia que é, pois Mateus me ajudou a afiná-la. Continuo sendo extremamente grata a todas as pessoas que tocaram essa história de alguma forma, especialmente meus leitores, que me ajudaram a achar o caminho para Elena quando eu ainda não sabia o que estava trilhando.

Mais do que tudo, porém, desta vez preciso agradecer a mim mesma. Em meio à escuridão, eu não desisti. Em meio à tristeza, eu continuei caminhando.

E em meio à perda, eu fiz uma história.

Obrigada por lê-la.

Este livro foi composto na tipografia Minion Pro
em corpo 11,5 /15,1, e impresso em papel off-white
no Sistema Cameron da Divisão Gráfica
da Distribuidora Record.